말과 말 아닌 것

김나영 비평집
말과 말 아닌 것

펴낸날   2023년 10월 25일

지은이   김나영
펴낸이   이광호
주간   이근혜
편집   윤소진 김필균 이주이 허단 방원경 유하은
마케팅   이가은 최지애 허황 남미리 맹정현
제작   강병석
펴낸곳   ㈜문학과지성사
등록번호   제1993-000098호
주소   04034 서울 마포구 잔다리로7길 18(서교동 377-20)
전화   02) 338-7224
팩스   02) 323-4180(편집) 02) 338-7221(영업)
전자우편   moonji@moonji.com
홈페이지   www.moonji.com

© 김나영, 2023. Printed in Seoul, Korea
ISBN 978-89-320-4220-6 03800

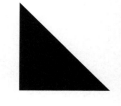

김나영 비평집

문학과지성사

말과 말 아닌 것

처음 문학 비평을 써본 것은 졸업을 앞두고 마지막 학기에 들었던 한 수업에서였다. 우연히 읽은 시의 몇 구절이 내 마음을 건드리고 움직이게 했다. 그 작은 글자들이 나를 문학이라는 세계로 한 걸음 들어서게 했다. 나무로 틀을 짜고 한쪽 면에 창호지를 바른 옛집 방문과 동그란 문고리와 그것을 걸어 잠근 구부러지고 녹슨 밥숟가락에 대한 묘사가 담긴 시였다. 나는 그 장면을 시로 읽기 전에 벌써 본 적이 있었다. 외가의 아랫방이라 불리던 곳을 드나들던 문. 거기에 겹겹이 발린 창호지가 어디에서부터 어떤 빛과 무늬로 물드는지, 둥글고 묵직한 문고리의 촉감이 밤낮으로 어떻게 달라지는지, 그 문을 열기 위해 마루 위에 올라설 때 보이는 나뭇결과 마루 사이의 틈이 만들어내는 모양과 소리가 어떤 기분과 예감을 대신했는지. 유년기의 적지 않은 시간을 그러한 기호들——하루에도 여러 번 달라지던——과 마주하며 연속과 불연속, 필연과 우연, 의미와 무의미가 뒤섞인 세계를 나의 차원에서 이해해보려고 했다. 그때 나는 온전히 세계와 마주하며 최소한인 동시에 최대한으로 존재했다. 세계는 비로소 나와 동등했고 그것은 내가 처음이자 유일하게 경험한 자유의 느낌이기도 했다.

나와 세계의 마주침을 표상하는 듯했던 그 대상들——문살, 창호지, 문고리, 숟가락, 마루의 나뭇결, 마루를 밟고 설 때 나는 소리들——은 여전히 너무나도 분명한 미지로 남아 있다. 그것들은 내가 알 수 없는 방식으로 조금씩 변하고 있었기 때문이다. 그것들을 떠올리면 이미지보다도 먼저 도착하는 어떤 내음이 있다. 이 후각적 메시지는 방문 바로 옆에 걸린 가마솥에서 끓는 소여물의 냄새다. 어린 외삼촌이 이른 새벽부터 쇠꼴을 베고 장작을 때어 여물을 끓이고 있으면 그 냄새가 나와 동생이 자고 있던 방 안으로, 이불 속으로, 얼굴 가까이로 다가왔다. 마르지 않은 풀을 물에 넣고 끓이는 냄새는 나를 깨우는 동시에 그것들을 변화시켰다. 나무와 종이와 쇠의 모양과 빛깔과 밀도를, 아주 조금씩, 하지만 분명하게.

한때 누군가의 입에 밥과 국을 떠 넣었을 숟가락이 더 이상 숟가락이 아닌 채로 문고리에 걸려 이쪽과 저쪽을 나눌 때, 그 시공의 경계를 넘나들며 나는 세계라고 부름 직한 것을 마주하고 경험했던 것 같다. 구부러진 물음표의 형상을 만날 때마다 문고리에 걸린 오래된 도구의 '거기에 있음'을 당연하게 떠올리게 됐다. 그 자체로 고유하고 유구한 역사를 간직한 채 날마다 새로운 시공의 생성과 구분에 참여하던 그것. '그것들'에 대한 기억, 해명할 수 없던 의미와 감정들이 나로 하여금 몇 개의 질문을 갖게 했고 그 질문이 사라지지 않은 채로 문학의 세계로 들어서게 했다는 사실을 잊지 않으려 한다. 나에게 비평은 내가 경험한 것을 어느 시와 소설에서 다시 경험하는 일이기도 하기 때문이다. 이제껏 먼저 보고 만졌던 것을 다음에는 읽고 떠올리며 결국에는 지면에 옮기는 일이 나에게는 문학이자 비평이었다.

그렇게 문학 비평을 나의 일로 소개하게 된 지도 햇수로 15년 차가 되었다. 그동안에 안팎으로 너무나 많은 중대한 일들이 있었다. 졸업과 결혼을 하고 임신과 출산을 경험했다. 차벽과 물대포와 촛불 광장을 마주했고 여러 번의 참사를 목도했다. 사회에 만연한 혐오와 차별과 거기서 비롯된 무수한 폭력과 또한 그에 맞선 목숨을 건 투쟁들을 빠짐없이 알고자 한다. 육아를 핑계로 더 적극적으로 참여하지 못한 자리들이 있지만, 이제는 나의 삶이 오로지 내 것만이 아니라는 것을, 내가 누군가의 삶을 책임지고 있고 동시에 다른 삶에 내가 빚지고 있다는 것을 온몸으로 알고 있다. 당연한 말이지만 이렇게 나의 안팎에서 일어나는 일을 '어떤 일들이 있었다'고 말하고 그 발생과 변화에 관한 의미를 찾을 수 있게 된 것은 곧 나의 변화를 의미한다. 앞서 '그것들'을 통해 문학 비평의 문을 열게 되었다고 고백할 수 있었던 차원에서 나는 여전히 개인의 경험에 갇혀 있었다. 이후 비평의 방식을 통해서 변화한 것은, 나를 사유하고 감각할 때에도 개인성에 국한되지 않(못하)는 지점과 그 연원을 질문하게 되었다는 점이다. 무엇인가를 비평할 때는 분명한 관점과 태도가 요구되기도 하지만 분명함이란 자기를 거듭 단속하는 와중에 유연한 변화를 수긍하는 데에서 지속되는 것이기도 할 것이다. 내 삶 속에서 문학 비평은 자기 목소리를 지키면서도 또 다른 자기를 무시하지 않는 것, 매 순간 타자의 세계를 탐문하고 함께 살기를 다짐하는 일이 되었다.

등단하고 얼마 지나지 않아 한 일간지의 인터뷰에 참여한 적이 있다. 그때, 문학이 무엇이라고 생각하는가, 어떤 글을 쓰고 싶은가 하는 물음에, 나는 계속 질문하는 글을 쓰고 싶다고 답했었다. 그 후로 오래 나라는 최소한의 자리에서 시와 소설을 향해, 미지의 세계를 상대로 최대한으로 질문하는 글을 쓰고자 했다. 당연한 말이지만 그 과정에서 나의 질문이 세계를 분명하게 밝힐 수는 없었다. 엄연한 세계가 있어서 가장자리에서부터 가운데로, 왼쪽에서부터 오른쪽으로 섬세하게 옮겨가며 세부를 조명하는 작업이 궁극에는 전체를 조망하는 일에 도달할 수 있다고 믿을 수 없었다. 하지만 이 불가능에 대한 확인이 내가 나라는 최소한의 자리에서 최대한의 세계를 발견하고 인식하는 방법이었던 것 같다. 내가 아는 한 세계는 매일 생장하고 그 일부는 어느 아침 낮으로 베이어 무쇠솥 안의 끓는 물 속에 던져져 익고 또 다른 생명을 먹여 살린다. 그 생사의 반복이 구부러지고 닳고 벌어지고 바래지게 하는 세계의 일부가 또 있다. 부분과 전체는 필연적으로 운명을 함께하더라도 그것이 서로를 근거하고 설명하는 방식에는 우연적인 요소의 개입이 절대적이다. 따라서 내가 할 수 있는 일은 매 순간 나의 사유와 감각에 의해 포착한 부분들이 어떻게 세계를 비유하는가를 질문하고 답해보는 것이었고, 중요하게는 이 나름의 질문과 답이 반드시 타인의 질문과 답에 얽혀들어 새로운 의미를 가질 수 있어야 한다는 다짐을 잊지 않는 것이었다.

문학 비평을 시작한 이후 지금까지 나의 변화를 적어보려고 했다. 인식의 차원에서나 경험의 차원에서나 15년 전의 나와 현재의 나는 많이 다르다. 요컨대 나로부터 나 아닌 존재에 이르는 이 여정은 이른바 타자를 포용하는 방식이 아니라 나 자신을 확장하는 산고였다. 긴 시간을 지나 변화한 나와 세계를 돌아보며 나와 나 아닌 존재의 공존, 존재 간의 돌봄에 대해 생각한다. 이 질문은 지금 나에게 사유의 차원에만 놓여 있는 건조한 무엇이 아니다. 공존과 돌봄이라는 말은 그 자체로 나를 무겁게 하고 뜨겁게 하고 축축하게 하고 곤두서게 하면서 곤죽이 되게 한다. 이 모든 감각 속에 무한함, 내 삶과 결코 분리할 수 없는 막대하고 막중한 애정과 책임이 녹아 있다. 이 말은 특히 팬데믹 시기를 통과하며 드러난 사회의 여러 병폐를 진단하거나 이 시기에 씌어진 문학 작품의 경향과 의미를 분석하는 데 자주 쓰였으나, 고백하건대 나는 엄마가 아니었다면 여전히 이것을 제대로 이해하지 못했을 것 같다. 엄마가 되어서, 모든 말을 온몸으로 통과해서 나는 나를 비로소 발견했다. 물론 이 체험과 한계는 지극히 개인적인 것이다. 가령 당장 돌봄을 받는 쪽이나 돌보는 쪽이 아니어도, 혹은 자기 돌봄의 국면에서도 특별한 곤란과 불편을 경험하고 있지 않더라도 이 말의 의미와 쓰임에 대해서 더 깊은 이해와 실천을 하는 사람들이 있다는 것을 안다. 하지만 나의 경우에는 매 순간 구체적으로 당면하게 되는 육아라는 돌봄의 조건이 신기하게도 매일의 나를 새롭게 한다. 이로써 한 존재의 존재함이 한순간도 그저 당연하지 않다는 사실을 일과의 사소한 지점들에서도 새삼스럽게 깨우치면서, 내가 어떤 판단과 선택을 하는 것이 나 이외의 존재에게 지대한 영향을 미칠 수 있다는 것을 거듭 새기게 된다. 동시에 내가 이렇게 존재하고 있다는 사실에 미친 무수한 돌봄의 시간들을 헤아려보려 애쓴다. 내가 받은 돌봄과 내가 행할 돌봄에 대한 구체적인 경험으로 타자에 대한 존중과 책임을 비로소 조금 이해하게 된 것 같다. 이런 고백을 통해서 문학 작품을 읽고 해석하고 나의 말로써 새롭게 써보는 일의 변화 역시도 이야기해볼 수 있지 않을까. 내가 인식하고 감각하는 것들이 나와 어떻게든 연결되어 있다는 것, 그 관계의 형식과 내용 속에서 내가 존중하고 책임져야 할 것을 분명하게 발견하겠다는 다짐으로 나의 비평은 계속될 수 있을 것이다.

책의 제목을 붙이기가 어려웠다. 오랜 시간 동안 쓴 글들에서 하나의 교차점을 발견하기가 어려웠고, 말들은 하나로 모이기보다는 사방팔방으로 흩어지는 형국이었다. 그 가운데에서 내가 써온 비평은 분명 단 하나의 텍스트에 대한 유일한 텍스트이길 바라는 말들이었다는 것만큼은 분명하게 발견하고 감지할 수 있었다. 그 말들은 당시에도 나중에도 분석하고자 하는 작품에 걸맞기도 하고 그렇지 않기도 했다. 한 작품에 걸맞은 말은 그 밖의 것들을 아우르지 못했고, 세계의 다양한 국면을 포착하려는 말은 한 작품의 유일함을 지워버렸다. 개별성과 보편성, 구체성과 추상성 같은 손쉬운 이항대립에서 갈등하던 말들은 이제 와 보니 결정할 수 없는 것까지도 아울러보려는 욕심과 무지에서

8

비롯된 것이기도 했다. 대개의 좋은 문학은 말로만 이뤄진 게 아니라는 자명한 사실을 제목을 고민하던 중에 새삼스레 깨달았다.

'말과 말 아닌 것'은 언어의 방법으로 포착할 수 있는 것과 그렇지 않은 것을 간단히 분별하고자 하는 의도로 붙인 제목이라기보다는, 문학이 애초에 언어로 씌여졌으나 언어에 미달하거나 초과하는 것들을 말하기 위해 존재한다는 나의 믿음에 대한 표현이다. 문학은 말을 통해서 말할 수 없는 것들을 보여준다. 언제나 문학은 이 밖의 것을 거듭 말의 안으로 껴안아보려는 시도일 것이다.

모두 적을 수 없다는 것은 알지만 이 자리를 빌려 꼭 전하고 싶은 감사의 마음이 있다. 이혜원 선생님께는 문학뿐만 아니라 비평하는 사람의 자세에 대해서 배운다. 시를 이루는 단어와 문장을 빠짐없이 읽고 그 의미를 누구보다 섬세하고 온당하게 풀어내는 선생님의 글은 내게 문학이라는 타자를 정직하게 대면하는 일을 일러주었다. 문학과 비평에 대한 성실한 자세가 곧 삶과 사람에 대한 것이기도 하다는 것을 몸소 보여주시는 선생님이 계셔서 나는 길을 잃지 않을 수 있었다. 무언가를 지키려는 마음으로 오랜 시간 조금씩 구부러졌을 오래된 숟가락을 어느 지면에서 나의 세계로 전해주신 김명인 선생님께는 거듭해 읽고 쓰는 일의 행복을 배웠다. 놀이가 끝날 때까지 보채지 않고 계속 읽고 쓰겠다는 다짐으로 그 가르침에 보답하고 싶다. 글쓰기는 편견의 소산이지만 그로써 누구도 가두지 않고 오히려 모두가 자유롭게 할 수 있다는 것을 일러주신 서종택 선생님과 홍창수 선생님의 제자일 수 있어서 기쁘다. 등단 소식을 전해주신 그날부터 지금까지 언제나 따뜻한 말과 눈빛으로 지켜봐주시는 이근혜 선생님과 나의 첫 책을 다정하게 매만져주신 윤소진 편집자님께, 그리고 문학과지성사에도 각별한 고마움을 전한다. 동시대에 읽고 쓰며 나의 길잡이가 되어준 동료 선후배

들께도 깊은 애정과 응원을 보내고 싶다.

무엇보다 나의 모든 처음을 세상에서 가장 기쁘게 지켜봐오셨을 부모님께 이 책을 드릴 수 있어서 더없이 기쁘다. 나의 허물까지도 빛나는 무엇으로 보아준 다연과 동하가 있어서 조금 더 나은 사람이 될 수 있었다. 허둥대는 나를 늘 애틋하게 지켜봐주시고 물심양면으로 응원해주신 시부모님과 가족들에게도 깊은 감사를 드린다. 가족들의 기도에 조금이라도 보답하려는 마음으로 여기까지 올 수 있었다. 누구보다도 같이 읽고 쓰고 육아하며 애쓴 종원에게 이 책이 작은 기쁨이 되었으면 좋겠다. 앞으로 모든 처음들을 함께할 연우에게 더 성실하고 정직하게 읽고 쓰는 사람이 되겠다고 약속한다.

차례

3부 소설의 시간

4부 문학의 무늬

1부
일상과 문학

시는 일상이다
── 이성복 시의 일상성

1

돌이켜 보건대, 참을 수 없는 문학의 가벼움에 대해 틈만 나면 논의되곤 했다. 그런 논의들은 애초에 예의 그 문학의 진실함과 무거움의 잣대를 정의하기도 전에, 이미 항상 개별 작품들에서 엿보이는 모종의 가벼움을 문제 삼았다. 그것은 문학이라는 커다란 이름하에 개별 작품의 정체를 심문하는 방식으로, 과연 이것이 문학인가 내지는 문학에 이것도 포함할 수 있는가 하는 물음으로 반복되어왔다. 특히 1990년대에 들어 우리 문학의 장(場)을 한동안 들끓게 했던 화제인 '문학의 일상성'이 그러하다.[1] 이때의 일상성은 대체로 '개인의 사생활'에 집중되어 있었다. 대체로 거대서사나 담론의 가능성을 지향했던 1980년대 문학을 호출해, 그에 비해 사회적인 하나의 지향점을 상정할 수 없다는 점, 혹은 개인의 내면으로 방향을 전환했다는 점에서 1990년대 문학의 특징을 발견했다. 즉, 이때의 논의들은 주로 1980년대 문학과 1990년대 문학을 구획하고, 그 차이점 내지는 변화 지점을 짚어내는 방식을 취

---

1 1990년대 '문학의 일상성'에 관한 논의는 주로 다음의 글들을 참고했다. 구모룡 · 남송우 · 박태일 · 송재학 · 한수영 좌담, 「문학지형의 변화에 대하여」, 『오늘의 문예비평』 1993년 겨울호. 한수영, 「90년대 문학의 일상성」, 『오늘의 문예비평』 1999년 가을호.

했던 것이다.

서로 잇닿아 있는 두 시대의 문학이 보여준 변화의 지점에서 많은 논자들은 '갑작스러운' 변화의 원인을 파악해보려 시도했던 것일 텐데, 이제 와 다시 보면 당시 그와 같은 논의들은 애초에 실패를 전제하고 있었던 것도 같다. 그 논의들이 공통적으로 삼았던 저 관점은 각 시대의 문학을 비교할 때 공통된 기준이 마련되지 않았거나 의도적으로 차치되었던 한계가 희미하게나마 드러나고 있기 때문이다. 이제 와 다시 말하자면, 1980년대 문학에 있는 목적성이 1990년대 문학에서는 무화되어버렸다는 해석에서는 (개별 작품 고유의 의미보다는) 목적 지향적인 해석의 욕망만을 읽을 수 있을 뿐이다.

변해온 것은 오히려 해석의 욕망일 수 있다. 그러니까 그에 비해 크게 변화하지 않았을지도 모를 작품의 내적 동기들에 주목해볼 필요가 있다. 이때 주의해야 할 점은, 개별 작품의 기저에 흐르는 내적 동기를—그것과 흡사해 보이는—1990년대 문학의 특징으로 자주 거론되어왔던 일상성과 구별해야 한다는 것이다. 다시 말해, 선험적인 관념이나 이념과는 반대편에 있을 뿐만 아니라 당시의 사회적인 이슈에 큰 영향을 받지 않은, 삶의 보편적인 경험을 바탕으로 삼는 개인의 구체적인 일상을 발견해야 한다. 그것은 막 철로가 놓인 사회와 고속전철이 달리는 사회를 관통하는 일상의 문학적인 감각에 대한 요구이기도 하다. 가령 '기차는 빠르다'라고 하면 될 것을 시는 구태여 '새마을은 빠르다'라고 말할 때, 시의 언어에서 '기차=새마을'이라는 등식은 성립하지 않는다. 문학의 언어는 의도성을 무시하지는 않지만, 의도성을 압도하는 미필적 고의로서 추동되는 것이기도 하다. 작품의 내적 동기를 짐작하는 일은 작품을 이루는 사소하고도 돌연한 낱말들에서부터 시작된다. 그보다 무엇 속에서 시인이 살 때, 거기서 발견되는 것이 진실성이자 곧 일상성이다. 일상성 속에 시인이 진실로 살고 있다.

그러니 '거대'한 무엇이 아닌, '왜소'한 무엇에 주목할 때 문학의 심층에서부터 표층을 뚫고 나오는 문제는 무엇보다도 일상(日常)일 것이다. 일상은 개인의 구체적인 삶, 그 낱낱을 지시하는 말로 생활과 밀접한 의미 연관성을 갖는다. 하지만 앞서 언급했듯 이를 '사생활'과 등치할 수 없는 이유 또한 염두에 두어야 한다. 사생활이 온전히 개인의 것으로 치환된 공시적인 삶의 징표라면 여기서 말하는 일상은 개인의 것으로 표상된 통시적인 삶의 기미이다. 이로써 이 일상이라는 것에서 하루라는 낱낱으로 분절된 시간 이전에 이미 항상 지속되어온 항상성을 발견해보자는 말이다.

그러니 2000년대 시의 일상성에 대해서 말하려 할 때 어김없이 떠오르는 '환상'이나 '비상' 같은, 일상의 반대편에 있는 탈일상의 조건/현상들에서 우선은 우회할 필요가 있다. 우리는 자주 비상구(非常口)를 찾거나 비상(飛翔/非想)하는 이들의 슬픈 상처[悲傷]를 보았고, 그에 못지않게 자주 환상통(幻想痛)을 앓거나 환상(幻像)으로 변신한 이들을 만나기도 했다. 이에 대해서는 수년간 많은 평자들의 열띤 논의가 있어왔고, 그로써 마련된 일단의 잠정적인 결론들을 견지하는 동시에 차츰 수정하는 방향으로 그 논의는 여전히 진행되고 있다.[2] 이 글에서는 2000년대 시의 한 특징을 밝히기 위해 그 논의 이후를 따르기보다는 그 이전의 시를 '다시' 읽어보고자 한다. 그 일환으로 이성복 시의 특징을 살펴보는 일은 유의미한 작업일 것이다. 권혁웅은 시의 특징을 논하는 와중에, 2000년대 시 중에서 "여전히 전대의 발언, 전대의 서정, 전대의 발화 주체에 많은 빚을 지고" 있다고 할 만한, 즉 "전대의 미학을 충분히 승계했다"고 할 만한 시들을 거론한 적이 있다.[3] 그는 그 글

---

2   특히 2000년대 시단을 달구었던 '미래파' 논쟁에서 자주 언급되었던 시인들의 경우가 그러하다. 이 글에서는 그들에 대해서 따로 언급하지 않겠다.

3   권혁웅, 「'미래파' 시의 아름다움을 생각함」, 『실천문학』 2006년 겨울호 참조.

에서 일상을 탈출하는 시들이 새롭게 마련되었다고 여겨지는 그곳에서 이성복의 흔적을 발견할 수 있다고 말한다. 또 다른 글에서 김수이는 "시가 인식론적 사건이 되고, 존재/주체의 명멸의 현장이 되며, 잃어버린 자기 정체성의 역설적인 기술(技術/記述)이 되는 인상적인 경험"을 하게 됐고, 이를 통해 "시대와 사회에 따라 변전(變轉)하는 시와 서정의 '텅 빈 중심'을 확인"했으며, 이는 "당대의 독특한 역사, 사회, 문화 경험과 가치관, 시의 내용과 형식 등이 거주하고 운동하는, 가치 중립적인 무정형의 공간"으로서 "과거의 문학에 대한 현재의 문학의 시차(時差/視差)가 발생하는 바로 그 자리"이기도 하다고 말한다.[4] 이성복의 시를 경유하여 2000년대 시의 한 특징을 살피려는 이 글의 목적과도 부합하는 말이다.

2

이성복은 시작(詩作) 초기부터 일상의 언어를 시 속으로 끌고 왔다는 점에서 주목을 받았다. 그의 시는 섣불리 관념과 이념을 지칭하기보다는 가족이나 개인 화자 주변의 일상적인 이야기에서 구성된다. 그리하여 언어의 불온함이 일상으로 자연스레 환치되는 것은 이성복 시의 중요한 특징이다. 『뒹구는 돌은 언제 잠 깨는가』(문학과지성사, 1980)에서부터 『아, 입이 없는 것들』(문학과지성사, 2003)에 이르기까지, 그의 시는 줄곧 일상을 향해 열려 있다. 그의 시와 시론이 말과 몸의 불가분한 성질에 주로 주목했던 점 역시 그의 문(文)이 삶이라는, 일종의 관념이 아닌, 생생한 생활의 일부로서 일상과 상통하는 것임을

---

4   김수이, 「2000년대 시의 미로와 심연」, 『문학동네』 2009년 겨울호 참조.

증명한다.

> 그날 아버지는 일곱시 기차를 타고 금촌으로 떠났고
> 여동생은 아홉시에 학교로 갔다 그날 어머니의 낡은
> 다리는 퉁퉁 부어올랐고 나는 신문사로 가서 하루 종일
> 노닥거렸다 前方은 무사했고 세상은 완벽했다 없는 것이
> 없었다 그날 驛前에는 대낮부터 창녀들이 서성거렸고
> 몇 년 후에 창녀가 될 애들은 집일을 도우거나 어린
> 동생을 돌보았다 그날 아버지는 未收金 회수 관계로
> 사장과 다투었고 여동생은 愛人과 함께 음악회에 갔다
> 그날 퇴근길에 나는 부츠 신은 멋진 여자를 보았고
> 사람이 사람을 사랑하면 죽일 수도 있을 거라고 생각했다
> 그날 태연한 나무들 위로 날아 오르는 것은 다 새가
> 아니었다 나는 보았다 잔디밭 잡초 뽑는 여인들이 자기
> 삶까지 솎아내는 것을, 집 허무는 사내들이 자기 하늘까지
> 무너뜨리는 것을 나는 보았다 새占 치는 노인과 便桶의
> 다정함을 그날 몇 건의 교통사고로 몇 사람이
> 죽었고 그날 市內 술집과 여관은 여전히 붐볐지만
> 아무도 그날의 신음 소리를 듣지 못했다
> 모두 병들었는데 아무도 아프지 않았다
>
> ──「그날」 전문[5]

황동규는 시집 해설에서 "아버지·여동생·어머니의 상황, 그리고 〈나〉
가 움직이며 관찰하는 세계가 이처럼 속도감 있게 그려진 詩는 별로

---

5 이성복, 『뒹구는 돌은 언제 잠 깨는가』, 문학과지성사, 1992.

없을 것이다. 이 시에서도 아버지의 〈떠남〉이 누이의 〈감〉을 부르고, 떠나고 감의 신체적 담당 기관인 〈다리〉(어머니의)가 꼬리에 꼬리를 문다"라고 말하면서 이성복 시의 특징을 '속도감'과 자연스러운 '연쇄 연상'으로 요약한다. 이는 이성복의 시작법(詩作法)을 초현실주의 기법과 비교해 말할 여지를 만든다. 하지만 그 해설은 그러한 특징에도 불구하고 이성복 시가 놓치지 않는 내밀한 것들, 가령 "자아가 몸담고 있는 소시민 생활의 파괴, 거기에 이르는 인간적인 아픔"에 주목하여 섣불리 그의 시에 초현실주의의 '부수적인 기법'의 꼬리표를 달지 않아야 한다고 주장한다. 비슷한 맥락에서, 이성복 시의 화자가 궁극에 말하고자 하는 것은 어떤 고통이며, 화자는 그것을 "그날"이라고 하는 특정한 하루의 일과에 비추어 말하고 있다는 점에 주목해보자.

시의 도입부에서 제시되는 것은 일과를 시작하는 가족의 구체적인 행태들이다. 아버지는 떠나고 여동생은 학교에 가고 어머니의 다리는 퉁퉁 붓는다. 이들의 생활을 낱낱이 소개하며 시를 시작하는 것은 곧 이들이 화자의 가족이라는 공통점을 지니긴 하지만 그뿐, 각자 서로의 일상적인 고통에 더 무심한 존재일 수도 있다는 것을 강조한다. 화자는 종일 노닥거리다가 집으로 돌아오는 길에 자기의 삶을 솎아내고, 자기의 하늘을 무너뜨리는 이들을 본다. 단순히 노임을 위해 일하는 평범한 이웃들의 생활에 화자의 주관이 작동하는 것이다. "前方은 무사"하고, "驛前에는 대낮부터 창녀들이" 있다는 진술 역시 화자의 의도가 개입한 흔적이 있다. 여러 방향 중에 앞[前]의 상황에, 역 앞에 서성이는 사람 중에 왜 하필 창녀들에 주목한 것인지 그 의도를 의식하게 함으로써 저 진술은 (또 다른 시에서 "유곽"으로 은유한 바 있는) 그러한 일상이 앞으로도 지속될 것이라는 암시를 태연하게 그린다.

속도감 있게 진행되는 저 완벽한 일과("세상은 완벽했다")의 서술은 마지막 구절, "모두 병들었는데 아무도 아프지 않았다"에 이르러 모조리 역설이 된다. 아무렇지 않게 흘러가는 듯한 일상이 실상 아무렇지 않은 게 아니었다는 반전, 다시 말해 일상이 곧 비일상인 아이러니가 저 화자의 생활을 잠식하고 있다. 이 충격적인 결론은 무기력하고 병든 일상이 고통에 내성이 생긴 자의 것이라는 점에서 화자의 더한 절망을 짐작하게 한다.

3

이처럼, 이성복 시의 화자는 특별한 사건을 형상화하지 않고, 평범해 보이는 일상 속에서 삶의 고통 혹은 생활의 아픔을 생생하게 체현해왔다. 화자의 내밀한 상처는 시간이 지나도 쉽게 치유될 만한 것이 아니어서, 변하지 않는 이성복 시의 특징으로 꼽힐 만하다. 2000년대에 들어 이성복이 낸 시집 두 권에는 화자의 사소하고도 구체적인 체험을 그대로 노출한 시편들이 대다수를 차지한다.

산을 올라가다가 이 괴로움 벗어
누구에게 줄까 하다가,
포크레인으로 파헤친 산중턱
뒤집혀 말라가는 나무들을 보았다
薄明의 해가 성긴 구름 뒤에서
떨고 있는 겨울날이었다
잘린 바위 틈서리에서 부리 긴 새들이
지렁이를 찢고 있었다
내 괴로움에는 상처가 없고, 찢겨
너덜너덜한 지렁이 몸에는

시는 일상이다　　　　21

괴로움이 없었다

——「6 이 괴로움 벗어 누구에게」 전문[6]

시의 화자는 "괴로움"을 등산과 같은 일상적인 체험에 연관 지어 말함으로써 자신의 내면을 구체화하여 토로한다. 가령 공사 중이라 파헤쳐진 산 중턱에서 "뒤집혀 말라가는 나무들"과 "잘린 바위"들을 보는 일에 대한 화자의 진술은 곧 자신의 내면 상태가 그와 같다는 고백이기도 하다. 한때는 굳건할 것이라 믿어왔던 자신의 내면이 외압에 의해 마구잡이로 파헤쳐지고 부서지게 되어 화자는 괴로움을 느끼는 것이리라. 이와 같은 짐작은 곧장 화자의 다음 시선으로 이어진다. 화자는 다시 폐허처럼 보이는 산 중턱의 부서진 바위틈에서 "부리 긴 새"에 의해서 찢어지는 "지렁이"를 본다. 괴로운 자의 눈에는 자연스러운 생명의 일조차도 무자비한 폭력과 고통의 연쇄 작용으로 보이며, 그와 같은 일이 일어나는 현장으로서의 자연이 곧 괴로움의 근원이다. 그것은 살갗만으로 적에게 노출되어 있어서, 혹은 주변이 온통 자신에게 해로운 것이어서 사소한 자극에도 쉽게 상처를 입을 수 있는 연약한 생명인 지렁이와 자기를 동격화하는 시선이기도 하다. 이로써 화자는 자신의 마음이 지렁이의 몸처럼 "너덜너덜"하게, 극심한 괴로움을 겪고 있다는 점에서 동일한 상태라고 말한다.

미물의 몸과 자신의 마음을 구분하는 동시에 겹쳐놓으며, 이성복의 화자는 이 시에 그 옛날의 목소리를 다시 불러들인다. "모두 병들었는데 아무도 아프지 않았다"라고 말하는 이의 치욕은, '상처 없는 괴로움'을 '상처투성이의 몸'을 처연히 받아들이는 생명 앞에서 문득 부각되는 것이다. 다만 그 치욕은 겉으로 보기에 아무런 상처 없는 이가 속으로

---

6   이성복, 『아, 입이 없는 것들』, 문학과지성사, 2003.

느끼는 괴로움에서만 비롯된 것은 아니다. 저 시의 시작을 보라. 화자는 자신의 괴로움을 충분히 겪는 듯하지만, 그와 동시에 그 괴로움을 "누구에게 줄까" 하며 모종의 책임을 전가하려는 회피 의식 역시 감추지 못한다. 이를 스스로 반성하는 마음이 지렁이의 찢긴 몸에서 자신의 괴로움을 재차 자책하는 태도로 드러나는 것이다("내 괴로움에는 상처가 없고").

이렇듯 이성복 시의 화자는 꾸준히 내면의 고통에 천착하여 일상을 살아간다. 그러므로 그 일상은 지극히 사소해 보이나, 오래전부터 있어온 치욕을 바탕으로 하였으므로 새로운 것일 수는 없다. 이렇게 말할 수도 있겠다. 매 순간 화자에게 닥치는 일은 새로울 수 있으나 이를 받아들이는 화자의 시선 내지 마음은 변함없는 메커니즘처럼 새로운 괴로움으로 변환한다. 그리하여 이성복 시의 화자들이 지닌 괴로움이 시편마다 제각기 다른 형상으로 제시되는 것은, 이성복의 시를 관통하는 근원적인 괴로움이 있고 각각은 그것의 변용이 아닌가 하는 심증이 되기도 한다. 이성복이 끊임없이 벗어나려고 했던 "薄明" 같은 괴로움은 몸에 걸쳐진, 몸과 함께 있는 것이어서 그만큼 더 집요하고 일상적인 것이었다. 그러므로 이성복 시의 화자는 괴로움과 같은 내면의 고통에서 벗어나기를 바라는 동시에, 벗어버리는 일이 기적이 되는 숙명처럼 그것을 일상으로 취급했던 것이다.

> 그는 내가 아니다, 그러므로 나는 그다. 그의 사유는 운동이고 실천이다. 그에게 기도와 기적은 동시적인 일이다. 나에게 사소한 것들은 그에게 소중한 것들이며, 나에게 죽음인 것은 그에게 생명이고, 나에게 현실인 것은 그에게 꿈이다. 그의 나이는 우리 종족의 나이이며 인류의 나이이다. 누가 그를 다른 이름으로 부른다 할지라도 나는 그를 나의 '몸'이라고 부르리라.[7]

시는 일상이다   23

앞의 인용문에서 이성복이 말하는 몸은 "그"라는 3인칭으로 호명되면서 최대한 객관적으로 진술된다. 무엇보다도 이 글에서 주목하고자 하는 것은, 강조 표시된 부분에서 보이듯, 시인에게 사소한 것과 소중한 것, 죽음과 생명, 현실과 꿈이 구분될 수 없음이 "몸"이 있기에 가능하다는 점이다. 이성복의 시에서 생생한 체험으로 나타나는 일상은 곧 생사를 아우르는 삶의 국면이기에 그때의 고통이 단순히 일회적인 것이 아니라 화자의 삶 전반을 장악하는 것이라고 볼 수 있다.

무엇보다도 이성복의 시에서 몸이, 몸의 감각이, 생생한 체험이 우선될 때 표면적으로는 매번 다른 생활의 구체적인 장면들이 그려지지만 그 기저에는 몸에 각인된 하나의 고통이 자리하게 된다는 것이다. 이에 대해서는 눈 밝은 평자들이 이미 말한 바 있다. 한 평자는 이렇게 말했다. "이성복에게 있어서는, 그 자신이 그 세계이며, 그 세계를 치욕스럽게 만드는 욕망의 자리이다."[8] 또 다른 평자는 다음과 같이 말했다.

> 이성복에게 몸은 우선 고통의 밑자리이다. 몸은 늘 고통에 처해 있을 뿐만 아니라, 받은 고통을 재생산하여 세상에 난폭하게 되돌린다. […] 이 고통 때문에 몸은 자아를 속화된 세계 속으로 끌고 들어가는 타락의 제일선이며, 비겁함과 탐닉과 권태가 비집고 들어앉은 가건물이다. […] 시간의 틈새에서 긴장이 풀린 시인의 시선을 "문득" 가득 채우는 것도 하나의 무료한 육체이다. […] 이렇게 말하면, 이성복이 육체를 거부하고 어떤 정신주의를 지향하고 있다

---

7   이성복, 「울음이 끝난 뒤의 하늘」, 『나는 왜 비에 젖은 석류 꽃잎에 대해 아무 말도 못 했는가』, 문학동네, 2001, pp. 144~145. 강조는 인용자.

8   김현, 「치욕의 시적 변용」, 『남해 금산』 해설, 문학과지성사, 1986, p. 100.

고 오해할지도 모르겠다. 그것은 아니다. 이성복은 오히려 육체의 편에 서 있다. 육체의 고통은 그를 한탄으로 이끄는 것이 아니라, 식물과 동물, 그리고 자주 무기물이 누리고 않는 범생명에 새로운 시선을 열어놓는다.[9]

이성복 시의 몸은 일상의 구체성을 실현하는 매개이자, 무엇보다도 개인의 감각을 무한히 열어놓는 자리이다. 제한 없는 시공간이 그의 몸을 관통할 때, 그의 시는 가장 비일상적인 면모를 띠면서도 가장 일상적인 것이 된다. 이를 이성복의 화자는 "받은 고통을 재생산"하는 일로써 시를 쓴다고도 말할 수 있을 것이다. 그리하여 이성복 시의 일상은 곧 시를 쓰는 일에 대한 혹은 하나의 진실에 대한 탐구에 닿아 있는 활동으로 이어진다. 이는 보편적인 삶의 조건이 곧 진실을 (순간적으로나마) 구체화한다는, 일상의 비의에 대한 느낌의 추동이기도 하다. 시인은 그 느낌에 대해 오래전 다음과 같이 기록했다. "우리가 이 세상에서 자신을 속이지 않고 얻을 수 있는 하나의 진실은 우리가 지금 〈아프다〉는 사실이다. 그 진실 옆에 있다는 확실한 느낌과, 그로부터 언제 떨어져나갈지 모른다는 불안한 느낌의 뒤범벅이 우리의 행복감일 것이다. 망각은 삶의 죽음이고, 아픔은 죽음의 삶이다."[10]

4

시를 쓰게 하는 어떤 느낌의 발생, 혹은 시적 영감의 작용만으로 한

9   황현산, 「소외된 육체의 고통」, 『서평문화』 2003년 가을호, pp. 31~32.

10   이성복, 「시인의 말」, 『뒹구는 돌은 언제 잠 깨는가』.

편의 시가 생겨날 수는 있겠지만 그것만으로는 시의 자리가 깊어질 수는 없다. 다시 말해 '느낌은 어디에서, 어떻게 오는가'에 대한 추상적인 서술만으로는 시의 묘미를 충분히 말할 수 없다. 그렇다면 또 무엇이 필요한가. 이성복의 시는 '그것'을 절묘하게 은유한다.

여름날 골프 연습장 나일론 그물 안으로 들어온 여치는
이제 이슬도 못 마시고 풀잎도 못 뜯어먹을 것이어서,
바깥으로 날려주려고 그물에 붙은 몸을 떼어내려 해도
꿈쩍도 않고, 한 번 더 힘주자 기다란 다리가 뚝 떨어졌다
한쪽 다리가 없는 여치는 바깥으로 내보내 주려 해도
몇 번 날갯짓 하다가 시멘트 바닥으로 떨어지고 말았다
남은 다리를 주머니에 쑤셔 넣고 집에 돌아와 꺼내 보니,
가느다란 종아리는 떨어져 나가고 남은 무릎은 통통했다
지금 한쪽 다리만 남은 여치는 거미나 개미 밥이 되었거나
나날이 짙어가는 가을볕에 시들어가겠지만, 말린 노란 꽃
사이 끼워 둔 여치 무릎은 철 지난 후회처럼 푸르기만 하다

—이성복, 「시창작연습 2」 전문[11]

화자는 "골프 연습장 나일론 그물 안으로 들어온 여치"를 만난다. 그 여치를 본 화자는 여치의 입장이 되어("이제 이슬도 못 마시고 풀잎도 못 뜯어먹을 것이어서") 고심 끝에 그것을 그물 밖으로 내보내려고 한다. 그물에 붙어 떨어지지 않으려고 버티는 여치와 그것을 무력으로 떼어내려는 화자 사이의 팽팽한 접전 끝에 여치의 다리 하나가 몸통에서 떨어져나가고, 결국 "한쪽 다리가 없는 여치는 바깥으로 내보내주

---

11 이성복, 『래여애반다라』, 문학과지성사, 2013.

26

려 해도" 균형을 잡지 못하고 "시멘트 바닥으로 떨어지"고 만다. 화자는 여치의 떨어진 한쪽 다리를 주머니에 넣어 집으로 가져오고, 한참 후에 그것을 다시 발견한다. 이와 같은 시의 정황상, 화자로 하여금 시를 쓰게 한 동인(動因)은 마른 꽃 "사이 끼워 둔 여치 무릎"의 인상, 즉 여전히 "푸르기만 하"다는 점에서 화자로 하여금 "철 지난 후회"를 하게 하는 그 기이한 느낌이라고 할 수 있다.

여치를 만났던 일이 "여름날"의 것이고, 여전히 푸른 여치의 무릎을 다시 발견한 일이 가을("나날이 짙어가는 가을볕")의 것이므로 우선 각 사건 사이의 시간은 한 계절이 바뀌는 동안으로 추측된다. 하지만 여름과 가을이라는 시제가 시에서 씌어졌을 때, 우리의 공감은 그처럼 물리적으로 계산된 시간에 닿지 않는다. 오히려 저 여름과 가을은 한 해를 사이에 둔 때일 수도 있고, 혹은 여름의 습함과 가을의 건조함을 비유적으로 지칭한 걸 수도 있다. 중요한 것은 여름과 가을이 '어떤 사이'를 두고 떨어져 있는 때라는 점이다.

화자는 "지금" 어떤 후회를 한다. 그것은 "철 지난"이라는 형용에 의해서 지난여름에 있었던 일, 즉 여치의 몸과 삶을 다치게 했던 자신의 과오를 뉘우치는 것으로 보인다. 하지만 그 후회가 왜 하필이면 "지금" 새삼스럽게 이뤄지고 있단 말인가. 그야 물론 "지금", 우연히 "말린 노란 꽃" 사이에 있는 여치의 무릎을 다시 보게 되었기 때문이기도 하겠지만 그것만으로는 저 낯선 느낌, 즉 여전히 날것의 푸른빛이 강조되는(보조사 '만'의 사용) 후회의 발원을 감당할 수 없다. 그러므로 다음과 같이 짐작해볼 수 있겠다. 화자에게는 어느 여름날, 여치처럼 외압을 견디다 몸(혹은 마음)이 상한 일이 있을 테다. 그런 경험이 화자로 하여금 여치와 같은 미물의 몸을 상하게 한 일을 각별하게 느끼도록 하고, 그에 대한 증거로 여치의 일부를 제 안에 간직하게 했을 것인데, 아마도 그 일로 인해 한동안 화자의 마음을 어떤 후회가 들쑤셨으리라("남은 다리를 주머니에 쑤셔넣고"). 이렇게 화자가 그 사소한 일을 사소하게 여기지 않았음은 집에 돌아와서도 어떤 상해의 증거를 재차 꺼내본 일로, 또한 그것을 책갈피에 끼워 넣은 일로도 짐작된다.

뒤늦게 찾아오는 감정이 있을 수 있다. 수없이 되돌아오는 감정도 있을 수 있다. 하지만 어떤 좋은 시에는 어느 절묘한 순간, 단 한 번 솟아올라 그 이후를 잠식하는 감정이 있다. 그러니까 저 시에서의 "철 지난 후회" 같은 것. 저 후회는 단순히 어느 여름날 여치를 해친 일에서 발생한 것이 아니다. 여치를 해한 직후에 있었을 후회가 다시 후회로서 돌아온 것은, 다시 말해 저 후회의 반복은 하나의 오래된 일상이다. 어느 날, 화자가 베푼 선의가 상대를 곤경에 처하게 만든 일, 혹은 그 반대의 경우가 먼저 있었을 것이고, 화자가 책갈피에 꽂아둔 꽃처럼 그 일을 간직하는 동시에 망각하게 되는 일이 나중에 있었을 것이다. 그러므로 오랜 후 어느 날, 문득 책 사이에 끼워진 잘 마른 꽃을 보듯 우연히 그때를 상기함은 수시로 있을 일이 된다. 이렇게 어떤 곤란은 여전히 지속되는("나날이 짙어가는 가을볕에 시들어가겠지만") 느낌으로 재생되는 것이다.

그리하여 시의 제목이 암시하는 바가 있다. 시의 제목이라 하기에는 어딘가 어색해 보이는 "시창작연습"은 일면 저 시가 '시 창작' 과정을 여과 없이 보여주는 것임을 암시하는 동시에, 완결된 한 편의 시가 갖는 허구성을 말하는 것 같기도 하다. 과연 '후회'의 종결 지점이 있을까. 그 어느 때부터 화자의 내면에 깃들어 있는 그것은 일상을 함께하면서 또 다른 후회의 맹아처럼 푸르다. 화자에게 후회가 그러하듯 시 쓰기의 끝은 없고, 그러므로 지금의 시는 언젠가 쓰게 될 단 한 편의 시를 위한 '연습'일 수밖에 없을지도 모른다.

그러니 어떤 시가 날것의 생생함을 간직하는 이유 중 하나는 그 시가 일상을 장악하는 후회와 같은 고질적인 정감을 지니고 있어 비롯된 것이라고 감히 말해보자. 앞선 시에서 보았듯이 후회는 후회로서 무르익지도 시들지도 않은 채, 그렇게 보존된다. 끊임없이 돌아올 수밖에 없는 것, 그 느낌을 보존하기 위해서 시는 시 쓰기 과정에서만, 시를 쓰는 행위를 지속한다. 일상을 시로 형상화하는 게 아니라 시 쓰기를 곧 일상화하는 일, 이것이야말로 이성복 시가 삶의 진실을 담보하려는 노력의 일환이다.

시인 이성복은 거의 40여 년에 걸쳐 시작 활동을 하고 있지만 그의 시의 안팎을 장악하는 것은 변함없이 일상이다. 그의 시집들을 차례로 읽어보면 1980년에서든 2003년에서든 일상은 여전한 것이라고 말할 수밖에 없게 된다. 또한 이성복의 시에서 화자들이 지극히 안정적인 호흡으로, 별일 없는 일상에 대해 말할 때 우리는 종종 어떤 기이한 느낌을 받는데, 그것은 앞서 살펴본 대로 시의 화자가 이미 항상 (비)자발적으로 체득하고 있는 정감에 연유한다. 시인 혹은 화자가 끝내 벗어내지 못하는 치욕과 회한 같은 괴로운 감정은 그들로 하여금 사소한 일상을 더 이상 사소하지 않은 것으로 느끼도록 하는지도 모른다. 그리하여 이성복 시의 일상으로부터 우리는 그것이 권태와 불안으로 이뤄지는 것임을 새삼 깨닫게 된다. 여전히 시인이 살아내고 있는, 이 낯익은 유산으로 하여금 우리 시에 그려지고 있는 익숙한 일상은 우리가 단 한 번도 살아본 적 없는 기이하고도 낯선 자리가 되는 것이다.

시를 짓고, '나'는 산다
── 신해욱과 김언의 시

1. 어떤 마음으로부터

지금 여기서, 모든 시는 서정시라는 전언을 되새겨본다. 시를 지배하는 것은 일차적으로 시인의 정서가 아닐 수 없고, 시의 화자는 시인 자신이 아니고서는 존재할 수가 없다. 혹여 알 수 없는 힘에 이끌리는 순간에도 시인은 시를 짓는 이가 '나'라는 자명한 사실에서 벗어날 수 없다. 그러나 한 편의 시가 누군가에게 읽힐 때만큼은 시인의 존재는 장막에 가려진다. 누구도 시 속의 '나'를 시인이라고 말하지 않는다. 다만 지금 여기서, 장막에 비치는 그림자를 주목해보려 한다. 그 그림자는 무엇보다도 시의 무대에 등장한 화자의 존재를 의심하게 한다. 다시 말해, 이 의심은 시인이 어떤 의도로 화자를 시의 표면에 내세운 것인가이다.

시의 화자가 '나'인 경우 그 일인칭 주어를 곧장 시인이라고 할 수는 없다는, 새삼스러운 말을 덧붙여야겠다. '나'로 하여금 이야기되는 시는 두 가지 가능성 위에 놓여 있다. 하나는 시인의 직접적인 목소리일 것, 또 다른 하나는 시인이 만든 가상의 일인칭 주체의 목소리일 것. 전자의 경우 시의 전언은 곧 시인이 시의 형식을 통해서 하고자 하는 말과 다르지 않을 것이고, 후자의 경우 시는 그 메시지를 전하기에 적합한 인물을 통해 전해지는 말이다. 대부분의 시들은 화자라는 허구적 주체, 혹은 가상의 인격을 통해서 이야기를 전한다. 그러므로 한 편의 시에서 '무엇'을 말하고 있는지만큼이나 중요한 것이 '누가' '어떻게' 말하는가이다. 화자의 말하기 방식은 그의 인격을 드러내는 일과 다르지 않고, 그로써 화자라는 인물 자체가 시인이 시로써 반영하려는 세상을 암시하기도 한다. 이렇게 화자는 시인의 진심을, 또한 시의 진정성을 좌우한다.

그런 이유로 화자의 자리에 '나'만을 기입하는 시들이 있다. 거기서 일인칭 화자가 대변하는 것은 시를 짓는다는 행위에 대한 시인의 자의식이자, 말하는 '나'에 대한 자기반성이다. 어떤 이야기가 시의 형식으로 직조될 때 그 사이에 끼어드는 것은, 범박하게 말해 시인의 감각 체험과 생각/상상의 과정일 테지만, 그들을 압도하고 끝내 무화시킴으로써 시인으로 하여금 다시 '나'라고 쓰게 하는 힘이 그들 시에는 있다. 그러므로 그 특별한 시에서의 '나'는 시인의 내면으로 향하는 통로 역할을 하기도 한다. 다시 말해 자기 자신을 향한 시인의 관심은 '나'를 통해서 사람을 향하는 마음이 된다. 그 시들에서 시인의 분신과 같은 '나'는 "나는 내가 되어가고"(신해욱, 「축, 생일」) 있다고 고백하기도 하고, 때로는 "나는 모든 곳에 있는 존재라고"(김언, 「벤치 이야기」) 떠벌리기도 한다. 그리하여 그 특별한 시들이 전하는 것은 '나'를 '나'이게 하는 유일한 근원은 어떤 진심이라는 사실이다.

그 시들이 취하는 방식은 기본적으로 일인칭의 장르라고 여겨져온 시의 형식적 특성을 응용하는 것이다. 그 시들에서는 소설에서 여러 인물 간의 갈등으로 표현되었던 이야기를, 한 개인의 내면 갈등으로 우회시켜 표출한다. 감각하고 생각하고 상상하는 '나'는 무수한 '나'와 갈등하고 화해하고, 분화하고 화합한다. 이 자명한 사실로 김언과 신해욱은 시를 짓고, 그 속에 '나'를 진심으로 살게 한다.

2. 속수무책의 마음

신해욱의 시에는 단 하나의 화자만 있다. 주의 깊게 읽어본 이라면 누구나 알 수 있듯이, 신해욱 시의 대부분의 주어는 '나'이다. 그러니 신해욱 시의 경우라면 화자라는 용어를 '나'로 대체해도 무방할 것 같다. 다시, 이렇게 말해야겠다. 신해욱의 시에는 단 하나의 '나'가 무수히 있다. 실상 다수의 '나', 혹은 '나들'이라는 말에는 어폐가 있다. 누구도 자기 자신을 복수형으로 칭할 수 없기 때문이다. 스스로 자신을 호명하는 순간, 즉 '나'라고 말하는 그 순간에는 하나의 '말하는 나'만이 존재하지 않겠는가. 그렇지만 유일자로서의 '나'를 부정하는 그 이상한 '나들'이 '어떻게' 존재하는지에 대한 질문과 대답은 무수히 제기되어왔다. 그것은 대개 개인의 체험을 통한 감각의 분화로 설명되기 일쑤였다. 그러니까 '나'가 단 하나로 존재할 때 그것은 '나'의 신체를 의미할 뿐, 생각하고 느끼고 말하고 글을 쓰는 '나'는 서로 다른 '나'일 수 있다는 말이다.

신해욱 시의 '나'는 그 말에서 태어난다. 다시 말해, 신해욱의 시 전면에 내세워진 '나'는 이미 항상 복수로 존재할 가능성을 품고 있으며, 그로써 그들이 던지는 질문은 '나'는 '왜' 복수형으로 존재하는가 혹은 어째서 그렇게 존재해야만 하는가에 가깝다. 그 질문은 무엇보다도 '나'의 내면에 닿아 있다. 말하자면, 이 내면이란 신체의 감각보다는 생각이나 상상을 좌우하는 마음에 가까운 것이다. 이 마음에 대해서는 차차 이야기하기로 하자.

신해욱의 시에서 '나'에 버금갈 정도로 자주 언급되는 것은 얼굴 없는 화자이다. 화자는 또한 이름이 자기에 대해서 아무것도 알려주지 못한다고 여기듯, "앞으로는 이름을 나눠 갖기로 하자"(「따로 또 같이」)고 말하기도 한다. 이것은 흔히 이야기해왔던 정체성에 관한 이야기가 아니다. 누구에게나 여러 개의 가면이 있어서, 주어진 조건이나 상황에 따라 얼굴과 이름을 바꿀 수가 있으므로, 진정으로 '나'의 것이라 할 만한 얼굴과 이름이 없다는 말이 아니다. 신해욱 시의 '나'는 그와는 다른 자리에 있다. 신해욱 시의 '나'는 가식과 허언으로 대해야 할 타인을 알지 못하기 때문이다. 덧붙이자면, 이 타인은 '나'와는 무관한 별개의 존재가 아니라 '나'의 이름을 나눠 가질 수 있는 '나'의 일부이다. 그러므로 간혹 신해욱의 시에서 '너'나 '우리'라는 호명이 등장할 때조차 그것은 '나'가 또 다른 '나'를 부르는, 분신의 이름이다. 가령 '나'가 '너'에게 "실은 내가 부러웠던 건/네가 아니라/너의 부드러운 손가락"이라고 말할 때, 여기서 '너'는 장갑을 끼고 있는 '나'를 지칭한다. 장갑을 끼었더니 "터무니없이 손이 작아졌다"고, "무릎 위에 놓으니까/무척 이상하다"(「손」)고 말하는 '나'는 장갑을 끼우기 전의 '나'와는 다르다. 또한 '나'가 "공기 속에는/우리의 흔적이 무척 많이 남아" 돈다고 말할 때의 '우리'는 마치 투명한 유리에 여러 번 겹쳐 찍힌 '나'의 손자국들이다. 그러니 '나'가 "유리는 어떤 유리라도/투명할 테니까/지문이 많아도 괜찮을 것이고/여러 개의 이름을 겹쳐 쓸 수도 있다"(「100%의 집」)고 말할 때, '나'의 흔적이 여러 번 겹쳐 찍혀 '우리'를 이룬다면, '우리'가 여러 번 겹쳐 씌어져서 다시 '유리'처럼 투명한 무엇을 만든다고도 생각/상상해봄 직하다.

결국 신해욱 시의 '나'에게 중요한 것은 '나'를 상상/생각하는 일이다. '나'를 이루는 것은 타인의 욕망 혹은 시선이 아니라 '나' 자신의 상상/생각이다. '나'는 어떤 표정과 행동 이전에 놓인 순전한 자기에 대해서 상상/생각하려 한다. '나'는 왜 그런 표정을 짓고 그렇게 행동하는가를 생각하고, 생각처럼 될 리 없는 얼굴과 신체, 정확히는 무수한 신경 다발과 근육 조직으로 이뤄져 있을, 이목구비와 사지의 자율성에 대해서 상상한다. 그러므로 신해욱 시의 '나'가 얼굴이 없다고 말할 때, 그 얼

굴은 타인에게 보여주기 위한 여분의 얼굴을 가리키고, '나'는 그 허구
의 얼굴을 가리려 한다.

한쪽 눈에 하얀 안대를 하고
하얀 마스크를 썼다.

쥐에게도 개에게도 얼굴이 있다는 걸 생각하면
나는 터무니없이 부끄러워지고
풀이 죽는다.

토끼의 목소리를 들었다.
나는 알비노야. 자네는?

제발 가라. 한쪽 눈을
강제로 감았다.

*

실은 입이 점점 병들고 있는 중이었다.

동시에 두 개의 말이 나오는데

나는 말의 방향을 짐작할 수 없었다.
이빨에 힘을 줄 수도
턱을 움직여 음식물을 씹을 수도
없었다.

광대뼈가 움직였다.

　　　*

아마도 나는
우리를 탈출한 흉폭한 동물을 생포하기 위한 예행연습.

나는 단련되어가고 있었으나
그것은 상상 불가능한 표정이었다.

여분의 마스크와 안대를
주머니에 넣었다.

얼굴이 없는 불행을 견디기엔
나는 너무 나약했다.

　　　　　　　　　　　　　　　　　—「생물성」 전문

　'나'는 안대와 마스크로 얼굴을 가리고 있다. 그럼으로써 다음과 같
은 의문을 갖게 한다. 왜 한쪽 눈만 가렸을까, 혹은 눈과 입을 가린 이
유는 무엇일까. 그러니까 '나'는 왜 얼굴의 전부가 아닌 일부를 가렸을
까. 마치 병에 걸린 것처럼 보이는 '나'의 모습과 행동을, 혹은 그에 깃
든 의도를 의심하는 것으로부터 신해욱 시의 '나'와 대면하게 된다.
　　우선, '나'가 한쪽 눈을 가렸다는 것은 그 행위 자체에 어떤 의미를
부여하기보다는, "나에게는 두 개의 눈이 있다"(「나와는 다른 이야기」)
는 사실을 환기하기 위함인 듯 보인다. '나'는 다른 시에서 "매일 다른

시를 짓고, '나'는 산다　　　　　　　　　　　　　　　　35

눈을 뜬다"고, 그로써 매일 다른 눈을 갖고 태어나는 무수한 '나'는 결국 "한 번에 한 사람이 된다"(「눈 이야기」)고 말하기도 한다. 그렇게 말하는 이유는 '나'는 한 번에 하나의 감각만을 수용할 수 있는 어떤 한계를 안타까워하기 때문이다. 이에 연관하여 "두 개의 말이 나오는" 입을 가리는 '나'는 어떻게 이해할 수 있을까. '나'가 입을 가릴 때, 연상되는 것은 그 반대의 경우이다. 즉, '나'의 입을 가리지 않았을 때 누군가가 듣게 될 "두 개의 소리"이다. 동시에 발화되는 그 두 개의 소리는 두 개의 귀를 가진 '나'에게 맞춤한 이야기인가. 하지만 또 다른 시에서 '나'는 "두 개의 눈과/두 개의 귀와/수많은 머리칼이 있지만//나의 몫은/그런 식으로 존재하지 않는다"(「따로 또 같이」)고 말한다. 그러니까 '나'의 생각이나 상상은 신체적인 조건이나 특성에 구애 받는 것이 아니다. 마찬가지로 '나'는 자신의 얼굴을 구성하는 이목구비를 제어하지 못한다. 그리하여 끊임없이 '나'를 속수무책으로 만드는 것은 이목구비의 변화가 이뤄내는, 표정이라는 찰나의 얼굴, 그것의 정체이다. 그것은 '나'에 의해 드러나는 '나'의 생각이나 상상의 징조가 아니다. 그것은 문득 "180도로/다른 얼굴이 되"는 일처럼 '나'로 하여금 또 다른 '나'를 발견하는 마음의 현상이다. 그것은 "하얀 장갑을 끼고/열 개의 손가락을 가"(「굿모닝」)지는 일에서도 발견된다. '나'의 눈에 보이는 열 개의 손가락은 손가락 장갑을 낌으로써 새삼스럽게 발견하게 되는 사실이다.

그러므로 다시, 저 시에서 "동시에 두 개의 말이 나오는" 병에 걸렸다는 말이나 "강제로" 한쪽 눈을 감았다는 '나'의 말에서 짐작되는 바는 오히려 '나'의 자유로운 속성이다. "동시에" 두 개의 말을 할 때, '나'의 그 말은 서로 다른 말이 혼재하는 말, 그럼으로써 끝내 '나'의 말이라 할 수 없는 말이므로, 자신의 비밀스러운 증상을 고백하는 듯한 '나'의 말 역시 일종의 역설이라 할 수 있다. 실상 턱을 움직여 음식을 씹고 말을 하는 일이 오로지 '나'의 의지에서 비롯된 힘으로 이뤄지지 않는다는 것을, '나'는 감추듯 드러내고 있다. 이로써 입을 가린 '나'의 메시지는 "나는 말의 방향을 짐작할 수 없었다"는 구절에서 짐작된다. '나'의 몸에 엄연히 존재하는 불수의근처럼, '나'의 말 역시 '나'의 의지를 넘어서는 것에 있다. 그 힘이야말로 이미 언급했던 '나'의 생각이나 상상을 넘어서는 데서("그것은 상상 불가능한 표정이었다") 슬며시 드러나는 '나'의 마음이다.

일반적으로 생각했을 때, 사람의 얼굴에는 그 사람의 생각이나 감정 상태가 드러나기 마련이다. 혹은 이목구비를 강제로 움직여 치장과 허구의 표정을 만들기도 하는 자리가 얼굴이다. '나'의 본능과 의도가 충돌하는 곳, 생물성과 사회성이 겹쳐지는 자리가 '나'의 얼굴인 것이다. 신해욱의 시는 '나'가 자기를 호명하는 추상적인 지명(指名)을 구체적으로 실재하는 얼굴로 대신한다. 때때로 '나'는 자신의 낯선 얼굴을 본다. '나'는 견뎌야만 하는 어떤 상황에 필요한 조건으로 또 다른 '나'를 발견한다. 실제의 '나'를 숨기고 보호할 수 있는 것, 외부의 공격에 창과 방패의 역할을 하는 그것이 곧 '나'의 얼굴이기도 하기 때문이다. 신해욱 시의 '나'는 그러나, '나'의 얼굴조차 믿지 않으므로, 그렇게 얼굴을 무기로 삼아야만 하는 '나'의 처지를 불행하다고 여긴다. 그러므로 시에서 "얼굴이 없는 불행"이라는 말 또한 역설이다. 그 말은 얼굴이 없어서 불행하다는 말이 아니기 때문이다. 신해욱 시의 '나'는 얼굴의 근육과 뼈가, 이목구비가 제멋대로 움직이는 것을, 그리하여 하나의 얼굴을 가지지 못하는 자신의 조건을 당연하게 받아들이고자 한다. 그것은 '나'가 끝없이 분화되는, 자기가 자신을 주재할 수 없는 고통일 수도 있겠지만, '나'는 그 고통마저 견디기로 한다. 그러므로 정작 불행의 원인은 '나'의 상상/생각이 마음을 억누르는 일, 다시 말해 '나'의 나약함을 스스로 실감하는 일이다.

수치심을 느끼는, 자존감이 떨어진 '나'는 스스로 얼굴을 가리고 "여분의 마스크와 안대"를 준비한다. '나'가 예비하고 있는 여분은 '나'가 견뎌야만 하는 상황이 얼마나 지속될 것인지 알 수 없다는 의미이고, 또한 그 "하얀 마스크"조차 단 하나가 아님을 암시한다. 이 마스크를 쓴 흰 얼굴은 표정이 없는, 병적으로 냉정한 현대인의 초상 같기도 하다. 신해욱 시의 '나'는 그런 얼굴을 가리고자 마스크를 쓰지만, 그것은 얼굴을 여러 겹으로 쓰는 일과 다르지 않다. 실상 애초의 얼굴조차 '나'의 소유는 아니었지 않은가. 그런데도 굳이 마스크라는 위장으로 얼굴을 가려 보이는 것은 얼굴 아래 숨겨진 무엇, 표정으로 언뜻 드러나는 그 무엇을 네거티브한 방식으로 보여주는 일이기도 하다.

그러니 신해욱 시의 '나'가 얼굴 때문에 부끄러움을 느끼거나 풀이 죽는 일은 지극히 당연하다. '나'는 얼굴을 통해 마음을 "단련"하고자 했기 때문이다. '나'에게는 이미 이중적인 성질, 혹은 그 이상의 면모들이 기입되어 있고, 또한 '나'는 제 안의 "흉폭한 동물"과 항상 공생하므로, 끊임없이 내면의 갈등을 감수해야만 한다. 그것은 잠재적인 동물성을 자체적으로 감수하는 '나'의 숙명이기도 하다. "우리를 탈출한" 것들을 다시 잡아들이고, 그럼으로써 자존감을 살리는 '나'는 때때로 자신의 생생한 삶에 수치심을 느끼기도 한다. 그런 "생물성"은 '나'의 삶이란 다만 진정한 삶을 지연하는 "예행연습"에 불과하도록 만들기도 하기 때문이다. 그리하여 신해욱 시의 '나'는 자신의 삶에서조차 탈출하는 '나'와 포획하는 '나'를 구분한다. 그것은 진정한 '나'에 대한 고민이기도 하다. 그들은 이름이 아니라 얼굴로, 얼굴 아래 감춰진 미묘한 표정으로, 표정을 움직이는 마음의 성질[心情]로 추적해 들어갈수록 그 모습을 드러낸다. 그리하여 끝내 얼굴 위를 기어다니는 웃음으로 마주친 그것은 이렇게 말한다. 내 마음은 나에게도 속수무책이라고.

3. 보여주려는 마음

시인 김언이 "소설을 쓰자"고 말하는 이유는 무엇일까. 이것은 김언의 시를 읽기 전에 드는 의문이고, 읽은 후에도 해소되지 않는 의심이다. 말속에 깃든 시인의 욕망을 추적하는 것은 불가능할뿐더러, 의문은 대상에 대한 질문자의 욕망까지도 포함하는 것이므로, 저 질문은 이렇게 다시 고쳐야 할지도 모르겠다. 시와 소설은 어떻게 다른가. 이 근원적인, 혹은 수사적인 질문 앞에서 김언의 시는 시작된다. 그러므로 저 청유형의 문장은 김언의 시 속에서만 유효한 의미를 갖는다고 전제할 필요가 있다. 또한 그러므로 저 청유는 시인 자신도 온전히 주재할 수 없는 시 속에서 이뤄진 화자의 발화일 수밖에 없다.

사르트르가 시와 소설의 차이에 대해 했던 이야기, 즉 시의 언어는 사물이며 산문의 언어는 도구라는 그의 주장은 그 이후 많은 논란을 야기했다. 그에 의하면, 산문에서의 말은 작가와 무관하게 세상 한가운데 던져져 있고, 시에서의 말은 거울처럼 시인 자신의 모습을 비춘다. 그의 말은 이제 와 새삼 시와 소설을 들려주는 목소리의 주인을 추적하는 데 어떤 영감을 준다. 다시 말해, 저 말은 허구 속의 진실로 인물을 주목하게 한다. 다시 사르트르의 말을 빌리자면, "시인은 말이 사물을 위해 존재하는 것인지, 또는 사물이 말을 위해서 존재하는 것인지를 결정하지 못한다"[1] 소설은 허구의 사건, 배경, 그리고 인물로 구성되지만, 시는 시인 자신을 기반으로 삼아 시라는 사물을 짓는다.

김언의 시는 시와 소설의 경계를 무화하려는 실험을 감행한다. 근대소설의 주요소인 3인칭 인물을 시에 초대하여, 김언 시의 화자는 그, 그녀를 통해 이야기를 한다. 따라서 김언의 시에는 보이지 않는 화자

---

1   장 폴 사르트르, 『文學이란 무엇인가』, 김붕구 옮김, 문예출판사, 2017.

와 화자가 초대한 가상의 인물이 함께 있다. 둘 이상의 인물이 하나의 시(詩)의 공간에 놓임으로써 자연히 사건이 발생하고, 사건의 배경으로서의 시공간은 복잡한 층위를 갖게 된다. 김언 시의 화자가 "사건 다음에 문장이 생기는 것이 아니라/문장 다음에 사건이 생긴다"(「이보다 명확한 이유를 본 적이 없다」)고 할 때, 문장은 화자의 말이고, 사건은 화자가 호명하는 인물의 말이라고 할 수 있다. 요컨대, 김언의 시는 이 특별한 화자로 인해 사건이 야기되는 동시에 그것을 받아 적은 기록이다.

비유하자면, 김언의 시는 일종의 모노드라마이다. 무대를 구성하고, 배역을 나누어 맡고, 사건을 연기하는 일은 오로지 단 하나의 화자, 즉 '나'의 몫이기 때문이다. 그러므로 김언 시의 '나'가 말하는 사건은 말하기 그 자체이다. '나'의 입에서 흘러나오는 말들은 '나'의 의도를 초과하기 마련인, 비의적(非意的)이고 독립적인, 마치 생물과도 같은 것이다. 하지만 그것만으로는 김언 시의 '나'가 말을 사건에 견주는 이유가 충분하지 않다. 김언 시의 '나'는 시라는 하나의 무대 위에 어제의 '나'와 내일의 '나'를 불러 모은다(이것은 김언의 시에 시제와 인칭이 혼용되어 있는 이유이기도 하다).

그리하여 김언 시의 '나'가 궁극에 노리는 것은 '나'의 말이 곧 하나의 사건이 되어서, 그 사건 속에서 '나'가 자발적으로 분화되는 일이다. '나'는 흐르는 것, 가령 시간과 음악과 걸어가면서 보는 풍경 같은 것에 주목하여 그것을 이야기로 삼고, 그 발화된 각각의 문장이 서로 다른 '나'를 주어로 삼는다는 것을 말하고자 한다. 이것은 김언 시의 '나'가 서술격 조사 '이다'와 형용사 '있다'를 통해서도 시제의 변화에 구애받지 않는 이유이다. 가령 '나는 죽었다'라고 말할 때도, 그 '나'는 다만 죽는 순간을 간직한 채로 그 문장 속에 살아 있다. 김언 시의 '나'는 어느 경우에나 현재형으로 존재하므로, 그의 시에서 '그'나 '우리'나 '당신'

같은 인칭 대명사들은 현재의 '나'와 다른 공간에, '나'의 과거나 미래의 시간에 존재하는 또 다른 '나'의 이름일 뿐이다.

그는 가만히 앉아서 사건이 되는 방식을 택하였다.
얼굴이 공기를 감싸고 돈다. 윤곽은 피부를 헤집고 다닌다. 불이 붙는 순간

그 자리의 공기가 모조리 빨려 들어가는 입속에서 발견되는 사건들.
기껏해야 몇 가지 단어들의 기괴한 조합, 가령
과도한 자신감에 시달리는 남자가 보는 새들의 울창한 숲소리.

한 문장씩 증가해 가는 연기를 따라서
뱀의 외모를 갖추어 가는 그의 사방이 이 자리에서 멈추고 저 자리에서 뛴다.

투명한 날짜를 지나서

그의 친구들이 온다. 그가 공기를,
가스라고 발음하는 순간에도 그것은 터지지 않고
다만 타오른다.
불타는 두개골 속을 들여다보는 자의 자기 시선과 과대망상. 협소한 두개골 내부의 끓는 뇌는

사건이 되기 전에도 그랬고 가만히 앉아서 사건을 저지른 후에도
그는 그 형태의 생각을 고집한다. 그는 움직이지 않는다.

그는 그 자신의 고통을 앉은 자리에서 수행했다.

공기가 그를 도와주었다.

──「분신」 전문

「분신」은 김언 시의 '나'가 시를 통해 감행하는 실험을 연극적으로 보여준다. 화자는 시라는 무대 위에 '그'를 올려놓는다. 이로써 '그'는 독자적인 인물이 되고, 마치 화자가 '그'의 행위와 '그'를 둘러싼 상황을 관찰하고 묘사하듯 기록된다. 시의 무대에서 우선 발생하는 사건은 화자와 '그'의 만남이다. 흔히 그렇듯 제3자의 이야기를 전하는 시가 아니라, 화자가 '그'가 대면하는 현장을 중계하는 시는 낯설다. 시의 화자는 '그'를 내세워 상대방과 대면하는 시공간을 만들고, 그 자리에서 일어나는 일이 한 편의 시가 될 수 있음을 보여준다.

다시 말해, 시 자체가 하나의 사건이 된다면, 그것은 화자가 소개하는 '그'의 특성에 근거한다. 화자에 의하면 '그'는 "가만히 앉아서 사건이 되는 방식을 택하"는 자이다. 시 전반에 흩어져 있는 정보를 그러모아 추측해볼 때, '그'는 가만히 앉아서 입을 뻥긋거려 "기껏해야 몇 가지 단어들"을 이야기할 뿐이고, 그러한 '그'에게로 "그의 친구들이 온다". 이 상황에서 '그'가 행하는 것은 "가령" "새들의 울창한 숲소리"라는 기괴한 구문을 말하거나, "공기를,/가스라고 발음"하는 일뿐이다. 이때 '그'의 말에서 확인할 수 있는 것은 단어의 위치와 조합이 "기괴한" 점, 그러니까 그러한 방식을 선택한 '그'의 비범함이다. 이를 화자는 "입속에서 발견되는 사건들"이라고 말한다.

주목해야 할 부분은 '그'의 입속에서 발견되는 그 사건이 곧 "그 자신의 고통을" 스스로 "수행"하는 일이라는 점이다. 요컨대, 그는 자리에 가만히 앉아서 기괴한 말을 했을 뿐인데, 그 사건이 일어나는 일과 동시에 그는 고통에 이른다. 이러한 사건의 발생 과정과 대응 관계는 말을 하는 행위가 담배를 연소시키는 일과 유사하다는 연상을 끌어들인다. '그'를 담배 한 개비로 여기고, 담배가 주위의 공기를 빨아들여서 "연기"를 발생시키고, 그 담배 연기가 한 줄기씩 "증가해 가는" 모습이 일면 "뱀의 외모를 갖추어 가는" 듯 보이며 끝내 "사방"을 혼탁하게 만든다는 것을 떠올려보라. '그'의 발화 행위를 담배의 연소 과정에 대입해볼 수 있으며, '그'의 말이 취하는 형식 또한 짐작할 수 있다. 그러므로 앉은자리에서 사건을 발생시키는 데 있어 "공기가 그를 도와주었다"는 화자의 첨언은 의미심장하다. '그'가 발화하는 말은 담배가 산화되듯이 제멋대로 흘러가는 형태로 공기 중에 흩어진다. '그'의 말이 그러하다면, 그에게 불을 붙이고 지켜보는 화자의 의도도 짐작된다. 마치 담배에 "불이 붙는 순간" 화자의 착상에서 비롯된 것처럼 읽히기도 한다. 바로 그 순간, 화자의 "불타는 두개골 속"에서 "끓는 뇌"처럼, 이 사건 속에 '그'가 있다. 화자는 말을 하는 것만으로 사건을 저지르게 되는 기괴한 상황, 그리하여 끝내 그 자신이 사건이 되는 방식에 대해 생각한다. 스스로 자신의 뇌를 들여다보는 일처럼 여겨지는 그 고집스러운 생각은 '그'라는 분신(分身)을 통해 자신의 생각을 상연하는 방식을 창출한 것이다.

요컨대, 이 시는 가만히 앉은 채로 사건을 저지른 '그'가 스스로 자신의 사건이 되는 일에 대한 이야기이다. 화자는 이 사건이 '그'의 자발적인 의지에 의해서 발생했다고 말한다. '그'는 사건을 만드는 방식도, 사건의 형태도 스스로 선택한다. 끝내 시 속의 사건 자체를 발화 행위의 형식과 발화된 말의 형태에 대한 비유라고 읽은 후에도, 남는 것은 화자가 내세운 '그'의 고집스러운 자발성이다. 심지어 '그'는 사건을 만들기 위해 고통을 체현하는 일도 무릅쓴다. 화자는 시의 무대 위에 '그'를 올려 발화 행위에 대한 자기의 생각을 연출하는데, 이것이야말로 "가만히 앉아서" 사건을 저지르는 시의 방식이라는 것을 암시한다. 그러 므로 앞서 화자의 머릿속에 뇌가 들었듯이 시 속에 '그'가 들어 있다고 본 것은 단순한 형식적 대응이 아니다. 화자가 '그'를 통해 기록한 사건 은 형식과 내용, 현상과 의미를 아우르는 시적 사건이다.

이렇듯 김언의 시에서 화자는 틈틈이 자신의 분신과 같은 3인칭 인 물을 등장시켜서 수행문의 형식이나 말이 갖는 수행성을 입체적으로 드러내는 방식에 골몰한다. 그것은 곧 김언의 시가 시인의 말을 화자 라는 인물로 대신 전하는 방식으로서 시 쓰기에 노력을 들인다는 반증 이기도 할 것이다. 그러므로 김언 시의 특성은, 그의 시 속에 있는 '나' 에게서 찾아야 한다. 김언의 시에서라면 화자의 특성이, 정확하게는 화 자가 말하는 방식이 곧 사건 그 자체이다.

김언이 "소설을 쓰자"고 제언할 때, 소설은 형식을 의미하는 이름이 아니다. 김언이 충실히 보여주고 있는 바, 소설을 쓰듯 시를 쓰는 일은 허구로서의 서사, 즉 사건이 갖고 있는 상상력을 시의 형식에 담아내 는 것이다. 김언은 이 어려운 작업을 위해서 시인의 분신이라 할 만한 '나'를 내세우고, 그 화자는 다시 3인칭의 객관적인 인물을 통해 말한 다. 이 "연루된 사람"들은 시를 통해서 사건을 만든다. 내면의 공간을 창조하고 그 속에 개인의 정서를 퍼뜨려놓았던 것이 대개의 시였다면, 김언 시의 '나'는 그 자신이 사건이 됨으로써 시를 읽는 일 역시 사건 현장에 개입하는 일로 만들어버린다. 그러니까 다시, 저 청유형의 한 마디는 김언의 시 속에서 쓰는 일과 읽는 일의 수행자를 뒤바꿔버리기 도 한다. 일단 사건 현장에 들어선 누군가는 마침내 사건의 용의자가 되기 때문이다.

이 (시로서의) 사건은 시 바깥의 사건에 참여하는 방식의 창출이기 도 하다. 김언 시의 '나'는 때로는 "시인의 시간"에 대해 자문자답하고 ("꿈은 꿈의 시간을 살다가 무대 위에 슬그머니 나를 내려놓고 팔다리가 제멋대로 날뛰는 이 구체관절인형을 조금씩 자신의 입맛에 맞게 다듬어갑니다. 언제나 잠을 깨는 순간이 있고 이리저리 날뛰는 팔다리가 몹시도 축축한 나의 꿈자리를 확인한 뒤에도 나는 무대에서 내려올 생각이 없습니다. 누가 끄집어 올리기 전까지는 나의 주인공이 행동하고 실천하고 사색하는 무대는 어지럽고 산만하고 때때로 고통스러운 시간을 살다가 사라집니다", 「인터뷰」), 자기의 생각과 말이 불일치한 이유를 의심하고("나는 나의 유일함인데, 동일범의 소행이 자주 보고되는 이유를 난감해한다", 「연루된 사람들」), 그리하여 자기의 생각과 실제 행위의 어긋남을 말의 불온함으로 드러내기도 한다("너는 실제보다 일찍 말을 배웠다고 생각한다. 엄마,라는 단어를 당신 입으로 말하는 것을 어떻게 들었을까?", 「리얼 스토리」). 이를 포함해 화자가 행하는 일들은 궁극적으로 그의 시론으로 수렴되는데, 가령 다음의 한 문장이 김언의 시를, 소설을 쓰자고 말하는 시를 압축적으로 보여준다. "소설가는 이름 때문에 고민한다". 김언의 시는 시인과 화자가, 화자와 시 속의 '그'가 동명이인임에도 불구하고 하나의 이름을 갖는 일("하나의 근을 가진다")이 가능하다는 것을, 그리하여 시는 "미스터리한 사건"처럼 누구에게도 "해도 없고 부작용도 없"는 일로서 마침내 자기에의 부정을 부정하는 데 이른다("그가 그를 반박한다/ 동시에").

4. 나머지에게로

우연하게도 그 시인들은 '나머지'에서 만난다. 김언은 "2 더하기 2는 네 명이었다. 남아도는 것은 꼭 필요한 것이었다"(「감옥」)고 말했고, 신해욱은 "남는 것들/사라지는 것들이 이해되지 않는다"(「따로 또 같이」)고 말했다. 전자는 0이라는 실수(實數)의 텅 빈 동시에 가득 찬 이

중적인 존재감을, 후자는 어떤 존재이든 그것이 남고 사라지는 일은 이해가 아닌 느낌으로 전해짐을 이야기하려 한다면, 저 각각의 말은 공통적으로 나머지의 '존재감'을 강조하려 한다고도 할 수 있겠다. 다시 말해 저 말에 깃든 것은 '나'의 존재감을 언제든 잊지 말라는 시인의 당부가 아닐까. '나'는 언제고 나머지로서만 그 존재감을 실감할 수 있다. 언제 어디에서나 벗어날 수 있는 마음, 그 나머지의 자리에서만이 '나'를 자각할 수 있기 때문이다. 두 시인이 그토록 '나'를 내세워 말했던 것은 '나'가 생생히 존재하는 그들의 시야말로 사라지면서 세워지는 나머지의 공간이라는 게 아닐까. 여전히 저처럼 시를, 나머지의 공간을 짓는 시인이 있을 때 어떤 존재도 마냥 외롭지만은 않을 것이다.

시작을 전복하는 2000년대의 여성시

오랫동안 시(문학)는 역사와 사회의 소용돌이 속에서 자신의 입지를
마련하기 위해 고투하느라 정작 자기를 돌보는 일, 내부의 살림에는
소홀해왔던 것 같다. 문학은 스스로 문학이란 무엇인가 혹은 무엇이어
야만 하는가를 자주 논해왔지만, 그것은 문학(이라는 이름)과 문학 아
닌 것들의 관계망을 새로 조망하는 일에 불과했을 뿐, 자신을 파헤쳐
그 이름을 구성하는 것들을 하나하나 쓰다듬으며 부족한 것을 채우고
상처를 치유하여 내실을 다지는 일이라고 보기에는 어려웠다. 문학의
갱신이라 일컬어졌던 것은 그것과 관계 맺는 역사, 사회, 정치나 문화
등의 특성만을 더욱 공고히 하는 일에 문학이 하나의 요소로 개입하여
역할을 수행하는 과정으로 보였을 뿐이다.

이러한 측면에서 여성시에 관해 논의하는 일이 중요한 이유는, 여성
시라는 이 아이러니한 명명을 해명하는 일이 시(문학)의 자기 갱신을
위한 일종의 발판이 될 수도 있을 것이라는 기대 때문이다. 여성이라
는 명칭에는 역사적이라고 할 만큼 오래 지속 중인, 사회적인 이해관
계가 깃들어 있다. 다시 말해, 여성이라는 명칭 자체에 이미 문학(시)
을 정의하기 위해 끌어들여야 했던 문학 아닌 것들의 흔적이 새겨져
있다고 할 수 있다. 특히나 여성이란 이름에는 억압이라는 역사가 깊
이 새겨져 있다는 점을 인정하지 않을 수 없다. 여성은 보편과 객관과

타당(妥當)으로부터 오래도록 밀려나 있던 낯설고 불편한 것들의 이합이다. 하물며 여성의 그러한 특성조차도 간과되던 때가 있었으니, 그러한 이중의 폭력 속에서 여성은 스스로 제 존재를 긍정하는 방식으로 에너지를 쏟을 수밖에 없었을 것이다. 가령 여성은 개별적인 삶을 지속적으로 사유하기 위해서, 천변만화하면서도 항상성을 유지하는 자연이나 몸에 대해 말함으로써 내면의 서정과 외부 세계가 만나는 자리를 모색했고, 그러한 시도의 일환으로 여성시라는 특유의 공간을 점유할 수 있었다. 아마도 그것이 여성 시인이 저 자신도 명확히 알 수 없는 여성성을(과연 이런 것이 있다면) 시 내부에서 구축하게 된 원인이자 방식이었을 것이다.

> 수용미학자들이 말하는 대로 이제까지의 문학사는 자신을 작가로 문학사에 자리매김하기 위해 이전 작가의 작품을 전유하고 오독하는 투쟁의 기록이 아니었던가. 그러나 여성시인인 나에게 투쟁해야 할 선배의 목소리는 없다. 남성시인들인 그들과 나는 다른 시적 세계 안에 있다. 그들과 나는 언어가 다르다. 〔…〕 나는 수동적이고, 정적이며, 연약하고, 부드럽고, 식물적이며, 감정적이고, 우연적이며, 감각적이라는 혼돈과 폄하를, 그 부정을 오히려 아름다운 것이며, 대안적이라고 말해야 하며, 그 부정을 부정해야 하는 이중, 삼중의 언어적 질곡 속에 있다. 그러나 나는 이 모든 혼돈과 결합한 몸으로 이데올로기 밖에서, 변두리에서, 안도 아니고 밖도 아니고, 주관도 아니고 객관도 아닌, 미메시스도 할 수 없는 그런 세상을 향하여, 그런 언어로 관습적이고 상투적인 묘사에 도전해야 한다.[1]

1　김혜순, 『여성이 글을 쓴다는 것은』, 문학동네, 2002, pp. 162~164.

저 용감하고 고독해 보이는 한 여성 시인은 남성 시인과 "나는 다른 시적 세계 안에 있"다고 말한다. 여성인 시인은 남성인 시인과는 달리, 문학의 역사 속으로 틈입하기 위한 경쟁조차 할 수 없다. 여성 시인으로서 "언어가 다르다"는 말은 곧 존재를 경험하는 세계가 다르다는 말과도 같다. 여성 시인의 시는 오래도록 문학의 역사와 소통 불가능한 상태로 존재론적 고투에 자신의 전 존재를 걸어 세계와 언어와 시인과 여성에 대해 기록해왔을 것이다. 그리고 그것은 모든 이데올로기가 만들어놓은 관습과 상투로부터 벗어나 또 다른 관습과 상투를 대적하는, 길고 긴 고행과도 같은 것일 테다.

그러니 다시 여성시를 읽기 위해, 지금껏 여성시를 말할 때 흔히 함께 거론되던 관습과 상투로부터 여성과 시를 분리해서 보자. 여기 지금 여성시에 주목하는 이유를 언젠가부터 여성 시인의 수가 증가했기 때문이라거나, 그들이 시단에 여성으로서 전에 없던 목소리를 냈기 때문이라고 할 수는 없다. 그보다 여성시는 계속해서 다시 읽혀야 하기 때문이다. 여성시란 매 순간 기성의 조건들과 부딪히며 끊임없이 낯설고 불편한 것으로 재생하는 것, 기존 문학의 굴레로부터 계속해서 벗어나 시가 보여줄 수 있는 새로움의 가장자리에 이미 항상 있는 것으로서 삶에 깃든 서정의 존재 방식을 거듭해서 되묻는 질문의 시작(詩作)이라 해야 할 것이다. 그러므로 이렇게도 말할 수 있지 않을까. 여성시는 시작(始作)에 대한 시이다.

1. 씌어진 시를 쓰다

시인 진은영은 시를 정치적인 것과 미적인 것 사이에 놓고 진지한 고민을 드러낸 바 있다.[2] 그는 2000년대 시들이 보인 새로운 어법과 감수성의 발명은 "전통의 부정만을 강조하는 상투적 의미의 미학적 실험"에 그쳤기 때문에 충분하지 못했다고 말했다. 그러나 충격은 그 메시지의 내용에서 오는 것이 아니었다. 충분한 문학이란 마침내 정치적 전복까지도 행할 수 있어야 한다고 힘주어 말할 때, 그녀는 시인도, 시인이 아닌 자도 아니었다. 단순히 미적 새로움이 아니라 정치적 전복, 즉 삶의 형질 변화를 꿈꿀 때 그녀는 여성이자 시인으로서 오랜 책무를 시작한 것처럼 보였기 때문이다. 오해의 소지가 있을 것 같아 덧붙이자면, 여기서의 정치는 여성주의 운동과는 조금 다르다. 여기서의 정치는 '남자와 같이 여자도'라고 외치지 않고, "여자뿐 아니라 남자의 가슴에도"라고 이른다. 머리가 아닌, 가슴에서 만나는 일이어서인지 은근하고도 안심이 되는 정치(情致)이다.

그러한 감수성의 혁명은 진은영의 시 대부분이 현실의 이미지를 감각적으로 묘사하는 데 몰두하면서도 궁극에는 시인이 꾸는 꿈과 메시지를 다소 선명하게 전달하는 특유의 방식에서 비롯된다. 이미지로의 감성과 메시지로서의 정치가 결합할 때 발생하는 무엇이 그녀의 시에는 있다. 그것은 아마도 그 자체로서는 영원히 완성되지 못하는 한 편의 시를 충분하게 하는 데 필요한 감수성의 여지일 것이다. 시인은 이미지나 메시지를 매끄럽게 흘러가도록 두지 않고 의도적으로 중단시켜서 일종의 휴지를 만들어 그 자리에 시를 읽는 이의 꿈이 흘러들게끔 한다.

그것을 생각하는 것은 무익했다
그래서 너는 생각했다 무엇에도 무익하다는 말이

2 진은영, 「감각적인 것의 분배──2000년대 시에 대하여」, 『창작과비평』 2008년 겨울호 참조.

과일 속에 박힌 뼈처럼, 혹은 흰 별처럼

빛났기 때문에

그것은 달콤한 회오리를 몰고 온 복숭아 같구나

그것은 분홍으로 순간을 정지시키는 홍수처럼

단맛의 맹수처럼 이빨처럼

여자뿐 아니라 남자의 가슴에도 달린 것처럼

기묘하고 집요하고 당황스럽고 참 이상하구나

인유가 심한 시 같구나

그렇지만 너는 많이 달렸다는 이유만으로

어느 농부가 가지에서 모두 떼어버리는 과일들처럼……

여기까지 시작되다가

이 시는 멈춰버렸구나

—「아름답게 시작되는 시」 부분[3]

　위 시는 "너" 혹은 "그것"에 관해 이야기하고 있다. 시의 화자는 자신이 아니라 '너'의 관점에서 '그것'과 그것을 둘러싼 사유들을 펼쳐내고 있는데, 그로써 마치 자신과 자기의 생각을 객관화하여 말하고 있다는 느낌을 준다. 그러한 '너'의 사유를 추동하는 동력은 무엇보다도 저 돌올해 보이는, "무익하다는 말"에 있다. 여기서는 과연 무엇이 무엇에게 어떻게 무익한가 하는 판단에 더하여 무익하다는 말 자체의 느낌을 떠올려보게 된다. 화자에 의하면 무익한 것은 "그것을 생각하는

3　진은영, 『훔쳐가는 노래』, 창비, 2012.

시작을 전복하는 2000년대의 여성시　　　51

것"이다. 그 자체로 무익한 것이 아니라, 그것에 대해 생각하는 것이 무익하다. 또한 화자에게 그것을 생각하는 무익함 자체(무익한 것)란 "과일 속에 박힌 뼈", 즉 씨앗과 같은 것으로 느껴진다. 그러므로 '너'와 '그것'을 이어주고 있는 무익함의 속성은 '그것'을 생각하는 일이 "무엇에도" 유익하지 못하다는 일단의 가치 판단과, 그러므로 무익하다는 말은 흥미로운 생각거리라는 '너'의 취미로 이뤄진다. 문제는 '너'가 생각의 대상인 '그것'이 무엇인지를 따져 묻기보다는 '무익하다'는 말 자체에 깃든 느낌에 주목한다는 점이다.

그 무익함은 "복숭아" 열매의 씨앗과 같은 것이다. 열매 속에 박힌 씨는 겉으로 드러나지 않으면서도 전체의 근원이 되는 부분이다. 또한 열매의 피질과 과육이 발산하는 빛깔과 향기가 "회오리"나 "홍수"처럼 강렬한 자극을 불러올수록, 씨앗의 단단하고 거친 특성은 그 자극에 반하는 동시에 그 이후까지도 수렴하는 것처럼 보인다. 씨앗은 분홍빛의 달콤한 복숭아를 떠올렸을 때 발생하는 미감(味感)의 "순간을 정지시키는", 적어도 순수하게 열매의 맛과 향에 도취되는 일에는 무익한 것일지도 모른다. 맛과 향의 기원이지만 그것에 무익한 씨앗은, 복숭아에 대한 기억에서 "기묘하고 집요하고 당황스럽고 참 이상하"다고 밖에는 말할 수 없는 무엇이다. 그리하여 무익하다는 형용사와 기묘하고 집요하고 당황스럽고 이상하다는 형용사 사이에 놓인 씨앗은, 그 무수한 형용을 수렴함으로써 (회오리와 홍수처럼) 체계 없이 발생하는 사유의 핵심을 점유한다.

그러나, 무익하다는 말은 그것을 생각하는 일에 대한 판단인 동시에 그 모든 사유를 벗어나 그 말 자체로 어떤 느낌을 간직하고 있다는 점을 놓치지 말자. 마치 복숭아의 씨앗이 복숭아의 역사를 간직한 것처럼 보이듯이, 무익하다는 말은 무익하다고 일컬어지는 것들의 이야기를 내장하고 있는, 이를테면 화석 같은 언표인 것이다. 그러므로 '너'가 생각하는 것은 명사를 수식하는 말이 곧 명사화되는 메커니즘을 통해서, 형용의 느낌을 정지 상태로 간직하는 말이다. 그 말에는 기존의 언어 체계 내의 수식 관계뿐만 아니라, 작동 방식까지도 역전시키는 힘이 내장되어 있다. "많이 달렸기 때문에" 폐기되는 과일들에 비유되는 것은, 말줄임표로 표시된 '너'의 이후 일, '너'라고 불리는 자의 미래이다. 그리고 그 미래의 이야기는 과거를 생각하는 일에서 벗어난, 현재의 '나'의 목소리로 시작된다.

투명한 삼각자 모서리처럼 눈매가 날카로운

관료에게 제출해야 할 숫자의 논문을 쓰고

"아무도 스무 살이 이토록 무의미하다는 걸 내게 가르쳐주지 않았어요"

라고 써보낸 어린 친구에게 짧은 편지를 쓰고

나보다 잘 쓰면서

우연히 나를 만나면 선배님의 시를 정말 좋아했어요, 라고 대접해주는 예절 바른 작가들에게,

빈말이지만, 빈말로 하늘에 무지개가 뜬다는 것은 성경에도 나와 있는 일이니까,

빈말이 아니더라도 '좋아해요'와 '좋아했어요'의 시제가 의미하는 바를 엄밀히 구별할 줄 아는

나는 고학력의 소유자니까,

여전히 고마워하면서, 여전히 서로들 고마워들 하면서, 그동안 쓴 시들이 소풍날 깡통넥타와 같다는 거

어릴 적 소풍 가서 먹다 잊은 복숭아 깡통 넥타를

나는 아마 열매 맺지 못할 복숭아나무 가지 사이에 끼워놓았나 보다, 바람이 불고 깡통 구멍이 녹슬어가고 파리인지 벌인지 모를

것이 한밤에도 붕붕거리고,

　　그것은 너와 나의 어린 시절이 작고 부드러운 입술을 대어보았
던 곳, 그 진실한 가짜 맛

　　그러다가 나는 문득 시작해놓은 시가 있으며

어떤 이야기가,

어떤 인생이,

어떤 시작이

아름답게 시작된다는 것은 무엇일까

쓰러진 흰 나무들 사이를 거닐며 생각해보기 시작하는 것이다.

─「아름답게 시작되는 시」 부분⁴

　‘나’는 논문을, 편지를, 시를 쓰는 사람이다. 계속해서 무언가를 쓰는
사람으로서의 ‘나’는 현재의 쓰기가 과거의 어느 때와 연관되어 있다
는, 혹은 상통한다는 짐작을 하기에 이른다. 손쉬운 구별이겠지만 ‘너’
가 과거의 ‘나’를 지칭하는 인물이라면, 무익한 것을 추구했던 ‘너’와 글
쓰는 자로서의 ‘나’가 어느 순간적인 지점에서 만나는 것이다. 그것은
‘너’를 추동했던 무익함이 현재에도 다른 방식으로 ‘나’를 움직이게 하
고 있기 때문이기도 하다. 관료에게 제출하기 위해서 논문을 쓰고, 삶
의 무의미함에 대해서 말하는 어린 학생에게 답장을 쓰는 일이 무익하
다기보다 그 일들이 모두 무익하다는 말이 주는 느낌을 환기하는 일이
다. 하물며 ‘나’는 “시제가 의미하는 바를 엄밀히 구별”하면서, 말에 깃
든 시간성 혹은 역사야말로 그 말의 공허함을 알아차리도록 한다는 것
을 배운 자(“고학력자”)이다. ‘나’에게 “빈말”이란 비어 있는 말인 동시

4　진은영, 『훔쳐가는 노래』.

에, 무한한 의미가 깃들고 지나갈 수 있는 말이다.

　그러한 생각과 느낌과 시간을 통과한 '나'는 비로소 빈말과도 같은 시를 쓰는 일, 특별한 시작(詩作)을 시작하게 된다. 먼저는 그것에 대해 생각하는 일의 무익함을 감지하고, 다음으로는 그 무익함이 주는 매력에 이끌려 그 무익함을 생각한다. 얼마간 시간이 지나고 불현듯 '무익하다는 말'을 '빈말'로서 체험하게 된 '나'는 어린 시절의 아름다운 기억 하나를 떠올리게 된다. 그 기억은 소풍날 "복숭아 깡통 넥타"를 먹은 일이다. '나'의 무익하다는 말, 빈말의 근원은 복숭아라는 생각 속의 씨앗이 아니라 실제로 잊고 있었던 그 복숭아 깡통 넥타였던 것이다. 하물며 '나'는 그 실재하는 가공(架空)의 맛을 부재하는 실재에서 기대하고 있었다는 것을 비로소 자각한다("열매 맺지 못할 복숭아나무 가지 사이에 끼워 놓았나보다").

　시인이 오래 이끌린 느낌은 바로 "그 진실한 가짜 맛"이다. 시를 쓰는 '나'에게 복숭아의 달고 향긋한 미감이 어릴 적 소풍 가서 먹은 "깡통 넥타"로부터 왔다는 것은, 잊어버린 진실을 발견하게 된 일이자 가짜로부터도 진실은 생겨날 수 있다는 것을 "문득" 깨닫게 되는 일이다. 그것은 시가 그러하다는 것, 즉 시는 허구임에도 불구하고 진실을 담는 그릇일 수 있다는 것을 시인 스스로 체험하는 일이기도 하다. 시라는 것은 그렇게 사실보다 허구가 주는 무익한 맛에서 비롯되는 것인지도 모른다. 그 진실한 가짜 맛을 간직하는 역설이야말로, 손쉽게 우리라고 말하지 않고 '나'와 '너'라고 말하게 하는, 각자의 추억에서 길어올린 진실을 공동의 삶 속에 풀어놓는, 그리하여 삶의 미묘한 변화를 야기하는 일종의 미적 자극으로서 시의 가능성이다. 저마다 간직하고 있는 어린 시절의 소박한 경험은 이렇게 시가 고이는 자리, 시가 시작되는 곳이 된다("그것은 너와 나의 어린 시절이 작고 부드러운 입술을 대어보았던 곳").

덧붙이자면, 이 시에서 "시"는 두 번 시작(始作/詩作)되는 점을 주목하자. 그중에 한 번은 시작되었다가 멈추었고, 나머지 한 번은 언젠가 시작해놓은 시가 있다는 것을 알아차린다. 그러니까 시작된 시에 대한 언급만 반복되었을 뿐, 시작되었던 시는 결국 한 편이라고 할 수 있다. 앞서 '너'에 대해 말할 때 시작은 피동사로 씌어진다. 뒤에서 '나'에 대해서 말할 때 피동사로 씌어진 시작은 자동사가 된다. 이는 '너'가 과거의 '나'라고 추측하게 할 만한 하나의 근거가 된다. 그뿐만 아니라 한 번 멈추었다가 다시 시작된 시는 "아름답게" 시작되는 시이다. 이 아름답다는 형용은 앞서 씨앗에 수렴되었던 형용들처럼 무익하고 무의미한 것들을 모두 제 몸에 통과시킨 이후에 오는 "어떤 이야기"나 "어떤 인생"의 속성이다. 그리고 그것들이 시로서 씌어지는 일에 대해 "무엇일까" 하고 생각해보기 "시작하는 것", 그것이 또 다른 아름다움이다. 그러니까 시인은 이미 씌어진 것을 다시 쓰는, 뒤집어 쓰는, 바꿔 쓰는, 그리하여 진실된 하나의 삶을 보여주기 위해서, 진실과 가짜가 혼합된 이 삶을 계속해서 거듭 시작(始作/詩作)하는 삶이라고 하겠다.

2. 기대를 배반하기

신해욱의 시를 읽을 때는 "조금 생각을 해보"게 된다. 그러니까 시의 이미지나 내러티브를 일단 그대로 따라가기보다는, 중간중간 멈춰서 그것이 무슨 의미인지를 짚어보게 된다는 말이다. 때문에 시 한 편이 형상화하는 그림이나 이야기가 신해욱의 시에서는 쉽게 구체화되지 않는다. 그리하여 시를 읽는 입장에서는 시가 왜 그러한지를 따져 묻는 일의 무력함을 절감하게 되기도 한다. 한 편의 시가 생각을 유도하는 이유를 의심하는 일은 반대로 하나의 의심에서 시작된 시적 사유를 그대로 따르는 일로, 곧 어떤 시적 효과를 다시 시가 씌어지기 전의 백지 위로 되돌려놓는 일처럼 여겨진다.

　그러므로 신해욱의 시를 읽을 때에는 그 시에 드러나는 여러 가지 사유에 적극 동참해보는 자세가 필요하다. 한 편의 시가 보여주는 사유가 여러 가지라는 것에서 시의 화자가 단일하지 않다거나, 단일한 화자에게도 다양한 목소리가 있을 수 있다거나 하는 이야기들을 끌어낼 수도 있을 것이다. 하지만 신해욱의 시에서는 그 얽히고설킨 목소리, 혹은 생각의 갈래들이 시 자체를 하나의 생각하는 생물로 보이게한다. 그리하여 신해욱의 시를 읽는 일은 어떤 생물의 미세한 움직임을 겨우 감지하는 일처럼 느껴지기도 한다.

　　　　조금 생각을 해보자.

　　　　두 눈으로 삼등분을 잘 하는 건 어려운 일이다.

　　　　세 개의 각을 공기 속에 풀어놓고
　　　　너는 내게
　　　　일말의 기대를 걸어보려 하지만

　　　　나는 균형이 잡히지 않는구나.

　　　　나는 너를 응시한 채로
　　　　곁눈으로만 보이는 것들의 희귀한 움직임에
　　　　마음을 집중해야 한다.

　　　　네게 속한 것들에 대한 애착을 버려야 한다.

생략되었던 것들의
이야기를 읽어내야만 한다.

나는 앞이 좁아지고 있다.

그러나 나는 너를
死角 속에 가두려던 것이 아니었다.

처음으로 돌아가고 싶어도
나의 눈은 살아 있는 것만을 생각한다.

나는 이끼에 뒤덮인 것처럼 습하다.

뿐만 아니라
이럴 때에도 웃음이 나오다니.

　　　　　　　　　　　　　　—「프리즘 효과」 전문[5]

　이 시는 두 가지 반전을 내장한다. 그중 하나는, 생각하는 일이 또
한 무엇을 보는 일이기도 하다는 전언(轉言)이다. 시의 도입부에서 화
자는 "생각을 해보자"고 말하면서 생각하기를 권유하는 듯하지만 실상
이후의 시적 상황은 "두 눈으로" 시도하는 일에 치우쳐 있다. 가령 "삼
등분"과 "균형" 같은 표현은 치밀하고 철저한 계산을 필요로 하는 일
종의 이성적 판단으로 보이지만, "나"는 무엇을 세 부분으로 균등하게

5　신해욱, 「프리즘 효과」, 『문학동네』 2010년 여름호.

나누는 일을 다만 두 눈으로 하려 한다. 하물며 그 무엇은 비가시적인 것이어서("세 개의 각을 공기 속에 풀어놓고") 눈으로 어림짐작하기조차 불가능한 대상이다. 그럼에도 불구하고 '나'의 눈이 잣대의 역할을 할 수 있는 것은 보는 일이 곧장 사유와 연결되기 때문이다. 어째서 그러한가. 보는 일이 곧 생각하는 일이라는 것은, 보이지 않는 것을 보이는 것처럼 취급하는 일이 사유의 기반이 된다는 역설과 다르지 않다. 그러므로 눈으로 무엇을 판단하고 공평하게 나누는 것은 불가능한 일이 아니라 다만 "어려운 일"일 뿐이다.

조금 더 생각해보자. 이 어려운 일은 무엇을 "응시"하는 일인데, 또한 이 응시는 그 무엇 바깥의 것들에 "마음을 집중"하는 일이다. 가령 '나'가 '너'를 응시하고 있다고 말할 때, '나'는 너를 바라보는 눈길 바깥, 즉 '나'의 시야를 벗어난 자리에서 움직이는 어떤 것을 감지하고 있다고도 말할 수도 있다. 그러므로 이 시에서 무엇을 보는 일은 단순히 시각의 활동만을 지시하지는 않는다. 보는 일은 보이지 않는 것까지 보려는 마음의 일이다. '나'의 응시는 '너'를 바라보는 일이기도 하면서, '너'를 바라보기만 했을 때는 볼 수 없는 '너'의 이면에 마음을 집중하여 보는 일이기도 하다. 이렇게 응시는 생각(상상)하는 일과 보는 일의 합성이 된다. 무엇을 지극히 바라보는 일은 그 무엇이 '나'의 눈에서뿐만 아니라 머리에서도 명확한 상태가 되게 하는데, 그것은 단적으로 사유의 메커니즘이라고도 할 수 있을 것이다.

중요한 것은, 그렇게 무엇을 응시할 때 혹은 사유할 때 그 시야 바깥에서 다른 것이 감지되기도 한다는 점이다. 그것은 응시나 사유의 대상이 확고하면 할수록 "희귀한 움직임"으로 나타난다. 그리고 여기서 이 시에 깃들어 있는 또 하나의 반전, 말하기가 곧 읽기라는 전언과 마주하게 된다. 다시 말하면, 말하는 일이란 "생략되었던 것들의/이야기를 읽어내"는 일이다. 이 시의 예시에 따르면 '나'가 무엇을 응시할 때,

그러니까 눈이 아닌 마음으로 무엇에 집중했을 때 시야 바깥에 떠오르는 드문 움직임을 포착할 수 있다. 그리고 그 희귀한 움직임에 대해서 말하는 일이 곧, 보이는 것만을 말할 때 생략되었던 것들의 이야기를 읽어내는 일이라는 것이다.

문제는 그런 되살림이 보는 일의 난관에서 비롯된다는 점에 있다. "곁눈으로만" 보게 되는 것이 많아질수록, 시야가 좁아질수록("나는 앞이 좁아지고 있다") 기성의 잣대에 소외된 것들을 재발견하고 그들을 '나'의 사유로 부각시킬 수 있게 되지만, 동시에 통상적으로 눈이 하는 일에서는 '나' 스스로 멀어지게 된다. '나'가 '너'를 볼 때, 그것이 눈이 하는 일이 아니라 마음이 하는 일일 때, '너'의 가시적인 속성들은 '나'에게 더 이상 중요한 것이 아니다("네게 속한 것들에 대한 애착을 버려야 한다"). 그러므로 마치 '너'는 '나'의 "사각"지대(死角地帶)에 갇히게 된다고도 할 수 있다. 그러나 이러한 작용들은 오히려 '나'로 하여금 '너'를 살아 있는 그대로 감지하도록 한다. '너'를 보는 일이 어려울수록 '나'에게 '너'는 드물고 귀하게 "살아 있는 것"으로 여겨지는 것이다. 그렇게 '너'는 '나'로 하여금, 그러나 '나'의 예상을 벗어나며 재생한다.

이를 다만 '나'의 난시, 착시, 환시 효과라고만 할 수 있을까. 저 시의 첫 구절로 다시 돌아가 보자. "조금 생각을 해보자"라는 문장에서 마음을 잡아끄는 부분은 저 '조금'이라는 사소하고도 흔한 부사어이다. 하지만 용례의 사소함 때문에 저 말은 사유의 사각지대에 놓여 있게 될 가능성이 크다. 그러니까 생기를 되돌려주기 위해 저 말에 관심을 집중하는 방법은 반대로 '생각을 해보자'는 말을 응시하는 일이기도 할 것이다. '생각을 해보자'는 말을 읽고 생각하다 보면, 저 말의 주위로 솟아나고 퍼져나가는 의미의 장(帳)을 발견하게 될 것이기 때문이다.

그러니 응시와 사유를 통해 무언가를 되살려내는 일은 안중에 없던 것들에 관심을 쏟는 일이라고 하겠다. 그리고 시인 신해욱에게 그 일은 시작(詩作)에 다름 아닐 것이다. 시인은 저 시의 화자와 마찬가지로 일상의 기미에 '조금' 더 마음을 쓰는 자이다. 그 '조금'의 차이는 무조건 양이나 부피로 측량하고 가치화하는 일상 속에서 쉽게 무시될 만한 것이라 할지라도, 그 정도를 다시 읽어내는 시인의 눈에는 생생한 삶의 기미를 포착하게 하는 여유일 수도 있다. 양지바른 곳에 세워놓은 비석에 새겨진 글자들처럼 보는 이의 눈에 곧장 들어오는 이야기가 대세라 한들, 그것이 비석 뒤편을 뒤덮은 이끼만큼 비석의 역사를 잘 말해주지 못한다는 것을 감지하는 자가 시인이다. 그리하여 한 편의 시는 시작 과정에서 의도하지 않게 발생하는 효과로써 완성되는 듯하다. 시인이나 시적 화자의 의도에서 비껴간 자리에, 그의 의지와는 무관하게 출현하는 것들이 아마도 한 편의 시가 보여줄 수 있는 최선의 환상일 것이다.

통감하는 주체, 유무의 경계 너머의 말들

1. 시대와 시

2000년대 시에서 아이-화자가 주목을 끌 수 있었던 이유는, 그들이 선조적인 시간관념 위에서 부모나 형제의 이전이나 이후에 놓이기를 거부했기 때문이다. 아이-화자는 생물학적으로나 문화적으로 현실의 논리에 맞서 나름의 위치를 스스로 선정했다. 나아가 이 화자는 가족 구성원처럼 태생적으로 밀접한 거리를 갖는 이들에게서 자기 존재의 근원을 확인하거나 보장받을 수 없음을 인지하고 실감하는 존재였다. 따라서 이들에 의해서 구성되는 시적 정황에서는 사회나 가족은 서사화가 불가능한 집단, 역사가 되지 못하는 역사의 잔여로 나타난다. 대표적으로 김승일의 시에서 아이-화자에게 가족은 사회적으로 간주된 관계에 불과하다. 실질적으로 보호자의 역할을 해야 하는 어른은 이 아이-화자에게 생략되어 있으며, 오히려 자신을 스스로 보호해야 하는 의무와 책임만이 막중하게 이 아이-화자의 삶을 구성한다. 사회나 공적인 집단의 방관과 방기를 강조하거나 구체적으로 문제시하지는 않지만, 그런 역할의 공백을 시의 표면에서 역시 공백으로 비워둠으로써, 김승일 시의 아이-화자는 드러나는 발칙함에 더하여 그 자신의 인격을 이루는 '다른 사정'이 있음을 암시하는 복잡한 존재다. 김행숙의 첫번째 시집에 나타났던 화자 역시 같은 맥락에서 읽을 수 있다. 『사춘기』라는 시집 제목에서도 짐작할 수 있듯이 화자는 자신의 비-성년으로서의 면모를 의도적으로 과시하면서 거꾸로 성숙함의 기준을 생물학적인 연령이나 사회적인 지위나 역할로써 일방적으로 제시하는 세계의 논리에 저항한다.

문학의 역사는 '인간의 자유에 의존한다'는 점에서 다른 모든 분야의 역사와 다르게 이해되어야 한다는 밀란 쿤데라Milan Kundera의 주장은 지금의 주의를 요한다.[1] 그는 기술과 문학의 역사를 비교하면서 "만약 에디슨이 전구를 발명하지 않았다면 다른 누군가가 발명했을 것이다. 그러나 로런스 스턴이 '스토리'가 없는 소설을 쓰리라는 미친 생각을 품지 않았다면, 어느 누구도 스턴 대신 그것을 하지 않았을 것이며 소설의 역사는 우리가 지금 알고 있는 것과는 달랐"[2]을 것이라고 말한다. 문학의 역사는, 누구에게든 있으나 아무도 하지 않는 바로 '그 생각을 표현하는 것'을 감행한 개인 역사이기도 하다. 2000년대 시에서 주목할 만한 주체의 형상이 보여주듯, 문학의 역사는 사회나 정치적 현실에서의 역사의 의미와 정확하게 맞물려 기록되지 않는다. 오히려 문학의 역사는 당대의 사건들을 긴급히 수집하고 해석하는 역사적 기록의 방식에 반하는 방향으로 움직인다. 신문과 텔레비전 뉴스에서 보도되는 사건의 형식과 내용이 곧장 문학 작품 속으로 옮겨오지 않을뿐더러, 문학은 그런 기록과 전달의 방식이 사건을 온전하게 재구성하기는커녕 왜곡하고 훼손할 수 있다는 것을 눈여겨보는 자의 예민하고 예리한 기억에 의존한다. 여기서의 기억은 국가나 사회집단이 주체가 되는, 기록과 크게 다르지 않은 집단기억과 구별되어야 한다. 개인의 기억은

---

1   밀란 쿤데라, 「'역사'라는 단어의 다양한 의미들」, 『커튼』, 민음사, 2012, p. 29 참조.

2   같은 책, p. 30.

자주 집단기억과 불화하며, 많은 경우에 집단기억과 분리되지 않을 정도로 밀착해 있기도 한다. 그런 이유로 개인의 기억은 그 자체로 자신이 속한 세계, 국가와 사회의 집단 내에 속하면서도 그곳의 집단적인 인습과 문법에 매몰되지 않으려는, 주체화에 대한 의지의 발현이기도 하기 때문이다.

2. 나뉘지 않는 주체들

　최근에 발표된 박상수의 글[3]이 우선 흥미롭고 의미있게 읽히는 지점역시 시와 시대를 함께 사유하는 문제틀에 있다. 10년 단위로 시대를 구분하고 그 각각의 시대에 씌어진 작품들의 특징을 몇 가지로 통합해 보는 시도는 한국문학사를 기록하는 일에 있어서 전통에 가까운 방법론이기도 하다. 하지만 2000년대와 2010년대의 시와 비평을 구별하는 그의 관점이 새로운 해석을 도출할 수 있는 이유는 그때의 시기 구분이 무비판적인 관습에 기대어 있는 게 아니라 당대의 중대한 사건들을 기점으로 삼아 그 속에 포함시키고 있기 때문이다. 그의 글은 세월호 참사와 같은 국가적 사건과 #문단_내_성폭력 운동으로 일어난 문단 내부의 사건들을 당대의 사건으로 언급하고는 있지만, 그것을 역사적인 시간의 분절을 야기할 만큼의 강렬한 것으로 파악하는지는 구체적으로 기술하고 있지 않다. 또한 그 사건들이 당대의 시나 비평에 직접적으로 영향을 미쳤다고 주장하지도 않는다. 그는 다만 그와 같은 여러 현실적인 문제의 정황을 최근 시의 특징을 파악하는 일에 겹쳐봄으로써 이 글은 정치·사회적인 문제로 대변되는 시대적 특수성을 문학

3　박상수, 「발칙한 아이들의 모임에서 일상 재건의 윤리적 책임감으로: 2010년대 시와 시비평에 관하여」, 『창작과비평』 2017년 봄호.

작품 속에 드러나는 주체의 변모를 이해하는 데에 중요한 참조로 삼는다.

하지만 이 글의 후반부에 이르면 초반부에서 2000년대 시의 주체가 사회와의 길항 관계 속에서 어떤 특징을 가졌는지를 설명하는 관점이 다소 흐려진다. 이 글의 주된 주장은 "한국시의 흐름이 2000년대의 '윤리적 모험'에서 2010년대의 '윤리적 책임감'으로 변화했"다는 것으로 요약될 수 있을 텐데, 이를 뒷받침하기 위해서 그는 2000년대 시의 경우 김행숙, 김승일을, 2010년대 시의 경우 송승언, 황인찬, 백은선을 예로 들어, 그들의 시 작품을 시대와의 상관성이라는 일관된 관점에서 그들 주체의 형상을 발견하는 방식으로 분석하고, 그 변화의 근거를 제시한다. 하지만 동일하게 "2017년의 한국적 현실"[4]을 언급하며 송승언, 황인찬, 백은선의 시를 분석했을 때와는 달리 안희연의 시를 언급하는 글의 후반부에 이르러서는 거꾸로 비평적 담론들을 통해서 시의 주체가 갖는 특징을 역설한다. 특히 세월호 참사를 계기로 '나'와 '세계'를 매개하던 것의 상실을 실감했을 것이라는 "2010년대 중반 이후 시인들"에 대한 추측에 더해, "기본적인 삶을 다시 살기 위한 조건들을 밑바닥에서부터 차례로 만들어나가야 하는 지극히 평범하지만 중요한 의무와 책임"[5]이 그 시인들에게 주어졌다는 비평적 판단을 기준으로 삼아서 "'시적 주체의 윤리적 모험'이 '일상 재건의 윤리적 책임감'으로 기울어진 최근 한국시단의 변화"라는 이 글의 핵심적인 주장에 이르는 데에는 논리적인 모순이 있다. 2010년대 초반(송승언, 황인찬, 백은선)의 시와 2010년대 중후반(안희연)의 시를 비교하고 대조하는 과정에서 우선 2010년대를 가르는 기준이 단순히 시간인지 사건

4   박상수, 같은 책, p. 284.
5   박상수, 같은 책, p. 289.

의 발생인지 명확하게 제시되어 있지 않거니와, 전자의 경우에는 개별 작품 분석에서 드러나는 시적 주체의 특징을, 후자의 경우에는 자신의 분석에 더해 그 작품에 가해지는 비평적 담론의 양상을 판단의 근거로 삼고 있기 때문이다. 하물며 안희연 시와 그 시에 대한 비평적 관점과 태도에 문제를 제기하는 부분에도 이론의 여지가 있다. 그 스스로 최근 시와 비평이 공유하는 문제점으로 "'진정성'의 언어를 지나치게 추구한다"고 지적하며 그 과대평가의 근거로 양경언의 글에서 "이미 가진 기대로 작품을 너무 빨리 구원해내려는 조급함이 느껴진다"는 점을 들었는데, 안희연 시에 대한 그의 비교적 간단한 분석에서 역시 "2010년 중반 이후"라는 지평을 당겨옴으로써 어떤 기대와 조급함이 느껴지기 때문이다.

다시 2010년대 시의 주체는 나와 세계의 매개가 사라짐을 경험한 세대의 반응을 통해 2000년대 시의 주체와 단절된다는 박상수의 주장으로 돌아가보자. 최근의 시들에서 마주치게 되는 주체는 손쉽게 벗어나지 못하는 세계 속에 무기력하게 빠져 있는 몸으로 나타난다. 하지만 이들 주체는 생각이나 마음의 차원을 드러내는 과정으로, 이미 있는 세계와 그것을 살아냄으로써 새로 태어나는 나의 역학 관계를 흥미롭게 그려 보인다. 2000년대의 발칙한 주체와 다르긴 하지만, 세계에 결속된 가운데 자기의 고유한 언어를 통해 그 관계를 드러내 보이는 이 주체의 태도에도 모험적인 데가 있다. 박상수는 최근 시의 주체를 모험을 포기한 개인, 윤리적 책임감을 떠맡은 개인으로 정의하면서 세월호 참사와 같은 고통스러운 현실의 경험이 각자에게 미치는 정치적이고 윤리적인 영향을 고려하지 않을 수는 없겠으나, 작품의 차원에서까지 개인을 너무 포기하지는 말아달라는 당부로 글을 맺는다. 이 당부는 파괴된 세계를 재건해야 한다는 건전한 공동체적 목적의식이 부각되는 주체를 품는 시에는, 시가 절망 속에서 모두를 구원할 수 있다고 보는 수상한 믿음이 들어 있을지도 모른다는 의심과 염려의 표현이기도 할 것이다.

하지만 시의 주체는 어떤 경우에도 고정적으로 판단할 수 없으며, 시대적인 맥락에 따라 변화하는 스탠스로서만 이해할 수 있다. 하니 '윤리적 모험'을 하는 주체와 '윤리적 책임감'을 갖는 주체로 일시적으로 구분해서 부를 수는 있을지언정, 모험과 책임감이 그 주체들에게 각각 고정된 속성이 아니라는 것을 염두에 두어야 한다. 여기에 더해서 주체라는 지칭이 애초에 모든 것과 무관하게 홀로 있는 '나'를 가리킨다기보다는 원하든 원치 않든 '나'를 둘러싸고 있는 것들과의 다층적인 관계에서 발생하는 존재 방식을 의미하는 것이라는 점을 상기한다면, 역시 박상수의 글에서 사회나 국가와 같은 중간항 없이 세계를 직접 대면하는 주체를 최근 시의 한 특징으로 보는 관점에는 이론의 여지가 있다. 가령 황인찬 시의 경우 주체는 지금 여기를 구성하는 것이 가시적인 풍경만이 아니라 주체의 감각에 떠오르는 다른 시간과 공간의 기미이기도 하다는 특징적인 세계관을 보여준다. "그것을 생각하자 그것이 사라졌다"(「그것」)는 구절에서 보듯 그 주체는 세계를 매개 없이 경험하면서도 그 곤란을 드러내지 않는다기보다는 자신의 '생각' 속에 스스로 기거함으로써 존재의 근거를 세계가 아니라 자신으로 돌려놓는, 존재론적 전환을 보여준다. 이 전환은, 일련의 조건에 미달하는 존재를 쉽게 잉여로 치부하는 현실에서, 세계와 나의 관계를 좌우하는 기준을 바깥에서 개인의 내면으로 가져옴으로써, 극도로 고독한 주체를 형상화하고 그를 통해 현실에서 주체화에 관여하는 사회적 긴장을 유발하는 효과를 낸다. 그런 점에서 황인찬의 시와 안희연의 시는 서로 공유하는 지점이 있다. 안희연 시의 주체가 국가나 사회를 호출해서 개인과 세계 사이에 가로놓인 파국적 상황이나 절망하는 개인의 심정의 공간화를 시도한다는 데 동의하더라도, 과연 이 주체가 보여주는 고통스러운 정감을 윤리적인 책임감이나 죄책감으로만 이해할 수 있을지 되묻지 않을 수 없다. 이 주체의 고통은 과연 균열을 봉합하려는 자의 것일까.

박상수가 최근 시와 비평에서 무너진 공동체의 기반을 재건하려는 욕망을 지닌 주체를 발견하면서 김홍중의 진정성 개념을 언급하는데, 최근 시에 더 적합한 개념은 '파상력(破像力)'이다. 진정성이 마음의 상태를 설명해줄 수 있는 개념이라면 파상력은 '부서진 마음'의 형태만을 겨우 상상하게 하는 힘이다. 그는 세월호 참사 이후의 한국 사회를 진단하면서 특히 '언어의 파편들'에 주목한다. 그것은 역사적 기록에 소용되는 언어와는 달리 합리적이지 않으며, 따라서 분석의 대상으로 삼을 수도 없다는 특징을 갖는다는 점에서 사회학자로서의 자신이 처한 곤경을 지시하는 것이기도 하다.[6] 그는 이 마음에 대한 새로운 이해의 경로로, 합리성이 아닌 합정성과 합의성을 토대로 삼는 "통감의 해석학"을 고안한다. 그에 의하면 통감은 주체가 대상의 내부로 들어가는 공감과 달리, 대상이 형성하는 마음의 집합적 흐름에 인식 주체가 휩쓸려 들어가는 마음의 역학을 동반하는 것이다. 따라서 통감하는 주체는 자신의 무력과 불능을 고백하는 자이기도 하다.

김홍중이 고백하듯, 어떤 사회적인 현상에서도 주관적인 판단을 자

---

6   그는 세월호 참사 이후 "우리가 사용하는 모든 말들이 사태 그 자체의 압도적 터무니없음 앞에서 자신의 결손, 결여, 격차를 드러냈"고, 따라서 이러한 담론 행위에 동반되는 말하기 자체에 대한 회의감, 죄책감, 무력감 등은 특정 개인이나 집단 구성원의 것이 아니라 지극히 일상적인 감각이 되었다고 본다. 그는 말하기에 동반되는 감정도 그렇지만, 사회학에서 일반적으로 통용되는 이해의 방식 자체가 이 사태에 적용되지 않는다는 점을 더불어 지적한다. "사회학적 이해는 타인의 마음속으로 들어가는 것이 아니라, 타인의 마음을 움직이는 합리적 논리를 포착하는 것"인데, 세월호 참사에 관한 무수한 언어의 파편들이 확인해주듯 이 사태는 "인간의 마음을 부수어놓"음으로써 일상적으로나 합리적으로 해석할 수 없는, 사회학적 이해 방식에 있어서 일종의 예외 상태라는 것이다. 김홍중, 「마음의 부서짐——세월호 참사와 주권적 우울」, 『사회학적 파상력』, 문학동네, 2016, pp. 72~82.

제하고 학문적 객관성을 유지하기 위해서 사회학적인 글쓰기에서는 관습적으로 '나'가 삭제된다는 사실과, 그럼에도 그런 글쓰기에서 '나'가 다시 소환되었다는 현실의 변화를 새겨둘 필요가 있을 것 같다. 이 고백은 비단 사회학자의 것만은 아닐 것이다. 황인찬의 최근 시에서 주체가 '나'의 실감, 가장 개별적이고 구체적인, 자신의 것이라 부를 수 있는 사정의 가장 좁고 깊숙한 곳까지 닿아 있는 그 '주관의 느낌'을 통해서 반대로 세계라 부름 직한 것, 가장 보편적이고 객관적인 대상에 대한 인식을 보여준다고 할 수 있다면,[7] 안희연의 시는 문을 잠그거나 여닫으며 하나의 방을 반복해서 들여다보고 그 속에 있는 것들에 대해 묘사하는 일로 '자기 내면'을 드러내면서, 그 내면이 곧 자신이 고통스럽게 경험한 세계의 실상이기도 하다는 확인을 통해서 피할 수 없이 한 세계와 결속되어 있음을 실감하는 주체를 그려낸다.[8] 이들의 시적 진술 속에도, 이 주체들의 마음에도 이 파국적 세계에 대한 이루 말할 수 없음의 체감과 고백이 전제되어 있는 게 아닐까. 문과 방, 그 속에 무엇이 있는지를 확인하는 화자는 안희연의 시에서 반복적으로 등장한다. 대표적으로 「백색 공간」(『너의 슬픔이 끼어들 때』, 창비, 2015)에서 화자는 겁에 질려 방 안에서 고요하게 자라고 있는 나무를 보고 있다. 고요한 나무를 보며 "침묵"하는 존재의 존재방식("물도 햇빛도 없이/침묵이 고이면 얼마나 깊은 두 눈을 갖게 되는지")을 바라보는 화자는 어떤 사건을 목격하고도 그에 합당한 말을 찾지 못해 증언하지 못하는, 방조자로서의 죄책감에 시달리는 자를 떠올리도 한다. 하지만 무엇보다도 이 시의 핵심적인 의미는 첫 구절이기도 한, "나무가 자라고

---

7   황인찬 시의 특징이 무엇보다도 '자신의 세계를 한정하고 실감하는 일이 곧 그 세계의 확장을 도모하는 것임을 아는 주체에 있다는 것은 그의 두번째 시집을 짧게나마 분석한 이전 글에서 가져왔다. 졸고, 「새로운 관조」, 『창작과비평』 2013년 봄호.

8   안희연 시의 주체와 세계의 관계에 관한 구체적인 분석은 차후를 기약하기로 한다.

있다"는 선언에 있다. 나무가 두려움에 떨며 침묵하는 주체의 형상이라 할지라도 그것이 자신의 존재방식으로서의 침묵을 강화하며 새로 갖게 되는 눈을 통해서 계속 보게 될 것이 있으며, 그런 감시와 확인의 추적이 뒤늦은 고발을 가능하게 할지도 모른다. 계속 자라는 나무는 지금 그 방에 갇혀 있지만 언젠가는 그 방을 부수고 나올 것이기 때문이다. 안희연 시의 주체가 개인보다 사회를 우선시하여 당위적인 대답을 가하고 질문에 대한 다양한 대답의 가능성을 차단한다는 해석[9]에 동의할 수 없는 이유도 여기에 있다. 「라파엘」에서 주체는 공터와 다락 중 하나가 아니라 그 장소들이 공존하는 세계를 보고 있다. 길이 끝난 공터의 풍경과 그 위에 닫힌 다락의 풍경이 겹쳐진다. 이 겹쳐짐을 분리하지 못하고(않)고 그대로 둠으로써 "다양한 대답의 가능성"을 품고 있다는 말을 하자는 게 아니다. 시인이 다락이라는 좁고 어둡고 그 속을 알 수 없는 장소를 시의 표면에 드러냈을 때, 공터와 다락이 갖는 비유적 의미만을 읽어내는 것이야말로 어떤 당위를 전제한 읽기가 아닐까. 당장에 사용하지 않는, 혹은 부서지고 망가진 물건들을 보관하는 용도로 쓰는, 창고와 같은 기능을 하는 공간으로서의 다락과 그 속에 갇힌 존재는 표면 그대로의 어린아이(세월호의 아이들)이기도 하지만, 이 세계(파편화된 언어)의 한 귀퉁이에 갇혀서 엄연히 존재하면서도 명백히 볼 수 없는 자신의 파상이다. 이것이 "사회와 길항하는 개인"이 아니고 무엇인가.

9   박상수, 같은 책, p. 290.

3. 박소란의 경우: 부사의 활용이 드러내는 결속의 세부

박소란의 시는 자주 생활의 무게를 보여준다. 그 무게는 특별하다. 그의 첫 시집의 자서에서 쓰고 있듯이, 현실에 없는 어머니의 육체는 시인이 입는 어머니의 스웨터를 통해서 그의 어깨를 짚어주는 무게로 있다. 낡아 해진 스웨터의 무게감 같은 역설적인 감각이 박소란의 시에서는 낯설지 않다. 거의 없는 이 무게는, 그러나 물리적으로 체감할 수 있는 것이라기보다 어머니라는 존재의 역사를 뒤늦게 이해하는 딸의 입장에서 경험하는 시간의 두께에 가까운 것, 이를테면 심리적인 압력과도 같아서 가벼울수록 무겁다. 이런 사정으로 어떤 무게는 존재를 억압하기는커녕 살아가게 하는 힘으로 작용하기도 한다. 그렇게 '없을수록 있는 것'들이 박소란 시의 주체에게는 벗어날 수 없이 자신이 속해 있는 세계의 실상을 이룬다.

그 특별한 쓰기에서 부사의 활용을 빼놓을 수 없다. 박소란의 시에서 부사는 그 자체의 의미보다 다른 것들과의 관계에서 발생하는 의미에 치중한다. 또한 부사는 동사나 형용사처럼 어떤 존재의 존재하는 양태를 수식함으로써 그 존재 양태를 강화하는 역할도 한다. 부사는 문장을 구성하는 필수 요소가 아니기에 언제든 생략해도 되는 것으로 여겨지지만, 박소란의 시에서 그것은 없어도 되는 자리에 굳이 있음으로서 수상한 맥락을 만들어낸다. 그로써 '없어도 되는 자리'와 그런 자리에 '있는 것'에 대해서 동시다발적인 주목과 환기를 이끌어내는 것이다.

누구든 사랑할 수 있다는 것

집 앞 과일 트럭이 떨이 사과를 한 소쿠리 퍼주었다

어둑해진 골목을 더듬거리며 빠져나가는 트럭의 꽁무니를 오래
바라보았다
낡은 코트를 양팔로 안아드는 세탁소를
부은 발등을 들여다보며 아파요? 근심하는 엑스레이를
나는 사랑했다 절뚝이며 걷다 무심코 발길에 차이는 돌멩이
너는 참 처연한 눈매를 가졌구나 생각했다 어제는

—「돌멩이를 사랑한다는 것」 부분[10]

부사가 쓰이는 대상은 주로 가시적인 것들이다. 늦은 저녁의 골목길
을 빠져나가는 과일 트럭, 걸어가는 사람과 그 사람의 발길에 차이는
돌멩이 같은 것들. 하지만 부사로 읽어내야 하는 대상의 속성은 주로
비가시적이다. 트럭의 더듬거림, 그 더듬거림에 머무는 시선, 기울어진
걸음, 계산되지 않은 각도로 날아가고 떨어지는 힘. 그러므로 쓰임의
자리를 지시하는 부사의 있음/없음은 세상에 결속된 자의 눈에 '너무'
와 같은 렌즈를 씌우거나 벗기는 사정과 흡사하게 이해할 수도 있다.
구체적인 생활(보이는 세계)은 그저 누군가의 매일을 이루는 생활에 대
한 표면적인 진술과 묘사가 간과하는 내용 이면의 기미(결속감)를 눈
치채게도 한다. 이 기미는 있지만 보이지 않는 것으로서 부사가 문장
속에서 갖는 의미상의 존재감과 흡사한 역할을 한다. 이때 시의 주체
는 자기를 구체적으로 말할수록 그렇게 말하지 않을 도리를 되묻게 된
다. 자기 자신을 향하는 그 말은 있을수록 자기와 멀어지는 것, 내가
이 세계와 벗어날 수 없는 방식으로 연결되어 있다는 것을 도리 없이
받아들이는 일에 가깝기 때문이다.
따라서 마지막 구절("우연히 날아온 무엇에라도 맞아 철철 피 흘리지

---

10 박소란, 『심장에 가까운 말』, 창비, 2015.

않을 도리가")에서 생략된 술어로 추정되는 '없다'는 이 시의 전반을 관통하는 화자의 자기에 대한 진술처럼 보인다. 어떻게, 왜, 어디에서, 무엇으로부터 나는 없나. 시의 서두에서 화자가 적는 목록, 자신이 사랑하는 것들에서 그 힌트를 얻을 수 있다. 화자에게 사랑의 대상은 구체적인 생활의 부분들로 나타나고, 그 생활의 부분을 통과하는 화자의 개인적인 감정의 회로는 생략된 채 있다. 이 있음과 없음, 모르는 채로 알고 있는 것이 사랑의 핵심이 아닐까. 그러니 사랑에 대해서라면 화자가 더 말하지 않을수록 독자는 더 알게 된다. 늦게 혼자 집으로 돌아가는 길에서 마주친 과일 장수와 세탁소 주인에게서 화자는 다정과 피곤을 본다. 화자는 그것을 볼 뿐 말이 없지만, 그런 다정과 피곤에 대한 말 없음에는 이루 말할 수 없이 길고 깊은 이야기가 있다.

이 비가시적인 드러남, 비자발적인 감응을 통감으로 바꿔 부를 수도 있을 것이다. 생활의 세부를 구체적으로 기록하는 형식의 이면에, 그 세부가 나에게 주었던 감정의 동요와 같은, 기록하지 못하는 기억의 발생이 그와 같다. 개별과 보편, 구체와 추상을 가로지르며 결국에는 어떤 고통과 접합하고 있는 것이야말로 사랑이 아닌가. 사랑은 이 시에서 "지친 얼굴"과 말 없음과 열에 들뜬 몸의 오늘과 가벼워진 몸의 내일을 연결한다. 이 연결은 통증의 상태가 오늘에 내일을 잇대고 겹치게 하는 데 그치지 않고, 내일의 양가적인 속성을 인지하고 그것을 인정하게 한다. 내일이 오면 내 몸의 아픔은 가시겠지만 반찬은 상할 것이라는 대비, 그 위로 사랑에 대한 친구의 말과 나의 실감의 대비가 겹쳐진다. 이런 통감의 주체는 오늘 자기의 아픔과 친구의 상실감을 함께 겪을 뿐, 내일은 나아질 것이라고 전망하지 않는다. 때문에 사랑의 주체는 자신의 아픔을 비교적 견딜 만한 것이라고, 아니 이 세계 속에서라면 자신은 아프지 않다고 말하는 자다("어째서 나는 이토록 아프지 않은 건지"). 이것은 기대도 체념도 아니다. 그의 아픔이 "이토록"

으로 자각되는 이유도 마찬가지다. 나의 아픔을 있음과 없음으로 나누어 말하지 못할 때, 그 아픔은 '이토록'을 통해서 빗금과 같은 세계를 환기하기도 한다.

> 폐품 리어카 위 바랜 통기타 한 채 실려간다
>
> 한시절 누군가의 노래
> 심장 가장 가까운 곳을 맴돌던 말
>
> 아랑곳없이 바퀴는 구른다
> 길이 덜컹일 때마다 악보에 없는 엇박의 탄식이 새어나온다
>
> 노래는 구원이 아니어라
> 영원이 아니어라
> 노래는 노래가 아니고 아무것도 아니어라
>
> ─「노래는 아무것도」 부분[11]

박소란의 시는 '있음/없음'이 '가시적/비가시적'인 것을 구분할 때처럼 대상에 대한 판단뿐만 아니라, 개인의 기억이나 내상의 통증처럼 나와 세계가 분리될 수 없이 결속됨으로써 겪을 수 있는 차원의 것을 말하는 데에도 존재론적인 판단으로 쓰이는 것을 보여준다. 거기에는 시적 주체의 언어에 대한 남다른 포착이 드러난다. 「노래는 아무것도」의 마지막 구절, "나를 실어보낸 당신이 오래오래 아프면 좋겠다"는 말에서 우선 느껴지는 것은 헤어진 당신에 대한 나의 깊은 원망이지만,

---

11 박소란, 같은 책.

이 한마디가 시의 마지막에 놓임으로써 속하게 된 전반(全般)의 맥락 속에서라면 당신의 안부에 대한 나의 기대로도 읽을 수가 있을 것 같다. 미워하는 마음과 그리워하는 마음은 그러나 서로 다른 마음이 아니다. 그 두 개의 마음이 미묘하게 얽힌 저 바람의 문장은 박소란 시의 주체가 세계를 통감하는 방식으로서의 사랑을 요약해서 보여준다.

폐품 리어카 위에 실려가는 오래된 기타 하나를 발견하고, 이 우연한 마주침이 떨어져 있는 나와 당신을 연결한다. 리어카에 실려가는 낡아 버려진 기타를 마주하고, 그 쓸모없음의 실상 가운데에서 자신을 발견하는 주체에게 이 비가시적 관계의 발생은 리어카가 지나가는 "길"의 속성에 따라 구체적으로 감지된다("길이 덜컹거릴 때마다 악보에 없는 엇박의 탄식이 새어나온다"). 세계의 한 부분으로서 길의 요철이 심할수록 그의 통증도 커진다. 길 위의 리어카, 리어카 위의 기타, 기타로서의 주체는 양상만 달리할 뿐 한 세계와 주체의 관계를 은유한다는 점에서 서로 겹쳐지고, 그 겹쳐짐에서 주체의 통감이 발생하기 때문이다. 여기에서 최근에 일어난 사건을 떠올리고, 그런 세계의 파국을 목도하고 그로 인해 부서진 마음과 말들이 주는 이차적인 고통에 속수무책으로 사로잡혀 있는, 통감하는 주체의 모습을 발견할 수 있다고 한다면 과잉된 해석일까.

하지만 이 시가 애초에 노리는 것 가운데에도 그런 '과잉'이 있다. 앞서 보았듯 이 시를 읽고 나서 하나의 풍경을 그려내고 나면 그다음에는 소리만이 남는다. 거친 길의 표면이나 폐품이 쌓일 만큼 쌓여 위태로워 보이는 리어카와 무거운 리어카를 겨우 지탱하는 낡은 바퀴 등은 그저 풍경으로 지워지고, 빛바랜 통기타 하나만이 그곳에 있게 된다. 기타는 거의 소음에 가까운 소리를 내지만 나는 그것을 "노래"로 듣는다. 이 들림은 불규칙하고 거친 음마저도 규칙적이고 고운 음으로 바꿔 듣는 마음의 역할을 강조하는 게 아니라, 오히려 이 세계에 통용되는 노래라는 말에 깃든 아름다움의 의미를 재고하고 새로 쓰는 일에 가깝다. 여기서 노래는 모든 부서진 것들 가운데에서도 새로운 것을 만들어내는 소리와 다르지 않다. 그리고 그 소리는 듣는 이의 상태를 조금 변화시킨다. 이 조금의 변화는 구원이나 영원과는 무관하다. 그것은 그저 "한 시절 누군가"의 것을 '모든 순간 나와 당신'의 것으로 돌려놓는 의미에서 흉터처럼 있다. 이 표시는 아프게 구르는 나와 당신의 세계에 대한 목격이 우연한 마주침에서 가능하다는 것을 알려주고, 그 사건이야말로 모든 소리를 노래로 변환하게 하며, 누구에게나 들리는 소리가 누군가에게는 노래로 들린다는 점에서 나의 것으로 번역된 언어이기도 하다. 그 "심장 가장 가까운 곳을 맴돌던 말"과 바퀴의 구름은 주체와 세계를 대신하는데, 박소란 시의 미덕은 바로 이 사이에 부사 "아랑곳없이"를 배치함으로써 생겨난다. 이 말은 나와 세계의 의미에 동시에 영향을 미치면서 참견이나 관심 없음의 자체적인 의미를 있음으로 돌려놓는 효과를 발생시킨다. 나의 노래와 폐품 리어카의 운동은 이러한 방식으로 결속되면서 탄식하는 기타와 같은 주체를 만들어내는 것이다. 탄식하는 기타는 그 자체로 버려진 것들의 세계를 지시하지만, 그 세계로부터 나는 자신을 증명하는 말을 길어올린다. 이 말이 박소란의 시가 된다.

4. 한인준의 경우: 정합하게 말하려고 부정합의 세계를 구축하는

한인준의 시는 말하기의 곤란함을 보여준다. 말이 말하는 자에게 곤란을 안겨주는 이유는 간단하지 않다. 우선 말은 말하는 자의 처지에서 발생해서 그 말이 닿는 자의 처지에 도달할 때 애초의 정확성을 상실한다. 고유의 문법을 갖는 말은 그것을 사용하는 사회의 문화를 덧

입고 있으며, 개인에게는 저마다 그 말을 이해하는 나름의 방식 또한 있기 때문이다. 그런 점에서 시의 곤란은 일부분 번역의 그것과 닮아 있다. 해석의 차원까지를 미리 고려하는 자의 말하기에는 전전긍긍하는 주저함이 드러난다. 한인준의 시에서는 목적어가 지워지고 주어와 서술어의 자리가 뒤바뀜으로써 원칙적으로 문장을 구성하는 기본 요소의 파괴가 일어나고 그로 인해 의미의 전달이 불가능해지는 지경에 이른다. 다음으로 이 주체는 자신이 도달하고자 하는 자리와 역할에 미달한다는 것을 경험적으로 알고 있는데, 그의 말은 접속사의 자리와 역할을 실험적으로 배치하고 변경함으로써 오히려 경험을 초과하는 사태를 그려 보인다. 한인준의 첫 시집의 제목이기도 한 "아름다운 그런데"는 단순히 '그런데'라는 역접의 역할을 하는 접속사를 아름답다고 이르는 말로 볼 수도 있겠으나, 이 말에는 '아름다운'과 그다음에 오는 대상 사이에 순조롭고 원활한 의미 작용이 불가능한 상태, 즉 불편하고 불온한 이해관계가 놓여 있음을 암시하는 구절로 볼 여지도 있다. 이 여지에서 아름답다는 판단과 그 판단의 대상이 여전히, 혹은 아직도 만나지 못한 상황이며 이 상황에 대한 은유로서 이 말은 문장의 차원에서도 미완의 상태를 보여준다. 아름답다는 가치 판단과 아름다운 대상의 확인이 관계 없는 상태로 관계를 맺는 사정을 표현하는 것이다. 이처럼 한인준의 주체는 불온한 문법의 차원에서 더 나아가 문법 자체를 거론하는 것이 불가능한 사정을 구상하고 그것을 시의 형식으로 실험한다.

그것을 생각하다가 그것은

이것이 되었습니다

나는 이것을 옷장 속에 구겨두고 어항 속에 풀어두고 꽃병 속에
꽂아두고

이것에는 단어가 필요하지 않습니다

이것은 어두운 곳에서 헤엄치다가 가만히 시들어버립니다. 아득
한 나라 알 수 없는 숲속에서 이름 모르는 새가 울고

[…]

그것은 막막하고 이것이 먹먹합니다. 내가 지나가고 나를 지나
가는

내 곁에 없어도 이것인 것들

──「설명」부분[12]

　말하기의 곤란은 '이것'과 '그것'을 가르는 호칭과 문법에서 비롯된
다. 분리되어 존재하는 서로 다른 대상을 이를 때 생각 없이 쓰게 되는
이것과 저것이라는 지시대명사는 오히려 이 화자에게 있어서 인식의
혼란과 말하기의 곤란을 야기하는 것이기 때문이다. 옷장에 넣은 옷,
꽃병에 꽂힌 꽃, 어항에 풀어둔 물고기는 분명하게 다른 것이지만 똑
같이 이것 혹은 그것으로 지칭할 수 있는 대상이라는 점에서 동일하다.
옷과 꽃과 물고기가 모두 이것이나 그것으로 말해지는 것은 의미의 차
원에서 부당해 보이지만 화자와 그들이 맺는 관계의 차원에서는 공평

12　한인준, 『아름다운 그런데』, 창비, 2017.

한 일이다. 여기에 더해서 옷장, 꽃병, 어항처럼 그들이 속한 세계에 의해 짐작할 수 있을 뿐인 지시 대상에 관해서라면, 옷과 꽃과 물고기라는 구체적인 명칭보다는 이 시의 경우에서처럼 이것이나 그것으로 지시하는 것이 의미를 전달하는 차원에서는 더 정확한 말인지도 모른다.

"내 곁에 있어도 그것인 것들"과 "내 곁에 없어도 이것인 것들"이라는 진술은 화자에게 있어서 어떤 대상이 있음/없음으로 구분되지 못한다는 것을 보여준다. 사전적인 정의에 따르면 이것과 그것이라는 지시의 구분은 내 곁에 있음/없음으로 가능한데 화자에게 있어서 "내 곁에" 있음/없음은 가시적인 차원의 문제가 아니기 때문이다. 화자는 그와는 다른 차원의 존재 방식을 생각하고 설명하려는 곤란에 처해 있다. "그것은 막막하고 이것이 먹먹합니다"라는 진술은, 말의 의미와 활용이 얼마나 허약한 것인지를("탁자 위에 가지런히 놓인 손목은 하얗고 가늘고 멍들었다") 확인한 후, 그런 문법으로는 설명되지 못하는 차원의 존재를 상대하는 일에 화자의 곤란이 있음을 짐작하게 한다. 사실 애초에 이 진술에서 그것과 이것은 나에게 단순한 비교의 대상이 되지 못한다. '그것'과 '이것'에 붙은 조사 '은'과 '이'가 의미하듯 그것과 이것이라는 대상, 혹은 그 대상들의 속성으로서 막막함과 먹먹함은 서로 다른 층위에 속하는 것으로 구분된다. 조사의 활용으로 그것과 이것이라는 대상과 그들의 속성이 단순한 비교의 차원에 놓여서 해석되는 일을 방지하는 이유는 그들의 '다름'이 같은 기준으로 판단되는 결과에 따르는 게 아니라 애초에 측정하거나 측량할 수 없는 상대라는 점에서 비롯한다는 것을 분명하게 하기 위해서다. 합리적인 언어로 설명할 수 없는 '다름'은 심리적인 동인에서 발생하는 것이며, 명확하게 말해지지 않는 이 심정에서 한인준 시의 주체를 확인할 수 있다.

그런 거 있잖아

통감하는 주체, 유무의 경계 너머의 말들　　　79

그런 게 뭔데

서로 마주 보고 앉은 탁자에서 '그런'이 무엇인지 생각하는 일을
그만두지 않는다
왜 자꾸 나는 당신에게 '그런' 걸 말하고 싶은 걸까

그런 거 있잖아

그런 거라니

나는 탁자 위에 놓인 빈 꽃병을 본다

—「그런 날」 부분[13]

'이것'도 '그것'도 아닌 '그런 거'란 또 무엇일까. 인용한 이 시의 도입
부는 일상의 사실적인 대화를 떠올리게 한다. 대화의 상황에서 화자는
자주 '그런 거'라는 지시를 말하는데, 이것은 이것과 그것이 가리키는
어떤 대상보다 (화자의 입장에서) 더욱 구체적인 것을 가리키며 (청자
의 입장에서) 더욱 모호한 것을 의미한다. '그런'은 거의 나의 것에 가까
운 말이다. 이 수사는 나의 입장과 생각만을 함의할 뿐이어서 당신의
세계에 대한 이해로는 닿지 못한다. 인용한 다음 부분에서 이 시의 화
자는 우두커니 홀로 남아서 '꽃병'을 생각하는데, 그 생각 속에서 꽃병
에 물이 담기고, 부서지고, 그 속의 물이 화자를 젖게 하기도 한다. 꽃
병이 부서지자 꽃병을 사러 나서서 원래의 자리로 돌아오지 못하는 화

13 한인준, 같은 책.

자의 모습은, 자신의 생각을 지속할 뿐 그 생각이 발생한 근원으로 돌아와 생각의 과정이나 방법 자체를 스스로 반성하지 못하는 자의 모습을 떠올리게도 한다.

생각에도 여러 가지 길이 있어서, 하던 생각만을 지속하는 생각은 자신이 생각하는 대상을 설명하지 못하거나 설명했다는 착각에 이르게 한다. "마르지 않은 채로 돌아다니는 사람들" "모두가 젖어 있다"는 화자의 진술은, 자신의 생각과 무관하게, 자신의 생각과 거리를 둔 채로 세계의 속성을 목격한 자의 증언처럼 보인다. 이 불능과 착각이 세계의 속성이 될 때, 나는 어쩔 수 없이 그 속성을 나누어 갖는다. 화자가 당신과 화해할 수 없는 이유 역시 여기에 있다. 말하려는 대상과 그것의 상태는 나에게만 있고 당신에게는 없다. 하물며 나의 세계는 말의 무능과 착각을 일상적 태도로 삼고 있지 않은가. 그런 이유로 나는 거듭 당신과 멀어진다. 말하려는 대상과 그것의 상태는 나에게만 있고 당신에게는 없다. 이 엄연한 경계가 화자에게 "생각하는 일을 그만두지 않"게 한다. 경계와 그 너머를 보는 자는 자신의 세계를 위반하는 주체다. 한인준 시에서 생각은 말 없음을 침묵의 있음으로 변환하며 나와 당신의 경계에 집중한다.

5. 말의 있음과 세계의 어쩔 수 없음[14]

시의 윤리가 '나'와 세계의 관계에서 발생한다고 할 때, 박소란과 한인준 시의 주체는 세계와 결속된 관계 양상을 통해서 '윤리적 모험'과 '윤리적 책임감'이라 할 만한 미덕을 구분 없이 획득한다. 이들 시는 파

---

14 이 장의 제목은 한인준 시의 구절("눈앞에 있는 할 말이 없음과 등 뒤에 있는 어쩔 수 없음으로 자꾸 다시 왜를 잃어버려야 하는데", 「종언: 있」)을 변용한 것이다.

편적인 언어로만 형상화할 수 있는 세계에 결속된 주체, 달리 말해 통감하는 주체는 자기만의 말(하기)을 구상한다. 그 말하기는 탈구된 현실의 문법을 목도하면서 그것을 재조립하는데, 그렇게 현실에 결속됨으로써 현실을 넘어서는 말이 이들 시의 주목할 만한 특징을 이룬다. 공통적으로 이 주체는 있음/없음이라는 이분법이 지배적인 현실의 세계를 목도하고 있다. 이 폭력적인 논리 위에서 시의 주체는 존재론적인 질문을 거듭하고 있다. 그들이 계속하는 것은 무엇이 있다/없다는 확인이 무엇에 의해, 어떻게 가능한가, 나아가 있음/없음의 구분이 왜 필요한가를 묻는 일이다. 예컨대 파국적 세계에 대한 실감으로서 나와 세계의 파손된 관계에 대한 실제적인 감각, 혹은 마음이라고 칭해지는 그것은, 통감의 주체에게는 매일의 생활 속에서 있는 듯이 없고 없지만 있는 일이 비일비재하므로 있음/없음의 방법으로는 정직하게 말할 수 없는, 말의 맹점을 가리키는 것이기도 하다. 파편화된 언어에 결속되지 않은 주체는 과잉과 부족을 설명하지 못하고, 모든 있음/없음이 타당하다고 여기는 현실의 폭력에 무감함으로써 거기에 가담한다. 반면에 박소란과 한인준 시의 주체는 있음/없음의 논리로는 말할 수 없는 세계의 파상을 목도하고 그곳에 결속되어 있음으로써 말하기의 어려움을 고백하는 자다.

이처럼 최근의 시들이 보여주는 것은 차라리 주체의 침묵이다. 이 침묵은 소리 내어 말하지 않는다는 의미가 아니라, 말의 있음/없음으로 사태를 해명하는 일의 불가능을 지시하는 것에 가깝다. 여전히 계속되고 있는 참사 이후의 말하기에 대한 고백들, #문단_내_성폭력 해시태그 운동 이후에 드러난 서사화 불가능한 이야기들이 확인시켜주는 것은 어떤 방식으로도 명백히 있는 '그것'을 말할 수 없다는 진실이다. 참혹하지만 이것이 진실이므로, 최근 시의 주체들은 그럼에도, 계속해서, 제대로, 정직하게 말해보려는 나름의 방법과 언어를 고민하고 그 부서진 말과 마음에 맞서 고투하고 있는 것이다. 이 고민과 고투는 나와 너의 관계에 의지함으로써 너무나 온건하게 우리라는 공동체의 자리를 지향하고 있지만, 자신을 거의 지울 정도로 생각을 거듭하고 침묵의 언어를 기획함으로써 흔치 않은 개인의 형상을 보여주는 일이기도 하다.

'나'와 세계를 구분하는 눈을 가진 자, 세계의 수상함을 목격하는 자, 그것을 논리정연하고 정합한 언어로 설명하지 못하는 자신을 고백하는 자로서 최근 시의 주체는 통감하는 주체라고 부를 수 있을 것이다. 통감하는 주체에 의한 시에는 말의 방도나 당위가 지워진 채로 있다. "보이지 않는 것을 어떻게 믿을 수 있어요?"[15]라는 물음이 '보이지 않는 것은 믿을 수 없다'는 판단이나 '보이지 않는 것을 믿을 수 있는 방법'의 제시로서 일련의 답변을 제출할 수 있다면 그곳은 사건이 기록되는 합리적 언어의 세계다. 저 물음이 '무엇이 무엇을 보이지 않게 하나', '보이지 않는 것에 대한 믿음이 어째서 필요한가'와 같은 물음으로 되돌려질 때, 그곳은 여전히 정리되지 않는 기억이 문고리를 잡고 떨고 있는 시의 세계다. 어째서 당신은 그곳에 속해 있는가?

15 안희연, 「라파엘」, 『너의 슬픔이 끼어들 때』, 2015, 창비.

본의가 아닌 본의로
── 동명이설(同名異說)의 동상(同相)들

1. 어떤 야행

오래전에 발표된 김승옥의 소설「야행」에서는 한 여자가 밤길을 하염없이 헤맨다. 여자의 사정은 어떤 욕망에 연관된다. 그리고 이 욕망은 지극히 개인적인 것으로 보이지만, 동시에 사회적인 것이기도 했다. 그리하여 주로 무엇이 그녀로 하여금 밤의 도시를 떠돌게 했느냐는 식의 추궁이, 간혹 왜 그녀는 말을 걸어오는 남자를 따라가지 않았느냐는 식의 물음이, 이 소설을 향해 있어왔다. 덧붙여, 이런 질문을 해볼수도 있겠다. 주로 소설의 초점 화자로 남성을 내세우던 김승옥의 다른 소설들과는 달리,「야행」은 어째서 여성의 관점과 입장에서 씌어질수밖에 없었을까. 남성의 관점과 입장에서 이 소설은 어떻게 다시 씌어질 수 있을까. 한 편의 짧은 소설이 생산해낼 수 있는 질문의 스펙트럼을 염두에 둘 때, 그리고 그 질문의 양과 질이 그 소설의 효과를 좌우한다고 할 때 김승옥의「야행」이 만들어내는 영향력은 막강하다. 오로지 질문하고 질문받기 위해 태어난 듯이, 이 소설은 '누가, 언제, 어디서, 무엇을, 어떻게, 왜'와 같은 육하원칙을 기본으로 하여 작게는 소설 안에서 크게는 소설이 읽힐 수 있는 최대의 자장으로 뻗어나가며 인간과 인간사회를 탐구한다.

이제 와 거듭 주목할 것은 이 소설의 의혹들이 아니라, 이 소설 자체가 변하지 않는 하나의 질문으로 여전히 굳건할 수 있다는 점이다. 시대를 초월하여 계속해서 새로운 질문으로 이어진다는 점에서, 김승옥의 「야행」은 항상 오늘의 대화 같은 소설이라 하겠다. 제 삶에 의욕을 잃고 권태에 빠진 여자가 느닷없이 자신의 팔목을 잡아 이끈 낯선 남자의 거친 손길을 잊지 못하는 것은, 그 의미를 영원히 알 수 없다는 점에서 너무나 사소하다. 그것은 그 여자의 사소한 욕망이기 때문에 누구도 풀지 못하는 문제이며, 또한 그렇기 때문에 모두의 욕망이 된다. 김승옥의 소설은 내용을 압도하는 형식으로, 혹은 이야기를 넘어서는 말하기 방식으로 누군가의 마음을 움직인다.

덧붙여, '야행'이라는 제목이 의미하는 바를 곰곰이 생각해보자. 어둠 속을 걸어가기로 마음먹은 자는 자신 이외에 의지할 것이 없는 처지를, 스스로의 고립을 의연하게 받아들인 자일 것이다. 또한 그러한 감수는 다시 자기 내면의 욕망을 감지하고 그것이 무엇이든 따라가보겠다는 마음으로부터 생겨날 것이다. 아마도 글을 쓰는 자가 그와 같지 않을까. 고독하고 처절하게 자기를 내어 어둠 속을 밀고 들어가는 자, 그러니 글쓰기를 야행이라고 할 수도 있으리라.

좋은 소설이 무엇이라고 말하기는 어렵다. 그렇지만 잘 씌어진 소설에 대해서 말하는 방법은 김승옥의 소설로부터 배운 바 있다. 특유의 분위기와 시계가 있지만 넘쳐흐르거나 끊어지지 않도록 단속하는 감각과 말하기 방식이 필요하다. 그것은 방황으로부터 정답을 길어올리지 않고, 질문과 질문의 충돌 가운데 발견되는 일종의 수사법이다. 다시, 새로운 수사의 시간을 열어 보이며 소설의 페이지를 오래도록 뒤적이게 하는 소설들을 읽어보자.

2. 입의 문(文) ── 황정은의 경우

황정은의 소설에서 자주 주목되었던 점 중에 하나는 인물들 간의 대화이다. 이 대화에는, 둘 이상의 인물이 주고받는 이야기뿐만 아니라 한 인물이 홀로 중얼거리는 경우까지도 포함된다. 인물이 다른 누군가와, 혹은 단독으로 자신의 내면과 나누는 대화에서 황정은 소설의 특별한 성격을 발견할 수 있다는 것은, 그의 소설을 한 편이라도 읽어본 자라면 충분히 공감할 것이다. 인물의 사소한 말과 행동을 아울러 한마디로 태도라고 할 수 있다면, 황정은의 소설은 무엇보다도 인간의 태도에 집중하여 씌어진 소설이다. 이렇게 말할 수도 있겠다. 황정은의 소설은 '잘 듣고 말하기'에 관한 이야기이다.

최근에 여러 평자들에 의해 황정은 소설의 이러한 특장이 공통적으로 지적된 바 있다. 그중에서도 황정은 소설에서라면 대화의 내용보다는 대화의 당사자들이 공유하는 어떤 태도와 분위기가 의미심장하다는 점에 주목한 글[1]이나, 『百의 그림자』를 예로 들어 인물들이 사소하고 별 의미 없어 보이는 대화를 이어나가면서 '가마는 가마이지만 가마는 아닌 가마, 슬럼은 슬럼이지만 슬럼은 아닌 슬럼'과 같은 것을 발견한다고 진단한 글[2]에 동의한다. 여기에 한마디를 덧붙이자면, 황정은 소설의 대화는 아무것도 바라지 않는 마음에서 비롯된다고 하겠다. 황정은 소설의 대화는 인물의 목소리를 빌려서 어떤 사실이나 그에 대한 감정을 전달하려 하기보다, 다만 대화 자체를 이어나가는 데 목적이 있어 보인다. 진술이나 묘사가 아무리 절묘한 은유를 취하고 있더라도 그로부터는 직접적인 메시지가 전달되는 경우가 많다. 그에 비해 대화

---

1   조연정, 「구조적 폭력 시대의 타나톨로지thanatology」, 『문학동네』 2011년 겨울호.

2   권희철, 「당신의 얼굴이 되어라」, 『창작과비평』 2010년 여름호.

는 우선 사건의 맥락을 전달하는 데 치중하면서, 본격적으로는 인물의 성격과 인물 간의 관계를 자연스럽게 노출하고 반영하면서 씌어진다고 할 수 있다. 때문에 적어도 작가의 편에서, 혹은 대화를 나누는 인물의 처지에서 대화는 대화 이외의 효과에는 무심한 이야기(서술) 방식일 것이다.

처지라고 말했다. 눈이 밝은 자라면 벌써 눈치를 챘겠지만, 황정은의 소설에는 처지라는 단어가 빈번하게 씌어진다. 누군가는 앞뒤 가리지 않고 입장이나 수준이나 상황 같은, 실상 전혀 다른 의미를 갖는 단어와 혼용하여 이해할지도 모른다. 황정은의 소설이 경계하는 것 중하나가 그런 지점이다. 애매모호해서 그르다고도, 그렇다고 옳다고도할 수 없는 그런 지점에 누군가의 처지가 있다는 것을, 황정은의 소설은 거듭 말해준다. 단순히 작가의 언어적 습관일 수도 있겠지만, 자주씌어지는 단어 하나가 그 작가의 말하기 방식을 대변하고, 그처럼 어떻게 말하는가 하는 태도의 문제는 무엇을 말하려고 하는가와 같은 내밀한 진심에 닿기 마련이다. 그렇게 '잘 듣고 말하기'에 대한 이야기는 누군가의 진심으로 향하는 소통의 문이다.

그렇다면 황정은의 「야행(夜行)」을 읽어보자.[3] 어떻게 보면 이 소설은 말할 것이 있는 인물이 말할 것이 없는 인물과 나누는 이야기라고도 할 수 있겠다. 이야기인즉 이러하다. "한"과 그의 아내("고")와 그의 자식들("곰"과 "밈")이 한밤중에 "백"의 집에 찾아간다. 고가 백의 아내인 "박"에게 서운한 일이 있었기 때문에 그 일에 대해 토로할 작정으로, 한의 가족은 어두운 데다 여기저기 허물고 새로 지은 건물들로 낯설어진 길을 헤매면서, 방문하겠다는 사전 연락도 없이 무작정 백의 집으로 간다. 본론인 대화 장면을 읽기도 전에, 이 같은 소설의 도

<hr>

3   황정은의 「야행」은 2008년 『창작과비평』 여름호에 처음 발표되었다. 이 글에서는 최근 출간된 그의 소설집 『파씨의 입문』(창비, 2012)에 수록된 본을 참고했다.

입부에서 어떤 난해함과 난감함에 봉착하게 된다. 먼저, 저처럼 황정은의 소설에서 만나보기 어려운, 상대방을 배려하거나 고려하지 않는 인물들과의 낯선 마주침에서 오는 난감함. 다음으로, 도대체 무슨 사연이 있어 무례를 무릅쓰고 밤길에 나설 수밖에 없었을까, 그것도 온 가족이, 하며 의문을 계속해서 만드는 밤중 행보의 난해함. 앞선 난감함은 뒤따르는 난해함을 해결하면 따라서 해소될 만한 것이므로, 우선은 어째서 한의 가족이 밤길에 나설 수밖에 없었는지를 알아볼 만하다.

고가 토로하는 사정인즉, 그녀가 평소에 친밀하게 지내던 박에게 전화를 걸어 평소처럼 자신이 겪는 고충을 털어놓았는데, 기대했던 위로는커녕 냉대와 거부만을 당했다는 것이다. "그런 얘기는 이제 지겨우니 하지 마세요"라는 박의 말에 고는 일단 전화를 끊었지만, 생각할수록 "약이 올라서" 여덟 번이나 전화를 다시 걸었고, 박은 여덟 번이나 전화를 끊어버렸다는 것이다. 그에 맞서 박도 매일같이 전화를 걸어 어두운 이야기를 하는 고 때문에 자기 역시도 충분히 괴로웠다는, 평소의 곤란을 털어놓는다. 또한 아내들의 대화를 들으며 각자의 편을 드는 통에 한과 백도 갈등을 겪게 된다. 보증을 잘못 서는 바람에 매우 어려운 지경에 처했을 때 유일하게 그를 도와주었던 백을 '진짜'라고 여겼는데 그런 이에게 배신감을 느끼니 얼마나 쓸쓸하겠(느)냐며 자신을 변호하는 한에게, 백은 "어쩔 수 없죠"라고 응한다. 이 소설의 인물들이 나누는 대화의 사정을 정리하자면 이렇다. 고는 박과 대화(전화통화)를 나누고자 했으나 박이 거절했으므로 다시 대화(방문)를 시도하고, 한 역시 백과 대화(화해)를 나누고자 하나 백이 거절(불화)한다. 대화는 이렇게 시도되고, 차단되고, 거듭 시도되면서 소통을 가장한 불통의 형식을 갖추어간다. 하여 이 과정이 보여주는 것은, 대화란 잘 말하기이지만 그전에 잘 듣기가 전제되어야만 가능한 형식이라는 단순한 진리이다.

고씨가 말했다.

윗사람 약 올리는 방법도 가지가지지, 내가 지금 자네보다 없이 산다고, 사람을 아래로 보고 말이지.

아이고, 그런 말씀 마세요, 형수님.

삼촌, 그런 말씀이 아니고요, 여덟 번을요, 전화를 끊고, 전화를, 전화를 끊고, 끊어버리고, 형님이 이러는 것을 보니 인생을 알겠다, 고 하면서요, 아니요, 내 인생을 뭘 안다고, '안다'고 해가면서, 사람이 망가졌다느니 어쨌다느니 하느냐 말이지.

내가 언제요.

박씨가 말했다.

마음이 짠하다고 했지, 망가졌다고 하지는 않았어요.

그게 그거지.

그게 어째서 그거예요.

그게 어째서 그게 아닌가.

내 말은, 형님이 옛날엔 날씬했고 인형처럼 예뻤다, 그런데 이젠 나이가 들고 보니 예전하고 모든 게 너무 달라서 마음이 짠하다, 그런 의미였지요.

그러면 그게 그거지.

그게 어째서 그거냐고요.[4]

앞서 본 대화가 시도되고 차단되는 과정의 그 범박한 형식은 인물 간의 짧은 대화 속에도 깃들어 있다. 위의 대화에서 추측할 수 있는 것은 고 씨와 박 씨 사이에서 두 층위의 오해가 일어나고 있다는 점이다.

4   황정은, 같은 책, pp. 16~17.

박 씨는 고 씨의 하소연 중에서 자신이 '하지 않은 말'을 지적하고, 원래 했던 말은 "마음이 짠하다"였다고 교정하며, 그 말을 고 씨가 "사람이 망가졌다"는 자의적인 해석을 덧붙여 오역하는 데에 문제가 있다고 여긴다. 다음으로, 말의 표면에서 추측할 수 있는 심의를 받아들이는 고 씨의 태도이다. 고 씨는 박 씨가 은연중에 하는 말에 감정을 담아서 받아들이는데, 그 때문에 '마음이 짠하다'는 '사람이 망가졌다'로 오해되는 것이다. 그럼에도 이 오해가 중첩된 대화 장면은 그리 낯설지 않아 보인다. 실상 언어의 소통 과정이라는 게 대개는 어느 정도의 오해를 감수하는 데에서 가능하지 않은가. 어떤 일에 대한 극히 사실적인 진술이나 묘사의 경우에도 글을 쓰고 말을 하는 자의 처지와 관점이 포함되기 마련이다. 하물며 위의 대화처럼 전후 맥락이 개입된 말하기의 경우, 나아가 인물 간의 관계를 포함하여 한 인물의 역사를 반영하는 말하기의 경우는 더욱 그러할 것이다. 황정은의 소설이 대화를 통해 보여주는 것은 오해의 내용이 아니라 형식이다. 아무렇지 않게 넘어갈 법한, 습관적으로 사용하는 말들을 한데 모아놓고 그 말들이 어떤 오해를 불러올 수 있는지를 보여주기보다는, 오해가 발생하는 공간을 의도적으로 삭제하지 않고 가능한 한 날것 그대로 확보하려는 노력에서 그렇다. 그리하여 황정은 소설의 인물들은 상대방의 말에 쉽게 동의를 표하지 않는다. 그런 대화는 때로는 "피도 눈물도 없이" 나누는 말들 같아 보이지만, 본질적으로는 가장 진솔하고 성실한 말하기로 보이기도 한다.

이 소설의 내부를 자세히 들여다보았을 때라면 최대한 절제되고 전략적인, 말들의 짜임새를 발견할 수 있다. 인물을 가리키는 명칭부터가 그렇다. 한과 고와 곰과 밈, 이들이 부부와 자식들의 관계라는 것은 진술되지 않고 각각의 성격에 대한 어떤 묘사도 덧붙이지 않지만, 그들이 서로를 부르고 대하는 말하기에서 그 관계와 성격이 짐작된다. 대화를 통해서 인물의 성격과 관계를 알아차릴 수 있다는 것보다 중요한 것이 있다. 그런 류의 짐작은 명확한 사실을 받아들일 때보다 한 인간의 역사에 대해 더 폭넓게 이해할 수 있도록 돕는 점이다. 이 역시 오해의 자리를 의도적으로 확보해놓았을 때 역설적인 효과로서 발생할 수 있는 이해의 자리이다. 이 소설은 의도가 비의도와 계속해서 충돌하고, 그로써 발생하는 곤란함 속에서 오해를 유발하는 긴장이 오히려 해소되고, 결국 이해는 자기 화해로부터 가능하다는 것을 보여준다.

> 책. 책. 무슨 시계 소리가. 책. 책. 책. 그보다. 사람들은 내가 멍하니 아무것도 하지 않는다고 생각하겠지만 사실 지금 이 순간에도 나는 바쁘다. 하다못해 지금 오른쪽 두번째 어금니와 첫번째 어금니 사이에 낀 옥수수 껍질 같은 거. 아까부터 그런 것에도 신경을 써야 하는 것이다. 책. 책. 책. 책. 책. 거기다 이렇게 앉아서도 여러 가지를 알 수 있어. 예를 들자면. 책. 책. 예를 들면, 이 소리가. 책. 책. 책. 책. 나는 여태까지 이 소리의 간격을 유심히 재보았다. 책. 책. 책. 책. 책. 6과 12 사이엔 서른 번의 '책'이 있고 다시 12와 6 사이엔 서른 번의 '책'이 있어야 하는데, 어느 순간 미묘하게 늘어지거나 빨라져서 열여덟 번이 되기도 하고, 스물일곱 번이 되기도 하고, 심할 때는 아홉 번이라든지, 마흔다섯 번이 될 때도 있다. 내가 이것을 알아챈 것이 넉 달 전이었으니까, 지금은 얼마나 꼬였는지 알 수 없다. 이 시계 속의 세계에서는, 아무도 대답할 수 없다. 지금이 몇 시인지 영원히 알 수가 없게 되어버렸다는 얘기다. 책. 책. 책. 책. 책. 이거 봐. 책. 책. 책. 책. 그렇지?[5]

---

5   황정은, 같은 책, pp. 19~20.

부모를 따라온 곰은 자신의 손목시계 소리에 주의를 돌린다. 이 소설의 일부는 곰이 의식의 흐름을 시계 소리에 접목시켜 서술하는 데 할애되는데, 이는 황정은의 소설이 그간 보여준 서술 방식과 비교했을 때 흔치 않은 장면이라 할 수 있다. 곰은 자신의 손목시계의 초침이 "책" 하는 소리를 내며 움직이고, 그 소리에 집중하다 보니 그 움직임에 규칙이나 정확도가 없다는 것을 발견한다. 1분에 60번의 책이 있어야 하지만, 실제로는 그보다 적거나 많은 책이 있다. 때문에 손목시계가 가리키는 시간은 "미묘하게 늘어지거나 빨라져서", 그것만으로 "지금이 몇 시인지 영원히 알 수가 없"다고 곰은 생각한다.

　이렇게 분주한 생각과 불규칙적인 초침 소리가 어우러진 이 장면에서 역시 대화의 형식을 떠올리게 된다. 인용한 부분의 마지막에서 곰은 "책. 책. 책. 책. 책. 책. 이거 봐. 책. 책. 책. 책. 그렇지?"라고 누군가에게 말을 거는 방식으로 불규칙한 초침 소리를 들려주려 한다. 하지만 곰이 놓치고 있는 것은 책과 다른 책과 또 다른 책 사이의 시간이다. 30초 동안에 서른 번의 책이 있다고 하더라도 서른 개의 책들이 서로 갖는 간격이 모두 같다고 증명할 수 없듯이, 저 여섯 번의 책과 이후 네 번의 책이 같은 시간을 분절하는 소리라는 것도 단정할 수가 없다. 그러므로 '이거 봐' '그렇지?' 하는 곰의 말 또한 불규칙한 초침의 운동처럼 그가 증명하고자 하는 어떤 '이것'과 '그러함'을 명확하게 지시하지 못한다.

　저 장면은 불규칙하고 부정확한 어떤 소리에 귀를 기울이는 곰의 태도를 통해서, 진실을 발견하고 그것을 잘 말하는 일의 어려움을 보여준다. 그 어려움은 거의 불가능에 가까울 정도로 어려운 것이다. 저 자신이 순수한 기준이 되어 한 번의 책과 그다음의 책과 또 그다음의 책이 늘어선 거리가 '책'이라고 말해지는 순간과 얼마나 가깝고 먼지를 유심히 듣고 파악하는 것은 전심을 다 해도 부족한 일이 아니겠는가.

덧붙여 말하면, 얼핏 손목시계의 소리는 지루한 시간을 힘들게 견디는 중인 곰의 의식을 한 곳에 붙들어 매는 역할을 하는 것도 같다. 이것저 것으로 마구 분산되는 의식은 곰이 안정되지 못한 상태라는 것을 보여 준다. 최근의 젊은 작가들의 소설에서 자주 만날 수 있는 인물 내면의 서술은 그 인물이 처한 상황에 대해 인물 특유의 곤경을 적나라하게 드러내면서 스스로는 대처할 방도가 딱히 없는 처지까지도 암시한다. 그러기 위해서 그들은 불안한 심리나 의식의 흐름을 특이한 서술 방 식으로 나타낸다. 마침표 없이 쉼표만으로 계속 이어지는 문장이라든 가 하나의 주제로 수렴되지 않고 이쪽저쪽으로 뻗어나가는 생각들을 구별 없이 하나의 문단에 모아놓는 방식 등이 그렇다. 곰의 처지가 또 한 그렇다. 외부적으로 출구 없는 갑갑한 조건을 반영하는 동시에 내 면적으로 나름의 해방을 모색하는 태도가 그처럼 의식이나 심리의 흐 름에서 짐작된다는 점에서 말이다. 혹자는 그러한 서술 방식, 즉 구체 적인 말이나 행동으로서 자신의 밖으로 표출되지 않은 개인의 궁리를 일종의 해결책으로 보기는 어렵지 않은가 하는 지적도 내놓는다. 그러 니 성공한 해방의 기미와 실패한 해결책의 모색을 동시에 고려해서 곰 의 처지를 이해해볼 수 있어야겠다. 이 소설에서 곰이라는 인물이 부 모들 간에 자리를 잡고 앉아 있긴 하지만, 즉 외부적으로는 갈등의 순 간을 회피하지 않는 것으로 보이지만 그는 자기 내면과의 대화에 집중 하려는 안간힘을 보이면서 실상 그 처지를 나름의 방식으로 견디고 있 을 뿐임을 보여준다. 이것은 (밖으로는) 어떤 문제도 해결하지 못하지 만, 동시에 (안으로는) 많은 것들을 해소하는 대화의 방식이기도 하다.

결국 부모들 간의 대화는 각자가 자신의 처지를 토로하고 변호하는 데 급급함으로써 각자의 내면 갈등을 해소하는 데에는 성공적이었을 지 몰라도, 외부적인 화해는 이뤄내지 못한다. 다시 보지 않을 거라는 한과 다시 찾아오지 못하도록 불을 끄라는 백의 태도에서 소설의 도입부에서 보였던 갈등은 오히려 더 심화된 것처럼 보이기도 한다. 이로써 이 소설은 대화라는 것이 언제나 화해와 통합을 모색하고 달성하는 길이라는 긍정적인 믿음이 주는 위험까지도 보여준다. 대화를 통해서 상대의 진심을 알 수 있다면, 그것은 말하는 것들 사이에 놓인, 말하지 않는 것 때문일지도 모른다. 그럼에도 이 소설의 인물들은 상대방 말의 꼬투리를 잡고 자의적으로 해석한 다음 집요하게 공격하기만을 반복한다. 진심과 진심의 만남이 대화라면, 상대의 말을 잘 듣고 그 말의 처지를 발견한 다음 그에 맞게 잘 말하는 일을 통해서만 대화는 가능해진다. 이 소설의 인물들은 오히려 대화의 형식을 통해 대화의 본질을 해치는 일을 보여준 것이다.

이러한 한 가족의 야행이 의미하는 바는 한의 야행에 대한 체험담으로 짐작해볼 수 있다. 불빛 한 점 없는 산길을 멀리서 아이들이 비춰주는 희미한 손전등 불빛에 의지해서 걸어가던 길, 눈물과 콧물을 맛보며 집으로 돌아가던 그 밤길에 한밤중에 찾아와 대화를 갈망하던 한의 부부의 심정이 스며 있다. 흔히 대화는 누구나 손쉽게, 앞뒤 가리지 않고 할 수 있는 말하기 방식이라고 생각한다. 하지만 이 소설은 "피도 눈물도 없이" 나누는 대화는 이상한 것이라고 말한다. 어떤 바람직한 윤리의 가상을 상상하지 않아도 좋다. 그 전에 먼저 감지하게 되는 것, 조심스럽게 한 단어, 한 문장을 말하고(적고) 처지를 바꿔 보듯 줄을 바꿔 다시 한 단어, 한 문장을 적는 이 특유의 수사법에서는 각 인물이 공유한 역사를 헤아리는 작가의 인정이 느껴지지 않는가.

3. 공동(空洞)의 눈——편혜영의 경우

피와 체액, 아무렇게나 잘린 사지와 밖으로 흘러나온 내장, 오물 더

94

미와 폐허. 이런 것들은 오랫동안 편혜영의 소설을 수식하며 작가의 전매특허처럼 여겨졌다. 새삼스러운 말이지만, 때문에 편혜영의 소설은 자주 그로테스크라는, 다소 난해하고 부담스러운 표제를 달고 해석되어왔다. 조심스러운 말이지만, 이런 진단은 과거형으로 범박하게 서술될 수밖에 없을 것 같다. 이미 많은 평자들이 지적했듯, 『아오이 가든』(문학과지성사, 2005)에서 『사육장 쪽으로』(문학동네, 2007), 그리고 최근의 작품집인 『저녁의 구애』(문학과지성사, 2011)에 이르기까지, 피와 살점은 말끔히 수거되고 잔혹한 난장의 흔적은 거의 제거된 자리가 지금 여기 편혜영의 소설로 남았다.[6] 이처럼 표면적인 변화만으로도 편혜영의 소설 세계는 충분히, 거듭 재조명될 만하다. 또한 그럼에도, 그렇게 눈앞의 많은 것들이 달라졌음에도 여전히 달라지지 않은 무언가를 추적해보는 일 역시 필요하다. 배경과 사건의 편에 있었던 혈흔이 서서히 흐려지고 사라져가는 시점에서, 무엇이 인물과 작가의 고유하고도 강렬했던 세계를 지워버리게 했는지, 그러한 불투명한 투명함이 어떻게 재현되었는지를 의문하지 않을 수 없다. 혹시 편혜영의 소설은 더욱더 음습해지고 어두워진 것은 아닐까. 그리하여 혈흔과 난장마저 어둠의 뒤편에 감춰질 수밖에 없게 된 것은 아닐까. 여전히 편혜영의 소설의 심부를 장악하며 특유의 분위기를 형성하는 것은 밝음보다는 어둠, 낮보다는 밤이라는 시공간이지 않은가. 편혜영의 소설은 좀더 치밀하게 씌어지고 있다.

명백히 치밀한 것은 밤이라는 시공간이다. 피와 살점이 튀거나 욕설과 폭력이 난무하는 사건 없이도 하나의 인상적인 장면을 통해서 강력한 불안과 공포감을 주었던 「저녁의 구애」를 떠올려보자. 인적이 거의

---

6   물론 『재와 빨강』(창비, 2010)도 빼놓을 수 없다. 복도훈은 「K」(『창작과비평』 2010년 봄호)란 글에서, 기존의 편혜영 소설에서 볼 수 없었던 "현실적인 시간"이라는 요소가 이 소설에 새롭게 등장했음을 지적했다.

없는 국도 변에서 불길에 휩싸인 트럭이 타오르고 있다. 붉은 화염과 거기서 솟아오를 법한 연기만 있고, 그 주위에는 사고를 신고하거나 구조를 요청하는 다급한 인물들이 없다. 더욱이 불타는 트럭을 감싸고 점점 거리를 좁혀오는 것은 어둠이다. 밤으로 흐르면서 어둠의 밀도를 더욱 빽빽이 충전하는 중인 시공간으로서의 저녁과 끝내 검정 덩어리로 남겨질 듯 계속 연소 중인 트럭의 겹쳐짐은 치밀한 어둠의 이미지이다. 이 이미지는 어쩐지 불길하다. 그 불길 속에 무엇이 타고 있는지 아무도 모르기 때문이다. 그리하여 트럭 운전사가 그곳에 타고 있는지 의심하는 눈초리가 불안과 공포를 일으키면서 저 미지의 이미지는 분위기로 대체된 장면이 된다.

어둠이 아니라면 어땠을까. 타오르는 불길과 그 속에 있을 법한 불길함을 상상하는 일은 아마도 어둠에 둘러싸여 있을 때 더욱 생기를 얻지 않을까. 편혜영의 소설을 관류하는 정서 혹은 분위기가 죽음과 소멸 같은 어둠으로 소급되는 추상들이라 할 수 있다면, 어째서 그의 많은 작품들이 어스름한 저녁과 캄캄한 밤을 배경으로 삼는지를 미루어 짐작할 수도 있겠다. 이것은 무엇보다 작가 특유의 수사법에 대한 불가피한 질문으로 이어진다. 다시 말해 불타는 트럭이 저녁의 어스름 속에 놓여 있는 것은, 사실과 상상이 감각 속에서 뒤섞일 가능성까지도 예기한다. 즉, 인물의 피로감과 불안감과 그러한 심리가 야기할 수 있는 침침한 시야(백일몽이나 착시나 환시 같은 것)까지도 낯선 장면이 환기하는 불편함 속에 통합시키려 했던 작가의 전략을 의심하게 한다. 요컨대, 편혜영의 소설에서 주목해야 하는 수사적 기법은 일종의 제유이다. 그의 소설에서 어둠은 전망 없는 현실에 대한 은유가 아니라, 현실을 딛고 서 있는 자의 곤란과 예민함을 통해서 문득 바라보게 되는 초현실적인 현실이다.

때문에 편혜영 소설의 경우, 아무리 현실의 사소한 부분을 그리고 있더라도 그를 손쉽게 일상적인 것이라 단정할 수는 없다. 보통 일상적이라 부르는 시간이 그의 소설에는 없다. 더 정확히 말해 편혜영의 소설은 일상적인 것의 한 상징이라 할 만한 시간을 아예 무화하는 방식으로 씌어지는 중이다. 흔히 시간이라 하면 선형으로 이루어진 과거-현재-미래라는 순차적인 흐름을 떠올리게 되는데, 그러한 감각과 의식이 의도적으로 무시될 때 새롭게 생겨나는 시간이 영원히 끝날 것 같지 않은 편혜영 소설 속의 밤이다. 「저녁의 구애」에서도 그렇거니와 편혜영의 많은 소설은 한 화자의 의식과 감각으로만 채워진다. 여러 명의 인물이 등장해서 인물 간의 갈등과 대립을 통해 사건을 발생시키기보다는 한 명의 인물이 자신의 역사를 술회하는 방식으로, 즉 자신의 과거를 현재로 소급시키는 진술로 소설의 긴장을 엮고 푼다. 그로써 인물의 이야기는 특정한 시간에 얽매이지 않고 오히려 시간이라는 개념으로부터 거듭 벗어난다. 인물을 통해 말해지고 있다는 점에서 그 인물의 역사는 지금-여기에서 발생 중이지만, 그 현재진행형의 이야기 속으로 흘러들어 지금-여기를 이루고 다시 지금-여기가 아닌 때와 곳으로 빠져나가는 이야기로 인해 한 편의 소설에는 여러 겹의 시간이 각자 독립적으로 지속되고 있는 듯 보인다. 그러한 소설에는 차라리 시간이 없다고 말하는 것이 옳겠다. 시계는 멈추거나 사용가치가 없는 무용한 사물일 뿐이다. 아무도 시계를 보지 않기 때문이다.

편혜영의 「야행(夜行)」(『문학과사회』 2011년 여름호)에서 시계는 두 번 등장하여 시간이 무화된 삶을 사는 인물의 시계(視界)를 증명한다. 이 소설은 철거 직전의 낡은 아파트에 홀로 살아가는 여자가 자신을 데리러 오기로 한 아들을 기다리는 저녁 나절 동안의 이야기이다. 이 이야기의 초점 화자인 여자는 "늘 텔레비전을 켜놓았기 때문에" 건전지가 떨어진 시계를 그대로 방치해둔다. 그처럼 "따로 시계를 둘 필요가 없"었던 여자의 일상이 아들을 기다리면서, 엄밀히는 이사를 준비하면서 문득 낯설어진다. 어쩐 일인지 갑자기 단전이 되고, "처음으로 경험하는 이처럼 완전한 어둠" 속에서 "몇 시나 되었을까" 하는, 스스로도 생소한 자문에 맞선 여자는 "당황"한다. 기계보다는 짐작에 의지해 살아가던 여자는 "어둠의 질감을 분간하고 그로써 시간을 짐작해낼 수 없다는" 사실 앞에서 "끝내 익숙해지지 않을 것"이 제 삶에 끼어들었다는, 막연하고도 비관적인 전망을 갖게 된다.

하물며, 이 여자는 "오는 주기나 횟수는 예측할 수 없"는 통증에 시달린다. 간헐적으로 왔다가 사라지는 이 다리의 통증은 여자의 하반신을 통제 불가능한 상태로 만들어, 끝내 여자를 낡고 좁고 어두침침한 집 안에 고립시킨다. 문제는 여자가 이 통증을 자신의 개별성으로 인식한다는 점에 있다. 자신을 제 의지가 아닌 다른 것에 의지하게 만드는 통증이 어째서 개인의 독립성과 무관하지 않은 개별성의 표지가 될 수 있을까. 아니, 개별성을 침해하는 통증이 어떻게 개별성을 유지하는 요소가 될 수 있을까. 따지고 보면 이것은 역설 아닌 역설이자, 통증의 보편성에 기반한 개인의 개별성이다. "의사도 원인을 밝히지 못한, 젊은 시절의 고생과도 무관한 통증"은 "그녀만의 것", 즉 개별성의 표지이나 이는 실상 모든 통증이 통증을 겪는 자에게는 "이 세상에서 유일한" 고통이라는 것을 전제로 해서 성립되는 정의가 아니겠는가. 그러니 꾸준히 반복하더라도 어느 정도의 항상성을 유지하는 개성만을 개별성의 범주에 포함시킬 수 있다면, 저 여자의 통증이 비주기적이며 특히나 근거 없이 발생한다는 데 특징이 있다는 점에 주목할 필요가 있다. 통증은 독립된 하나의 삶을 침범하는 것들이자 그 흔적이며, 다른 것에 의해 필연적으로 훼손되며 겨우 맥을 이어가는 것이 개인의 삶일 수밖에 없음을 증명하는 오염되고 단절된 시간이다.

그렇게 이 소설은 (아마도 신경계 통증일 듯한) 여자의 특이 증상을 통해서 계속해서 여자를 불안하게 하는 과거를 현재로 끌어들일 뿐만 아니라, 겪는 고통스러움과 겪고 난 뒤의 안도감으로 현재까지도 예민하게 분절한다. 소설 전반을 이루는 여자의 진술은 과거와 현재를 저녁 무렵의 몇 시간 동안에 아우르고 있는데, 그 역사는 한마디로 정리할 수가 없을 만큼 다사다난한 데다 심지어는 남편과 아들의 시간과도 뒤섞여 있다. 하물며 하나의 경험에 대해서도 자기 모순적이라 할 만큼 반대의 감정을 동시에 갖는 여자에게 있어 삶이라는 시간은 명백하게 증언할 수 없는 어두운 질감이기도 할 것이다.

> 그녀는 남편의 수첩을 보며 들었던 긴장감, 남편의 비밀을 알게 될지도 모른다는 이상한 기대감과 수첩을 읽고 배신감을 느끼지 않을까 하는 생각으로 남편을 섣불리 의심했던 죄책감으로부터 벗어났다. 그녀는 일생 성실하고 가족에 충실했던 남편에게 감사했다. 남편이 그녀에게 아무런 비밀도 가지고 있지 않았다는 것은 즐거운 일이었다. 세상을 떠난 남편이 애틋하고 그리웠다. 동시에 그녀를 사로잡은 것은 실망감이었다. 그녀는 자신과 마찬가지로 남편 역시 이렇다 할 비밀이 없는 인생이라는 것을, 열정이나 정념 같은 것과는 동떨어진 삶을 살아왔다는 것을 깨달았고 그 때문에 자신의 인생마저 더욱 시시해지고 심드렁해지는 느낌이 들어 화가 났다.[7]

남편이 죽은 후, 여자는 "열쇠로 잠그게 되어 있는 서랍"에서 남편이 생전에 쓰던 "수첩"을 발견한다. 여자는 며칠에 걸쳐 그곳에 적힌 메모를 읽고 해독했는데, "그러는 과정에서 알게 된 것은 남편에게는 그녀 몰래 품고 있던 비밀이랄 게 없다는 것"뿐이었다. 또한 그 과정에

7 편혜영, 같은 책, p. 88.

서 남편(의 삶)에 대한 여자의 감정이 수시로 변한다. 긴장감에서 죄책 감의 해소로, 감사함에서 즐거움으로, 그리움에서 실망감으로 변양하던 여자의 감정은 종국에는 "화"로 분출된다. 그 감정의 불규칙한 부침은 여자가 남편의 수첩을 발견한 때로부터 남편이 수첩에 글자를 적어넣었던 때와 여자가 그 글자를 읽어내는 동안과 다시 수첩의 표지를 덮을 때까지의 모든 시간을 고스란히 증명하면서 그때의 이야기를 하는 현재의 시간 속으로 통합된다. 아들이 수첩에 적힌 내용에 대해 궁금해하며 경박하게 여자를 참견하자 홧김에 유품을 태우던 불 속에 던져넣어졌기에 그 수첩은 이제 어디에도 없는 기록이다. 그럼에도 수첩은 여자의 술회를 통해 기억의 실물로서 존재하는데, 그 존재감이 곧 무수한 시간이 통합된 것으로의 현재인 것이다.

이렇듯 기억은 경험과 감각의 소용돌이 속에서 특별한 시간을 형상화한다. 이 소설에서 여자가 지금 여기 없는 남편을 떠올리는 일은 열쇠로 서랍을 열고 그 속에 든 수첩을 꺼내어 수첩에 적힌 글자를 지금여기에 겹쳐 적는 일이기도 하다. 그렇게 가까운 과거 위에 먼 과거가, 먼 과거 위에 현재가 겹쳐진다. 언급했듯 편혜영의 소설이 자주 한 명의 초점 화자에 의해 서술되는 것은, 이러한 작가의 시간 감각이 바탕에 있기에 가능하지 않을까. 편혜영의 소설에서 현재는 과거의 결과이자 미래의 원인이 아니라 무엇이든 불러들여 아무렇게나 배치할 수 있는, 무규칙과 혼종의 시간이다.

그리하여 「야행」이 보여주는 것은 불편하고 불안한 시간을 견디고, 그 견딤의 기억으로 잠시 숨을 돌리는 일을 편안과 위안으로 삼는 현대인의 모습이다. 철거가 진행되어 불빛 한 점 없이 공동(空洞)이 된 아파트 숲에 홀로 남은, 그리고 그 속에서도 여전히 치열하게 자신의 역사와 싸우고 있는 여자의 시간은 더 이상 낯설어 보이지 않는다. 하물며 소설의 첫 부분에서 여자가 들었던 원인 모를 "비상벨" 소리는 생경스럽기보다는 오히려 익숙하게 떠올려봄 직하다. 반드시 소리가 아니더라도 일상을 일부분 잠식하는 것은 각종의 비상 표지가 아닌가. 개인의 행동뿐만 아니라 의식과 감정까지도 간섭하며, 책임과 권리라는 미명 아래 각자의 의지마저도 무화시켜버리는 그 표지들은 부지불식간에 나타나 "어떠한 위협이나 경고 없이, 약탈이나 폭력도 없이, 당연히 인사말이나 사과의 말도 없이" 개인의 태도를 결정한다. 편혜영의 「야행」은 여자의 처지를 통해서, 개인의 시간과 개인 바깥의 시간이 어떻게 충돌하는지를 보여준다. 여자의 몸에 예상치 못한 통증이 나타났다가 사라지는 일("통증은 그녀의 몸에 잠시 머물렀고 이제는 떠났다")은 여자의 집에 예기치 못한 침입자가 들어왔다가 나가는 일("누군가 낯선 사람이 집 안으로 들어왔고 잠시 머물렀고 이내 떠나갔다")과 절묘하게 겹쳐지면서 그 충돌의 메커니즘을 간단하지만 명료하게 증언한다.

편혜영의 「야행」에서 여자의 진술, 혹은 자기고백이 의미 있게 되는 지점은, 자신이 몸소 경험하고 감각한 것으로서 어떤 시간의 무수한 겹을 형상화하고 그로써 세계의 폭력을 고발하는 데에, 그 고발의 시선이 자기 바깥이 아니라 자기 내부를 향하고 있다는 점에 있다. 누구에게나 통증은 "밤과 밤이 2만 번쯤 지나가는 것처럼 긴 시간"일 테고, 이 소설은 그렇듯 내밀한 시간을 통해서 고립과 경고와 무단 침입이라는 비일상적인 일상을 견디듯 묵묵히 보여준다. 그리하여 소설의 마지막 문장, "누군가 주저 없이 집 안으로 들어섰다"는 여자의 진술은 한 편의 소설로 형상화된 시간을 도로 뒤엎는다. 여자의 지금에는 '오고 머물고 떠나감'의 시간이 모두 포함되어 있으므로, 쉽게 희망하거나 쉽게 절망하지 않고 어둠을 끊임없이 노려보듯 불편함 가운데에서 편안함을 발견하려는 본능만이 이 소설의 시공간에 남는다.

4. 당신의 야행을 기다리며

문학 작품을 창작하는 사람들은 또한 저마다의 바람직한 세계를 창
조하는 사람들이라고도 할 것이다. 이는 작품이 곧 세계라는 식의 단
순한 비유로만 이해되는 것이 아니라, 한 편의 작품을 하나의 세계라
받아들이고 해석하는 자들과 작가가 맺는, 작품을 둘러싸고 형성되는
모종의 공감과 유대감, 그리고 그것이 만들어내는 작은 변화들이 끼치
게 될 효용이나 영향력까지도 생각해보게 하는 것이다. 그러니까 대개
의 좋은 작품들은 우리가 살아가고 있는 세계에 대해서 현묘한 질문을
던진다. 가령 지금-여기인 이 세계를 살아가면서 누구나 이미-항상 불
가피하게 겪게 되는 폭력의 원인을 묘파하고 그로써 나름의 해결책을
암시하고 가능성을 환기하는 작품들이 그렇다. 그러나 더 좋은 작품들
은 '지금-여기'와 '이미-항상'을 떼어놓는 데서부터 출발해서, 그와 같
은 관습적인 시간관과 언어 감각을 해체하고 새로운 시간과 언어를 창
조하는 데까지 이른다. 지금과 여기 사이에, 이미 그런 것과 항상 그러
할 것의 틈을 비집고 열어 새로운 세계를 만들어 보여준다.

관습을 해체하는 일은 무엇보다도 수사의 방법으로 가능하다. 견고
한 언어 세계의 틈새를 공략하고 허물어뜨리는 수사만이 도무지 어떤
피와 눈물의 호소에도 꿈쩍 않는 이 세계를 움직일, 아마도 유일한 말
의 역할이자 방식일 것이다. 수사란 영혼을 이끄는 무엇이라고 했던
플라톤이나, 수사를 통해 마음의 움직임 혹은 심리와 말하기의 상관성
에 대해 본격적으로 논의를 전개했던 아리스토텔레스를 떠올려본다.
아리스토텔레스는 수사학이 일종의 능력dynamics이라고 말했다. 이 능
력은 무엇을 설득해야 하는 매 순간에 각각의 상황에서 설득의 매개와
근거를 발견하는 발견술이다. 아리스토텔레스는 정의와 불의를 손쉽게
단정하지 않고, 그것이 어째서 정의이며 또한 어째서 불의인가를 여럿

이 함께 고려하고 이야기를 나눠보자는 입장에 있었다. 설득이 필요한 경우라면 대개 모두가 동의할 만한 하나의 결론이 쉽게 도출되지 않는, 다수와 소수의 의견이 나뉘고 충돌하는 상황이 아니겠는가. 수사는 법전에 나열된 조항들로도 해소되지 못하는 문제가 인간 사회에 명백히 존재한다는 것을 증언하는, 불화를 화해로 이끌려고 했던 자들의 말하기이다.

그런 점에서 정치가이자 변호사였고, 철학자이자 인문학자였던 키케로의 논의는 주목할 만하다.[8] 그의 논의 전개 방식은 이론 중심의 해명이 아니라 논전(論戰) 현상 중심의 설명이라는 점에서 그렇다. 윤리학에서 수사학으로 논의를 이끌었던 아리스토텔레스를 이어받아 수사학을 다시 법정 논쟁의 방법으로 이끌었다. 그리하여 그에게 말하기(쓰기)는 일종의 변호하는 연설이다. 때문에 그의 수사는 무엇보다도 어떤 구체적인 사실에 대해 판단을 내리고 결정을 하는 데 있어서, '청중'의 마음에 직접적인 작용이나 영향을 주는 내용과 방식으로 구성된다. 그리하여 어떻게 잘 말할 수 있는가에 대한 그의 자문은 어떻게 함께 잘 살 수 있는가 하는 자답에 이른다. 가령 그는 법정 쟁론의 방식을 설명하는 가운데, 이러한 말하기(수사)란 "단순하게 '무엇이 명예로운가' '무엇이 유익한가' '무엇이 형평에 맞는가'뿐만 아니라 '무엇이 더 명예로운가' '무엇이 더 유익한가' '무엇이 더 형평에 맞는가' 아울러 '무엇이 가장 명예로운가' '무엇이 가장 유익한가' '무엇이 가장 형평에 맞는가' 등의 비교이다. 예를 들면 '무엇이 인생에서 최우선으로 삼아야 할 가치인가'의 문제를 제기 하는 방식이 여기에 속한다".[9] 키케로로 인해 수사학은 윤리학과 철학을 바탕으로 한 삶의 정치를 바라보게

---

8 키케로의 수사학에 관한 논의는 모두 그의 저서인 『수사학——말하기의 규칙과 체계』(안재원 편역, 길, 2006)를 참조했다.

9 키케로, 같은 책, p. 230.

된다.

　이러한 키케로 식의 수사를 렌즈 삼을 때 더 잘 보이는 소설이 있다. 그 소설들은 문장을 장식하지 않으면서도 분위기를 장식하고, 악의나 선의를 변호하지 않으면서도 인간을 변호한다. 어떤 상황이나 처지에 대해서도 명확하게 판단하고 결정을 내리기보다, 근처에서 오래 머뭇거리며 갈등하고 다시 갈등하기를 반복한다. 그럼에도 그 소설들이 보여주는 세계는 어떤 '최선'을 향해 움직이고 있다. 미래라는 미명 아래 현재를 희생시키지 않고, 불편한 과거를 길어올릴지언정 현재를 좀 더 생동하게 한다. 가령 그런 세계에는 죽음이 불길한 미래로 남겨 있지 않고 삶의 한복판에 놓여 있는 듯해서 누구도 섣불리 희망하지 않는 만큼 또한 섣불리 낙담하거나 절망하지도 않는다. 그런 삶은 아마도 서로가 서로에게 '당신은 누구입니까?'라고 묻고 '당신도 그렇지 않나요?'라고 대답하는 가운데, 사사로운 밤길을 함께 걸어가는 일일 것이다. 쓸쓸하고도 의연하게, 누구도 외롭지는 않을 것이다.

도시에 대한 상상, 이방인을 대하는 태도
― 구병모와 김사과의 장편소설

1

도시는 중단 없이 건설되는 장소이다. 그것은 가만히 두면 자연스럽게 형성되는 집단이나 내버려두는 대로 자연히 생성되는 풍경과 정반대의 자리에 있다. 도시는 그 자체로 언제 어디서나 인위적인 자리이다. 물질이든 물질이 아닌 것이든, 인간의 노력이 깃든 웬만한 것이 응집된 자리가 도시라는 이름으로 불린다. 근대 이후로, 인간은 기술이라는 미명 아래 편리의 추구라는 당연한 인간의 욕망을 쉼 없이 만족시키려 노력해왔다. 그럼에도 욕망의 본래 속성이 그러하거니와, 그 노력은 욕망을 만족시키는 데 계속해서 실패해왔다. 다만 그 노력은 인간의 무수한 욕망을 본뜬 물질들을 생산해내는 데 열중하는 방향으로 계속되어왔는데, 그 결과 이룩된 것이 도시라는 이름의 장소이다. 도시에는 인간 삶의 모든 열망이 응집되어 있다. 좀더 좋은 쪽으로의 삶은 단순히 도구의 진화로 그치지 않고, 다른 삶의 욕구를 억압하고 침해하는 데까지 나아가려 한다. 따라서 도시는 모든 인간을 공평하게 수용하지 못하는 장소가 된다. 누군가가 편리하게 살아갈 공간을 위해서 다른 누군가는 불편을 감수하고 심지어 자신의 자리를 내어줘야 하는 불합리가 엄연히 존재하고, 그것을 담보로 하여 합리적인 장소로서의 도시가 구축된다. 한 사람의 쾌적한 삶을 위해 다른 한 사람의 불쾌함이나 심지어 죽음까지도 합리성으로 매끈하게 포장해버리는 도시라는 장소는, 그런 점에서 현대의 제로섬 게임을 공간화한 곳이라고도 할 수 있다. 그런 도시에 적합한 인간으로 살기 위해 인간은 인간성을 버린다. 인간이 아니기를 자청한 존재들이 인간성을 추구하며 만들어내는 장소인 도시는, 오로지 그곳에 진입하여 그곳의 사람으로 살아남기 위해 그곳의 법칙 이외에는 다른 삶의 모토가 없는 자들의 공동 구역으로 보이기도 한다.

그러니 도시에서 마주치는 자들은 모두가 이질적인 존재들이다. 지그문트 바우만Zygmunt Bauman은 『액체근대』(강, 2009)에서 도시를 '이방인들이 서로 마주칠 만한 장소'라고 했던 리처드 세넷Richard Sennett의 정의에 덧붙여, 그 말은 "이방인들은 이방인으로서 만나게 되는 것이고, 그 등장뿐 아니라 사라짐도 갑작스럽게 이루어진다는 것을 의미"하므로 "이방인들의 만남은 과거가 없는 사건"이자 또한 "대개의 경우 미래가 없는 사건"이라 했다. 바우만의 말대로라면 이방인의 만남, 혹은 도시의 사건은 "단 한 번으로 그치는, '다음 편에 계속'되지 않는 이야기, 미처 끝내지 못해서 다음번으로 미루는 법 없는 이야기가 시작된 바로 그 현장에서 지체 없이 완결되는 이야기"라고 할 수 있을 것이다.

또한 같은 책에서, 바우만은 이방인을 언급하면서 문화인류학자 클로드 레비스트로스Claude Lévi-Strauss의 말도 덧붙인다. 레비스트로스는 『슬픈 열대』에서 인류의 역사에는 타인의 타자성 문제를 해결할 필요가 있을 때마다 두 가지 전략이 사용되었다고 언급한다. 그 두 가지 전략이란 하나는 '뱉어내는' 것이고, 다른 하나는 '먹어치우는' 것이다. 다시 말해 전자는 "교정할 수 없을 만큼 낯설고 이질적으로 간주되는 타자들"을 토해내는 전략이다. 이 전략의 극단적인 양태는 감금과 추방과 살해인데, 그것이 업그레이드되고 현대적으로 다듬어진 형태가 "공간 분리, 도시 게토 형성, 그리고 각각의 공간에 들어갈 자와 그 공간들을 사용하지 못하게 금할 자를 선별하는 것"으로 나타난다. 후자는 "이질적 내용"을 비이질화하는 전략이다. 이 전략의 다양한 형식들로서 각 지역의 관습과 예배 의식 및 자잘한 편견과 미신에 대한 "문화적 십자군 원정과 소모전이 선포"된다. 바우만은 "첫번째 전략이 타자를 추방하거나 전멸시키는 것이 그 목적이라면, 두번째는 그들의 타자성을 유예시키거나 무효화하는 것을 목적으로 삼는다"고 정리하는데, 이는 놀랍게도 오늘날 도시의 현실이 보여주는 두 가지 모습, 혹은 두 편의 소설에서 인물이 처해 있는 공간과 절묘하게 겹쳐진다.

2. 구병모의 경우 ─ 이상한 초대

『방주로 오세요』(문학과지성사, 2012)는 특별한 공간에 대한 소개로부터 시작된다. 이 소설의 배경이 되는 "방주시"는 방주라는 이름이 떠올리게 하는 바로 그것과 같은 의미를 지닌 공간이다. 방주시는 60년 전 지표면에 떨어진 운석에 의해 생긴 기이한 땅을 30년간 개발하여 만든 도시이다. 운석이 떨어진 자리가 깊이 파이고 "그곳을 둘러싼 주위의 약 75제곱킬로미터의 지각이 주저앉아서" 상대적으로 높이 솟아오른 그 땅은, 지상에서의 높이가 거의 1,200미터에 이르고 넓이도 약 39.5제곱킬로미터 정도나 된다. "거대한 구조물"처럼 보이기도 하는 그 자리는 사람의 육안으로 바라볼 수도 없는 높이에 있다. 심지어 그곳은 완벽하게 인위적인 공간이다. 자연이 인간의 의지와 끊임없이 대립하는 삶의 공간이라면, 그곳은 그와 정반대의 차원에 놓인 세계이다. 깎아지른 듯 높게 솟아오른 땅을 만든 지각 변동이야 자연의 섭리에 의한 것이라 하더라도, 그렇게 생긴 자리에 거대한 인공의 꺼풀을 덮어서 구역 전체가 하나의 잘 만들어진 공산품이 되었다. 이처럼 방주시가 보여주는 것은 우선적으로, 인간의 기술력이다. 인간의 기술이 인간의 편리를 위한 도구를 만들어내는 데에서 나아가 이처럼 완벽한 인공의 시공을 구축하는 데로 이른다. 방주시는 도시 전체가 하나의 스노볼처럼 거대한 돔에 감싸여 있다. 그 돔을 통과하는 태양광선은 어쩔 수 없이 미세하게 왜곡될 수밖에 없다. 아무리 최첨단 시스템에 의해 돔의 투명도를 조절하고 세척까지 한다 한들, 방주시라는 인공물과 태양광선이라는 자연 사이에는 어쩔 수 없는 막이 가로놓이게 된 것이다. 심지어 방주시의 광장 바닥은 센서가 깔린 홀로그램으로 만들어져서, 사람들이 그 위를 걸어가면 발길마다에 "겔gel과 같은 형태의 색 그림자"가 따라다닌다. 이처럼, 방주시에서 통용되는 빛깔은 지상의 그것과는 다르다. 지상의 빨강과 방주시의 빨강은 가시광선의 굴절 정도의 미세한 차이로 다른 빛깔의 이름이 될 것이며, 빛깔이 없는 지상의 그림자는 방주시에서 다양한 색을 입은 그림자가 된다. 이러한 방식으로 인위로 조작된 환경은 방주시와 지상에서 살아가는 인간들의 소통 체계마저 마비시킨다.

도시에 존재하는 공기 분자 하나하나, 머리카락을 간질이는 바람 한 점, 이마에 문득 떨어지는 비 한 방울, 햇빛의 각도와 복사량, 모두 기상관제센터의 슈퍼컴퓨터가 함수 계산에 따라 만들어내는 것이었다. 사람들 삶의 질적 향상과 최소한의 인문학적 정서 보존을 위해 기상 현상은 불규칙하게 프로그래밍되어 있었지만, 이곳에서 벌어지는 모든 사물과 사건의 본질은 결국 계산에 있었다. (p. 24)

완벽하게 인공적인 자연이라는 형용 모순의 시공을 삶의 터전으로 삼고 살아가는 방주시의 사람들은 그렇게 지상의 사람들과는 다른 종류의 사람이 되어가는 듯하다. 이 같은 사람들의 변화, 혹은 공동체의 변질이 또 다른 모순을 발생시킨다. 애초에 사람들은 돈이나 권력 같은 외부적인 조건에 의해 가진 자와 못 가진 자를 구분 지으려 했으나, 그로써 기획된 시공간의 환경은 그곳에 살아가는 인간의 내면까지도 변화시킨다. 방주시에 살아가면서 인공적인 환경을 경험하게 되는 사람들은 피부뿐만 아니라 의식까지도 지상의 사람들과는 다른 방식과 방향으로 변화를 겪게 될 것이기 때문이다. 이로 미루어 보아 새로운 공간의 발명은 인간의 진화에서도 새로운 양태를 창조한다고 하겠다. 공간의 구분은 재화나 문화의 양과 질을 구별 지을 뿐만 아니라, 인간으로 하여금 인간이라는 종의 세부적인 유를 발명하게 하는 일이 될 수도 있다는 말이다. 이 소설에서 방주시 출신인 일락은 지상 출신인 마노를 "딱지 같은 놈"이라고 칭한다. 그 자체로 이전의 상처를 체화하고 있는 딱지는 일락에게 먼지와 살점과 피가 뒤섞인 불결한 무엇이다. 심지어 상처가 아물면 아무렇게나 떼어버려도 상관없는 불필요한 것이라는 인식은 방주시와 지상을 각기 살아가는 인간이 평등한 존재일 수 없다는, 지상의 사람은 방주의 사람에게 필요하긴 하지만 그 필요조차 지속적일 수 없고, 필요나 요구가 충족된 뒤 제거되는 것이 더 나은 존재로까지 인식됨을 파악할 수 있다. 따라서 쓰레기들, 찌꺼기, 불가촉천민과 같이 소설 중간중간에 불편하게 놓인, 지상의 사람들을 지칭하는 단어들은 일락이라는 개인의 선택이 아니라 애초에 방주시를 기획한 모두의 선택이 만들어낸, 일종의 합의된 언어라고 하는 것이 옳다.

잊지 말아야 할 것은 방주시가 방주시 사람들의 일방적인 강요에 의해 세워진 장소가 아니라는 점이다. 솟아오른 땅과 그곳에 기획된 무균실 같은 공간은 표면적으로는 인간 대 바이러스 혹은 인간 대 자연의 갈등에서 끝내 인간이 승리한 결과물로 보인다. 하지만 그것은 인간 내면의 해소할 수 없는 욕망을 일부분 실현한 기괴한 성전이기도 하다. 인간은 언제나 다른 인간을 배척하고 구별 짓기를 통해 제 삶을 안전하게 영위해왔고, 그 문제는 인간의 역사를 통틀어 해소되지 않는 딜레마이기도 하다. 방주시는 구분 없이 모든 사람들의 신념과 의지를 대변하는 공간이다. 즉, 방주시의 사람들은 지상의 사람들과 다른 높이에 자리함으로써 그 자신이 신격화되기를, 지상의 사람들은 방주시의 높이만큼의 이상을 품고 그 자신이 방주시의 사람이 되기를 꿈꾼다. 방주시라는 공간은 삶의 터전을 구분 짓고 차이를 표명하지만, 구분된 사람들 간에 가로놓인, 공유된 하나의 꿈을 보여주는 곳이라는 점에서 아이러니한 공간이다.

겹겹의 문제가 근원을 감싸고 있다. 문제는 방주시 사람들의 이기심도, 방주시에 진입하기를 바라는 지상 사람들의 욕심도 아니다. 중요한 것은 방주시가 그것을 만들기 위해 불합리한 경로로 들인 물질과 노력뿐만 아니라, 운석이 떨어져 폐허가 되었는데도 그 주변을 떠나지 않고 솟아오른 땅 주위의 온갖 오염 속에서 "도넛 형태"를 이루며 살기를 자청한 사람들의 방조에 의해 세워진 기이한 성단이라는 점이다. 물리적으로 다른 공간을 살아가는 사람들 간에 심리적으로 같은 꿈을 꾸는 일이 가능하고, 다른 언어를 사용함으로써 어떻게 변질되며 의식과 무의식의 괴리감이 야기되는지를 보여주기 위해 이 소설은 "프락치"라는 특수한 입장의 시점을 취한다.

방주도 지상도 아닌 틈에 존재하는 이 시점은, 마노의 것이다. 소설의 프롤로그에서 상징적으로 보여주듯, 스스로 인정하지는 않더라도 그가 행하는 행동은 결과적으로 일락의 요구에 협조하는 것이 된다. 마노와 일락이 대면하는 상황은 매번 몸싸움과 언쟁을 통해 갈등을 보여주지만, 그들의 서로 다른 입장은 하나의 꿈을 향한다. 그 꿈은 시온을 중심으로 하여 지상의 아이들로만 결성된 프로네시스의 계획을 무산시키는 것이다. 마노는 쌍둥이 남매와 자신의 첫사랑인 광장 소녀를 보호하기 위해서, 일락은 지상의 아이들로부터 방주고를 지켜내고 그들을 지상으로 추방하기 위해서 서로에게 동조하는 듯하지만, 결과적으로 그 꿈을 실현시킨 장본인은 마노이다. 마노라는 프락치는 방주와 지상이라는 양쪽 모두로부터 거부되는 자리로서 무엇의 프락치라는 정체성마저 상실한 채로 부유하는 공간의 시점을 갖는다. 이 시점을 취하게 되면 처음에는 어쩔 수 없이, 나중에는 상황에 따라 변할 수 있는 것이 정의라는 식의 자기 합리화의 단계를 거치게 된다. 이러한 마노의 시점은 방주시를 기획하는 데 동참했던 모든 사람들이 서로가 서로에게 프락치였다는 것을 보여준다. 운석과의 충돌이라는 초자연적인 사건을 함께 겪고 그 폐허를 삶의 터전으로 받아들여야만 하는 운명을 공유해야 했던 사람들은, 그 운명 공동체의 암묵적인 규율을 내부로부터 스스로 파괴함으로써 방주시를 건설할 수 있었던 것이다. 즉, 스스로 자신이 속한 공동체를 파괴하려 했던 데에는 저마다의 입장에서, 결국 하나의 대상으로 수렴되는 욕망이 개입되어 있었을 것이다. 바로 자신이, 혹은 자신의 자식이 선택될지도 모르는 자리로 모여들고 고이는 그 욕망은 곧 방주시가 마련한 '지상의 아이들 전형'이라는 틈, 혹은 프락치의 자리이다. 모두가 공평무사한 삶에 반하는, 나만 잘 살면 된다는 욕망들의 보편적인 발현이 이뤄낸 방주시라는 공간은, 모든 인간이 서로에게 프락치로서, 서로 다른 정의를 단 하나의 정의라는 이름으로 공유하는 것이 가능한 현실을 보여준다.

정의? 그 문제의 정의란 무엇인지 딱 꼬집어 말로 설명하지 못해도 좋다. 자기가 믿는 것, 자기한테 이익이 되는 것. 그게 정의다.

절이 싫으면 중이 떠나는 거지 절간을 부수는 게 아니야. (p. 200)

이것이 프락치의 관점이자 입장이다. 그리고 도시를 구성하고 살아 가는 대부분 사람들의 관점이자 입장이기도 하다. 사회의 안위를 유지 하기 위한 최소한의 합의로서의 정의(正義)는 더 이상 정의(定意)가 되 지 못한다. 사람들의 믿음은 이익이 되는 것과 동의어가 되었고, 그 이 익은 "자기한테"라는 개별적인 기준에 적합한 것이어야 하므로 정의 에 대한 믿음은 보편적이거나 공평한 것과는 다른 방향을 추구하는 일 이 된다. 이것은 하나의 개념에 대해 다른 정의를 내리는 일이 실상 다 른 관점에서라면 당연한 일일 수도 있다는 것을 통해 이해할 수 있다. 가령 일락과 마노의 갈등은 구분된 두 공간의 언어가 충돌하는 방식을 잘 보여준다. 그것은 물리적인 높이라는 무시할 수 없는 입장차를 근 원으로 하는 심리적인 의미화의 과정에서 발생한다. 일락은 "……지상 의 아이들이라니 토할 것 같아"라며 극도의 거부감을 표현하고, 그런 일락의 표현에 대해 마노는 일종의 정의를 의심한다("그럼 뭐라고 불 러?"). 일락의 "진짜 지상은 여기. 너희가 있던 곳은 그냥 땅바닥"이라 는 정의는 타당하다. 반면 마노에게 그 정의는 "모욕적인 뜻으로 달리 풀이될 수 있는" 말이다. 소설에서는 이 갈등 상황을 일면 일락의 문제 적인 "태도"를 원인으로 삼는 듯이 그리고 있지만, 실상 그 태도를 만 드는 것은 일락과 마노가 공존하는 자리에서만 성사되는 입장의 차이 이다.

대체로 그들이 지상의 사람들을 바라보는 관점은 그랬다. 지상 의 삶이란 비정상적 기후와 물질 부족이 만성화되어 있으며 질병 관리도 체계적으로 되지 않아서 건강한 일상과는 인연이 없는 한 편, 다달이 밀림으로써 악순환의 굴레를 만드는 카드 결제 대금과 대출 이자가 허용하는 한도 내에서 간신히 운용되리라는 것이었다. '간신히'라는 말부터가 삶을 지탱하는 능력의 고하를 판단하는 서민적인 표현으로서, 방주시의 사람들에게 있어서는 품위 없는 말로 사전에서나 찾아볼 수 있을 터였다. (p. 137)

두인은 누나의 결혼식에 참석하기 위해서 지상으로 내려간다. 마치 공항에서의 출국 심사과정을 연상하게 하는 "출입통제센터의 검색대를 통과"하는 일은 두인 역시도 방주시에서나 지상에서나 이방인이라는 점을 보여준다. 부모가 있는 집으로 가는 일이 특별한 사유를 전제로 하는 "임시"적인 것이 될 때, 두인이 입장은 양쪽 모두에도 온전히 속하지 못한다. 더불어 그곳에서 나가는 일에 비해 방주시로 들어오는 과정이 비교적 복잡하다는 점, 그것이 "지상의 아이가 혹시라도 묻혀올 전염병균, 위험 물질이나 불법 물품 반입출 등 여러 문제를 수월하게 통제하고 관리하기 위해서"라는 이유 때문이라는 점은 두인과 같은 지상 사람을 철저히 이방인으로 취급하는 방주시의 태도를 보여준다.

이처럼 이 소설의 특수한 공간을 특수하게 유지하는 것은 그 공간에 함께 놓여 있는 인물들 간의 관점 차이, 혹은 그로부터 발생하는 태도라고 할 수 있겠다. 방주시는 방주와 지상 간의 환경 차이, 방주와 지상 간의 물리적인 거리, 그 모든 것으로부터 야기되는 방주와 지상 사람들 간의 갈등을 모두 포괄하는 공간이다. 그렇게 온갖 갈등과 모순으로 점철된 공간에서 개인의 태도는 하나의 정의를 반영할 수 없고, 오히려 상대에 따라 달라짐으로써 숙명적인 갈등을 취하게 된다.

주께서 우리에게 노아의 방주 때와 같은 벌을 내리셨지만, 우리는 발전된 기술력을 응집하여 폐허가 된 땅 위에 새로운 도시를 건설했습니다. (p. 18)

도시에 대한 상상, 이방인을 대하는 태도　　　113

이 소설은 이미 항상 특별하고 새로운, 방주시라는 시공에서부터 시작된다. 소설을 읽는 이라면 간혹 이러한 소설적 상황이 미래에 겪을지도 모르는 참사(慘事) 이후에 대한 상상인가 의문할 수도 있지만, 작가가 직접 강조하듯 이것은 "현재의 가정법"이라는 점을 염두하고 읽어야 하며, 그렇게 읽을 수밖에 없다. 먼 훗날에 있을지도 모를 이야기라고 하기에는 이 소설이 보여주는 상상력의 중력은 운석이 떨어져 생긴 지각의 변동을 제외하고는 지극히 현실적이다. 제한된 구역을 만들고 그곳으로의 진입은 선택받은 자에 한한다는 원리는 현실의 모든 장소에 해당한다고 해도 과언은 아닐 것이다. 『방주로 오세요』는 "노아의 방주"를 새로운 공간의 상징적인 이름으로 차용하면서, 도시에 대한 일종의 알레고리적인 의미를 생산한다. 현재에 있을 법한 이야기로서 추상적인 시공을 창출해내는 소설의 서술 구조가 보여주듯이, 방주시라는 도시에 모호한 의미들을 끌어들여서 궁극에는 도시라는 공간 자체를 새롭게 의미화하는 것이다.

앞서 언급했듯, 지상의 아이들의 계획은 실패했지만 그렇다고 방주의 아이들의 계획이 성공한 것은 아니다. 마노에 의해 성취된 일락의 계획은 순수한 방주의 승리가 될 수 없기 때문이다. 프락치라는 특수한 자리, 이름 없는 공석을 포함해야만 겨우 지탱되는 방주시는 과연 도시가 그러함을 암시한다. 도시의 수많은 이방인들은 현실의 도시라는 특수한 상황을 구성하는 데 필수적인 존재가 되었다. 이 소설에서 직접적으로 말하듯, 그들이 방주시민의 편리한 삶의 기반, 혹은 하인이 되어줄 필요가 있기 때문이기도 하다는 말은, 상부구조를 유지하기 위해서는 상부구조를 유연하게 돌아가게 하는 토대가 되는 것이 유일한 존재 이유여야 한다는 원론을 떠올리게도 한다. 그렇게 이방인은 도시의 본질이 된다. 방주고가 철저한 미션스쿨인 이유는 모두가 서로에게는 이방인이기 때문에 그들을 하나의 믿음으로 결집시키려는 강제가 필요했기 때문인지도 모른다. 이렇게 도시는 인간이 세운 모든 믿음과 계획의 실패를 구현해낸 시공으로서, 프락치의 자리이자 이방인의 장소라고 할 수 있다.

난해한 것은 이 소설의 결말이다. 혼수상태로 누워 있는 시온의 병실에서 만난 달리와 마노는 서로 다른 꿈을 꾼다. 달리는 아직 터지지 않은 두번째 폭탄을 생각하며 언젠가 일어날지도 모를 테러의 성공을 꿈꾼다. 그에 반해 마노는 현실적으로 바쁜 시온의 어머니를 대신해서 시온이 눈을 뜰 때까지 곁에서 있어주겠다고 결심한다. 전자는 일종의 반전 모색이다. 그런데 이것은 소설의 마지막, 시온의 손가락이 꿈틀대는 장면까지도 그와 같은 맥락으로서 희망과 절망 중 어디에도 속하지 않은 기척의 유사 반응으로 읽히기도 한다. 유일하게 기대되는 것은 이후, 마노가 말한 그 "본론"이다. 하나밖에 없는 아들이 병상에 누워 있어도, 그렇기 때문에 하루 24시간 내내 일해야 하는 엄마를 대신해 자신이 시온을 보살피겠다는 것은 불가피한 사회의 시스템 속에서 그나마 온기를 갖는 인간의 실현 가능한 의지로 보이기 때문이다.

3. 김사과의 경우——트릭의 트랙을 증언하는 소설

김사과의 소설을 추동하는 에너지를 지레짐작했을 때, 언뜻 떠오르는 장면이 있다. 수건돌리기 게임이 진행되는 상황. 그 게임에서 원형으로 둘러앉은 사람들과 그 둘레를 달리는 술래는 손뼉을 치고, 노래를 부르고, 손에 쥔 수건을 감추고, 달리고, 달리기를 계속할 것처럼 속이면서 혼란을 만들고 가중시키는 면에서 같은 편이지만, 그 가운데 누구도 안심할 수 없다는 면에서는 모두 다른 편이다. 어느 순간 나에게 돌아올지도 모를 한 장의 수건 때문에 등 뒤로는 경계의 날을 바짝 세우면서도, 자리 배치의 구심력을 유지하는 것은 그 경계심을 감추는 긴장된 웃음들이다. 김사과의 소설이 이 상황을 닮아 있다. 김사과의 소설에 대해서라면, 폭력과 살인을 비인간적인 일이라 규정하는 동시에, 그 규정에 반하는 일에는 마땅한 이유가 있어야 한다는 진단을 거의 매 순간 강박적으로 내려왔던 그 지점이 어쩌면 가장 근본적인 트릭일지도 모른다. 타당할 수 없는 것에 대한 타당함의 요구는 화합이라는 가상의 구심력을 만들어내고, 그 주위를 쉼 없이 맴돌 수밖에 없는 개인의 삶은 탈주나 중지라는 원심력의 발휘를 꿈꿀수록 더욱더 구심력에 휘둘리게 된다.

모든 좋은 소설처럼 김사과의 소설도 삶에 대한 질문을 제기하고 더한 난제를 구상하는 쪽으로 달려간다. 그 와중에 김사과 소설 속의 삶은 보편적이고 관념적인 것으로부터 끊임없이 멀어지려 하는 현실에 가깝다. 해답 대신 의문을 제시함으로써 결국에는 삶이 어떤 것이라는 정의를 완성하려는 시도를 실패로 되돌려 보여주는 게 소설이라 할 때, 김사과의 경우는 그러한 실패를 가장하는 시도로부터도 무관한 생이 있다면 그게 바로 현실이라고 말한다. 김사과의 소설에서 삶과 현실은 가장 극단의 것들로 놓여 있다. 삶은 마땅함이라는 구심력으로, 현실은 모든 마땅함에 미달하는 원심력으로 서로의 운동에 반하는 힘을 가하면서 겨우 존재할 수밖에 없음을 김사과의 소설은 쓰고 있다.

이 같은 모순으로부터 김사과의 소설을 새롭게 읽어볼 가능성을 발견할 수도 있을 것 같다. 그것은 김사과의 소설이 한바탕 휩쓸고 지나간 이후의 폐허 같을 어떤 삶의 자리를 재발견하는 일이기도 할 것이다. 복잡다단하고 잔혹하고 지루한 삶의 휘장들을 걷어버리고 나면 그 아래 있는 것은 폭력과 억압을 견디고 겨우 살아남기를 거듭하여, 마치 살아남는 것이 삶의 유일한 일인 양 "기대도 절망도 없이" 덩어리져 놓인 개인들일 것이다. 저마다가 하나의 흉터라는 점에서만 공평한 사람들이 거기 있을 것이다. 그러니 죽이는 자는 악하고 죽여지는 자는 선하다는 식의 이분법은 김사과의 소설에 어울리지 않는다. 또한 김사과의 소설에서라면 폭력적인 모든 상황에 맞서 '왜'라는 독법보다는 '어떻게'라는 독법이 더 적절할 것이다. 소설 속에 낭자한 충격들은 그대로 이해 불가능한 낱낱의 텍스트로 남겨두고, 다만 그 불가사의한 그림이 어떻게 그려졌는지를 보려할 때 김사과 소설을 읽는 새로운 길을 발견하게 될지도 모른다.

김영찬은 김사과의 소설 『02』(창비, 2010)의 해설에서 이에 대해 암시한 바 있다. 그는 김사과의 소설을 "환각과 망상이, 충동과 폭력이 어지럽게 춤추는 분열증의 세계"라고 읽은 다음, 예의 그 분열증의 원인으로서 공포와 분노에 대해 분석하는 대신 "분열증의 텍스트적 표현"을 언급한다(pp. 255~56). 김사과의 소설 속 인물이 전혀 엉뚱한 사람을 죽이고 죄책감에 시달리다가도, 그 죄책감 역시 생뚱한 방식으로 표현하듯, 소설의 문장도 그렇다. 소설에서 인물의 파토스가 가장 강하게 드러나는 부분, 혹은 작가가 가장 공들여서 묘사했다고 여겨지는 부분은 그 다음 순간, 소설을 이끄는 주된 정서와는 무관해 보이는 문장에 의해 차갑게 굳는다. 김사과의 소설을 구성하는 것은 열띤 정서가 아니라 그 정서를 한순간 식혀버리는 몇 개의 문장들, 그 문장들로 인해 대리석 부조처럼 굳어서 소설 전반에 띄엄띄엄 놓인 사건들, 그 사건들 간의 낯선 간격과 배치가 이뤄내는 사건의 에피소드화이다.

그러나 이 에피소드는 결코 가볍지 않다. 오히려 사건보다 강하고 무거운 에피소드이다. 다시 앞의 해설을 참고해서 말하면, 인물의 파토스가 애초의 원인에 집착하거나 끝끝내 인물에게 귀속되지 않는다면 그것으로부터 저질러지는 사건은 에피소드처럼 가벼운 일이라 하겠으나, 그 파토스가 사건을 저지르고도 인물을 초과해서 텍스트 전체에 떠다니면서 언제 어디에서 어떻게 분출될지 모른다는 점에서 이 에피소드는 다 녹여버리는 열기가 있은 다음에야 생성되는 단단함을 지닌 화강암처럼 무겁다고 하겠다. 그러니 극도의 열기를 얼리듯이 굳혀 나열하는 김사과 소설의 무심함을 작가 특유의 말투로 읽어보자. 작가의 사소한 습관에 주목하는 것은 말하는 자의 말꼬리를 잡아채듯이 심사숙고하지 않고도 그 이야기를 즉각 응용하여 읽는 것이고, 이 같은 읽기는 작가가 그려낸 세계를 단지 관망하는 게 아니라 그 지도 위에 올라서서 세계에 동참하는 일이기도 할 것이다.

> 그것은 이렇게 시작한다. 사막 끄트머리에 있는 바스토우 근처를 달릴 때 약기운이 돌기 시작했다.* 혹은 이렇게 시작한다. 앨리스는 언니와 함께 강둑에 앉아 아무것도 안하고 있는 것이 매우 지루해지기 시작했다.** 혹은 이렇게 시작한다. 미국식 아침식사를 먹는다(「매장」, 『02』, p. 228).
>
> *Hunter S. Thompson, *Fear and loathing in Las Vegas*, Harper Perennial, 2005, 3면.
> **루이스 캐럴, 남기헌 옮김, 『신기한 나라의 앨리스』, 책세상, 2006, 10면.

김사과는 이 소설에서 소설 쓰기의 시작들을 기록하며 소설 쓰기를 시작한다. 이 소설에서 "그것"은 무엇이겠는가. 그것은 작가가 주를 붙여 명시하기도 하거니와, 일면 '소설'을 가리키는 것처럼 보인다. 하지만 이에 대해 '어떤 소설은 이렇게 시작한다'고 말해버리기에는 부족하다. 인용한 부분에는 세 가지 다른 시작이 있는데, 이 세 번의 시작은 모두 소설의 일부분으로서 일종의 문학적 은유로 해석될 수 있다. 하지만 각각 실재하는 소설을 발췌한 문장으로 본다면 이를 현실의 기록이라고 말할 수도 있다. 다시 말해, 사막의 끄트머리를 달리며 약기운에 취하는 인물과 평화로운 강둑에 한가로이 앉아서 무료함을 느끼는 인물과 미국식 아침식사를 먹는 인물이, 저 하나의 새로운 시작에서 만난다. 반면 이 만남은 헌터 톰슨과 루이스 캐럴과 김사과라는 서로 다른 작가와 그들 작품의 일부분으로 낱낱이 흩어진다. 문제는 이렇게, 만남과 흩어짐이 하나의 사건처럼 동시에 일어날 수 있다는 데 있다.

1970년대 미국의 파시즘적인 관료주의와 허울뿐인 아메리카 드림을 글로 썼던 기자이자 작가인 헌터 톰슨은, 그 특유의 글쓰기 기법, 취재하는 대상에 적극적으로 개입하고 관찰하여 일인칭 시점으로 기사를 서술하는 방식인 곤조 저널리즘gonzo journalism을 통해 실존하는 인물을 모델 삼아 그 인물에게 이야기를 들려주는 방식으로 소설을 쓴 루이스 캐럴과 만난다. 소설 속 앨리스가 겪은 신기한 일들은 작가로부터 이야기를 전해 듣는 실제의 앨리스가 그 흥미진진한 이야기 속에 깊이 빠져들어 헤어 나오지 못하고, 오히려 더한 상상의 미궁을 스스로 그려내는 일이 된다. 이러한 상상의 지도는 "서울은 뉴욕 주 뉴욕 시 파크 에비뉴와 렉싱턴 에비뉴 사이에 있는 이스트 씩스티 쎄컨드 스트리트에 있었다"(「매장」, p. 231)고 읽히는 김사과의 소설 속 지도와 닮은꼴이다.

이 인용 부분처럼 여러 번 시작하면서 아무것도 시작하지 못하는 이상한 시작이 있다. 이러한 시작이 김사과 소설의 시작법이다. 픽션과 논픽션이 소설이라는 이야기 속에서 겹쳐지고, 가상과 허구와 사실과 실제가 함께 놓인 틈새로 길을 내어 특이한 지도를 그려 보이는 일은 작가 김사과의 손끝에서 세계가 구성되는 방식이기도 할 것이다. 김사과의 또 다른 장편인 『테러의 시』(민음사, 2012)의 시작도 그렇다.

내려다본 도시는 사막과 구별되지 않는다. 끝없이 늘어선 가로 등은 먼지를 잔뜩 뒤집어쓴 채 말라 죽은 선인장처럼 보인다. 모래가 눈꽃처럼 흩날리는 거리를 가로등 불빛이 희미하게 비춘다. 도

시 전체가 노란 꿈에 잠겨 있는 듯하다. 그것은 한 가지 색에 사로
잡힌 채 천천히 무너져 내리는 도시에 대한 이야기.
　　노랗고 거대한 꿈이 도시를 모래에 파묻는다. (p. 9)

　종말의 기운이 압도적인 이 장면은 끝과 같은 시작이다. 당겨 말하
자면 이 소설이야말로 끝처럼 시작하고 시작처럼 끝난다. 이 소설은
모든 것이 끝으로 향하고, 무수한 끝들로만 이뤄진 이야기처럼 보인다.
그렇다면 이 끝이라는 것에는 어떤 전제가 있는가. 이 소설이 보여주
는 끝은 계속해서 지금 여기로 감지되는 현실이다. 어디에서부턴가 지
금 여기로 육박해오는 부서짐과 무너짐의 운동은 멈추지 않고 인물이
딛고 선 것들을 모래처럼 잘게 부서뜨린다. 때문에 누구에게도 불변하
는 신념이란 있을 수 없고, 사소하게나마 의지할 자리 역시 없다. 발끝
까지 무너져 내리는 세계에서 인물이 서 있을 수 있는 자리는 항상 벼
랑과 같은 무너짐의 끝자리이고, 그곳에서 인물은 살아남기 위해 끊임
없이 뒤로 물러설 수밖에 없다. 그 벼랑 끝에 선 자에게 살아남는 것
외에는 간절한 바람이랄 게 없다. 이 소설에서도 마찬가지로 '있다'고
할 수 있는 것은 다만 "지속가능한 파괴"의 기미와 바닥 모를 공포뿐
이다.
　김사과가 일관되게 파국으로 치닫는 세계를 형상화했던 것은, 잠재
된 욕망의 특성과 연관해서 개인의 내면을 잠식하는 불안과 공포를
'발견'하는 일은 폭력과 살인이라는 소설적 사건이 아니라, 그 사건들
의 반복이 이뤄내는 거대한 파국의 현상이라는 것을 지속적으로 보여
주기 위해서였던 것인지도 모른다. 저 "노랗고 거대한 꿈"은 김사과의
여러 소설들을 아울러 봐야만 겨우 짐작이 가능한 파국의 이미지이다.
하나의 장면이 또 다른 장면과 연결되어 하나의 사건을 형상화하는 소
설들과 달리, 김사과의 이야기는 한 장면이 다른 장면을 무너뜨리고

그 무너짐 속에 뒤섞이는 와중에 겨우 나타났다 사라지는 사구의 생장(生葬)과 닮아 있다. 김사과 소설의 모래알처럼 소소하게 무너져 내리는 각각의 에피소드에 주목하기 위해서는 확대경을 들이대어 그 어두운 심부를 파고들기보다는, 일종의 평면도 혹은 조감도를 구상할 만한 거리가 필요하다. 그 점에서 이 소설의 첫 문장에 드러난 소설의 시점은 적절하다. 저 "내려다본 도시"는 곧 "테러의 시"이다.

세계의 평면도를 구상하기 위한 거리두기는 인물에게 있어서 지상의 중력을 벗어나는 특별한 시점을 취하는 일이고, 그 시점을 체화한 삶은 지독한 고통을 동반하는 것이다. 자신이 발을 딛고 살아가는 현실에서 벗어나 보는 일은 거의 비현실적이라 할 만한 충격을 몸소 겪을 때, 그리하여 현실의 기준으로 말하자면 보편적인 이성을 대변하는 개념 같은 것에서부터 벗어난 경험을 통해 가능할 것이기 때문이다. 그러한 시점으로부터 이 소설의 도입부에서 주목되는 것은 모든 것이 모래에 파묻힌 와중에 그 위로 삐져나온 가로등이다. "말라 죽은 선인장"처럼 보이는 이 사소한 대상은 그것을 꿰는 단일한 서사라 할 것 없이 다만 어지럽게 뒤섞여 있는 장면들 속에 솟아나와 있다. 이 소설의 시점이 문득 마주친 듯한 그 각각은 실상 이름 없는 무수한 가로등일 뿐이지만, 점선처럼 줄지어 놓인 그들은 도시와 사막의 경계를 구분하는 일말의 표지인 동시에, 사막에 서 있는 도시의 표지이기도 하다. 그로써 죽은 선인장 같은 무용한 가로등은 도시와 사막이라는 이름으로 장소를 구분하는 일이 더 이상은 무의미하다는 것을 일러주는 유일한 표시가 된다. 이렇게 이 소설은 가로등과 선인장이라는 이름들로부터 빛과 생명력을 거두고, 다만 그 이름의 흔적을 겨우 간직한 희미한 형태만을 폐허 위에 남겨두는 일로부터 시작된다. 어딘지도 모를 곳에 무언가가 버티고 서 있는 모습은 지독한 고독의 형상이다. 내려다보면 온통 폐허 같은 곳에 이름 없는 무용지물들이 외따로 서 있는 풍경. 이

것이 김사과의 소설이, 그 세계가 씌어지는 방식이다.

> 그들은 더 이상 존재하지 않는다. 더 이상 환각 속에도, 현실에
> 도 그들은 존재하지 않는다. 이름이 없으므로, 더 이상 아무도 그들
> 을 불러낼 수 없다. 이제 그들은 모든 것이 형체를 잃고 무너져 내
> 린 핏빛 웅덩이 속에서, 지워진 시간 속에서, 아니, 시간을 삭제하
> 며, 길을 잃은 채로, 아니 길을 부수며, 길 밖으로 달아나며, 아무도
> 쫓아올 수 없을 때까지, 누구의 손도 닿지 않는 곳을 향해, 더 멀리,
> 완전히 사라져버릴 때까지, 자취마저 지워질 때까지 서로를 으깬
> 다. 완전히 아무것도 남지 않게 될 때까지. 그래서 더 이상 다시 돌
> 아올 수 없도록, 다시 시작할 수 없도록, 그리하여 모든 게 진짜로
> 텅 비어버릴 때까지 (pp. 218~19)

이 소설은 이렇게 끝난다. 소설의 말미에서 인물들("그들")은 스스로
한 톨의 모래알이 되어버리는 것 같다. 그들이 모든 일들을 겪고 다시
만나서 "어떤 기대도 절망도 없이" 몸을 뒤섞는 일은 앞서 보았던 이
소설의 시작에서 이유도 목적도 없이 도시를 휩쓸고 무너뜨리는 모래
의 일과 닮았다. 모든 것을 사라지게 했던 모래의 꿈이 곧 자신을 "완
전히" 지워버리려 하는 그들의 욕망이 된다. 또한 소설의 도입부에서
인물("제니")은 모르는 남자와 여자에게 영문도 모르게 납치되어 알
수 없는 곳의 어느 방에 갇히는데, 누군가가 제니가 있는 방의 문을 열
고 들어오는 이 소설의 마지막 문장은 그 애초의 장면과 절묘하게 이
어진다. 차이가 있다면 처음에는 괄호로 존재했던, 완벽한 수동적 존
재였던 인물이 나중에는 제니라는 이름도 갖게 되고, 수동적인 입장을
좋지 않게 여기는 유사 능동적 존재로 변모했다는 점이다. 그러한 미
미한 변화가 그나마 이 소설의 서사를 구성한다.

일면 그 서사는 제니의 이동을 따라 구성해볼 수도 있을 것이다. 모래의 도시에서 서울로, 서울의 윤락업소에서 부유한 남자의 집으로, 거기서 리를 따라 서울의 한 빈민촌으로, 그곳에서마저 쫓겨나 부유한 동네에 있는 고시원으로, 고시원에서 만난 조선족 여자를 따라 교회로, 그리고 다시 처음에 있던 윤락업소의 한 방으로 돌아간다("곧 모든 것이 제자리로 돌아왔다. 제니는 같은 방으로 돌아왔다", p. 193). 제니의 회귀는 잔인한 고통을 동반하는 여정이었지만, 그동안 서울이라는 공간은 소름끼치도록 변함없는 방식으로 제니를 대한다. 점점 더 나쁜 쪽으로 향하는 듯하지만, 그 방향이 원래의 자리로 돌아오는 것임을 깨달았을 때, 그리하여 그 악순환이 계속될 것임을 예감했을 때 인물들에는 단 하나의 꿈이 생긴다. "그들은 기다린다." 서로 다른 고통스러운 삶을 살았던 그들이 현실에서 똑같이 기대하는 것은 죽음만이 가능하게 할 완벽한 끝이다.

끝나지 않는 이야기, 계속해서 원점으로 돌아오는 이야기는 엄연히 말해서 스토리가 없는 소설이라고 할 수 있다. 명백한 인과 관계로 맺어진 사건들이 없고, 사건이 없으므로 배경으로서의 시공도 모호해진다. 이렇게 『테러의 시』에서 김사과는 스토리가 자폭하는 플롯을 기획한다. 이 소설의 시간과 공간이 무화된 것처럼 보이는 것도 그 기획의 일환일 것이다. 제니라는 한 인물에 한정하여 공간의 이동을 통해 시간의 흐름을 예측하고 그로써 앞서 요약한 것과 같은 스토리를 만들 수는 있지만, 실상 시공에 대한 명백한 의식이 없는 인물인 제니를 내세움으로써 이야기는 치밀하게 구상될수록 더욱더 추상적이게 된다. 덩어리진 채로 보면 이 소설은, 1부는 세계의 종말과 같은 시공을, 2부는 그곳에서 구출된 제니가 팔려간 서울의 윤락업소와 고급빌라의 삶을, 3부는 리를 따라 간 제니가 사회 소수자들이 모인 곳과 교회를 거쳐 다시 원래의 자리로 돌아오는 과정을 보여준다. 이 구조 속에 편편이 흩어져 놓인 에피소드들을 참고해볼 때, 그 모든 시공을 거친 제니와 리가 그들만 있는 '어느 방'에서 그토록 기다리던 죽음을 맞이하는 데 성공하기 직전인 이 소설의 마지막, 누군가에 의해 그 방의 문이 열린다. 그 순간은 그들이 여전히 서울을 벗어나지 못했다고 직감하게 하는 동시에, 이 모든 지난한 이야기가 아주 협소한 공간에서 일어난 일임을 짐작하게 한다. 이처럼 이 소설의 스토리와 플롯은 결렬하는 방식으로 서로에게 협조한다. 완결된 스토리는 실패하고 그로써 원환의 플롯이 구성되는데, 이 플롯에 의해 다시 끝나지 않고 끝날 수 없는 스토리가 새로 시작된다.

이러한 방식으로 『테러의 시』가 그리고 있는 것은 서울이라는 기괴한 시공이다. 제니가 살고 있는 이곳은 끊임없이 타인들에 의해 변경되고 조직될 뿐, 제니 자신에게는 무화된 자리라고 하는 편이 옳다. 제니의 이야기는 결코 구상되지 않는다. 서울의 한 윤락업소와 교회와 고시원과 고급빌라와 빈민촌을 전전하다 끝내 죽음만을 기다리는 여자의 이야기는 이렇게 하나의 모호한 추상이 된다. 리의 경우도 그렇고, 제니에게서 애정을 구했던 남자3의 비극적인 삶도 마찬가지이다. 서울이라는 공간에서 살고 있는 한 그들에게는 희망이나 구원 같은, 새롭고 좋은 쪽으로 전진하는 시간이란 없다. 일상의 반복과 그 무한한 반복을 각자가 원하는 무엇이라고 여기는 기이한 믿음, 그 유사 능동성이 지배하는 시공간에서 살아 있는 삶이란 없다. 모두가 죽은 선인장처럼 그곳에 다만 있을 뿐이다. 그러니 김사과의 소설이 형상화하는 세계는 없다고 하는 것이 옳겠다. 겨우 만들어진 최종의 이미지는 계속해서 부정되고, 남는 것은 여전히 서울이라는 장소뿐이다. 서울을, 현실을, 그린맨의 감시를, 그 모든 환각을 벗어나기 위해서 벌였던 인물의 사투는 허망하게도 아무것도 변하지 않은 자리로 돌아온다. 처음 하얀 방으로 옮겨졌던 제니가 끝끝내 하얀 방으로 돌아올 때, 이 소설의 모든 이야기는 지워지고 소설은 진공의 관처럼 지속 가능한 파괴만이 있는 세계를 암시할 뿐이다.

비구름이 물러간 하늘을 모래 먼지가 가득 채웠고 매일 밤 사람들은 끔찍한 열대야에 시달렸다. 더위를 이기지 못하고 죽은 노인들과 불운한 아이들에 대한 뉴스가 텔레비전을 가득 채웠다. 시내에는 연일 고급 아파트 단지가 들어섰다. 아파트 단지를 낀 교회는 사람들로 넘쳐났다. 누군가는 죽고, 누군가는 미쳤다. 대부분 어떻게든 살아가고 있었다. 종종 사건들이, 혹은 이름들이, 불리고, 잊혔다. 아니 어떤 것은 잊히지도 않았다. 처음부터 아무도 기억한 적이 없었기 때문이다.

그러니까 그 사건들 또한 그렇고 그런 여름밤의 소란 중 하나였다. 아무도 기억하지 않는. 그러니까 아무도 주목하지 않은. (pp. 203~204)

이러한 서술은, 소설을 언젠가 있었거나 있을 예정인 사실의 기록처럼 보이게 한다. 작가 김사과의 소설적 기록이 소설이라는 이름을 입고 누군가에게 전해져서, 다시 그 누군가의 삶에 스며들게 되면 그것은 더 이상 김사과의 소설이 아니게 될 것이다. 한 편의 작품이 작가와 독자를 매개하여 쓰기와 읽기를 아우르면서 또 다른 작품으로 형성된다는, 문학의 수용적 효과에 대해 말하려는 게 아니다. 그것이 김사과의 소설이 아니게 된다는 말은, 더 간명하게 그것은 소설이 아닌 것이 된다고 말할 수도 있겠다. 소설이 아닌 것, 그것은 픽션이 아닌 것이고, 또한 논픽션 같은 픽션인 것이다. 김사과의 소설이 개인의 삶으로 침투하는 방식이 그렇다. 지금 여기, 너무나 거대해서 눈에 보이지 않는 자본의 시대, 서울의 거리를 걸어본 사람이면 누구라도, 김사과의 소설이 단순히 허구로서의 이야기가 아니라는 것을 알 수 있다. 그들은 개인의 존엄이나 자유가 하찮게 짓밟히고 쉽게 잊히는 것을 목격해왔기 때문이다. 제니와 리의 삶은 불법과 외국인과 노동자라는 단어들만으로 수식할 수 없다. 불법과 외국인과 노동자라는 단어의 의미를 초과하는 것, 그 과잉의 이야기가 김사과의 소설이다. 『테러의 시』는 김사과의 소설이자[詩], 제니의 시간이고[時], 서울의 모습이다[市]. 불법과 외국인과 노동자를 원래 의미 그대로 받아들이지 않고, 서울의 불법과 서울의 외국인과 서울의 노동자로 받아들일 때 발생하는 그 과잉의 기대와 실망이 모든 것을 뒤덮는 모래처럼 서울을 살아가는 사람들의 숨구멍을 메운다. 불법과 무법이 혼용되고, 선별과 차별이 따르고, 노동의 고귀함을 미천함으로 뒤바꾸는 세계로서의 서울은 생명의 사막이라고, 김사과의 이 소설이 증언한다.

4. 구원은 존재하나요?

바우만이 정리한 레비스트로스의 전략에 의하면 구병모의 『방주로 오세요』에는 전자의 전략이, 김사과의 『테러의 시』에는 후자의 전략이 스며 있다. 구병모의 소설은 말 그대로 '업그레이드'되고 전략적으로 다듬어진 공간으로서의 도시를 구축하여 이방인을 창출하고 착출해낸다. 김사과의 소설은 절묘하게도 이주노동자이자 매춘부인 인물을 등장시켜 몸과 정신이 말 그대로 집어삼켜지는 외부인의 삶을 공간의 (비)이동을 통해 고발한다. 그렇게 해서 구병모의 소설에는 추방되고 추락하는 자가, 김사과의 소설에는 한 치도 벗어나지 못하고 제자리로 돌아오는 자가 있다.

하지만 구병모와 김사과의 소설이 공통적으로 종교나 신앙의 서사를 내포한다는 점 또한 주목하지 않을 수 없다. 그들은 도시를 하나의 스노볼처럼 만들어 '내려다본다'는 점에서 닮았다. 두 소설 모두 도시를 세우고 그곳에 이방인을 살아가게 하면서 전지적인 시점으로 현실을 서술하는데 이 시점에 이미 신의 자리가 마련되어 있다. 『방주로 오세요』에서 방주시와 방주고는 기독교의 교리를 헌법처럼 여기는 공간이다. 방주시의 시장이 창립기념일을 맞아서 그 공간의 탄생을 "주의 섭리"라고 말하는 장면이나, 방주고의 일락이 매 상황을 성경을 인용하여 설명하는 장면이 그 근거가 된다. 『테러의 시』에서 제니와 리가 예배에 참석하여 교회에 모인 사람들에게 자신의 고통스러웠던 삶을 들려주는 것은 신앙을 고백하는 일인 동시에 그들의 피폐한 삶을 더욱 공허하게 만드는 일이 된다. 그로써 이들 소설에서 신앙으로서의 믿음은 이대로의 삶을 지속하게 하는 불합리의 일환으로 보인다.

이렇게 도시와 이방인과 신앙이 만나 현실의 이야기를 이룬다. 구병모는 그 이야기를 통해서 인도의 카스트와 같은 계급 제도가 현실의 삶에서 공간의 구분을 통해 작동하고 있다고 말한다. 김사과는 서울이라는 장소야말로 벗어날 수 없는 원한의 원환이며, 특히 그 어딘가에 이름도 국적도 없이, 시간과 공간에 대한 감각도 없는 삶이 있다고 말한다. 그들은 어떤 천재지변 이후, 지각변동을 겪은 공간이나 행정구역의 경계가 사라져버린 공간을 억지스럽게 제시하지 않는다. 그들은 현실에 엄연히 존재하는 방주시, 대한민국의 서울특별시를 진지하고 적극적으로 묘파하는 소설로써 도시와 이방인과 그들의 신앙을 거의 취재하듯 옮겨 적는다.

『테러의 시』를 시작하는 장면을 떠올리는 것으로 맺음하자. 어느 장소든 뒤덮어버림으로써 한 치의 틈도 남겨놓지 않는 무자비한 모래의 공격은 모든 것을 공평하게 파괴하는 속성이 있는 자연의 섭리이기도 하다. 악행이나 선행에 대한 어떠한 의도나 믿음도 없는 물질의 운동을 원망하거나 책망할 수 없다. 그것이 소설의 전반부를 휩쓸고 지나간다. 불길한 예감은 그렇게 시작된다. 모든 것의 구분을 무화하는 모래의 생태는 개체의 생명을 존중하지 못하고 다만 표면적인 평평함만을 맹목적으로 추구하는 도시의 모습과 닮아 있다. 모래의 운동을 추동하는 "노란 꿈"은 꿈이긴 하지만 희망보다는 절망에 가깝다. '그것' 이외의 모든 꿈을 그것 내부로 몰살시키는, 그리하여 평등이라는 미명 아래 모든 것의 구분을 무화하는 장면은 '꿈'이라는 단어 자체를 낯설게 하는 데까지 나아간다. 그 자리에 『방주로 오세요』의 타이틀이 낯익은 초대장처럼 놓여 있다.

소설의 사실
─2010년대 한국 소설의 한 동향

1. 소설의 최근

시대 구분에 맞추어 문학의 현상을 살펴보는 데에는 여러 가지 무리가 따른다. 개별 작품에 내재된 고유한 특징을 세밀하게 분석할 여지가 줄어든다는 게 그 이유 중에 하나다. 모든 문학은 당대를 각자의 방식으로 반영하고 있다는 전제하에, 개별 작품을 읽을 때에는 당대의 흔적을 최대한 지우고 좀더 통시적인 관점의 독해도 동시에 행해야 한다. 어떤 시든 소설이든 그것이 씌어진 시기의 사회문화적인 요소를 한 켠에 전시하는 동시에, 작가가 직간접적으로 경험한 문학의 역사를 다른 한 켠에 간직한다. 그러므로 문학을 읽고 말한다는 것은 현재라는 역사적 순간이 그 이전과 이후의 어떤 시간에 연계하는가를 알아보는 일이기도 하다. 개인적으로든 사회적으로든 예전에 일어났던 어느 사건이 현재의 이야기에 닿아 있는지, 혹은 지금의 서사가 이후에 어떻게 변화할 수 있을지를 추측하고 예상하는 일이 곧 눈앞의 작품을 읽고 문학의 자리에 꽂아두는 일일 듯하다.

에둘러 말했지만, 그러므로 모든 문학은 '최근'의 문학이어야 한다. 이 말속에 깃든 당위는 독자의 태도에 연관한다. 그렇게 씌어지지 않은 작품이 없듯이 그렇게 읽지 않을 작품도 없다는 말이다. 1970년대 김승옥이 익명의 군중과 정체 모를 욕망이 뒤섞인 밤거리 위에 자신에게 닥쳐올 예상치 못할 사건을 기대하며 동시에 두려워했던 화자를 올려두었던 것은, 2000년대 편혜영이 재개발이 확정되어 모두가 떠나버린 아파트 단지 안 어느 낡은 집에서 홀로 움직이는 일조차 버거울 정도로 병든 몸으로 떠날 가방을 꾸린 채 자신을 데리러 올 이를 기다리는 화자를 남겨두었던 것에 겹쳐진다. 우리는 두 화자의 소설 속 입장(入場)에서 각각의 시대적 상황을 읽어내기도 하지만 그와 동시에 인간 본연의, 저마다의 밤을 보게 되기도 한다. 모든 것이 잡아챌 수 없을 정도로 재빨리 변화하는 듯하지만, 하루의 절반이 어둠 속으로 침잠한다는 사실, 사회적인 시간으로서는 공동의 정지에 해당하는 때가 도래하면 개인적인 시간으로서의 충만한 각성이 가능해진다는 사실 너머의 사실이 두 편의 소설을 겹쳐놓은 자리에서 어둡게 빛난다.

덧붙여 적어두고 싶은 상념이 하나 있다. 한때는 많은 사람들이 함께 기거함으로써 낮밤 없이 환하게 빛났을 아파트 단지는 사람들이 빠져나간 이후에 그 빛남의 기억으로 인해 한층 더 퇴락한 듯 보일 것이다. 그 퇴락의 이미지는 공동묘지를 떠올리게 한다. 사람들이 살지 않는 적막하고 기묘한 장소라는 이유에서가 아니라, 생이 빠져나간 후에야 비로소 정리정돈되는 것이 인간의 삶이 아닐까 하는 생각 때문이다. 동명의 소설에서 김승옥의 화자가 어지러운 밤거리를 헤매면서도 주변에 쉽게 휘말리지 않는 성정임에도 자기 감정에 스스로 휘둘리고, 편혜영의 화자가 어두운 방 안에서도 또렷해지는 육체의 감각 때문에 좀더 고통스러워 보였듯이 살아 있는 동안에는 마음대로 정리정돈할 수 없는 시간이 곧 우리가 말하는 바로 그 삶이 아닐까. 어쩌면 모든 이야기는 숨겨놓은 죽음의 기미를 찾기 위해서 우리의 눈앞에 널브러져 있는 조각난 생을 기우고 끼워 맞추려는 시도인지도 모르겠다. 먼 데 있는 것과 가까이에 있는 것을 한자리에 그러모아야만 전체를 짐작이나마 할 수 있고 비로소 모서리부터 틀지어 볼 수 있는 퍼즐처럼 말이다. 그러나 섣불리 그림을 그려보려는 마음에서 벗어나서, 우선 눈앞에 늘어 놓인 조각들을 면밀히 살펴볼 수밖에 없을 것 같다. 늘 그랬듯이 문학에서도 최근의 작품들은 특별한 관심과 논의의 대상이다. 최근의 소설들이 '대체로' 어떠한 특징을 갖고 있는지, 어떻게 새로운 상황을 연출하는지를 질문하는 일은 중요하다. 하지만 이 글에서는 최근의 소설들이 '특별히' 어떠한 특징을 갖고 있는지, 왜 그런 방식으로 씌어지는지를 질문해보려고 한다. 어쩌면 큰 그림을 그리려는 마음이 앞서서 눈앞에서 잃어/잊어버린 하나의 조각이 바로 그것인지도 모른다.

2. 유도되는 감수성

2000년 이후 한국 소설에 대한 관심은 몇 개의 기억할 만한 키워드를 남겼다. 그중에서도 최근까지 가장 활발했던 논의는 '장편소설'에 관한 것이었다. 장편이라는 소설의 물리적인 분량이 취해야 하는 객관적인 요건들에 대해서도 물론 재고해볼만 했지만, 그보다는 장편소설을 요구하는 '시장'이라는 문학 바깥의 상황 내지는 사회문화적인 사정에 문학 내부의 주의가 본격적으로 이동했다는 면에서 이 논의가 주목할 만한 현상이 된 것 같다. 한국문학이 책의 출판과 유통을 포함한 한국 시장의 흐름을 어떻게 읽고 그 속에서 자신의 입장을 마련하는가에 따라서, 또는 바깥으로부터의 지체 없는 요구들에 문학이 어떻게 반응하는가에 따라서 장편소설이라는 단어는 작가라는 이름까지도 낯선 것으로 둔갑시키는 듯했다. 당연한 말이지만 작가는 선형으로 흐르는 시간을 고스란히 받아들이지 않으며, 오히려 그런 시간관으로 봤을 때 역행하거나 지연하는 행동으로 자기(작품)만의 현재를 거듭 재편하는 방식으로 이야기를 쓴다. 그런 점에서 작가에게 장편소설은 다만 긴 시간을 넉넉한 지면에 담아내는 이야기가 아닐 수도 있을 것 같다. 시장이 요구하는 장편소설의 형식은 지금 여기에 유통될 만한 완결된 한 편의 이야기인가. 그렇다면 문제는 분량이 아니라, 풍요롭게 이야기될 만한 이 시대의 감수성이 무엇인가를 질문하는 일일지도 모르겠다.[1]

감수성은 상대의 감각과 감정을 '받아들이고', 상대에 대한 자신의 감각과 감정을 '돌려주는' 데에서 발휘되는데, 흥미롭게도 이는 주체를 대상에 대해 수동적인 동시에 능동적이도록 만드는 간단치 않은 사태를 초래한다. 이를 소설의 입장에 적용해보면 언제라도 소설은 작품의 대상으로서의 세계에 닿는 공통의 감각에 예민하게 쓰일 수밖에 없고, 또한 그 예민함으로 인해 다수의 공감 내지는 감수성의 호응을 얻을 수밖에 없다. 그러므로 소설을 둘러싼 제반 조건에 대한 논의에서든 작품의 내재적인 분석에서든, 시대나 세대에 관해 말한다면, 지금도 거듭 갱신하는 중인 감각의 정체를 파악해보려는 시도가 먼저 있어야 할 것 같다. 이렇듯 '최근의 소설'이라는 호명을 관통하는 감각에 주목하는 것은, 또한 지금의 소설이 처한 자리를 안팎으로, 어느 한쪽에 치우치지 않고 골고루 살펴보자는 정직한 반성의 태도에 대한 요구이기도 하다.

의심할 수 없이 지금은 "지면이 아니라 화면에 익숙한 세대"[2]로의 교체가 급속도로 이뤄지는 때이다. 문학의 의미를 일종의 물질로서 대신하는 게 종이책이라면, 그 종이책에 대한 무관심과 거부는 문학에

---

1   그런 점에서 "시장은 시대정신과 시대의 감수성이 유통되는 집합적 공간이며, 감정(들)이 연대하고 상상력이 공유되는 공감과 연대의 네트워크다. 장편에 요구되는 '문학성'도 고정된 어떤 완결적인 것으로서 존재하는 것이 아니라 바로 이 속에서 끊임없이 새롭게 구성되는 것이다"(김영찬, 「공감과 연대, 21세기 소설의 운명」, 『창작과비평』 2011년 겨울호)라는 간단하고도 분명한 견해를 거듭 새겨둘 만하다.

2   허윤진, 「問: 2010, 한국 장편소설의 풍경」, 『작가세계』 2010년 가을호.

대한 대중의 관심과 이해마저 다른 문화 장르에 비해 떨어뜨리지 않을까 하는 우려를 낳기에 충분한 상황이다. 사람들이 모인 곳에는 크든 작든 스크린이 함께 있다. 스크린은 사람이 의식할 수 없을 만한 속도와 주기로 깜빡거리면서, 개인의 감각을 사로잡는다. 아마도 사람들은 자신이 살아가는 세계의 축소판이라 믿기는 손 안의 화면 속에서 쏟아지는 무수한 빛과 소리를 '받아들이는' 일에 급급한 나머지 그것이 내 안에서 어떤 이미지를 구성하는지, 그 이미지는 어떤 세계를 반영하는지, 끝내 내 안에서 어떤 빛과 소리로서 세계로 발휘될 수 있을지를 질문할 여력을 상실해버린 게 아닐까. 지금의 감수성은 너를 받아들인 다음에 나로 발휘되는 과정을 온전히 거치지 못하고, 그저 받아들인 다음에 또 받아들이는 일방적인 구조로 재편되고 있는 듯하다. 요즘 텔레비전만 켜면 쉽게 볼 수 있는 리얼버라이어티쇼에서는 말끔하게 연출된 자연, 그 속에서 방금 태어난 듯 모든 일에 서툰 출연자, 그를 바라보는 시청자의 감정까지도 포함된 모든 사정을 아우르는 듯 전지적 시점에서 씌어지는 자극적인 자막까지 동원하여 보편의 감수성을 새로 만들고, 바로 다음 순간에 이전의 감수성을 또 다른 것으로 대체한다. 하나의 상품과 그것을 전시하는 시간의 덧없음을 떠나서, 예상치 못한 때에 터져 나오는 웃음소리나 한마디 말조차 그다음의 소리와 말들로 뒤덮여버리거나 편집되는 사정을 시청자는 다만 목도한다. 감각을 생산하고 교체하는 그 속도와 양의 규모에 속수무책으로 압도되는 것이다. 어쩔 수 없이 적절한 비교일 수는 없겠지만, 한마디의 말이 몇 달이고 몇 년이고 유행되던 때도 분명히 있었다. 누군가의 한마디 말이 사람들로 하여금 각자의 감수성을 발동하게 했고, 저마다의 삶 속에 놓인 다양한 국면들에 그 말을 심어 새로운 맥락으로 새롭게 웃게 했던 때가 있었다. 그처럼 저마다의 반복과 적용으로 공통의 감각을 형성하고 기억하게 했던 시기가 있었다면, 지금은 감각과 기억이 하나의 메커니즘을 이룰 수 없는 사이가 되어버린 때인 것 같다. 가령 드라마 '응답하라' 시리즈는 새로운 것에만 열광하는 시대를 비판하기라도 하듯 '낡은 것'으로 승부수를 던졌다는 자체만으로도 주목할 만한 기획이었다. 하지만 그 드라마 연작이 보여준 것은 결국 낡은 것으로서 보여줄 수 있는 감각 역시도 거듭되어서는 새로울 수 없다는 뻔한 결말이었다. 그 드라마가 초반에 기세를 발휘할 수 있었던 것은 형식상의 새로움 때문이었으나, 어느 정도의 인지도를 누릴 수 있었던 것은 그것을 보며 새로운 재미를 느끼는 사람들이 아니라 그것이 주는 감각에 '응답하는' 특정 세대의 기억 때문이다. 지금에 와서는 감각이 기억을 소환하고 기억이 새로운 감각으로 발휘되는 방식으로 형성되는 감수성을 기대하기 어려워진 것일까.

3. 밥이 문제라고 말하는 입 — 황정은의 경우

"국민학교"에 다니던 시절의 이야기로부터, 성인이 되어 그때의 친구들을 다시 만나게 되는 이야기로 담담히 이어지는 소설이 있다. 이 단편은 다시 열 개의 짧은 에피소드로 구성되어 있는데, 그 서로 다른 이야기는 모두 "디디"라는 한 인물의 경험으로서, 달리 말하자면 거칠게 편집된 한 편의 서사라고 할 수도 있다. 2010년에 발표된 이 「디디의 우산」은 하나의 줄거리로 엮어 요약하기 어려운 소설이라는 점에서 읽기에 거듭 주의를 기울이게 한다. 분량으로만 보아서는 아주 짧은 이야기일 뿐인데, 어째서 간단한 스토리로 요약할 수 없는 것이 될까. 이 소설은 직접적으로 제시된 에피소드의 내용 외에도, 그와 같은 형식상의 질문을 유도함으로써 이야기의 층위를 확장하는 방식으로 씌어졌다. 이 소설은 몇 개의 에피소드로 구성된 단편이지만 여느 장편

소설이 간직함 직한 간단하지 않은 서사를 품고 있다.

가령 디디는 어느 날 갑자기 자신이 일하던 식자재 센터로부터 고용인과 피고용인 간의 계약 내용과 형식이 수정되었다는 통보를 받는다. 앞으로 사측은 보수를 제공하는 이외의 책임을 지지 않는 단기적인 고용 방식만을 갖출 것이며, 피고용인은 원하지 않으면 언제든지 자유롭게 일터를 떠날 수 있다는 것이다. 이를 통보하는 사측은 그것이 서로에게 유익한 계약이라는 점을 계속 강조한다. 이해하기 어려운 일방적인 통보를 들은 날, 디디는 퇴근길에 친구를 찾아간다. 거리에 가판을 차려놓고 물건을 파는 친구는 온종일 책을 읽는다며 수북이 쌓인 책 중에 마음에 드는 것을 가져가 읽어도 좋다고 말한다. 디디는 양장본 한 권을 받아 집으로 돌아오는 버스 안에서 그것을 살펴보고, 책의 제목을 소리내어 읽다가 "혁명"이라는 단어에서 혼자 뜨끔한다. 그렇게 디디를 건드리는 그 단어는, 너무나 파편적이지만 그것을 빼고는 디디를 설명하기에는 어색할, 그런 사소한 기억들을 떠올리게 한다. 디디는 책의 아무 페이지나 펼쳐보는데, 그곳에는 돈과 수명의 상관성에 대한 그래프가 있다. 디디는 그것을 손가락으로 짚어가며 유심히 본다. 다음은 집으로 돌아온 디디가 도도와 함께 저녁을 먹는 장면이다.

> 디디는 젓가락으로 밥을 조금 집어서 탁자에 놓았다.
>
> 돈.
>
> 돈이 중요하다고 생각하는 사람들.
>
> 돈이 중요하다고 생각하는 사람들이 많다는 것.
>
> 돈이 중요하다고 생각하는 사람들이 많도록 만드는 어떤 것.
>
> 이렇게 생각해, 하고 디디는 조그만 밥 무더기 네 개를 탁자에 늘어놓고 도도에게 물었다.
>
> 어느 것이 정말 문제일까.

응?

이 가운데 어느 문제가 가장 문제라서 돈이 항상 문제가 된다는,
뭐랄까 좆같은 답이 나오는 걸까. 나 오늘 종일 그걸 생각하고 있
었어.

뭐 좆?

응.

도도가 눈을 깜박이며 디디를 보았다.

뭐?

돈, 하며 디디는 무더기들을 보고 있다가 오른쪽부터 차례로 집
어서 입에 넣었다.

—「디디의 우산」[3]

열악한 근무 조건 속에서 건강을 해치며 일을 해야만 하는 불합리
한 고용 시스템을 감수하고 원룸에서 원룸으로 옮겨 다니며 동거하는
디디와 도도의 생활은 낯설지 않다. 작가 황정은의 최근 작품들에서는
작중 인물들의 이름이 좀더 현실적인 것으로 제시되지만, 단편집으로
가장 최근에 묶인 『파씨의 입문』에 실린 작품들에서는 거의 별명과도
같은 이름을 갖는 인물이 다수다. 인물의 성(性)을 포함해 이름으로 짐
작할 수 있을 만한 정보들을 모두 지워버리고 '호명'이라는 단순한 기
능만을 간직한 황정은 식의 이름은 비어 있는 괄호나 기호처럼 기능해
서 그들의 사정에 독자 자신을 대입해보기를 유도한다. 하지만 황정은
이 의도하는 것은 그다음 수순이다. 아무리 나와 같이 어려워 보여도,
누구의 삶이든 자신의 삶과 크고 작은 거리를 갖는다. 급격한 거리 조
정으로 인한 인물의 동일화는 저마다 다른 삶들의 성급한 일반화를 초

---

3   황정은, 『파씨의 입문』, 창비, 2012, p. 175.

래하게 되는데, 황정은 소설의 인물들은 바로 그 지점에 늘 주의를 기울인다. 만두를 포장해서 친구를 찾아가는 디디는 친구와 함께 별말 없이 만두를 먹는다. 자기가 오늘 얼마나 불합리한 일을 겪었는지, 그로 인해 어떤 고민을 갖게 되었는지를 말하지 않으며, 다만 서로에게 공평하게 있을 법한 허기를 달랠 뿐이다.

작가는 짐작이라는, 어쩌면 감수성의 발휘에 필수적일 사고의 한 방식을 경계하는 것일까. 인용한 부분에서 디디는 책에서 본 돈과 수명의 상관성을 밥 무더기로 표현한다. 돈과 수명의 상관성은 그처럼 먹고사는 일에 다름 아닐 것이다. 그 적확한 은유는, 그러나 디디 자신에 의해 다시 철회된다. 돈과 수명과 밥, 그것을 이해하는 일과 허기를 달래는 일은 구별할 수 없이 서로 달라붙어 있는 문제인 것 같으면서도 또한 완전히 다른 차원의 일인 듯이 여겨지기도 하기 때문이다. 황정은의 소설은 손쉬운 해답을 그려 보여서 다수의 지지와 공감을 얻어내는 일에는 무심해 보인다. 오히려 사람들이 '너무' 손쉽게 이해해버린다고 생각하는 문제를 거듭 들여다보고, 그것이 어째서 그렇게 쉽게 해소되어버릴 문제인지, 밥을 먹을 때마다 생각하지 않고 어찌 넘어갈 수 있는 문제인지를 따져 묻는 게 황정은 소설의 특별한 감수성을 형성한다. 문제를 야기하는 쪽은 어디일까, 문제를 내장하고도 모르는 척하는 사회일까, 문제를 알면서도 무사히 보낸 하루에 안도하는 사람들일까, "어느 것이 정말 문제일까"를 거듭 따져 물으면 독자는 막연한 피로감을 느끼게 될지도 모른다. 그것은 여태껏 자신의 삶에 택일할 만한 것으로 주어진 모범답안이 "좆같다"고 여기게 되는 과정이다. 디디가 제 앞의 문제들을 다시 제 입속으로 넣어 먹어치운 것은, 문제는 그중에 있지 않다는 판단이나 도저히 문제를 풀 수 없을 것 같다는 체념 때문이 아니라, 그것이 정말로 다만 밥무더기였기 때문이다. 이런 장면에서 독자는 두루뭉술하게 늘어 놓은 삶의 보기들을 거두고 자기만의 응전을 행하는 인물을 본다. 어쩔 수 없이 그 속에 연루되어 있다는 인식, 돈과 그것의 중요성에 대한 주입보다 다수의 삶의 방식에 반성 없이 말려들어 있다는 자각이 황정은 소설의 한 특별한 효과다.

덧붙여 황정은의 소설에 자주 등장하는 소품이기도 한 우산(양산)에 대해 이야기해보고 싶다. 그것은 물론 일상적으로 흔히 접할 수 있는, 유별나지 않은 사물이긴 하다. 그렇지만 소설의 제목으로 쓰면서 거듭 힘주어 그것을 바라보고 말하는 작가의 태도를 그냥 지나칠 수가 없다. 이렇다 할 것도 없이 두루뭉술하게 떠오르는 생각은 이것이다. 우산(양산)은 작가 황정은이 생각하는 '함께'의 다른 표현일지도 모르겠다는 것. 작가는 최근 출간한 장편소설인 『계속해보겠습니다』에서, 별다를 것 없어 보이지만 한편으로는 매우 특별한 공동체의 모습을 그려 보였다. 소라와 나나와 나기의 관계가 그것이다. 열 살 이후의 삶, 학교라는 사회적 공동체를 경험하게 된 시점에서부터 시작된 그들의 관계는 통상적인 언어로는 형언하기 어려운 경험과 감정과 그로 인한 암묵적인 배려를 동반하는 무엇이다. 말하자면 '가족 같은' 사이지만 '가족'이라는 말의 사전적인 의미와는 동떨어진 사이. 그렇다고 해서 그들의 관계가 공고하지 않다는 말은 아니다. 어쩌면 가족이라는 말로 애써 맺어두고 구성원의 고유한 경험과 감정을 지워나감으로써 온전히 하나가 될 수 있다고 믿는 기왕의 가족보다 해체될 위험이 덜한 관계일지도 모른다. 안전하기 위한 위험을 무릅쓰지 않음으로써 불안하지 않은 관계, 그 관계가 배태하고 있는 중요한 덕목은 무엇보다도 개별성과 다양성의 보존이다. 각자의 개성, 고유한 성격, 남다른 역사는 자신과 상대방에 의해 어렵지만 성심성의껏 보호받는다. 황정은 소설 속 인물들이 대개 그렇듯, 모호한 우리보다는 명백한 나 자신을 먼저 챙기고 애쓰다 보면 점차 윤곽이 나타나는 게 있고, 그것이 말하자면 우리를 받아들이는 자세이자 타인에 대한 윤리가 아닐까 싶다. 우산이 그렇다. 우산은 머리 위로 받쳐 들어 저마다 개인이 '쓰는' 것이고, 그 행위는 개인에게 떨어져 내려 저마다의 실존을 처절히 적셔놓을 법한 외부들로부터 스스로를 보호하는 일이기도 하다. 우산을 빌려주는 일은? 나의 우산이 잠시 너의 소유가 되어서 너에게 한 방울의 비도 닿지 않도록 기능할 수는 없을 것이다. 우산은 바람이 부는 방향과 강수량의 정도를 감각하며 그것을 쥐고 있는 자의 손에 맡겨져 있을 뿐이다. 우산은 머리 위로 내리는 것들로부터 그것을 쓰는 자를 일부분 물리적으로 보호해주며, 무엇보다도 자신을 스스로 보호함으로써 발생하는 안심이라는 정서적 상태를 제공한다. 우산을 씌워주는 것도 빌려주는 것도 개인과 개인이 스스로 우산을 받쳐 쓰는 일의 연장이다. 바로 그 연장, 억지로 공유할 만한 거창한 의식을 덧씌우는 방식이 아니라 저마다가 자신을 보호하는 방식의 연장으로써 하나의 연대를 형성할 수도 있을 것이라는 특별한 상상력이 황정은에게는 우산과 같은 도구의 형태와 쓰임으로 다시 쓰인 게 아닐까.

작가 황정은의 관심을 따라가다 보면, 그의 소설이 지금에 와서 얼마나 필요한 감수성을 간직하고 있는지를 말할 수밖에 없게 된다. 그의 관심은 말해지는 순간에 멀어지는 주체, '나'라는 애매모호한 존재에 먼저 닿아 있다. 다만 그 접촉은 단발적인 게 아니라 거듭 자신을 확신할 수 없는 것으로 희석하기 위한 작업처럼 보인다. 애써 희미해진 주체의 모습은 타자에 관해 말하는 것이 얼마나 위험하고 불온한 일인지를, 자칫하면 말도 안 되는 폭력을 가할 수 있는 일인지를 반증한다. 『계속해보겠습니다』에서 나를 포함한, 나를 이루는 특별한 관계로서의 사회는 그것을 이루는 세 명의 인물들에 의해 거듭 새롭게 씌어지고 수정되는 형식을 갖는다. 나는 나조차도 알기 어려운 시간이자, 몰이해적인 방식으로 형성되는 성격들의 대명사다. 황정은의 인물들은 단번에, 매끄럽게 판단하고 말해지는 것들을 모두 의심한다. 좋게 좋게 넘어가려는 것, 그런 것들에 말을 걸어 넘어뜨린다. 그런 차가운 태도는 한편으로 인간에 대한 가장 뜨거운 관심이기도 하다. 많은 2000년대 소설이 보여주는 탈주체·탈내면의 경향과 황정은 소설의 태도는 이 점에서 구별된다. 황정은 소설의 인물들이 보여주는 쿨한 태도는, 사사로운 감정으로 뒤덮인 인간의 내면 속으로 곧게 찌르는 칼날처럼 제대로 들어가보려는 의지에서 비롯되는 듯하다. 도대체 인간이란 무엇일까. 황정은 소설의 인물들은 그 질문을 추상적인 관념으로 바라보지 않는다. 오히려 그렇게 뭉뚱그려진 질문의 허위를 지적하며, 인물의 디테일한 말과 행동을 끈질기게 붙잡아, 개인을 이루는 수많은 시간들의 인과를 추적하고 그것이 어떻게 하나의 인격을 형성하게 되었을까를 탐문한다. 인간이 인간에게 정직하려는 태도는 지금껏 많이 보아왔지만, 그것에 대해 이토록 집요하고 끈질기게 계속하는 자세는 황정은 소설이 유일한 것 같다.

4. 옮겨다니며 보는 눈——박솔뫼의 경우

박솔뫼의 많은 소설들은 낯선 길들을 떠올리게 한다. 단순히 이렇게 말해놓고 보니, 이 연상은 의심스럽다. 한 번도 가보지 않은 길을 마치 오래 다녀 기억이라도 하고 있는 곳처럼 상상하는 일이기 때문이다. 자연히 발휘되는 상상력이 아니라, 의심 없이 빗대어놓고 보는 의식적인 습관에 의구심을 갖게 된다는 말이다. 그런 기만을 유도하여 독자로 하여금 그가 느낀 일종의 문제의식을 자기의 내부로 그 원인을 돌려놓도록 하는 게 아닐까. 그런데 따져보자면, 모든 길은 닮아 있지 않나. 서로 다른 독립된 장소를 잇대어 놓는 형태로서 길은 모든 외부의 다른 이름이기도 하다. 그러니 박솔뫼 소설의 화자들이 낯선 곳을 태연하게 돌아다니거나 비상식적이고 부조리한 외압에 의해 좁은 곳에 갇혀 있을 때 독자가 가장 추상화된 공간으로서의 안팎을 떠올리게 되는 것도 무리는 아니다. 문제는, 이야기는 왜 하필 길에서 시작될까 하는 데에서부터, 그 모든 길을 낯선 듯 익숙하게 감각하며 의외의 불편함을 느끼는 자신을 보게 되는 데로 이어진다.

그때 내 맞은편에 있던 머리 긴 여자애는 커다란 밀크셰이크를 시켰고 나는 카푸치노를 시켰다. 낮은 잔의 카푸치노의 맞은편에는 기다란 유리잔의 밀크셰이크가 있었다. 모두들 한 모금씩 마시고 해나를 바라보았다. 사람들이 제자리에 앉는 것을 보고 해나는 설명하고 그러니까 이때 한국은 하고 시작하는 이야기들. 그런 것들을 말했다. 그 이야기는 틀리지 않았지만 한국어로 듣는 것과 영어로 듣는 것 사이에는 몇 개의 장막이 있었다. 하지만 그 장막은 나에게만 있는 것으로 해나에게는 없는 것이었다. 나는 커피를 한 모금 마시고 다시 자료를 보았다. 흰 종이에 빽빽한 글씨와 몇 개의 사진, 뭉개진 얼굴의 남자와 트럭 위에서 깃발을 흔드는 젊은 남자 무릎 꿇은 사람들을 내려다보는 군인 그런 사진들이었다. 다시 커피를 한 모금 마셨다. 그때 누군가 광주가 어디 있는 도시냐고 물었고 해나는 한국의 지도를 그렸다. 형태를 그렸다고 하는 것에 더 가까울 것이다. 해나는 간단히 그린 한국의 지도에서 광주를 짚었다. 해나는 광주가 어디인지 정확히 짚을 수 있었다.

——「그럼 무얼 부르지」[4]

인용한 부분에서 이 이야기의 화자는 이국의 한 카페에 앉아 있다.

4　박솔뫼, 『그럼 무얼 부르지』, 민음사, 2014, p. 130.

나는 여행 중에 한국어로 씌어진 책을 읽다가 '해나'를 만나게 되고, 그의 소개로 한국에 관심을 가진 사람들이 한국어를 배우는 모임에 참석하게 되었다. 해나는 5·18에 관한 자료를 스크랩해서 사람들에게 설명하고, 그 자리에 앉아 있던 나는 해나로부터 한국과 광주와 그 사건에 대해서 듣는다. 그러나 이 소설의 의미는 이와 같은 스토리에 있지 않다. 오히려 그 스토리를 벗어나는 지점, 나의 이야기가 하나의 스토리가 되지 않도록 거듭 어긋나는 지점에서 발휘되는 것이 이 이야기가 단 하나의 소설이 되도록 하는 힘이다. 5·18이라는 역사적 사건은 나에게 있어서, 해나와의 만남으로 조각나고 다시 기워지는 식의 우연하고도 운명 같은 질문으로 주어진다. 나는 광주에서 태어나고 자랐지만, 광주에서 있었던 일에 대해 미국이나 일본에서 그 나라의 언어로 듣는다. 광주의 사건은 여러번 '번역'되고 따라서 몇 겹의 장막을 통해서만 겨우 나에게 하나의 사실적 이미지로 전달된다. 나는 그것을 무어라고 말할 수 있을까. 박솔뫼의 소설에서 이 질문은 중요하다. 나는 그 사실을 번역된 몇 페이지의 언어와 몇 장의 사진들, 그리고 역사책으로 학습한 세계의 비슷한 사건들에 빗대어 이해하려 노력해볼 뿐, 실감이라는 것을 갖지 못한다. 직시할 수 없기에, 정확하게 무엇이라고 말할 수 없다. 실감이 없는 것에 관해 제대로 설명할 수 없다는 사실에서 나는 어떤 진실이란 소수의 것으로서 적거나 거의 없는 말로밖에는 말할 수 없다는 점을 알아차리고, 그렇기에 또한 얼마나 많은 경우에 왜곡되거나 은폐될 수 있는지를 짐작할 뿐이다. 화자가 정확하게 말하려는 강박감에 사로잡힌 듯, 무언가에 대해 묘사하고도 거듭 제 말을 수정하며 다시 설명하는 태도를 보이는 것 또한 진실에 대한 그러한 이해와 태도 때문일 것이다.

그렇지만 이런 이해와 태도가 관념적인 층위에서 제기되고 말아서는 안 된다는 기획이 애초에 있다는 점에서 박솔뫼의 소설은 간단치 않은 힘을 갖는다. 그 소설의 화자들은 모두가 생각하지 못했던, 획기적인 소재나 사건을 구상하는 일에는 관심이 없다. 오히려 누구나 관심을 가질 만한, 뉴스에 나올 법한 사건 역시 피의자의 캐릭터를 흐릿하게 만드는 방식을 통해 일상적인 것으로 탈바꿈시킨다. 그럼으로써 화자가 노리는 것은, 누구나가 쉽게 이해했다고 말하는 그 단정의 태도다. 정말로 쉽게 이해한 것인지, 이해하지 못한 것을 쉽게 그렇다고 말하는 것인지, 그 복잡한 인간의 속내를 사실 관계에 대한 파악에 동원되는 방식으로는 도저히 알 수 없다. 그런데도 박솔뫼 소설의 화자는 그 이중의 장막을 뚫고 무엇을 목격하려 한다.

> 여름이 끝나고 나는 수도로 돌아왔다. 한참이 지난 후에야 책을 읽던 남자가 말했던 절대로 돌아가고 싶지 않다는 말을 이해하기 되었는데 이해하고 나자 그 말은 당연하게 여겨져 어째서 예전에는 이해할 수 없었는지 오히려 의아했다. 돌아가고 싶은 사람은 아마 아무도 없지? 어느 때고 그렇지? 여전히 나는 가볍고 바람이 통과하고 흔들거리고 텅 비어 있고, 질문들은 빈 공간을 빠져나가 돌아오지 않는다. 돌아가고 싶은 사람도 돌아가고 싶어지는 때도 없다. 언제나 그랬지만 다시 어딘가로 돌아가고 있었다. 그게 어떻지는 않았다. 사라지는 것을 계속 지켜볼 수 있을 뿐이었다.
>
> ——「해만」[5]

여행자의 신분이자 입장일 때는 그렇지 않을 경우보다 세계를 바라보는 관점을 유연하게 가질 수 있을 것 같다. 앞의 인용문에서 나는 해만이라는 낯선 동네로 여행을 가서 그곳에 머무르는 여행자이자 이방

5   박솔뫼, 같은 책, p. 93.

인의 신분으로 그곳에서 만난 사람과의 대화를 떠올린다. 그런데 그 대화의 내용이 의미심장하다. '돌아가고 싶지 않다는 말'에 대한 이해를 그 핵심으로 삼았을 대화는 원래의 자리로 돌아와서야 비로소 이해가 되고, 그 이해는 돌아온 자리를 어디론가 돌아가야 할 자리로 뒤바꿔놓는다. 다시 말해, 돌아가고 싶지 않다는 말에는 떠나온 곳으로 가기 싫다거나, 한자리에 머무르고 싶지 않다거나 하는 마음이 내장되어 있는 한편, 그 말이 발화되는 순간의 시간성을 계속해서 현재로부터 지연시키려는 태도가 들어 있다. 그러니까 '지금 여기'가 나의 주된 생활의 터전이라고 해도, '돌아가고 싶지 않다'고 말하는 순간에 지금 여기는 사라지고 화자는 지금 여기가 아닌 곳에 위치하게 되는 효과가 발휘된다. 이 말은, 단순히 현실에 대한 부정을 의미하는 것은 아닐 테다. 현실이라는 것은 명백하게 주어지는 물리적이고 사실적인 터전과는 무관하다는 인식에서부터, 그렇기 때문에 현실에 대해, 혹은 현실 속에서 발화되는 어떤 바람이 깃든 말의 효과는 단순히 현실을 뒤집거나 벗어나는 식으로 해석할 수 없다는 판단으로 이어져, 궁극에는 현실 속에 쓰이지만 현실이 아닌 소설의 이야기가 어떻게 존재하고 이해될 수 있는지에 대한 질문에 도달한다. 박솔뫼 소설의 화자가 대개는 복잡하게 얽혀 기묘한 방식으로 주어지는 현실감에 예민하지만, 그럴수록 그것을 단정한 말로 정돈하여 표현하기 어려워하는 데에는 이러한 사정이 있는 것이다. 현실적, 혹은 사실적이라 할 만한 감각에 민감할수록 말의 무력함에 대한 실감도 불어나기 때문이다.

5. 단지 또 하나의 조각이라 해도

황정은과 박솔뫼의 장편소설 두 권의 제목에 대해 이야기해보고 싶다. "계속해보겠습니다"와 "백 행을 쓰고 싶다"는 어째서 같지만 다른 말로, 다르지만 같은 말로 읽힐까. 무엇보다도 소설의 내용과는 무관하게, 제목이 갖는 어감을 작가의 다른 소설을 통해서 짐작해볼 수 있기 때문일 것이다. 두 작가 모두 '소설을 쓰는 일'에 대한 자의식이 간접적으로나마 드러나는 이야기를 자주 발표했으며, 그와 같은 메타소설적인 관점이 저마다의 문장에 대한 특별한 태도로 발휘되었다는 점은 거듭 확인할 필요가 없는 사실이기도 하다. 서로 다르면서도 미묘하게 닮은 두 작가의 저 선언과도 같은 표제는 앞으로 계속해서 씌어질, 또 다른 백 행을 기대하게 한다.

황정은과 박솔뫼의 소설로 대신했지만, 최근 한국 소설의 곳곳에 이렇게 어떤 여지를 남기는 서사들은 충분히 있다. 새로운 세계나 세계의 새로움에 집착하는 게 아니라, 명백한 것으로 주어지는 사실 관계 내지는 현실의 구체적인 조건들 속에서 명확한 세계나 세계의 명확함에 대해 말하려는 소설들이 그것이다. 확실한 것에 대한 집요한 탐구, 정확하게 말하려는 태도를 포기하지 않는 정직함이, 여전히 어두워 보이는 현실 속에서 길을 잃지 않고 살아가는 데 필요한 최소한의 조건이라는 듯이 씌어지는 말들이 지금 여기에 있다. 우리는 그 말들 속에서 잃어버린 해답을 찾아낼 수도 있을 것이다.

> 마음이 짠하다고 했지, 망가졌다고 하지는 않았어요.
> 그게 그거지.
> 그게 어떻게 그거예요.
> 그게 어째서 그게 아닌가.
>
> ──황정은, 「야행」[6]

---

6   황정은, 같은 책, p. 16.

현실과 문학의 현실
── 문학이 공론장에서 활용되는 방식들

1. 다시 만난 세계

뜨거웠던 2016년 여름, 이화여대에서 교내 시위가 일어났을 때 대개의 언론은 애초에 그것이 무엇을 상대로 하는 싸움인지 시급하게 보도하지 않았다.[1] 언론의 역할은 싸움이 일어난 자리에서 싸움의 열도

---

1   애초에 이 시위는 '미래라이프 대학'이라는 평생교육 단과대학 설립을 일방적으로 통보한 학교 측의 태도에 학생들이 항의하면서 시작되었다. 학교 측에서는 '미래라이프 대학'의 설립 취지를 '여성 특화 교육'이라는 명분으로 설명하였는데, 이에 대해 학생들의 문제제기가 이어지면서 시위의 주제는 단순히 학교 측의 일방적인 행정적 처리 과정이 아니라 모교의 존립 의의와 같은, 대학 구성원 모두에게 해당하는 본질적인 문제로까지 이어져서 더 많은 학생들의 참여를 이끌어냈다고 볼 수도 있다. 학생들의 대자보에 공통적으로 중요하게 씌어진 '이대 정신'이라는 표현에서 짐작할 수 있듯, 부분적으로는 그동안 '이대'를 둘러싼 사회적인 시선과 그로 인한 '이대 여자'에 대한 왜곡된 이미지에 대해 학생들의 반발이 일었고, 학교의 이념을 무시하고 사업적으로, 사적으로 학교의 미래를 결정하려는 최경희 총장의 사퇴를 요구한 것이다.
처음부터 학생들 스스로가 이 시위의 특징을 '평화 시위'라고 명명하고 직접적인 충돌 없이 대화를 통해서 문제를 해결하고자 했으나 시위의 초반부에 여자 대학교 교정에 1,600여 명의 경찰 병력이 동원되었다는 특이점 등은 이후에 밝혀진 사건의 전모를 이해하는 데에 도움이 된다. 실제로 2000년대 들어서 캠퍼스 내에 공권력이 투입된 것은 이대의 교내 시위가 처음이다. 이 글에서 주목하는 것은, 이대의 교내 시위가 이후 광화문 광장의 촛불로 이어지면서 가장 최근의 유의미한 공론장을 형성하는 데에 중요한 역할을 했다는 점이다. 이같은 역할이 가능했던 것은 무엇보다도 이대 시위의 개별적 특성에 있을 텐데, 그 특성 중에 하나는 「다시 만난 세계」라는 노래가 시위 현장에서 합창되었고, 그 장면을 찍은 동영상이 급속도로 공유되며 그때까지 이대의 문제에 무관심했던 대중의 관심을 이끌어냈다는 것이다. 이 효과는, 새로운 공론장의 형성에 대중가요의 감성이 어떻게 발생하고 작용하는가와 밀접한 관련이 있다는 가정을 가능

와 싸움에 참여하는 사람들이 이루는 밀도를 기록하는 데에 있다는 듯이, 몇 명의 명문대 학생들이 시험 기간에도 자발적으로 공부를 포기하고 시위에 참여하고 있는지에 주로 관심을 보이는 게 신기했다. 물론 시험 성적이나 교수와의 관계 같은, 당장 자신의 삶에 직접적인 영향을 미칠지도 모르는 것들을 우선시하지 않고, 즉 같은 세대 간의 경쟁에서 살아남기 위해 어떻게든 확보하려고 하는 개인의 안위를 포기하고 승산이 없을지도 모르는 싸움에 기꺼이 참여하게 된 그들의 사정에 대해서는 좀더 세심한 이해가 필요할 것이다. 하지만 젊은 세대에 주어진 사회 구조의 특성상 대의를 위해서 싸우지 않을 것이라고 짐작되었던 학생들이, 여태껏 교내 투쟁의 현장을 이끌어온 기존의 방식까지도 무너뜨리고 전에 없던 새로운 세상을 스스로 열어 보였다는 점은 최근 한국의 공론장의 형성과 자체 운동 방식에 대해 따져 물을 때에도 유의미한 현상이라 하겠다.

그 이후로 학생들의 투쟁이 더 무르익어 결과적으로는 정유라가 받은 특혜와 그 과정에 (비)자발적으로 참여한 교수들의 비리가 밝혀지고, 이는 박근혜 전 대통령의 최측근인 최순실(최서원)의 무법천지를 만천하에 드러나게 하는 데에 중요하게 일조했다. 그런데도 그때의 이화여대를, 광장의 계단에 빽빽하게 모여 앉은 학생들이 자신의 핸드폰 화면을 밝혀서 만들었던 거대한 불빛의 향연을, 본관의 복도를 빼곡하게 메워서 서로의 팔짱을 끼고 누가 먼저랄 것도 없이 부르던 아이돌 가수의 노래가 조성한 남다른 분위기를 더 기억하게 되는 이유는 무엇일까.

역설적이게도 그 분위기는 언론이 그렇게 집중해서 파고들어서 결국 그들의 욕망을 전시하는 듯했던, 시위의 주도하는 세력과 그렇지

하게 하고, 그로써 한 집단의 투쟁이 '그들만의 이야기'가 아니라는 동의를 이끌어내어 공론장을 형성하는 방식을 분석하는 데에 중요한 참조점이 될 것이다.

않은 집단을 확인하려는 작업을 통해서 강화된 측면이 있는 듯하다. 국가의 안위를 좌우하는 문제에 실질적으로 영향을 미치는 자가 학생들이 파헤치려는 문제와 밀접하게 연관이 있다는 것을 알고 있었든 그렇지 않든, 언론이 이화여대 학생들의 시위에 접근하는 방식은 그들끼리 불화하고 갈등하도록, 그리하여 어떤 식으로든 그들이 이루고 있는 그 모임이 내파하도록 유도하는 것이 목적인 듯 보였다. 이화여대 학생회가 운동권인지 비운동권인지를 따져 묻고, 그들과 현장이 매끄럽게 연결되어 있지 못한 점을 의심하는 와중에도 끊임없이 육하원칙에 따라서 다수의 학생들을 잘못된 방향으로 이끄는 주도 세력을 파악하는 데 관심이 있어 보였기 때문이다. 이로써 언론은 이화여대의 시위가 (비)운동권이라는 방식으로 정의되어온 기존의 학생회를 주축으로 하지 않고 오히려 그런 주축을 거부하며 체계 없는 체계로서의 자발적인 움직임을 통해서 하나의 목소리를 빚어냈다는 특이점을 교문 바깥의 사람들에게도 널리 알리는 역할을 해냄으로써 교문 안쪽의 일이 흔한 교내 투쟁과는 다르고 주목할 만한 운동의 현장이라는 사실을 의도치 않게 전달하고, 학생들 내부에서도 없는 주축이 주는 구심력을 더욱 발휘하도록 했다.[2]

이러한 공론장의 형성은 매주 광장에 모여 촛불을 들었던 수많은 사람들을 떠올리게 한다. 개인의 안위를 우선했다면 비바람이 몰아치는 광장에 아이의, 친구의, 연인의 손을 잡고 선뜻 나서지 못했을 것이다. 그렇다고 그 모든 사람들이 일상적으로 정치에 관심을 갖고 살아오지도 않았을 것이다. 정치한 분석의 과정이 필요한 주장이긴 하지만, 아마도 그들은 힘있는 중심이나 대표를 통해서 변화를 도모할 수 있다는

2　'이화여대 시위'를 시간순으로 스케치하면서 안팎의 관점에서 심도 있게 다루는 연속 기사로서 『시사인』의 다음 기사를 참조할 수 있다. http://www.sisaon.co.kr/news/articleView.html?idxno=46425

기존의 방식을 더는 믿을 수 없다는 공통점을 갖고 있었던 것이 아닐까. 불의를 보고 참지 않고 거기에 맞서 싸우려는 용기를 발휘하는 것은 그다음의 문제일지도 모른다. 나를 대표하는 것, 내가 나의 권리와 자유를 의탁해볼 수 있는 존재, 그런 것은 허상이라는 한 시대의 깨달음이 지금 우리의 공론장을 지배하는 핵심적인 정서가 아닐까 한다.

여성, 아이를 키우는 맞벌이 부모, 받는 월급의 대부분을 대출금으로 쓰는 직장인, 최저시급으로 보수를 받으며 연명하듯 계약을 연장하며 살아가는 사람들. 미래를 계획하는 것은 사치일 뿐인, 당장의 현실적인 문제들을 해결하기에 급급함으로써 자신의 삶을 겨우 보전하고 있을 뿐인 사람들. 정치적·경제적인 지표를 통해 발전하고 있다고는 하지만 우리 사회의 변화는 그들로 하여금 그들의 목소리를 대신 내줄 사람이나 기관은 없다는 생각, 자신이 점차 이 세계로부터 배척되고 소외되고 있다는 느낌을 점차 확고하게 할 뿐이었다.

정의는 거창한 의미를 갖고 예비된 장소에서만 발휘되는 것이 아니라, 대중적으로 인기를 끌면서 수많은 이들의 의식과 감각 속에 기입된 노래가 우연하게 합창되는 자리에서 우발적으로 발생하는 것이기도 하다. 합창되던 노래는 지금 여기에 모인 이들 대개가 알고 있고 함께 부를 수 있다는 사실적인 확인을 넘어서, 불안과 공포, 절망과 수치가 뒤섞인 설명하기 어려운 감정에 대한 공감과 추상적인 연대의 조건을 한순간에 실감하게 한, 그 자체로 새로운 공론장의 지평, 「다시 만난 세계」의 현현과도 같다고 할 수 있지 않을까. 중요하게 기억할 것은, 그 자리에서 거듭 합창된 노래가 이전의 운동 현장에서 불리던 무겁고 엄숙한 노래와는 어딘가 다른, 가볍고 발랄한 종류의 감각을 야기한다는 점이다. 그 감각의 연원을 다만 '다만세'가 소녀의 사랑을 노래하는 곡이라는 이유에서 찾을 수는 없을 것이다.

#1_뉴스룸

문학은 사실을 바탕으로 할 뿐, 그 안에 담긴 진실의 조건은 그것이 허구적 이야기라는 데에 있다. 지어진 이야기라는 점에서 문학은 의미상 사실의 반대편에 놓여 있다. 역설적이게도 이 비사실적인 것이 사실이 설명해주지 못하는, 사실의 결핍된 지점을 공략한다는 것. 그로써 이 세상을 살아가는 사람들에게 표면에 드러나지 않은 세상의 부분에 대해 상상해보게 하는 힘이 문학의 역할이자 의의라는 것을 모르지 않지만, 텔레비전 뉴스가 문학이 사람들의 의식에 작용하고 의미 있는 관계를 맺는 방식을 차용하는 데에는 흥미로운 지점이 있다.

JTBC 방송사의 「뉴스룸」에는 여러 기획 코너가 있는데 그중에 하나인 「손석희의 앵커브리핑」[3]은 「뉴스룸」의 간판 역할을 한다고 해도 과언이 아니다. 그날 하루치의 뉴스를 통합할 만한 주제, 혹은 시기상 가장 강력하게 대중의 관심을 받는 주제를 잡아 손석희(의 개인적 생각이라고만은 할 수 없는, 뉴스룸을 대표한다고 볼 만한)의 해석이 덧붙는다. 지금까지 공중파 뉴스들이 그날의 뉴스를 의미상 강도 있는 순으로 전달한 다음에 마지막 멘트로 '지금까지 시청해주셔서 감사합니다. 안녕히 계십시요'라는 인사를 하고 끝맺는 것이 보편적인 형식이었다면 「손석희의 앵커브리핑」은 그런 형식을 부정하고 혁신하겠다는 의지가 전면적으로 드러나는 코너라는 점에서 그 의미가 더욱 크다.

손석희는 이 코너를 진행하면서, 대중적으로 유명한 인물들의 말이나 분야를 망라한 책과 예술 작품들의 부분을 인용하면서 그날 자신이 하고자 하는 이야기를 비유적으로 전한다. 문제는 뉴스에서 한 앵커가 브리핑이라는 것을 한다는 형식에도 있지만, 더 중요한 점은 그가 문

3　「손석희의 앵커브리핑」 코너는 따로 페이스북 페이지가 개설되어 있다. 2017년 8월 15일 기준으로 이 페이지에 관심을 갖고 팔로우(정기구독)하는 사람은 101,059명이다.

학 작품처럼 다른 해석의 여지가 있는 글의 부분을 인용하여 사실 관계에 놓인 문제를 해석한다는 내용에 있다. 사람들은 앵커브리핑에서 손석희가 인용한 작품에 관심을 갖고, 그 작품을 해당 이슈와 연관한 것으로 무비판적으로 답습하고 기억한다. 뉴스의 혁신이라고 해도 과언이 아닐 앵커브리핑은 대중에게 현실에서 일어나고 있는 일이 가진 사실성을 좀더 극적으로 전달하면서 뉴스의 확산 효과를 취했지만, 그와 동시에 그 이해하기 쉽고 감동하기는 더 쉬운 이야기성에 취해 그 의견에 반대하는 생각과 상상의 여지를 좁혀버렸다는 한계를 갖게 된 것이다.

이것은 그대로 공론장의 두 가지 상반된 기능을 보여준다. 한 사회를 구성하며 살아가는, 학력이나 재력이나 여가 시간 등 저마다가 처한 삶의 조건이 다른 사람들에게 그 사회에서 일어난 중요하고 공유할 만한 일에 대해서 최대한 많은 사람들이 이해하기 쉬운 방식으로 설명해주는 과정이 개입되는 자리라는 점. 동시에 누구나 자유롭게 자신의 의견을 보낼 수 있어 근거 없는 주장이 난무할 수 있고, 그런 주장의 충돌은 좀더 다양한 이해관계의 확보이기 전에 감정적인 분위기를 조성하며 더욱 사실적인 대화로부터 멀어지는 일을 야기하고 그렇게 악순환하는 자리라는 점.

고희영의 『엄마는 해녀입니다』라는 해녀 3대의 동화를 다룬 앵커브리핑에서는 "오늘도 욕심내지 말고 딱 너의 숨만큼만 있다 오거라"는 문장을 인용했다. 죽을 뻔한 고비에서 딸을 건져 올린 엄마가 그 딸에게 하는 말이다. 브리핑 과정에서 이 문장은 320만 원을 아내와 여동생에게 전해달라고, 일터를 옮기고 싶어도 병원에 가고 싶어도 마음대로 할 수 있는 게 없었다고 유서를 쓰고 자살한 한 네팔인 이주노동자의 사연과, 뜯지 않은 컵라면 하나를 가방에 남기고 작업 중 사고를 당한 구의역 스크린도어 작업자의 사연과 엮인다. 또한 달걀에 잔류하는 살충제 성분이 섭취한 사람들에게 중대한 질병을 야기할 수 있다는 발표로 전국의 달걀이 회수·폐기되고 전수조사에 착수하게 됨으로써 달걀을 구할 수 없게 된 황당무계한 사건은 각각 1960년대와 1980년대를 대표하는 작품으로 영화화된 「사랑방 손님과 어머니」와 양귀자의 소설 『원미동 사람들』의 문장을 각각 하나씩 인용하며 브리핑한다. 이 과정에서 우리는 생계를 유지하기 위해서, 살아가기 위해서 역설적으로 제 목숨을 내놓아야만 하는 삶의 처지와 그 모든 삶이 원래는 누구의 딸, 아들, 남편, 오빠였다는 사실을 통해 무엇보다 귀한 것이라는 사실을 상기하게 된다. 또한 달걀을 대량 생산하기 위해 기형적으로 제작·운영된 사육장의 형태, 유통과 마케팅의 과정을 통과하고도 싼 가격에 제공하기 위해서 동원된 수많은 비리와 원칙 없음에 결과적으로는 값싼 달걀만을 원했던 우리의 몰이해와 맹목적인 요구가 한몫했음을 뒤늦게 깨닫게 된다. 모든 물질이 넘쳐나는 시대의 풍족함에 취해서 생명에 대한 요구에서마저도 비슷한 수준을 기대하게 된 대중적 감각은 원미동 사람의 가난이 '계란 후라이 하나 마음대로 못 먹는다'는 푸념을 통해서 비판적으로 분석해볼 만한 대상이 되는 것이다.

이처럼 「손석희의 앵커브리핑」이 그 자체로 공식적인 채널로서의 공론장의 역할을 하는 뉴스에 문학 작품을 인용함으로써 의미 전달과 공감 확보에 활용한다는 사실을 통해 생각해볼 것은 단순하지 않다. 문학이 그런 식으로 단순하게(앵커의 불충분한, 감성적인 이질성과 결핍이 있을지도 모를 주장을 매끈하게 메우는 역할을 하도록) 활용되거나, 혹은 문학 작품을 해석하는 방식을 평면적으로(표면에 드러나는 사실 관계만을 통해, 혹은 편집된 몇 줄의 문장만을 가지고) 시도함을 대중들에게 시범적으로 보여주면서 공론장의 형성에 문학을 수단으로 삼는 게 아닌가 하는 우려가 든다. 문학은 도구화할 수도 없고 해서도 안 되는 고고한 대상이어서가 아니다. 반대로 문학을 그렇게 단순하게 해석

152

할 때, 문학은 그것을 악용하려는 편에서 일종의 무기처럼 다시 쓰이기 쉽다는 점을 지적하고 싶다. 앵커브리핑의 어떤 주제를 어떤 소설의 한 구절을 인용하여 풀어내는 순간, 브리핑은 매끈해지고 사람들에게도 좀더 친숙하게 사회적인 이슈와 그에 관한 앵커의 입장과 판단이 전달되겠지만 그 예의 바른 전달 속에서 발생하는 무리수와 위험도 역시 고려해야만 한다. 앵커가 인용하는 문학 작품 속에서 그날의 주제에 부합하는 요소를 발견하기는 쉽지만 그 요소가 작품 전반의 주제의식에 얼마나, 어떻게 기여하는지에 대한 이해 없이 문학 바깥의 사회적인 현상을 해석하는 데에 동원될 때 그 문학 작품은 얼마나 심각한 훼손을 입게 되는 것인지에 대한 이해 없이는 그 발견은 참신하고 절묘하기 이전에 손쉬운 것이었다고 비판받아야 마땅할 것이다. 앵커의 인용이 무리한 선택이며 작품에 대한 잘못된 해석을 유도한다고 보일 때, 그로 인해 형성되는 공론장의 효과는 무엇일 수 있을까. 사회적인 문제를 좀더 대중적인 차원에서, 보편적인 언어를 통해서 다루고 이해하기 위한 시도가 정반대의 효과를 야기할 수도 있다는 점이 「손석희의 앵커브리핑」이 문학 작품을 인용하는 방식을 통해 제기할 수 있는 문제다. 「손석희의 앵커브리핑」은 흥미로운 문장을 인용하며 그 자체로 공론장을 형성하고 확장하는 역할을 충분히 해내고 있지만, 그 이면에서 문학이 도구화되는 위험성 또한 확산되고 있다. 그 확산은 「손석희의 앵커브리핑」을 표방하는 또 다른 공론장의 형태를 흉내내면서, 인용된 문학 작품의 구절의 의미를 마치 팩트의 한 부분인 것처럼 고정시켜 활용하는 현상을 초래하기도 한다.

이쯤에서 다시 확인하고 싶은 것은 이런 문학의 기능이다. 한 편의 소설을 구성하는 수백 개의 문장 가운데 절묘한 하나가 우리 삶의 한 지점을 정확하게 짚어낼 수도 있지만, 그렇지 못하는 경우가 훨씬 많고, 그 때문에 소설은 하나의 사건을 다루는 경우에도 수백 가지 인간의 삶의 장면을 상상하고 그 각각에 구체적이고 개별적인 경험의 대입이 동원된다. 문학이 공론장의 역할을 할 수 있다면 이처럼 한 편의 작품이 그 속에서 내가 수많은 삶을 살아보는 경험을 통과해서 나로 다시 돌아오는 경험이 가능하도록 씌어졌기 때문이다. 한 편의 소설을 하나의 강력한 주제에 동원되어 해석될 때, 공론장으로서의 문학은 납작하게 접혀서 또 다른 공론장에 끼워 넣을 만한 책갈피가 될 뿐이다.

#2_SNS와 시

『서울 시 1』『서울 시 2』는 웹상에서 폭발적인 인기를 끌었던 하상욱의 시를 모은 책으로, 전자책으로 먼저 출간되었던 것을 종이책으로 재출간한 전례 없는 기록을 남기기도 했다. 개인 페이스북 페이지에 올리기 시작하면서 알려진 그의 글은 우선 두 권의 전자책으로 만들어져 무료로 배포되었는데, 그때까지 전자책 역사에서도 이례적으로 10만 건 이상의 다운로드를 기록하였으며, 그 호응에 힘입어서 종이책으로 재출간되었다.[4] 이는 한국의 출판 시장에 일어난 낯설고 흥미로운 사건이기도 했다. 모든 컨텐츠를 종이책으로 우선 만들고 대중 독자의 반응을 살핀 후에 전자책으로도 출간하던 관례적인 출판 과정이 추구한 것이 결국 무엇이었는지를 역설적으로 되짚게끔 한 사례였다. 물론 비교적 값싼 전자책을 구입한 독자가 종이책을 새로 구입하는 일은 흔치 않으며, 이는 페이스북에 공개된 글을 묶어서 출간한 전자책을 다시 다운로드하고, 그것을 그대로 인쇄한 종이책을 구입할 만

---

4   페이스북을 비롯해 여러 SNS상에서 주목 받았던 하상욱의 『서울 시 1』『서울 시 2』는 전자책 업체 '리디북스'에서 출간되어 무료 배포되었고 1권은 일주일에 3만 건의 다운로드를 기록했다. 이는 이후 2013년 '중앙북스'에서 종이책으로 재출간되며, 한국에서 전자책을 종이책으로 재출간한 최초의 사례가 된다.

큼 하상욱의 글에 대한 애정과 추종이 남달랐던 독자가 확보되었기에 가능했던 특별한 경우였다고 볼 수 있다. 그럼에도 이 같은 '하상욱 효과'는 '종이책에서 전자책으로'라는 기존의 관행을 뒤집는, 한국의 출판 역사에 유의미한 사례가 되었다. 비교적 SNS 환경이 발달한 한국의 특수한 사정을 고려해볼 때, 앞으로의 새로운 문학은 기존의 문학 출판계의 관행에 따라 종이책으로 출판된 시와 소설에서보다, 'SNS에서 문학으로'라는 지침을 따르는 방식에 대한 고민과 실현을 통해서 생겨날 확률이 더 커 보인다. 좋은 작품이 종이책으로 널리 읽히고 그 영향력이 SNS상으로도 전파되어 더 많은 독자를 확보하게 되는 과정으로 이어지기를 기대하는 문학 출판계의 입장은 시대 착오적인 공상에 불과한 때가 되었는지도 모른다.

온라인상의 감각적인 텍스트에 익숙한 독자들이 점차 늘어나는 추세에서, 이른바 '하상욱 효과'를 기존의 문학 작품들과 연관지어 해석해보려는 시도 또한 있었다. 하상욱의 '서울 시'를 비롯해서 SNS상에서 급속도로 확산되었던 짧은 글을 '시'라고 부를 수 있는가를 본격적으로 논의해야 한다는 문제 제기가 한 편에 있었다면, 다른 한 편에는 이미 'SNS 문학'이라는 명명 아래 그들의 글을 시의 지평을 새롭게 열어 보여준 또 다른 형태의 문학으로 파악하는 행보를 보여주었다. 대표적으로 2016년 초, 국립중앙도서관에서는 「SNS 시인 시대 전」을 개최하기도 했다. 여기에서는 최근에 대중 독자들의 호응을 크게 얻고 있는 SNS 시인들이 한국 문학의 새로운 계보를 형성하고 있다는 전제 아래, 그들의 시를 문학적으로 통시적으로 해석해보려는 시도를 보여주었다. 물론 이 통시적 해석은, 문학이라는 것이 어떻게 특정 시대와 관계를 맺고 있는지를 구체적인 작품으로 확인해볼 수 있다는 공시적 차원의 해석을 우선 인식한 결과일 것이다. 실제로 이 특별한 기획 전시에는 "디지털 시대에는 누구나 시인"이라는 부제가 붙어 있었고, 기획

의도에 따라 배치된 전시와 행사의 내용은 관람객이 한국의 시 역사를 훑어본 다음에 마지막 지점에 이르러 SNS 시를 감상하는 방식을 따르도록 했다.[5] 그 과정에서 관람객은 단순히 시대와 시의 변화만을 추체험하는 게 아니라, 즉석에서 직접 시를 써볼 수도 있는데, 그러한 행위는 단순한 이벤트성 행사에 참여하는 의미를 넘어서 자신이 어떠한 시대에 속해 있고, 그 시대가 지니는 시에 관한 관념을 형성하고 제작하는 과정에 직접 개입하게 한다. 그로써 이 전시는 문학이 무엇이며, 그것은 어떻게 사람들의 삶의 일부분이 될 수 있는지를 묻는, 전혀 가볍지 않은 문제를 제기하는 자리를 마련해주었다.[6]

문단과 대중의 호응을 동시에 받는 시인의 경우라 해도 시집을 출간하면 천 부가 팔리기 어려운 시대라고 한다. 이 시대에, 한 편 발표되기만 하면 하루에도 수만 명이 읽고 공유하는 '서울 시'가 있다는 것은 간과할 수 없는 문학적 현상일 것이다. 그것이 작가 본인에 의해 시라고 구분될 뿐, 다시 말해 시의 꼴을 갖추고 있을 뿐 그 내용은 오래전 다종다양하게 출간된 바 있는 '유우머 모음집'을 떠올리게 할 만큼 풍자적인 우스갯소리 내지는 말장난에 불과하다고 할 수도 있다. 하지만 시의 꼴을 갖출 뿐이라고 했거니와, 그들이 추구하는 것은 애초에 '진지한' 시가 아니다. 한국의 문학장에서 시라고 부름 직한 형식, 혹은

---

5   이 전시에 연계된 프로그램으로 'SNS 작가와의 만남'과 '시와 놀다'가 있었는데, 전자는 하상욱 이후 'SNS 시 몇 세대'라 불리는 작가들을 초대해 독자와 만날 수 있도록 한 자리였고, 후자는 한국 문단에서 시인으로 활동하는 시인과 평론가가 여러 가지 주제로 시에 관해 강연을 하는 자리였다. 이 두 프로그램이 하나의 주제 아래 공존한다는 것만으로도 이 전시의 기획이 이 시대 대중의 호응을 받는 SNS 시를 어떻게 해석하고 다루고자 하는지를 짐작해볼 수 있다.

6   실제로 이 전시에 다녀온 사람들의 후기를 수집해보면, 이 전시가 SNS 시라는 특수한 현상을 물질적으로 제공하고 관람객으로 하여금 객관적인 시선으로 그것을 관찰하게 하는 데 그치지 않았다는 것을 확인할 수 있다. 이 전시의 기획을 긍정적으로 보든 부정적으로 보든 대부분의 관람객이 공통적으로 지적하는 것은 문학(시)이란 대중의 공감을 매개로 해서 씌어지고 읽히는 것이어야 한다는 점이다.

문학적 의의와 인정을 추구했다면, 그들 역시 신춘문예에 작품을 응모했을 것이다. 이들은 자신의 문장을 '시'로 분류하면서 문단의 특수한 제도를 통해서 발표되고 읽히는 부류의 시와 소설만을 포괄하는 문학 제도의 경직성 자체를 지적한다. 대중의 즉각적인 공감을 야기하는 몇 줄의 문장에 시라는 표지를 씌움으로써 한 시대의 보편적인 감수성을 채택하여 정제된 문장의 형식으로 표현해낸 농담이 사람들과 소통하지 못하는 다수의 시보다 못할 것이 무엇인가 하는 질문을 제기하는 것이다.

더군다나 이들의 글은 현실을 구성하는 사람들의 대다수가 공감할 만한 사회의 구조적인 문제를 직접적으로 다룬다는 점에서 더욱 주목할 만하다. 방법론의 차원에서는 다양성을 추구할 수 있겠지만, 사람들이 문학에 기대하는 것 가운데 하나는 자기 삶에 대한 이해와 공감과 그를 통한 위안이다. SNS 시가 문학이냐 아니냐는 질문에 답하기 전에 그것은 이미 지금-여기라는 삶의 터전이 우리에게 어떤 한계와 가능으로 존재하는가를 절묘하게 진술함으로써, 놀지 않고 노력해도 별 성과를 얻지 못하는 개인들의 삶에 '문학적'인 효과로서 자기 성찰과 반성을 통과한 공감대를 형성하고 그로써 위안을 주고 있다. 그처럼 보편적인 인간 삶에 가치 있는 체험을 구체적으로 형상화하며 긍정적인 정서적 효과를 형성한다는 점에서 「서울 시」를 비롯한 SNS 시의 작품성을 무조건적으로 폄하할 수는 없게 된다. 물론 이것은 하상욱이라는 한 개인이 현실을 바라보는 관점이 치밀했고 덧붙여 그렇게 관찰된 내용을 어떤 형식으로 표현할 것인가에 대한 개인적인 분석과 판단이 철저했다는 전제 아래 도출될 만한 이해일 것이다. 시답잖은 농담으로 치부하고 넘어갈 그의 문장이 거듭 사람들의 눈길을 끄는 이유는 그 제목에서부터 드러나듯 그 안에 담긴 것이 '서울'과 '시'의 결합이기 때문이다. 서울이라는 장소가 갖는 대표성은 지금-여기를 구성하는 시간과 공간을 아울러 생각하게 하는 동시에 국제 도시의 이름을 붙인 이 시가 세계 문학이라는 보편적 문학의 한 장르를 표방한다는 해석도 가능하게 된다. 또한 '서울 말'이라는 표현이 함의하는 것들을 참고할 때 서울은 '촌스럽지 않고 세련된, 도시적인 것'을 의미하는 수식으로 쓰인다고 볼 수도 있다. 이렇게 볼 때 '서울 시'는 서울에 사는 아무개가 아무렇게나 쓴 시의 묶음이라고 하기에는 부족한, 사회문화적인 현상으로서 문학의 의미를 재해석해보게 하는 요소를 다양하게 간직한 텍스트가 된다.

다시 원래의 문제로 돌아와 생각해보면 이러한 작업의 특성을 생각해봤을 때 애초에 연재된 방식에도 의도된 바가 있다고 볼 수도 있다. 자신의 개인적인 공간에 한두 편 재미 삼아 올린 글이 급속도로 공유되고 유의미한 반응을 이끌어내면서 단숨에 SNS 세상에서 관심의 대상이 되고, 그 관심과 기대에 부응하기 위해 계속하다 보니 혼자만의 놀이가 일이 되어버린 것인지도 모른다. 하지만 애초에 SNS의 확산력을 시라는 문학적 장르의 역할에 결합시키고자 했다면 이야기는 달라진다. 한때 공론장의 역할과 긴밀하게 연관했던, 현실적인 문제와 시민들의 고충에 관심을 기울이고 그로써 보편적인 삶의 조건들을 탐구하여 공론장의 구조와 형성에 참여하는 비중이 비교적 컸던 때를 서울 '시'를 통해서 상기하게 되기 때문이다.

2. 공공의 목소리

서울시의 지하철 역 플랫폼 스크린도어에 붙어 있는 시는 대중의 조롱거리가 된 지 오래다. 일차적으로는 그곳에 전시된 시 작품의 평균적인 수준이 대중의 이해에 미치지 못하기 때문이다. 공통감각이 최대한 발휘되는 대중교통의 플랫폼이라는 공간에 새겨지기에는 너무나 낙후된 감각을 지닌, 시대착오적인 발상이 두드러지는 작품들이 주로 공격의 대상이 되었다. 가령 여성주의적인 관점에서 해석했을 때 여성 혐오적인 발상과 감각이 농후한 작품들이 버젓이 대중의 일상 속에 참여를 가장하며 놓여 있을 때, 대중들이 겪는 충격과 분노의 수준은 그것이 문학 잡지의 한 면을 차지하고 있을 때보다 강력할 수 있기 때문이다. 이에 더해 사람들은 그런 식으로 시를 '전달'할 수 있다고, 지하철을 기다리는 시간 동안에 시를 만나게 하고 그로써 어떤 효과를 기대할 수 있다고 여긴 그 누군가의 발상의 순진함 내지는 한가함에 냉소를 띨 수밖에 없었을 것이다. 매체를 가진 기관과 한국문학을 대표한다고 믿는 단체의 만남이란 그처럼 상대에 대한 이해와 공감을 바탕으로 해야 하는 공론장의 형성과 작동에 무지하고 무감각할 뿐만 아니라 누군가에게는 폭력적인 자극을 줄 수 있는, 차가운 벽을 세웠을 뿐이다.

'현실'과 '문학의 현실'이라는 무겁고 복잡다단한 주제 앞에서 지하철 스크린도어에 새겨(질 수 있다고 승인되어)진 시는 문학이고 세대와 취향에 크게 구애받지 않고 전반적인 대중의 호응을 얻는 '서울 시'는 문학일 수 없다는 평가, 그래도 전자는 시이고 후자는 시가 아니라는 판단은 어떻게 가능할까와 같은 질문에 먼저 답을 할 수 있어야 하지 않을까. 이 글의 주제에서 벗어나는 말이긴 하지만, 이 같은 질문은 문학을 직업으로 삼는 사람들이 의식 없이 쓰는 '문학' '문학성' '문단' '문학적'이라는 일련의 말들에 대한 재고로부터 시작되어야만 가능한 반성이기도 할 것이다. 공론장에 관해서라면 대중과 대중적 의식 내지는 감각을 파악하는 일로부터 자유로울 수 없으며, 한국 현대 사회에서의 공론장에서 '문학'에 대한 이해와 감각은 벌써 우리의 이해와 감각을 초월하는, 지금 이 순간에도 SNS를 비롯한 수많은 개별적인 매체와 그를 통한 지평에서 생겨나고 무너지기를 반복하고 있다. 등단 제도를 거부하고 자신이 쓴 책을 스스로 출판하고, 대형 출판사와 대형 서점의 관례적인 마케팅을 거부한 지점에서 책을 만들고 독자를 만나려는 행사를 기획하고, 유명 작가와 출판사가 주도적으로 제공해온 낭독회 등의 이벤트를 독자 구성원들끼리 자발적으로 만들어나가는 등 그에 관한 사례는 이루 말할 수 없이 다종다양하다는 것을 기억해둘 필요가 있다.

역시 본격적인 지면을 필요로 하는 주제이긴 하지만, 최근에 있었던 (여전히 진행 중인) #문단_내_성폭력 문제를 둘러싸고 일어난 차후의 문제들 역시도 단순히 SNS라는 매체가 갖는 한계로 빚어진 것이라고 이해하기에는 부족한 점이 많다. 의심할 바 없이 지금 여기의 공론장은 SNS를 매개로 해서 형성되고 확장되는 특징을 갖는다. 그것이 사회적인 문제를 직접적으로 다룰 때나 그렇지 않을 때나 이미, 항상, 공론장의 역할을 할 수밖에 없는 연원은 무엇인가. 이 시대의 사회를 구성하는 다수의 '개인의 말'이 발화되고 기록되고 공유되는 자리로 기능한다는 데에 있다. 문학이 언제나 어디에서나 언어와 언어를 매개로 한 소통의 문제에서 발생하고 나름의 역할을 해왔다면, 그로써 그 자체가 공론장의 자리가 되어왔다면 현실 사회에서 SNS의 역할과 의의를 문학적 활동과 효과를 이해하는 과정에서 배제할 수 없을뿐더러 핵심적인 요소로 파악해야 한다는 요구가 가능할 것 같다.

문학에서 일인칭 화자의 말은 일인칭이라는 것을 취사선택할 수 있게 하는 다인칭의 세계를 전제로 삼는다. 거부할 수 없이 SNS를 중심으로 형성되는 현실의 공론장과 때로는 결합하고 때로는 비판적인 역할을 하는 고유의 공론장으로서의 역할을 담당하기 위해서 문학은 그와 같은 전제를 그저 우연한 효과로만 취할 것인가를 고민해야 한다. 문학은 자신의 이름을 걸고 제기하는 한 삶의 방식이자 세계관의 표현이지만, 그 안에 이미 자신이 선택한 인간과 관계의 다양한 전형이 기입될 수 있다. 따라서 익명의 일인칭이 그 속에서 말하더라도 그는 이미 그럴듯한 공론장의 발화에 대한 모색과 결정을 대변하는 목소리를 갖게 된다. 이는 한 사회적인 현상에 대한 강력한 주장을 문학이 할 수 있다는 믿음과는 정반대의 믿음에서 생겨난 생각이다. 어떤 사회적인 문제에 대해서 주장을 하든 그렇지 않든 문학은 이미 무언가를 주장하는 목소리가 될 수밖에 없다는 말이다. 공공의 목소리에 대한 책임감 없이 씌어진 문학은 스크린도어에 새겨진 시의 어떤 구절처럼 문학(하는 자)의 한가함에 대한 공론과 공분을 야기할 뿐이다.

2부
시의 얼굴들

일기가 되지 못한 노래
—— 이성복론

첫 시집 『뒹구는 돌은 언제 잠 깨는가』(문학과지성사, 1980) 이후 이성복의 시가 일관되게 보여준 것은 병든 세계와 그 안에서 일상을 이어가는 개인이었다. 세부는 아무렇지도 않은 개인의 사소한 일상으로 채워져 있는 듯하지만, 낱낱의 일상을 파고들면 언제나 병든 세계와 그 세계 위의 병든 삶 전반을 암시하는 것으로 확장될 여지가 있었다. 이성복에게 시는 평범한 일상의 재배치와 다르지 않아 보였고, 그 구체적이고 사소한 것들이 시인에게는 민감한 환부처럼 스치기만 해도 통증을 유발하는 듯했다. 가령 시인이 거듭 강조했던 '유곽'은 그 대표적인 자리다. 세계가 하나의 몸이라면 유곽은 그 몸을 유지하기 위해 생사성식(生死性食)의 고통을 자처하는 예민한 환부인 것이다. 이성복의 시는 바로 그 개별적이고 내밀한 고통의 자리에 집중하여 몸의 이야기를 받아 적어왔다. 받아 적기는 개인의 내밀한 욕구와 원인조차 명확하지 않은 병에 걸리고도 아무렇지 않은 듯 살아가기로 공모한 듯한 이 세계의 처지 사이의 거리를 감각적으로 조절하는 시인 특유의 기질로 가능했다. "모두 병들었는데 아무도 아프지 않았다"(「그날」)라는 시구만큼 시인 이성복의 세계관이 함축적으로 드러나는 문장은 없을 것이다. 이 세계가 병들었다는 진단, 그 날카로운 현실 인식과 자신조차 아프지 않았다는, 무감각에 대한 처절한 자기반성이 그의 시 세계를 지탱하는 양 축이다.

그런데 시는 어떻게 시대를 사유하는가. 한 시대는 어떻게 시를 쓰고 읽게 할까. 이 질문으로부터 이성복의 시를 읽는 일은 거듭 시작되고 실패되어왔다. 이를 세계와의 불화에 예민한 개인의 성향이 어떻게 한 편의 시로 발휘될 수 있을까로 고쳐 물어도 될까. 『뒹구는 돌은 언제 잠 깨는가』에 수록된 다수의 시는 물론 사회적인 사건들을 암시하는 듯한 시어들로 적히기도 했다. 하지만 이성복의 시 전반을 투철한 사회 인식의 발현으로 포괄하기에는 어색한 감이 더 크다. 이성복의 시는 오히려 사회 참여의 반대편에 서 있다고 하는 편이 옳다. 그의 화자들은 사회의 구체적인 문제들을 있는 그대로 기록하거나 전달하지 않는다. 그들이 사회의 어둡고 병든 부분을 인식하고 해석하는 방식은 제 몸이 겪는 통증을 나름대로 토로하는 데 있다. 그 때문에 우리가 이성복의 시에서 개별적인 정서가 아니라 사회적인 문제의식을 발견하더라도, 그것은 일종의 '짐작'으로서만 가능하다. 그런데 우리가 이해할 수 있는 것은 어떻게 아프다는 환자 자신의 증상에 대한 설명인가 아니면 그의 일그러진 표정이나 입술 사이로 새어 나오는 신음인가. 우리가 타인과 세계를 '이해'한다고 할 때의 그 이해는 도대체 어떤 근거를 바탕으로 하는가. 이성복의 시가 짚어내는 지점이 그 언저리에 있다. 미안하지만 당신의 전 역사를 훑어 내려왔을 떨림과 눈물을 '나'는 '모두 알 수는 없다'고 이야기하는 것. 모른다고 말하지 않고 모두 알지 못한다고 말할 때만 가능한 짐작의 태도만이 진실로서 취할 수 있는 '나'의 최선이라는 것을 이성복 시의 화자들은 보여준다. 세계와 타인을 투명하게 알고자 하는 의지와 그것의 발현 혹은 실천으로서의 시도 충분히 좋지만, 앎에 대한 욕구가 충족될 수 없음을 애초에 인정하는 태도에 깃든 참담함이나 낭패감을 그 자체로 받아들이는 시는 특별하다.

그러니 이성복 시의 화자에게는 늘 어느 정도의 체념이 서려 있을
수밖에 없다. 그것이, 체념에서 비롯된 짐작의 노력이 그의 시에 내재
하는 특유의 감수성이다. 『래여애반다라』(문학과지성사, 2013)에 수록
된 대부분의 시에도 '짐작'을 삶의 주요한 태도로 체득한 화자가 있다.
그것은 특별한 깨달음을 통해 마치 득도한 듯한 자가 아니라, 자신의
일상에 스스로 좀더 밀착하려는 몸, 마치 제 곁의 사물을 대하듯 무심
하고도 친밀하게 생을 바라보는 눈이다.

1. 전하지 못한 이야기

그 봄 청도 헐티재 넘어
추어탕 먹으러 갔다가,
차마 아까운 듯이
그가 보여준 지슬못,
그를 닮은 못

멀리서 내젓는
손사래처럼,
멀리서 뒤채는
기저귀처럼
찰바닥거리며 옹알이하던 물결,

반여, 뒷개, 뒷모도
그 뜻 없고 서러운 길 위의
윷말처럼,

비린내 하나 없던 물결,

그 하얀 물나비의 비늘, 비늘들

─「죽지랑을 그리는 노래」 전문

이 시는 한 폭의 풍경이다. 그러니 풍경을 감상할 때처럼 무심하게, 잠시 다른 생각에 빠지기도 하면서, 그러다가 우연하게 어떤 부분을 눈여겨보기도 하는 것이 좋겠다. 또한 이 시는 한 폭의 풍경을 '그리는' 이야기다. 이 시의 화자는 바로 눈앞에 펼쳐진 풍경이 아니라 "그 봄" 언젠가 보았던, 예전에는 있었고 지금은 모를 하나의 풍경에 대해서 말한다. 이렇게 아이러니하게도 풍경은 지나간 것으로서만 단 하나의 풍경으로 틀 지워진다. 풍경이라는 말처럼 그것을 이루는 바람과 햇살은 한순간도 멈춰 있지 않다. 그 멈추지 않는 흐름이 풍경의 속성일 것이고, 그러므로 풍경을 본다거나 감상한다는 표현은 어떤 흐름을 감지한다는 말로도 바꿀 수 있을 것이다. 바람과 빛을 바라보면서 풍경은 내 마음의 동태를 느끼게 하지 않던가. 이 시에서 화자가 말하는 "지슬못"이라는 고유한 장소 역시 그 풍경을 접하던 당시의 심정을 이제 와 다시 되새기고 그리게 하는 이름이다.

대표적으로 『뒹구는 돌은 언제 잠 깨는가』에서 이성복의 시에는 의미상 서로 멀어 보이는 이미지들의 병치로 인해 각각의 이미지 사이에 미지라 할 만한 해석의 공간이 넓게 펼쳐지는데, 그것은 김현이 "이성복의 풍경"이라고 부른 시적 특징과 다르지 않다. 중요한 것은 그때의 풍경이 이미지라면 지금의 풍경은 이야기-노래라는 점이다. 풍경은 그것을 바라보는 시선을 전제로 하고, 관점에 따라 달라지는 것이며, 주변 상황에 따라 매 순간 제 몸을 바꾼다. 바람이 불고 비가 내리고 구름이 드리우는 그 모든 주위가 풍경의 구체적인 몸이다. 또한 누군가에게는 아무렇지도 않은 풍경이 또 다른 누군가에게는 온 생을 육박하는 듯한 풍경이 되기도 한다. 이는 누구에게는 아무렇지도 않은 장소가 다른 누구에게는 아프고 두려운 장소가 될 수도 있는 것과 같은 의미일 것이다. 그것이 풍경의 속성이자 애초에 시의 자리라는 것을 이성복의 시는 보여준다. 그러니까 풍경이 어떤 이미지였을 때 이성복의 시는 말할 수 있는 이미지와 또 다른 말할 수 있는 이미지 사이 어디쯤에 있었을 것이다. 이제 와 풍경이 어떤 노래일 때 이성복의 시는 이미 지나간 그림을 다시 그리듯, 이미지를 재생하듯 풀어서 이야기하고, 그 이야기로 거듭 하나의 풍경을 고정시켜 말할 때 그 이야기와 다른 이야기 사이 어디쯤에 있다.

이 시에서라면 제가 그곳에 있다는 것을 먼저 알리는 법이 없는 풍경의 속성을 떠올리게 된다. 어떤 풍경을 먼저 마주했던 자가 "차마 아까운 듯이" 보여주는 소개와 명명의 행위는 어떤 풍경을 '그 풍경'이라는 하나의 이름으로 테두리 짓는 일이다. 화자에게 있어 지슬못이라는 장소, 그 장소를 담는 경치는 "그가 보여준" 것으로 의미 있는 한 풍경이다. 그리하여 화자가 보는 지슬못, 그 풍경은 곧 "그를 닮은 못"이다. 그가 못이고, 못이 그이다. 그 못이, 그 풍경이 나에게로 와서 어떤 '노래'가 되는 일은 이렇게 일어난다. 하나의 풍경이 또 다른 풍경으로 넘어갈 때, 다만 풍경이라 부를 만한 이미지의 조성과 교합만이 아니라, 그 넘어감 속에서 어떤 노래가 생겨나고 스며든다고 하면 어떨까. 그가 나에게 어떤 풍경을 '보여줌'으로써 그의 풍경은 나의 풍경으로 넘어오게 되는데, 그 '넘어옴'이라는 사건이야말로, 그 사건이 품은 시간이야말로 그 노래의 형식이자 내용을 이룬다는 말이다. 그렇게 그의 풍경과 나의 풍경을 모두 포괄하고도 남는 '그 풍경'은 어느새 어떤 이야기, 한 편의 시가 되어 있다.

그 봄에 보았던 지슬못은 시의 화자에게 멀리 있는 것들을 떠올리게 했을 것이다. 화자로부터 멀어져버린 것은 이미 죽은 자의 다정했던 "손사래"일 수도 있고, 아직 태어나지 않은 자의 "기저귀"일 수도 있다. 그 모든 것들이 화자의 시선 속에서 하나의 풍경을 이뤘을 것이다. 그러나 그 손사래와 기저귀는 이제 와 다시 지슬못을, 그것을 보여준 그를 그리면서 가져오게 된 사연이다. 그 봄에 보았던 지슬못은 화자에게 소리도 내음도 없는 물결이었을 뿐이다. 무심하리만큼 투명하게 반짝이는 그것의 물비늘들은 어떤 형상이나 뜻으로 사로잡히지 않는 화자의 서글픔을, 풍경으로 거듭 되살아나는 이야기를 '그 이야기'로 매듭짓지 못하도록 끊임없이 부서뜨린다. 지나간 풍경을 거듭 되새기는 것은 어떤 풍경을 '그 풍경'이라는 액자에 담아 추억하는 일처럼 보이고, 그가 자신의 이야기를 나에게 들려주듯 자신의 풍경을 나에게 보여주었던 일을 거듭 이야기하는 것은 '그 풍경'을 노래로 간직하는 일처럼 보인다.

> 언젠가 그가 말했다, 어렵고 막막하던 시절
> 나무를 바라보는 것은 큰 위안이었다고
> (그것은 비정규직의 늦은 밤 무거운
> 가방으로 걸어 나오던 길 끝의 느티나무였을까)
>
> 그는 한 번도 우리 사이에 자신이
> 있다는 것을 내색하지 않았다
> 우연히 그를 보기 전엔 그가 있는 줄 몰랐다
> (어두운 실내에서 문득 커튼을 걷으면
> 거기, 한 그루 나무가 있듯이)
>
> 그는 누구에게도, 그 자신에게조차
> 짐이 되지 않았다

(나무가 저를 구박하거나
제 곁의 다른 나무를 경멸하지 않듯이)

도저히, 부탁하기 어려운 일을
부탁하러 갔을 때
그의 잎새는 또 잔잔히 떨리며 속삭였다
──아니 그건 제가 할 일이지요

어쩌면 그는 나무 얘기를 들려주러
우리에게 온 나무인지도 모른다
아니면, 나무 얘기를 들으러 갔다가 나무가 된 사람
(그것은 우리의 섣부른 짐작일 테지만
나무들 사이에는 공공연한 비밀)

──「기파랑을 기리는 노래」 전문

속삭이며 잔잔히 떨렸던 것은 어떤 이야기를 전하던 그의 입매였을
까. 이 시의 화자 역시 그를 추억한다. 시집의 처음과 끝을 담당하는
두 편의 시는 공교롭게도 "노래"라는 타이틀을 달고 있는데, 그것은 이
처럼 특별한 사람에 대한 일화와 그 일화를 이제 와 거듭하는 이야기
사이에 있는 특별한 풍경-노래다. 화자가 그리고 기리는 것은 '그'이기
보다는 그가 나에게 보여주거나 들려준 풍경-이야기인 것이다. 그 이
야기를 반복해서 그리고 기리면 문득 노래가 된다는 것을 이 시는 보
여준다. 이 노래를 좀더 자세히 들어보자.
　화자는 그의 이야기를 전하듯 말을 시작한다("언젠가 그가 말했다").
화자가 들었던 그의 이야기는 다름 아닌 "나무 얘기"다. 그 이야기는
"어렵고 막막하던 시절"마다 화자에게 "큰 위안"이 되어주었을 것이

일기가 되지 못한 노래　　　　　　171

다. 그 이야기가 곧 "느티나무" 같다. 얼마나 든든했는가 하면 "도저히" 다른 것에는 기대할 수 없는 위안을 그 이야기가 주었다고 화자는 말한다. 아무래도 화자에게 그는 나무와 같은 사람이 아니라 벌써 나무다. 사람이라면 그럴 수 없는 태도를, 그러니까 사람이라면 들려줄 수 없는 이야기를 그는 화자에게 보여주고 들려준다. 이처럼 그가 사람이 아닌 나무라는 "짐작"은 그를 하나의 이야기로 간직하게 한다. 화자에게서 그는 나무이고 나무는 그라는 하나의 은밀한 이야기가 되고, 화자로 하여금 되풀이되는 그 이야기는 이렇게 한 편의 노래가 되어 제각기 남다른 존재에 대한 그리움, 보편적인 그리움을 자아낸다.

2. 생각지 못한 이야기

　풍경에 대해 좀더 이야기해보자. 이성복은 풍경을 기록한 사진들 아래에 글을 붙이는 작업을 한 적도 있다. 산문 형식으로 씌어졌던 그 글들은 긴 시를 방불케 할 정도로, 이미지에 대한 그의 묘사는 치밀한 관찰과 날선 직관을 빠뜨리지 않았다. 더 특별하게는 그 글들을 이루는 것은 일상적인 언어였지만 그 기록에서 문자 이전의, 태초의 몸을 읽을 수 있었다는 점이다. 흑백사진 속 제주의 오름이나 지평을 흐르거나 고인 물의 형상을 묘사하는 글은 분명 활자로 씌어졌지만, 때로는 시인이 자신의 몸에 쌓여 있던 이미지나 소리를 종이 위에 분출하는 게 아닌가 하는 느낌을 전달했기 때문이다. 그것은 활자가 특별한 형태나 리듬을 만들어서가 아니라, 오히려 그런 형식적인 의도와는 전혀 무관하게, 무심히 적어 내려간 듯 보이는 문장과 문장 속에서 글을 쓴 몸의 흔적을 느낄 수 있었다는 말이다. 시에서라면 그 구체적인 실천을 딱히 어느 부분이라 짚어 말할 수는 없을 것이다. 그럼에도 세계의

172

고통을 체화한 듯한 화자와 그 화자가 증언하는 통증, 혹은 대상과의 불화는 이성복의 시를 장악하는 주된 모티프처럼 보였다. 몸으로 쓴 시, 시를 쓰는 몸의 구체적인 실천이란 어떤 경우든 명확하게 말할 수 없고, 말함으로써 도리어 미심쩍어진다. 바로 이것이 시인의 몸이라고 말하는 순간, 그것은 누구에게나 머리로 이해할 만한 대상이 되어버리지 않던가. 대개 이해할 수 없는 것, 그럼에도 공감을 자아내는 것은 시의 형식이나 내용처럼 드러내어놓고 공론화하기 어려운 부분이다.

이 시집에 실린 '오다, 서럽더라' 연작은 그래서 더 주목해볼 만하다. 이때 연작시는 그의 산문과 비슷하게, 몸을 초과하여 분출되고 다시 몸을 통해 몸에 스미는 이야기의 기록처럼 보인다. 이는 실상 시인이 오랫동안 추구해왔던 시적 태도이기도 하다. 시인은 여느 산문에서 시를 쓰는 일은 몸이 하는 일이어야 한다고 반복해서 이야기하기도 했다. 그렇기에 이번 시집에서 발견하게 되는 몸의 흔적은 또한 몸의 말을 하려고 했던 시인 자신의 말에 대한 흔적, 즉 스스로 터득하려 했던 시적 고투의 흔적이기도 하다. 시인의 말이 어느새 시인의 몸이 되고, 그 몸에서 다시 시인의 말이 흘러나오는 일종의 자연이, 이성복의 시에 있다.

> 장의용 캐딜락에 타고 있던 큰 아이도
> 장모님 영정을 두고 나왔다
> 녀석을 교대해줄 생각도
> 못했던 나는 마구 나무랐다,
> 네가 어떻게 할머니를
> 혼자 두고 왔느냐고!
> 봄날 득실대는 꽃놀이 인파에
> 할머니는 혼자 버려져 계실 텐데,

네가 어떻게 할머니를 그냥 두고

나올 수 있느냐고, 마구 야단을 쳤다

　　　　　　　—「오다, 서럽더라 2」 부분(강조는 인용자)

조붓한 면도솔로 털어내고

수돗물로 여러 번 부셔보아도

살비듬과 털가루는 없어지지 않아

별생각 없이, 쓰레기통에

던져 넣고 말았다

아내한테는 말 안 했지만,

그렇게 일 년인가, 이 년

그분은 내 사무실 서랍

속에 남아 계셨던 것이다

　　　　　　　—「오다, 서럽더라 3」 부분(강조는 인용자)

　인용한 시편들에서 강조한 부분은 공통적으로 '별생각 없이' 한 행동에 대한 자기반성이다. 먼저, "생각도/못했던"이나 "별생각 없이" 같은 표현에 기입된 그 무감각 내지 무심함은 분명 '의도치 않은' 것과는 다르다는 점을 짚어야 하겠다. 의도치 않았다는 말에는 그 말이 씌어진 (결과로 반영되는) 의도가 애초의 자기 의도와는 다르다는 변명이 포함된다. 즉, 어떤 의도는 있었으나 그것은 예상과는 다른 결과를 통해 부정할 수밖에 없는 낯선 의도로 바꿔치기된 것이다. 그와 달리 "생각도 못"하다는 완전한 제 몸의 말이다. 생각보다 몸이 앞섰던 기억을, 말은 저렇게 우리의 의식이나 사유 속으로 되돌려준다.

　그런데 몸의 일이라는 것이 곧장 말이 될 수 있을까? 사유의 과정을 거치지 않고 나온 그것을 과연 말이라고 할 수 있을까? 말은 의미화가 가능한 소리일 텐데, 의식적인 사고 작용을 생략하고도 의미화가 가능한가? 하는 등의 일련의 질문들이 생겨난다. 이 모든 질문에 정당한 답을 하는 것은 불가능할뿐더러 이성복의 시를 읽는 데에는 무용한 일이다. 그보다 저 질문들을 포괄하면서 이성복의 시를 읽는 데 유용한 하나의 의문을 마련해보자. 가령 '몸의 일로 발휘된 그것은 과연 누가 누구에게 하는 말인가'와 같은.

"생각도 못"하다는 말은 지금에서야 분명하게 할 수 있는 말이지만, 그때에도 항상 이미 못다 한 말로서 남겨진 말이기도 할 것이다. 왜냐하면 그 말은 애초에 발화자와 수화자가 명확하지 않기 때문이다. "장지로 가는 길"에 들른 휴게소에서 영정 사진을 차에 두고 내렸다는 이유로 아들에게 화를 내는 화자의 모습은 당혹스러우리만큼 감정적이다. 아들이 왜 그렇게 행동했는지, 자신이 왜 그렇게 화를 내는지 이성적으로 따져볼 여유가 그에게는 없다. 여유가 없다는 것은, 발화자와 수화자 사이에 거리가 없다는 말이기도 하다. 아들이 부주의하게 내버려둔 것은 할머니의 영정 사진이기도 하지만 화자에게 있어서는 일종의 죄의식이기도 할 것이다. 그는 자신의 죄의식에 사로잡혀 자신에게 할 이야기를 아들에게 한다. 그러나 그 죄의식은 끝내 스스로에게는 전할 수 없는 이야기다. 솔로 털고 물로 씻어도 남는 "살비듬과 털가루"처럼, 자기반성이 끝내 씻어내지 못하고 남긴 그것은 문득 저도 의식하지 못하는 새 하품처럼 흘러나오는 몸의 말이다. 그러니 "생각도 못"했다는 말은 정확한 변명이다. 그 말에 대해서라면 우리는 생각을 안 하는 게 아니라 못 하는 게 맞기 때문이다.

그러니 그 말을 이제 와서 생각하니 거듭 나를 서럽게 하는 것이라고 해도 될까. 다르게는 그 말을 일종의 실패한 자기반성, 혹은 불가능한 자기반성을 증언하는 것이라고 해도 될까. 생각도 못했다는 말을 하게 만드는 행동이 우선 생각도 없이 이뤄졌고, 이후에 문득 그 일을 되새기며 말을 하게 되는 순간에도 역시 그 말에는 생각이라는 것이 들어설 여지가 없다. 행동을 하게 한 생각은 그 행동을 되새기는 생각과는 벌써 다른 생각이다. 또한 그 말에서 생각은 행동 이후의 책임까지를 감당하겠다는 결심이나 의지까지를 포함하는 것이 아니라 말 그대로 두 음절을 발음할 수 있을 만한 어떤 짧은 순간이다. 그러니 저 말은 행동보다 먼저 있었으면 좋았을 어떤 짧은 순간이 없었다는 뜻이다.

결과적으로는 아무것도 없는 그 말이, 아무것도 없이 아무 일도 없었다는 것을 고백하고 증언하는 그 무료한 말이 유일하게 하는 것은 화자를 반성하게 하는 일이다. 일어나버린 결과를 탓하지도 않고, 결과를 둘러싼 과거와 현재 중 어느 것도 추궁하지 않는 그 무덤덤한 말을 곱씹어보자. 내가 저지르긴 했으나, 또한 내가 회상하고 있긴 하나 어떤 일은 그제나 저제나 영문도 모르고 일어나서 여전히 영문도 모를 일로 남아 바로 그 영문도 모를 말로 되새겨진다. 그 말이 이성복에게서 시가 된다. 하나의 일화로 자신의 과거와 현재를 잇대며 양쪽 모두를 긍정하면서도 어느 한쪽의 시간에도 온전히 투신하지 않는 기묘한 반성과 고백의 메커니즘은 다음 시에 좀더 잘 나타난다.

> 십 년도 넘은 일이다
> 어릴 때 살던 고향 뒷산으로
> 고속도로가 나는 바람에
> 할머니 산소를 옮겨야 했는데,
> 그 밑에서 장군 무덤이 나왔다
> 한 떼의 문화재 연구원들이
> 모종삽으로 긁고 붓질하고
> 녹슨 장검과 청동 신발과 바스라진

176

투구를 찾아냈다 그러니까

우리 할머니는 장군 무덤 위에

누워 계셨던 것이니, 고속도로가

아니었다면 생각도 못 할 일이었다

지금은 그 장군 누구신지 밝혀지고

그 많은 유물들 박물관에 전시될지라도,

그곳을 찾을 때마다 나는 영문도

모르고 죄 지은 우리 할머니가

가엾기도 하고, 긴 세월 할머니 밑에서

고생하셨을 장군께 미안하기도 하고,

또 그런 미안함 밑에는 어떤 생판

짐작도 못할 미안함이

파묻혀 있을지 아득하기만 하다

하기야 날마다 떠오르는 해가

그곳의 나무와 물안개를 알 것이며,

날마다 지는 해를 나무와

물안개가 무슨 수로 알았겠는가

—「오다, 서럽더라 4」 전문

 "무슨 수로 알았겠는가". 이 한마디가 품고 있는, 유구하다고 할 만
한 시간을 짐작하는 과정이 이 시를 읽는 일이 될 것이다. 그 유구함을
몸소 겪어내지 않았어도 문득 알아차리게 되는 특별한 순간이라 할 시
간이 저 말에는 있다. 서로 다르기에 함께할 수 없는 두 시간의 겹쳐
짐이 저 말로 인해 가능해진다. 그리고 그 말은 앞서 읽은 두 편의 시
에 박힌 '생각도 없이' 같은 말과 다르지 않다. 이번 시집의 '오다, 서럽
더라' 연작에서 이 말들은 공통적으로 한 인간이 인식하는 세계관이라

는 것이 어떻게 맺어지고 작동하는지를 보여주는 역할을 한다. 그러니 이 시에 담긴 그 유구함을 먼저 이해해보자. "십 년도 넘은 일이다"라고 입을 떼는 화자는 그러나 여전히 그 일에 대해서 알지 못한 채로 이야기한다. 다시 말해 화자는 10년도 넘었지만 알 수 없는 일이 있다고, 알 수 없는 일의 알 수 없음에 대해서 이야기하려 한다. 이렇게 개인의 인식 범위를 초월하는 시공간을 뜻하기도 하는 역사를 사유하는 계기의, 혹은 가장 개별적이고 구체적인 사건의 유구함은 하나의 무지로부터 가능해진다. 아마도 이 시의 화자가 그러했듯, 10년도 넘은 그 일이 무엇인가를 생각해보는 것은 이 시를 읽는 일이 거듭될수록 점점 더 모호해진다. 그 일은 '장군 무덤이 발견된 일'이었다가 '할머니가 장군 무덤 위에 누워 있던 동안'을 가리키기도 하고 '고속도로가 아니었으면 생각도 못했을 그간의 모든 일'을 통칭하는 것이 되기도 한다.

장군 무덤 위에 할머니 산소가 있었고, 할머니 산소가 있었던 자리 위로 고속도로가 깔렸다. 각각은 존재하기 위해 다른 것을 은폐하거나 치워버리는 것처럼 보인다. 하지만 그 각각은 제 존재로 다른 것을 보존하기도 했다. 고속도로가 아니었으면 할머니 산소가, 할머니 산소가 아니었으면 장군 무덤이 '그곳'에 있음을 증명해줄 것이 없었을지도 모를 일이기 때문이다. 가령 할머니 산소가 그곳에 있을 수 있었던 것은 누구도 그곳에 장군 무덤이 있을 거라고 생각지도 못했기 때문일 것이고, 반대로 장군 무덤이 완전한 무지의 영역이었기 때문에 할머니 산소는 그곳에 놓일 수 있었을 것이다.

그러니 이 시가 보여주려는 것은 인간이 드러내어 보여줄 수 없는 것들만이 겹겹으로 남아 거대한 유구함으로 계속 있다는, 계속 있을 거라는 점이 아닐까. 그 유구함이란 우리가 역사라고 부르는 것이기도 할 테고, 때로는 매일을 살기 위해 필요한, 반복되는 일상의 세부와 그에 얽힌 피로 같은 것이기도 할 테다. 이제 와 밝혀지고 전시된 것은 무덤의 주인이 어떤 장군이었는지와 그의 무덤에서 출토된 유물들이 여전히 남아 있고, 화자에게 그곳이 그곳인 한에서 그 일은 여전히 알 수 없는 것들이 겹겹이 쌓인 시간일 뿐이다.

　짐작만 할 수 있을 뿐이라는 것, 모두 다 알기란 불가능하다는 것에 깃든 물음표가 화자에게로 돌아가 가엾고 미안한 마음을 유발하는 이유는 무엇일까. 우리는 고속도로가 가리고 있는 곳이 무엇인지 모른 채 그 위를 빠르게 지나간다. 고속도로는 제가 어째서 그곳에 있는지 모른 채 그곳에 놓여 있다. 모든 밝힘은 밝히려는 의도를 전제로 삼았을 때만 가능한 사건이지만, 이 시가 특별한 것은 의도가 없었을 뿐만 아니라 영문도 모르고 일어난 일을 거듭 생각하고 이야기하는 화자가 그곳에 있기 때문이다. 결과적으로 고속도로는 그곳에 놓였고, 할머니는 장군 무덤 위에 누웠었고, 장군 무덤은 그 모든 것들 아래에 있었지만 그 거듭된 파헤침 속에서 궁극적으로 남는 것은 화자의 미안함이나 안타까움이다. 그 미안함과 안타까움은 생각지도 못했던 순간들의 겹쳐짐으로 인해 생겨난 것이기 때문에 왜 미안하고 왜 안타까운지를 알지 못하는 미안함과 안타까움처럼 보인다. 우리가 밝혔다고 여기는 것들 때문에, 짐작으로만 알 수 있는 것들이 남았기 때문에 어떤 밝혀짐 뒤에는 미안함이 남는 게 아닐까. 죽은 할머니가 왜 하필 장군 무덤 위에 묻혔는지, 고속도로는 왜 하필 그들의 몸 위로 지나갔어야 했는지 우리는 죽어도 알지 못한다. 그럼에도 그 알 수 없음은 우리로 하여금 끊임없이 근원을 짐작해보도록 유혹한다. 그곳, 그 미지의 자리로 거듭 돌아와서 우리를 미안하게 하는 것은 알 수 없음 자체이다. 미안한 마음은 생각지 못했던 일들이 겹겹이 쌓이고, 몸들이 겹겹이 쌓이고, 죽은 시간들 위로 문득 제 몸을 지나가게 할 때마다 한순간 아득한 무지에 대한 예감처럼 그곳에 있다.

3. 접혀 있는 이야기

어느 접도 구역에서나 그렇지만, 경상북도 상주시 화북면은 충
청북도 보은군과 가깝다 사람들 말씨도 벌써 충청도고, 지세도 해
발 천오백이 넘는 속리산 문장대에 가깝다 그저 행정구역으로 상
주시 화북면이고, 아무리 가까이 있어도 충청북도 보은군이 아니다
한 번도 상주시 화북면이 되려 한 적 없고, 되지 않으려 한 적도 없
다 시 아닌 모든 것들이 그렇다, 시는 해발 천오백이 넘는 속리산
문장대 어느 절벽에⋯⋯

　　　　　　　　　　　　　　　　　　　──「시에 대하여」 전문

제목과는 반대로 이 시는 "시 아닌 모든 것들"에 대하여 말하는 데
에 대부분의 구절을 할애하고 있다. 시는 이 시의 맨 마지막 한 구절로
마침내 말해지려다가 만다. 마지막의 말줄임표로 인해서 이 시는 결국
"시에 대하여"는 아무것도 말하지 못한 것처럼 보인다. 시란 무엇인가
를 말하는 것은 불가능한 일이기 때문이기도 하겠지만, 이 시의 제목
과 내용이 보여주는 거리감처럼 시는 시 아닌 것들에 대해, 어쩌면 시
와 가장 멀어 보이는 것들에 대해 사유하는 과정에서 무심코 마주치게
되는 한 낯선 장면이기 때문이기도 할 것이다. 이 시집에 실린 몇 편의
'~에 대하여' 연작들이 시도하는 것은 그것에 대해서 말하지 않으면서
말하려는 방식, 혹은 정반대로 그것을 대함으로써 그것을 마주하려는
방식이다. 「돌에 대하여」 「물에 대하여」 「나무에 대하여」 「어둠에 대하
여」 「연에 대하여」는 이 시보다는 좀더 제목에 연관하고 있지만, '소멸
에 대하여' 연작 역시 이 시에서처럼 소멸이라는 추상적인 과제와 직
접적으로 대면하지는 못한다. 그것은 돌이나 나무와 같은 물질과 시나
소멸이라는 추상의 차이 때문이기도 하겠지만, 돌과 나무와 물과 연이

있는 자리와 시인의 위치는 어둠과 소멸과 시가 있는 자리와 비교했을 때 크게 다르지 않은 느낌이다. 즉, 이성복의 시에서 돌은 어둠과 질적으로 다른 대상이 아닌 듯 보인다는 말이다. 그 모든 대상들이 그의 시에서는 생명을 갖고 있다는 점에서 공통적으로 '섣불리 짐작하고 치부할 수 없는 것'이지만 그럼에도 '짐작만으로 가능한 생'이다. 그 짐작의 일환으로 시인은 '그것'들을 함부로 이름 붙이지 않고 날것 그대로의 이름(가능한 한 보통명사 그대로)으로 호명하려 하면서, 그것을 둘러싸고 있는 것에 대해서 에둘러 말하려고 한다. 그것의 경계를 바라보고 그것의 바깥을 추적하면서 그것의 심연을 마주하려는 노력이 '~에 대하여' 연작에서 엿보인다.

다시 이 시를 읽어보자. 행정구역을 지시하는 세부적인 이름들은 실상 그곳에 대해 아무것도 알려주지 못할뿐더러 그곳을 왜곡할 수도 있다는 사실을 이 시는 간단히 보여준다. 화북면은 행정구역상 경상북도에 속하지만, 경상북도와 화북면은 아무런 공통점이 없다. 도리어 화북면의 특성은 그 이름 바깥에 있다. 화북면이라는 이름은 오히려 화북면에 없는 경상북도와 화북면에 있는 충청북도까지도 의아하게 여길 만한 계기를 제공한다. 하지만, 이런 계기는 우리에게 그리 낯설지 않다. 시(詩)에서의 경계(이름)를, 시와 시 아닌 것을 구분하는 태도를 시(市)의 경계(이름)처럼 분명하게 짚어 말할 수 없다는 점을 우리는 알고 있다. 그러니 거꾸로 경계라는 개념의 본질은 무엇보다도 시를 대하려는 노력으로부터 가능해지는 것이 아닐까. 경계가 있되 그 경계 자체를 무화할 만한 경계를 갖는 것, 언어가 있되 그 언어 자체를 무화할 만한 언어를 갖는 시만이 무엇의 안팎을, 겉과 속을, 참과 참 아닌 것을, 진실을 인식하는 기준이 될 수 있지 않을까.

그런 의문들이 해소되지 않는 가운데 우리는 무언가를 알아버린 것 같은, 짐작을 해버릴 때가 있을 것이다. 짐작은 진실에 가장 멀리 있으면서도 가장 가까이 있는, 극명히 다른 것들의 경계를 대하는 자세이기 때문이다. 이성복 시의 화자는 그런 자세를 거의 습관처럼 취하고 있는 듯 보인다. 가령 '시 아닌 모든 것'들이, 그것이 "되려 한 적 없고, 되지 않으려 한 적도 없다"고 말하면서 화자는 오직 시만이 시가 되려 하고, 시가 되지 않으려 한다고 짐작하게 한다. 시인의, 화자의 짐작이 시를 읽는 자의 짐작으로 옮겨올 때 시인이, 화자가 마무리하지 못한 말들, 저 말줄임표 속에 들어 있는 말들이 한 편의 시로서 시를 읽는 자의 눈앞에 마주 설 것이다. 그 마주함은 마치 깎아지른 듯 높고 깊은 절벽과의 대면처럼……

어두워지면서 사물들은 등과 어깨를 세우고 밝을 때 하지 못했던 이야기를 꺼내기 시작한다 너네들은 잘 모르겠지만 자기는 이러하고, 어쩌다가 또 어쩌든지 이러이러하다고 속삭이는 것이다 하나가 이야기하면 다른 것들은 입을 닫고, 그 이야기 끝나야 제 이야기를 시작한다 그러나 어떤 이야기는 미처 꺼내기도 전에 어두워지기 시작하고, 못다 한 이야기는 부채의 주름살처럼 접혀진다 아주 어두워지기 전에 잠깐, 사물들이 견디기 힘들어 보이는 것은 덜 접힌 이야기들이 다시 펴지려 하기 때문이다 그때 우리의 어두운 미간도 잠시 경련한다

—「어둠에 대하여」 전문

그러니 상대가 무엇이든 대면은 자신을 드러내는 일이다. 돌에게는 돌인 채로, 나무에게는 나무인 채로 나를 보여주는 것이 그들과 대면하는 일일 것이다. 이 시에서 화자는 어둠과 대면하려 한다. 그것은 "어두워지"는 와중에 일어나는 듯한, 어둠이 미처 가리지 못한 미세한 소란에 대해서 이야기하는 방식으로 이뤄진다. 흥미로운 것은 '어둠'이

란 건 눈으로는 확인할 수 없는 방식으로만 확인할 수 있는 이야기라는 화자의 진단에 있다. 확인할 수 없는 이야기는 밝음과 대립하는 상황에 놓여 있는 것도, 완연한 어둠 속에 감춰진 것도 아니다. 확인할 수 없는 이야기는 "아주 어두워지기 전에 잠깐" 드러난다. 또한 그렇다고 해서 그것이 매우 특별한 시적 상황을 의미하는 것도 아니다. 대개의 적절한 비유는 오래 관찰한 결과물보다는 시각적인 감각 소여들이 슬쩍 건드리는 다른 감각에 의해서, 밝음이 스치고 지나가는 어둠의 한 귀퉁이, 그러니까 어떤 것의 체취나 그림자에 의해서 생겨나지 않던가. 눈앞의 빵이 불러오는 이야기는 그 빵의 구체적인 모양이나 빛깔보다는 내 안의 허기를 자극하는 다른 것에서 시작된다. 그렇듯 누구에게나 내밀한 이야기, 스스로의 내면을 드러내는 이야기, 제 내면과 대면하는 이야기는 빛이 사그라들고 어둠과 고요가 고여들기 시작하는 자리에서 은밀하게 피어오른다. 이 시에서의 이야기 역시 일종의 잔상처럼, 밝음과 어둠이 막 자리를 바꾸려는 그즈음에 시작된다. 이것은 이야기에 대한 너무도 당연한 이야기다.

하지만 이 시가 정작 꼬집고 있는 지점은 그다음에 있다. 시작도 하기 전에 접혀 들어간 이야기가 있다는 확인이 그것이다. '~에 대하여' 연작에서 화자들이 돌과 나무와 연을 이야기하는 방식 역시 새삼 그렇다. 그것이 아닌 것을 이야기하면서 그것의 경계를 그려내거나, 그것과 반대되는, 그것이 갖지 못한 상황을 제시하여 한계를 드러냄으로써 '그것'을 이야기하는 방식은 본연을 강제하거나 통제하지 않으면서도 그것의 외면과 내면을 그려 보여준다. 시작도 하기 전에 차곡차곡 접혀 들어간 이야기도 그와 마찬가지일 것이다. 어두워지기 전에 사물들이 저마다 제 이야기를 하고, 하나의 이야기가 끝나면 또 하나의 이야기가 시작되는 그 짧은 순간에 대해 이 시는 적고 있다. 확인할 수 있는 것들을 통해서 확인할 수 없는 것을 확인하는 이 역설도 눈과 눈 사이로 잠시 보이는 듯한 순간적인 명현(冥顯) 현상처럼 잠시 동안만 유효한 이야기일 것이다.

그럼에도 이 시의 화자처럼 우리는, 잠깐이었지만 자신을 육박해오던 한순간의 느낌을, 그 찰나에 전 생애를 알아버린 듯한 착각에 마음을 기울이게 된다. 타인의 삶은 물론이고 나의 것이라 하더라도 삶에 대해서는 섣불리 말할 수 없는 부분이 있을 것이고, 그 부분이야말로 짐작의 자리일 것이다. 가령 누군가가 읽다 둔 책의 어느 페이지의 귀퉁이가 삼각형으로 접혀 있을 때, 그 살짝 접힌 삼각형 앞에서 우리는 잠시 머뭇거리게 된다. 접힌 일부분이 우리로 하여금 접히지 않은 나머지 부분 위를 한동안 방황하게 한다. 그 페이지가 들려주는 이야기에 덧붙이고 싶은 이야기는, 차마 더하지 못한 이야기는 그렇게 접힌 흔적으로 남는다. 그 흔적에 간직된 못다 한 이야기가 페이지를 부연하고 그 책을 증명하고 나아가 책의 저자와 독자의 삶을 짐작하게 할 수도 있다.

4. 없지도 않을 이야기

이성복의 이 시집에서 '소멸에 대하여' 연작은 말 그대로 소멸이라는 화두에 대응하는 태도를 보여준다. 한마디로 말하면, 소멸에 대응하는 자는 곧 삶을 대면하는 자와 다르지 않다. 생태의 섭리만이 그런 것이 아니다. 비누와 수건 같은 사물들도 그렇다. 누구나 살아가면서 목숨을 위협하는 듯한 고통에 시달려본 적이 있을 것이고, 그 고통은 소멸에 대한 기억으로 우리의 내면에 각인될 것이다. 그 기억은 내가 닳아간다는, 혹은 내 목숨이 잦아든다는 식의 추상의 발로와는 거리가 멀다. 오히려 그 기억은 내가 낡고 때묻고 색이 바래서 더 이상 흥미를 유발하지 않고 우리의 관심에서 멀어지는 사물처럼 느껴지는 구체적인 실감에 가깝다. 즉, 소멸은 고장이 나고 무용해져서 파기를 해야 하는 사물보다는, 늘 그 자리에 있지만 별다른 감흥을 유발하지 않아 거의 없는 것처럼 느껴지는 사물에 더 어울리는 이름이다.

> 하지만 수건! 그거 정말 무시 못할 것이더라
> 1999년, 당뇨에 고혈압 앓던 우리 장인 일 년을
> 못 끌고 돌아가시고, 2005년 우리 아버지도
> 골절상 입고 삭아 가시다가 입안이 피투성이
> 되어 돌아가셨어도, 그분들이 받아온 옛날
> 수건은 앞으로도 몇 년이나 세면대 거울 옆에
> 내걸릴 것이고, 언젠가 우리 세상 떠난 다음날
> 냄새 나는 이부자리와 속옷가지랑 둘둘
> 말아 쓰레기장 헌옷함에 뭉쳐 넣을 것이니,
> 수건! 그거 맨정신으로는 무시 못할 것이더라
> 어느 날 아침 변기에 앉아 바라보면, 억지로
> 찢어발기거나 태워 버리지 않으면 사라지지도 않을
> 낡은 수건 하나가 제 태어난 날을 기억하기
> 위해서가 아니라, 이제나저제나 우리 숨 끊어질
> 날을 지켜보기 위해 저러고 있다는 생각이 든다
> ──「소멸에 대하여 1」 부분

　"낡은 수건" 한 장이 화자에게 준 것은 섬뜩함에 가까운 느낌이다. 그 사물은 고통스럽게 죽은 부모를 떠올리게 하고, 역시나 그렇게 세상을 떠나게 될 자신의 마지막을 상상하게 하는 것만으로도 이미 항상 화자에게는 끔찍한 존재다. 그럼에도 그것은 너무나 일상적인 사물이

라서 "맨정신으로는 무시 못할 것"이기도 하다. 맨정신으로는 그것을 "찢어발기거나 태워 버리지"도 못하고 역시 맨정신으로는 그것을 그것 그대로 바라볼 수도 없다. 심지어 그것은 "우리 숨 끊어질/날을 지켜보기 위해" 매일매일 세면대 옆에 마알간 얼굴로 내걸려 있는 듯 보인다. 저 자신의 소멸을 아랑곳하지 않고 다른 것의 소멸에 관여하는 것들은 이렇듯 얼마나 잔인한가. 이처럼 매일 접촉해서 그 촉감과 내음마저 내 몸처럼 익숙해진, 전혀 낯설거나 새롭지 않은 사물들, 그 일상의 상징들이야말로 정작 우리의 소멸을 증명하는 대상이었다는 발견은 어떤가. 멀쩡해 보이는 우리의 삶은 일종의 섬뜩함을 체화함으로써 가능해진다. 하물며 닳아가는 사물들이 제 몸으로 보여주는 소멸의 언어에는 과거의 증언과 미래의 예언이 모두 들어 있다. 증언과 예언은 단순히 세수를 하고 손을 닦는 얼굴들을 호명하는 데 그치지 않고 얼굴들이 조직하는 가족의 역사까지도 환기시킨다. 수건처럼 화자의 얼굴 앞에 내걸리는 역사는 그렇듯 낡고도 질긴 모습으로 지금 이전과 이후를 거듭 상기하고 짐작하게 하면서 화자의 역사를 조직해왔던 것이다.

한 장의 수건이, 그 사소한 일상이 미치지 않는 시간을 짐작하지 못하는 것 또한 짐작으로서의 이야기가 하는 역할이다. 수건은 대개가 기념품이어서 한 귀퉁이에는 몇 월 며칠이라는 날짜가 적혀 있다. 자연히 그 날짜는 그 기념일에 그곳에 참석하여 수건을 받아온 자의 삶을 떠올리게 하고, 그 삶을 떠올리는 자신의 유한함 또한 실감하게 한다. 잠에서 깨어 "변기에 앉아 바라보면" 매일 아침 그곳에 그렇게 어떤 역사가 내걸려 있는 것이다. 수건을 통해 어떤 생이 지나온 흔적과 다른 생이 지나갈 자리를 짐작하는 것 자체로 특별한 시적 순간이라 하겠지만, 그보다는 이 수건이 환기하는 가장 사소하고 평범한 일상의 한 자락에 묻은 누군가의 서글픈 체취를 떠올려볼 만하다. 장인어른과 아버지와 자신에게로 이르는 특별한 유대감 또한 이 시에는 들어 있는 듯하다. 짐작건대 그 유대감이 유발하는 어떤 서글픔은 제 삶보다는 제가 어루만져주어야 할 다른 삶들의 소멸을 더 안타까워하는 자만이 느낄 수 있는 것이리라. 그리고 바로 그 잔인함이야말로 우리의 삶을 지속하게 하는 힘이라는 오래된 짐작은 "늘 아내가 갈아 두는" 청결한 수건의 형상으로 집집마다에 걸려 있을 것이다.

> 결혼한 지 한참 뒤에도, 아니 쉰 넘어서도
> 비누를 쓰다가 얇아지면 버릴 수도 없어,
> 부서진 것들 뭉쳐 비누질 하다가, 그것들
> 바스라져 세면대 배수구가 막히기도 하고,
> 그러면 손가락 쑤셔 파내기도 했지만, 이제
> 닳아빠진 비누를 새 비누에 붙여 쓰게 되었다
> [……]
> 하기야 지독하게 장난스럽기로는 천지신명보다
> 설마 내가 더했겠는가 환갑을 코앞에 둔 내가
> 작은 비누조각처럼 내 아들의 등때기 위에서 나날이
> 사라져간다 한들, 암 두꺼비 등을 타고 할딱거리며
> 교미하는 멍청한 수놈과 무엇이 얼마만큼 다를까
> ──「소멸에 대하여 2」 부분

그러고 보면 '소멸에 대하여', 소멸의 반성처럼 보이는 삶은 지극히 비루하고도 궁색하다. 앞의 시에 이어서 이 두 편의 시에서라면, 어떤 삶도 홀로 고고할 수 없다는 것이 삶에 대한 화자의 유일한 깨달음인 것처럼 보인다. 장인어른과 아버지가 수건을 남기듯 그들의 일상과 후손을 남겼듯이 삶이라는 것은 완전히 사라지지 못한다. 이렇듯 완전한 소멸은 앞서 본, 우리의 삶을 지속하는 잔인함을 중단하기 위한 유일한 방편이라는 점에서 생존 본능과 대결하는 또 하나의 본능처럼 보인다.

비누 조각을 남김없이 쓰려다가 배수구가 막혀 손가락으로 파내는, 어리석고 너저분한 일을 벌이고 수습하기를 거듭하는 것이 우리의 일상이다. 잘 해보려고 할수록 작은 조각은 더 작은 조각으로 부서지고 녹아서 우리는 어떻게 해볼 겨를도 없이 빈손이 되어 돌아서고 또한 금세 잊어버린다. 소멸을 확인하고자 하는 욕구는 이처럼 일상의 사소한 계기에서 발현된다. 화자가 그 사소한 계기를 자신의 욕구와 연관 지을 수 있었던 이유는 일상의 세부를 존재의 내면과 잇대어놓을 수 있었던 계기는 비누의 소멸을 오래도록 관찰하고 짐작했기에 가능했을 것이다. 안팎으로 작아지는 제 삶의 태도를 객관화한 자는 굳이 어떤 사물에 자신의 감정을 이입하지 않아도 저를 둘러싼 모든 세계에서 자신이 취해야 할 자세를 본능적으로 안다. 이른바 모든 삶은 제 존재를 스스로 증명하기 위해서 적극적인 소멸의 방식을 택할 수도 있다는 말이다. 이 시의 화자는 자신의 그런 욕구를 비누 조각의 쓰임에서 "발명"한다.

소멸에 대한 소멸의 욕구는 "있지도 않은 無를 없애려 하지" 않는 일이다. 그것은 소멸하는 것을 그대로 내버려두려는 마음과는 다르다. 그것은 먼저 '있지도 않은 無'를 발견하고, 그다음에 그것을 무화하지 않는 일이다. 이성복 시의 화자는 그 특별한 '無'를 일상의 가장 일상적인 부분에서 발견하는 듯하다. 가령 다음과 같은 부분을 주목해보자.

> 아이들이 한바탕 먹고 떠난
> 식탁 위에는 찢긴 햄버거 봉지와
> 우그러진 콜라 페트병과

입 닦고 던져놓은 종이 냅킨들이 있다
그것들은 서로를 모르고
가까이 혹은 조금 멀리 있다

　　　　　　　　　　　　　　　—「식탁」 부분

　화자의 시선은 어질러진 식탁 위를 향한다. 특히 마구 내던져진 듯
함부로 놓인 사물들, 햄버거 봉지와 콜라 페트병과 종이 냅킨은 아이
들의 흔적을 간직한 일상의 세부이기도 하다. 이 와중에 시의 분위기
를 장악하는 것은 인용한 부분이자 이 시의 첫 행이다. '아이들이 한
바탕 먹고 떠난'이 수식하는 것은 일차적으로는 "식탁"이지만, 식탁이
라는 특정 지점이 비유하는 것은 화자와 아이들이 속한 이 세계이기
도 하다. 그러니 '아이들이 한바탕 먹고 떠난'이라는 이 네 어절에는 이
세계의 분위기가 담겨 있다고 하겠다. 누구도 아닌 아이들이, 마치 마
지막 축제를 즐기듯이 한바탕 먹고 떠들다, 언제 그런 일이 있었느냐
는 양 떠나버렸고, 그 모든 상황이 저 어질러진 식탁과 그 위의 사물들
에 압축되어 있다. 여기서 '떠남'이라는 말은 '없다'는 말보다 더 허전
하다. 단순히 있다가 없어진 게 아니라, 머무르면서 제 존재의 중요한
것을 다른 사물에 붙여놓고 빠져나간 허전함이 '떠남'이라는 말에는 있
다. 앞서 본 '있지도 않은 無'를 이 말과 같은 맥락에서 짐작해볼 수 있
지 않을까.
　저기 널브러져 있는 사물의 형태들, 혹은 그들의 표정이 저 시의 특
별한 분위기를 조합해낸다. 봉지와 페트병과 냅킨은 "찢긴" "우그러
진" "던져놓은" 채로 그저 그곳에 "있다". 화자가 보는 것은 그 기이하
고도 아무렇지 않은 '있음'이다. 마치 이 세계의 판게아와 같은 식탁은
일회용으로서 제 쓸모를 다하고 버려진 그 사물들을 평등하게 전시하
고, 화자의 시선은 그 전시를 시화(詩化)한다. 이 시선은 존재의 공평한

소멸을 기획하는 것이기도 하지만 또한, 찢기고 우그러지고 던져진 사물들이 증언하는, 떠남이라는 특별한 '無'의 형상을 받아 적는 것이기도 하다. 또는 소란스러움을 간직하는 고요를 바라보는……

5. "어째서 이런 일이 벌어졌을까"

예전 시를 한 편 꺼내 읽어보자.

> 숟가락은 밥상 위에 잘 놓여 있고 발가락은 발 끝에
> 얌전히 달려 있고 담뱃재는 재떨이 속에서 미소짓고
> 기차는 기차답게 기적을 울리고 개는 이따금 개처럼
> 짖어 개임을 알리고 나는 요를 깔고 드러눕는다 완벽한
> 허위 완전한 범죄 축축한 공포, 어째서 이런 일이 벌어졌을까
> ──「어째서 이런 일이 벌어졌을까」,『뒹구는 돌은 언제 잠 깨는
> 가』부분

김현은 이 시에 관해 "일상적인 것이 완벽한 허위이며, 완전한 범죄라는 것을 깨달았을 때, 시인은, 내가 나를 구할 수 있을까, 시가 시를 구할 수 있을까 물어보는 것이며, 그 구함의 한 수단으로, 일상적인 것의 원래적 모습을 밝혀보려 한다"고 읽었다. 이 독해는 인용한 시뿐만 아니라, 이성복의 최근 시집에도 적합해 보인다. 그때부터 지금까지 이성복 시의 관심은 무엇보다도 일상적인 것에서 시작해서 일상적인 것으로 돌아오는 데 있다. 물론, 당연하게도『뒹구는 돌은 언제 잠 깨는가』의 일상과『래여애반다라』의 일상은 다르다. 하지만 그 일상들이 변함없이 보여주는 것은 "어째서 이런 일이 벌어졌을까"와 같은 질문

을 그치지 않는 일상 속의 시인의 자세다. '래여애반다라(來如哀反多羅)'라는 여섯 글자를 시인 스스로 풀이했듯이 "이곳에 와서, 같아지려 하다가, 슬픔을 맛보고, 맞서 대들다가, 많은 일을 겪고, 비단처럼 펼쳐지다"라고 이해했을 때에도, 이 한 문장은 쉼표가 보여주는 단속에도 불구하고 계속해서 이어지는 일상의 비의처럼 보인다. 이처럼 이성복은 생각지도 않게 자신이 공모하게 되는 일상이라는 그 완벽한 기이함에 첨예하게 맞서고 깊이 몰입하는 시간의 이름이 되었다고 하겠다.

비법(非法)의 비법(秘法)
── 김언론

어쩐지 무엇으로 옹골지다. 『숨쉬는 무덤』(천년의시작, 2003)에서 『거인』(랜덤하우스 중앙, 2005)을 거쳐 『소설을 쓰자』(민음사, 2009)에 이르는 김언의 시에서는 어떤 고집이 느껴진다.[1] 이것은 개별 작품의 미학적인 성취를 논하기 이전에, 유독 무엇이 작품의 심층을 관류하면서 시의 강렬한 동기 내지는 동력이 되는 게 아닐까 질문하게 한다. 김언은 앞선 두 권의 시집에 산문을 첨부하여 자신의 시적 동인(動因)들을 직접적으로 언급하기도 했다. 시인에게는 다소 예외적인("우리의 화두는 진실을 말하지 않는 것이다",「동인들」) 그 산문들은 김언이 시로써 말하지 못한 부분에 대한 부연이 아니라, 오히려 시집에 묶인 시들을 풀어 쓴 글처럼 보인다. 이미 말한 것을 '다시' 말하는 태도는 말하고자 하는 그 내용에 대한 자기 모색이 그만큼 확고하고 끈기 있다는 증거일 것이다. 이런 연유로 김언이 지금껏 추구해온 것은 같은 내용을 다른 형식으로 담아낼 수 있을지에 대한 의문과 모색의 과정으로 보인다.

실로 김언의 첫 시집에 수록된 시들과 근작들을 읽어보면 그에 개입된 시인의 의심 내지는 의도가 비슷하다는 것을 확인할 수 있다. 시집에서 시인의 흔적은 반복되는 형식이나 정서로 발견되기도 한다. 김언

---

1   특기하지 않을 경우 이 글에서 인용하는 시는 『소설을 쓰자』(민음사, 2009)에 실린 것이다.

의 시에는 몇 가지 모티프가 있는데 그중 대표적으로 (『거인』에 수록된 시들의 제목을 빌려) '키스' '다리〔脚〕' '뱀사람'을 꼽을 수 있다. 이들은 공통적으로, 역시 김언 시의 한 모티프인 '혀'에 관련된다. 그 관련에서 '키스'는 직접적이고 '다리'는 간접적이긴 하지만, 하나가 다른 하나의 틈으로 스며드는 것, 혹은 분화되고 섞이는 상황을 유발한다는 점에서 각각의 함의는 서로 통한다. '키스'가 생생한 감각을 발휘하면서 존재를 실감하게 하는 행위라면, '다리'는 추상적인 풍경 속으로 존재를 밀어 넣어 섞이게 하는 역할의 동력원이다. "뱀사람"은 저 둘을 한데 겹쳐놓은 경우이다. 뱀은 스스로 미끄러지면서 온몸으로 온몸을 능가한다. 그 구체적인 존재는 자발적으로 자신의 존재감을 체화하는 과정을 겪는다. 김언이 그것들에게 '혀'를 단지 형상으로만 겹쳐놓은 것은 아니다. 김언의 말〔言〕이 이렇게 존재한다.

"온몸으로 동시에 온몸을 밀고 가는 시"를 이야기한 김수영은 온몸의 시학을 이야기하면서 체화된 시의 중요성을 역설하기도 했지만, 그 이전에 저 말속에 있는 "동시에"에 대한 설명을 빼놓지 않았다. '동시에'를 통해 앞의 '온몸'에 이미 포함되어 있는 것이 뒤의 '온몸'이다. 김언은 저 내용을 창조하는 형식으로서의 그 온몸을 물려받은 것처럼 보인다. 그러므로 김언이 '소설을 쓰자'라는 제목으로 시를 썼을 때, 그리고 그것을 새 시집의 표제로 내세웠을 때, 강하게 짐작되는 바가 있다. 이는 내용을 좌우하는 형식, 혹은 형식이 정의하는 내용으로서의 '시를 짓자'는 것이 아닐까. 김언 자신이 어느 인터뷰를 통해 말했듯이("원리라는 말이 오해될 수도 있고 거슬릴 수도 있는데")[2] 그리고 그 이전에 김수영이 말했듯이("지극히 오해를 받을 우려가 있는 말이지만 나는 소설을 쓰는 마음으로 시를 쓰고 있다")[3] 포즈가 아닌 "마음"에서 우러나오

---

2   김언, 「원리의 발명, 어느 좌표에도 찍히지 않는 점들의 좌표를 찾아서」, 『시안』 2007년 6월호.

는 형식은 내용을 체현한다.

그리하여 김언의 시에서 어떤 표면적인 특성에 대해 말한다면, 저 내용으로서의 형식을 염두에 두어야 할 것이다. 김언은 말의 한계를 보여주는 동시에 한계를 넘어서는 문장(시)을 모색한다. 그것은 물론 형식의 차원에서이며, 그러므로 시의 화자가 스스로 반복해서 선언하는 이 말은 꽤나 의미심장하다; "나는 괴한이 되고 말았다."(「톰의 혼령들」) 그는 어째서 괴한(怪漢)일까, 괴한(怪聞)일까, 괴한(壞限)일까……

1. 금언

무릇 한 편의 시는 시인과 세계의 특별한 만남에서 비롯된다. 그 만남의 양태는 양팔저울의 기울기로 은유할 수도 있다. 양팔저울의 양쪽에 시인과 세계가 오르고, 시인의 목소리가 세계를 억누를 때 추상적인 사변이나 선동적인 관념이 생겨난다. 반대로 세계의 무게가 시인의 발화를 억압할 때 어떤 신음이나 비명이 터져 나온다. 시인의 양심과 세계의 속살이 직면하는 때는 바로 그런 순간이 아닐까. 어느 쪽으로 치우치지 않는, 어떤 무게도 확인할 수 없는 이심전심의 상태에서도 물론 어떤 화음은 흘러나올 수 있다. 그런 와중에 김언은 저울의 기울기보다도 저울의 눈금을 의심스럽게 보고 있다.

계속해서 의심하는 것을 실험적인 태도라고 말할 수 있다면, 김언은 언어를 대상으로 하는 실험을 두드러지게 꾸준히 감행해왔다고도 할 수 있다. 김언의 실험에 대상이 되는 것은 기본적으로, 혹은 표면적으로는 언어이지만 심층적으로는 언어의 내부에 유동하는 어떤 에너

---

3   김수영, 「시여, 침을 뱉어라」, 『김수영 전집 2』, p. 400.

지이다. 그것은 특별히 대상을 침투하는 실험자의 시선에 의한 것이기도 하거니와 실험 대상인 언어 자체의 특성에 의한 것이기도 하다. 언어는 머무르며 고정되지 않고 끊임없이 움직이면서 의외의 상황을 연출한다. 또한 그때 발생하는 각개의 상황들은 연속적이더라도 규칙적이지는 않다. 그런 점에서라도 대부분 시인에게 언어를 탐구하고자 하는 욕망이 없을 리 만무한데 그중에서도 김언의 욕망은 유독 계획적이고 치밀해 보인다. 그것은 김언이 어떤 의심을 다시 의심하기 때문이다("차이를/저울에 달아본다는 것",「문학의 열네 가지 즐거움」). 이는 비유하자면 양팔저울의 가상적 균형을 의심하는, 계산도 하기 전에 문제를 검산하는 태도이다. 그러한 김언은 마치 놀이하는 아이처럼 주어진 순서를 뒤집고, 사뭇 진지하게 몰두하고, 흥미가 다하면 방식을 바꾸기도 하면서 시를 쓴다.

의심하는 시인의 의도적인 실험과 놀이하는 아이의 비의도적인 모험이 세계와 만날 때 김언만의 특별한 언어가 구상된다. 따라서 김언의 시가 문법이나 상식으로부터 자유롭다는 것을 굳이 언급할 필요는 없어 보인다. 김언의 언어에서 주목할 것은 비문으로 규정되는 일탈이 아니라 오히려 그 자유로움의 발생 자체에 있기 때문이다. 그 자유로움은 무엇에 대한 의도된 의심에서 무심결에 다른 것으로 건너가게 하는 비의도로서의 방식에서 우러나오는 것일 텐데, 다시 김수영의 말을 빌리자면 이는 형식이 담보하는 내용의 자유로움과 같은 아이러니를 보여준다.

그렇게 언어로 뻗어 나온 의심이 결국에서 어떤 자유로움과 만날 때, 누군가는 "세상의 모든 '자연스러운' 말들에 잡음과 소음으로 제동을 걸면서" 일으키는 사건을(신형철,『소설을 쓰자』,「해설」), 누군가는 "상호 모순적이거나 서로를 미끄러지게 하는 복수의 감각들과 생각들과 입장들의 복합 상태"를 보았다.[4] 이들이 본 것은 결국 하나의, 끝이 없는, 미결의 사건이다. 이들이 사건을 말할 때 주목하는 것은 김언의 문장이지만, 그 이면에서 평범한 일상에 일상적으로 시비를 걸고 계속해서 다른 사건을 일으키는 미운 여섯 살의 행태를, 그 제동과 모순성에 닿아 있는 비의도적인 의심의 상태를 지적하는 것 같기도 하다. 이렇게 김언의 언어에서 솟아나는 자유로움은 어떤 규칙과 그것의 발생에 대한 무심함을 자발적으로 통제하는 자유이다.

> 식모는 말이 없다.
> 말을 많이 하면 밥이 상한다.
> 그런 미신 때문에 더 많은 밥을 하는
> 식모의 말은 짧고
> 강하고 없다.
>
> 밥이 없는 것보다 더 무시무시한 말
> 생각이 없는 것보다 더 무시무시한 몸
> 그 몸으로 밥을 하고
> 그 몸으로
> 말이 없다.
>
> ──「식모」부분

"말"과 "밥"과 "몸"을 나열해놓은 이 시에는 저 한 글자 단어들의 조합으로 인해 특이한 정서가 조성된다. 내용에 대한 이해에 앞서 형식의 통일성이 주는 느낌은 '말'과 '밥'과 '몸'이 서로 대체 가능한 관계를 갖고 있을 것이라는 추측과 다르지 않다. 우선 인용된 부분은 식모

---

4   김행숙, 「〈누군가〉〈무엇인가〉 쓴다」, 『세계의문학』 2009년 가을호.

라는 인물을 소개하면서 인과 관계에 의한 스토리를 품는다. 그때 화자는 '말수가 적다'는 의미로 쓰이는 관용어구인 '말이 없다'는 말을 차용함으로써 말의 유무에 따른 다중적인 해석을 유도한다. 그 유도된 해석은 말이 많으면 밥이 없기("상하기") 때문에 말을 적게라도 하기 위해서 밥을 많이 하지만, 그럼에도 말은 없을 가능성이 있다("강하고 없다")는 것이다. 하나가 많으면 다른 하나가 적다는 단순 논리가 아닌, 많음〔多〕과 없음〔無〕을 인과 관계로 두는 것은 어쩐지 어색하지 않은가. 김언은 기존의 말에서 (불)가능성이나 어색함으로 드러나는 의심을 다시 의심한다. 따라서 김언은 "없다"는 말을 무(無)인 동시에 많음을 부정하는 상태를 의미하는 말로 다시 쓴다.

그리하여 "밥이 없는 것보다" "말"이, "생각이 없는 것보다" "몸"이 "더 무시무시"하다는 문장은 '밥이 적은 것'보다 '말'이, '생각이 적은 것'보다 '몸'이 '더 무시무시하다'는 말로 이해할 수 있다. 무시한 것으로 지시되는 것은 '말'과 '몸'이지만, "~보다"와 "더"라는 비교격 품사로 인해서 정도의 차이만 있을 뿐 무시하지 않은 것은 없음을 알 수 있다. 결국 앞서의 어떤 느낌은 비가시적인〔無視〕 '말'이 가시적인 '밥'이나 '몸'과 함께 나열됨으로써 제 내부("생각")를 통해서 가시적인 것으로 체현("몸")될 수 있는 가능성이기도 하다. 이러한 가능성을 품는 말이 금언(金言)이다. "말을 많이 하면 밥이 상한다"는 금언은 '식사 자리에서는 말수를 줄여라'는 금언(禁言)의 규범을 담고 있지만, 무엇도 직접 강제하지 않는다. 그럼에도 우리는 저 문장에서 무시무시한 무엇을 체감한다. 말이 있기 때문에 밥이 없다는 것처럼 논리로 해명되지 않는, 비논리로서의 그 가능성은 "미신"과 같이 체감되는 무엇에 있다.

이와 결부하여, 이 시의 첫 문장으로 돌아가서 "식모"라는 주어가 "없다"라는 술어를 취하게 되는 조건이 "말"이라는 점에 주목해보자. 김언은 언어가 미신(迷信)에 불과하다는 일종의 의심을 의심한다("모든 언어는 은어이니까", 「톰의 혼령과 하품하는 친구들」). 김언은 어떤 강제도 없지만 '무시무시하여' 무시(無視)할 수 없는 '미신'을 '밥'과 비벼놓음으로써, 구체적인 생활의 보이지 않는 층위에서 무시(無時)로 몸을 이끄는 동력이 되기도 하는 금언을 시화한다. 이것은 순수한 말의 전위(專爲)로서 형식을 말하는 동시에 그 순수성에 제동을 거는 내용인 모순("미신")을 말하기 위해서이다. 다시 말해 김언은 전위의 모순을 통해 언어의 자유로움이 품고 있는 자발적인 금지(禁止)의 상태를 말하고자 한다. 그것이 금언(金言)의 금언(禁言)이다.

2. 이설(異說)

시인이 언어를 통해서 세상과 소통하고, 그때 소용되는 언어는 일상적인 생활에서의 그것과 어딘가 다르다고 할 때, 우리는 시의 언어가 일상의 언어와는 '다른 방식'으로 우리에게 말을 건다는 데 주목한다. 하지만 일상어에도 시적이라고 할 만한 것이 있고, 더 엄밀히는 시의 언어와 일상의 언어는 말을 하는 방식만으로 간단히 구별되지 않는다. 말을 하는 방법과 그로써 소통을 시도하는 상황에 따라 하나의 언어에서도 무수한 차이가 발생하기 때문이다. 그런 이유로 문장의 차이는 주로 문법과 같은 규칙보다는 유동하는 말들이 형성하는 어떤 상황의 차원에서 모색된다. 일상과 시의 경우, 구별 없이 문장의 내부에는 획일적인 법칙이 설명할 수 없는, 문장의 형성에 관여하는 것들에 깃든 특수한 감정이나 판단까지도 포함되기 때문이다. 따라서 우리가 어떤 문장(시)을 한정하여 그것을 메타 문장의 자리로 끌어올 때, 최소한의 공지(公志)를 위해 어쩔 수 없이 문법을 필요로 하지만, 정말이지 그것만으로는 충분하지 않다.

김언은 문법에 대한 기존의 의심을 의심한다. 다시 말해 기존의 의심이 어떤 문장의 문법적 해석과 그 문장이 연상시키는 상황이 어긋나는 지점을 가리킨다면, 김언은 다시 그 지점을 의심스럽게 여긴다. 그러므로 김언의 비문(非文)을 단순히 문법의 위반으로 보고, 그 효과를 문법에 충실한 문장과 대조하여 읽는 것은 옳지 않다. 문법 역시 결국에는 언어이기 때문에 의미의 지시에 한계를 가지며, 더군다나 체계를 구획하는 언어(문법)가 체계를 파괴하는 언어(시)와 같은 층위에 놓일 리가 만무하기 때문이다. 무엇보다도 김언의 경우에는 그것들이 의심의 이유가 되지 않는다. 김언이 문법에 충실한 문장과 어딘가 다른 문장을 쓸 때는 그것이 시라서, 규칙으로 봉합하지 못하는 것들을 시적 허용을 통해 드러내기 위해서가 아니다. 김언은 시적 '허용'과 같은 의도된 의심을 다시 의심한다 했다. 김언은 시적 허용에 길든 문장이 오히려 시적 욕망을 관습화하고 있다고 보고, 그것의 일환으로서 어떤 당연시를 유발하는 문장을 의심한다.

> 내가 덥다고 말하자 그는 문을 열었다.
> 내가 춥다고 말하자 그는 문을 꼭꼭 닫았다.
> 내가 감옥이라고 말하자 그는 꼼짝 말고 서 있었다.

> 2 더하기 2는 네 명이었다. 남아도는 것은 꼭 필요한 것이었다.
> 내가 유죄라고 말하자 그는 포승줄에 묶였고
> 내가 해방이라고 말하자 그는 머리띠를 묶고 앞으로 나아갔다.
> 그는 꼼짝 말고 서 있었다. 버스 안에서

> 이제 그만 내릴 때라고 말하자 그는 두 발을 땅에서 뗴었다.
> 내가 명령이라고 말하자 그는 망령처럼 일어서서 나갔다. 누군

가의 입에서.

──「감옥」전문

김언은 우선 문장이 연상시키는 상황과 문법적 이해가 어긋나는 지점을 말하기 위해 언어의 수행사적 역할에 주목한다. 앞의 시의 화자가 무엇이라고 "말하자" "그"는 그 말에 따른 행동을 한다. 화자의 말에 문이 열리거나 닫히고 그가 서 있거나 묶이거나 전진하거나 공중으로 떠오른다. 덥다고 말하면 문을 열고, 춥다고 말하면 문을 닫는 상황 자체는 얼핏 보편타당하게 여겨진다. 그러나 덥고 추운, 개별적으로 감지되는 상황과 문이 열리고 닫히는, 보편적으로 행해지는 사건이 화자의 말로 연결될 때, 그 이음새를 의심(식)하지 않을 수 있을까. 무심한 듯 담담한 김언의 저 각 문장의 쓰임과 문장들의 배치는 문장들이 연상시키는 상황이 우리에게 당연하게 여겨질 것임을 예측하는 동시에, 그 당연하게 여김을 의심하는 데서 비롯된다. 다시 말해 우리는 문법(수행사)에 충실한 상황을 당연하게 여기지만 김언은 언어의 수행사적 역할을 통해서 그러한 상황에 내재하는 허구를 지적하는 동시에 그 허구를 구성하는 관습적 이해를 의심하는 것이다. 이로써 결론부터 말하면 김언은 문장의 오해를 유도한다.

오해를 유도하는 하나의 방편으로 김언은 "나"와 "그"를 명확하게 구분하지 않는다. 화자인 '나'에게는 '그'라고 호명되는 존재가 '나'의 의식을 벗어나 있는 이 시의 여백, 혹은 '그' 이외의 모든 것일 수 있다. 그런 의미에서 '그'를 '나'의 무의식이라고도 할 수 있다. 그렇다면 문을 여는 이는 보이지 않지만 문이 열리고 아무도 나서지 않았는데 누군가의 동태가 변화하는 등의 일련의 양상들은 마치 유령("망령")의 작당처럼 보인다. 같은 맥락에서 '나'의 "말하자"를 '바라자' 내지는 '생각하자'로 고쳐 읽을 수도 있다. 그렇게 이 시에는, 혹은 수행문들에는 '나'

의 말대로 움직이는 것 같지만 실상 그렇지 않은 무언가가 있다.

김언은 문법 체계로서의 문장이 그것이 연상시키는 상황을 적시(摘示)하지 못한다는, 보편타당하게 여겨지는 그 의심을 적시(敵視)한다. 이렇게 당연시되는 것에 있는 틈을 노려봄으로써 김언이 발견한 것은 이중의 오해, 즉 오해의 오해이다. 김언은 '나는 말한다'와 '그는 문을 연다'를 복문으로 적으면서 수행사가 수행하지 못하는 화자의 욕망 같은 것을 드러낸다. 가령 '나'가 덥다고 말할 때 '나'가 원하는 것은 문을 여는 행위가 아니었을 수도 있지만 그 말을 듣는 이의 오해로 인해 문은 열리고, '나'는 그 오해를 일종의 이해로 수긍하는 지점에서 상황 전체에 대한 합의가 도출된다. 그러므로 대부분의 언어적인 상황에서의 이해는 문법을 충실히 따르면서 개인의 욕망은 은폐하는 오해와 다르지 않다고 할 수 있다.

말을 하는 사람과 듣는 사람이 있기 때문에 그들 사이에 어쩔 수 없는 간극이 생긴다. 그 간극을 강제로 메우려는 의도에서 화자("나")는 더 직접적인 말("명령")을 하지만 그럴수록 화자의 시도는 실패하기 쉽다. 그 간극은 현실의 체계를 표방하는 언어로 포박할 수 없는 것("망령")을 암시하고, 그러므로 현실에서 가장 강한 말은 실제로 가시화되지 않는 것들이다. 현실은 확고하게 말할수록 죽어가는 것이 있다는 것을 모른 채, 단순히 더 명확한 문장을 구사하면 문법적 해석과 이해의 상황이 어긋나는 지점을 좁힐 수 있을 것이라 믿는다. 김언은 현실의 그 의심과 나름의 해결책을(이해라고 말하지만 사실은 오해인) 의심하면서 그와 같은 상황을 "감옥"으로 은유한다. 여기서 모든 상황은 은유로써만 형언되고, 은유의 체계를 벗어나서 말해지는 것은 단지 허상일 뿐이라는 김언의 목소리가 드러난다. 그 목소리는 "2 더하기 2는 네 명이었다"와 같은 구절에도 스며 있다. 이 문장과 이 시의 마지막 구절("누군가의 입에서")을 연결 지어 보면, 입에서 나가는 것은 말일 수도, 숨일 수도 있지만 김언은 그것을 숫자 0과 같은 것으로 본다. "네 명"이라고 할 때의 단위를 보아 "2"는 사람을 지시한다고 할 수 있을 텐데, 그렇다면 무엇이 발설되는 곳("입")에는 사람이 없다("그 사이에는 사람이 없다", 「불멸의 기록」). 혹은, 0은 모든 수를 가능하게 하는 수이므로, 모두가 그곳에 있다.

김언이 기존의 언어적인 상황에 대한 의심을 시화함으로써 그 의심을 '다시' 의심하는 방식으로 오해를 유도할 때 우리가 맞닥뜨리게 되는 것은 이해라는 이름으로 당연하게 여겼던 것의, 즉 현실의 중지(衆志)의 중지(中止)이다("내가 감옥이라고 말하자 그는 꼼짝 말고 서 있었다"). 김언은 언어적인 상황 속에서 말에 의해 소외되어 있던 사람을 본다. 모든 언어는 발설된다는 점에서 언제나 "누군가의 입에서" 시작하지만 끝은 제각각이다. 화자는 방치되고("한동안 나는 방치되고 있었다", 「방치」) 말은 흩어지면서 또 다른 입을 출입한다("그들은 흩어지면서 빈집을 방문한다", 「사건들」). 이는 소문(所聞)이 소문(疏文)으로 오해되는 상황이기도 하며 김언은 이 상황에 맞서 말에서 중요한 것은 말이 지시하지 못하는 부분이라고 말한다("남아도는 것은 꼭 필요한 것이었다"). 실로 '나'의 고유성은 언어로 호명할 수 없다. 숫자 "2"로 지시된 것은 무기명(無記名)에 다름 아니다. 다시 그 텅 빈 이름에서 '감옥'을 떠올리는 것은 어떠한가.

지금까지 우리는 시의 언어에 관한 의문을 개진하고자 했다("문을 열었다"). 그것은 다시 말해 시인의 목소리에 대한 응답이다("내가 덥다고 말하자"). 김언의 경우에 그 목소리는 문법적 이해에 어긋남으로써 언어적 상황을 돋보이게 하기보다, 그 어긋남 속에 은폐되어 있는 사람을 조명한다. 그것은 시적 허용이라는 허울로 문법에의 이탈과 초월을 통해 갱신을 도모하기보다는, 갱신의 의도를 의심하면서 갱신 이전의 목소리를 추구하는 방식이다. 그러므로 김언의 목소리는 말하지

202

못하는 자를 대신하는 말이 아닌, 말하지 못하는 자의 말이다("오해하지 마세요./나는 방금 전까지 아무 말도 안 했습니다. 무엇이 들립니까?", 「헬렌, 무엇이 들립니까?」). 김언은 「자연」이라는 시에서 이 말을 구체화한다. 이것은 문명에 대립하는 무엇의 말이다("무책임하게도 나는 입 밖에서 살고 있다"). 또한 이 말은 문장의 문법적 이해와 문장이 연상시키는 상황의 어긋남이 이해라는 합의에("책임") 오히려 합당한 것임을 드러내는("당신이 책임질 수 있는 말들과 내가 책임질 수 없는 말들이 교묘하게 맞아 들어간다") 동시에 그 어긋남을 당연하게 여기는 태도를 의심하는 말이다("자유 때문에?", "마침내 자유를 떠난다"). 김언은 이 시에서도 '우리'와 '나'의 말을 의도적으로 구분함으로써 문법에 충실한 말과 그렇지 않은 말을 예시한다. 달리 말해 어떤 법칙에도 귀속되지 않는 말이야 말로 인간의 말이다.

3. 분신

그러므로 김언이 실험을 도모한다고 할 때, 표면적으로 제기하는 대상은 언어이지만 그 이전에 그의 관심은 사람의 내부[人內]에 있기도 하다. 언어 영역은 인간을 대상으로 하는 무조건의, 무기한의, 무지막지한 실험 과정 자체라고도 할 수 있기 때문이다. 그 실험은 어떤 주어도 문장을 지배하거나 지시할 수 없다는 것을 전제로 한다. 이왕에 비어 있는 자리이므로 누구도 주체할 수 없는 주체들은 잠깐씩 그 자리를 차지하지만 그때마다 주체의 허망함은 오히려 가중된다. 주어의 자리가 비워졌다 채워지는 행위의 반복은 언표와 의미의 간극을 더욱 극명하게 드러낼 뿐이기 때문이다. 그런 점에서 시는 무명(無名)인 주어의 미명(未明)에 대한 헌사이다.

아리스토텔레스는 화자(話者)의 말이 없이도 사태가 올바로 표현될 수 있다면 화자가 무슨 소용이 있겠느냐며, 시의 효과는 화자의 언어에 의해 산출되어야만 한다고 자문자답했다.[5] 시는 언어이지만, 그 이전에 주어의 언어이다. 주어는 공허하지만 주어의 언어는 만원이다. 그러므로 시는 공허와 만원을 동시에 노리는 것인가 질문할 수 있다. 그 질문은 김언에게로 와서 다음의 의문문이 된다. 시에서의 언술 주체(김언)는 어떤 주어(화자)의 주체성을 어떻게 형상화함으로써 시인의 목소리를 내는 것인가. 미리 답하면 김언은 비어 있는 주어의 자리를 오히려 더 공고히 비우는 데 주력한다.

빈자리를 다시 비우는 역설은 주체의 인식을 비우는 데에서 가능해진다. 주어의 자리가 비어 있을 수 있는 것은 언술 주체가 비어 있지 않은 자리까지를 인식 내부에 마련해두었기 때문이다. 김언은 모든 자리가 비어 있다고 말하는 대신에 '비어 있지 않은 자리는 없다'고 말한다. 김언의 방식으로 말할 때 적어도 언술 주체의 인식에 마련되었던 관념의 자리들은 사라진다. 다시 아리스토텔레스의 말을 빌려 말하면, 이것은 어법의 상이한 사용에 의해 의미의 변화를 초래하는 어조(語調)의 일환이다. 다시 말해 김언에 의해 달라지는 것은 화자의 어법(주어)인 동시에 주어에 대한 명명으로서의 시 자체이다.

그리하여 김언 시의 주어는 가득 빈자리이다("나는 문장 안에서 단어를 대신할 수 있다",「오브제의 진로」). 이 주어는 단순한 개체이기 이전에 무수한 원소들의 집합 상태인 분자(分子)이다. 김언은 현미경적 시선으로 세상을 조망한다. 이것은 가시적인 것만을 언어화하는 어법에 대한 반항(反抗)이자 반항(班行)이기도 하다. 실상 현실의 대부분은 운동하고 있는 상태이지만, 명명하는 언어는 그들의 가시적인 면에만

---

5   아리스토텔레스,『시학』, 천병희 옮김, 문예출판사, 2002, p. 117.

주목하여 고정된 형태를 본다. 그러한 의심에서 비롯된 김언의 실험은 개체에 실재하는 비가시적인 것으로서의 가능성을 전제로 한다. 루이예가 "비눗방울은 원소의 집합체로 구성된 정적인 형태인 반면, 코끼리는 단일한 진행 활동 속에 다양한 자체-형성하는 형태들(분자, 거대 분자, 기관 등)을 구성하는 하나의 자체-형성하는 형태이기 때문"에 "코끼리는 '거대-미시적 존재'이고 비눗방울보다 더 미시적이다"[6]라고 했을 때, 김언의 개체는 그 코끼리와 닮았다. 그러한 실재적 형태가 가능한 이유는 주어가 언어와 결부된 존재이기 때문이다. 김언이 의심하는 개체의 실재성은 무엇보다도 문장의 주어에서 비롯된다.

> 우리는 어떤 것도 말해 줄 것 같지 않다.
> 우리는 어떤 보편적인 환상을 가지고 있는 듯하다. 혀에 대해서.
> 혀가 닦아 놓은 길에 대해서. 광택이 전부인 어떤 뱀에 대해서도
> 마찬가지 결론을 내려야 할 것 같다. 혀가 움직이는 순간
>
> 말은 지나간다. 공기를 향해
> 우리는 귀를 쫑긋 세우고 음악은 지나간다. 나는 공기에 빠져서
> 허우적거렸지만, 여러 번 듣고서야 그게 음악이라는 걸 알았을 때
> 의 표정을 우리는 또 말하고 있다.
>
> ──「뱀에 대해서」 부분

인용한 부분은 내용상 연역적으로 서술된다. 앞의 부분이 화자("나")의 주지라면 뒤의 부분이 그에 대한 부연이다. 주목할 것은 저 "말"들이 "우리"라는 주어로부터 발화되는 것이고, 화자는 '우리'라는

---

6   로널드 보그, 『들뢰즈와 음악, 회화, 그리고 일반 예술』, 사공일 옮김, 동문선, 2006, p. 290.

보편 주어의 행위에 대해서 정의하고 있다는 점이다("결론을 내려야 할 것 같다"). 그러므로 저 문장들에서 화자의 말과 주어의 말은 서로 다르다. 화자("나")는 주어("우리")가 오브제들을 거느리면 거느릴수록, 또는 '우리'를 구성하는 주어가 다양할수록 '우리의 말'이 모호해진다고 말한다. 이것은 모두 다른 성질들을 하나로 묶어내려는 것이 곧 '우리'라는 말이자, 우리fence를 만드는 언명의 속성이라는 데 시인의 의심이 닿아 있기 때문이다.

그러므로 김언의 환유이기도 한 화자("나")는 "~것 같다", "~듯하다"와 같은 어조를 통해 개체보다는 범주를, 확신보다는 짐작을 드러내는 문장을 전유한다. 비록 그것이 '우리we'라는 확고한 주어를 담보하는 문장이라 하더라도 화자의 말하는 태도에 의해서 의미는 모호해진다. 이 모호함이 지시하는 것은 범주와 짐작으로서의 "말"과 "음악"이다. 모호함의 원인은 정의와 같은 언어의 우리에 가둘 수 없는 그 자신들의 속성에 있다("말은 지나간다", "음악은 지나간다"). 그러므로 화자("나")가 결국에서야 말하는 것은 다만 속할 수 있을 뿐 알지(보이지) 못하는(않는) 것에 대해서이다("나는 공기에 빠져서 허우적거렸지만").

결국 주어는 '우리'를 통해 채워진 듯해도 '나'와 같은 원자의 이탈을 통해 빈틈을 보인다. 이것은 말과 주체의 틈이기도 하다. 말(화자)을 통해서 말(주어)의 허상이 드러난다. 김언은 언어의 속성을 단순히 언표와 의미의 어긋남 내지는 "음악"이나 "표정"의 지시불가능성으로 말하지 않는다. 그 대신 김언은 언어를 사물화하고("혀", "뱀") 그 사물의 공통적인 물리적 속성을 통해서("두 갈래 세 갈래 혀를 내밀고" "허물을 벗고" "뒤집어쓰고" "덮어쓰"고 "지나간다") 언어의 속성을 은유한다("나는 잠시 혀를 묘사했다").

이것이 가능한 이유는 화자("나")가 형태("우리")가 아닌 상태로의 주어이기 때문이다. 즉, 김언의 주어는 상태로서의 주어(週語)이다. '우리'는 말과 음악을 듣는다고 할 때, 그중 일부를 취하는 입장에 있다. 가령 음악은 공기 분자의 진동 양태이고, '우리'는 그 파장을 신체의 일부분을 통해("귀를 쫑긋 세우고") 촉각적으로 받아들이는 행위로서 '듣는다'고 말한다. 이와 같은 '우리'의 언어를 의심하는("우리는 어떤 보편적인 환상을 가지고 있는 듯하다") 김언에게 주어는 공기 분자와 뒤섞이며 분화하는 음악 자체이다.

이렇듯 김언의 시에서 명사는 동사나 형용사처럼 보인다. 그러므로 이 주어(명사)들은 하나가 다른 하나의 수식, 혹은 분화 조건이 되는 방식으로 관계를 맺는다.

> 우리는 문제를 열고
> 대화에 푹 빠진다
> 사랑에도 빠지고
> 우울증에서 벗어난다
>
> 어디라도 좋다 각자의 입장에서
> 우리들의 의견은 모인다
> 반경 1km 이내
>
> 거기 있다고 생각되는
> 당신의 상상은
> 깊이깊이 다른 건물을 쌓아 올린다
>
> ──「테이블」 부분

위에서는 부분을 인용했지만 이 시의 어디에서도 화자("나")와 "당신"의 "대화"나 "사랑"에 필요한 교감의 상태는 포착되지 않고, 오히려 일말의 욕망마저도 상실한 허무한 주체들만이 보인다("우울증에서 벗어난다"). 중요한 것은 이 주체를 포괄하는 이름인 '우리'이다. 이것은 '나'와 '당신'이 모여 만드는 공지(共地)이자 각 주어의 말이 모이는 공지(空地)이다. 김언은 오히려 이 빈자리 때문에 '나'와 '당신'이 대화와 사랑에 "푹 빠진다"고 말한다. 이 빈자리는 "각자의 입장"을 "우리들의 의견"으로, "당신의 상상"을 "내가 생각하는" 것으로 변화시키는 역할을 한다. 김언이 비가시적이고 유동하는 상황을 가시적이고 고정된 "테이블"로 지시하는 이유는 그것이 대화나 사랑에 "빠진다"고 말할 수 있게 해주는 "수위" 측정의 기준으로서 고원table이기 때문이다. 그렇게 상태가 변했다고 말하기 위해서는 그것을 증명할 고정점이 필요한데, 김언의 개체들은 계속해서 유동한다. 예외적으로 김언이 긍정하는 고정된 상태가 있다면 이와 같은 방식으로서의 "관계"이다. 이는 하나가 다른 하나의 분화 조건이 되고, 그 둘이 만나 변화하기 직전의 어떤 찰나로서의 가정이기도 하다.

4. 시의

　무엇의 동태(動態)를 지시하는 문장이 있고, 존재를 증명하는 문장이 있다. 전자는 후자의 경우를 포함하므로, 두 경우는 엄밀히 구분되지 않는다. 가령 '나는 말한다'는 문장은 '나'의 동태를 지시하는 동시에 말하는 '나'가 있음을 증명한다. 그런데 저 문장이 '나는 말했었다' 또는 '나는 말하겠다'로 바뀔 때, '나'의 존재는 위협을 받는다. 문장이 변하는 시점(時點)을 기준으로 하여 주어의 존재가 모호해지고 그에 따라 서술어가 지시하는 상황도 흔들린다. 이때 문장에서 변하는 부분은 '시간'이다. 이렇게 문장이 품고 있는 시간이 변하면 문장 전체가 변화한다. 어법에서 시상(時想)이라고 정의되는 이것은 주로 동사의 형태 변화를 통해서 나타나지만 그와 같은 획일적인 분류법으로는 각각의 문장 내부에 흐르는 시간을 포착하지 못한다. 시상은 말 그대로 시간에 대한 주어의 생각이기 때문이며, 그리하여 하나의 문장은 발화되는 (쓰이는) 순간뿐만 아니라 그 문장이 겉으로 드러내는 시간과 그 문장에 은밀히 연관된 다른 문장의 시간에 동시에 걸쳐 있기 때문이다. 문장 내부의 시간은 어느 때로 규정할 수 없는 비논리적인 현상이다. 그런 점에서 문장은 문장의 예외(例外)에 있다. 시간성을 탈색하고 단지 참과 거짓의 경우만 갖는 공리적인 명제는 그 예외의 예외에 있다. 김언은 명제처럼 논리적 법칙을 통해 어떤 진위가 증명되는 문장을 의심하는 태도의 연장선상에서 명제와 명제 아닌 문장을 구별해주는 문장의 시간성에 주목한다. 지구의 형태가 변하지 않는 한, '지구는 둥글다'는 문장에는 시간이 흐르지 않는다. 하나의 문장을 가로지르는 복선(複線)의 시간이 암시하는 것은 곧 주어와 서술어의 다양한 '변화 가능성'이다. 김언은 이 같은 문장의 속성을 통해 문장이 곧 사건임을 증명하려 한다.

> 이보다 명확한 사건을 본 적이 없다.
> 사건 다음에 문장이 생기는 것이 아니라
> 문장 다음에 사건이 생긴다. 어떤 문장은 매우 예지적이다.
> 어떤 문장은 매우 불길하다. 그리고 어떤 문장은
> 자신의 말에 일말의 책임을 진다. 그것은 조금 더 불행해졌다.
> ──「이보다 명확한 이유를 본 적이 없다」 부분

화자는 "사건 다음에 문장이 생기는 것이 아니라/문장 다음에 사건이 생긴다"고 말하면서 문장과 사건의 선후 관계를 밝히려는 듯하다. 저 추론에는 시간상 선행하는 것을 뒤따르는 것의 원인으로 전제하는 논리가 있다. 그러한 화자의 방식으로 저 문장을 분석하면 '문장이 사건의 원인이다'라는 의미가 추려진다. 이렇게 원인이 밝혀졌으므로 저 사건은 "명확한 사건"이 되지만, 그러고도 여전히 남는 의문이 있다. 문장이 사건을 어떻게 초래했는가.

문장의 시간성에 의해서 하나의 문장은 하나의 의미를 가질 수 없다. 때문에 문장을 통해 서술되는 서사(敍事)로서의 사건도 단순한 의미를 가질 수 없다. 하나의 문장이 다른 문장의 비의(非意)를 구성함으로써 불가피하게 의문이 의문을 낳는 형국이다. 이렇게 문장의 연쇄로서 발생하는 복잡다단한 의미를 김언은 사건이라 칭한다. 그러므로 사건은 인물(주어)과 시간(서술어)이 맺는 각기 다른 관계라고도 할 수 있다. 각기 다른 관계 양상으로서의 각 문장들은 그 자체로도 하나의 사건이지만, 김언이 더욱 주목하는 것은 그 문장들이 이어지면서 만들어내는 사건이다.

"매우 예지적이"고 "불길하"고 "일말의 책임을 지"기 위해 "조금 더 불행해지"는 각각의 문장들이 모여서 만드는 것은 과거와 미래의 느낌이("예지적"이고 "불길"한) 모두 수렴되는("책임"지는) 현재의 사건이다. 문장에 기입된 시간에 의해 문장이 곧 사건이 된다면 그 메커니즘을 효과적으로 보여주는 언어 중에 "약속"이 있다. 약속을 하는 때는 과거에, 약속이 이뤄지는 때는 미래에, "약속대로"라는 문장은 현재에 있음으로 인해 하나의 문장이 곧 어떤 사건을 지시한다("약속대로 전쟁이 터졌다"). 여기서의 현재는 순간과 같은 시간이다. 또한 시간은 정지하지 않으므로 현재의 문장은 계속해서 발생하는 사건이다("순간순간을 파괴하며 돌아오는 말"). 따라서 문장(의 쓰임)은 그 자체로 어떤 사건(의 발생)이다. 하지만 문장은 애초에 읽(히)기 위해 쓰(이)는 것이므로 이 '문장으로서의 사건'은 문장이 읽힐 때도 역시 고려해야 한다. 읽는 이의 의도에 의해 한 문장이 특정 사건으로 발생할 가능성이 좌우되는 상황이, 즉 사건의 재구성이 이뤄질 수도 있다. 이렇게 사건과 문장의 선후 관계는 무의미해진다.

　김언은 쓰(이)고 읽(히)는 각각의 사건이 발생하는 때, 내지는 그 사이의 시간으로 인해 모든 문장은 "논리와 오류를 함께 내장"한다고 본다. 논리와 오류가 한 문장 속에 함께 있다는 역설의 근거는 문장이 품고 있는 시간으로 인한 가능성에 있다. 저 문장에서 '논리'와 '오류'는 문장을 쓸 때와 읽을 때 각각 다르게 발생하는 '의도'와 '해석'의 다른 이름이기도 하다. 김언은 사건을 발생시키는 문장의 시간성을 다시, 문장을 쓰고 읽는 이의 의도와 해석에 연관 짓는다.

　　　　당신과 내가 유령 시장에서 처음 만났을 때
　　　　지불해야 될 돈을 놓고 한동안 실랑이를 벌였을 때
　　　　당신이 처음으로 했던 말은 '얼마?'였고
　　　　내가 마지막으로 했던 말도 '얼마?'였다

　　　　얼마를 사이에 두고 흥정은 깨졌다 얼마간
　　　　유령이 필요한 사람은 나였고 얼마간
　　　　유령을 보관해야 될 사람도 너였다 당신,

　　　　［…］

　　　　좀 더 나를 가져가세요 당신의 의도만 있다면
　　　　나는 충분히 움직이고 흐름이 없습니다 당신을 따라
　　　　말 못하는 고함이 될 수도 있습니다

비법(非法)의 비법(秘法)　　　211

당신이 보지 않으면 안 보이는 곳에서
당신이 숨어 있으면 나 또한 백주대낮에
가축들 속으로 사라지는 나를 봅니다

음매 하는 소리를 들었다면 그건 납니다
꿱 하는 소리를 들었다면 그 또한 돼지가 아닙니다
시장은 분주하고 행인은 저 혼자 걷는 사람이 아닙니다
상인은 저 혼자 물건을 진열하지 않습니다

—「유령 시장」 부분

문장에 기입된 어떤 '의도'에 대한 김언의 의심은 앞의 시에서 적절
하게 드러난다. 저 시의 특징은 특정 사실에 대한 여럿의 입장이 한 화
자를 통해 요약 정리되어 전달되지 않고 제각각의 목소리로 발언된다
는 데 있다. 인용한 부분의 중략한 지점을 기준으로 하여 후반부에 등
장하는 '나'는 전반부의 '나'나 '당신'이 아니다. 또한 복잡하게 보이는
이 이야기는, 그러나 다만 전반부에 등장하는 '나'와 '당신'이 "유령시
장에서 만났을 때"와 "한동안 실랑이를 벌였을 때" 사이에 벌어진 사
정이다. 이 이야기를 하나의 사건이라고 한다면 '나'와 '당신'이 만난
'때'와 실랑이를 벌이는 '때'는 각각 사건의 "처음"과 "마지막"을 지시
하는 시간이다. 그리하여 흥미롭게도 이 "한동안"의 사건은 "얼마?"라
는 한 문장으로 요약된다. 이 문장이 저 사건의 처음과 마지막을 지시
하는, 사건을 발생시키고 종결시키는 "말"이기 때문이다. 이 하나의 문
장에는 "상인"과 "손님"으로 보이는 '나'와 '당신'의 서로 다른 의도가
개입한다. 이렇게 하나의 문장을 다른 의도로서의 다른 목소리로 발화
할 때 사건이 점화된다.
그렇게 하나의 문장에 개입하는 저 각각의 의도와 그로 인한 다른

해석이 또 다른 사건을 야기한다. '나'와 '당신'이 "흥정"을 시도할 때 "얼마를 사이에 두고" 있고, 그때 나와 당신의 사이[間]에 놓인 '얼마'가 의미하는 것은 "지불해야 될 돈"이다. 그런데 이것은 돌연 "얼마간"과 같은 시간 개념으로 오해된다. '얼마'(돈)는 '얼마간'(시간)이 되어 "필요한 사람"과 "보관해야 될 사람"이라는 각각의 입장을 더욱 부각시키면서 해석은 원래의 의도를 빗겨간다. 이렇게 의도("얼마?")와 해석("얼마간")의 간극이 사건을 발생시킨다.

이로써 김언은 문장에 개입하는 모종의 의도를 "유령"과 같다고 본다. 그처럼 비가시적인 것은 무엇보다도 어떤 정도("얼마?")를 측정할 수가 없기 때문에 애초부터 합의("흥정")가 불가능한 대상이다. 그러므로 화자의 의도와 해석을 결코 배재하지 못하는 문장은 저마다 개별적이고("각자의 소속감") 내밀한("각자의 말 못하는 친구") 사건일 수밖에 없다.

5. 보행

김언의 시에는 '걷다'라는 동사 외에도 걸어 다닐 때 쓰이는, 가령 발, 다리, 배꼽 아래 부분, 하체 등과 같은 신체 부위를 지칭하는 명사가 꾸준히 등장한다. 김언이 하체에 주목하는 이유는 단순히 그것이 걷는 데 소용되기 때문만은 아니다. 길을 걸을 때를 떠올려 보면, 정작 우리의 (무)의식적인 지각과 반응은 상체에 집중되어 있는 듯하다. 고개를 돌리고 몸통을 젖히는 동안, 혹은 이목구비로 감각하고 뇌로 생각하는 동안 하체는 반복적이고도 기계적인 움직임만을 계속할 뿐이다. 이런 상황은 마치 하체가 영사기의 모터처럼 꾸역꾸역 돌아가면 상체로 연속적인 영상이 펼쳐지는 것처럼 보인다. 김언의 시에서 하체는 어떤 펼쳐짐을 가능하게 하면서도 그것을 몸 전체로 끌어모으는 저 인망적인 부분이다.

그러므로 김언의 시에서 걸어가는 것과 부유하는 것은 엄밀히 구별되지 않는다. 김언에게 동물의 걸음과 연기의 흐름은 다르지 않다. 김언의 시선으로 볼 때 동물과 연기의 속성이 다르지 않기 때문이다. 김언의 현미경적 시선은 그 모두를 분자처럼 미세하게 조직된 동시에 미세하게 해체될 상태로 본다. 같은 맥락에서 속도와 방향과 목적 같은 욕망까지를 제거한 김언의 행인(行人)은 그야말로 공기 중에 섞인 한낱 분자이다.

> 우리는 실제보다 더 많이 걸었다고 생각한다. 그래서 더 많이 걸었다. 우리는 실제보다 더 많은 선행을 했다고 생각한다. 그래서 더 많은 선행이 필요해졌다. 착한 장소마다 더 많은 내가 들어가서 살고 있어야 한다. 시간은 충분하다. 〔…〕
> 길에서 뿌린 돈이 헤아릴 수 없이 많은 추억을 불러낼 때, 나는 더 많은 내가 길에서 걸어 다니고 있을 거라고 확신한다. 더 많은 내가 더 많은 당신과 더불어 더 많은 신발을 신고 걸어 다니고 있다. 우리는 만난 적이 없지만 더 많은 곳에서 헤어진 적이 있다. 어느 누구와도 타협할 수 없는 자리에서 우리는 더 많은 회담을 성사시키고 기뻐하였다.
>
> ─「리얼 스토리」 부분

저 첫 문장은 의미심장하다. '우리'가 '생각하는' 정도(거리)는 실제로 '걸었던' 거리와 같지 않다. 앞의 방식대로 말하자면, 상체와 하체가 경험하는 거리가 다르기 때문이다. 가령 곧게 뻗은 백여 미터의 가로수 길을 걸을 때 다리가 백여 미터만큼의 거리를 걷는다면 머리는 그

214

가로수 길을 걸으며 떠올리게 되는 다른 때와 장소까지를 함께 걷는다. 그렇게 하체는 실측 거리의 기록을, 상체는 측정 불가한 거리의 기록들을 수집한다. 그리하여 그 다음 문장, "그래서 더 많이 걸었다"고 할 때 '그래서'라는 접속사는 다리와 머리 사이의 간극을 지시하는데, 화자는 그것을 다시 공간화한다. 보행이 "선행"이라는 단어를 불러오고, 이 경우에도 여전히 발생하는 그 간극은 "착한 장소"로 은유된다. 화자는 "더"와 같은 부사를 의도적으로 자주 쓰면서 "우리는~ 생각한다"라는 문장에 균열을 만든다. 이 문장[思]이 견고하지 못하므로, 생각할수록 벌어지는 그 틈을 메우기 위해 '나'는 무엇을 '더' 행(行)하는 것이다. 김언은 그 틈을 공간화한 '착한 장소'를 채우기 위한 일련의 행위(行爲)에 주목하면서 결국 그 간극에 "더 많은 내가 들어가서 살고 있"는 것을 실제의 "필요" "충분" 조건이라고 말한다.

그와 같은 조건에서 '나'는 "더 많은 나"로 존재하므로, '더 많은 나'는 "더 많은 당신"과 "더 많은 곳에서" 헤어질 수밖에 없지 않겠는가("결론은 흩어지기 위하여/잠시 모인다/너의 빛과 눈이", 「중증」). 여행의 추억을 상기(想起)하는 행위는 그때 걸었던 "길에서 걸어다니"는 행위와 다르지 않다. 생생한 기억은 오히려 실제의 부분이기 때문이다. 또한 실제로 무수한 것들과 무수하게 헤어지는 일은 거리를 걷는 이의 체험이기도 하다. 걷는 이에게 풍경은 계속해서 스쳐 지나가는 다른 것이다. 이때 실제의 거리감은 고정된 장면이 아니라, 분할된 장면들이 마치 접이식 부채의 부챗살로 나뉜 면들처럼 있어서 그것이 얼마나 펼쳐지는가에 따라 달라진다. 김언은 다리를 놀려 걷는 행위를 시화함으로써 실제의 거리와 거리감으로서 감각 체험과 그에 관한 '나'의 분화를 한데 겹쳐놓는 시적 성취를 이룬다("어느 누구와도 타협할 수 없는 자리에서 우리는 더 많은 회담을 성사시키고 기뻐하였다").

이렇게 김언에게 걷는 일은 '나'의 자발적이고도 적극적인 분화이자, 실재 사건Real Story이다. 실재의 틈을 무시할 수 없기에, 사실만으로 규정할 수 없는 실제의 현실에서 '나'는 '더 많은 나로 살아 있기 위해서' 끊임없이 행위(行爲)한다. 이것은 결국에 '홀로 있기 위해서'이다. 이 '홀로'로의 존재는 홀홀히 분화하는 상태, 그럼으로써 무엇으로도 포착하거나 포섭할 수 없는 상태이다. 김언의 '나'들은 솔선하여 홀로 있음으로서 다른 것들과 같다는 억지(우리)를 부리지 않는다. 이것은 결국 더불어 살아가면서도 다른 존재를 '나'와 같이 귀하게 여기는 태도이다("더 많은 내가 더 많은 당신과 더불어", "더 많은 인생의 고귀함을 깨닫고 혼자 있었다"). 다른 존재를 배려하는 점에서 "선행"과도 같은 김언의 보행은 '나'의 유일(有一/遺逸)함으로 '당신'의 무이(無二/無異)를 증명하는, 가령 분신의 "수행"이다.

「분신」에서 김언은 "그는 가만히 앉아서 사건이 되는 방식을 택하였다", "공기가 그를 도와주었다"를 각각 시의 첫 문장과 마지막 문장으로 배치하면서 '그'를 한 개비의 담배로 은유한다. "가스라고 발음하는 순간"과 "불이 붙는 순간"이 그러하고, "그 자리의 공기가 모조리 빨려들어가는 입속"과 "증가해가는 연기"가 그러하다. '그'는 그런 "순간"에 입속의 "사건"에 연루되어 있고, '연기'를 입에서 흘러나오는 "한 문장"처럼 발생시키며 "다만 타오른다". 김언은 담배의 분신(焚身)을 흡연자인 화자의 입속에서 발생하는 사건과 겹쳐놓는다. 즉, 누군가가 문장을 발화할 때 그는 담배처럼 "가만히 앉아서 사건을 저지르"는 것이다. 이것은 분신(分身)을 통해 "그 자신의 고통"을 수행"하는 것으로서 앞서 말한 실재 사건이다.

그 사건은 연기와 재로, 보이지 않게는 여기 있는 느낌으로 알 수 있다.

꽃들을 다 그리고도 남는 꽃들

216

나비가 앉았다 간 뒤에도 마저 흔들리는 나비

바람도 불지 않는 곳에서
애벌레 기어오르다가 슬몃 흘리고 간 애벌레
바람이 핥고 가고 햇볕이 남김없이
빨아들이고도 남는 햇볕

살랑살랑 나뭇잎을 흔들고
떨어지는 나뭇잎; 모두가 여기 있고
아무도 밟지 않은 이 연기를 타고 올라간다

다 자란 뒤에도 더 자라는 뱀이 기어간다

—「흔들」전문

처음 묘사되는 장면은 꽃밭과 그 주변 풍경이다. "꽃"은 무리지어 피어 있고, 어느 꽃송이에 "나비가 앉았다"가 날아간다. "애벌레는 기어오르다" 저 혼자 떨어지고, "나뭇잎"은 떨어지며 "나뭇잎"을 흔든다. "바람도 불지 않는 곳"이라고 할 만큼 정적인 이 시공간에 "햇볕"이 가득하다. 그러나 김언이 저 문장들을 썼다면 어떤 장면을 묘사하여 붙박아두기 위함이 아니다. 주지하듯이 우리의 시선은 풍경이라는 전체를 포착하기에는 지나치게 미시적이다. 그러므로 우리는 작은 것들에 대한 관찰을 종합하여 하나의 인상으로서 풍경을 본다. 현미경적이라 표현해왔듯이, 김언의 시선은 좀 더 미시적이다. 저 화자의 시선은 나비가 꽃 위에 앉아 있을 때와 꽃잎을 박차고 공중으로 떠오르는 찰나의 사이에 있다. 김언은 역설적이게도 형언할 수 없는 시공을 묘사하기 위해 필요한 것이 형언할 수 있는 사건이라고 말하는 듯하고, 그런 점에서 무엇보다 저 시의 제목이 의미심장하다.

우선 "흔들"은 "살랑살랑"과 같은 의태어이다. 무엇에 고정되어 있는 동시에 움직이는 상태를 흔히 '흔들린다'고 말한다. 애초에 뿌리가 뽑힌 것은 흔들리지 않고 다만 비틀댄다. 또한 "흔들"은 '흔(痕)'의 복수형 명사이다. 이를 발자취를 의미하는 흔적으로 바꿔 말할 수도 있을 텐데, 김언의 시가 걸어가는 행위에 거는 심급을 상기한다면 저 단어의 입지는 더욱 두드러진다. 그렇게 '흔들리는 것'에서 발견되는 '흔들'은 감각보다 내밀한 느낌에 의한다. 기시감(奇示感)이자 기시감(既視感)이라고도 할 만한 이것은 비일상적인, 일상을 헤아리고 "남는", 그리하여 일상을 "마저" 흘러가게 하는, 그런 일상에서 "슬몃" 드러나는 느낌이다.

김언은 그 비가시적인 '흔들'을 나열한 다음 쉼과 마침 사이의 구두점인 세미콜론(;)을 씀으로써 나열을 중단하는 동시에 이후의 문장이 나열된 '흔들'의 공통적인 속성임을 표시한다. 저 문장의 주어를 "모두"라고 한다면 "연기를 타고 올라가"는 정체가 '모두'이고 "아무도 밟지 않은"은 그 '연기'를 수식하는 구절로 볼 수 있는데, 그렇다면 주어("모두")는 동시에 두 서술어("있다"/"올라간다")를 거느려야 하는 난관에 봉착한다. 이때 "모두가 여기 있고"와 "아무도 밟지 않은 이 연기를 타고 올라간다"는 두 구절을 독립된 각각의 문장으로 읽어볼 수도 있다. 시인이 행갈이를 하여 하나의 복문을 의도적으로 분할/배치할 때, 그곳에 시의 비의(秘意)가 있을 수 있기 때문이다. 두 구절의 주어인 "모두가"와 "아무도"가 대응하면서 "여기"와 "연기"가 만나고, "있다"와 "타고 올라간다"가 의미상 대구를 이룬다. '아무도'anybody는 저와 같이 긍정문의 주어로 쓰일 경우에 '누구든지' 또는 '아무라도'를, 즉 범인(凡人)을 의미한다. '연기'는 '여기'에서 나온 말일 수도 있지만, 앞서 본 대로 분화하고 흩어지는 상태인 모든 '나'의 은유이기도 하다. 그러므로 '나'("연기")는 공간("여기")으로, '나'의 상태("타고 올라간다")는 공간적 존재 양태("있다")로 이어진다. 이렇게 '아무도 연기를 타고 올라간다'와 같은 비문에 '모두가 여기 있다'와 같은 비의가 들어 있다. 이 비의가 바로 느낌으로서의 존재이자 그 존재의 드러남이다. 일상에서 부지불식간에 만나고 헤어지는 '나'와 무수한 먼지들처럼, 남아도는 것으로 홀로 존재하기는 그렇게 느낌으로 가능하다("그들은 그러고도 남는다", 「즐거운 식사」, 『거인』). 김언 시의 개체들은 끊임없이 분화하고 서로 뒤섞이면서 구분이 없어지고, 더불어 '흔들'의 상태로 남는다. 그때 비로소 '나'는 '확률적'으로 커지게 된다. 어디에나 "흘러다니는 내가 있"다(「유령-되기」, 『거인』)는 것은 그러한 거인의 고백이다.

그리하여 김언이 "다 자란 뒤에도 더 자라는 뱀이 기어간다"고 말했을 때, 그 뱀은 곧 시인의 환형(換形)이라고 할 수 있다. 여기서 김언이 형식의 끊임없는 변모 혹은 탈피를 추구함으로써 '다 말한 뒤에도 더 말하는' 시인이라는 점을 다시 상기하게 된다. 하물며 뱀은 온몸으로 온몸을 밀며 이미 있는 것을 비껴가는 존재가 아니겠는가. 만약 김언이 정말로 자신을 "뱀사람"과 같은 시인으로 여긴다면, 그가 "슬그머니 지도를 기어나오는 뱀 한 마리는 다음 순간에도 그 다음 순간에도 보이지 않는다"(「잠입」, 『거인』)고 했을 때 그 한마디에 김언 시에 드러나는 비법의 비법이 담겨 있다고 할 수 있겠다. 순간순간 사라지는 지금으로서는 김언의 시가 '흔들'처럼 사라지고 있는 사라짐("마치 없는 것처럼", 「벤치 이야기」)이라고 말할 수밖에 없다. 그 밖에는 "다음 소설에서"(「소설을 쓰자」).

그, 말을 오래 중얼거리다
—— 이장욱론

    이장욱은 언젠가 여행자-시인의 목소리로 이렇게 말했다. "나는 이곳에 와서 한 편의 시도 쓰지 못했다. 시는 내게로 오지 않았다. 아마도 나는 그것을 미리 알고 있었을 것이다. 나에게 여행은 시가 되지 않았다. 여행이란 언제나 지나가는 자의 것이며, 지나가는 자가 볼 수 있는 것은 지나가는 자가 보고 싶은 것뿐이다. 시란 지나가는 자가 아니라 바로 그곳에서 살아가는 자의 형식이다."[1] 그러니 여행을 하는 자와 시를 쓰는 자는 동일한 인물일 수 없다는 말이기도 할 테다. 오해의 소지가 없지는 않겠지만, 한편으로는 그렇게 이해해보기로 하자. 한 사람이 "살아가는" 형식에는 여러 가지가 있을 것이고, 이장욱은 그 형식에 대하여 한번쯤은 골똘히 생각해본 자의 입장에서 시를 쓰기도 한다는 말이다. 그러므로 이장욱의 시를 읽기에 앞서 준비해야 할 것 중에 하나는 '시인'의 형식이란 무엇인지에 대한 나름의 이해인지도 모르겠다. 앞서 인용한 문장들에 의하면, 시인의 형식이란 바로 삶의 한 태도로서 "바로 그곳"이라는 특정한 자리, 혹은 순간을 살아내는 존재의 고투라고 짐작할 수 있다.

    그렇다면 '바로 그곳'을 지나가는 자와 살아가는 자의 모습을 떠올리

---

1   이장욱, 「백야──2007년 여름의 노트 중에서」, 『풋』 2007년 가을호, 문학동네.

며 몇 가지 의문을 제기할 수 있겠다. 어떻게 보면 '바로 그곳'은 지나가는 자에게만 포착되는 특정한 시공간이 아닐까. 주지하듯 벤야민이 만보객에 대해서 언급했던 이유는 목적 없이 단순히 지나가는 자에게만 보이는 풍경의 특별함에 대해서 말하기 위함이 아니었던가. 지나가는 자에게 '바로 그곳'은 매 순간 새로운 시공간일 테다. 그 반대도 가능하겠다. 매 순간 새로운 시공간은 지나가는 자에게만 '바로 그곳'으로 펼쳐질 테다. 그로 말미암아 지나가는 자에게 모든 곳은 낯선 곳이 될 텐데, 시야말로 바로 그런 생소함에서 오는 것이 아닌가.

시인 이장욱이 그런 점을 모를 리 없다. 이장욱이 딛고 서 있으면서도 벗어나고자 하는 것이야말로 바로 그 행인의 자세가 취할 수 있는 체험의 일회성이다. 그래서 이장욱의 시는 일종의 '반복'을 요청한다. 고투하는 시인이 스스로에게 반복적으로 요구하는 것은 지나가는 일의 반복이다. 그것이야말로 살아가는 자의 형식이기 때문이다.

1

객관적인 아침
나와 무관하게 당신이 깨어나고
나와 무관하게 당신은 거리의 어떤 침묵을 떠올리고
침묵과 무관하게 한일병원 창에 기댄 한 사내의 손에서
이제 막 종이 비행기 떠나가고 종이 비행기,
비행기와 무관하게 도덕적으로 완벽한 하늘은
난감한 표정으로 몇 편의 구름, 띄운다.
지금 내 시선 끝의 허공에 걸려
구름을 통과하는 종이 비행기와

그, 말을 오래 중얼거리다   221

종이 비행기를 고요히 통과하는 구름.

이곳에서 모든 것은

단 하나의 소실점으로 완강하게 사라진다.

지금 그대와 나의 시선 바깥, 멸종 위기의 식물이 끝내

허공에 띄운 포자 하나의 무게와

그 무게를 바라보는 태양과의 거리에 대해서라면.

객관적인 아침. 전봇대 꼭대기에

겨우 제 집을 완성한 까치의 눈빛으로 보면

나와 당신은 비행기와 구름 사이에 피고 지는

희미한 풍경 같아서.

—「객관적인 아침」 전문[2]

한 편의 시를 읽는 일은 그 시가 그리고 있는 어떤 장면, 혹은 정서의 상황을 다시 묘사해내는 일이기도 할 것이다. 저 시는 그에 더하여, 시를 읽는 일이란 마치 누군가의 알 수 없는 마음을 짐작해보려는 불가능한 시도와 흡사하다는 점을 보여준다.

좀더 "객관적인" 상황을 상상해보자. "한 사내"가 (여느 때와 다름없는) 창밖의 아침 풍경을 바라보고 있다. 병원의 창에 기대 선 사내는, 그 풍경을 바라보며 여러 생각과 감정을 갈피 짓고 있다.

그런데 '그 사내'는 "나"인가, 아니면 "당신"인가. 잠에서 깨어나고 침묵하는 이, 즉 '나'의 시선에 맺히는 이는 주로 '당신'이지만, 창밖의 풍경을 바라보고 있는 이 역시 '당신'이라고 할 근거는 없다. 오히려 '당신'을 포함한 이 모든 정황을 '바라보고 있는 자'로서는 '나'가 적당하다. '나'는 계속해서 '당신'의 행위 내지는 존재 자체가 자신과는 "무관

2   이장욱, 「객관적인 아침」, 『내 잠 속의 모래산』, 민음사, 2011.

하게" 있음을 언급함으로써 자신의 관심이 유발하고 그려내는 저 아침의 풍경이 "객관적인" 것임을 말하고 있기 때문이다.

그럼으로써 하나의 의문이 생겨난다. 지극히 객관성을 견지하려는 '나'의 입장에서라면 "종이 비행기"를 날리는 자로 지칭되는 '사내'는 '나'도 '당신'도 아닌, 제3자일 가능성이 크지 않겠는가. 그렇지 않다면, '나'는 자신의 행위나 감정에 대한 객관성을 확보하기 위해서 스스로를 '사내'라고 달리 말해보는 것인지도 모른다. 그도 아니라면, '나'는 '당신'을 '사내'라고도 부름으로써 '당신'에 대한 객관적인 입장을 마련해 보려 한 것일 수도 있겠다. 창밖을 바라보는 이가 몇 인지는 확실하지 않지만, '나'의 의식에 포착된 "시선"은 두 갈래의 방향에서 비롯된다 ("그대와 나의 시선").

이처럼 '사내'의 가능성은 여러 갈래로 뻗어 있다. 여기서 중요한 것은 아마도 '나'의 곁에 '당신'이라 불리는 또 다른 사람이 있다는 그 객관적인 사실이다. 잠에서 깨어나고 침묵하는 동시에 '나'와 같은 풍경 속에 시선이 향해 있는 '당신'은 '나'와 객관적으로 무관한 존재이지만, 그 객관성과 무관함을 통해 '당신'은 역으로 '나'의 존재감을 일깨워주는 존재이기도 하다. 실상 '나'의 의식은 오로지 자신의 소유에서 나가고 자신의 소유로 되돌아올 수가 없지 않은가. 끊임없이 주위를 의식해서 자신의 행위와 감정을 통제해야 하기 때문에 '나'의 삶은 소유격을 매길 수 없는 무엇이 되기도 한다. 이때 저 시의 '나'는 일종의 양가적인 판단을 보여줌으로써, 즉 '나'의 삶이 다른 누군가의 삶과 뒤섞여 존재한다는 점을 긍정도 부정도 하지 않으면서 삶 속에서 유동하는 것에 주목한다.

명료한 것들 속에서 유동하는 그것은(이 시의 경우라면 명확한 글자들 속을 배회하는 알 수 없는 정황, 혹은 출처를 명확히 밝힐 수 없는 종이 비행기) 애매모호할 수밖에 없다. '한 사내'의 존재 자체가 그러하다.

그는 분명히 '한 사내'로 생생히 존재하고 있지만, 그가 누구인지는 결코 말할 수 없다. 이렇게 말할 수도 있겠다. 종이 비행기를 날린 그의 손은 '나'의 손이거나 '당신'의 손이거나 명확한 손으로 존재하겠지만, 그들이 벗어나지 못하는 창 안쪽을 떠나고, 한 사내의 손을 떠난 종이 비행기는 날린 자와 날린 자를 바라보는 자를 떠나 제 몸체로 그들의 시선을 소집한다. 그리하여 한순간 모든 시선은 종이 비행기에 비로소 겹쳐진다. 그러나 그 겹쳐짐은 일종의 느낌으로서 곧장 "구름"처럼 희미한 근거가 될 뿐이다. 종이 비행기의 운동성과 구름의 물질성을 객관적으로 짧은 순간, 주관적으로라면 거의 동시에 실감하는 '나'는, 하나의 허공과도 같아 보인다. 그 허공에서 종이 비행기와 구름은 서로를 통과하는 순간에 뒤섞이고, 그로써 객관적으로 존재하는 무관한 것들의 구분은 무의미해지며, 결국 객관이라든가 무관함에 대해서도 '나'는 "도덕적으로 완벽하"게 말할 수는 없게 된다. 어떤 무의미를 의미화하는 '나'의 시선이야말로 새삼 하나의 완강한 소실점이 되어서 가시화되지 않는 것들이 갖는 시간성, 즉 잠시 허공을 맴돌다 사라진 구름이나 종이 비행기의 이후까지의 운동에 대해서(무지함에도 불구하고) '사라짐'이라는 판단을 통해 일종의 증명을 내리기 십상이기 때문이다. 그러므로, 그러나 다시, 구름과 비행기는 다만 시선에서 사라졌을 뿐이라는 객관적인 입장으로 선회하는 일은 그것들을 통해 잠시 만났던 '나'와 '당신'의 시선을 무관한 것들로 다시 돌려놓는 일이기도 하다.

이 형언하기 어려운 상황은 무엇인가. '나'와 '당신'을 분리하는 객관에 의해서라면, 모든 것이 이해될 수도 있을 것 같다. 몇백 몇천 배의 비율로 곱하고 나누든 서로 다른 존재 간의 거리를 계산해내는 일은 가능할 것이기 때문이다. 다시 말해, 객관적으로 확보된 거리만 있다면 두 존재가 서로 무관하게 존재함을 증명하는 일은 가능하다. 그러나 허공을 배회하는 존재의 운동성이나 그 존재 자체에 깃든 시간성은 그처럼 객관에 의해 판단될 수 없다. 아침이면 어김없이 태양이 뜬다는 것, 혹은 태양이 뜨면 아침이 온다는 것과 같은 사실은 객관적이지만, 태양을 바라보는 무수한 시선들에 의해 아침의 풍경은 결코 완벽한 인과 관계로서 증명되지 못한다.

'나'는 '당신'과 객관적으로 무관함을 부정할 수 없지만, 객관적으로 무관함을 인정하지도 못한다. '나'와 같으리라 짐작되는 곳을 바라보며, 그러나 침묵하는 '당신'에게 '나'의 주관이나 관심이 온전하게 통할 수 없다는 사실은 명료하다. 그러니 지금 "난감한 표정"을 짓고 있는 자는 '나'와 '당신' 둘 중 누구나, 혹은 둘 다 될 수 있는 '한 사내'일 것이다. 사내는 어쩌면 시선과 눈빛의 차이를 짐작하기 위해 객관이나 무관이라는 단어를 떠올렸는지도 모른다. 객관이나 무관이 갖는 명백한 거리에는 어떤 감정이나 그로 인한 표정이 개입할 여지가 없다. 이 점에서 사내가 바라보는 풍경에서 "제 집을 완성한 까치의 눈빛"은 주목할 만하다. 저 완성을 수식하는 말은 완벽이 아닌 "겨우"라는 말이며, 그 말속에는 시선이 아닌 눈빛이 얹혀 있지 않은가. 굳이 '나'의 시선과 마주하는 눈빛의 자리를 주관해 보는 그 태도 자체가 저와 무관한 무엇과무엇 "사이에 피고 지는" 것을 어떤 여운처럼 여기는 유심함의 실천일 것이다.

2

우리는 완고하게 연결돼 있다
우리는 서로 통한다

전봇대 꼭대기에 올라가 있는 배선공이

그, 말을 오래 중얼거리다   225

어디론가 신호를 보낸다

고도 팔천 미터의 기류에 매인 구름처럼
우리는 멍하니
상공을 치어다본다

너와 단절되고 싶어
네가 그리워

텃새 한 마리가 전선 위에 앉아
무언가 결정적으로 제 몸의 내부를 통과할 때까지
관망하고 있다

―「전선들」 전문[3]

이 시에서 상상할 수 있는 장면은 어떠한가. "상공"을 가로지르는 "전선"은 '나'로 하여금 '너'를 떠올리게 한다. 전선을 지나치지 못하고 바라보는 사이에 '나'는 "우리"라는 이름에 매이게 되는 것이다. 이 시에서 역시 무엇을 바라보는 일은 중요하다. 무심하게("멍하니") 올려다본 머리 위에서 어떤 불편함을 느낀 자의 시선은 의도의 개입 없이도 일상적인 것이라 하기는 어렵다("치어다"본다는 어감을 떠올려보자). 특히나 고장 난 전선을 손보는 일을 목격한 자에게는, "배선공"한테 일상적인 작업이었을 그것이 아슬아슬하고 아리송한 일이 되었을 것이다.

전선의 역할, 그리고 제 역할을 제대로 하지 못하는 전선이 초래하는 불편함을 떠올리는 '나'에게 '우리'는 긍정적인 효과를 야기하지 못

3   이장욱, 「전선들」, 『정오의 희망곡』, 문학과지성사, 2006.

하는 일상적인 표기이자 명명일 뿐이다. '나'와 '너'를 상투적으로 "연결" 짓는 그 어법으로 인해 오히려 '나'와 '너'는 고유함을 상실하고, 결국 '나'와 '너'는 서로를 온전히 마주할 수가 없게 된다. 이 시에서는 '우리는'이라는 주어를 빈번하게 사용함으로써 오히려 주어의 상실을 실감하게 한다. 이 주어는 각각의 성질을 무화하고 무수한 존재들을 '우리'라는 하나의 성격에 몰아넣을 뿐만 아니라, 이 시에서 보듯이 의미의 전달이 애매모호한 문장을 성립하게 함으로써 개인의 삶에 대입했을 때야말로 이해 불가능한 단어가 되는 실상을 지시한다. "우리는 서로 통한다"는 문장이 그러하다. 이 문장은 얼핏 보아서는 의미의 전달에 문제가 없어 보이지만, '통하다'라는 서술어에 호응되는 주어가 '우리'라면 그 주어와 서술어 사이에 부연의 자리를 마련해주어야 화자와 청자로 이뤄지는 의사소통 행위에 오해의 소지가 없을 것이다. 가령 '우리는 마음이 서로 통한다'는 문장은 앞의 문장보다는 전달하려는 정보가 명확해 보인다.

하지만 비문(非文)을 감수하고서도 저 시에서 '우리'를 반복할 뿐만 아니라, '너'를 그리워하는 '나'를 내세움으로써 더욱 '우리'를 강조하는 데에는 또 다른 이유가 있다. 전선이라는 완고한 매개와 그를 통해서 연결되는 것들이 있음을 새삼스럽게 언급하는 것은 소통이라는 말에 깃든 이중의 염원을 암시하기 위함이다. 주지하듯이 소통은 불완전한 것으로서만 완전한, 혹은 완고할수록 완고해지지 못하는 것의 대표적인 사례이다. 이는 소통을 이루는 발화와 수화 행위 각각에 나름대로의 의미화 작업이 비언어적으로—발화자의 의도나 수화자의 감정 같은—이뤄지기 때문이다. 이처럼 소통의 행위는 그 자체로 불가능한 것인데, 그것을 소통이라는 말로써 다시금 규정할 때 여기에서는 끊임없이 새로운 무언의 합의가 생겨난다. 그리고 이 무언의 합의가 곧 불가능에 대한 이중의 염원으로 빚어지는 일종의 가능성이다. 다시 말해

"단절"을 감수하겠다는 것, 그럼에도 불구하고 '너'와 연결되고자 하는 '나'의 의지가 발휘될 때 비로소 "무언가 결정적으로 제 몸의 내부를 통과할 때"를 맞게 된다. 이 시에서 그와 같은 태도는 그저 바라보는 일("관망하고 있다")로써, 가능한 일로 제시된다. 어쩌면 시인 이장욱에게 있어서 삶이란 매 순간 결단을 감행하는 일이 아닌, 명확하지 않은 무언가를 적시(摘示)하려는 태도에 가까운지도 모른다. 그의 시는 이렇게 반복해서, 비문(秘文)으로 "어디론가 신호를 보낸다".

3

외국어는 지붕과 함께 배운다.
빗방울처럼.
정교하게.
오늘은 내가 누구입니까?
죽은 사람은 무엇으로 부릅니까?
비가 내리면

낯선 입모양으로 지낸다.
당신은 언제 스스로일까요?
부디 당신의 영혼을 말해 주십시오.
지붕은 새와 구름과 의문문
그리고 소년으로 이루어져 있지만

누구든 외롭다는 단어는 나중에 배운다.
시신으로서.

사전도 없이.

당신은 매우 아픈 입술을 가지고 있습니다.

오늘은 매우 반복합니다.

지붕이 빗방울들을 하나하나 깨닫듯이

진심이라는 단어는 언제나 지금 발음한다.

모국어가 없이 태어난 사람의

타오르는 입술로.

나는 시체의 진심에 몰두할 때가 있다.

이상한 입 모양을 하고 있다.

　　　　　　　　　　　　　　—「오늘은 당신의 진심입니까?」 전문[4]

　이 시에 와서 이장욱 시의 비문(非文/碑文)은 비문(碑文)이 되기도 한다. 이장욱 시의 많은 장면들에서 '나'는 자신의 삶을 실감하는 일을 '너'를 체험하는 일로서 대체한다. 그러므로 어떤 관계에 대한 모색과 그 탐구의 불온함이 유발하는 불안과 고독은 시의 주된 정서로서 화자를 장악한다. 화자의 고투는 주로 완벽함을 추구하기 위한 행위의 반복으로 나타나는데, 이 시에서는 그 반복의 낯설고 촉각적인 속성을 보여준다. 그럼으로써 삶을 실감하는 일은 '나' 스스로 자신을 체험하는 일이 된다. 이처럼 제 몸을 대상화할 때 '나'에게서 발생하는 느낌은 말을 하는 시체의 마주할 때처럼 섬뜩함을 동반한다.

　단순히 보면, "외국어"를 배우는 입장으로 서툰 외국어를 구사하는 '나'를 "시체"에 연관 짓는 것은 문법만 있는 문장이란 몸피만 있는 몸

4　　이장욱, 『생년월일』, 창비, 2011.

과 같다는 말을 하기 위함인 것도 같다. 그러나 이 시에서 언어와 몸에 대한 이해는 비유 관계를 통해 명확히 구별되지 못한다. 말을 자유자재로 구사할 수 없는 '나'는, 언어에 대하여 의사 표현이기 이전에 이미 항상 몸이 내는 소리로서 의식할 수밖에 없기 때문이다. 또한 그렇기 때문에, '나'에게 있어서 말은 의미보다 소리에 익숙한 무엇이다. 소리는 발음의 반복을 통해서 습득할 수 있지만 그에 비해 의미를 이해하는 일은 부차적인 동시에 반복 이상의 조건이 요구된다.

이 시의 '나'는 외국어를 말하는 자의 "입 모양"에서 소리와 의미를 초과하는 말의 조건을 발견한다. 무아지경으로 발음을 반복해서 반복 자체를 발음하게 되는 몸의 상태('입 모양')는 "몰두"의 자리이다. 말그대로 머리를 지우고 제 몸에 집중하게 되는 그때, 그 몸이 반복하는 것은 몸을 벗어나서 몸으로 돌아오는 일이다. 다시 말해 빗방울이 닿는 지붕처럼, 말을 내고 듣는 몸은 면밀하고 예민하게 모든 소리를 받아들이고 그 모든 소리를 되받아친다. 하물며 외국어를 배울 때의 입모양은 구개(口蓋)를 조건 삼아 만들어지지 않던가. 이 시에서 지붕은 입천장으로서, "정교하게" 발음을 좌우하는 역할을 하는 몸을 지시하는 것인지도 모른다. 중요한 것은 그러한 몸을 통해서 소리와 의미를 초과함으로서 끝내는 말 자체를 초과하는 말을 이 시가 보여주려 한다는 점이다.

이 시에 들어 있는 몇 개의 "의문문"을 추려내보자. 우선, "오늘은 내가 누구입니까?"와 "죽은 사람은 무엇으로 부릅니까?"는 자연스럽지 못한 문장이다. 바로 이 낯섦에 의심이 박혀 있다. 전자에서는 '나'의 정체를 스스로 모르고 있다는 것을, 또한 그 이유로서 자신의 정체가 매일 달라지기 때문이기도 하다는 점을 암시한다. 후자에 대해서는 시체 내지 시신이라는 손쉬운 답을 내릴 수도 있지만, 저 '무엇으로'라는 단어의 어색한 용례를 통해서 사람의 죽음은 호명할 이름이 없어진다는 것을 암시한다고도 볼 수 있다. 이 의심은 이후의 의문문, 즉 "당신은 언제 스스로일까요?"라는 문장으로 이어진다. 이 의문문에는 "부디 당신의 영혼을 말해 주십시오"라는 부연이 덧붙는데, 이를 통해서 당신이 스스로일 때에는 '당신이 영혼으로서 존재할 때'이거나 '당신이 영혼을 말할 때'라는 것을 추측할 수 있다. 그리하여 이 시의 의문문들이 유도하는 것은 살아 있는 몸이 하는 말이란 영혼에 관련된 무엇이라는 깨달음이다.

그 깨달음은 아마도 "진심"을 발음하는 행위 자체일 테다. 그러니 진심이란 문법적으로 정확하게 말할 수 있는 것이 아니라, 마치 외국어를 배우는 자가 매일 발음을 "매우 반복하"듯이, 혹은 무수한 빗방울이 각자의 위치에 각자의 음향으로 떨어지듯이 그저 몰두하여 반복되는 것 속에서 반복적으로 깨닫게 되는 일이기도 할 것이다. 자신의 입모양을 보며 발음을 연습하는 자의 사소한 반복에서 무엇에도 연루되지 않은 진실한 고투(孤鬪)를 발견할 수 있지 않은가. 중요한 것은 그 고투가 자신의 일이 되었을 때에도, 괴롭거나 외로운 느낌은 고투가 더 이상 고투가 아닐 때 찾아온다는 일이다("누구든 외롭다는 단어는 나중에 배운다").

이처럼 이장욱의 시에는 말하자면 이상한 것, 반복해도 반복되지 않고, 오히려 의심과 맹목의 교환을 통해 그저 그 이상함 속으로 몰두하게 하는 것들이 자주 등장한다. 가령 "골목" 같은 것들("골목,이라는 발음을 반복하자 서서히 골목이 사라진다. 골목이, 골목은, 골목을, 골목에서…… 하지만 창밖에 골목이 있다. 냉장고를 열고 우유팩을 꺼낸다. 내일은 선거일이다. 유통 기한이 지난 날짜가 찍혀 있다.", 「나의 우울한 모던 보이」). 이는 처음에 인용한 글에서 시인 이장욱이 시와 여행을 함께 말했던 이유이기도 할 것이다. 시인 이장욱은 앞에서 인용한 부분에 이어서 다음과 같이 말했다. "하지만 인생에서 그냥 사라지는 것은 없다. 시간은 언제나 오염된 것이며 서로 스며드는 어떤 운동의 이름이다. 그러니 아마도 이 여행은, 아주 오랜 시간이 지난 후, 내 삶의 어떤 문장 속으로 스르르 스며들 것이다. 시는 그제서야, 천천히, 내게로 오는 것이다." 시인 이장욱에게 있어서 시란 낯선 장소의 여러 골목을 반복해서 돌고 돌면서 그 낯섦이 끝내 체화되어 자신의 말로 발음되는 일과 다르지 않을 것이므로. 그러니 시인 이장욱의 삶이란 매 순간 다시 태어나는 형식을 입은 새로움일 것이다. 그에게 시는 그치지 않는 중얼거림처럼……

시인이여, 불참(不參)에 참여하라[1]
─ 서효인론

　　"안녕?"[2] 하는 인사로 시작하자. 이 시집이 그러하므로. 인사는 해버리는 순간 상대방을 꼼짝달싹 못하게 하는 마력을 가진 말인 것만 같다. 이처럼 어떤 시작을 지시한다는 점에서 저 인사는 자연스럽지만, 또한 저 인사에는 어쩐지 미심쩍은 낌새가 있다. 그러니까 저 인사로 시작되는 이 시집은 표면에서부터 자신과 대면할 누군가를 미리 상정하고 있는 듯이 행동하는 것은 아닌가. 이렇게 속사정을 알기도 전에 예기된 만남에 개입되고 마는 누군가에게는, 즉 이 시집을 들여다보다 문득 저 인사와 마주친 이에게는 낯섦에서 비롯하는 거부감을 느끼게 할 수상한 여지가 저 인사에는 있다는 말이다. 하지만 이런저런 판단이나 느낌이 발생하거나 채 사라지기도 전에 저 인사는 이미 인사를 알아챈 이의 판단과 느낌을 가로챈다. 다시 말해 저 인사를 인사라고 받아들인 이로 하여금 시집 속으로, 하나의 "그럴듯한 세계" 속으로 슬며시 들어서게 한다.

　　한 권의 시집을 앞에 놓고, 시집을 펼치기 전후의 사정만을 두고 하나의 사건에 대해서 말할 수 있다면, 시집이 펼쳐지기 전과 후는 서로

1　서효인 시인의 「自序」에서 짐작할 수 있는바, 이 역시 김수영의 흔적을 따른 지침이다.

2　서효인, 「自序」, 『소년 파르티잔 행동 지침』, 민음사, 2010.

의 예외 상황이라 할 수 있을 것이다. 마찬가지로 한 권의 시집을 하나의 세계에 비유했을 때, 시집이 펼쳐지기 전과 후는 그 세계의 밖과 안을, 가장자리와 중심을, 균열과 매끈한 면을 떠올리게 한다. 그런 점에서 저 인사는 특별하다. 저 인사는 의심할 나위 없는 현실을 살아가는 누군가에게 그 현실 밖의 다른 세계를 열어 보이며 그곳으로, 다시 말해 어떤 예외로 초대하는 일종의 환대처럼 보이기 때문이다. 당신은 눈치챘을 것이다, 예외는 추방으로서 마땅한 자리라는 것을. 그러므로 저 인사로 승낙된 그럴듯한 세계란, 말하자면 예외의 예외와 같은 곳이다.

이렇게 예외 상태의 경험은 예외와 예외가 서로를 향해 열어놓은 문지방을 넘어가듯, 혹은 머뭇대는 순간처럼 짧고도 희미하다. 마찬가지로 서로를 수락하는 저 인사는 인사를 나누는 둘 이상의 존재들 간의 위계를 무너뜨리는 힘을 갖고, 그 힘의 유효성 역시 짧고 희미하다. 이쯤에서 인사의 보편적인 정의를 상기할 필요가 있겠다. 인사가 상대를 마주 보게 하는 일이자, 친밀감의 표현이기도 하고, 단속적이든 연속적이든 관계의 시작과 끝을 지시하는 행위라고 한다면, 무릇 대개의 일들이 이 인사로부터 생겨나고 무마되고 또다시 인사로 돌아온다고도 할 수 있지 않을까. 그러므로 인사는 어떤 관계의 양태나 속성을 확인하게 하는 동시에, 그 확인이 가식일 수도 있음을 의심하게 하는 유일하고도 무구한 근거이다. 주지하듯이, 인사로부터 있었던 일이 없던 일이 되기도 하고, 없었던 일이 있던 일이 되기도 하지 않는가. 요컨대 인사는 현실이라는 체계를 거침없이 굴러가게 하는 동시에, 그 매끄러운 현실의 표면에 흠집을 내고 어긋남을 초래하는 바퀴의 톱니 같은 것이다. 그렇게 인사는 예외적인 것의 반대편에 있는 무엇으로서 예외를 만든다. 이렇게 말할 수도 있겠다. 인사는 예외적인 일까지도 현실의 내부로 끌어들이는 마력을 지닌 말이다. 물론 그 마력의 효과는 내부를 파괴하는 데까지 이르겠지만 말이다.

　이것은 모두 서효인의 시집에 대한 말이다. 시인은 자신의 첫 시집의 「自序」에서 의미심장한 몇 마디의 말을 던진다. 그 말은 일종의 유혹과 같아서 의미를 파악하는 일이 무용하게 느껴진다. 시의 한 구절처럼, 의미를 담지 않고도 무한의 의미를 전달하듯이 유혹은 이렇게 전염된다. 그러니까 같이 불량해보자고 하는 인사("이리로 와, 같이 침이나 뱉자") 그것도 시인 자신이 호명하길 이른바 "천사들"을 향해서 뱉어진 저 말들은 대체 무엇인가. 무엇보다도 불량해 보이는 인사가 곧 불량해보자는 인사가 될 때, 저 거리의 곳곳에 내뱉어진 불량함의 타액은 증발한다. 대신 그 자리에 남는 것은 '보이는 것'과 그렇게 '보여보자'는 사태와 행위의 얼룩진 간극이다. 보이는 것으로서의 사태에는 한순간이나마 고정된 그것을 그렇게 보도록 강제된 시선이 개입한다. 반면 어떻게 보이자는 의지에는 앞의 강제나 관념을 비틀고 새롭게 하려는 욕구와 그에 더해 어떤 가상을 퍼뜨리자는 모의가 있다. 요컨대 고정된 대상을 선택하고 단일한 화자를 대면시키는 자리에서 서효인의 시는 비켜난다. 서효인은 혹은 서효인 시의 화자들은 아무리 특별한 시선을 통해서라도 더 이상 사건을 낯설게 볼 수 없다는 것을 경험으로 알고 있는 듯하다. 그리하여 서효인의 시는 일인칭 화자의 의지로 세상을 재단하고 재구하는 일련의 일을 망치고자 씌어진다. 서효인 시의 화자들은 시를 비롯하여 모든 현실의 요소들이 지금껏 해온 일에, 반대로 그 일들이 꾸려놓은 현실에 침을 뱉음으로써 자발적인 아웃사이더가 된다. 또한 그 아웃사이더는 어정쩡하게 서 있는 당신에게 인사를 건넨다. 당신의 안부를 묻는 그 일은 그 속에서 괜찮냐는 질문이기 전에 그 속에서 당신을 구출하려는 시도이다.

1

서효인 시의 화자들이 관심을 갖는 흥미로운 몇 가지 중 하나는 "이미 망한 가게"이다. 흔히 말하듯 가게는 상품과 화폐를 교환하는 장소로서 인간 군상이 갖는 욕망의 구체적인 집결지이자 그 욕망의 메커니즘이 물화되어 드러나는 곳이다. 하지만 주지하듯 개인은 자신이 무엇을 욕망하는지를 정확히 알지 못하고, 그 때문에 다른 무엇으로 그 욕망의 자리만을 채우려고 끊임없이 시도할 따름이다. 형태나 크기가 알맞지 않은 마개로 틀어막은 구멍에서는 무엇인가가 끊임없이 새어 나고 스며든다. 그렇듯 완전한 충족은 언제나 불가능한 것이므로, 모든 가게는 최소한 가게의 "간판"이 광고하는 그 목적에서는 '이미 망한' 장소일 수밖에 없다. 달리 말해 이미 망한 '가게'는 불가능한 충족의 징후를 불가피한 예후로서 보여주는 텅 빈 공간이다.

옆집은 비었는데
흰소리처럼 자꾸 무슨 소리가 들려
웃풍을 따라온 지글지글한 소리
겨울 그 가게는 간판을 내렸다
〔…〕
방음이 되지 않는 벽에서
눈 오는 소리 들려 하얗게
벽에 귀를 대어 본다
남은 고기가 타는 소리
옆집은 이미 망했는데
이 미끄러운 냄새는 어느 가게의 비계를
굽는가, 고소한 추위가 몰려오는 날

귓불을 만지는 찬 손이 있다

—「이미 망한 가게」부분[3]

　시의 화자가 들려주는 이야기는 자신이 듣고 있는 어떤 소리에 대한 것이다. 화자는 자꾸만 "옆집"에서 들려오는 듯한 어떤 소리에 주의를 기울이고 있다. 그런 점에서 "방음이 되지 않는 벽"은 형용모순의 상관물처럼 보인다. 옆집의 소리조차 차단하지 못하는 벽은, 또한 화자가 주의를 기울여 들으려는("벽에 귀를 대어 본다") 어떤 소리를 가로막는 것이기도 하다. 이로써 두 가지 추측이 가능하다. 우선, 화자에게 들려오는 그 소리는 부실한 벽으로도 차단될 정도로 미약한 것일 테다. 미약한 소리, 즉 분명하지 않은 소리는 자연히 화자로 하여금 어떤 추측을 가능하게 한다. 불명확한 소리는 마치 어느 때 옆집에서 들려오던 고기 굽는 소리와 닮아 있고, 그 비유는 이제는 비어 있는 옆집이라는 사고의 공간을 자각하게 한다.

　그런데 화자는 과연 옆집에서 나는 고기 굽는 소리를 들은 적이 있었을까. 이에 대한 정확한 답은 없을 것이다. 화자의 감각적 경험은 화자 자신도 확신할 수 없는 부분일 것이기 때문이다. 그러므로 다음으로 추측 가능한 것은, 화자가 어떤 환청을 듣고 있다는 일이다. 실제로 화자에게 들려오는 것은 눈이 내리는 소리("눈 오는 소리 들려 하얗게")인데, 화자는 이를 "남은 고기가 타는 소리"로 착각한다. 착각에 대한 자각은 그 소리가 일종의 허구("흰소리처럼")에 불과할 수 있다는 의심으로 드러난다. 그런데도 단 하나의 소리에 대한 화자의 집요한 관심이 기묘한 의구심으로 이어져, 그 소리가 옆집에서 들려오는 것이 아님을 알면서도 그 벽에 귀를 기울이게 되는 것이다.

3　이 글에서 인용하는 시는 모두 서효인의 첫번째 시집인 『소년 파르티잔 행동 지침』(민음사, 2010)에서 옮겼다.

겨울이라는 보편적이고 반복적으로 경험할 수 있는 시간적 배경과, 고기 굽는 냄새라는 특수한 조건이 겹쳐진 상황에 놓인 화자는 추위와 외로움 같은 심리적인 기제를 소리라는 전이된 감각적 요소로서 체험한다. 요컨대 눈이 내리는 겨울날에 고소한 냄새가 방 안으로 몰려들어왔고, 그 정체와 근원 모를 냄새에 휩싸인 화자에게 허방처럼 비어 있는 옆집은 작은 소리도 크게 울리게 하는 동굴처럼 감지되지 않는 것들을 포착하려 하는 화자의 간절한 욕구의 기원이다. 이제 와 화자는 "더 이상 탈 수 없는 그들"을 떠올리며, 그들이 남긴 것을 마저 태우려 한다. 저마다 다른 욕구와 욕망을 가진 이들이 둘러앉아 비계를 태우는 일로 바꿔 해소하려 했던 자리인 저 '이미 망한 가게'는 망(亡)함의 추억을 간직한 장소처럼 보이기도 한다. 그리하여 남은 것은 그쪽을 향해 여전히 귀를 기울이고 있는, "귓불을 만지는 찬 손"이다. 그 손이야말로 "버려진 불판과 찢어진 장판"의 형상을 닮아 있던, "빙판을 피해 간판을 내리"던 "판판"하게 얼었을 어떤 손을 이해한다("손을 잡아주었겠지"). 그렇게 소각되지 않은 어떤 기억들이 저 귀에 맺혀 있다.

2

앞의 시에서처럼, 이미 망한 가게는 한때는 열렬했지만 이제는 식어서 굳어버린 기름 같은, 욕망의 이미지이다. 그러니 그곳에 또 다른 온기가 채워지기만 한다면, 그곳은 다시 예전의 활기를 되찾을 수 있을지도 모른다. 어떤 온기를 그리워하는 화자의 행위는 여전히 모종의 희망을 품고 있다는 점에서, 절망에는 거리를 둔다. 이를테면 그 화자는 맹렬한 추위 속에서도 "혼자 타오르고 있던 당신"(조태일의 「혼자 타오르고 있었네」를 인용; 「소년 파르티잔 행동 지침」)이다. 그렇듯 당신은 언제나 유동적인 상태에 놓여 있다. 또한 그것은 마음의 작용에 의한 상태이다. 망한 자리에서 절망보다 희망을 떠올리는, 냉기조차 견딜 만한 것("고소한 추위")으로 전환하는 능력이 저 화자들에게는 있다. 서효인 시의 인물들은 비록 냉대와 괄시의 상황에 놓여 있어도 쉽사리 좌절하지 않는다. 그것은 마치 비디오게임의 역동적인 주인공을 연상케 한다. 게임이란 무릇 미리 주어진 수많은 장애물을 극복하여 어떤 성취를 이뤄내는 데 목적을 두는 한 편의 드라마이지 않은가. 다양한 외양과 능력을 지닌 캐릭터들은, 그러나 단 하나의 목표물을 향해 돌진하지만은 않는다. 에너지가 고갈되거나, 적의 공격을 받아 쓰러지고 죽는다. 결국 비디오게임의 서사에서 볼 수 있는 중요한 일면은 일촉즉발의 죽음도 무릅쓰고 달려가는 맹목성이 아니라, 특별한 아이템인 듯 단 한 번 변신하는 환희, 그 가상의 해방이다.

실제로 서효인의 시 중에 「슈퍼 마氏」는 '슈퍼마리오'라는 비디오게임을 모티프로 삼은 듯한 시적 배경과 사건을 구성하여 보여준다. "마리슈퍼 주인장"과 "마氏"라는 상호와 이름부터 슈퍼마리오를 연상하게 하거니와, "구멍 뚫린 마리오의 버섯"은 게임 속 마리오가 먹으면 슈퍼마리오가 되는 버섯이라는 아이템과 동네의 작은 슈퍼를 의미하는 '구멍가게'를 동시에 떠올리게 한다. 단순히 기술적인 동작만을 반복하여 점수를 많이 획득하는 데 목적이 있는 게 아니라, 난쟁이 마리오가 버섯을 먹고 키가 커져서 장애물을 헤치고 결국 공주를 구하는 식의 서사를 만들어가는 데 의미가 있는 게임으로서 게임의 서사가 곧 현실의 비유로 보이기도 한다. 그러니까 시의 화자가 현실의 인물을 대변한다고, 그것도 게임의 캐릭터를 빌려와 그렇게 한다고 말할 때 그 연관들의 고리는 '변신'이라는 조건에 있다.

변신은 현실 속 인물의 속성이기도 하고, 게임 속 캐릭터의 특성이기도 하다. 변신은 현실과 가상을 구별 짓는 문제가 아니라, 어떤 의지와 활력의 문제이다. 최근의 시에서 화자의 변신은 주로 다성성이나 시적 페르소나 등의 방식으로 등장했으나, 서효인의 시에서는 가상 공간에서의 캐릭터가 그러하듯이 정말로 자신의 삶을 업그레이드하려는 집요한 의지를 발휘하는 인물이 나타난다. 정말로 "히어로를 향한" 집념을 가진, 활력을 내뿜는 사람이 우리 주변에는 분명히 있다. 그 의욕이 실제로 현실화되느냐는 이후의 문제일 뿐이다. 중요한 것은 좌절하지 않는 데 있을 것이다. 마리슈퍼 주인장이 그 상상의 활력을 보여 준다.

> 히어로를 향한 마리오의 변신은
> 사라진 단골과 마트의 대물을 넘고 넘어
> 날짜 지난 우유처럼 느리고 치명적이지
> 속에 품은 독버섯 심장을 꺼내 던지면
> 오래된 슬픔으로 연금한 마법 수류탄이
> 분노의 파편을 퍼킹, 퍼킹, 픽, 픽, 픽
> 사람들을 구할 테니 두고 봐라
>
> ──「슈퍼 마氏」 부분

마리슈퍼 주인장의 변신에의 의지와, 그것을 뒷받침하는 활력은 그 자신의 생활과 밀접하게 연관하고 있다. 그렇게 생생한 삶에 닿아 있는 문제를 해결하려는 소시민의 의지는 끝내 "분노의 파편"으로 이 세상에 흩어질 것이다. 어느 동네에나 있을 법한, 그 동네 주민들의 개인사를, 심지어 사생활의 세세한 부분까지도 공유하고 지내는 영세 슈퍼 주인은 소시민이자 그들의 생활을 보전하게 하는 역할을 하는 존재가 아니겠는가. 그러므로 인용한 부분에서 화자가 자신의 분풀이를 목표로 삼는 것이 아니라, "사람들을 구하"는 것을 변신의 목표로 삼는

240

것은 십분 이해할 만하다. 사람들은 우후죽순처럼 생겨나는 대형 마트와 백화점으로 줄지어 몰려가기("사람들은 천장이 높은 마트로마트로간다간다간다간다")에 급급하다. 실상 현대사회의 상업을 장악하고 있는 시스템은 초대형 할인 마트로 집약된다. 막강한 유통 시스템을 확보한 대기업들은 전국적으로 백화점과 대형 마트라는 박리다매의 "왕국"을 건설한다. 그곳은 말 그대로 없는 것이 없다. 건물 전체가 거대한 물품 창고와 같고 사람들은 높게 쌓아 올린 그 물건들을 마구잡이로 집어 자신의 카트에 담는다. 그 높은 천장과 투명 비닐에 싸인 상품들 속으로 들어가면 사람들은 점점 작고 낡아가는("왕국 사람들의 키는 자꾸만 낡아간단다") 쓸모없는 공산품처럼 보이기도 한다. 물론 사람들이 하나의 상품이 되고, 그들의 그칠 줄 모르는 욕망이 상품을 쉼 없이 생산하게 하고, 그 인과관계의 무한 반복이 도시를 구성한다는 점을 제외하더라도, 소시민들의 키가 작아진다는 비유만으로도 저 시적 상황은 『난장이가 쏘아올린 작은 공』의 인물들을 떠올리게 한다. 도시는 점점 비대해지고 있지만 그 속에서 하루하루 살아가는 소시민들은 여전히 풍족한 삶을 동경하며 비루한 삶을 살아가는 중이다. 그들의 삶이 고달프다는 것은 욕망이라는 검은 구멍이 도시와 마트의 크기에 비례하여 점점 깊고 넓어진다는 말의 다른 표현이기도 하다.

다시 '마씨'에 주목해보자. 이 영세 자영업자는 자신의 생업을 위협하는 거대한 적 내지 사회라는 구조 앞에서 단순히 분노를 표출할 수도 있지만, 그는 그렇게 하지 않는다. 대신 그는 자신의 결심을 통해 변신을 잠시 보류하고 있는 듯하다. 그럼으로써 저 시는 그의 복수가 이후에 성공적으로 이뤄질 것이라는 낙관을 말하는 게 아니다. 오히려 화자의 저 활력과 의지가 이전부터 있어왔으므로, 이제 그의 "느리고 치명적"인 변신이 완료될 것이라는 긴장감이 저 시의 한 구절과 구절들에 마련되고 있다. "오래된 슬픔으로 연금한 마법 수류탄"은 저 시의 화자가 (현재완료형으로) 처한 난관("사라진 단골과 마트의 대물을 넘고 넘어")을 기준으로 삼아 조금 이후에 도래할, 즉 지금 백화점과 대형 할인 마트로 몰려가는 사람들이 (미래완료형으로) 처할 고난을 극복하게 하는 힘일 것이다. 그러니까 저 화자의 활력이 기획하는 것은 또 다른 삶들의 구원이다("사람들을 구할 테니 두고 봐라").

요컨대 이 시는 현실의 인물과 그의 태도를 가상에 비유하는 데 그치지 않는다. 강조하건대 현실과 가상의 인물을 비교할 때 발견되는 것은 후자에게 없는, 전자에게만 있는 생활 내지 삶에 대한 활력이다. 이 활력은 "일수 대금"과 "대출 광고"를 담보로 삼는, 마트의 눈부신 "빛 사이"에 먼지처럼 진열된 상품들의 허황된 후광("하이퍼바이오닉 크리스탈에너지") 같은, 허구의 적을 직시하게 하는 힘이다. 인간의 욕망에 대해서만 말한다면 현실은 이미 가상과 다를 바 없어졌다. 현실을 살아가는 인간을 좌우하는 것은 현실이라는 가상적 공간과 그곳을 지배하는 허구의 이데올로기일 뿐, 더 이상 개인의 욕망이 아니다. 개인들은 자신을 움직이게 하는 게 무엇인지 모르는 채 그저 눈앞에 주어진 장애물을 맹목적으로 뛰어넘으며, 그 시스템 내에서 자신의 적응력을 최대한 발휘하려 할 뿐이다. 서효인 시의 화자는 조바심을 내며 대세를 따르는 그 일련의 현상에 일침을 가하고, 오히려 "두고 봐라", "지켜 봐라"라고 말한다. 현실 사회가 만들어내는 거대한 검은 구멍에 빠져들지 않고 살아남는 방법은, 밝고 높은 것들로부터 한 걸음 물러서서 자기만의 활력을 회복하는 일이다.

3

서효인 시의 화자들이 주로 활동하는 곳은 "도로"의 주변이다. 도로는 이른바 사회로부터 구획되고 사람들은 침범 불가능한 곳으로 강제된 자리이다. 또한 그 자리는 사람들의 삶에 있어서 극단의 경험이 이뤄지는 곳이기도 하다. 도로는 차선과 신호등의 규칙을 지키며 기계적으로 흘러갈 때는 아무런 일도 일어나지 않는 곳이다가도, 그 흐름에서 벗어나 "엇박자"로 흐르는 단 한순간에 생사를 좌우하는 사건이 일어나는 곳이지 않은가. 수법(守法)과 무사함이, 범법(犯法)과 사건이 바로 도로 위에서 짝을 이룬다. 서효인 시의 화자가 그 도로라는 검은 강에서 목격하는 것은 무엇보다도 생사의 순간이고, 그 와중에 인간성이 지워진 순진무구한 속도의 행렬에 수치심을 느끼기도 한다.

실상 이 화자들의 특별함은 표제에서 드러나듯, "소년 파르티잔"이라는 특명(特名)에서부터 짐작할 수 있었다. 21세기를 살아가는 소년들이 그들 나름의 산전수전을 겪는 곳이라면 응당 아스팔트 위의 어느 곳일 테고, 그중에서도 그들이 노리는 곳은 시대의 흐름을, 시대의 속도를 대변하는 도로 위일 것이기 때문이다. 그러니 서효인 시의 경우라면 화자들의 물리적인 나이나 성향을 떠나 모두를 소년 파르티잔 partisan이라고 명명할 수도 있을 것이다. 그들은 이 시대의 도로, 몰인격의 자리에 활기를 불어넣는 방법을 모색하기 위해 도로변에 자주 출몰한다. 그렇게 도로의 흐름에 합세하지 못하고, 여전히 도로의 주변에서 맴도는 이들에게만 도로의 속도와 리듬이 보인다. 도로 위를 달리는 것들이 다만 "박자에 껴묻혀 가다 서다를 반복"(「박치」)하고 있을 뿐일 때, 서효인 시의 화자들은 그들을 관찰한다.

파르티잔 소년들이 보기에 도로는 "네 발로 진화한 인간"들과 그들이 만들어내는 리듬으로 형성되는 자리이다. 진화한 인간은 도로 위의 리듬을 체득하고 있으므로, 스스로는 그 리듬을 자각하지 못한다. 서효인 시의 화자들이 보는 것은 일상성을 주조하는 반복으로서의 리듬뿐만이 아니라, 그 리듬을 의심 없이 혹은 본능적으로 따르는 표정 없는 기이한 몸체들인 것이다. 현대의 박자란 아무리 제 몸의 일부로 스며들어 있는 것이지만("박자가 몸에 들었어요") 개인이 아니라 단체의 소산일 뿐인 리듬에서 비롯됨으로써, 하나의 전체주의를 표명하는 장치로 보이기도 한다("거대한 도로를 굴러다니는 척수의 진폭은요 일 년 전이나 일 년 후나 내비게이션의 맑은 목소리처럼 똑같은 표정을 하고 있거든요"). 온전히 개별적인, 남다른 리듬으로써 전체의 리듬에 충격을 주는 박자란 도로 위에서 살아남을 수가 없다("눈을 질끈 감고요 빗나간 차선에서요 엇박자의 악센트를요 크게 그렸다지요").

그로써 파르티잔 소년들은 도로의 규칙과 도로 바깥의 사람에 대해서 말한다. 규칙과 양보의 조화로 구성되는 도로의 사정을 하나의 지배 체계로 포섭된 다양성의 행렬이라는 점에서 한 사회에 비유할 수 있다면, 그 도로 바깥의 사람은 그 사회로부터 배제되고 심지어 위협받는 주변인이라고 할 수 있다. 하물며 "지난한 아스팔트" 위의 사정이란 "지나가면 그뿐" 기억되지 않는 것이지 않은가("우리는 길을 기억하지 않아요"). 그 길을 기억하는 이들은, 그 위에서 일어나는 일로써 맹목적이고 기계적인 리듬이 아니라 사람의 삶을 떠올리는 이들은 그야말로 주변인들이다. 가령 "신호가 바뀌"(「한없이 시끄러운 쟁반」)는 순간에 일어난 시내버스와 오토바이의 충돌을 기록하는 일은 온전히 주변인의 몫이다. 망사 스타킹을 신은 다방 레지는 사타구니와 가슴을 드러내며 "아스팔트에 길게 쏠렸"지만 "시민들은 둥글게 모여" 구경을 하다 신호가 바뀌면 다시 제 갈 길을 갈 뿐이다. 이 시의 화자는 도로를 장악하는 '도시의 신호등'이란 무엇인가에 대해 질문하는 이처럼 보인다. 사람들로 하여금 어떤 신호(信號)에 응해야 하는지도 판단할 여지도 없도록, 자주 "신호는 바뀌고" 도로는 구멍이 본질인 듯 손쉽게 정돈된다("망사처럼 태연한 거리"). 화자는 그 과정에서 도로 위에 나뒹구는 커피를 다시 쟁반 위에 담아 치우듯, 도로 위에서 치워진 이의("치워지는 레지") 아픔을 본다. 그 아픔은 도로에 쓸려 생긴 물리적인 상처가 아니라, 자신의 고통을 한낱 구경거리로 취급한 듯한 무심한 사람들의 '눈빛에 대한' 분노에서 비롯된다("지금 그 눈빛들 모두 내가 담아두마"). 그 분노가 보란 듯이 쟁반 위에 올려지는 일이 곧, 수치심 또한 차치하게 만드는("아파서 창피를 모른다"), 개인의 문제를 초과한 사회에 대한 적대감이 형성되는 일이 아닐까. 이렇게 화자는 단순히 개인의 것이라 할 수 없는 어떤 적대감의 내밀한 속내를("구멍 사이의 속살") 목격하고, 그 목격자야말로 이 사회의 주변인이라 할 만하다. 또 다른 시 「목격자」 역시 "새벽의 미화원"이 도로 위에서 당한 뺑소니 사고에 대한 기록이다. 도로는 개인과 사적인 기억을("깨진 머리는 소소한 기억이 뭉쳐") 방관하는 자리이며, 그럼으로써 무사한 일상의 안위를 유지하는("염치없이 도로가 편안했다") 곳처럼 보인다.

그렇게 사회가 유지하려 애쓰는 것은 개인이 아니라 사회 자신의 안위이므로, 그 와중에 주변인의 예외성을 동원하기도 한다. '눈 감으면 코 베어간다'는 말이 한 사회 내에서 통용되기 위해서는 그 말을 진실로 믿는 사람들이 아니라 그 말을 의심하는 사람들이 필요하다. 그 말은 사회에 합류하지 못하는 이들에게 어떤 의심이나 이견을 제기하지 말라는 강제와 구속의 마력을 발휘한다. 그러니까 그 말은 사회로부터 주변인들에게 가해지는 오만과 방치를 합리화하는 세속적인 믿음을 담고 있다. 서효인의 시 속에서 그 주변인의 형상은 이주노동자라는 이름으로 불리는 자들로 나타난다. 특히 주목해볼 만한 점은 그들의 얼굴이다. 그 얼굴에는 슬픔이라는 감정이 탈각된 차가운 표정이 있다.

당신에 대한 세속의 믿음은 불안하고 불량해
과장된 만화에서나 나오는 표정으로 당신은 강제되어 있다
코가 없는 당신의 불행에는 시큰한 슬픔이 없다

시인이여, 불참(不參)에 참여하라   245

슬픔 없이는 인정도 없다

누가 코도 없는 인류를 사람으로 보겠는가

──「블랑코의 잃어버린 코를 찾아서」 부분

한때 "안녕하세요. 블랑코예요. 사장님, 나빠요"를 외치던 텔레비전 속의 블랑코는 어느새 사라졌다. 어쩌면 저 시의 제목은 '잃어버린 블랑코를 찾아서'라고 읽어야 되는 것인지도 모르겠다. 그러나 저 시는 이주 노동자에 대한 적대와 냉대에 대해서 새삼 말하고자 하는 것이 아니다. 이주 노동자의 존재를 상기시키는 동시에, 그보다도 그 존재의 특성("코가 없잖아")을 통해서 이 사회가 어떤 방식으로 그를 배제하고 일체된 특성을 마련하는지를, 아니 상상하는지를 보여준다. 그 일환으로 우선 저 시는 이 사회의 고정관념("격언"과 "농담")에 대해서 말한다. 한 사회의 관념어들은 한 사회의 관념의 외관뿐만 아니라, 그것이 내밀하게 작동하는 방식을 보여주기도 한다. 가령 '사장님 나빠요'라는 외국인 노동자의 말이 농담처럼 쓰일 때, 그 말은 객관적인 사실로서의 정보를 고발하는 듯 위시하면서 오히려 그 사태의 심각함을 은폐한다. 덧붙여 그 말이 갖는 양가적인 의미라는 속성을 마치 의미의 긍정적인 비틀기("농담의 미학")라고 여기는 것을 보여줌으로써 싸한 자극("시큰한 슬픔")을 준다.

잘 짜인 니트에서처럼 전체라는 획일된 규칙을 연계하는 고리("코") 있음이 한 사회의 가입 조건이라면 무수한 구멍을 전제하는 그 조건을 불량하다고 반박하는 일은 당연하다. 또한 불량함을 필수 조건으로 삼는 사회라면 그 속에 편입하지 않겠다고 말하는 블랑코의 말도 일리가 있어 보인다. 문제는 "코가 있는 자의 사회"에 속한 사람들은 자기가 구성하고 있는 그 사회의 불량함을 자각하지 못한 채, "코가 없는 당신"을 배척하기에 급급한 족속이 되어간다는 점이다. 그 일반화된 논리의 무감한 진행("코들의 행진")은 좋은 사회의 본질이 세속적인 믿음을 의심하는 일, 즉 불일치에 있을지도 모른다는 것을 인정하지 못한다. 서효인 시의 화자는 있음과 없음의 이분법과 전체주의를 지향하는 어떤 조건도 부정하는 방식으로써, 이 사회를 "불량한 풍경"으로 그린다. 중요한 것은 그 풍경이 불량한 이유이다. 불량함을 그 자체에서 삭제하려는 불가능한 노력과 그것이 만들어내는 "평평한 안면"은 진퇴양난의 난국을("두 개의 구멍을 점벙거리는") 떠올리게 한다. 이 화자가 그리는 풍경은 개량(改量)되지 않는[不量] 사회이다.

4

어느 사회에나 난쟁이는 존재한다. 서효인의 시는 '난쟁이'라는 이름이 갖는 다종다양한 의미들을 구분 없이 펼쳐놓는다. 그럼으로써 그의 시가 획득하는 귀한 의미 중 하나는 모두가 어떤 의미에서 난쟁이일 수 있다는, 개별성이 보존된 보편성이라고 할 만한 것이다. 앞서 현실을 난쟁이들의 사회라고 말하던 화자 역시 그 근거를 다만 천장이 높아진 사회의 구조에 돌리지는 않는다. 그 외에도 개인 각자의 주체할 수 없는 성장이 야기하는 '비정상'의 조건을 언급한다. 비정상이라는 말이 함의하는 것은 정상성이라는 가상의 이데올로기의 엄존함뿐만이 아니다. 그 말은 전체가 제시하는 조건에서 계속해서 비켜나려는, 비정(非定)의 의지를 갖는 이들의 모토이기도 하다. 그러므로 서효인의 시에서 비정상은 정상의 반대편에 서서, 정상을 파괴하는 자발적인 명명처럼 보이기도 한다.

그들은 비유컨대 키가 너무 커버린 난쟁이이다. 이 형용모순적인 존재들은 애초의 모든 획일화된 규정 자체가 모순을 그 유전자처럼 갖고 있음을 보여준다. 기성의 자극으로 화자의 키가 자라났지만, 기성의 규칙은 그 화자를 기형이라 치부한다. 그러므로 "뫼비우스의 띠"(「슬램, 성장기」)와 같이 모순 반복되는 기성의 방식이 모여 축조된 공간은 "클라인 씨(氏)의 병Klein bottle"처럼 안팎을 구분하는 것이 불가능하고 무용한 세계이다.

> 클라인 씨(氏)의 병을 떠올리자면 나의 뇌하수체는 병 속을 이리
> 저리 떠도는 거리의 악사, 성장판을 자극하는 그의 노래는 자라나
> 는 손과 발이 함께 느끼는 기쁨과 슬픔 함께 느끼는 희망과 공포
> ──「슬램, 성장기」 부분

슬램덩크라는 만화와 그 속의 인물의 대사("왼손은 거들 뿐")를 차용하여, 화자는 자신의 "성장기"를 농구 경기 중에 반복적으로 이뤄지는 행동들("패스"와 "리-바운드")에 비유한다. 여기서 중요한 것은 성장기를 "코트" 위에서 이뤄지는 일에 빗대어 자신의 성장 과정에도 끊임없이 간섭하는 "감독과 언니들" 같은 존재가 있음을 암시하는 점이다. 그렇게 획일된 룰에 얽매이고 공익에 바쳐진 개인의 삶은 마치 "기쁨과 슬픔"이 "희망과 공포"가 뒤섞인, 그리하여 그 낱낱의 감정을 결코 경험할 수 없는 장(場)처럼 보인다.

그리하여 화자는 "비좁은 언니들의 코트"(「슬램, 성장기」)를 떠나서, 고집 센 선배들이 사는 동네("선배들은 잭슨빌에 살았다 곱슬머리처럼 고집 센 마을이었다", 「잭슨빌의 사람들」)를 떠나서, 학교와 학원을 떠나서 나름의 방식으로 "항전"하기를 시도한다. 이 전쟁은 '이에는 이'라는 고전적인 방식이 아닌, 오히려 상대의 공격 메커니즘을 치밀하게 학습함으로써 그것을 조롱하는 방식으로 이뤄진다. "그들"의 논리와 속셈과 리듬과 정보를 습득하고 그것에 단련된 이 화자들은, 이제 자

유롭고 "포부 당당한 이중간첩"(「소년 파르티잔 행동 지침」)이 된다. 이 소년들에게 주어진 "행동 지침"이 있다면 그것은 다만 "마음껏 변신할 것, 양껏 분열할 것"이 전부이다.

앞서 서효인 시의 화자들을 모두 이 파르티잔 소년이라 할 수 있을 것이라고 말했다. 이 소년들은 기성의 제도를 고수하는 사회("주제들의 세상")에 반(反)하는 모든 개인의 모습이다. 삐딱한 세상("대각선으로 읽히는 세상"), 자기 이익을 "속으로 조용히" 셈하는 세상, "공용된 논리"가 있는 세상, 낡은 리듬을 반복하는 세상("누추한 음계를 타고 오르며 참혹해진"), 자기 복제를 통해 생식하는 세상("스스로를 복제하는 수천 가지 자격증")에 반대한다. 그 반대는 불시에 닥쳐야만 하는 '아이스께끼 놀이'처럼("쌩뚱한 바람이 거대한 치마를 들어 올려 아이스크림 한 입 베어 먹기") 갑작스러운 습격으로 이뤄진다.

> 생뚱한 바람이 거대한 치마를 들어 올려 아이스크림 한 입 베어 먹기 전까지 우리의 항전은 끝나지 않아요. 근엄한 얼굴로 인생의 진리를 논하는 정규군의 향연에 더 이상 뒤를 대지 않을 테니 그리 알아요. 부릉부릉 분열하는 파르티잔들이 습격을 거듭하는 이상한 트랙에서, 소년들이여, 등에 누운 참고서 아래에 붉고 뜨거운 바람의 계곡을 기억해요. 그리고 궐기해요. 배운 대로, 그렇게, 뿡.
>
> ──「소년 파르티잔 행동 지침」 부분

그 습격에는 몇 가지 특징이 있다. 저마다 다른 방식으로 반복해서 일어나야 한다는 것, 그리고 각자의 방식은 "정규군의 향연"을 습득한 이후에("배운 대로, 그렇게") 형성된다는 것. 소년들이 취하는 각자의 궐기 방식은 비유컨대 어떤 이야기나 노래를 들었을 때 개인의 머리가 아닌 몸이 반응하는 느낌처럼("꽃의 슬픈 유래나 강물의 은결 무늬에 대한 노래에 항문이 간질간질하던 당신") 고유하다. 그러므로 이 항전의 방식은 이미 항상 모든 저항이 개별적이고 유일한 것("구타의 음악 소리에 볼기짝이 꽃처럼 붉어져 혼자 타오르고 있던 당신")이라는 반증이기도 할 것이다. 이 발랄한("룰루랄라") 개인들의 항전이 사회의 "거대한" 장막을 들추기 위해서는 그 "습격을 거듭"하는 일이 필요하다. 의미심장한 것은 그 습격의 방식이나 정도를 "근엄한 얼굴"에 대비시키면서, 방귀를 뀌는 행위와 그 소리("뿡")라고 표현함으로써, 소년들은 파르티잔으로서의 궐기를 스스로 우스꽝스럽고 하찮은 현상으로 만들어버린다. 하지만 이 사소한 생리적 현상이 갖는 위력을 몸이 거부할수 없듯이, 저 반복된 습격은 최소한 저 "트랙"의 이상함을 노출시킬 것이다.

그리하여 전적으로 이 사회를 불신하는 저 소년들은 웃음에서까지 기묘함을 포착한다. 그것은 "독이 불편하게"(「웃어 봐, 프레이저」) 오르고 "약이 바짝" 올라 링과 룰을 벗어난, 일종의 반칙("복싱 말고 다른, 좋은 생각 하나")을 기획하는 웃음("나는 웃었어요 씨익")에서 엿보이는 비열함이거나, 음식을 배달하기("허기를 달래주는," 「CITY100 다이어리」) 위해 달리던 오토바이가 쓰러졌을 때 "철가방"에서 삐져나온 "남지나해산 조개"가 짓는 듯한 웃음("내가 '체'요, 참혹하게 힘껏, 웃는다")에서 느껴지는 "궁상"이다. 하지만 서효인 시의 화자들은 저 웃음의 이면을 본다. 비열함을 연기할 수밖에 없도록 시달린("다리에 힘이 풀렸군") 자의 고통은, 최대한 빨리 배달하지 않으면 주인과 손님의 불평을 오롯이 감당해야 하는 배달원이 길거리에 쏟아진 음식을 바라볼 때의 처참함과 다르지 않을 것이다. 살아보겠다고 발버둥 치는 자의 발악이 그 웃음 속에 있다. 그리하여 서효인 시의 어떤 화자는 이렇게도 묻는다. "노래도 율동도 없이 발버둥 치는 노인의 콧구멍이, 웃긴가?"(「폭소」) 저 질문을 자기 앞으로 당겨와 외로움을 느끼지 않을 이는 없을 것이다. "사람들은 근엄한 표정이거나 억지로 웃어"주거나, 그런 표정과 웃음에 가려진 또 다른 감정들을 본다. 그러니까 서효인 시의 화자는 인간의 근원적인 외로움에 대해 말하려는 건지도 모른다("인간은 외로워집니다"). 그리하여 인간에게 근원적인 것으로까지 보이는 외로움이 실상 완벽하기를 바라는 편집증적인 현실 사회로부터 발생하는 게 아닌지를 의심하게 한다. 사회는 끊임없이 결핍과 결손이라는 허구를 통해 완벽함이라는 가상을 내세운다. 그 구조 속에서 광기는 끊임없이 개발되고(「광기의 재개발」), 가난은 관음의 대상이 된다(「킬링 타임」).

5

이쯤에서 한편으로는 판옵티콘panopticon 사회를 떠올리게 된다. 이 사회의 시선은 모든 곳에 편재하며, 사람들은 항상 관찰되고 있다. 지젝은 현대 사회를 살아가는 사람들의 불안이 타자의 응시에 항상 노출되지 않으면 어쩌나 하는 걱정에서 비롯된다고 말하면서, 주체의 특성으로 자신이 실존한다는 것을 일러주는 일종의 존재론적 보증자로서 카메라의 응시를 요구하는 점을 들었다. 그 예는 요즘 텔레비전만 켜면 볼 수 있는 '리얼리티 쇼'의 난무일 것이다. 실제의 삶에서조차 자신을 연기하고 있을 뿐인 개인 아닌 개인들이 거기에 있다. 그러니까 개인들로 하여금 '그렇게' 행동하도록 하는 것은 어떤 불안이다. 지젝은 1999년의 마지막 날에 '나도 잘 안다. 하지만'의 기계적인 욕망의 행렬들을 예로 들어 그 불안을 설명한다. "밀레니엄 버그가 우리 눈앞에 들이미는 것은 우리의 '실제의 삶' 자체가 객관화된 앎이라는 어떤 가상적 질서에 의해 지탱되고 있으며 그것이 오작동을 일으킬 경우에 우리는 재앙과도 같은 결과에 처하게 될 수 있다는 사실이다."[4] 이렇게 구성원들을 관장하는 가상적인 질서를 흔히 사회의 이데올로기라 말해왔고, 라캉의 경우라면 이를 큰 타자라 부를 것이다. 지젝은, 밀레니엄 버그란 라캉이 작은 타자라고 부른, 즉 큰 타자의 결여를 구현하는 대상 소문자 a의 궁극적인 사례라고 말한다.

서효인의 시가 궁극적으로 보여주려는 것 또한 그 '밀레니엄 버그'의 여러 변신들이 아니겠는가. 주체가 없는, 심지어 인격체가 아닌 삶들이 서효인의 시집 속에 난무한다. 현대 사회를 살아가는 사람들은 "인류의 평화를 기원"(「킬링 타임」)한다는 베일로 가려진, "닷 냥의 쩐[錢]이 겹친" "음란의 현장"에 동원된 "노예"이거나 "지폐를 봉송하는 병사"이다. 그 가운데 서효인 시의 화자는 "성화의 불꽃"에 가려진 것들을 본다. 하지만 시인은 화자들이 본("겨드랑이 사이로 나는 보았네") 틈새의 것들을 통해서 단순히 현실을 고발하는 데 그치지 않는다. 다시 말해 서효인 시의 화자들 역시 일상적인 응시를 당하는 사람들이지만, 마치 사물처럼 굳은 그 사람들은 서로를 또한 응시한다. 보이지 않게 사람들의 삶을 장악하는 사회의 시선 속에서, 인간성이 지워지고 모든 가치는 화폐화되지만 그 속에서도 어떤 온기와 활기가 피어오르고 있다면 그것은 사람들 간에 어떤 매개도 없이 서로를 지켜보아주는 눈길이 있기 때문일 것이다. 표면적으로 서효인의 시들을 차지하고 있는 것은 대부분 "날아오는 공을 본다 축구공에는 표정이 있다 날 보는 관중은 없지만 축구공은 나를 보고 있다"(「FC 게토의 이삼류 골키퍼」)처럼 소외된 개인의, 시선을 바라는 자의 "공허"한 마음이다. 하지만 화자의 진심은, 홀로 죽은 옆방의 노인(「냄새나는 사람」), "방에서 혼자 걱정"하는 요실금을 앓는 중년(「걱정하는 사람」), 화장실에 붙은 신

4   슬라보예 지젝, 『전체주의가 어쨌다구?』, 한보희 옮김, 새물결, 2008, p. 388.

252

장 매매 스티커를 보고 휴대폰을 꺼내는 남자(「내려가는 사람」)에 닿아 있는 것처럼 보인다. 그들은 모두 세상에 둘도 없는 "단 하나의 사람"들로서 귀한 존재라는 것을 새삼스럽게 상기시킴으로써, 서효인의 시는 시가 할 수 있는 각성의 방식을 새롭게 모색하려는 듯 보인다("노래가 옮겨 심을 전 지구적 고통을/잇몸 속에 감춰 두었던/단 하나의 사람", (「단 하나의 사람」). 그리고 끝내 시인은 시 속에서 자신까지도 말에게 내어준다("말의 천장이 울퉁불퉁 나를 누르는 시간이 온다"). 「갑각류의 말」에서 물화되거나 무화된 화자의 말은 입속에서 형체가 녹아 사라지는 몸의 소리에 비유된다. 이때 화자에 비유된 "새우 과자"의 휘어진 모양은 또 다른 시(「해로운 자세」)에서 화자의 "웅크린 자세"로 나타난다. 이 웅크린 자세의 "원흉"은 절로 터져 나오려는("아프다고 아, 아, 나오려는 외롬과 서름", "앗, 아앗, 속으로 치미는 화") 것들을 몸 안에 가두고 뭉쳐놓았던 일종의 "버릇"이다. 의미심장한 것은 그 버릇이 "활자들을 가까이 노려보기 위한" 것이기도 했다는 화자의 말이다. 그러니까 새우처럼 굽은 등을 가진 화자의 몸은 어떤 소리를 내장하고 있고, 시인은 그 고유한 몸의 살결 같은 소리를 뱉어낸 것으로서 시를 쓴다. 이렇게 덧붙이면서 말이다. "그것이 리얼,이니까요"(「수전노 솔레니오」).

　　그로부터 〔…〕

　　세 시간 전, 곧이어 아무것도 변하지 않는다면 참 심심하겠지 밀레니엄이라고 발음하면 아이돌 그룹처럼 명징한 새로움이 도래할 것만 같았다 심심한 건 죄악, 턱 아래로 떨어지는 국물의 무료한 낙하, 아무도 닦아 주지 않을 시간들이 틀어 놓은 TV처럼 지나갔다

위에서 인용한 부분은 "그로부터"라는 특정한 시점에서 "세 시간 전"의 일이다. 그리고 인용하지 않은 부분에 이러한 구절이 있다. "젖은 테이블 위에는 누군가 흘린 국물이 굳은 채로 흘렀다 우리는 모두 굳어 있었지만, 어쨌든 흘렀다". 이것은 "네 시간 전"의 일이다. 이렇게 저 시에서는 시간이 국물처럼 천천히 흐르고, 그보다 천천히 굳어가고, 굳어서도 흐른다. "밀레니엄"이라는 말이 환기하는 "명징한 새로움"의 도래는, 그러므로 영영 이뤄지지 않는다. 그로부터 세 시간 후에도, 네 시간 후에도 국물은 무료하게 흘러내리고 "틀어놓은 TV"에서는 수많은 불빛이 나타났다 사라질 것이다. 그런데도 "심심한 건 죄악"이라는 듯 사회는 끊임없이 변화를 예고한다. 그 허망 속에서 지난한 시간을 견디는 것은 어쩌면 분노를 견디는 일인지도 모른다("안녕, 아무 일도 일어나지 않았고 앞으로도 빌어먹을, 일어나지 않을 밀레니엄"). 하지만 이 사회에 속한 이상 개인들은 끊임없이 '또 다른 밀레니엄'의 환상에서 벗어날 수 없다는 것을, 화자는 말한다. 저 시는 "그로부터", 무엇인지, 언제인지 모를 기원으로부터 시작되고, 끝 역시 똑같이 '그로부터'로 맺는다. 그러니까 저 한 편의 시는 '그로부터'에서 '그로부터'까지를 말함으로써 밀레니엄이라고 명명된, 인류 전체를 대상으로 삼는 거대한 허상의 출구 없음을 보여준다고도 할 수 있다. 하지만 몇 번이고 강조했듯이, 서효인 시의 화자들은 개인을 억압하는 그 모든 것으로부터 발랄하게 항전할 줄 안다. 달리 말해, 시인은 진부한 세상의 "모든 신화"(「수전노 솔레니오」)를 뒤집어 읽을 줄 아는("더워서 눈물이 납니다. 슬퍼서 땀이 납니다.") "거슬리는 태도를" 가진 개개인의 역능에 믿음을 걸어보는 것이다.

그로부터, 성급하고도 성마른 누군가는 "당신은 유대인이지요"라고 물을 것이고, 서효인 시의 화자는 "예, 유대인입니다"라고 힘주어 대답할 것이다.[5] 이때 당신은 불현듯 떠올리게 될 것이다. 이름 없고 판별 불가능한 어떤 화자가 처음 당신에게 건넸던 인사를. 그리하여 당신은 기억하게 될 것이다. 그 인사가 열어 보인 "분명한" 모호함("안녕,이라 말할 때의 경계", 「밀레니엄 송가―분노 조절법 고급반」)의 자리를.

---

5   여기서 다시 하나의 구멍을 발견하게 된다. 앞서 인용한 구절 이후에 지젝은 다음과 같은 질문을 덧붙인다. "반유대주의자들이 유대인을 동물에 비유할 때 가장 흔히 쓰는 은유가 바로 이 버그, 사회에 혼돈과 퇴폐를 가져오는 미친 벌레, 사회적 적대의 진정한 숨은 원인, 즉 버러지가 아니던가?"(슬라보예 지젝, 같은 책, p. 390) 서효인 시가 세상의 구멍을 보여 주는 가장 큰 전략이 그 시 속의 화자들이라면, 이 시집 속에는 무수한 밀레니엄 버그들이 꿈틀대고 있다고 말할 수도 있을 것이다. 그렇다면 이 시집의 마지막 페이지에 수록된 시에서 저 유대인의 등장을 과연 우연이라 할 수 있을까?

어떻게 탄생할 것인가
── 이원론

　지금껏 이원의 시는 일관되게 세계와 개인의 관계를 세밀하게 관찰하고 그로부터 길어올린 탁월한 발견을 개성적인 언어로써 그려 보여주었다. 세계와 개인의 관계라고 했지만, 좀더 엄밀하게 들여다보면 그 것은 '나'의 존재 방식에 관한 고민과 고투의 흔적이다. '나는 어떻게 존재하는가'를 자문자답하는 이원 시의 화자들은 급속도로, 다방면으로 진행되는 세계의 변화를 성실히 추적하며 그 속에서 자신의 위치 내지는 입지점을 확인하려 애쓰고, 그 와중에 어떻게 하면 좀더 나은 인간으로 존재할 수 있는가를 쉼없이 묻는 자들이었다. 때문에 그들은 매번 세계와 불화하고 그 과정에서 패배하고 좌절하며 절망하는 듯 보였지만, 돌이켜 생각하면 그것은 긍정적인 작은 예감을 성취해나가면서 장기적으로는 이 거대한 세계에 지지 않는 개인의 형상을 보여주는 일이었다.

　이광호는 이원의 시집 『야후!의 강물에 천 개의 달이 뜬다』(문학과지성사, 2001)를 두고 "새로운 디지털 문화가 삶이 되어버린 세계에서 제기하는 존재의 처소에 관한 질문"이며, 시인이 이 실존적인 물음을 문화적인 동시에 시적으로, 즉 "전자적 커뮤니케이션에 관련된 언어적 차원"에서 제기하고 있다고 말했다. 조연정은 여기서 이원이 『세상에서 가장 가벼운 오토바이』(문학과지성사, 2007)에서 보여준 변모에 주목하면서 그 핵심에 몸에 관한 시인의 특별한 감각이 놓여 있다고 보았다. 이전 시집에서 "기표적 존재였던 나"는 이 시집에서 "푸줏간의 고기"로 뒤바뀌며, 더 중요하게는 이 '맨몸'이 세계의 일부분과 접촉하여 부패하고 상처입는다. 김행숙 역시 이원 시에 나타나는 몸에 주목해 『불가능한 종이의 역사』(문학과지성사, 2012)에 관한 탁월한 해석을 남겼다. "몸, 그것은 이원의 시가 언제나 다시 출발하는 자리다"라고 했던 그의 전언은 『사랑은 탄생하라』(문학과지성사, 2017)에서 여전히 유효하다. 그는 이원의 시에 나타나는 몸들이 "몸의 한계 속에서 몸부림치는 게 아니라 한계를 새롭게 발견하고 재발명하"여 어떻게 '시적 몸'이 되는가를 보여주는 점에서 특별하다고 말한다. 앞서 조연정이 읽은 몸 역시 세계와 대면하는 개인의 경계에 대한 감각을 담당했듯, 김행숙의 분석에서도 핵심적으로 동원되는 것은 경계에 대한 시인 자신의 진술이다. 시인이 경계는 "나누어지는 곳이 아니라 닿는 곳으로의 지점" "다름을 다름으로 잡고 있는 힘. 그래서 그곳에서 떠나지 않는 힘. 비껴 서지 않는 힘"(「시인의 산문」)이라고 힘주어 말했듯, 이원의 시에 나타나는 몸은 삶이 죽음에, 내가 나 아닌 존재에게 닿으려는 안간힘을 보여준다. 순차적으로 발표된 세 권의 시집에 관한 섬세한 분석들이 이미 밝힌 바대로,[1] 이원의 시는 일관되게 세계와 개인의 관계를 그 시대의 구체적인 문화와 정서의 운동 가운데에서 관찰하고 경험하는 몸을 통해서 그려왔으며, 그때 쓰이는 언어 역시 그 시대를 살아가는 몸들에 체화된 말의 형태와 의미를 최대한 섬세하게 반영하는 것이었다.

---

1   참조한 글들의 출처는 다음과 같다. 김행숙, 「몸의 불가능한 가능성」, 『문학과사회』 2013년 2월호, pp. 461~63. 이광호, 「계간 리뷰 새 시집: 이원 시집, 『야후!의 강물에 천 개의 달이 뜬다』」, 『시안』 2001년 12월호, p. 271. 조연정, 「사랑의 능력, 이토록 모호한……」, 『문학과사회』 2007년 11월호, pp. 408~13.

그 섬세한 반영은 이원의 시에서 특별하게 주목할 만한 몇 개의 단어를 창출해내는데, 대표적으로 '자세'와 그것을 둘러싼 몇 개의 단어를 들 수 있겠다. 앞서의 글에서 김행숙은 이원의 시에 등장하는 "편파"라는 용어에 주목해서, 이것은 무엇과 무엇을 이분법적으로 가르고 그중 하나를 선택해서 다른 한쪽에 등을 돌린 자세가 아니라, "맞물린 자리에서 빗금처럼 기울어진" "정태적인 몸이 아니라 치열하게 끓고 있는 몸"으로서 도달하는 하나의 자세라고 설명한 바 있다. 그러니까 이원의 시를 읽을 때 그가 그려 보이는 사람과 사물의 자세는 곧 시인이 바라보는 시적인 몸이기도 하다는 것을 염두해야만 할 것이다.

「이것은 절망의 노래」, 「이것은 희망의 노래」. 이것은 이원의 『사랑은 탄생하라』에 수록된 서로 다른 두 편의 시 제목이다. 이 두 제목 사이에 조사나 접속사를 넣는다면 무엇이 적당할까. 아마도 '이것은 절망의 노래'이자 '이것은 희망의 노래'라고 쓰거나, '이것은 희망의 노래' 또한(혹은, 그리고) '이것은 절망의 노래'라고 적는 편이 어울리지 않을까. 당겨 말하자면 이 시집에서 시인이 보는(혹은 보여주는) 절망과 희망은 같은 빛깔이다. 말하자면 검정. 모든 것이 그 속으로 빨려 들어가는 블랙홀처럼 절망은 살아 있는 자들의 말과 행동을, 또한 여태껏 정성스레 쌓아 올렸을 모종의 것들을 한순간 무의미한 것으로 만들어버리기도 한다. 마치 아이의 죽음을 겪는 부모의 마음처럼. 그러나 아이러니하게도 그 검음을 딛지 않으면, 그 검음에 도달하지 않고서는 다시 살아가지 못하는 것이 삶이기도 하다. 바닥까지 내려가야 그곳을 딛고 솟구쳐 수면에 이를 수 있듯이, 이 희망은 절망을 보고 그것으로부터 벗어나려고 할 때, 그러고자 하는 의지가 발현될 때 가까스로 발휘되는 안간힘 같은 것이다.

사실 이 시집의 많은 부분은 2014년 4월 16일의 사건을 떠올리게 한다. 소제목을 통해 다섯 부분으로 나뉘는 이 시집의 뒤쪽으로 갈수록 세월호를 연상하게 하는 시편들이 무겁게 자리하고 있다. 모두가 동시에 목도했던 거대한 절망, 그 기울어진 세월의 형상. 그것은 시간이 흘러간다고 해서 자연히 극복되는 상처가 아니다. 그 빗금을 목격한 어떤 누구도 그것을 쉽게 잊지도, 간단히 기억하지도 못하는 것이 이 시대의 진실이다. 봄, 바다, 배, 노란색, 수학여행, 아이들. 그 세월에 연관한 것들은 개인의 의지와 무관하게 일상의 밑바닥에 고여 있어서, 때로는 속수무책으로 일상의 장면들 속에 스며드는 대상이 된다. 따라서 누군가에게는 그것들과의 관계 자체가 제 삶에 관한 중요한 결심 내지 결단의 과제가 된다. 그것과 제대로 인사를 나누지 않을 때 오는 불편한 감정들은 슬픔보다는 자학과 자기모멸에 가까운 것("경멸과 수치", 「이쪽이거나 저쪽」)이기 때문이다.

그것과 제대로 인사를 나누기 위해서 이 시집의 화자들은 거듭 어떤 자세 내지 태도를 고민한다. 지금껏 "세상에 없었던 자세"(「율」)를 골몰하면서, 각자의 유일한 몸과 그 몸의 자세만이 거대한 절망으로부터 사소한 희망을 이야기할 최소한의 단어를 길어 올릴 수 있다는 듯이 말이다. 이 시집에 이르러 자세는 '말'과 거의 동의어로 쓰인다. 가령 의자나 칼은 아무것도 정해지지 허공과 같은 곳에 일정한 자세를 배치하며 그렇게 마련된 자세의 규격화와 동일화는 마치 개인의 의지를 그렇게 재단하거나 형상화하는 일로도 볼 수 있기 때문이다. 세계에 맞서서 개인이 취하기로 선택한 몸짓은 결국 이 세계를 바라보고 그것을 기억하거나 기록하는 개인이 쓰는 말과 다르지 않다. 두말할 나위 없이, 거대한 죽음과 제대로 인사하지 않는, 떠밀려 슬픔을 표하거나 애써 돌아보지 않는, 한 방향으로만 앉아 있거나 하나의 방식으로만 말하려는 사람들이 이루는 세계는 허허롭다. 이 시집은 검은 허방, 거대한 죽음이 떠나지 못하고 한낮에도 그림자를 짙게 드리우는, 그리하여 환한 빛 속에서 깜깜한 맹목을 경험하게도 하는 어느 한 세월에 저마다가 자신의 몸짓으로, 자기만의 인사를 하기를 독려한다.

　그 독려와 응원이 "사랑은 탄생하라"라는 의미심장한 문장이 된다. 이는 「사람은 탄생하라」의 한 구절인데, 이 시의 제목은 시인이 본문 아래 밝혀 적었듯 이상의 시 「선에 관한 각서 2」의 한 부분인 "사람은 절망하라/사람은 탄생하라"에서 왔다. '사람은 절망하라'와 '사람은 탄생하라'는 애초의 문장이 그랬듯이 그것의 변형인 '사랑은 탄생하라' 역시 문법상 미묘한 어긋남을 내포한다. 탄생이라는 행위에 동원되는 주체가 대부분의 경우에 여럿이라는 점을 감안한다면 이 문장의 단독 주어인 사랑을 둘러싼 보충설명이 필요해 보인다. 즉, 우리는 이 문장을 곱씹어볼수록 '사랑'은 언제 어떻게 누군가와 합심하여 '탄생'이라는 하나의 목적을 달성할 수 있을 것인지를 질문하게 되면서, 저 명령문은 끝없이 이어지는 의문문이 되어 풀어내야만 하는 과제로 우리 앞에 놓인다.

　　　　사람은 절망하라

　　　　사람은 탄생하라
　　　　사랑은 탄생하라

　　　　우리의 심장을 풀어 다시
　　　　우리의 심장
　　　　모두 다른 박동이 모여
　　　　하나의 심장
　　　　모두의 숨으로 만드는
　　　　단 하나의 심장

우리의 심장을 풀면

심장뿐인 새

—「사람은 탄생하라」 부분

  인용한 부분 이전에 "우리의 심장"은 "하나의 돌", "바닥까지 내려온 허공" 같은 것과 함께 놓인다. 시의 형식상 위에서 아래로 씌어진 단문의 시구가 한 줄 한 줄 쌓여가는, 혹은 연결되는 과정을 따르며 독자가 자연히 마주하게 되는 것은 심장에서 돌에서 허공으로 이어지는 부피와 밀도감이다. 심장은 돌처럼 딱딱하고 무거운 것이었다가 어느새 형체도 없이 풀어져 사라지는 것이 된다. 더불어 심장에 관한 비유가 '우리'라는 명목 아래 모두의 경험을 통과할 때, 이것은 저마다의 몸속 한구석을 건드리며 주체할 수 없는 실감으로 재생된다("구석은 심장/구석은 격렬하게 열렬하게 뛴다"). 저마다 다른 온도와 리듬으로 존재하는("끓어오르는 문장이 다 다르다/멈추어 섰던 마디가 다르다") 개인들이 '우리'가 될 수 있는 이유는 모두에게 심장이 있기 때문이다. 한 계절이 가도록 누군가의 얼굴을 그리워해보고, 새벽 내내 편지를 적어본 적이 있는 자라면, 또한 마음을 놓듯 누군가의 얼굴과 이름 앞에 흰 국화를 두고 온 적이 있는 자라면 이 시의 도입부에서부터 반복해서 말하는 "우리의 심장을 풀어"라는 구절이 무엇을 의미하는지를 경험으로부터 알게 된다. 그 단단하게 맺힌 것이 풀어져, 흰 눈처럼 쏟아지고, 그다음에는 푸른 새싹을 틔울 수 있기를 기원했던 마음들이 이 긴 시를 이루는 짧은 구절과 구절, 그 사이에 풀어져 있기 때문이다.

  이원의 시에서 이 심장의 일이 비단 개인의 사정에만 국한되지 않는다는 것은 앞서 언급했듯 굳이 설명이 필요 없을 듯한, 세월호를 떠올리게 하는 여러 편의 시를 통해서도 짐작할 수 있다. 몇 해 전 봄에 우리가 목도했던 거대한 기울어짐을 통해 우리가 지금까지 상상하고 비유해온 죽음의 굳은 관념은 풀어헤쳐져버렸다. 그 사건을 통해서 우리는 매 분 매 초 심장을 가라앉게 하는 생생한 통증으로써 함께 어떤 죽음을 겪었기 때문이다. "눈동자가 된 심장이 있다/심장이 보는 세상이 어떠니"라고 묻는 자는 그 사건을 목도한 일이, 삶과 죽음이 뒤섞여 삶을 압도하는 것을 경험한 몸이 '세상을 보는 눈'이 되어야 한다고 믿는 자다. 이 몸의 작동을 통해서만 우리는 절망하고, 그로써 다시 탄생할 수 있기 때문이다.

이 시에서 '절망하라'와 '탄생하라'가 차례로 이어질 때를 예로 들어, 최근 이원의 시에 나타나는 두 개의 믿음을 다시 확인하자. 우선, 절망하고 탄생하는 주체의 입장에서라면 절망도 탄생도 그것 자체로만 의미를 갖는 사건이 아니게 된다. 하나의 절망 다음에는 최소한 하나의 탄생이 있고, 어떤 탄생도 이전에 있던 절망을 간직한다는 것. 나와 네가 아니라 '우리', 혹은 '사람'이라는 보편적인 차원에서 어떤 희망을 논하기 위해서는 그처럼 절망마저 철저하게 기록된 심장이 필요하다. 다음으로는 그처럼 의미상 상반되어 보이는 두 문장의 이어짐은 절망하는 자와 탄생하는 자의 만남, 서로 다른 심장을 가진 두 몸의 잇대어짐이 '사람'과 '사랑'을 가능하게 한다는 믿음이다. 나와 너의 "모두 다른 박동이 모여/하나의 심장"을 가진 몸이 될 때 '사람(사랑)은 탄생'한다. 다른 것(몸)들이 잇대어질 때, 그 잇댐의 현장에서 우리가 바라마지않는 새로움이 도래할 것이라는 믿음은 이원의 시가 일관되게 보여준 시적 윤리이기도 하다. 말하자면 이원의 시에서 '우리'는 같거나 비슷한 것들이 아니라, 서로 다른 것들이 이어지고 엮이기를 감수할 때 탄생하는 '단 하나의 몸'과 같다.

사람, 우리, 모두, 그리고 탄생과 같은, 일면 기초적이라 할 만한 단어들도 이원은 어느 하나 허투루 쓰지 않는 시인이다. 사회·문화적인 상황이나 조건에 항상 예민한 시인의 말은 그대로 그 특유의 시적인 언어로 발휘된다. 그런 상황이나 조건들이 그대로 시적 소재로 쓰이지 않고, 시인의 몸을 통과해서(혹은 시인의 몸이 그 사건들을 통과해서) 그렇게밖에 말해질 수 없는 시대적이고 시적인 언어로 거듭 발명된다. 어느 한 단어도 관념적인 의미에 기대어 씌어지지 않고, 그 말이 지시하는 실체를 발견하려 아프게 노려보는 눈이 이원 시의 곳곳에 있다. 그렇게 마련되는 이원 시의 강건한 일관됨과 유연한 변화는 어쩌면 시인 자신이 세계를 대하는 자세인지도 모른다.

최근 시집에서는 지금까지 이어온 그 관심을 유지하되, 심장이 돌이 되는 듯한 고통스러운 사건 하나를 무겁게 동반한다. 그리하여 시인은 세계와 만나는 개인의 몸, 그 몸의 상태와 태도가 빚어내는 어떤 특별한 자세가 이 세계와 개인의 만남을 형상화한다. 그는 이 자세를 통해 지금껏 그래 왔듯 그 나름의 시적 개성을 확보한 것은 물론이거니와, 이번에는 특히 그의 시를 읽는 자들에게 시가 이 세계에 존재해야 하는 이유를 알려준다. 저마다의 자세로 존재하기 위해, 그 자세로 존재하면서 더 나은 사람이 되기 위해, 끝내 '사랑'의 '탄생'을 도모하기 위해 시는 씌어지는 것인지도.

이원 시가 최근 들려준 사랑이 무엇인지, 어떤 다른 존재들이 어떻게 잇대어질 때, 즉 저마다가 어떤 자세로 하나의 몸을 이루어야만 생겨나는 것인지는 위에서 이야기했다. 그러고도 남는, 자꾸만 눈에 밟히는 저 '탄생하라'라는 구호를 기억하자. 탄생(誕生)이라는 한자어 단어에는 무엇을 '낳다'는 의미도 있지만 동시에 '속이다'라는 의미도 들어 있다. 가령 탄언(誕言)처럼, 허황되고 믿을 수 없는 말을 의미하는 단어에서 씌어지는 글자와 탄생의 그것이 같다. 그러므로 탄생하라는 말속에는 애초에 희망과 절망이 절반씩 버무러져 있다고 할 수도 있지 않을까. 이원의 시가 믿음직스러운 이유가 또한 여기에 있다. 무조건적인 희망과 긍정을 말하지 않는, 어떤 후회나 전망도 힘주어 쓰지 않는 배려가 시를 이루는 낱낱의 말들에도 이미 스며 있기 때문이다. 이로써 이원의 시는 한순간 발생하는 사건의 의미도 물론 중요하지만, 그 발생 이후의 시간을 어떻게 살아가는가가 더 중요하다고 "목소리 없이 입 모양으로" 말한다. 이렇게 어떤 시는 사랑이 탄생하듯 씌어진다. 그것은 이 세계에 흔치 않은 사건처럼 한순간 터져나와 서서히 세계의 한 부분을 자신의 말로써 개혁reform하는 것이다.

아름답다고 어떻게 말할 수 있을까
― 이수명론

1. 나머지의 이미지

이수명에게는 시인의 키워드라고 할 만한 사물(私物)이 많다. 그중 '고양이'는 대표적인 사물이다. 고양이는 시인이 스스로 자신의 시론에 쓴 바 있듯[1] 이수명의 여러 시집에 걸쳐 가장 많이 등장한다. 하지만, 그렇다고 해서 고양이가 이수명 시의 상징이 될 수는 없는 일이다. 이수명의 시가 고양이를 상징으로 삼은 적이 없기 때문이다. 이수명 시인의 표현에 의하면 그의 시에서 마주칠 수 있는 많은 고양이들은 누구의 관념이나 감정을 실현하고 있다고 볼 수 없는 개체들이다. 이수명의 서로 다른 시들에서 나타나는 각각의 고양이는 모두 '다른' 고양이이며, 시인은 그 고양이들의 서로 다름을 자주 오래 바라보았던 것이다. 시인에게 고양이는 기존의 어떤 관념이나 경험으로도 포착할 수 없고, 심지어 다가가 만지거나 집으로 데려올 수도 없는 낯설고도 불편한 존재다. 물론 관념이나 경험을 바탕으로 할 수밖에 없는 일상의 포착을 시의 생생한 질료로 삼는 시인에게, 유독 고양이가 자주 목격되었을 수도 있을 일이다. 하지만 시인에게 서로 다르게 목격된 고

1 　이수명, 『횡단』, 문예중앙, 2011, p. 70.

양이들은 실물로든 가상으로든 그저 하나의 이름으로든, 어떤 방식으로 시인에게 목격되었다는 자체만으로도 하나의 시적 징후를 보여주는 이름이라고 할 수 있지 않을까. 자꾸만 고양이(라는 이름)를 의식할 수밖에 없게 하는 모종의 낯섦이나 불편함은 고양이가 아니라 시인에게 있을 것이기 때문이다. 시인의 입장에서 해석할 수 없는 눈빛과 번역할 수 없는 울음은 거듭해서 또 다른 낯설고 불편한 것들로 감지되어 계속 돌아올 것이다. 시인은 문을 열어놓고 그것을 기다리고 있을 뿐, 그 문을 통해 드나드는 것들에게 애칭을 붙이거나 방울을 달지 않는다. 작정한 무심함이 무작정한 것이 될 때, 발소리조차 내지 않는 존재가 어둠 속에서 무언가를 건드리고, 그 한순간 기묘한 울음과 눈빛을 남기고 사라진다. 이수명 시인은 시인과 그것이 함께 불온해지는 바로 그 한때를 귀하게 여기는 자다. 시인은 바로 그때인 것만 같은 순간을 이렇게 적은 적이 있다; "내가 최초가 되어 최초의 사물을 바라보는 것, 이 숨 가쁜 순간의 기록이 시로 나타나는 것이다."[2]

그처럼 무언가가 이수명 시인을 침입하고 한 편의 시 속에, 아니 한 편의 시 자체를 제 자리로서 마련했다 할지라도 그것은 표정 없는 눈빛이나 이유 모를 울음처럼, 아니 그런 눈빛과 울음을 닮은 잔상과 잔향처럼 남는다. 시라는 특유의 시공을 채우는 이 '나머지'를 굳이 표현하자면, 과거의 것이긴 한데 미래에 대한 예감을 간직하면서 현재를 스쳐가는 이미지라고 하겠다. 그 무언가는 선조적인 시간 감각을 지닌 자로서는 제대로 마주칠 수 없는 존재인데, 동시에 그러한 시간의 중력을 결코 벗어날 수 없다는 한계를 체감하는 순간에 그것은 무심하게 왔다 간다.

여기, 그런 순간을 닮/담은 시가 있다. 시인이 갖고 있는 의미(어휘)

---

2   이수명, 같은 책, p. 70.

들을 헝클어뜨리면서도 헝클어짐으로써 다시 그들의 체계를 간명하게 이룩해 보여주는 일은 시인이 아니라 시인을 침입한 고양이와 같은 사물의 일임을 보여주는 시가 있다. 그렇기 때문에 이 시의 인상은 시의 진술에 따라 극명하게 나뉘지 않고 어떤 여지를 남긴다. 즉, 시인이 가졌을 것이라 짐작되는 의미의 패를 계산했을 때는 결코 정돈되지 않는 이 시의 인상은 오히려 그 난장판을 이룬 패들 속으로 자신을 던져 스스로 패가 되기로 했을 때 풀리기도 한다. 패를 다 읽거나 잃어도 남은 패가 있다면 그것은 시인이라는 나머지이다. 애초에 패를 쥔 자는 시인이 아니라 고양이와 같은 사물이기 때문이다.

나무가 올 때 나는 나무의 나머지이다. 나무와 마주칠 때 마주치고 나서 나무가 여기저기 고일 때 나는 나무의 나머지이다. 나무는 나뭇가지들을 하나씩 끄고 굳어진다.

나는 나무를 바꾼다. 나는 나무의 나머지이다. 내가 나무를 알아보지 못할 때 나무는 물렁해지고 나무를 이겨낸다. 나무는 공중에서 나를 덮친다. 오늘은 새처럼 젖은 발을 들고 있다.

나의 뒤에서 날아다니는 나무들 나는 나무에 칼을 던진다. 나무는 얼마나 높이 올라가 헝클어지는가 나는 나무의 나머지이다. 칼자국들이 내 얼굴을 부수고 있다.

　　　　　　　　　　　　　　　　　　　　　　　　　　　　　—「나무의 나머지」 전문[3]

얼핏 간명해 보이는 이수명의 시는 들여다볼수록 이해와 해석의 차

3　이수명, 『언제나 너무 많은 비들』, 문학과지성사, 2011.

원에서 멀어진다. 이 시 역시 마찬가지인데, 그렇기 때문에 더더욱 이해와 해석으로부터 멀어져야만 한다. 이 역설의 태도야말로 시인의 태도이기도 하기 때문이다. 그리고 이 시는 그러한 시인의 태도를 세 편의 장면으로 나누어 보여준다.

먼저, 1연이 보여주는 장면의 제목은 '비로소 나무와 만난 시인' 정도가 되겠다. 골똘히 나무를 바라(보)던 시인에게 문득 나무가 온다. 이 나무는 소나기처럼 순식간에 쏟아져서 나무에 연관된 시인의 관념이나 감각, 또한 그들을 발동하는 시인의 의지나 의식까지도 소화(消化)될 때, 다시 그친다. 남은 것은 여기저기 고여 있고, 나무가 왔다 가는 동안 남아 있는 것은 시인이므로, 시인은 나무의 나머지이고, 시인은 여기저기 고인 나무이다. 그러니, 2연의 장면은 '나와 나무를 바꾸다'라고 해도 되지 않을까. 앞서 나무의 나머지로서 나무가 된 시인은 아예 자신과 "나무를 바꾼다". 이 교환은 어떤 비유법으로도 표현할 수 없는 존재론적인 자리바꿈이다. 알 수 없는 순간에 나에게로 쏟아진 나무에 의해 나무가 된 나는 이제 자신을 잃어버린 시인이다. 시인을 시인으로서 견고하게 하던 것들이 한꺼번에 소각된 이때, 시인은 의미의 중력에 유연해진 몸으로 떠오른다.

중력을 이긴 부력도 때가 되면 무력해진다. 높이 떠오르는 것은 그만큼 깊이 내리꽂으려는 힘을 갖는다. 그러므로 중력을 완전히 잊을 때 부력은 방향을 잃고 헝클어진다. 3연의 장면은 그러한 '나의 상태'라고 하겠다. 시인은 더 이상 나무로서 떠오르지 못하고 공중에서 분해된다. 나무에 몰입한 나머지 나무가 되었던 시인이 몰입의 순간을 더 견디지 못할 때 다시 자신으로 돌아오는 듯한 장면이다. 하지만 몰입이 지나치면, 즉 나무가 된 나를 망각하게 되면 나도 나무도 아닌 존재가 된다. 이 존재는 나무의 나머지이기도 하고, 나무가 된 나의 나머지이기도 하다. 뒤섞여 헝클어진 이 존재가 부력의 한계를 체감하고 어떤 경계를 그으려 할 때 나도 나무도 아무것도 아닌, 다른 어떤 것이 된다. 나머지로서의 이것은 나무의 것도 나의 것도 아닌 (나와 공백을 사이에 둔) 무(無)의 상태(로서의 나무)인 일종의 무기(無氣)다. "나는 흉기이지 흉기를 든 자는 아니다"(「밤의 후렴구」).

2. 베인 이미지

이수명의 시에서 슬그머니 나타났다 사라지는 그 고양이의 일은 한 고양이에 의해 일어나는 일이 아니므로 반복이 될 수도 없고, 시끌벅적하고 유난스러운 일이 아니므로 사건이 될 수도 없다. 그저 유일한 성질로서의 일회성을 지닌 고양이는 너무나 사실적이면서도 동시에 너무나 관념적인 사물이다. 두 가지 성질을 동시에 갖고 있다는 점에서 이수명 시의 고양이는 어떤 시인의 담뱃갑에 적혔던 메모를 떠올리게 한다.

시인 김수영은 「생활(生活)의 극복(克服) ── 담뱃갑의 메모」에서 시인으로서의 태도와 생활인으로서의 태도를 함께 이야기한 바 있다. 그 메모는 "미국시인 데오도어 뢰스케의 시의 짤막한 인용구"인 "〈너무 많은 實在性은 현기증이, 체증이 될 수 있다──너무 밀접한 직접성은 극도의 피로가 될 수 있다.〉"라는 말이다. 시인은 저 실재성과 직접성을 자신의 시작(詩作) 태도의 변화와 연관 짓는다. 시에 대한 경험이 적은 시기에는 "시를 〈찾으려고〉 몸부림을 치는 수가 많으나" 시에 대한 훈련과 지혜를 갖게 되면서 점차 "시를 〈기다리는〉 자세로 성숙해 간다"는 것이 김수영이 경험한 시인으로서의 변화다. 여기서 문제는 "너무 많은"[4] 것에 있는데, 김수영이 말하듯 이 과도한 직접성과 실재성이야말로 욕심을 부릴 때 생기는 것이므로 욕심을 버리고 기다리는 여유를 가질 때 시의 직접성과 실재성은 적절해질 것이다. 이는 사실과 관념을 적절히 갖춘 이수명의 시를 떠올리게 하는 조언이다.

덧붙여 김수영은 여유 있는 생활의 관찰을 통해 시의 여유를 언급한다. 처음으로 마루에 난로를 놓고 작은 병에 커피를 담아둔 생활의 여유를 들면서, 시인은 자신이 "이만한 여유를 부끄럽게 여기는 부정(否定)의 잔재가 남아 있는" 자신의 경우를 고백한다. 이어서 "이 모순"을 특별한 "시간에 대한 해석"으로 극복해보려 한다. 여유가 고민이 되는 것은 "이것을 〈고정된〉 사실로 보기 때문"인데, 이것을 "흘러가는 순간에서 포착할 때" 더 이상 고민이 아니게 된다는 해석이다. "모든 사물을 외부에서 보지 말고 내부로부터 볼 때, 모든 사태는 행동이 되고, 내가 되고, 기쁨이 된다. 모든 사물과 현상을 씨 —동기 —로 본다—이것이 나의 새봄의 담배갑에 적은 새 메모다."[5]

제법 길게 김수영을 인용한 이유는 그가 말하는 적절한 실재성과 직접성, 또한 여유가 이수명의 시에 나타나는 중요한 시적 태도이기 때문이다. 여유를 가져보려는 것, 여유로 하여금 모든 사물과 현상을 시적 동기로 보려고 하는 것, 혹은 반대로 모든 사물과 현상을 시적 동기화하는 여유를 가져보려고 하는 것이 이수명의 시에는 있다. 이수명 시의 화자들은 대부분 가만히 있다. 때로는 계단을 오르내리고 식사를 하고 길을 걸어가지만, 그런 운동의 상황에서도 이상하리만큼 그들의 태도는 정지된 순간을 연상하게 한다. 그들이 하는 것은 대부분 제자리에서 일어나는 부동(浮動이자 不動)의 운동처럼 보인다는 말이다. 화자가 어떤 사물을 마주하여 그것을 "내부로부터 볼 때" 외부에서 보이는 화자는 비록 부동(不動)하고 있더라도, 그 역시 내부에서는 격심한

4   김수영, 『김수영 전집 —산문』, 민음사, 1981, pp. 59~60.

5   김수영, 같은 책, p. 61.

부동(浮動)을 겪고 있다는 것을 이수명의 빛나는 시들은 보여준다. 이 때 이수명 시의 화자는 사물을 "흘러가는 순간에서 포착"하는 자이고, 그 이전에 실재성과 직접성을 조율하는 여유를 지닌 자라고 하겠다. 이 화자는 하물며, 한 오라기의 풀보다도 여유롭게 있다.

> 풀이 허공을 떠다닌다.
> 풀이 목을 휘감는다.
> 검은 물이 쏟아져 내리는
> 목이 닫힌다.
> 원근법이 사라진다.
> 풀이 허공에 금을 낸다.
> 내 얼굴에 금들이 떠다닌다.
> 금이 나를 덮는다.
> 풀은 아무것도 들어 올리지 않으며
> 풀은 생각에 부딪치지 않는다.
> 풀은 나를 베어내지만
> 내 생각을 쓰러뜨리지 않는다.

—「풀」전문[6]

흡사 르네 마그리트의 그림처럼, 온화해 보이는 와중에 보는 자의 의식과 감각을 베고 찌르는 강렬한 이미지가 최근에 발표된 이수명의 시집을 밀도 있게 채우고 있다면, 그 와중에 다른 것에 비해 소품처럼 보이는 한 편의 시가 기묘한 분위기를 풍기며 놓여 있다. 「풀」이라는 제목이 그러하거니와 언뜻 보아서는 사소함과 왜소함을 형식으로 삼

---

6   이수명, 『언제나 너무 많은 비들』.

는 듯하지만, 시의 구절과 구절을 읽으면서 간결한 형식이 주는 날카로운 느낌에 몸서리를 치게 된다. 이 느낌은 풀이 갖는 싱그러운 생명의 기운이 죽음과 같은 불모성과 대비될 때의 것이기도 하다.

"풀이 허공을 떠다닌다"고 말하는 이 시의 화자는 앞서 본 시에서처럼 공중에 뜬 상태에 있는 무엇을 떠올리게 한다. 이것은 존재론적인 변환이고, 이 변환은 변화라고 하기에는 너무나 일시적인, 순간적인 변환이라는 점에서 차라리 아무것도 아닌〔無〕상태이기도 하다. 이 시에서도 그런 상태인 풀을 상상해볼 수 있다. 앞서 읽었던 시와 다른 점이 있다면 중력으로부터 잠시나마 해방된 존재가 시의 화자(혹은 시인)가 아니라 풀이라는 대상이다. 이렇게 이수명의 시적 순간이라 할 만한 그 상태는 화자의 해방감에서 비롯되기도 하고, 그 반대도 가능하다. 화자가 자신의 관념과 감각을 동원하여 경험하고 있는 것은 단지 풀이라는 대상이지만, 그 대상에 이미 항상 기입되어 있던 상식이 그 나름의 중력을 벗어나게 되는 순간이라면 그 또한 해방된 화자로부터 초래된 것이지 않을까. 그러므로 두 상태는 하나의 상황에서 만난다. 그 상황은 이 시에서처럼 "허공을 떠다니"면서 하나가 다른 하나를 "덮는" 일이다.

바로 이 '덮다'라는 동사에 주목해볼 필요가 있겠다. 이수명의 시에서 화자는 대상에게 주로 덮인다. 대상이 화자를 덮는다. 이 덮고 덮이는 일은 일면 페르소나와 시인의 페르소나로서의 화자를 각각 떠올리게 한다. 시적 대상을 만나 시적 상황을 겪을 때 시인은 더 이상 시인이 아니라 시적 화자가 되고, 그 화자의 경험에서 벗어나서 다시 시인의 자리로 돌아올 것이다. 자기를 바닥에까지 내려놓고 차분하게 대상을 바라(보)는 일이 매번 그대로 시가 될 수는 없는 노릇이다. 대상은 자주 시인의 무심결을 뚫고 그의 내면으로 들어오는데, 이 순간에 존재의 변환이 일어나는 것이고, 시인은 화자가 되고 화자는 대상과 몸을 바꿀 수 있게 된다. 이렇듯 이수명의 시에 '덮다'라는 동사가 자주 활용되는 것은 시인과 화자와 대상의 존재론적 이동 관계, 혹은 연쇄 운동을 이수명 시인이 자주 시화(詩化)하고 있기 때문일 것이다.

이 시에도 '덮다'는 동사를 둘러싸고 시인과 화자와 풀이 몸을 바꾸는 현상학적인 존재의 이동이 엿보인다. 풀이 허공을, 허공이 시인("얼굴")을, 얼굴이 화자("나")를 덮는다. 다시 말해 "허공을 떠다니"는 풀은 "허공에 금을 내"는 풀이고, 금이 난 허공은 "내 얼굴"이며, 금난 얼굴은 화자의 전 존재를 "덮는다". 이로써 이 시에서의 존재의 이동은 풀이 곧 화자에 이르는 것이라 하겠다. 흥미로운 것은 풀과 허공과 (시인의) 얼굴과 (화자로서) '나'가 각자 떠다니면서도 서로 연관을 맺는 방법으로서 "금"을 매개로 하고 있다는 점이다. 덮고 덮이는 관계로 서로 맞물린 이 연쇄가 선(線)이나 라인line을 의미하는 '금'으로 매개되어 있다는 점은 일면 타당해 보이나, '금'이라는 어휘의 의미를 떠나서 그것이 갖는 기억을 떠올려볼 때 저 존재의 이동이 환기하는 것은 상처나 죽음에 가까워 보인다. 가령 어린 시절의 놀이에서 바닥에 선을 그어놓고 하는 놀이의 대부분이 '금을 밟거나 건드리면 죽는다'는 규칙을 공통적으로 갖고 있었지 않은가("검은 물"과 "목이 닫힌다"는 표현은 죽음을 떠올리게 하기도 한다). 또한 금은 하나와 다른 하나를 연결하는 명료한 선이기보다는 접거나 긋거나 한 자국으로서, 또는 명백히 둘로 갈라지지 않고 터지기만 한 흔적으로서 애매모호한 것이기 십상이다. 때로 서로 다른 둘을 연결하는 역할을 하더라도, 그것은 우연하게 생긴 금이기 쉽다. 금은 주로 피부에 난 흉터나 벽에 생긴 틈처럼 아물지 않는 상처나 다가올 불안을 담지한다. 그것을 지우거나 메우려는 의도는 오히려 상처와 불안을 은폐하는 것일 텐데, 바로 이것이 '덮다'라는 동사와 연결된다. 무엇이 드러나거나 보이지 않도록 다른 무엇을 얹어서 씌우는 것, 혹은 무엇의 아가리를 뚜껑 따위로 막는 것은 바로 금을 덮는 일이기도 하다. 그리하여 떠다니면서 허공과 얼굴과 '나'를 휩싸고 도는 금들은 허공과 얼굴과 '나'의 기세를 덮어 누르면서, 동시에 허공과 얼굴과 '나'의 존재를 그대로 덮어둔다.

이렇게 읽었을 때, 이 시에서 허공을 휘젓고 다니면서 저 존재의 이동을 연쇄적으로 만드는 금이 곧 풀이 된다. 그렇다면 하나의 모순이 생기게 되는데, 그것은 금이 금을, 풀이 풀을 덮는다는 말이다. 이수명의 시가 전하고자 하는 바는 바로 이 모순 아닌 모순에 있다. 허공을 떠다니는 풀은 자신을 앞세우지도 않고("아무것도 들어올리지 않으며") 다른 것과 대립하지도 않는다("생각에 부딪히지도 않는다"). 논리적인 기준으로 이해할 수 없는 현상학적 인과관계는 이렇게 부정의 방식으로만 긍정되는 역설을 내장하면서 있다.

　　　　　풀을 핥았다.
　　　　　풀을 잠재우려고
　　　　　풀 속 깊이 누우려고
　　　　　풀을 핥았다.
　　　　　혀를 베이며
　　　　　혀 속 깊이 자라나는
　　　　　수많은 뿌리 없는 혀들을 베이며
　　　　　풀을 핥았다.
　　　　　풀이면서 풀 아닌 것에
　　　　　풀보다 더 가까운 것에
　　　　　풀 속에 똬리 튼 뱀에 이르기 위해
　　　　　풀을 핥았다.
　　　　　풀에서 멀어져가는
　　　　　풀에서 깨어나는

새로운 풀을 좇아

풀을 핥았다.

──「풀」 전문[7]

이 시는 바로 앞에서 읽은 시와 같은 제목을 갖고 있다. 때문에 의도
를 넘어서서 이 시는 앞의 시가 보여주었던 혼란스러운 이미지와 연관
하여 읽힌다. 풀에서 허공에 떠올라 허공을 뒤덮는 금을 감지하는 시
인은 어느 순간 얼굴을 잃고 풀이 된다. 이 풀은 곧 화자이기도 했는데,
둘은 완전히 동일한 존재로 겹쳐지지 않고 한쪽에서 다른 한쪽으로 달
라지면서 금을 공유한다. 출입구가 명확하지 않은 원환이야말로 이수
명의 시가 짚어내는 시의 자리일 수도 있겠다. 이수명은 이미 오래전
에 이 동명의 시에서 무언가에 (비)의도적으로 사로잡히고, 그 무언가
가 자신을 덮치는 상황을 굳이 회피하지 않으려는 시인으로서의 태도
를 보여준 바 있다.

"풀을 핥았다"는 진술이 다섯 번 반복되는데, 이 반복의 의미는 오
히려 반복을 의식하지 않을 때에만 가능해지는 몰입에 있다. 다시 말
해 화자가 반복해서 풀을 핥거나 핥았다고 말할 때 거기에는 강조나
확인 같은 어떤 의도가 개입해 있을 것인데, 이 시에서는 화자 스스로
풀을 핥거나 핥았다고 행동하고 말하는 것 자체를 잊어버리는 데까지
저의 진술을 끌고 가는 것처럼 보인다. 그렇게 자신이 풀을 핥는 것도
잊고 풀을 핥는 일에 몰두하는 화자에게라면, '풀을 핥았다'는 진술은
진술의 역할과 기능을 상실한 진술이라 하겠다. 그럼으로써 이 시에
서 오히려 주목하게 되는 부분은 저 구절의 나머지이다. 풀을 핥는(다
고 말하는) 화자의 몰입 행위 사이사이에 깃든 화자의 (비)의도들을 통

7   이수명, 『고양이 비디오를 보는 고양이』, 문학과지성사, 2004.

아름답다고 어떻게 말할 수 있을까   275

해서 미완성으로 남은 화자의 꿈을 짐작해볼 수 있다. 가령 두 번의 '풀을 핥았다' 사이에 누워서 잠들려는("잠재우려고"/"깊이 누우려고") 존재는 누구인가. 무엇을 하려고 했다는, 의도를 노출하는 발언은 화자의 것이긴 하지만 잠을 불러오는, 잠이 들었는지 아닌지 모를 저 상황에서는 풀과 화자가 동일한 것이 된다. 잠재워지는 풀과 그 속에 깊이 눕는 화자라는 두 존재는 핥는다는 접촉을 통한 한순간에 존재를 명확히 구분하는 일이 무모해지는 상황을 연출한다.

풀과 같아지려는 화자의 꿈("잠")이 이뤄졌는지는 알 수 없다. 화자는 꿈의 성취 여부 역시 진술보다는 꿈꾸는 일에 대한 몰입으로서의 반복을 통해서 보여준다. 다시 말해 풀과 같이 누워 잠들고, 풀로서 풀과 같은 제 혀를 베고("혀 속 깊이 자라나는/수많은 뿌리 없는 혀들을 베이며"), 가장 풀에 가까운 것이 되기 위해서("풀이면서 풀 아닌 것에/풀보다 더 가까운 것에/풀 속에 똬리 튼 뱀에 이르기 위해"), 거듭 "새로운 풀을 쫓"는 일은 이처럼 병렬할 수 있지만 실은 점점 더 깊이 그 꿈에 빠져드는 일이라고 하겠다. 이수명 시의 화자는 이렇게 몰입을 통해 대상과 하나가 되는 순간을 맞는데, 그 순간을 순간으로서 중단하지 않고 끝까지 밀어붙여봄으로써, 즉 꿈에 완전히 빠져듦으로써 자신을 발견하는("풀에서 멀어져가는/풀에서 깨어나는") 매번 신선한 풀이다. 여기서 다시 김수영의 말을 떠올릴 수 있다. 김수영은 시적 신선함을 직관과 감동이 함께 있는 것으로 보았다면("詩에 있어서의 진정한 신선은 직관과 감동이 분리되지 않은 신선이다. 그때에 그것은 독창적인 것이 될 수 있다",[8] 이수명 시의 화자가 보여주는 저 몰입이야말로 자신의 직관과 감동을 분리하지 않기 위한 부단한 노력이 아니겠는가. 저 둘의, 풀과 풀을 보는 '나'의 기묘한 공존은 한순간의 섬뜩한 발견을 노려보듯 이

8   김수영, 같은 책, p. 308.

시 속에도 놓여 있다. 그것은 "풀 속에 똬리 튼 뱀"처럼.

3. 흰 이미지

그럼에도 불구하고 풀은 풀뱀이 될 수가 없고, '나'는 풀이 될 수가 없다. 그것은 이수명 시인이 가장 잘 알고 있다. 앞의 시에서 보았듯, 풀이 되기 위해 풀이 아닌 것이 되려고 했던 화자는 풀보다 풀에 더 가까운 것으로서 뱀을 선택한다. 그러나 화자는 온전히 뱀이 될 수 없다. 이수명 시인은 이를 '이르다'는 동사를 통해서 간접적으로 말한다. 이르는 일은 '되다'에 정확히 이를 수 없다. 이르는 일은 '되다'에 계속해서 근접하는, 풀뱀의 상태로 수렴되지만 끝내 만날 수 없는 그래프를 그린다. 또한 앞의 시에서 '이르다'는 '되다'와 미묘한 불일치를 드러냄으로써 '멀어짐'(혹은 '깨어짐'과 같은 긴장 관계의 파괴)을 이미 항상 내포하는 표현이 된다. 그러니 저 시에서의 '이르다'를 미래의 일을 간직하고 있는 과거진행형 동사라고 할 수 있을까. 물론 이 동사 역시 현재의 일 밖에는 서술할 수 없다는 것을 이수명 시의 화자들은 잘 알고 있다("내일이 쏟아지는 오늘이다", 「비인칭 그래프」).[9]

그리하여 그들은 불합리한 시간을 버리고 특정한 공간을 택하는 것 같다. 더 정확히 말하면, 시간에 대한 사유 역시 이수명 시의 화자들에게는 공간화된다. 이수명 시에 자주 등장하는 공간은 시간을 완전히 탈각하지 못한 장소이다. 선조적인 시간이 고여들고, 그 속에서 뒤섞임으로써 하나의 특별한 공간을 이룩하는 방식은 시적 화자의 (무)의식이나 (비)의지의 작용이 어떠한지를 짐작하게도 한다. 이수명 시의 화

---

9   이수명, 『언제나 너무 많은 비들』.

자들은 주로 하나의 입체적인 공간을 이야기할 때조차 평면도를 상상
하게 한다. 이것을 한 차원 낮은 단계로의 상상력이라 할 수는 없다.
3차원의 일상을 살아가는 자에게 4차원의 세계는 언제라도 될 법한(실
제로 최근의 영상 매체와 기술은 이를 실용화하는 단계까지 와 있지 않은
가) 것이지만, 2차원의 자리는 돌아갈 수 없는 낯설고 불길한 것이다.
이제 와 3차원의 일상에서 2차원의 공간으로 나아가는 것은 상상력이
아니면 할 수 없는 일이다. 이수명 시의 화자들이 그려내는 평면도야
말로 그러한 상상의 힘을 되살려내는 지도라 하겠다.

> 복도 끝에 너는 서 있다.
>
> 너에게 가려고
> 가지 않으려고
> 나는 허리를 구부렸다.
>
> 그때 피어난 바닥의 꽃을 향해
> 그때 숨어든 꽃의 그림자를 향해
> 허리를 구부렸다.
>
> 구부러진 채
> 나는 펴지지 않았다.
>
> 복도를 떠돌던
> 나의 빛은 구부러진 채
> 나의 나날들은 구부러진 채
> 펴지지 않았다.

가만히 손을 내밀었다.

그때 흔들린 꽃에 대해

그때 사라진 꽃의 그림자에 대해

나는 말하지 않았다.

너에게 가려고

가지 않으려고

구부러진 채

—「나를 구부렸다」 전문[10]

언제라도 애절한 한 편의 시를 읽어보자. 이 시에는 요약할 수 있는
불변의 진실이 뼈아프게 박혀 있다. 그것은 "나"와 "너"의 사이에 놓여
있는 거리("복도")이다. 이 거리감은 시간과 공간을 아울러 '너'와 '나'
사이를 증명한다. 이 시의 화자는 '복도'를 통하지 않고서는 '너'를 만날
수 없는 처지에 놓여 있는 것처럼 보인다. 변하지 않는 것은 너는 복도
끝에 서 있고, 나는 구부러져 있다는 사실이기 때문이다.

그렇다면 이 시의 화자는 왜 구부러져 있는 것인가. 그 이유는 두 번
진술된다. "너에게 가려고/가지 않으려고" 허리를 구부린 화자는 이후
같은 이유로 "말을 하지 않"는다. 다시 말해 너에게 가닿으려는 의도
와 그 의도에 반하는 의도가 일종의 긴장을 조성함으로써 화자의 행보
가 직선에서 곡선으로 굽은 것인데, 중요한 것은 그 왜곡의 상황이 허
리를 굽히는 일과 말을 하지 않는 일로써 드러난다는 점에 있다. 한 번,

10 이수명, 『고양이 비디오를 보는 고양이』.

화자에게는 곧게 뻗은 복도 끝에 서 있는 너를 "향해" 가는 일이 곧 복도에 꽃을 피우는 일처럼 여겨졌을 것이다. 허리를 굽혀 꽃을 바라보면서도 그 설레는 예감에 깃든 "그림자"는 미처 볼 수 없었을 것이다. 그리고 또 한 번, 화자는 여전히 그 복도 끝에 서 있는 너에 "대해" 말하게 된다. 이 거듭된 만남 사이에 복도가 놓여 있다.

그러므로 복도는 너를 향해 몸을 굽혔던 화자의 열망이 공간화된 것이라 하겠다. 이 열망은 그 자리에 붙박힌 듯 움직이지 않는 너와 그런 너를 향해 곧게 뻗은 복도를 따라가지 못하고 그 길에 놓은 꽃에 시선을 뺏기는 나로 인해 끝없이 지연될 수밖에 없는 원망(遠望)이 된다. 그럼으로써 이 원망의 시공으로서 복도는 한없이 연장된다. 너와의 단한 번 만나는 일이 나에게는 그토록 지난(至難)한 일이 되는 것이다.

그럼에도 나는 너를 거듭 마주한다. 단 한 번 만나기 위해 거듭 마주하는 일은 시적 대상에 대한 이수명 시인의 태도처럼 보이기도 한다. 이 불길하고도 불온한 마주함은, 그러나 설레는 예감을 내장한다. 조건 없이 너를 향해 몸을 굽히던 "그때"의 기억은 형언할 수 없지만 너에게 가까워지는 느낌의 전회로 저 복도를 떠돌고 있을 것이다. 이 시의 화자는 '그때'를 몸으로 간직하는 시인이다. 때문에 그의 몸은 '그때'처럼 "구부러진 채" 저 복도에 놓여 있고, 계속해서 너를 향해 구부러질 뿐 나를 향해 펴지지 않는다. 시인은 이 몸으로 하는 일을 '향해' 거듭 마주 설 뿐, 그리하여 계속 자신을 세우지 않는 방향으로 휘어질 뿐, 그 일에 '대해' 말하지는 않는다("나는 말하지 않았다"). 곧게 뻗은 복도를 통과하는 일은 그 속을 채우는 시간을 온몸으로 뚫고 가는 침묵의 행보에 있을 뿐, 복도의 꽃의 흔들림과 흔들리는 그림자에 대해 말하는 일과 무관할지도 모를 일이다.

나는 복도를 걸어간다.

나는 복도를 구성한다.

어제와 오늘과 내일은 수평이다.
바닥과 벽과 천장은 수평이다.
수평으로 늘어선다.

나는 벽을 걸어간다.
나는 벽을 나타낸다.

블라인드와 머리칼과 어둠은 수평이다.
동굴과 손등과 절대는 수평이다.
수평으로 포위한다.

나는 천장을 걸어간다.
나와 같이 가요
나와 같이 놀아요

나는 수평이다.
바닥과 벽과 천장은 수평이다.

　　　　　　　　　　　　　　—「일시적인 모서리」 전문[11]

　이수명 시의 화자들이 보여주는 태도는 일관적이다. 복도를 구성하는 "바닥과 벽과 천장"이 "수평"으로 늘어서 있다. 그와 마찬가지로 "어제와 오늘과 내일"이, "블라인드와 머리칼과 어둠"이, "동굴과 손등

11　이수명, 『언제나 너무 많은 비들』.

과 절대"가 수평으로 늘어선다. 그리고 그 복도를 걸어감으로써 "복도를 구성하"는 화자 역시 그 모든 것들과 수평으로 늘어선다. 이렇듯 이 수명의 시는 끝없는 수평의 지평을 펼쳐 보여준다.

이러한 세계에서 "모서리"는 말 그대로 "일시적인" 것일 수밖에 없다. 그것은 바닥과 벽을, 벽과 천장을, 천장과 바닥을 구분함으로써 서로 같은 것에 다른 이름을 붙이고, 동등한 것에 층위를 매기는 차별의 칼날과 같다. 이 단순하고 명랑해 보이는 시는 대개 진지하고 엄숙한 글에 반하면서 때로는 흰 종이 위에 도면처럼 펼쳐진 글이 그런 일을 하지 않는지를 반문하는 듯하다. 글을 모색하는 이치야말로 일종의 모서리를 세우는 일이 아닌가. 사유의 대상을 주제와 관점에 따라 재단하고 수많은 관념으로 조각내어 수직적인 위계를 세워 보이는 것이 글의 일이라면 말이다. 이 시가 환기함으로써 '일시적인 모서리'가 되는 것은 수평을 해치는 모든 것이다.

하물며 이 시의 화자는 그 자신이 수평이 된다("나는 수평이다"). 존재가 수평이 된다는 말을 어떻게 이해할 수 있을까. 복도를 걸어가는 일로 복도를 구성하는 것은 이수명 시에서 자주 볼 수 있는 존재의 현상학적 이동으로 볼 수 있겠다. 내가 복도를 걸어가고 있을 때, 그 복도는 나를 제외할 수 없는 존재가 된다. 그 복도를 구성하고 있는 바닥과 벽과 천장과 나의 관계 역시 마찬가지이다. 그 바닥과 벽과 천장을 구성하고 있는 블라인드와 머리칼과 어둠과 나의 관계 역시 그러하고, 블라인드와 머리칼과 어둠을 구성하고 있는 동굴과 손등과 절대와 나의 관계 역시 마찬가지이다. 이렇게 서로가 서로를 구성하고 있는 관계를 수평이라고 한다면, 복도를 걸어가는 나는 저 모든 구성 요소를 포함하는 수평적 존재가 되어가는 나로 바꿔 말할 수 있지 않을까. 수평은 수평으로만 존재할 뿐, 한쪽으로 기울어지지도, 그리하여 다른 무엇으로 결정되지 않는다. 복도의 수평은 복도의 속성으로서 복도를 구성하는 모든 것의 속성이 됨으로써, 모든 것의 속성을 화자(나)의 것이 되게 한다. 그리하여 이 시 역시 이수명의 많은 시가 그러하듯, 화자의 상상력에 의해 부재하는 사물들이 존재하는 방식을 보여준다. 화자가 복도를 걸어갈 때, 화자가 복도를 상상할 때 어둠과 절대 속에 감춰져 있던 사물들은 "부재 속의 현존으로 전환한다. 상상은 사물의 부재를 들여다봄으로써 사물을 존재하게 하는 것이기 때문이다."[12] 수평인 화자는 상상하는 시인이다.

4. 부표로서의 시

이수명 시인은, 시인의 상상이 미치지 못하는 데가 없다는 진실을, 매우 구체적이고 일상적인 사물과의 접촉을 통해서 보여준다. 거꾸로 말해 이수명 시에서의 접촉은 시인 자신이 사물과의 만남을 치열하게 통과해서, 그 혼란의 치밀한 틈바구니를 뚫고 나와서, 비로소 담담하게 정돈되는 진실이다. 또한 진실은 대부분의 경우 말할 수 없고, 다만 존재가 다른 존재로 이동할 때 나타났다 사라진다. 어째서 변화가 아니라 이동인가. 앞서 읽은 시들에서 이미 보았듯이, 이수명 시의 존재들이 보여주는 변화는 그 자체로서 결정되지 않고, 계속해서 다른 것으로 옮겨가는 과정이라는 데에 의미가 있다. 그리고 이 이동 자체가 이수명 시의 화자와 사물들이 수평의 장 위에 함께 놓이고 함께 노는 ("나와 같이 가요/나와 같이 놀아요", 「일시적인 모서리」, 『언제나 너무 많은 비들』) 존재의 방식이다.

12 이수명, 『횡단』, p. 35.

〔…〕 존재들은, 존재들의 움직임은 그러한 변화가 아니라 무심한 이동에 가깝다. 〔…〕 순찰대에서 도망병으로, 폭도로, 새가 하늘로, 나무로, 물고기로 이동하는 것이다.

이 의미 없는 이동, 옮겨 가기가 존재의 방식이다. 때로 순간적이고, 때로 아주 오래 걸리는 이 운동은 존재들을 신비롭게, 자유롭게, 무한하게 한다. 피로하게 한다. 침묵의 부표처럼 떠 있는 기억이라는 것은 그들에게는 이동의 작은 징표들이나 다름없다. 이동에 따른 단절이 존재에 내면화되었을 때, 존재들은 그 부표들 사이를 떠돈다. 존재들은 이동하면서, 부표들 사이로, 심연 속으로 자맥질을 하는 것이다.[13]

그런 존재의 방식, 혹은 이수명 시의 운동은 시인 자신에 의해 이렇게 표현된 바 있다. 하지만 한 편의 시가 시론이 되고, 시론의 한 부분이 한 편의 시가 되는 이수명 시세계의 경우라면 저 표현들 역시 "침묵의 부표"가 되어 무심하게 다른 것으로 이동할 것임을, 미리 망각할 수 없다. 이수명의 시에 대해서라면, 철저하게 낱낱으로 떠돌면서 치열하게 하나의 기억으로 덩어리져야 하는, 특별한 이동의 방식이 요구된다. 그 방식은 존재를 할퀴고 존재의 "심연 속"을 문득 열어젖히는 접촉이다. 이 접촉은 허공에서의 "자맥질"처럼 떠오르고 가라앉기를 반복하는 기억의 존재 방식과 자신의 그것을 동일하게 체감하는 자의 상태를 유일한 것으로 만든다. 다시 말해 기억을 상대화하지 않고 끊임없이 나타났다 사라지는 그대로 두면서 그 운동에 제 몸을 맡기는 자야말로 그 기억의 유일한 주인이라는 것을, 이수명 시는 어떤 접촉의 순간으로 보여준다.

---

13   이수명, 『횡단』, p. 70.

내가 너의 손을 잡고 걸어갈 때
왼쪽 비는 내리고 오른쪽 비는 내리지 않는다.

우리에게는 언제나 너무 많은 손들이 있고
나는 문득 나의 손이 둘로 나뉘는 순간을 기억한다.

내려오는 투명 가위의 순간을

깨어나는 발자국들
발자국 속에 무엇이 있는가
무엇이 발자국에 맞서고 있는가

우리에게는 언제나 너무 많은 비들이 있고
왼쪽 비는 내리고 오른쪽 비는 내리지 않는다

내가 너의 손을 잡고 걸어갈 때
육체가 우리에게서 떠나간다.
육체가 우리를 쳐다보고 있다.

우리에게서 떨어져 나가 돌아다니는 단추들
단추의 숱한 구멍들

속으로

왼쪽 비는 내리고 오른쪽 비는 내리지 않는다.

건조하게 그려지는데도 불구하고 물기를 가득 머금은 순간에 닿아 있는 이 시는, 그러니 말하자면 사랑의 기억이 사랑하는 자에게 어떻게 존재하는지를 보여준다. 사랑의 기억 속에 사랑하는 자가 존재하는 방식이 아니라, 사랑하는 자 "속으로" 사랑의 기억이 드나드는 방식을 보여준다. 그 방식은 "왼쪽 비는 내리고 오른쪽 비는 내리지 않는다"는 역설에 깃들어 있다. 이를 하나의 우산을 쓰고 손을 잡고 걸어가는 연인의 말이라 할 수도 있을 것이다. 그때 이 말은 손과 손의 접촉, 손과 우산의 접촉, 우산과 비의 접촉, 비와 왼쪽 어깨의 접촉을 경험한 자의 것이다. 또한 이 말은 자신이 여전히 그 경험의 수중에 놓여 있음을 생생하게 실감하는 자의 것이다. 그러므로 연인의 것으로서 이 말은 접촉의 기억을 보이지 않는 사랑의 존재 방식으로 바꾸어놓는 말이다. 이 연인에게 사랑은 잡은 손과 손의 온기이자 어깨를 적시는 물기이다.

저 역설을 다르게도 읽을 수 있다. 왼쪽, 오른쪽, 비, 내리다, 내리지 않는다. 저 역설을 구성하는 이 요소들을 수평으로 나란히 놓고 자유롭게 손잡게 해보는 것이다. 왼쪽과 비가 손을 잡고, 비와 오른쪽이 손을 잡고 오른쪽이 내리지 않는다와 손을 잡고 내리다와 왼쪽이 손을 잡는다. 이렇게 수많은 손들이 생겨나고("우리에게는 언제나 너무 많은 손들이 있고"), 하나의 기억 속을 떠돌며 기억을 구성한다. 사랑의 기억이 그렇지 않은가. 확고하게 규정될 만한 단일한 기억은 더 이상 사랑의 것이 아니다. 사랑의 기억은 매 순간 기억하는 자를 배반하고, 혼란에 빠뜨리고, 심연 속에서 자맥질하게 한다.

그리하여 사랑하는 자에게 사랑의 기억은 "왼쪽 비"와 "오른쪽 비"

14   이수명, 『언제나 너무 많은 비들』.

를 준다. 왼쪽 비는 사랑하는 자를 기억에 젖게 하고, 오른쪽 비는 기억에 젖은 자를 말린다. 이렇게 기억의 손을 잡고 걸어갈 때, "나는 문득 나의 손이 둘로 나누는 순간"을 통해서 존재는 여전히 제 안으로 드나드는 사랑을 감촉한다. 비유하자면 이 감촉은 잔잔한 바람과 같은 것인데, 이 바람은 너무나 잔잔해서 젖은 어깨가 마르고, 다시 젖고 마르는 동안에 그 어깨 위에 잠시 머물렀다 사라지는 정도이다. 기억은 물방울 몇 개를 사랑하는 자의 어깨에 떨어뜨렸다가 다시 고작 몇 개를 거두어가기를 반복한다. 이 환영과도 같은 사랑의 기억은 그러나 접촉을 겪는 "육체"의 것이고, 육체의 "숱한 구멍들"을 통해 이뤄지는 것이어서(흔히 존재 간의 접촉이 일어나는 피부를 떠올려보라. 무수한 구멍들을 간직하는 그 표면이야말로 기억이 운동하는 자리이다) 무엇보다 생생한 실제다. 비를 맞고 걸어가는 어떤 육체가 사랑의 기억이다.

이 시는 사랑하는 자와 사랑의 기억이 하나의 순간("내려오는 투명 가위의 순간")에서 갈라지고 갈라지지 않는다는 것을 저 역설("왼쪽 비는 내리고 오른쪽 비는 내리지 않는다")을 통해 보여준다. 그 하나의 순간은 내리는 비가 그러하듯, 무수한 하나의 순간이라 할 수 있다. 무수한 하나의 순간이야말로 사랑하는 자 속으로 들이치는 사랑의 기억이다.

비가 그쳤다.

비가 그친 후 비를 목격했다. 비가 더 이상 움직이지 않게 되었을 때에

나는 너를 깨웠다. 너를 어디에 두었나 너를 깨우면서 너를 덧붙이는 장미들이 떨어져 내리고 장미의 연습으로 가늘어지는 손

가락들

　　손가락을 버린 생각들이 있고 생각에 관계되지 않는 행위들이
흐르고 행위를 열지 못하는 너의 육체가 차례로 결성되었을 때에

　　몸이 되기 위해 너는 감각을 버리고 부동의 자세로 사랑을 했다.
사랑에 관계되지 않는 사랑의 자세들

　　이전과 이후가 사라지는 행위들의 최초의 균형
　　균형의 낭떠러지

　　내 머릿속에 있는 손들이 나를 떠나
　　너에게 날아가 앉았을 때
　　너에게 가서 비로소 너의 형식이 되었을 때에

　　나는 그쳤다.

　　내가 그친 후 나를 목격했다. 내가 더 이상 너와 교환되지 않았
을 때에

　　　　　　　　　　　　　　　　　　　　—「토르소」 전문[15]

　　이수명의 시는, 사랑에 관한 것이든 사물에 관한 것이든, 가장 평범
해짐으로써 가장 특별해진다. 이때 평범함이란 비범함을 간직한 평범
함이다. 모든 것의 표본이 될 만한 것으로서의 평범함은 얼굴과 팔 다

15　이수명, 『너무 많은 비들』.

리가 없는 몸통〔torso〕처럼 사실적이면서도 현실의 문법에서 어긋나 있는 존재의 방식이다. 이 시는 그러한 존재의 방식을, 거두절미하고 보여줌으로써, 현실에 놓여 있는 시의 존재가 어떤 방식으로 목격되는 지를 스케치한다.

"비가 그쳤다"는 선언과 "나는 그쳤다"는 후언을 제외한 이 시의 몸통은 시인('나')이 어떻게 시('너')와 만나고 헤어지는지를 보여준다. 시인은 대상을 지목하지 못하고 다만 대상을 수식하는 이름을 흔들 뿐이다("너를 깨우면서 너를 덧붙이는 장미들이 떨어져 내리고"). 이 과정에서 몸을 드러내는 대상은 지목하는 시인의 손가락을 왜소한 것으로 만든다. 손가락은 다만 이름을 가리킬 수 있을 뿐, 이름은 대상에 관해 아무것도 알려주지 않는 장식이다. 손가락을 버린 시인은 대상에 대해 "생각"을 하는데 이 머릿속에 갇힌 손들이 하는 사유는 대상이라는 흐르는 "행위"들 속으로 들어가지 못한다. 그리하여 시인은 관념과 감각을 동원하는 모든 것들을 "버리고" 다만 하나의 몸이 되어 "부동의 자세"를 취한다. 그 자신을 사물과 동등한 자리에 놓는 일은 이렇게 시인으로서의 의지와 의도를 버리고, 경험과 기대까지도 지운 채, 다만 생생한 몸으로써 자세를 마련하는 일인 것이다. 비로소 시인은 비를 온몸으로 맞아서 비를 기억하듯, 움직이지 않으면서 움직임을 제 몸에 기록하는 이 자세("사랑에 관계되지 않는 사랑의 자세들")를 획득하게 되는데, 이 자세야말로 한 편의 시를 만나게 되는 유일하고도 아찔한 경험의 자리이다. 이 "균형의 낭떠러지"는 시인에게 "이전과 이후"라는 시공의 체험을 단절시키는, 모든 존재의 무게가 한순간 수평을 이루는 자리이기도 하다. 이수명의 시는 이렇게 하나와 다른 하나가 "교환되지 않"는다는, 가장 평범하고도 가장 특별한 진리의 순간에 발생한다. 이제, 이 자유와 평등의 시를 어떻게 말할 수 있을까.

시의 가능, 사라진 마을의 복기
─ 백은선론

얼마 전에 누군가로부터 전해 들은 이야기가 있다. 지구 온난화 때문인지 얼어 있던 알래스카의 땅이 녹고 그 자리에 풀이 돋아나고 나무가 자라기 시작했다고. 그 식물의 생장이 대단해서 거대한 풀숲을 이루었는데, 나무들이 뿌리를 내린 땅은 이제 막 녹기 시작한 땅이라 여전히 진흙으로 질척거리고, 때문에 바람이 불면 그 나무들은 거의 쓰러질 듯이 위태롭게 휘청거린다고. 그 숲을 드렁큰 포레스트drunken forest라고 부르기도 한다고. 바람이 많이 불면 휘청대는 나무들끼리의 마찰이 심해져서 불이 나기도 하는데, 이 불은 사람이 진압할 수 있는 수준이 아니라서 비가 내릴 때까지 기다리며 두고 보기만 해야 한다고. 얼음, 빙산과 빙산 사이의 초록 숲, 바람, 바람이 불면 넘어질 것처럼 위태롭게 흔들리는 나무, 나무의 군집, 그 사이에 돋아나는 붉은 불꽃, 들불처럼 번지는 불꽃들. 이 아름다운 이야기에는 애초의 제목 같은 건 없지만, 누군가에게 이 이야기를 들려주기 위해서 이것을 나는 "가능세계"라고 불러본다.

290

1. 최초의 이야기

나와 너는 커다란 유리 아래 누워 구름과 불더미를 봐.
너는 감은 눈. 너는 다른 빛 속에서 기울어지고 있어.

나는 슬픈 이야기를 하려고 했어 실은. 너무 슬퍼서 있지도 않은
것 같은 이야기를 하고 싶었어. 그런데 자꾸 구름만 봤어. 어째서
세상은 이따위고, 어째서 새나 강물 같은 것을 보며 평화롭다고 하
는 건지 알 수가 없어서. 그냥, 하고 생각하니까. 슬픈 마음을 슬프
다고 하는 것도 허락되지 않는 것 같아서, 낮아지고 있어.

손을 잡으면 차갑고 따뜻하고 초록을 흔들고. 복도 끝으로 공을
따라 여자아이가 달려가고. 그런데 낯설고 몇만 번이나 겪은 것처
럼 땅이 물컹이고. 사람들은 액체를 나눠 마시고. 오토바이가 지나
가. 나는 그것이 슬픈가 하고 물었어. 그런데 그건 아무것도 아닌
거고. 웃음소리가 귓속에서부터 시작되어서. 수족관을 떠올렸어.
아주아주 크고 깊은 불이라고 생각했어.

너는 깜박이는 눈, 너는 다른 그림자 속에서 일어서고 있어.
유리절벽과 유리절벽 아래 최초의 인간이 웃고 있어.

　　　　　　　　　　　　　　　—「종이배 호수」 부분[1](강조는 인용자)

'나'와 '너'는 "커다란 유리 아래" 함께 누워 있다. 천장처럼 버티고
있는 커다란 유리는 거울처럼 우리를 되비추기보다 그 너머의 구름과

1　　백은선, 『가능세계』, 문학과지성사, 2016. 이하 이 글에서 인용한 시의 출처는 모두 이 시집이다.

불더미를 보여준다. 나는 그것들을 보고, 그것들 아래에서 눈을 감고 있는 너를 본다. 이러한 표면적인 정황은 무엇보다도 '나'로 하여금 하나의 내밀한 사실을 이야기하는 일에 기여한다. 이러한 정황상 '나'는 '너'에게 어떤 사실을 말하기로 결심하고 실행하게 되었다는 말이 아니다. '나'의 고백의 내용과 형식에 내가 너를 바라보고 우리를 둘러싼 것들을 감각하는, 이 모든 정황이 포함된다는 말이다.

그래서 너에게 들려주려고 했던 '슬픈 이야기'는 이야기의 내용보다도 이야기 자체에 주목하게 된다. "이야기를 하고 싶었어"라는 '나'의 고백 자체가 벌써 슬픔의 정조를 띠고 너와 나를 엮어주고 있기 때문이다. 이런 기분, 혹은 "슬픈 마음"으로 올려다보거나 뒤쫓게 되는 것은 "복도 끝으로 공을 따라" 달려가는 "여자아이"이거나 "어째서"로 시작되는 말들의 꼬리다. 어째서 "세상은 이따위"인지, "새나 강물 같은 것을 보며 평화롭다"고 말하는 것인지, 도무지 알 수는 없지만 알 수 없어서 "그냥"이라고 말하게 되어버리는 불가해를 따라서 '나'의 생각과 슬픈 마음은 계속해서 움직인다. '나'에게 어떤 풍경이나 장면은 간단하게 사로잡을 수 없는 것들, 가령 눈앞에 나타났다 사라지는 새, 흐르는지 아닌지 알 수 없게 흐르는 강물, 시시각각 변하는 구름 같은 것으로 채워질 뿐이다.

'나'의 의식 속에서 알 수 없는 것에 대해서 알 수 없다고 말하는 일과 그냥 그런 것이라고 일단으로 치부하는 세계는 분리되고, 이 분리로 인해서 '슬픈 마음'이 발생하는 것처럼 보인다. 후자의 세계에서라면 '나'의 슬픔도 어떻게든 뭉뚱그려 말할 수밖에 없는 것이 되고, 그런 슬픔의 고백으로 인해 '나'의 마음은 더욱 무거운 슬픔으로 내려앉게 될 뿐이다. 알 수 없는 것들에 뒤덮여 제대로 말해지지 못하는 '나의 사실'은 이 세계에서 결코 고백될 수 없는 내용으로 고백의 형식을 완성하지 못하는 이야기라 할 수 있다. 그저 그렇게 해오던 대로는 말할 수 없는 '나의 사실'을 두고 "그런데 그건 아무것도 아닌 거"라고 치부하는 세계에서 시가, 시인이 발생하는 게 아닐까. 백은선의 시는 생각과 말의 관성을 경계하고, 그 경계(警戒)의 경계(境界)를 집요하게 더듬는다("관성이라는 말의 끔찍함에 대해", 「명륜동 성당」).

2. 가능과 세계 사이

    없어도 없고 싶은 없는 것, 이런 문장은 위험하니 쓰지 말라고 충고해줄 선배 혹은 드럼을 치는 전 애인과 일면식도 없는 사진사 우리는 좁은 방에 무릎을 맞대고 앉아 고도와 조수간만의 차와 형이상학에 대해 밤새 떠들고 떠들다 지쳐
    야 창문 좀 열어봐
    귀찮아 니가 해

    우주는 커다란 소리굽쇠다 이 명제는 백 년 뒤에 증명된다

    창문은 열리지 않고

    숲과 숲을 구성하는 작은 숲들과 작은 숲들을 구성하는 마음과 마음을 구성하는 뿌리 뿌리라는 물질과 물질을 구성하는 성분 성분의 원형은 숲

    우리는 모두 열쇠를 갖고 있다
    한 박자와 두 박자 사이 비좁게
    아, 하고 터져 나오는

다른 생각 없이, 변화 없이, 그저 해오던 대로, 있어오던 대로 말하고 존재하는 것은 안전한 일일까. 인용한 시에서 선배의 충고 속 "위험"은 어떤 기반과 기준을 갖고 있는 말일까. 하물며 한 사람의 말은 그 사람의 생각이나 마음과 얼마나 다를 수 있는지. 말이 강해질수록 사람이 허약해질 수 있는 것도 더불어 생각해볼 수 있는 문제다. 이것은 허언에 관한 이야기가 아니다. 이 역시 말을 가진 모든 이가 감수해야만 하는 "위험"이라고 해두자. 모든 말은 말을 하는 사람에게 돌아가 그를 무의미와 무력감이라는 미궁의 위험에 빠뜨리지만, 그 위험을 미리 감지하고 주시하는 자와 그것에 맹목인 자의 말은 완전히 다르다. 그 차이는 "없어도 없고 싶은 없는 것"이라는 문장을 마주하고 속수무책으로 무너지는 사람과 그것을 이 세계의 문법과 논리에 맞춰 손보려는 사람 간에 있을지도 모르겠다.

백은선의 첫 시집의 표제작이기도 한 「가능세계」는 서로 다른 어감을 갖는 이야기가 교차하며 진술됨으로써 차이를 표면화한다. 우선 "나"와 나의 선배이자 "전 애인"과 "사진사"의 일화로 이뤄진 '우리'에 관한 이야기가 한편에 있고, "우주는" "창문은" "숲과 숲"으로 시작하면서 세계를 구성하는 성분에 대한 구체적인 설명을 제시하는 듯한, 그들을 둘러싸고 있지만 마치 그들과 무관한 것처럼 분리되어 씌어지는 이야기가 다른 한편에 있다. 하지만 「가능세계」를 모두 읽고 나면 '우리'와 세계는 엄밀하게 구분되지 않고 하나의 "소리굽쇠"처럼 이어져 있다. 한 소리굽쇠를 이루는 두 개의 쇠막대는 각각의 자극에도 같은 진동으로 만나고 떨린다. 서로 다른 때에 서로 다른 강도로 두드리더라도 우리와 세계의 소리는 같이 증폭되거나 감소될 수는 있을지언정 전에 없던 소리를 발생시키지는 못한다.

전혀 다른 차원의 소리를 발생시킬 수 없을 것이라는 절망, 이 해소할 수 없는 절망의 굽이가 백은선의 시를 이끌고 간다. 지금까지의 말들이 우리와 세계로부터 발생했지만 우리와 세계에 관해서 아무것도 말해주지 못했다는 생각이 지금까지 없던 말에 대한 골몰로 이어지는 것은 자연스럽다. 하지만 우리와 세계가 결국 연결된 하나의 우주이자 소리굽쇠라는 생각 다음에도 그것을 넘어서는 차원을 생각하는 일은 어렵다. 이 어려움은 세계에 대한 냉철한 분석과 비판의 작업이 개인에게 고된 노동으로 돌아오기 때문만은 아니다. 숲에서 시작한 이야기가 숲으로 돌아와 끝나더라도, 아무 일도 새로 일어나지 않고, 그 때문에 어떤 새로운 말이 씌어지지 않았더라도 생각을 계속하는 일이 있다. 분명한 한계와 절망 앞에서 마침표를 찍지 않고 계속하는 일이 가능할 수 있다는 것은 백은선의 여러 시에서 계속해서 이야기를 나누려는 시도와 시간으로 기록된다. 이 시도와 시간에서 이야기는 지속과 단속을 거듭하면서도 계속되는 것에 의미가 있어서 그것의 내용이나 형식은 그다지 중요하지 않아 보인다.

3. 고백하는 놀이

나는 눈 내리는 바다 앞에 서 있다. 바닷물 위로 눈송이들이 떨어져 사라지는 것을 본다. 나는 처음부터 끝까지 천년 동안 서 있었던 것 같다.

내내 그렇게 있으면 세상의 모든 접속사를 이어 만든 커다란 이불을 덮는 것 같은 기분이 든다.

말할 수 없을 것 같다.

희박하게 호흡하며 나누는 긴 키스처럼.

내내 그렇게 있으면 세상의 모든 물이 되어 세계로 흩어지는 것 같은 기분이 든다.

나는 아이에게 처음으로 언어를 가르쳐주는 심정이 되어, 스스로에게 겨우 하나씩 말한다.

눈, 바다, 눈, 바다 그리고 눈 그러나 바다 그러므로 눈 그럼에도 불구하고 바다……바다.

하나씩 떨어진 눈송이들이 심해에 다다를 때까지 그런 리듬으로.

떨어져 물밑을 뒤덮을 때까지 그런 호흡으로.
　　　　　　　　　　　　　　　　　　　　　　　—「고백놀이」 부분

생각하고 말하는 일, '나'를 증명하는 이 유일한 행위가 세계라는 무한한 불가능에 직면해서도 계속해야만 하는 일이라고 한다면 『가능세계』에서의 가능은 가능한 행위를 통해서 달성할 만한 어떤 목적이나 대상을 가리키는 말이 아니라 오히려 행위 자체의 가능성, 그저 계속할 수 있음에 대한 표현으로 읽힌다. 이 같은 맥락에서 인용한 시의 부분을 읽을 때 이 구절들은 백은선 시의 핵심을 보여주며 지나간다고 해도 과언이 아니다. 지나간다고 말할 수밖에 없는 이유는 '나' 역시도 이 부분에서 말하고 있는 광경과 그것이 '나'에게 주는 특별한 "기분"에 대해서 제대로 "말할 수 없을 것 같다"고 고백하는 데에 이 구절들의 핵심이 있기 때문이다. 다시 말해 이러한 장면이 있고, 그로 인해 '나'는 어떤 기분이 들지만 장면과 기분에 관해서 구체적으로 말하는 일은 오히려 '나'를 그때 그곳에 분명하게 실재하도록 하는 일로부터 멀어지게 한다. '나'는 말을 통해서 자신이 포함된 풍경을 설명하고 그속에서 자신을 드러내면서 어쩐지 조바심이 들고 무력감에 사로잡히며 호흡이 가빠지기도 한다. '나'는 그것들의 심부로 들어가 더욱더 잘 말하기 위해서 '나'를 잊어버려야만 하는 지경에 도달해야만 하는 것이다("깊이 잠겨 그것을 엿들을 때. 나는 지워지는 것 같다", 「고백놀이」).

　무아지경, 그 지워짐은 꼭 "하나씩 떨어진 눈송이들"이 바다의 수면에 닿는 순간의 그것과 비슷하지 않을까. 그 지워짐들의 지속과 영향은 그 낱낱의 눈송이들이 "심해에 다다"라 "물 밑을 뒤덮을 때"까지 계속되는 것으로 짐작할 수 있지 않을까. "처음부터 끝까지 천년 동안" 어떤 지워짐을 주시하는 눈과 그것을 말하려는 입은 정작 그 지워짐 자체를 명백하게 보고 말하는 자의 것이기도 하다. 꼭 "없어도 없고 싶은 없는 것"(「가능세계」)처럼, '나'는 자신의 눈과 입을 지워버림으로써 '나'의 실존을 "고백"할 수 있고, 이 아이러니는 '나'의 고백을 일종의 "놀이"로 부르게 한다. 이런 점에서 이것은 시에 대한 비유라고 할 수 있지 않을까. 말을 처음 배우는 아이처럼, 단어를 하나씩 뱉어낸다. 그 말의 의미를 제대로 모르고, 그렇기 때문에 그 말이 어디로부터 와서 어디로 갈 수 있을지도 짐작하지 못한 채. 아니, 이것은 놀이이기 때문에 의미와 그것의 지향과 반향을 알려고도 하지 않은 채 반복될 뿐이다.

　혹은 '나'의 말이 어딘가에 닿자마자 소리도 의미도 지워지고 마는, 없지만 없음으로서 있는 그런 말이 되는, 그런 말만이 시가 되는 꿈을 시인은 꾸고 있는 게 아닐까. 그때 시는 모두 하나로 연결되어 있는 바다의 아래와 위를 바꾸고, 그로써 어둠에서부터 빛으로, 처음부터 끝으로 가는 하나의 통로가 될지도 모른다. 바다에 내리는 눈을 바라보며 "세상의 모든 접속사를 이어 만든 이불"을 덮는 기분을 갖는 일은 어떤 좋은 시를 읽을 때와 마찬가지다. 낱낱의 단어는 하나의 시를 이루며 추락하는 것의 완벽한 파손을 보여주기도 하지만, 이때의 파손은 파손에 그치지 않고 궁극적으로 어떤 완전함에 닿는 기분을 알 것 같게도 하기 때문이다.

4. 무엇을 볼 것인가

변형된 것은 저고라고 불리는 청각실험기 안에서 발생합니다. 저고는 사람도 아니고 사물도 아닙니다. 저고가 생겨난 것은 영혼을 발명하고자 하는 시도로 인한 것이었습니다. 저고를 만드는 데 사용된 것은 만 명의 울음소리와 웃음소리, 추락하는 물질의 속도와 지면에 닿는 순간 파손되는 힘, 그 힘이 사라진 후에 남은 조각들입니다. 우리는 관념 속에서 시작합니다. 관념 속에서 커다란 동그라미와 작은 동그라미 속에 무수한 눈동자가 정반합으로 회전하거나 튀어 오르는 상상입니다.

〔…〕

저고는 웃지 않습니다. 저고는 울지도 않습니다. 저고는 소리의 집합체로 만들어진 단단한 침묵입니다. 그것은 우리가 간절히 우리를 원할 때 멀어지고 우리가 끝끝내 우리를 외면하는 순간 다시 태어납니다. 저고. 저고는 저고를 지키며 저고와 저고에 대한 저고의 저고 이후에 속합니다.

──「저고」 부분(강조는 인용자)

모든 것이 움직인다. 나타났다 사라지고, 온전했던 것이 닳고 부서진다. 그런 점에서 변하지 않는 것이란 상상하기 어려운 무엇이다. 백은선의 시는 그 무엇을 발견하고 정의하여 대상화하려하기보다는 오히려 그 무엇을 결코 발견하고 정의하여 온전히 사로잡을 수 없을 것이라는 전제에서 시작된다("저고는 그중에서도 운동하지 않는 단 하나의 절망 같은 것이었습니다"). 무엇을 전제하지만 그 무엇이 없을 것이라는 전제, 이 불가능한 이해의 메커니즘이 기능하도록 하기 위해 시인은 「저고」를 발명한 것인지도 모르겠다.

사람도 사물도 아닌 "저고"는 영혼을 발명하기 위한 시도로 생겨났으나 그 역할을 충분히 하는지는 확인할 수가 없다. '저고' 안에서는 발생하는 것은 모든 것의 원형으로서의 영혼이 아니라 오히려 "변형"이기 때문이다. 어쩌면 '영혼'이 모든 것의 원형이라고 생각한 것이 모든 문제의 원인일 수도 있겠다. 만 명의 웃음소리와 울음소리를 수집하고, 추락하는 것의 운동에너지를 계산하고, 결코 소멸하지 않을 그 힘이 사라지고 난 이후의 "조각"을 채집하려는 시도 또한 세계를 뒤덮고 있는 거대한 오해와 착각에서 빚어진 오류라고 볼 수도 있겠다.

하지만 원형과 변형, 웃음과 울음 이후의 언어, 추락 이후에도 남는 절망, 혹은 절망이 사라질 수 없도록 계속되는 추락. 이들은 선조적인 시간과는 무관하게 존재하는 것들이지 않을까. 「저고」 역시 "청각실험기"의 역할을 하며 실험을 통해 하나와 다른 하나를 매개하는 데 그치지 않고, 그 스스로 움직이고, 속하고, 벗어나기를 계속한다("저고는 저고를 지키며 저고와 저고에 대한 저고의 저고 이후에 속합니다"). 다시 말해, 세상의 모든 소리와 그것을 발생시키는 에너지를 한 데 모아 응축하여 영혼을 생성하려 했던 '저고'의 시도는 전제 단계에서부터 심각한 착오에 봉착했으며, 당연히 그것으로부터 달성하려 했던 소정의 목적은 실패에 이르는데, 이 실패는 '저고'의 것인 동시에 「저고」의 것이다. 이것은 일종의 맺음으로서의 실패가 아니라 계속 발생하는 오류의 과정으로서의 실패이기 때문이다. 즉 '저고'는 원래의 전제와 목적에서 벗어나 예상치도 못한 운동과 변형으로 나아가고, 「저고」 역시도 마찬가지다. 결국 「저고」는 그것의 불가능성에 대한 인정을 유도하기 위해 예측불가능한 가능들을 그려 보인다.

모든 말이 무의미와 무력함으로 귀결되고, 말을 하고 글을 쓰는 일이 곧 밑빠진 독에 물을 붓듯 소멸을 향하는 운동처럼 여겨질 때, 「저고」는 그것이 전부가 아니라는 마지막 (희망이 아니라) "의심"을 놓치지 않는다. 이로써 무엇에 대한 이야기는 계속된다. 모든 소리의 변형이 "침묵"이더라도, 또한 그 침묵은 위의 강조 표시한 부분에서 보듯 마치 "사랑"의 속성을 떠올리게 한다. 그리고 이런 생각들이 남아서 계속된다. 침묵의 세계에 관해 철저히 탐문했던 막스 피카르트는 침묵과 말의 세계를 구분하고, 침묵을 '말 이전의 것'이라 본다. 침묵은 불확실하지만 멀리까지 미치고 역사 이전적인 것이나, 말은 분명한 한계가 있고 철저히 지금 여기에 있다. 그에게 침묵은 하나의 세계로 존재하고, 이 침묵의 세계성 속에서 말은 자신을 또 다른 하나의 세계로 형성하는 법을 배운다.[2] 여기서 침묵과 말의 뒤섞임을 사랑의 속성으로 달리 말할 수도 있지 않을까. 나는 너의 침묵 속에서 나의 말을 만들고, 너의 말에 나의 침묵을 얹기도 하면서 각자의 세계로부터 우리의 세계를 원하거나 외면한다.

2   막스 피카르트, 『침묵의 세계』, 최승자 옮김, 까치, 2010(3판), pp. 28~29 참조.

나는 바람이 부는 방향에 따라 흔들리는 긴 머리카락, 뼈에서 유
추할 수 없는 원래의 모습, 마지막 목소리 같은 것에 몰두해야만
한다.

혼종에 대해 말하거나 쓰는 것 그런 담론 속으로 이끌려가는 것
은 어려운 것이 아니다. 그러나 혼종은 없으므로. 우리는 혼종에 대
한 혼종, 일종의 갈망에 대해 말하려고 하는 것 같다. 아무도 그렇
게 생각하지는 않겠지만 이것은 사라진 마을에 대한 복기이고, 그
마을의 나무 아래 있던 돌에 대한 나의 생각이다. 이것은 아무것도
아니다. 돌은 어디에나 있고 우리는 그것을 안다.

——「도움의 돌」부분

"우리는 모든 쓸모없는 것들에 대해 생각하기로 생각을 한다." 이
문장으로 시작되는 이 시는 생각과 그 생각에 대해 "말하거나 쓰는
것" 혹은 그런 말과 쓰기가 보여주는 하나의 "담론 속으로 이끌려가는
것"을 생각하게 한다. 또한 그 이끌림으로 인해 또 다른 생각을 하고,
그 생각은 또 다른 말과 쓰기를 낳고, 그것이 새로운 담론으로 우리를
이끄는 이런 끝없는 순환, 혹은 무의미한 반복에 관해서도 생각하게
한다. 하지만 중요한 것은 이 모든 생각들이 '모든 쓸모없는 것들'이라
는 생각으로 꿰어진다는 점에 있다.

쓸모없는 생각들의 계속, 그 계속에 대한 생각은 그 자체로 "사라진
마을에 대한 복기"라고 할 수도 있다. 인용하지 않은 부분에서 "우리"
와 "어떤 사람들"과 "나"의 겹침과 흩어짐이 그려지는데, 그 운동과 변
형이 곧 마을을 기억하고 복기하는 일과 다르지 않다. 지금은 없는 마
을의 "나무 아래 있던 돌"은 그 운동과 변형을 가능하게 하는 버튼처
럼 그곳에 있다. 그 돌이 '우리'나 '어떤 사람들'의 생각에도 무겁게 자

리하고 있던 때가 있었을지는 모르겠으나, 그와 무관하게 그들로부터 '나'를 떨어뜨려 생각하게 하는 것은 그 "돌에 대한 나의 생각"이기 때문이다. 마을을 이루던 사람들이 있었고, 그 마을의 한편에 돌이 있었으나 돌에 대한 생각은 사라진 마을과 다른 사람들로부터 '나'를 있게 한다. '지금 여기에 내가 있다'는 이 생각은 '모든 쓸모없는 것들에 대해 생각하기로 생각을 하'는 일로부터 "특별한 센 것이 근원에 가까이 갈 수 있는 통로"라는 생각을 지나와 마주하게 되는, 사람과 시간과 그에 얽힌 관계로부터 무관해지는 생각에 이르는 생각이다. 때문에 이 시가 "이것은 아무것도 아니다"라고 말할 때 '이것'은 단순하게 생각할 수 없는 말이 된다. '이것'은 저마다에게 '지금 여기에 내가 있다'는 생각 이후에 오는 유일한 확인이기 때문이다("우리는 그것을 안다").

0. 그곳으로

이 글의 처음에서 나는 전해 들은 하나의 이야기를 복기했고, 그 이야기에서 일종의 "가능세계"를 떠올려보았다. 하지만 그 부름이 불가능하다는 것을 알지 못하는 것은 아니다. 백은선의 시집 『가능세계』는 어떤 말도 덧붙일 수 없는 세계를 그리고 있기 때문이다. 첨언이 불가능한 시라고 할 수 있을까. 시인이 일부러 덮어두거나 넘어가버린 공백이나 여백이 없어서가 아니라, 시의 자리 대부분이 공백이나 여백이라서다. 누군가는 백은선의 길고 긴 한 편의 시를 눈앞에 들어 올리며 이렇게 반문할 수도 있을 것이다. '이렇게나 말이 많은데, 어째서 더 많은 곳이 여백일 수가 있지?' 그것은 『가능세계』를 멀찍이 떨어져 바라보는 자의 질문이다. 백은선의 첫 시집에는 눈이 멀 정도로 흰 눈과 눈이 다져진 얼음과 얼음으로 이뤄진 끝없는 평야와 햇빛 한 조각이 닿아 끝내 돋아나고 피어나는 초록의 싹과 어느 순간에 돋아나는 붉은 불꽃이 있고, 그리하여 걷잡을 수 없이 모든 것이 처음으로 돌아가버리게 하는 때를 바라보는 눈과 말이 있다. 그곳은 그런 말이 침묵의 깊은 절곡을 이루는 곳이다.

『가능세계』 속에서는 모든 일이 불가능한 때를 생각하게 되고 그 생각으로써 단 하나의 일이 가능해진다. 모든 침묵으로부터 하나의 말을, 모든 말들로부터 하나의 침묵을 생각하고 쓰는 것이 가능할 수도 있지 않을까 하는 의심을 의심함으로써 믿어보는 일이 이 세계 속에서 가능해진다. 이것은 사랑을 의심하는 사랑, 사라진 마을을 복기하는 시의 가능이다.

현실의 이면을 투영하는 시
─ 김리윤론

우리가 보는 모든 것은 무언가를 숨기고 있고,

우리는 늘 우리가 보는 것에 무엇이 숨어 있는지 궁금해한다.

─르네 마그리트

무엇을 어떻게 '본다는 것'은 인간의 적극적이고 능동적인 활동의 결과로 여겨진다. 하지만 '본다는 것'이 스스로 눈을 뜨고 감는 일 이외에 우리의 의지와 무관한 부분이 더 많이 개입된 활동이라면? 우리는 눈을 통해서 스스로 무언가를 본다고 여기지만, 우리가 무엇을 볼 수 있는 것은 실제로는 어떤 물체에 반사된 빛이 우리의 눈에 도달했기 때문이다. 물체에 반사된 빛이 눈의 망막에 가 닿는 물리적인 현상 이후 망막의 세포들이 빛의 신호를 시신경을 통해 뇌로 보내는 역할을 하고 이때 실시간으로 빛이 보낸 신호를 분석해 여러 정보를 결합하고 해석하는 인지적 과정이 일어나는데, 이 모든 과정을 무사히 통과해야 '본다는 것'이 가능해진다.

그럼에도 시각적인 활동이 의도만 있다면 개인의 자유의지로 충분히 조절할 수 있는 일처럼 여겨진 이유는 아마도 그 외의 감각에 비해 감각의 대상을 선택하기가 용이하기 때문이지 않을까. 눈을 감으면 눈앞의 것을 볼 수는 없는 데 반해 그것이 내는 냄새나 소리는 완벽하게 차단할 수 없다는 점이 그렇다. 그럼에도 '본다는 것'에 소용되는 개인의 의지 외의 요소에 집요하게 관심을 기울여 자신이 속한 세계를 감각하고 그 감각을 통과해 다른 세계를 상상하는 이가 있다. 무엇보다 생명력에 닿은 가장 근원적인 에너지라고 할 '빛'을 주제 삼아 자기의 시 세계를 깊고 넓게 확보해나가는 중인 시인을 주목하지 않을 수 없다.

김리윤의 시는 우리의 시선이 닿는 곳이라면 어디에나 있는 빛에 대해 말한다. 빛은 우리가 무엇을 볼 수 있게 한다. 무엇을 '본다는 것'은 그 순간 자신을 관통하는 빛으로 어떤 것들을 인식하고 감각하는 사건이기도 하다. 빛을 감지한다는 것은 동시에 그 빛이 닿았고 닿게 될 무엇을 기억한다는 말과 다르지 않다. 따라서 본다는 것은 현재의 일로써 과거와 미래를 되살리는 일이다. 우리는 우리 밖의 무언가를 봄으로써, 그것의 빛깔과 형태를 감각함으로써 내면을 발견한다. 그의 시는 계속 '본다는 것'의 의미를 좇으면서 표면적으로는 현실을 구성하는 구체적이고 보편적인 사물과 사건의 현상을 그리는 듯하지만 심층에서 그의 문장은 거듭 해체되고 삭제된다. 이로써 그의 시는 바로 이 순간에도 조금씩, 눈에 보이지 않을 만큼씩 바스라지는 것이 현재의 무엇을 증명할 수 있는지, 미래의 무엇을 기약할 수 있는지 질문하는 문장이 된다.

1. 딸의 미래

"미래는 아이들의 얼굴에, 생일과 명절에 딸이 보내오는 사진에
적혀 있다. 딸의 딸이 자란다."

과연 그럴까. 믿을 수 없는 문장과 믿고 싶은 문장은 마침표를 달고 있어도 질문하는 문장이다. 「작고 긴 정면」의 도입부에 시인은 킷 리드

의 문장[1]을 옮겨 적으면서 딸의 역사에 관한 사유와 감각을 예고한다. 이어질 시의 구절들은 '미래' '아이들' '얼굴' '생일' '명절' '딸' '사진' '딸의 딸' '자란다'는 단어를 반복하고 변용한 것으로 읽어도 무방할 것 같다. 나열한 이 단어들의 의미는 우리의 역사, 혹은 여성의 역사 속에서 그 의미의 범주를 달리하지 않기 때문이다. 아이를 통해서 우리는 미래를 보고, 특히 딸의 미래는 더욱더 그러하다. 사진은 과거를 현재로 거듭 데려오는 매개로 인식되지만 외할머니의 눈에 사진 속 손녀의 얼굴은 도달하지 못할 미래이기도 하다. 따라서 손녀의 생일과 같은 개인적인 시간은 명절과 같은 역사적인 시간과 겹쳐진다. 먼 미래까지 모두 경험하지 않아도 감각할 수 있는 시간은 명절처럼 먼 과거에서부터 반복해서 여성의 삶을 주도해왔기 때문이다. 김리윤의 시에 본격적으로 씌어지지는 않지만 중요한 정념 중에 하나가 아니라 할 수 없는 여성의 삶에 대한 감각과 전망은 주목할 만하다. 이 시를 더 읽어보자.

> 적힌 미래를 읽을 수 없다
> 사진첩 속의 부드러운 무릎뼈를 가진 너, 길쭉한 머리통을 점차 둥글게 만들던 너, 컬러 사진 속에서 명암으로만 구성된 세계를 보는 너…… 얼굴은 참 많기도 하지, 작년 사진만 봐도 전생 같지 않아?
> 친구의 딸이 자라고 딸의 딸이 자라는 시간들
>
> 국 데워 먹어라 속이 따뜻해야 무엇이든 한다
> 딸들은 새하얀 겨울 무를 투명해지도록 모서리가 다 무너지도록 푹 끓인 국을 나눠 먹고는

---

1   킷 리드, 「상어섬의 어머니들」, 『야자나무 도적』, 신해경 옮김, 아작, 2020.

서로의 입속에 다글다글 들어앉은 이를 다 헤아렸지요

이가 없어도 먹겠어

부드러운 무보다 더 부드러운 살과 반투명한 피부

그 안에 작고 단단한 돌같이 박혀 있는 것들을

—「작고 긴 정면」 부분[2]

　　최근 여성의 역사에 관한 인식과 감각을 바탕으로 한 작품들이 한국 문학을 주도하는 추세다. 특히 모성 이데올로기에 관한 새로운 질문들, 여성 세대 간의 갈등을 중심축으로 하는 모녀 서사의 발견들이 그렇다. 이들은 이미 항상 합의된 어떤 관념과도 합의하지 않으면서 저마다의 고유한 이야기를 들려주는 데에 공통점이 있다. 다시 말해 이들은 여성이나 모성을 대문자로 사용하지 않는다. 김리윤 시의 경우 그것은 "부드러운 무보다 더 부드러운 살과 반투명한 피부/그 안에 작고 단단한 돌같이 박혀 있는 것들을" 보는 시선에서 시작된다.

　　딸의 역사는 이 시에서 "친구의 딸이 자라고 딸의 딸이 자라는 시간들"로 진술된다. 시인은 그 '시간'을 "사진첩"을 보는 일로 감각한다. '딸의 딸'의 모습은 "컬러 사진"에 담겨 있지만 시력이 덜 발달한 아기는 "명암으로만 구성된 세계"를 볼 뿐이다. 이 시에서 여성들이 존재하는 시간은 그 여성들이 서로를 '바라보는 시간'과 분명하게 어긋나며 특별한 의미를 창출한다. 여성의 역사는 단단한 "이"와 "모서리"가 없는 시간으로, 온기와 부드러움으로 감각된다. 하지만 이 역사가 마냥 긍정적으로 의미화되는 것은 아니다. "국 데워 먹어라 속이 따뜻해야 무엇이든 한다"는, 엄마가 딸에게 하는 당부는 딸을 낳아 그 자신도 엄마가 된 딸을 향한 전언처럼 읽히는데, 여성과 역사가 함께 쓰어질 때 이 문

2　　김리윤, 『투명도 혼합 공간』, 문학과지성사, 2020. 이하 이 글에서 인용한 시의 출처는 모두 이 시집이다.

장은 몇 겹의 서로 다른 의미를 거느리게 되기 때문이다. 엄마는 불 앞에서 국을 끓이는 시간을 지나와 온기를 잃은 국을 데워 먹으라고 말하고, 그 말을 이어받아 딸 역시 불 앞에서 국을 끓이는 시간을 보낸다. 딸들은 국을 끓이기 위해 거듭 불 앞으로 돌아간다. 온기와 부드러움으로 감각되는 그 역사는 어쩌면 불 앞을 벗어나지 못하는 여성 역할의 공고화에 닿은 폭력성에 대한 인식을 전제하고 있다고도 할 수 있다.

　물론 역사는 진화하고 있다. 이제는 모든 여성이 불 앞에서 국을 끓이고 데우는 시대라고 할 수만은 없다. 하지만 이런 사소한 변화로 가부장적인 사회 문화가 여전히 지배적인 상황 자체를 무화하지는 못한다는 것을 잊지 말아야 한다. 김리윤의 시는 부드러운 것보다 더 부드럽고 반투명한 살과 피부를 가진 어린아이를 바라보면서도 아직은 보이지 않는, "그 안에 작고 단단한 돌같이 박혀 있는 것"까지를 본다. 아마도 아이의 여린 잇몸 속에 있을, 단단하고 날카로운 것과는 거리가 먼 대상일 '이'는 언젠가 제 살을 뚫고 나와 무르고 단단한 것들을 자르고 부수고 으깰 것이다.

　　　　속눈썹이 다 얼어버리는 날씨 속에서
　　　　열어둔 수도꼭지에서 똑똑 떨어지는 물소리를 들으며 우리는
　　　　딸의 딸들로
　　　　딸의 친구로 친구의 딸로
　　　　언니로 동생으로

　　　　여기에 앉아서
　　　　겨울나무에 남은 열매 위로 눈이 쌓이고
　　　　녹고
　　　　얼었던 열매가 다시 말라가는 동안 찾아오는 새들을

조그맣다는 면에서는 모두 닮은 모두 다른 새들을

작고 단단한 부리가 날씨보다 빠르게 열매의 형태를 해체하는
것을

몇 세기 동안 멍하니 바라보았지요

—「작고 긴 정면」 부분

작은 새의 "작고 단단한 부리"는 아이의 잇몸 속에 들어 있을 작은
이의 이미지와 겹쳐진다. 그것은 "날씨"를 능가하고, 중요한 것은 그
작은 것의 역할을 바라보는 시선이 있다는 사실이다. 시간이 흐르고
세계가 눈에 띄지 않게 조금씩 달라지는 동안에도 작은 새의 작은 부
리는 분명히 작지만 그것의 일을 "몇 세기 동안 멍하니 바라보"는 눈
이 있고 그 일을 적는 시가 있어서 그 작은 것에게 있는, 환경을 능가
하는 힘을 우리가 알 수 있게 되는 것이다. 비록 "속눈썹이 다 얼어버
리는 날씨 속"에 있는 우리는, "열어둔 수도꼭지에서 똑똑 떨어지는 물
소리를" 듣는 우리는 생활의 엄연함 속에서 오래 홀로 무언가를 견디
고 있다. '똑똑 떨어지는' 것은 눈물이기도 하고 얼지 않도록 흘려보내
는 수돗물이기도 하고 "겨울나무에 남은 열매"이기도 하고 그 열매 위
에 쌓인 눈이 녹아 흐르는 물이기도 할 것이다. 그저 "여기에 앉아서"
그 모든 것들을 감각하는 자는 무기력하고 무능해 보이지만 보이는 것
이 전부는 아니다. 이 세계에는 그렇게 누군가가 무엇을 견디는 힘으
로 보전되는 부분이 분명히 있기 때문이다.

이처럼 김리윤의 시는 사소한 것에 닿은 시선을 통해서 세계를 움
직이는 어떤 힘을 발견해낸다. 하지만 결코 '사소함'을 함부로 규정하
지 않으려는 조심이 있다. 사전적 의미에서 사소한 것은 중대한 것과
대비되며 가볍고 하찮은 것으로서 치부되기도 한다. 그의 시는 그처럼
손쉬운 의미화를 거부하고 개별적이고 작은 부분들에 집중하면서 그

사소함에 깃든 중요함을 발견하여 기록하는 것이 마치 시의 일이라고
믿는 듯이 씌어진다.

> 우리도 다 늙었나 봐
> 꽃 사진을 찍으며 함께 웃던 친구들아
> 우리는 열심히 웃느라 늙는 일도 깜빡한 것 같았네
>
> 그런데 다 늙는다는 건 뭐지?
> 우리가 자라온 시간
> 늙어갈 시간보다 오래된 꽃나무 밑에서
> 우리는 여전히 질문으로만 답할 수 있는 질문을 잔뜩 가진 사람들
>
> 친구의 품에 안긴 작은 사람의 이마에서 꽃잎은 얼마나 거대해
> 지는지
> 손바닥에 떨어진 꽃잎은 얼마나 작고
> 얼마나 쉽게
> 두 손가락 사이에서 형태를 잃어버리게 되는지
> ——「영원에서 나가기」 부분

'다 늙었다'는 관용문의 의미와 무관하게 생겨나는 뉘앙스처럼 세계
를 대하는 개인의 체념과 자조는 중대한 사건에 결부되어 심각하게 발
생하는 것만은 아니다. 이 말은 '꽃이 예쁘다고 느끼면 다 늙은 것'이라
는 보편적인 인식에 바탕을 두고 있지만, 이 시에서 "꽃 사진을 찍으며
함께 웃던 친구들"을 바라보는 시선에는 그렇게 이미 항상 규정된 인
식과 감각의 체계를 가볍게 넘어서는 힘이 있다. "우리는 열심히 웃느
라 늙는 일도 깜빡한 것" 같다는 말은 늙음을 규정하는 외부적인 시선

310

의 무용함을 가볍고도 날카롭게 지적하면서, 개인의 역량이나 상황에 따라 이 세계의 잣대라는 것은 그저 웃으며 넘겨버릴 수도 있는 문제라고 말한다. 의심과 반성 없이 쓰는 말에는 세계의 폭력성이 은근히 배어 있고, 이 시의 시선은 그것을 새삼스럽게 발견하여 기록한다.

그런 와중에 "우리"보다 더 오래된 "꽃나무", "친구의 품에 안긴 작은 사람"과 그의 이마에 떨어진 "꽃잎"을 동시에 바라보는 시선은 또 어떤가. 여기서 과거와 현재와 미래로 순조롭게 이어지는 선조적인 시간관 또한 앞서의 늙음에 대한 규정처럼 가볍게 지나쳐버릴 문제가 된다. 또한 이 세계에 태어난 지 얼마 되지 않았다는 점에서 꽃과 아이는 같지만, 그 작은 사람의 부드럽고 따뜻한 이마에 꽃잎 한 장이 떨어졌을 때 그것을 포착하는 시선에는 어떤 경계심이 도사리고 있다. 작은 사람을 지키고자 하는 마음은 그보다 더 여리고 작을 것이 분명한 꽃잎마저도 "거대"하게 감각한다. 충격에 대한 감각은 구체적이고 객관적인 부피나 밀도와는 무관하게 발생할 수 있고, 그것은 '우리'가 "여전히 질문으로만 답할 수 있는 질문을 잔뜩 가진 사람들"로서 서로를 지킬 수 있게 하는 분명한 힘이 될 것이다. 그것은 한 세계에 맞서는 개인의 고투 이전에, 사람이 더 작은 사람을 향한 세상의 움직임을 주의 깊게 지켜보는 데에서 생겨나는 힘이다.

우리에게 아주 어리고 작은 친구가 생겼다

무언가 사랑스럽다고 느낄 때 왜 미래를 선물하고 싶어질까
당연한 얼굴로 찾아오는 죽지 않는 미래
자기 자신을 가장 무서워하면 되는 미래 같은 것

우리는 그 애를 볼 수 없을 때도 피부 너머로 만질 수 있었다 그

현실의 이면을 투영하는 시   311

애는 자신의 팔다리가 움직이는 것을 무서워한다 그 애는 명도만 있는 세계를 가졌다 색을 잃어버린 빛만 있는 세계다 그 세계는 무수한 더 흰 것과 덜 검은 것으로 이루어져 있어서

우리는 함께 눈을 보러 가기로 했다

——「비결정적인 선」 부분

김리윤의 시에서 아이는 "작은 사람"이라고 불린다. 그 구분은 단순히 그의 신체가 상대적으로 작기 때문만은 아니다. 그의 시에서 '작은'이라는 구분은 그 사람이 존재하는 세계, 의식하고 감각하는 세계의 다름을 의미한다. 가령 "색을 잃어버린 빛만 있는 세계" "더 흰 것과 덜 검은 것"으로만 구성된 그 세계는 무수히 다른 색들이 공존하는 세계보다 단순하게 여겨지지만 두 세계를 놓고 우열을 가릴 수는 없다. 작은 사람이 살고 있는 세계를 설명하기 위해서 우리는 '색을 잃어버'렸다고 하지만 이 말에는 어폐가 있다. 빛만 있는 작은 사람의 세계는 색을 가져본 적이 없기 때문이다. 때문에 '우리'는 작은 사람의 세계를 좀더 알고 싶고, 그 세계에 작동하는 시간이 궁금하다. '우리'가 경험했지만 기억하지 못하는 작은 사람의 세계를 다시 감각하고 싶어서 "우리는 함께 눈을 보러 가기로" 하는 것이다.

「비결정적인 선」은 작은 사람을 통해서 '우리'를 재발견하는 이야기로 읽을 수도 있다. 여기서의 '선'은 한때 작은 사람과 "피부"를 사이에 두고 구분돼 있었다는 점에서, 그 물리적인 구분에서 해방되었지만 여전히 다른 세계에 속한 존재를 기꺼이 맞아들이고 그의 세계를 수긍한다는 점에서, 이 세계와 그 세계를 "함께" 보는 방법을 발명한다는 점에서 선(線)과 선(善)과 선(先)의 의미를 모두 포괄한다. 결정적이지는 않더라도, 그것은 서로 다른 세계가 연대하는 방식에 대한 최선을 보

여준다고 할 수 있지 않을까. 또한 이 연대는 여성에서 여성으로 이어지는 시간을 내포한다. 꽃을 보고 눈 구경을 하며 함께 웃는 친구들 가운데 출산과 육아라는 경험을 지나온 이가 있고 그의 아이로 짐작되는 작은 사람이 '우리'의 구성원으로서 김리윤의 시에 종종 등장한다는 사실은 중요하다. 그는 여성의 삶을 직접적으로 힘주어 쓰진 않지만, 여성의 구체적인 삶을 통과해 새로 생겨나는 세계와 시간이 있다는 것을 분명하게 관찰하고 기록한다. 이 세계에 새롭게 도래한 어느 작은 부분을 강렬하게 감지하고 분명한 언어로 담아내려는 시선의 운동을 동반한 그 문장들은 여성이라는 언어 없이도 여성의 역사를 증명한다.

2. 빛의 그림자

작은 사람에 대한 관심은 개와 같은 동물을 대하는 태도와 연관된다. 시인은 지금까지 발표한 작품 가운데 제법 많은 시에서 이 세계에서 인간의 관점에 따르는 '개'의 모습을 포착해 보여준다. 작은 사람과 개에게는 공통적으로 다른 세계에 저항하지 않고 순응하면서, 그 순응의 태도로 일깨워주는 것이 있다. 그것은 김리윤의 시에서 '아름다움'이라는 관념에 닿아 있다.

> 신발 끝에서 모래가 흩어진다
> 모래에 섞인 것들이 해변의 불빛을 쪼개고 있다
> 수평선 근처에서 터지다 만 불꽃들은 달빛과 뒤엉키고 있다
>
> 바닷가에선 싸구려 불꽃도 이상하게 아름다워
> 사진으로 본 아름다운 것들은 다 잊자

현실의 이면을 투영하는 시   313

기다리는 것이 오리라는 것을 그 개는 알고 있는 것 같다

그것은 세상의 아름다움이 아닌 것 같았다

보도블록이 발자국을 지우고 있다

개는 꼬리를 흔든다

―「중력과 은총」 부분

　인용 이전의 진술에 따르면 "개를 싫어하는 개"가 있고 사람은 그를 두고 산책을 나선다. 사람이 산책할 해변에는 개와 함께 산책하는 사람들이 많기 때문이다. 그런 사람의 판단에 따라 '개를 싫어하는 개'는 "발이 없는 것처럼 기다리는 그런 개"가 된다. 또한 어떤 "아름다운 것들"에 대해 이야기하는 사람은 발자국이 쉽게 찍히는 모래밭을 걷고, 그를 기다리는 개는 발자국이 찍히지 않는 "보도블록"에 엎드려 있다. 사람은 흔적을 남기며 이쪽에서 저쪽으로, 다시 저쪽에서 이쪽으로 움직이고 개는 우두커니 자리를 지킨다. 이러한 대비는 단순히 자연과 인공의 이분을 보여주는 데 그치지 않는다. '개를 싫어하는 개'로서 사람이 돌아오기를 기다리는 개의 예민한 감각으로는 모래가 묻은 신발을 신고 돌아오는 사람의 발자국이 보도블록 위에서 점점 옅어지는 것을 볼 수 있을지도 모른다. "기다리는 것이 오리라는 것"을 알고 있는 듯한 개의 태도는 보도블록과 모래밭을 쉽게 나누지 않는다. 사람은 모래를 묻히고, 하지만 그 흔적을 조금씩 털어내면서 개에게 돌아온다. 모래와 블록의 경계는 기다리는 것이 오는 길을 증명한다.

　어쩌면 기다리는 개는 사람이 알지 못하는 고도의 집중력으로 '기다리는 것이 오리라는 것'을 믿음이 아니라 앎의 차원으로 선취하고 있는지도 모른다. 사람의 걸음이 어떤 소리와 진동을 갖는지, 그의 목소리

가 다른 수많은 사람의 목소리와 어떻게 구별되는지를 누구보다 잘 알고 있기 때문에 함께 걷지 않고도 그가 아주 멀어지지 않고 다시 돌아올 것을 또한 알고 있었던 건지 모른다. 이러한 짐작에 동원되는 것들은 너무나 실제적인 감각으로서 '사진으로 본 아름다운 것'들과 대비된다. 해변의 '쪼개지는' 불빛과 '뒤엉키는' 달빛처럼 그 감각은 지극히 순간적이고도 분명한 경험들의 누적으로 생겨나는 것이기 때문이다.

우리는 '아름다움'을 안다고 말하지 못하지만 감각할 수는 있다. 양자역학을 알지 못해도 빛을 볼 수 있는 것처럼 말이다. 김리윤의 시는 앎으로서의 아름다움을 초월하는 아름다움을 탐문하면서 씌어진다. "이상하게 아름다"운 것, "세상의 아름다움이 아닌 것" 같은 아름다움에 관하여 그의 시선은 집요하다. 한편으로 그 집요함은 아름다움조차 흔해진, 특정한 이미지로 박제하여 소비하고 수집하려는 이 세계에 대한 직시로부터 비롯한다. 때문에 김리윤의 시에는 자연스러움과 인위적인 것의 대비가 자주 드러난다. "이미지는 우리의 의지에 반하여 우리에게 주어진 것이다"라는 조르주 디디 위베르만의 문장을 인용하며 시의 주체는 '사랑'에 관해 묻는다(「사물은 우리를 반대한다」, 『삶』, 2020, 상권). 사랑을 위시한 말과 이미지가 넘쳐나는 곳에서 사람들은 "사랑의 열매"가 어떤 형태와 빛깔을 갖고 있는지를 '안다'. 그 가운데 그 시의 주체는 "이것도 저것도 모두 세상이 아니라 세상의 이미지인 것 같지 않아?"(「미래 공원의 사랑」) 하고 물으며 '이것도 저것도 모두 사랑이 아니라 사랑의 이미지인 것 같다'고 자답한다. 비슷한 장면은 「미래 공원의 사랑」에서도 발견된다. 이제 막 조성된 공원의 인위적인 풍경 속에서 시의 주체는 그곳이 "미래 공원"임을 감각한다. 아름다움(자연)이 아닌 아름다움의 이미지(인공)로 채워진 공원은 "구원"을 가장할 뿐이다.

있는 그대로의 세계는 한때 우연히 마주한 반딧불이의 불빛처럼 맹목을 작동시키는 믿음에 연결된다. 김리윤의 시는 그 맹목적인 믿음을 어떻게 말로 할 수 있을까를, 글로 적을 수 있을까를 질문하게 한다. 우리는 형언하기 어려운 '있는 그대로'를 마주하고 "정말 그림 같은 풍경"이라거나 "컴퓨터 그래픽 같"다고 표현한다. 그 날것 그대로의 말들을 옮겨 적으며 그의 시는 "가짜가 아니라면 설명 안 되는 아름다움", "가짜가 아니고서야 아름다운 풍경은 없다는 듯"한 이 세계의 인식과 감각의 '형식'을 고발하는 것이다. 창문과 같은 틀이 아니고서는 "바깥의 존재"(「관광(觀光)」)를 믿을 수 없는 이 세계의 한계를 우리는 어떻게 벗어날 수 있을까.

> 문을 열자 바깥이 쏟아졌다
>
> 텅텅 빈 정면
> 미친 듯이 펼쳐지는 풀밭
> 건물도 없고 나무도 없이
> 맞은편 없이
> 온통 훤하고 막연한
> 투명한 시야
>
> 빛의 바깥은 서로의 그림자밖에 없고
> 무엇을 마주 보려면 서로를 돌아봐야지
>
> ——「관광-해상도」 부분

김리윤의 시는 빛을 통해서, 빛에 민감하게 반응하고, 빛의 존재 방식을 유심하게 관찰하는 방식을 통해서 이 세계의 이미지, 혹은 인식과 감각의 틀을 잠시나마 지울 수 있다고 믿는 듯하다. 이 시의 주체는 자기가 속한 공간의 문을 열어 광활한 자연을 마주한다. 어딘가에 갇혀 있던 것만이 쏟아질 수 있음을 떠올려본다면 "바깥이 쏟아졌다"는 감각은 주체가 스스로 문을 열기 이전에 바깥이라는 것은 자기 안에 갇혀 있던 관념에 불과했다는 것에 대한 고백이기도 하다. 내 안에서 바깥이 쏟아지고 난 다음에 마주하게 되는 것은 일종의 무(無)다. 무지와 무위와 무감의 지경에서 이 시의 주체는 "막연"과 마주하고 "투명"을 보는 역설을 비로소 감각하게 된다.

문을 열기 전에는 아마도 전등이 그림자를 지우는 공간에 있었을 이들은 이제 비로소 '서로'를 마주 보는 일의 의미를 깨닫는 듯하다. 이것이야말로 김리윤의 시가 그려내는, 이미지가 아닌 '사랑'의 형식이 아닐까. 사랑은 "반투명과 투명 사이의 긴장 속에"서 서로의 얼굴을 더욱 더 잘 보려는 움직임으로 완성된다. "얼굴을 사랑하게 되자 빛을 등지는 편이 좋았습니다"라는 고백은 '그 얼굴'을 마주하기 위해서라면 눈이 멀 것처럼 쏟아지는 빛이라도 감당하겠다는 자의 의지를 담고 있다. 전등 아래 드러나는 매끈한 얼굴이 아니라 쏟아지는 빛을 등지고 마주하게 되는, 쏟아지는 빛과 함께 자신을 마주하는 얼굴이야말로 사랑의 형식이라는 듯이 말이다.

3. 시선의 선

하지만 대부분의 사람은 무엇을 정면으로 마주하기를 두려워한다. 그 두려움은 빛을 정면으로 보지 않으려는 마음과도 닮아 있다. 김리윤 시의 긴장을 만들어내는 가장 주요한 동력은 자기를 마주하려는 시선에 의한 솔직담백한 문장에서 발생하는 듯하다. 더 어두운 곳을 보기 위해서는 더 밝은 빛이 필요하고, 더 밝은 빛을 끌어오는 일은 더

짙은 그림자를 만드는 일이기도 하다. 따라서 그의 시는 언제나 빛과 동시에 그림자를 관찰한다.

> 검은 물의 표면을 보면서 검은 물을 들고 걷고 있었다 밤도 아닌데 검은 물이 가득한 유리컵을 들고 넘어지기 위해 걷는 사람처럼 걷고 있었고 넘어지다 가끔 걷는 사람처럼 넘어지고 있었다 무릎의 형태가 자꾸 흩어지고 찌그러지는 동안 물의 표면은 작게 일렁일 뿐 여전히 검고 깨끗했다

> 물의 색은 물의 맞은편에 있다고 했지만 검은 물은 한낮에도 여전한 어둠으로 남아 있다 빛들을 받아내면서, 빛들을 집어삼키면서, 빛들을 가두면서, 빛들을 절단하면서 낮의 모든 것들을 빛으로부터 지키고 있다 빛들은 검은 물에 화분 속 식물처럼 꽂혀 있다

> 마주 보던 얼굴을 겹쳐보기 위해서 인간은 유리를 만든 것 같아
> 안에 있는 사람은 여기가 밖이라고 생각하고 밖에 있는 사람은 여기가 안이라고 생각하는 동안
> 어떤 사람은 안팎을 혼동하고 싶고 어떤 사람은 세상 모든 것에게 모양을 주고 싶어 하니까

> ──「환송」 부분

"검은 물이 가득한 유리컵"을 들고 물이 쏟아지지 않게, 혹은 유리가 깨지지 않게 조심히 걷는 사람이 있다. 유리컵에 담긴 검은 물은 검은색을 띠고 있지만 물이라는 특성상 빛을 통하게 한다. 한낮의 빛이 검은 물에 반사되기도 하고 흡수되기도 하면서 물의 그림자가 일렁인다. 주목할 부분은 빛과 그림자를 통한 "유리"에 대한 감각이다. 빛

을 투과하는 유리의 물성은 빛이 차단된 부분으로서 빛의 위치와 정도를 지시하는 그림자의 역할을 모호하게 한다. 커피를 가득 담은 유리컵의 그림자는 하얀 테이블 위에서 단순하지 않은 형태와 빛깔로 나타난다. 마치 일렁이는 검은빛이 유리컵 모양의 틀 안에 갇혀 있는 것처럼. 빛과 어둠의 자리가 분명하게 구분되지 않고 "겹쳐" 보일 때 우리는 한편으로 "혼동"을 느끼지만 다른 한편으로는 안심하기도 한다. 완벽한 빛이나 완전한 어둠에서 마주하게 될 두려움이 거기에는 없기 때문이다.

마주하고 보는 일에 대한 관심은 수평선과 지평선이라는 대상을 자주 시에 불러오는 이유이기도 할 것이다. 그것은 내가 속한 이 세계의 경계에 대한 관심이기도 하다. "세상 모든 것에게 모양을 주고 싶어 하"는 사람의 마음은 이 세계의 세부를 최대한 구체적으로 파악하려는 시선을 겪고 나서 가능한 한 단순한 형식을 동원해 그것을 정돈하고자 한다. "인간은 수평선에 대한 동경 때문에 추상화를 그리기 시작했다는 말을 들은 적이 있다"(「그것이 선인 것처럼」)는 문장에서 자신이 포착하고자 하는 것의 극단을 동경하는 마음의 최선으로서 그의 시가 씌어진다는 것을 짐작할 수 있다. 당연하게도 그것은 화려하게 분분하는 이 세계의 형식과는 다른 세계와 삶의 방식을 상상하는 일로 이어진다.

돌로 만들었다는 종이 위에 먼 곳의 바다와 커다란 돌 사진이 인쇄되는 것을 본다 이 종이는 돌가루로 만들어 방수성과 내수성이 탁월합니다 매끈한 돌 같은 표면 감촉을 가졌습니다 희고 평평한 돌 위에 반짝이는 수평선이 새겨진다

모든 풍경은 점의 집합일 뿐이다
점과 점 사이로 언제든 무엇이든 추락할 수 있다

요즘 내 삶은 정전이 끝나지 않는 것 같아

　　버스 앞자리의 여자가 전화기에 대고 말할 때

　　사거리 전광판에는 전기가 없는 마을의 조용하고 소박한 삶에
대한 다큐멘터리가 상영되고 있다

　　쌓인 장작 위에서 피어난 자그마한 불이 자라는 것

　　장작불 위에서 끓는 수프의 표면을 어른거리는 달빛

　　식탁 위의 촛불은 김이 피어오르는 것을 비추고

　　둘러앉은 사람들의 뽀얗게 흐려진 얼굴

　　거리의 사람들은 그 이미지가 아름답다고 느낀다

　　느낌을 생각으로 막을 수 없다

　　　　　　　　　　　　　　　　　　　　　　　——「거울과 창」 부분

　　상식과 다르게 돌이 물 위에 뜰 수도 있는 일이다. 돌가루로 만든 종
이에 수평선을 인쇄하면 최대한의 물이 최소한의 물속에 담길 수도 있
는 일이다. 이것은 시인 김리윤이 보여준 시의 역능이기도 하다. 시는
보편의 앎으로 쌓아 올린 세계의 관념과 인식을 뒤집는 사건으로서 최
소한의 문장으로 최대한의 이야기를 다시 쓴다. 그렇다면 무엇을 어떻
게? 오래도록 무엇을 쓸 것인가, 어떻게 쓸 것인가를 두고 쓰고 읽는
사람들의 이야기가 이어져왔다. 김리윤의 시는 무엇과 어떻게의 자리
에 빛과 그림자를 적어 넣는다. 그로써 정전이라는 비일상적인 사건을,
혹은 전기라는 전제를 지운 과거의 시간을 상상하는 방식을 보여주는
데에서 "전기가 없는 마을의 조용하고 소박한 삶"을 번쩍거리는 "사거
리 전광판"을 통해 이 "거리의 사람들"에게 상영하는 장면으로 나아

간다. "장작 위에서 피어난 자그마한 불"과 잔잔하게 "끓는 수프의 표면을 어른거리는 달빛"과 "김이 피어오르는 것을 비추"는 "식탁 위의 촛불"과 한자리에 "둘러앉은 사람들의 뽀얗게 흐려진 얼굴"은 무수한 전기 신호로 분절되어 이 거리에서 가장 큰 화면 위에 선명하게 재생된다.

'막을 수 없는 느낌'의 막연함, 맹목적인 믿음의 발생은 김리윤의 시가 재현하는 세계관의 핵심이라고도 하겠다. 화면 위의 무수한 빛으로서의 점과 그 점들이 만들어내는 실감은 그 다채로움으로써 이 세계의 한계를 확장하고 허무는 것처럼 보인다. 하지만 어째서 사람들의 얼굴은 점차 흐려지고 있을까. 아름다움을 표방하고 전시하는 이미지를 보면서 사람들은 느낌을 더 이상 개별적인 삶의 내용으로 경험하지 못한다. 느낌은 통제되고 무감각한 시선에는 더 많은 화려한 불빛이 필요해진다. 그의 시는 이러한 현실에서 느낌에 저항하는 방법을 발명하고자 한다. 조금 더 자세히 들여다보는 일은 표면의 느낌을 지나 자기 사유와 언어를 만나는 일이기도 하다. 그 일은 형식의 과격함이나 내용의 파격을 필요로 하지 않기 때문에 자칫 지루하고 무의미하게 여겨질 수도 있을 것이나, 그를 통한 사유와 언어로서의 김리윤의 시는 독보적으로 빛나고 있다.

4. 시가 꾸는 꿈이 아니라 꿈을 꾸게 하는 시

현실적이라는 말과 일상적이라는 말은 같지 않다. 누군가의 엄연한 일상이 다른 누군가의 현실에는 속하지 않을 수도 있기 때문이다. 작은 개와 베개를 함께 쓰고 매일 같은 시간에 함께 산책을 하며 꾸리는 누군가의 일상이 구성하는 현실은 잠든 개가 어떤 얼굴을 하고 어떤 소리를 내는지 보고 들어본 적 없는 이의 것과는 다르다. 중요한 것은 현실과 일상을 정의하는 개념이나 방식이 아니라 내 작은 개의 표정과 꼬리의 움직임 같은, 지극한 관심에서 빚어진 감각의 소여들이다. 그것이 현실을 거듭 각자의 현실로서 있게 한다.

　김리윤의 시는 대부분 엄연한 현실을 구체적으로 감각한 장면으로 씌어진다. 하지만 그는 일상의 세부를 묘사하기보다 일상의 묘사(이미지)를 말하는 방식을 선택한다. 따라서 겉으로는 진술이 우세한 듯한 이 문장들은 감각에 대한 감각, 일종의 현실 감각에 관한 비평처럼 보이기도 한다. 심지어 그의 시는 다양한 다른 이들의 문장을 참조함으로써 사유와 감각이 개인의 경험이 아닌 한 사회와 시대의 텍스트로서 발생하고 기능한다는 것을 스스로 증명한다. 지극한 현실에 대한 사유와 감각이라는, 가장 사적이고 고유한 것을 다룰 법한 자리에 성도 나이도 문화도 다른 수많은 이의 눈과 귀와 입을 빌려와 그들의 사유와 감각을 참조해 한 편의 시를 쓴다는 점은 얼핏 아이러니하게 보인다. 하지만 그는 현실의 감각(이미지)을 감각하기(시) 위해서는 무엇보다도 전자를 충분한 앎으로 선취해야 한다는 것을, 따라서 가능한 한 넓고 깊게 현실을 탐문해야 한다는 것을 분명하게 알고 있는 듯하다. 등단 이후 몇 년 동안 꾸준하게 발표된 그의 작품들 간에 편차가 거의 느껴지지 않는 것도 이런 이유에서가 아닐까. 주제의 분명함이 반드시 좋은 작품을 창작하는 일로 이어지는 것은 아니겠지만, 발견하고자 하는 세계가 확고한 사람의 문장에는 흔치 않은 힘이 깃들어 있다. 그 힘은 우리에게 저마다의 현실을 일깨우고 삶에 관한 관념과 이미지를 의심하도록 한다. 그리하여 시는 서로를 새롭게 발견하게 하고, 함께 더 잘 살게 할 새로운 우리를 상상하게 한다.

322

3부
소설의 시간

시간의 길이와 소설의 깊이
── 윤성희, 「이틀」

　「이틀」의 주인공인 그는 어림잡아도 환갑을 훌쩍 넘긴 나이에, 병으로 아내를 잃고 하나뿐인 딸로부터도 홀로 남겨진, 한 회사의 상무이다. 이 단편소설은 그의 이틀간의 행적을 쫓는다. 이 이틀이란 그의 갑작스럽고도 이례적인 결근의 기간이다. 아침에 일어난 그는 문득 비서에게 연락하여 하루만 쉬겠다고 통보한다. 그의 이 통보가 뜬금없이 느껴지는 것은 그의 비서에게나 소설을 읽는 우리에게나 마찬가지이다. 그의 상태가 출근을 못할 정도로 심한 감기 몸살에 걸린 게 아니며, 그가 생전 감기라는 것에 걸려본 적이 없다는 걸 그의 회사 사람들이 모두 알 정도라고 이 소설은 굳이 알려주고 있기 때문이다. 그는 꾀병을 부리는 것인가. 그러나 손쉽게 진단해버릴 수 없는 그 심신의 상태보다 더 주목해 봐야 할 것은 오랜 시간 동안 출퇴근으로 점철되었을 그의 일상에서 그리 긴급한 사정에 인하지 않은 이 이틀간의 결근, 혹은 결근의 이틀이다.

　　"감기가 아니라면, 그냥 꾀병 한번 부리고 싶은 거라고 생각해줘. 봄이잖아." 나는 말했다. 오늘 아침에 일어나 보니 몸이 바닥으로 가라앉는 것만 같다고, 등에서 찬바람이 나오는 것만 같다고, 만약 이런 기분을 사람들이 감기라고 부른다면 아마도 내가 그것에 걸린 것만 같다고…… 이렇게 길게 설명하고 싶지 않았다. 김 비서가 네, 그럼요, 봄이에요, 하고 대답했다.[1]

자연히 이 소설은 표제를 따라 '평생을 규칙적으로 살아갔을 법한 한 남자가 이처럼 어느 날 문득 이전의 삶의 방식에 무기력해진 이유는 무엇일까'와 같은 질문을 해소하는 방식으로 읽히기 쉽다. 더불어 그의 무기력증이 실제로 난생처음으로 걸린 감기 때문이라 한다면 '그는 어째서 갑자기 감기에 걸렸을까' 하는 난해한 질문이 유발되기도 한다. 여지없이 이 소설은 감기 바이러스의 명확한 원인이나 해결책이 그러하듯, 우리에 삶 곳곳에 깃들어 있는 줄 알지만 부러 외면하기도 했던 모종의 '알 수 없음'에 애써 초점을 맞춰 읽어봐야 할 것 같다.

아내와 친구를 잃고도 어김없이 출근을 하며 변함없이 일상을 지속하던 그가 어느 날 문득 그 삶의 규칙을 스스로 어겨버렸다면, 우리에게 주어진 것은 그 '어느 날 문득'이라는 공허한 근거뿐이다. 그의 '이틀'을 이해하는 데 유일하다고 할 만한 그 근거 아닌 근거를 활용하기 위해서 우리에게 필요한 것은 무엇보다도 '유별스럽지는 않지만 그에게는 너무도 비일상적인 그 시간'에 동참해보려는 마음이다. 그 마음은 일상에서 우연히 마주하게 되는 타인의 물음에 피하지 않고 답하는 정도의 사소한 관심이기도 할 것이다. 낯선 이와의 대화는 누구에게나 일상적이라는 이름으로 그의 일상을 파고드는 낯선 시간이다. 그 사소하고도 낯선 시간에 마음을 기울여보는 것, 그 마음의 길 끝에 무언가가 기다리고 있지 않더라도 우선 "화살표"를 따라 걸어가보는 일 자체로도 충분하다는 것이 「이틀」의 '나'가 이틀간 보여준 행보의 의미인지도 모른다.

1   윤성희, 『이틀』, 문학의숲, 2013, p. 9.

그의 이야기를 좀더 구체적으로 살펴보자. 그는 건강에 무리가 될 정도로 열심히 일을 해야만 하는 시기를 벌써 지나온, 그저 직책을 채우기 위한 출퇴근을 반복할 수도 있을 만한 회사의 중견이다. 병에 걸려 먼저 세상을 떠난 아내와 "얼음보다 더 차가운 사람"이라는 비난을 남기고 자신을 떠난 딸은 이제 와 고독한 그의 처지를 부각한다. 하물며 젊은 시절의 의기를 투합하여 지금의 회사를 함께 세우고 꾸려온 친구가 돌연한 죽음을 맞았으니, 그는 어디에서도 속 깊이 의지할 존재 없이 절절히 외로움을 느낄 것이다. 그럼에도 그는 오랜 동료로서 가장 가까이에 있는 듯한 비서에게도 자신의 상태를 진솔하게 드러내거나 도움을 요청하지 않으며, 애써 태연한 척 일상적인 자신을 가장한다. 그런 그의 모습은 몸체에 비해 큰 모터 소리로 제 존재감을 과시하지만 그럴수록 홀로 남겨진 집의 공허한 넓이만을 부각하게 되는 소형 냉장고와 흡사해 보인다. 그 집으로 이사를 오자마자 아내가 가장 먼저 들인 것은 커다란 양문형 냉장고였고, 그것은 이제 고장이 나 플러그가 뽑힌 채로 있다. 텅 빈 몸으로 자리만 차지하고 있는 그것보다, 맥주 말고는 넣을 것도 딱히 없지만 그마저도 제 속을 다 채우지 못하는 소형 냉장고가 그의 집에서는 더 어색해 보이는 존재이다. 멀쩡히 제 기능을 다 하고 있지만 어쩐지 낯설어 보이는 소형 냉장고는, 감기처럼 사소한 사유로 인해 개인적인 휴가 한 번 내지 않은 채로 자신의 소임만을 직시하느라 상대적으로 가족을 비롯한 가까운 주위에 무심했을 그의 일상을 형상하는 대리물인지도 모른다. 그 자체로는 아무런 문제가 없을지라도 문제없이 돌아가는 그의 존재감이란 곧 그 주변의 문제들, 즉 '아무도 없다'는 관계의 완전한 상실에 대한 환기이기도 하다.

단단하고 차갑고 왜소한, 소형 냉장고 같은 그를 둘러싼 이러저러한 사정들도 그러하거니와, 생전 감기에 걸리지 않던 건강한 체질이었던 그의 심신까지도 이제는 그의 의지나 의도와는 무관한 방향으로 열린다. 어쩌면 친구와 둘이서 하나의 회사를 세우고 꾸렸을 그의 젊은 시절은 감기에 걸리고도 모르고 지나치게 될 정도로 정신없이 바쁘고 희생적이었을지도 모른다. 감기를 몰랐던 그의 몸이 감기 기운에 노출될 정도로 노쇠해졌든, 그의 심정이 피로를 무릅쓰고도 출근을 하는 일에서 멀어졌든 자신만은 걸리지 않는 것이라 믿어온 그것을 의식하며 "아마도 내가 그것에 걸린 것만 같다고" 자가진단하는 그의 태도는 꽤 쓸쓸해 보인다. 그의 미심쩍고도 단호한 진단은 그 흔한 감기조차도 누려보지 못한 그의 시간들을 불러내고 이제 와 홀로 된 그의 안팎을 휘감아 그를 사회적으로나 물리적으로나 허약하고 고립된 상태로 고정시키는 듯한 일종의 선고처럼 보이기 때문이다. 지금껏 어떻게든 지켜온 자신을 어느 정도는 체념하는 자의 모습은 얼마나 쓸쓸한 것인가. 하물며 그 고립된 상황에 대한 자기 판단, 아프고 외롭다는 자각조차 굳이 구구절절 "설명하고 싶지 않"아서 눙치듯 얼버무리고 마는 태도는 스스로를 고립된 처지로 몰고 가는 일이 거의 습관이 된 그의 일상을 짐작하게 한다.

윤성희의 소설을 읽을 때마다 강렬하게 갖게 되는 느낌 중 하나는 '일상'이라는 단어에 깃든 무거움이다. 이 무거움은 고체화된 상태의 사물이 지니는 물리적인 무게에 관한 것이기도 하지만, 누군가가 일상이라는 명사로 고정시켜 말해버리면서 그 언어의 주머니 속에 억지로 구겨넣은 것들이 제 멋대로 유동하는 상태를 지시하는 버거움이기도 하다. 비교적 윤성희의 소설들은 일상의 담백한 장면들을 재료로 삼는 편이지만, 요리되어 내어진 그 이야기들은 그리 담백하고 간단한 것만은 아니었다. 가령 어김없이 출근을 하던 남자가 이틀간 결근을 했다는 단순한 사연은 어느 날 갑자기, 예고도 기미도 없이, 그 자신도 명확한 이유를 알지 못한 채로라는 소스를 덧입고 다른 시간으로 익어간다. 그리하여 그 돌연한 일, 무목적적인 결근이 없었다면 이전과 이후에 지속되었고 지속될 그의 생활을 일상이라고 부를 수 없을 것이라는 역설로 제공되는 일상의 무게와 깊이를 맛보게 한다.

그런 점에서 「이틀」은 일상에 관한 짧은 이야기라고 할 수 있을 듯하다. 그에게 이틀이라는 무명의 시간, 언제여도 무방하지만 아무 때나가 될 수 없는 그때는 소리 없이 무너져 드러난 생활의 단면일 뿐만 아니라 그 반대로도 보인다. 아내를 잃고도, 하나뿐인 딸이 자신을 떠나고, 오랜 친구가 갑자기 죽어도 그의 삶이 지속될 수 있었던 것은 그런 충격적인 사건들이 사건이 있던 날과 그 이전 날들과 그 훗날들을 단절하기는커녕 도리어 더 단단하게 연결해주는 고리의 역할을 했기 때문일 것이다. 별스럽지 않은 어제와 오늘과 내일의 연속은 느슨해지려는 찰나마다에서 그 연쇄를 단속하고 거듭 지속하도록 하는 어떤 '이틀'들이 있기에 가능하다. 그런 점에서 '이틀'은 일상이 무너진 자리가 아니라 오히려 더 견고한 일상의 한 부분이라고 하겠다. 혹은 그 이틀은 누구에게나 일상이라는 거대한 사슬의 여지없음을 증명하는 여지이기도 할 것이다.

이 일상을, 그의 처지를 다른 쪽에서 좀더 들여다보자. 하나뿐인 딸을 그리워하지만 선뜻 연락하지도 못하는 이 남자를 보라. 아비의 냉정함을 질책하며 떠난 딸의 눈에 그는 아내를 잃고도 아무렇지 않게 일상을 지속하는, 오히려 더욱 고집스럽게 제 삶의 방식에 집착하는 냉혈한이었을지도 모른다. 이 짧은 이야기가 주는 정보는 지극히 적기 때문에라도 우리는 이 속에서 가능한 한 많은 이야기들을 상상해보게 되는데, 그 상상 속에 떠오르는 것이 일흔이 넘은 아비를 홀로 두고 떠나 연락조차 없는 딸의 얼굴이다. 이 감춰진 딸의 얼굴로부터 피어오르는 짐작들이 있다. 아비는 젊은 시절의 심신을 직장에 바쳤을 것이고, 때문에 딸의 일상은 대부분을 어미와 단둘이 채웠을지도 모른다.

그런 어미의 죽음을 겪고 이루 말할 수 없을 충격에 빠졌을 딸을 두고도 아비는 그저 가족 바깥의 일에 몰두했을지도 모른다. 딸의 상실감은 아비가 스스로도 의식하지 못한 채로 고집하던 일상의 지속으로 인해 일종의 무력감으로, 무심함이라는 폭력을 견뎌야만 했을 심정의 고통으로 변모하며 성장했을지도 모른다. 그렇게 어미를 잃고 혼자 남은 자식에게 관심을 기울이기보다 변함없이 자신의 삶을 지속하는 데 열중하는 아비의 모습은 딸에게 어떤 폭압적인 삶의 면면들을 제공했을지도 모른다.

이렇게 이 소설에 주어지지 않은, 알려고 하는 만큼 모르게 되는 딸의 입장을 상상해보는 일은 그의 처지를 이해하는 일이기도 할 것이다. 그는 어째서 딸을 붙잡지 못했을까. 하나밖에 없는 피붙이로부터 안정된 부양은커녕 그에게 다정한 안부 인사조차 마음대로 전하지 못하지만, 그러한 자신의 처지를 유난하게 여기지도 않는 그의 무심한 태도는 내심이 어떻든 간에 개인의 쓸쓸함을 부각시킬 뿐이다. 딸이 느꼈을 아비의 무심함 역시 자신의 처지에도 무심한 그의 일관된 태도에서 비롯되었을 것이다. 한때는 그 무심함이 가족을 부양하고 친구와의 동업을 성장시키는, 그가 속한 관계에의 동력이 되었겠지만, 이제 와 그 일상의 작동 방식은 이처럼 그의 고립을 좀더 강화할 뿐이다. 그럼에도 그는 그러한 삶의 태도를, 일상을 지속하는 방식을 마치 유일한 면역 체계를 작동시키는 일인 듯 철저히 고수한다. 찬장을 열어 인스턴트 죽을 데워 먹고 몇 번에 나누어 여러 개의 알약을 삼키는 그의 모습은 아무런 감정도 노출하지 않는 듯한 단조로운 장면으로 그려지지만, 완벽히 혼자인 채로도 지속하려는 생의 의지가 실상 그만큼 강렬하게 드러나는 장면이 없다. 혹여나 대낮부터 술 냄새가 날까 봐 반주도 자제하지만 어쩔 수 없이 음식물을 옷에 묻히고 다니는 것처럼, 그 또한 언젠가부터 완벽한 자기 관리나 통제가 어려운 몸이 되었을 것이다. 그럼에도 그는 그 고유한 삶의 태도 내지는 일상의 사슬 바깥으로 빠져나올 수 없고, 따라서 그의 처지는 점점 더 지금의 상태를 견고하게 유지하는 방식으로 굳어진다. 이처럼 일상은 관성처럼 지속되는 것이고 우리는 문득 그것을 자각하지만 그뿐, 그곳에서 벗어날 수 없다.

　이 소설과 연관하여 떠오르는 윤성희의 또 다른 단편소설(「공기 없는 밤」)이 있다. 정확히는 소설이라는 완결된 이야기의 형식보다 "영화 오래 보기 대회 최고령 참가자 김영희 씨"라는 인물이 먼저 생각나는데, 그 이유는 우선 윤성희의 소설들이 대개 특별한 사건이나 배경을 취하기보다는 인물의 성격 구상에 더 집중하는 데 있을 것이다. 이루 말할 수 없을 세월의 곡절들을 두루 겪고 이제 와 지극히 단조로운 하루를 보내는 자의 모습을 절묘하게 그리는 것은 윤성희 소설의 특장이다. 둘러보면 대개 별 문제없이 지속되는 삶들이지만 그 '별일 없이 사는 모습'마다에 있을, 태연함이 가장하고 은폐하는 고충들을, 자신도 모르고 지속하는 문제의 근원을 윤성희의 소설은 짚어낸다.

　「공기 없는 밤」의 주인공은 일흔이 넘은 노인인데, 그는 영화를 오래 보는 대회에 출전하여 영화관의 한 자리를 차지하고 앉아 무심히 주최 측의 의도대로 상영되는 영화들을 본다. 소설은 그의 세월이 영화와 영화, 영화 속 장면과 장면 사이에 끼어드는 것을 그린다. 특별한 순서나 규칙 없이 스크린 위에 펼쳐지는 영상과 대사의 와중에 그의 삶이 뒤섞이듯, 이 소설의 장면과 소설을 읽는 자의 사연이 서로 스민다. 이 소설의 마지막에서 영희 씨는 "자신이 만약 감독이라면 어떤 영화를 만들지 상상"을 해본다. 그의 상상은 자신이 첫 데이트를 했던 장면으로부터 시작하여 자기와 이름이 같은 남녀 두 주인공이 노년에 서로를 알아보지 못하고 스쳐 지나가는 장면으로 이어지는 영화가 된다. 이렇게 그가 자신과 또 다른 자신의 불가능한 조우("영희와 영희의 마지막 장면")를 그려보며 눈을 감는 장면으로 소설은 끝을 맺고, 그의 영화(또는 '영화 오래 보기 대회'라는 낯선 일상)도 막을 내린다.

이 소설에서 영희 씨가 상상하는 자신의 영화 속 어떤 장면들은 윤성희의 다른 단편들의 장면이기도 하다. 이로써 소설은 허구와 실제에서의 엄밀한 구별이 무용하고, 무의미한 상태로서 뒤섞인 것이며, 그때의 허구와 실제란 단순히 작가 개인의 상상이 빚어낸 이야기와 개인 바깥의 사실적 정보로만 구분할 수 없다는 것을 보여준다. 소설의 독자는 누구나 그것이 픽션이라는 '사실'을 인지하고 있지만 그 픽션을 따라 읽으며 공감하는 순간, 혹은 자신의 눈과 마음을 소설의 한 장면에 끼워 넣어 나름의 이야기로 편집하는 때에, 영화를 오래 보는 대회나 그 대회에 참가한 사람이나 그 대회에서 보여주는 여러 편의 영화나 그 각각의 영화 속 수많은 인물들은 픽션과 논픽션이라는 가상의 경계를 넘어 내 일상의 한 자리를 구성한다. 「공기 없는 밤」은 그러한 소설의 생성과 작동 방식을 한 개인의 삶과 몸을 통하여 절묘하게 보여준다. 소설(영화)은 주체와 객체의 분리를 전제하는 공간이지만, 그 전제로부터 어떤 분리를 극복하는 시간을 마련하는 이벤트(영화 오래 보기 대회)이기도 하다.

어두운 상영관의 한 자리를 차지하고 잠을 참으며 두 눈 앞에 펼쳐지는 여러 인생에 몰입하는 영희 씨의 모습은 「이틀」에서 결근한 '그'가 동네 길을 거닐며 새삼스러운 체험들 틈틈이 자신의 생을 반추하는 모습과 겹쳐진다. 별다를 것 없는 하루와 하루를 이어가던 그에게 이틀이라는 특별하고도 평범한 시간은 「공기 없는 밤」의 영희 씨가 극장에 앉아 연속되는 다른 영화들을 보며 수많은 낯선 상황에 무심히 참여하면서도 궁극에는 자신의 일상을 하나의 공간인 듯 체험하는 이벤트와도 같아 보인다. 그런데 다시 생각해보면 이 소설이 빛나는 것은 그와 같은 인물의 처지나 그 처지에 급작스럽게 닥쳐오는 특별한 일들에 있지 않다. 세부적으로 묘사된 그의 삶은 실상 소설적인 캐릭터

332

만이 겪을 만한 특이한 사건이라 하기에는 지극히 평범하다. 평범하다는 말은 이 인물과 사건이 그려내는 배경이 소설과 현실의 조건을 별다른 구별 없이 아우르고 있다는 느낌에 근거할 것이다. 다시 말해 그는 바로 나의 아버지처럼 보이기도 하고, 그가 처한 배경뿐만 아니라 은근하고 소심한 고집과 같은 그의 성격이 그런 인상을 좌우하며, 그의 체험들은 소설 이전에도 있었고 이후에도 있을 것처럼 일상적인 기미를 품고 있다. 매운 고추기름을 넣어 순두부찌개를 끓이는 식당에서 양념장을 끼얹어 먹을 수 있는 맵지 않은 순두부를 요구하다가 종업원의 짜증을 유발하고 금세 주눅이 드는 그의 모습은 현실 속에서도 흔히 볼 수 있는 인물상이지 않은가. 이 소설이 빛나는 지점은 그런 평범한 인물이 또 다른 평범한 인물을 만나 그 평범하게 반하게 되는 낯선 자각에 있다. 그리하여 빛나는 소설은 아무렇지도 않은 장면과 문장마다에서 우리를 멈춰 세우고 괜스레 제각각의 상상을 하게 한다.

이 소설의 말미에서 길을 걷던 그는 트럭 밑에 죽은 듯이 누워 있는 할머니를 발견하고 그냥 지나치지 못한다. 가족에게조차 무심함으로 일관하던 그가 누군가에게 관심을 기울이면서 비로소 그의 평생을 지속하던 삶의 방식에 난 균열이 드러나고, 그 드러남은 곧 그의 일상이 온전히 그의 시간으로 부상하게 한다. 즉 관성처럼 그를 움직이게 한 무심함이 그에게 일상의 방식이었다는 근거는 낯선 이들에 대한 유심한 관찰과 그로부터 뻗어나가는 자기만의 상상에 있다. 동네를 거닐다가 거대한 목련나무를 발견하고 그것을 오래 들여다보거나, 오래된 빌라 앞에서 만난 학생과 할머니에게 먼저 말을 걸고, 유치원 버스에서 내리는 아이들의 옷차림에 주목하며 다른 사유의 길로 잠시 이탈하는 모습은 그의 삶에 있어서는 제법 낯선 태도가 아닐까. 이틀간 그가 보여준 이 평범하고도 낯선 행보는 보도 연석에 주저앉아 트럭 아래에 누워 있는 할머니를 지켜보는 일에서 정점을 찍는다. 그의 유심한 시선은 실상 무심함으로 지속되었던 그의 일상을 반증하는 동시에, 앞으로 그 일상을 좀더 강인하게 유지할 모색의 일환으로 보인다. 별문제 없어 보이지만 심적으로는 가족과 사회로부터 지독한 외로움을 앓고 있던 그는 자신보다 더 오랜 세월 동안 더 깊은 외로움을 감내했을 할머니의 별스럽지 않은 말과 행동을 통해서, 즉 자기 삶의 태도와 흡사한 그 무심하고도 낯선 평범함을 빌려서 다시 일상으로 돌아가 그것을 지속할 힘을 회복한 듯하다.

> "내일은 출근해. 땡땡이는 딱 하루면 좋아." 나는 이틀째 땡땡이를 치는 거라고, 내일도 또 땡땡이를 치고 싶을까 봐 실은 무섭다고 말했다. "양말 만드는 게 뭐 무서워. 가서 만들면 되지." 할머니가 내 잔에 소주를 채웠다. "어르신 말이 맞네요." 할머니와 나는 지는 해를 보면서 마지막으로 건배했다. 노을을 보면서 근사한 생각을 하고 싶었는데 해가 지는구나, 라는 평범한 말만 머릿속에 맴돌았다.[2]

하루도 아니고 이틀이기에, 그의 이 행보들은 "땡땡이" 같은 단순한 일탈이 되지 못한다. 앞서 거듭 언급했듯이 이 이틀은 그의 일상을 더욱 "평범"한 일상이도록 만들어주는 시간일 것이다. 그러므로 저와 같은 그의 불안은 '일을 하러 가기 싫다'는 식으로 일상에서 이탈하려는 단순한 욕구의 발현이 아니다. 오히려 이 불안은 어제 다음에 오늘이 왔듯, 오늘의 해가 지면 내일의 해가 떠오르고 그렇게 자연히 지속될 일상의 무심함, 혹은 자신도 모르게 취하게 될 일과의 기계적인 반복을 자각하는 데에서 비롯되었을 것이다.

---

2   윤성희, 같은 책, p. 28.

"어디서부터 잘못되었을까?" 이것은 윤성희의 여러 단편에서 반복해서 등장하는 질문이자, 그의 작가의식을 가장 직접적으로 드러내는 듯한 문장이다. '영화 오래 보기 대회'에 참가했던 영희 씨 의식의 흐름이, 혹은 그의 이틀이라는 평범하고도 은밀한 시간의 사슬이 보여주듯이 우리는 각자의 일상에 저 질문을 던지며 우리의 두 눈 앞에 펼쳐지는 익숙하고도 낯선 장면들을 계속해서 노려볼 수밖에 없다. 비단 재미도 의미도 없는 장면이라 할지라도, 한 장면은 우리의 눈과 마음을 통해 거기 잇대어지는 또 다른 장면으로서만 수긍할 수 있고, 어느 장면이든 그것 자체만으로 온전한 것은 없다는 일종의 삶의 진실은 저 질문을 계속해서 여닫는 일을 통해서만 엿볼 수 있을 것이다. 그 점에서 「이틀」은 윤성희의 이전 소설과 이후 소설을 잇대어주는 빛나는 한 고리가 된다고 하겠다. 무심결인 듯 저 질문을 반복해서 읊조리는 인물이 등장하고, 우연히 일어난 일이 무심히 또 한 번 거듭되는 상황이 초래되면 우리는 이 '이틀'을 떠올리게 될 것이다. 이 이틀은 일상을 일상이게 할뿐더러, 그처럼 일상이라는 알 수 없는 것의 얼굴을 엿보게 함으로써 어떤 소설을 곧 우리의 이야기이게 한다. 그로써 「이틀」과 윤성희 소설에 깃들어 있는 수많은 이틀은 우리에게 이렇게 달리 묻기도 한다. 하루의 사실과 허위가 이틀이 되면 진실이 되지 않느냐고.

구원하며 구원되는 실감
── 김애란, 「물속 골리앗」

　김애란 작가의 소설 대부분은 어떤 중대한 문제를 다룰 때에도 일상의 사소한 감정을 소홀히 여기지 않는다는 특징을 갖는다. 그의 소설에 충만한 정감은 어떤 구체적인 사건의 잔혹함이나 인정 없음도 무마할 정도로 용해력이 뛰어나다. 그리하여 그의 소설을 읽고 있노라면 독자는 어느덧 그 소설에 출렁이는 감정에 동화되어, 저도 모르게 그 속에서 일어나는 일들을 이해하게 되거나, 적어도 그러고자 하는 방향으로 저의 마음이 움직이는 것을 불현듯 깨닫게 되는 기묘한 순간을 만나게 된다.

　이때 그의 소설 속 인물들은 넌지시 이렇게 한마디를 덧붙인다: "여름이니까 그럴 수 있다. 전에도 이런 날이 있었다." 이처럼 애매하고도 그럴듯한 말을 통해 문제의 외연이 갖고 있던 심각성이 벗겨지고 그것이 내포하고 있던 낯선 기운이 소설의 전면에 만연하게 되는 것이다. 그 낯선 기운이란 이를테면 각자가 체험으로 획득한 삶의 속성이기도 하다. 매 순간 누구나 저마다의 편견으로 세상을 보고 있지만, 또 다른 순간 저와 다른 입장에 동화됨으로써 놀랍게도 누구의 것도 아닌 하나의 마음을 만난 경험이 있을 것이다. 어떤 윤리적인 당위나 논리적인 설득도 해내지 못하는 그 완전한 동감은 소설 속의 한 문장처럼 사소하고도 개별적인 마주침으로서 전체를 움직이는 동력이 된다.

물론 소설이라면 모종의 갈등을 실감나게 보여주고 그를 통해서 세상의 이치라든가 삶의 불가해성을 형상화해야 한다고 주장하는 입장도 있을 수 있다. 하지만 그편에서도 작가의 이와 같은 방식은 존중될 수밖에 없어 보인다. 이 소설처럼 거대하고 본연적인 갈등이 전면화된 소설은 흔하지 않다. 그럼에도 불구하고 그 속에서 주목하게 되는 것은 이례적인 홍수나 수몰된 도시나 공동(空洞)화된 아파트보다, 그 폐허 속에 홀로 남겨진 아직 덜 자란 아이의 몸짓, 혹은 그 작은 몸피 속에 깃든 여린 마음이다. 헤엄처럼 아이가 자발적으로 취하는 행동은 기어코 살고자 하는 움직임의 발로이며, 그 움직임을 추동하는 정신은 삶에 대한 의욕이고, 그 모든 움직임과 의욕을 장악하는 것은 생명 자체에 깃든 근원적인 욕구에 다름 아니다. 그렇게 살아 있는 몸, 삶에 깃든 욕구는 살아남기 위한 서투른 몸부림과 동심원을 그리며 겹쳐지고 퍼져 나간다.

그 악다구니와 같은 생명의 굴레 속에서 한 개인이 제 삶을 담보로 갖는 희망의 무결함이라든가 존엄함을 어떻게 이야기할 수 있겠는가. 이 소설은 한 아이의 시선을 빌려, 개인의 희망이란 티 없이 완벽한 푸른빛이 아닌, 절망에서 겨우 빗나가 상처 입고 얼룩진 잿빛임을 보여준다.

몇 초 혹은 몇 분이었는지 모르겠다. 꿈속에서 나는 쾌청하게 갠 하늘을 봤다. 살면서 그렇게 푸른 하늘은 본 적이 없었다. 파랑의 종류만도 수백 가지가 넘는다는데. 그런 걸 뭐라고 부르는지 모르겠다. 인디고블루, 프러시안블루, 코발트블루, 네이비블루, 아쿠아마린, 스카이블루…… 그리고 또 뭐가 있더라? 나는 그 이름을 알고 싶었다. 하지만 사실 그런 어떤 파랑도 아니었다. 그건 그냥 완벽한 파랑이었다. 어디선가 '울트라마린 아니야?'라고 대꾸하는 목소리가 들려왔다. 나는 아무렇지 않게 '그게 뭔데?'라고 물었다. 그는 부드러운 목소리로 '옛날 화가들이 그린 기도서의 색깔이야'라고 대답했다. 나는 그게 무슨 색인지 몰랐지만 '기도서의 색'이라는 말만은 마음에 들었다. 그러나 이내 불쾌해져 기도가 그렇게 푸를 리 없다고. 내가 아는 기도는 닳고닳아 너절하고 더러운 색이라며 화를 냈다. 그리고 화들짝 잠에서 깨 주위를 둘러봤을 땐 음울한 회색 하늘이 나를 굽어보고 있었다.[1]

그렇다고 해서 이 소설이 개인의 희망에 회의적이라고 단언할 수는 없다. 오히려 이 소설은 누구도 희망이 "완벽한 파랑"이기 때문에 희망하는 게 아니라고, 잿빛을 보면서도 완벽한 파랑을 꿈꾸는 그 마음이 곧 희망이라고 말한다. 이야기의 방점은 희망보다는 그것을 바라보는 개인에게 찍혀 있다. "기도서"의 푸른 표지 아래 출렁이는 것이 너절해지고 얼룩진 잿빛 기도의 페이지들이듯이, 저 아이의 꿈이 일러주는 것은 개인이 낱낱의 암울을 폐기하지 않고 묶어넘음으로써 궁극에는 인간의 희망이라는 것에 푸른 표지를 씌울 수도 있을 것이라는 역설이다.

그 역설은 인간의 수동성과 능동성을 동시에 긍정하는 데로 이어진다. 신을, 자연을, 도시를, 그 외의 모든 것을 인간과 대립시키고 그로써 인간의 나약함을 적나라하게 드러내는 이 소설은 씌어진 방식에 관한 한 형식적으로도 눈여겨볼 만하다. 즉, 이 소설은 문단과 문단 사이를 모두 띄워놓고 있는데, 그 여백은 단순히 각 문단에 들어있는 에피소드 간의 독립성만을 지시하지는 않는 듯하다. 각 문단으로 독립된 시공간 속에서 인물은 서로 다른 경험을 통해 다른 생각과 행동을 하게 되지만, 독자의 이해와 공감을 통해 그 모든 에피소드가 하나로 엮

1   김애란, 「물속 골리앗」, 『2011년 제2회 젊은작가상 수상작품집』, 문학동네, 2011, pp. 70~71.

일 때 중요한 역할을 하는 자리 역시 그 여백이다. 그 여백으로 인해 독자는 소설의 시공간에 편입할 수 있게 되고, 저마다의 신과 자연과 도시에 맞서게 되며, 궁극에는 나름의 살아남기를 체험하게 된다. 그리하여 어쩔 수 없는 자연의 횡포 앞에서도 굴하지 않고 살아남는 아이의 이야기는 온갖 우연으로 매끄럽게 짜인 비인간적인 영웅의 서사와는 다르다. 아이가 처한 상황은 매 순간 절망적이지만, 독자라는 생생한 삶의 참여가 그 순간들을 희망으로 엮어놓기 때문이다.

이처럼 각각의 에피소드가 갖는 절망들이 만나 놀랍게도 하나의 희망을 보여주는 이야기가 된다는 점을 인정한다면, 이 소설의 도입부는 예사롭게 보이지 않는다. 이 소설을 시작하는 문단은 이후의 다른 문단들과는 다르게 들여쓰기가 되어 있지 않다. 마치 이전의 이야기에 이어서 말하는 느낌을 의도적으로 주는 듯한 이러한 글쓰기 방식은, 소설의 내용을 전달하는 데에 있어서도 마찬가지의 효과를 낸다. 즉, 그러한 형식을 통해서 이 소설은 이미 항상 있어왔던 이야기에 이어지는 이야기라는 인상을 주기도 한다. 이렇게 작가의 의도와 비의도를 의심하는 사이, 그 사소한 순간에서 이 소설의 묘미가 발생한다.

대개의 좋은 소설이 그러하듯, 이 소설 역시 몇 마디 문장으로 요약되지 않는 묘미가 있다. 중심사건을 이루는 스토리와 그를 구성하는 플롯상의 시간이 분해되고 뒤섞여 있는 이 소설은 과거의 어느 때를 상기하는 주인공의 이야기로 시작되고, 뒤이어 소설의 중심사건(폭우로 인한 대홍수와 그 와중에 부모를 잃고 홀로 생을 부지하는 주인공의 행동)이 진행되며, 끝내 사건 이후를 기대하는 주인공의 중얼거림으로 맺어지는 듯 읽히지만, 그 틈틈이 시점(時點)을 혼란시키는 인물의 회상이 사사롭게 끼어든다. 바로 이 때문에 소설은 순차적으로 재서술하기가 불가능해진다. 문단 단위로 분절된 이야기, 에피소드 위주로 낱낱이 흩어져 있는 이야기들 간의 시차(時差)를 의도적으로 메워서 다시 서술하는 일은, 그러나 줄거리를 요약하는 일에 필수적인 과정이기도 하다. 그런 점에서 이 소설은 요약 불가능성을 태연히 드러내면서 개인의 삶을 포섭하는 인간의 역사란 얼마나 부자연스러운 기록인지, 그 요약의 과정이 얼마나 폭력적인지에 대해 암시한다고 할 수 있다.

그러한 소설의 요약 불가능성은 인간의 삶이 유전(遺傳)하는 데 불가결한 요소인, 혹은 인간의 삶 그 자체인 시간의 특성을 대변하는 것이기도 하다. 가령 앞서 언급한 인물의 말, "전에도 이런 날이 있었다"는 고백은 중심사건을 이끄는 폭우와 대홍수를 일시적인 사건으로 부각시키기를 머뭇거리게 하고, 오히려 그러한 일을 반복을 전제로 한 일회적인 해프닝으로 치부해버리기를 유도하는 인상을 준다. 동시에 그 문장으로 하여금 유례가 없었을 것처럼 보이는 폭우와 대홍수라는 소설적 배경은 소설을 읽기 전후인 우리네 날것의 삶 속으로 침입하고 그로써 우리가 살아가는 일상적 시간 속으로 뒤섞인다. 그리하여 비슷한 사건들이 끊임없이 발생하고 충격과 공포는 유사하게 반복되지만, 변함없는 것은 아무리 거대한 사건이라 할지라도 살아 있는 인간의 일상까지를 완전히 잠식하지 못한다는 사실이다. 지속되는 것은 여전히 일상적이고도 개별적인 삶이며, 그 낱낱을 거대한 사건이나 역사의 이름으로 명명하려는 시도야말로 일회적인 해프닝처럼 끊임없이 실패하기 마련이다.

하루아침에 수천 수만 명이 동시에 죽음을 맞고, 견고해 보였던 집과 도로가 흔적도 없이 사라지는 일이 실제의 삶을 전시하고 있다. 또한 무수한 골리앗 크레인이 새로운 건물을 세우고 그 속에서 일상을 영위하게 될 수많은 이들을 안도하게 할 것이다. 현대의 시간과 공간은 균등하고 균질한 방식으로 생성하거나 소멸하지 않고, 개인의 일상을 불안과 단절로 이끈다. 이 소설에서 약하거나 강하게, 그러나 쉼 없이 내리는 비와 그로 인해 수몰된 도시를 그러한 시공간에 빗대어볼 수 있지 않을까. 모든 것이 뒤섞여버려 유래나 상식이 소용없는 자리에서 개인의 삶을 가능하게 하는 것은 사소하고도 구체적인 실감들이다. 이것은 김애란의 소설이 왜 소중한지를 보여주는 지점이기도 하다. 소설이 현실을 반영하고, 현실이 소설을 지지한다고 말할 때의 이분법을 벗어나, 소설과 현실의 경계가 무화되는 지점에서 소설의 존위는 확보된다. 가령 지극히 사소하여 제 일상의 일부분처럼 무감각하게 받아들일 수밖에 없는 소설 속 한 문장, 혹은 한 단어에서 누군가의 외로움은 새삼 강조되는 동시에 견딜 만한 것이 된다. 폭우에 모든 것을 잃은 후, 어머니를 덮은 이불에 수놓인 잔 꽃무늬와 아버지가 보여준 유성우 맛이 나는 사이다 한 모금은 아이로 하여금 혼자 남겨졌다는 사실을 실감하게 하지만, 동시에 그 무늬와 맛의 실감을 통해 아이의 삶 속에 아버지와 어머니는 계속해서 되살아날 것이다. 물이 차오르기 전에는 몰랐던 골리앗 크레인의 존재처럼, 실감은 그렇게 모든 것이 무화된 자리에서 삐죽이 솟아 한 생을 지탱하게 한다. 이렇게 구원을 기대하는 어떤 생은 확신과도 같은 강한 실감에 기대어 있다("누군가, 올 것이다").

위로, 마음을 되짚는 길
— 정소현, 「돌아오다」

　정소현의 「돌아오다」는 현실 속에서 관계 맺는 인물 간의 감정이 하나의 공간을 창출한다는 현상학의 주장을 소설화한 것처럼 보인다. 이 소설이 말하는 어떤 공간에 대한 다음과 같은 절묘한 요약이 있다: "우리 곁에 남은 사람은 아무도 없었다. 남은 건 퇴락한 일본식 2층 목조 건물 한 채뿐이었다." 여기서 '집'은 우리로 통칭되는 인물들("나"와 "할머니")의 관계의 장을 상징적으로 보여준다. 그러므로 이 소설에서 인물들의 감정 역시도 저 장소와 상관해서만 이해할 수 있다. 이 소설에서 집은 단순히 사물들이 존재하는 물리적인 공간이 아니다. '나'에게 이 "집은 둘이 살기에 지나치게 넓"게 느껴지는, 겉과 속이 다른, "빠르게 낡아가"는 "흉물"이다. 그럼에도 불구하고 '할머니'는 이 집에 대단한 "자부심과 집착"을 가지며, "죽어도 집은 팔면 안 된다"고 나에게 당부한다.

　그 집에 살고 있는 것은 누구인가. '할머니'는 "꽤 유명한 동양자수가"였지만 시력을 잃게 되어 일을 그만두고, '나'는 대학 졸업과 동시에 "외국계 금융사에 쉽게 취직했"으나 집 바깥 생활에 대한 '할머니'의 방해로 인해 직장을 그만둔다. 이들이 무직자라는 점은 이들에게 살아 있는 일이란 곧 집을 지키는 일이 되어버렸다는 사실을 강조한다. 그러나 앞서 언급했듯 이 사실에는 의심쩍은 또 다른 사실이 개입해 있다. '나'로 하여금 집 밖의 생활을 포기할 수밖에 없게 하는 할머니의 자해가 그것이다. 집을 벗어나려는 '나'를 계속해서 집으로 돌아오게 하는 할머니의 자해는 집에만 붙박여 있는 '나'를 무능하다고 질책하는 할머니의 악담과 얽혀 하나의 패러독스가 된다. 이 역설을 발생하게 하는 근원은 '나'에 대한 할머니의 집착이 과거의 딸("윤옥")에 대한 통제의 연장으로도 보이는 장면에서 짐작된다. 남편과 아들을 불의의 사고로 잃고 하나 남은 피붙이인 딸에게 모든 기대와 희망을 걸었지만, 그 딸 또한 가출을 하여 아비도 모르는 손녀를 남기고 사고로 죽는다. 그 사실은 할머니에게 잊을 수 없는 충격과 상처로 남았을 것이다. 할머니는 '나'를 집에서 벗어나지 못하게 하거나, 집에만 있는 나의 무능을 탓하는 것으로써 과거의 기억이 주는 고통에 대한 보상을 손수 받으려는 듯 보이는데, 이 어긋난 이해관계가 곧 살아 있는 일과 집을 지키는 일이 등치되는 이율배반적인 상황을 초래하는 것이다. '나'는 그런 할머니의 불가해한 행동을 "나를 사랑해서가 아니라" "외로움을 위한 보험 같은 거"라고 여기기 때문이라 짐작한다. 그리하여 '나'는 "키워준 것에 대한 보답 정도로" "기꺼이 할머니의 보험이 되어주기로" 한다.

사뭇 대립적인 인물의 공존은 곧장 집이라는 공간에 영향을 미친다. "남에게 약점을 드러내고 싶어 하지 않는 사람"인 할머니와 그렇기에 역시 "굳이 알은체하지 않"는 사람인 나의 성격에서 비롯된 그들의 일상적인 연기(演技)는 정작 그들이 살고 있는 집을 쇠락하게 한다. 즉 "관절염 탓을 하며" 집 안팎의 손질을 맡기면서도 볼 수 없다는 사실을 나에게 숨기는 할머니와 "잘 하고 있는걸요"라고 대답하며 하는 시늉만 하는 나의 태도는 집을 황폐하게 만드는 동시에, "주문이 많아 밥 먹을 새 없이 바빠도 하루에 두 시간을 들여 집안일을 하"던 할머니와 "할머니에게 사랑받기 위해 무엇이든 잘해내려고 노력하"던 '나'의 예전 모습과 대비되며 그들의 감정 또한 더욱 황폐해졌음을 짐작하게 한다.

이렇게 공간과 감정의 변화가 겹쳐지는 지점에서 이 소설의 제목인 '돌아오다'라는 말에 깃든 비의를 엿볼 수 있다. 돌아온다는 말은 어떤 시간과 공간을, 혹은 어떤 지점을 상정한다. 돌아옴의 행위가 떠남과 같은 이전의 사건을 전제하기 때문이다. 돌아오는 일은 과거에 떠나온 어떤 지점으로 복귀하는 일이다. 그러므로 이 말은 이미, 항상 모순적이며 실패를 기입하고 있다. 어떤 곳으로도 돌아오는 일은 불가능하기 때문이다. 더군다나 이 소설이 염두하고 있는 현상학적 공간이 기하학적인 공간과 대조적으로 주체에게 나타나는 주관적인 공간임을 상기할 때 어떤 공간도 고정 불변한 것으로 존재할 수는 없다. 그러므로 '돌아오다'라는 말이 함의하는 공간은 차라리 허구(虛構)에 가깝다. 이것은 기하학적인 공간에서처럼 아무것도 없다는 의미가 아닌, 그곳을 완벽하게 규정짓는 것이 없다는 의미를 갖는, 잠재성으로서의 공간이다. 이렇게 또한 어떤 곳으로 돌아오는 일은 가능해진다. 그 잠재성의 공간은 예를 들면 벤야민의 만보자가 체험하는 장소와 같은 곳이다. 계속해서 움직이는 공간은 만보자에게 진실로 드러나는 어느 순간 정지된, 하나의 장소가 된다. 그렇게 장소는 단순히 지나가는 곳이 아니라 무엇인가로 나타나는 것이다(여기서 문득 상기되는 것은 소설의 제목이 '돌아가다'가 아닌 '돌아오다'라는 사실이다). 이 소설에서 역시 돌아오는 일은 허황된 공간이 특정 장소가 될 때 가능해진다. 그 공간의 변화는 한 인물의 의지보다는 인물이 겪는 관계 속에서 비의지적으로 일어나고, 이것은 체험과 기억이 하나의 장소에 얽혀들 때 발생하는 특수한 감정이기도 하다. 전쟁의 풍파 속에서도 굳건하게 남아 여러 대에 이르는 가족들이 머물렀던 집은 할머니에게 있어서 일생을 바쳐 지킬 만한 특별한 장소이다. 보수하는 일에 신축하는 만큼의 돈이 들어가도, 재개발을 원하는 이웃의 설득과 협박이 있어도 집을 보존하려는 고집은 그 장소에 깃든 기억에 비례하여 발휘될 뿐이다. 반면 '나'가 집에 어떤 애착도 갖지 못하는 이유는 그 공간에 대한 '나'의 기억이 허황되기 때문이다.

이때 불현듯 '나'의 일상에 등장하는 '윤옥'은 그 공간을 변하게 한다. '나'는 윤옥이 머물 수 있도록 오래도록 방치했던 "빈방"을 청소한다. 그 방에 머무는 동안 윤옥은 '나'에게 가족의 소중함과 같은 애정을 일깨워주는데, 이 관계와 감정의 발생으로 인해 '나'에게 상기된 것은 일종의 위안이다. 곧 '나'는 유일한 가족인 할머니의 죽음을 겪으면서도 윤옥이 곁에 있어서 외롭지 않다고 느낀다. 이것은 후에 윤옥이 엄마로 밝혀지듯 '나'가 오래 잊고 있던 가족으로부터의 위안이다. '나'는 윤옥이 사라지고 빈방에 남겨진 사물들을 통해 그녀가 오래전에 죽은 자신의 엄마였다는 것을 알게 되고 그 순간에 문득, 할머니의 집착을 이해할 것 같다는 뜬금없는 고백을 하기에 이른다. 그 고백이야말로 가족에 대한 애정을 상기하게 한 윤옥의 방문으로 인해 '나' 역시 집을 특별한 장소로 여기게 되었음을 보여준다.

이렇게 돌아오는 일은 집을 둘러싼 인물들, 즉 가족 간의 관계로 구현된다. 여기서 집을 지키고 집에 붙잡히고 집으로 돌아오는 그들을 엮어주는 것은 "왜"라는 물음이 상기시키는 어떤 기억이다. 인물들은 서로에게 묻는다. "왜 나를 놓아주지 않는지" "왜 돌아가려 할까" "왜 우리를 붙잡아두려 하는 거에요?" 실상 이 물음들은 자기에게로 돌아가서 어떤 기억을 떠올리게 하는 자극이 된다. 가령 집에 들이자 "숨을 가쁘게 몰아쉬며" 깊은 잠에 빠진 윤옥을 향한 '나'의 의문은 실상 엄마를 떠올리려고 할 때마다 "이상하게 숨이 가빠졌"던 '나'를 향한 물음이기도 하다. 이는 끝내 이 물음에 대한 기록인 "아기 수첩"을 통해서 '나'로 하여금 "불길 밖으로 나를 내보내려 안간힘을 쓰던 엄마의 손"을 떠올리게 한다.

그리하여 「돌아오다」는 어떤 기억의 복구에 관한 이야기라고 할 수 있다. '나'의 출생과 성장에 관한 이야기가 할머니에 의해 왜곡된 것이었음이 윤옥을 통해 밝혀질 때, "할머니가 알 수 있는 것은 진실이 아니라 내가 말하는 것들뿐이었다"는 '나'의 말은 '내가 알 수 있는 것은 진실이 아니라 할머니가 말하는 것들뿐이었다'는 상기로서 '나'에게 돌아온다. 돌아온 것들에 의해 복구된 기억은 다음의 고백에서 보듯 어떤 힘을 생성한다. "내 곁에는 아무도 남지 않았다. 이제야 완전한 외톨이로 세상에 내동댕이쳐진 기분이다. 그러나 그다지 두렵거나 불안하지 않다. 내게는 할머니가 남겨준 오래된 집이 있다. 이제 세상에는 내가 사랑하는 사람도 나를 사랑하는 사람도 없지만, 그래도 내가 있을 곳이 있다는 사실이 큰 위안이자 힘이 된다." 우리는 흔히 있음에 위안을, 없음에 외로움을 느낀다. 하지만 '나'는 (아무도) 없는 것에서도 큰 힘을 얻는다. 완전한 외톨이로나마 있을 곳이 있기 때문이다. 이렇게 기억의 구현으로서의 집은 최후의 보루와 같은 가능성의 장소가 된다. 그러므로 "언제 돌아올지 모르는 그들을 기다릴 것이다"라는 마지막 한마디는 돌아오지 못하는 이들(유령)을 향하는 말이지만, 그들을 무작정 기다리겠다는 다짐으로서 돌아오는 것들(기억)에 대한 말이기도 하다. 「돌아오다」는 이렇듯 공간적으로, 어떤 자리의 비워짐과 채워짐으로, 이 마음을 통한 저 마음의 복구로 모종의 위로를 성취한다.

당신은 누구십니까
── 편혜영, 「야행(夜行)」

대부분의 소설에는 인물이 있고, 그 인물이 처한 사건과 배경이 있으며, 그 각각의 요소들은 서로 뒤엉켜 있어서 존재의 선후나 영향 관계를 파악하는 일은 거의 불가능하다. 그러나 때로는 인물만 있는 소설이 있다. 특별한 배경도, 특이한 사건도 없이, 단일한 인물의 의사와 감각에 의존한 진술과 묘사만이 전부인 소설이 있다. 편혜영의 「야행(夜行)」이 그렇다.

하물며 이 소설에는 주인공 여자를 제외하고는 어떤 인물도 본격적으로 등장하지 않는다. 여자의 목소리를 통해 남편과 아들의 존재가 언급되지만, 그럼에도 그들은 실상 여자 스스로 자신의 처지를 드러내는 데 소용될 뿐이다. 부부 간의 애틋한 추억은커녕, 그럴듯한 사생활의 흔적조차 남기지 않은 남편이 유일하게 남긴 것이라 할 만한 "유품"까지도 여자의 선택에 의해 남겨진 것이다. 소설의 말미에서 철거 집행자로 짐작되는 한 남자가 등장하긴 하지만 그 또한 여자의 감각에 의존하여 어떤 존재감으로서만 거기에 있다고 할 만하다. 가령 여자는 남자의 움직임을 다만 그의 "그림자"로 짐작할 뿐이며, 남자를 똑똑히 바라볼 수 있는 거리에서도 얼굴을 보지 못한다("겁에 질린 나머지 남자의 얼굴을 아예 보지 못했다고 하는 편이 옳았다"). 심지어 여자는 남자가 더 이상 그곳에 없다는 사실 또한 "남자가 계단을 걸어 내려가는 소리"로 안다.

그러므로 이 소설이 철저히 우선시하는 것은 지극히 소모적인 삶을 살아온 것처럼 보이는 한 인물의 모습이라 할 만하다. 이 소설에서 그 개인은 여타의 배경과 사건을 지우고, 더불어 있음으로 인해서 자연히 배경 사건을 이룰 법한 주변 인물들까지도 희미하게 만들어버림으로써 끝내 자유롭고 주체적으로 보이기보다는, 그저 홀로 남겨져 있을 뿐인 '무언가'의 모습을 하고 있다. 이 소설에서라면 그 무언가는 여자의 것이기는 하나, 여자가 통제할 수 있는 것이 아니다. 그럼에도 여자의 소유로서 말한다면 그것은 원인 모를 "통증"과 같은 일종의 추상이다.

이 소설을 지속하는 시간은 신체적인 장애로 인해 혼자서는 운신하지 못하는 여자가 철거 직전의 아파트에서 저의 신세를 비관하면서 그런 자신을 데리러 올 아들을 기다리는 동안이다. 그 몇 시간 동안 여자가 하는 일은 자신의 삶을 반추하면서 제 삶에는 그 흔한 비밀이나 특별히 여길 만한 물건 같은 것이 자기에게는 없음을 깨닫거나, 그 와중에 틈틈이 몸에 닥쳐오는 통증을 소리 없이 견디는 것뿐이다. 그러니 소설 속 그 여자를, 그 시간의 그곳에 존재하는 한 개인의 역사를 증명하는 것은 다름 아닌 인물의 몸을 드나들며 그를 장악하는 통증에 대한, 혹은 통증이라는 감각이라 할 만하다.

그로써 다른 것들이 모두 제거된 자리에 남아 있는 무언가로서의 개인을 부각하는 이 소설은 마치 통증으로 실존을 복원하려는 것처럼 보이기도 한다. 곧 허물어질 낡은 아파트 안의 어느 좁고 어두운 방, 또 그 안에 오도카니 앉아 있는 늙고 병든 여자를 상상해보자. 하물며 그 여자는 예측할 수 없고 스스로 통제할 수도 없는 통증의 유무에 따라 운신을 감행하기도 하고 꼼짝달싹 못하기도 함으로써 지독한 고독의 구상(具象)처럼 보인다. 이처럼 여자에게 있어서 통증은 고독을 구체화

348

하는 촉매이다. 회전의자에 의지하여 바닥을 짚고 나아가는 여자의 몸은 무엇보다도 간헐적으로 나타났다 사라지는 통증에 의해서 마치 스위치 달린 전자동체처럼 구상된다.

그러므로 여자가 통증을 느끼는 일은 또한 몸이라는 개체의 고독을 실감하는 일이다. 통증을 통해 자신의 개별성을 인식할 수 있다고 믿는 여자에 대해서라면 몸의 통증만이 낯설지만 그녀의 삶에서 일종의 개별성을 대변하는 명찰처럼 기능한다. 이 명찰은 여자로 하여금 끊임없이 개별성을 자각하게 하지만, 또한 주체적인 삶을 불가능하게도 한다.

> 그녀는 다른 사람의 통증을 의심할 권리가 없다는 걸 알았지만 뼈를 가르고 몸이 뒤틀릴 때면 자신의 통증이 세상에서 유일한 것이라고 확신했다. 의사도 원인을 밝히지 못한, 젊은 시절의 고생과도 무관한 통증은 그녀만의 것이었다. 그녀는 통증의 강도와 횟수, 주기 따위로 통증의 개별성은 물론이고 자신의 개별성도 인식했다.[1]

이 소설의 여자는 모든 각각의 통증이 "강도와 횟수, 주기 따위"의 개별성을 갖듯이 자신도 그러한 통증을 앓음으로써 "자신의 개별성도 인식"한다. 그러나 통증이 몸을 찾아들 때야말로 자신이 살아 있음을 느끼는 자는, 동시에 통증의 통제 불가능성에 의해 자신의 주체성을 상실한 존재이기도 하지 않겠는가. 하물며 몸에 있어서 통증은 언제든 전체를 압도한다. 통증은 의식과 감각을 장악하고 개인의 의지 같은 심인성 기운까지도 무력화한다. 저 여자 역시 "통증에 대해서는 강도

---

1   편혜영, 「야행」, 『밤이 지나간다』, 창비, 2013, pp. 12~13.

가 매번 짐작 이상이라는 것 말고는 확실한 게 없었다"고 말할 정도로 자신의 통증 앞에서 속수무책이다. 여자는 불현듯 통증이 찾아오면 증상이 사라질 때까지 소리도 내지 않고 참을 뿐이다.

이 소설에서 통증에 대한 여자의 인식이나 태도를 거듭 마주하다 보면, 여자가 통증을 통해 실감하는 자신의 개별성이란 오로지 통증에 의존한 비주체적인 무엇으로 보인다. 이때의 여자는 차라리 비자발적으로 통증을 획득한 몸이며, 그로써 그는 하나의 통증으로 존재한다. 통증으로서 존재한다는 말은 통증이 몸을 덮쳐왔을 때 여자가 다른 무엇도 할 수 없이 다만 통증만을 앓는 데 전심전력을 다한다는 말과 다르지 않다. 여자가 기억하고 생각하고 느끼고 참는 일은 통증이 생겨나면 무조건적으로 통증 바깥으로 밀려난다. 이렇듯 다른 모든 것을 불가능하게 하면서만 가능한 것으로서 통증의 존재론은 특별하다.

앞서 의문을 제기한 대로, 여자의 존재 자체가 하나의 통증처럼 보인다면, 이것은 인물의 외부나 내부로 구분할 수 없는 어떤 원인과 그것의 결과로서 그 여자라는 개인이 성립한다고도 달리 말할 수 있다. 통증은 물질적인 것을 통과하고 초과하면서 물질적인 것을 대변하는 무언가이다. 이처럼 아이러니한 통증의 존재론은 여자의 삶에 깃든 비밀의 특성과도 닮아 있다. 여자에게는 비밀이 없다는 "진짜 비밀"이 있다. 이것은 누구도, 하물며 자기 스스로도 폭로할 수 없다는 점에서 진짜 비밀이다. 그처럼 비밀의 고백 불가능성이 비밀을 성립하게도 하고, 누구도 확인할 수 없다는 점이 비밀을 비밀로 유지하는 일의 통제 불가능성을 암시하듯 여자에게 통증과 비밀은 흡사한 영향을 미치는 삶의 조건들이다.

이러한 조건들의 존재 자체에 위안 받는 개인을 보라. 비밀 없음, 다시 말해 무엇이든지 공유하는 관계에서가 아니라 오직 자기 자신만의 소유를 통해서만 위로를 얻는 개인의 아이러니는 궁극적으로 개별적인 삶의 쓸쓸함을 보여준다. 비밀과 슬픔, 그리고 통증은 서로를 대체하지 못하고 그저 서로의 다른 이름만 빌릴 뿐이다. 그리하여 어둠 속에서 자신을 불안하게 하는 대상을 곧바로 노려볼 수도 없이 그저 전율하는 여자의 공포심처럼, 그 모든 이름들은 그 진원이 어디인지를 알 수 없는 고통을 동반한다. 그리하여 이 소설의 여자는 그 모든 것으로부터 "곧 떠날 것"이라는 불확실한 약속 하나만으로 겨우 용기를 내보기도 하는 것이다.

그럼에도 불구하고 이 소설은 끝내 여자의 삶을 낙관하지 못하게 한다. 여자가 발휘한 일말의 용기는 비상벨처럼 여자의 삶을 침투했던 경고의 문장("준비하고 계십니까?")에 기대어 있기 때문이다. 즉 한 편으로 여자는 저 경고를 지금보다 안전한 삶으로의 이행을 준비하라는 주문으로도 이해하고 있기 때문이다. 여자가 준비하는 것은 낡은 아파트를 떠나기 위해 꾸려야 할 작은 가방이자, 그곳보다 작을 것이 분명하긴 해도 "어떠한 경고나 위협의 말을 들을 필요가 없는 곳"에 대한 기대감이다. 하지만 여자가 끝까지 작은 가방을 채우지 못하듯 그녀의 야행이 목적하는 기대 또한 충족되지 못할 것으로 보인다.

오래전 발표된 김승옥의 동명 소설에서도 초점 화자인 여자는 밤거리를, 궁극적으로는 제 앞에 놓인 듯 보이는 자신의 삶 속으로 들어서지 않았던가. 김승옥 소설 속의 여자가 위선적이고 왜곡된 삶에 대한 환멸감을 자각하고 그 안전한 울타리를 벗어나 과감히 집 밖으로 나왔다면, 그리하여 사회라는 집단에 함몰된 개인이 아니라 자기의 고유한 욕망을 실천하는 주체적인 개인으로 거듭나기를 바랐다면, 이 소설 속의 여자는 그 개인의 주체성이라는 것이 얼마나 침해받기 쉬운 허울인지를 보여준다. 철거를 앞둔 낡은 아파트는 자기의 소유이지만 더 이상 소유권을 주장할 수 없는 자리이며, 여자를 지배하면서 그 몸을 쥐락펴락하는 것은 원인 모를 통증이다. 그리하여 이 소설은 이 시대의 개인이 어떤 방식으로 자신의 개별성을 확인하고 주체성을 확보할 것인지를 궁극적으로 다시 묻는다. 그리고 그 물음은 '댁이 어디십니까?'(김승옥)로부터 '준비하고 계십니까?'(편혜영)로 이어진다. 그러니까 저 여자는 지금 여기서 무엇을 준비하고 있는 것일까. 여자의 몸이 곧 철거될 낡은 아파트이고, 그 몸의 통증이 곧 여자라는 존재일 때 이는 단순히 도식적인 은유로 이해되어서는 안 된다. 이 소설의 인물이 보여주는, 무수히 거듭해서 자신을 객관화하고 그 몸에 스스로 들어가 저 자신을 앓는다는 존재론적 메커니즘은 이 시대의 특별한 문학적 질문이 될 것이다. 모든 것이 넘쳐나서 모든 것이 무너지는 시대, 그리하여 어떤 이야기도 사건화나 배경화가 불가능해진 듯한 시대에서 어떤 실천은 이렇게 한 삶의 질문으로 건너간다.

한계 없는 이야기의 방법
― 손보미, 스타일이라는 동력

   손보미는 2009년에 등단하여 2023년 현재까지 여섯 권의 단편집과 두 권의 장편, 그 외에도 여러 권의 책에 글을 실었다. 작품 수가 작가의 성실함을 보증한다고 말할 수는 없지만 그의 글이 발표될 때마다 따라 읽는 독자로서 그가 보여준 것은 작품의 스타일이나 작품에 내장된 메시지와 의미 이전에 일종의 글쓰는 삶에 대한 태도라는 점을 먼저 밝혀두고 싶다. 기복이 없는 글쓰기라고 해야 할까. 달력에 적힌 숫자를 기준으로 삼아서 어떤 규칙을 갖고 글을 쓰고 발표하는 일과는 조금 다른 차원의 성실함이 그의 작품 활동에는 스며 있다. 그것은 10년이 넘는 시간 동안 이어져와서 이제는 나름의 호흡과 리듬으로 독자를 만나는 중이다. 한 작가의 작품에 관해서 말할 때는 대개 몇 작품의 특징을 주목해 강조하거나 그가 발표한 작품 전반의 특색을 추슬러 밝혀보는 게 일반적일 텐데, 손보미의 작품 활동에 관해서라면 무엇보다도 일상을 지속하는 일에 비견될 만한 글쓰기의 꾸준함에 닿아 있는 자세에 대해서 새삼 짚어보지 않을 수 없다. 이 자세는 작가에 속한 것도 작품에 스며 있는 것도 아닌, 작가와 작품이 동떨어지지 않게, 하지만 느슨하게 그것을 연결해주는 어떤 힘과도 같다.

   그 힘은 지금까지 손보미의 소설을 말할 때 자주 언급되어온 작품의 스타일에서 발생하는 것이기도 하다. 스타일이라는 것은 단발적인 포즈로는 결코 만들어지지 않는다. 한동안 손보미의 소설은 이국적인 배경, 추리 소설의 형식, 부부라는 관계에 대한 탐문 등으로 특징 지어져 왔는데, 그처럼 표층에 두드러지는 특징보다 심층에서 그의 소설을 이끄는 힘이 있고 그것이야말로 손보미 소설의 스타일이라고 할 만하다. 따라서 개별 작품이 어떤 특징을 갖는가를 말하는 것보다 비슷한 시기에 발표된 여러 작품들의 특징이 궁극적으로는 어떠한 무늬와 서사를 그리고 엮어내는가를 말하는 게 중요하다. 손보미의 첫 단편집인 『그들에게 린디합을』(문학동네, 2013)에서부터 분명하게 확인할 수 있는 것은 한 이야기 속의 인물과 사건과 배경은 다른 이야기의 요소로 유연하게 쓰이면서 그 특유의 세계관을 형성했다는 점이다. 나비 효과나 평행 우주 같은 물리학에서의 용어를 통해서 그 세계의 특징을 설명하려던 시도가 많았으나 그러한 작품 바깥의 관점과 기준을 적용하는 일에 더해 그의 소설에 내장된 정념과 에너지의 흐름에 주목하는 일이 필요하다. 손보미의 소설은 단편의 형식을 취할 때조차 원고지 백 매 안에 가둬지지 않는 시간과 공간을, 이야기를 거느리고 있어서 마지막 문장의 마침표가 찍힌 다음, 혹은 찍히는 동시에 또 다른 소설로 이어진다. 열린 결말이라는 비유적인 의미에서가 아니라 실제로 그의 소설은 하나의 끝이 다른 하나의 시작으로, 한 인물의 말이 다른 인물의 사유에 잇대어진다. 독자는 그가 만들어낸 새로운 형식의 시공간에서 잠시 어리둥절해하다가 이렇게 질문하게 된다. 단편과 장편을 가르는 기준은 단지 글자 수에 국한되는가. 연작 소설의 조건은 무엇인가. 현실이 아닌 소설을 참조하는 소설에서 사실과 허구와 진실의 자리는 어떻게 새롭게 확보되고 취소되는가.

소설과 현실이 나란히 놓이고, 어떤 허구가 사실을 참조할 때 우리는 당연하게도 전자가 후자를 통해서 발생할 수 있다고 믿는다. 그러니까 현실에서 실제로 일어난 일이 이미 항상 있기에, 그 엄연함을 딛고 '일어나지 않은 일'을 상상할 수 있다고 말이다. 첫 장편 『디어 랄프 로렌』(문학동네, 2017)에서 우리가 현실이라 부르는 세계의 인물과 사건이 등장할 때 '그 사실'들은 결코 소설의 출발점이 되어주지 않는다. 종수와 수영과 랄프 로렌이 공존하는 곳은 오로지 손보미의 소설 속일 뿐이다. 랄프 로렌과 종수와 수영을 비롯한 소설 속 등장인물들은 실존과 가상이라는 구분이 어째서 필요한 것인지를 되묻는 듯하다. 누군가가 누군가를 부를 때 그 이름 앞에 '디어'라고 운을 뗄 수 있다면, 마치 주문처럼 나는 네가 있는, 혹은 다른 내가 있는 새로운 세계로 건너갈 수 있기 때문이다. 그러니 손보미의 첫 장편에서 세상이 무너지는 듯한 절망에 사로잡힌 인물이 노크 소리를 듣는 장면은 결코 잊을 수가 없다. 한 세계가 다른 세계를 향해 노크를 하는 것, 누가 다른 누구를 부르는 것. 그것은 손보미가 보여준 소설의 역능이다. 그때와 지금, 그곳과 여기를 분명하게 나누지 않는 것, 어떤 것으로부터도 차단되지 않는 현재를 직시하는 것에서 소설이 씌어지고 읽힌다는 것을 손보미의 소설은 집요하게 이뤄낸 그만의 스타일을 통해서도 보여준다.

1. 그녀와 소녀

최근 그의 소설은 십대 초반의 여자아이가 초점 화자로 등장하는 이야기로 변모했다. 3인칭의 세계는 '나'의 기억을 기록하는 1인칭의 세계에 도달했다. 하지만 늘 그랬듯 손보미식 세계에서의 이동은 저곳을 벗어나서 이곳에 도달하는 식이 아니라 저곳을 이곳에 끌어놓고 이곳을 새롭게 발명하는 식으로만 가능하다. 손보미의 소설은 일관되게 가부장 중심의 사회에 내재하는 뿌리 깊은 편견과 모순을 간접적으로 드러낸다. 구체적인 지명과 인물의 이름, 그들이 나누는 대화와 먹고 마시고 입는 것들을 통해서 그려진 이국적 배경은 그 자체에 의미가 있기보다는 그곳에 반사되는 이곳의 이미지와 분위기와 뉘앙스를 간접적으로 강조하는 역할을 했다. 잃어버린 것을 찾기 위해 떠나고 돌아오는 여정에서 우리가 참조했던 것은 그 인물들의 손에 들린 메모 같은 게 아니라 그 무엇을 되찾지 못할 것이라는 예감에 더해 자신이 되찾으려 하는 게 무엇인지를 잊어버린 것인지도 모른다는 끝 모를 불안감이었다. 부부라는 관계는 닫힌 문 안에서 그들만의 세계, 그들만의 언어, 그들만의 역학을 발명하며 희열을 발견하지만 그 발명들이 동시에 그들 각자를 어떤 맹목과 절망에 처하게 한다는 것을 보여주었다. 그들은 공통적으로 자신이 발 딛고 있는 현실, 그것의 기준이 되는 무수한 사실들의 실상이 꽤나 사소하고도 우연히 발생하는 것, 즉 어떤 필연에 의해서 고정불변하는 것이 아니라는 점을 목도한다. 그들은 그들이 목도한 것을 인정하고 수긍할 수 있는가.

그 질문이 놓인 맥락에서 최근 손보미가 그리는 십대 초반의 여자아이가 바라보는 세계를 볼 수 있다. 두번째 장편 『작은 동네』(문학과지성사, 2020)를 기점으로 손보미의 소설은 크게 두 가지 형식적인 변화를 보여준다. 주로 3인칭 성인의 시점에서 씌어지던 이야기가 1인칭 십대 여자아이의 시점으로 씌어지게 된 것이다. 「불장난」 역시 사춘기에 진입하기 직전의 여자아이가 '나'의 불장난에 대해 쓴다. 우선 '나'의 나이와 성별에서 으레 짐작 가능한 것들이 있다. 소녀에 대한 일반적인 관념들—작고 여리고 수동적이고 쉽게 상처받으며 자기 내면의 상황을 포함해 개인이 처하게 되는 온갖 어려움과 고통에 연관해 타인에게 의존적이라는 것 등—을 불러모으고 그것들의 고리타분함을 고발하려는 데에 이 소설은 무심하다. 오히려 이 소설을 읽고 나면 '십대 초반의 여자아이'에 관해서 우리는 더욱더 모르게 된다. 때문에 이 소설은 우리 자신을 붙잡고 '그 아이'에 대해서, '그 시절'에 대해서, '그 장소'에 대해서, '그 이야기'에 대해서 계속해서, 더욱더 질문하게 한다. 소설은 그렇게 저마다 내가 경험한 '그' 세계를 다시 직면하게 하는 것이다.

이 지점은 손보미 소설의 초창기부터 계속 언급된, 그의 소설이 지닌 중요한 특징으로 꼽히는 '침묵'을 상기하게 한다. 그의 첫 소설집에 관한 '말로 규정하지 않고 침묵으로 환기하는 스타일의 효과는 절묘하다'(신형철)거나 '(구성이) 촘촘한 이야기는 이상하게도 가장 결정적인 대목을 말하지 않고 그것은 말해지지 않은 덕에 더욱 강렬한 방식으로 전해진다'(권희철)는 평은 여전히 유의미하다. 최근까지도 손보미 소설에서 '말해지지 않은/못한' 부분의 의미와 그것이 발산하는 서사의 힘은 지대해 보이는데, 소설이 끝난 다음에야 (독자에 의해/ 작가의 다른 소설을 통해) 비로소 시작되는 이야기가 분명히 있기 때문이다(이후에 덧붙여 쓰겠지만, 여백을 만드는 글쓰기로서의 손보미 소설의 특징은 괄호나 작은따옴표나 옆줄이나 글자체의 변화를 통해서 형식적인 면모로 드러나기도 한다).

그런 맥락에서 「불장난」의 첫 문장은 꽤 의미심장하다. "남자들이란 항상 골칫거리지"는 어린 '나'가 남자아이들 사이에서 유행하는 놀이에 대해 말하자 새어머니인 그녀가 나에게 한 말이다. 이 말은 손보미의 초창기 소설에 등장하는 어느 여자가 했을 법한 말이기도 하며, 최근 소설의 주된 화자인 열 살 즈음의 소녀가 내뱉을 듯한 말이기도 하다. 이 문장은 손보미의 소설에서 자신의 삶을 주체적으로 살고자 하는 모든 여성이 혼잣말처럼 쓰면서 그 모든 이야기를 하나로 묶을 수도 있을 법한 질긴 줄과도 같다. 당연하게도 이 문장의 주어는 손보미 소설의 그녀들이 애증을 갖는 친밀하고도 낯선 모든 대상이 될 수 있을 것이다.

2. 상투성과 다투다

자기의 이야기를 이어나가며 스스로 자신을 마주하고 발견하는 '나'는 어떻게 존재하는가. 좀 과격한 표현일 수도 있겠지만, 「불장난」은 부모의 갈등과 가족의 해체, 혹은 부모와 자식으로 구성된 화목하고 안온한 가족이라는 인간관계의 형태를 의심하는 데에서부터 '나'라는 개인이 발생하고 성장할 수 있다고 말하는 듯하다. '나'는 소위 안정적인 직장과 사회적인 권위를 가진 부모로부터 출생했지만 본격적인 이야기는 '나'가 그런 부모 사이의 결락을 감각하고 발견하고 직시하는 데에서부터 시작된다. 때문에 이 소설의 주된 갈등은 스스로 인지하지 못하던 자신의 세계의 어느 한 지점을 찢고 스스로 '나'를 구출하려는 시도로부터 빚어진다. '불장난'이라는 말의 상투적 의미만을 참조해 '나'가 동시다발적으로 처하게 된 상황——부모의 이혼과 그녀(새어머니)와의 동거와 친구들과의 갈등과 2차 성징을 겪기 직전의 통증과도 같은 신체적 민감함 등——의 어려움을 고려했을 때 이 소설은 단순하게 사춘기에 막 진입하려는 조숙한 여자아이의 성장담 정도로 요약될 수도 있을 것이다. 하지만 지금껏 손보미의 소설은 단일한 세계의 일관된 관념에 맞서서, 쏟아진다는 표현에 걸맞게 무수한 사실에 맞서는 단 하나의 '진실'이 무엇인가를 질문해왔다. 과장을 무릅쓰고 말하자면 손보미의 소설은 언제나, 무엇보다도 '한 세계'의 상투성을 상대한다.

그러한 상투성은 그나 그녀의 관점에서 진술되던 부부 관계에서 어린 자녀의 시선으로 관찰되는 부모의 관계로 이어진다. 삶에 대한 비전과 가족에 대한 이상이 서로 다른 두 사람은 상대에 맞서 좀처럼 변하지 않으려는 엄격한 태도의 일환으로 자식에 대한 애정을 표현한다. 부모가 아이에게 사주는 책의 종류가 다르며, 그들 각자가 아이에게 설명하는 '맨션'의 의미에도 큰 차이가 있다. 그렇게 아이는 언제나 두 개의 언어를 동시에 습득하며 두 개의 문법으로 자기 세계를 구축한다. 결코 섞이지 않는 재료로 쌓아올려진 아이의 성은 견고한 동시에 허술하고 위태로운 동시에 유연하다. 「불장난」에서 '나'는 자신의 눈을 가리는 아버지에게 속아주는 척 연기를 하지만 정작 자신이 무엇에 속고 있는지를 제대로 알지 못한다. 아버지의 손이 차단하는 세계의 본질과 경계를 명확하게 인지하고 있을 때라야만 '나'는 그 세계를 보고 듣고 알지 못하는 자로서의 연기를 수행할 수 있다. 그 세계에 대한 호기심과 염탐이 한 편에 있고, 그것에 무심하고 무감하다는 연기가 다른 한 편에 있을 때 '나'는 종종 자발적으로 자기를 상실한다. 이러한 '나'는 매 순간을 일관된 주체로서 살아간다는 게 불가능하다는 것을 보여주면서도 그 불가능성을 너무 일찍 알아차린 조숙함으로 인해 도리어 한 시절──'나'의 경우에는 아이와 여자(소녀)라는 정체성이 공존하면서도 서서히 벌어지는 시기──을 이도 저도 아닌 위치에서 보내게 되는 존재의 표상처럼 보이기도 한다.

3. 차이, 혹은 사이를 보여주는 방식

더불어 손보미의 소설은 나와 너, 그와 그녀, 엄마와 딸이 서로 다른 각자의 세계에 살아가고 있음을 보여주기 위해서 씌어진다. 우리가 대화할 수 있는 것은 서로의 말을 번역할 수 있기 때문이지 결코 같은 언어를 쓰기 때문이 아니다. 서로 다른 세계에 살고 있기 때문에 너와 내가 인지하고 표현하는 사실이나 허구 역시 다르다. 내가 분명하게 겪은 일이 너에게는 없던 일이 될 수 있고, 너의 거짓이 나에게는 어떤 진실의 효과로 전달될 수도 있다. 그러한 불화가 '나'라는 개별자의 목소리로 전달될 때 불가피하게 동원되는 것은 시차(時差)다. 어떤 것에 관한 기억은 언제나 불온하고, 때문에 진실은 누구에게나 다른 형태나 방식으로 존재한다는 것은 지금까지 손보미 소설의 한 에센스였다. 「불장난」에서 역시 소설의 도입부에서 하나의 의문("남자들이란 항상 골칫거리지"라는 그녀의 말에 대한 '나'의 의구심)을 제기하고 소설의 중반부 즈음 "바로 이게" 그때의 '나'가 그녀를 의아하게 여겼던 이유라고 밝힌다. 그 밖에도 '나'는 '양우정'과 그를 둘러싼 소문에 집착했던 이유에 대해서 "그리고 (드디어) 솔직히 고백하건대"와 같은 방식으로 일련의 사건을 진술한 이후에야 밝힌다. 이처럼 시차를 두고 자신의 의문을 해결하는 방식은 '나'가 타인을, 하나의 세계가 또 다른 세계를 이해하는 방법이기도 하다. 손보미의 소설은 인물의 경험과 감각과 사유를 통해서 무엇보다도 그 방법을 알아차리기를 의도하며 씌어지는 듯하다. (초기작에도 종종 씌어지긴 했지만) 최근 더욱 눈에 띄게 괄호와 옆줄 등을 통해 수시로 '나'의 말을 부연하고, 수정하고, 스스로 의심하거나 확신하는 태도를 보여주는 것은 주목할 만하다. 그러한 태도는 우선, 기억의 불온함을 최대한 메워 온전한 것으로 전달하려는 작중 인물의 시도인 동시에 온전한 기억은 불가능하다는 인식을 노출하며, 한 세계와 다른 세계가 어떻게 충돌하고 부서지고 어긋나고 비로소 나란히 ─ 화해나 화합과는 무관하게 ─ 놓이게 되는가를 가시화하는 작가의 전략이다.

왜 나는 원하는 것을 하나도 가질 수 없단 말인가? 왜 이들은 내게 이토록 얕은 수를 쓰게 만든단 말인가? 그런 생각을 하자 나는 이루 말할 수 없는 수치심을 느꼈다. 그리고 이게 내가 느끼는 혼란스러움과 상처의 정체였다.[1]

1   손보미, 『사랑의 꿈』, 문학동네, 2023, p. 84.

한 인터뷰에서 작가는 일인칭 여자아이의 시점으로 씌어지는 소설과 자신의 실제 경험을 연결지어 말한 바 있다. 그는 "열 살이나 열한 살의 여자아이를 자주 쓰는 이유는 그때 제 자신이 굉장히 충격적인 경험을 했기 때문"이라고 말하며 어린 시절의 이사가 자신에게는 처음으로 겪은 "상실의 경험"이라고 설명했다.[2] 이는 내 바깥의 무엇—그것은 내가 경험한 특정 사건이나 인물일 수도 있고, 나와 무관해 보이는 어떤 것들일 수도 있다—이 나의 삶의 일부분을 변화시키고 결정할 수도 있다는 사실에 대한 인식이 그의 소설에 지대한 영향을 미쳤음을 짐작할 수 있는 고백이다. 「불장난」에서도 '나'는 부모의 이혼과 재혼으로 인한 이사와 전학 같은, '나'의 의지와는 무관하게 일어나는 일들에 크게 상처받지만, 그것을 쉽게 내색하지 않으며 다만 외도한 아버지와 그로 인해 가족이 해체되는 상황을 겪게 된 어머니가 아버지를 향해 내비치는 증오와 원망을 통해 우회적으로 드러낸다. 자기 삶의 조건들에 있어서 대부분의 경우 수동적일 수밖에 없는 동시에 아이답지 않은 면모를 지닌 '나'의 처지에서 겪게 되는 좀더 근본적인 상처는 아이에게 얕은 수를 쓰게 만드는 어른들의 심리와 그것을 간파한 아이가 경험하는 일종의 수치심에서 연유한다. 겉으로 드러나지 않지만, 다른 이들은 눈치채지 못하지만 자기 안의 무언가가 상처입고 훼손되고 비로소 흉터로 남을 때, 그 상처를 무감하게 바라볼 수 있는 바로 그 지점에서 삶을 인식하고 수긍하게 된다는 것 역시 지금까지 손보미의 소설을 관통하는 주요한 메시지 가운데 하나다.

2 "내가 만든 관계들이 다 무너져 내리는 기분? 어른들의 결정으로 내 삶의 관계들이 결정된다는 것, 외부로부터 조종당할 수밖에 없다는 것, 나는 무력한 아이라는 것을 그때 처음 느낀 것 같아요." 손보미, 「알지 못하는 길을 걸어가는 여자아이에 대해」, 『자음과모음』 2021년 봄호, p. 364.

4. 모두 연소된 다음,

나는 그 이야기가 끝난 후에도 거기에 머물러 있었다. 언제나 그
랬다.[3]

아무도 이의를 제기할 수 없는 것. 그래, 내가 바란 건, 바로 그
런 것이었다.[4]

「불장난」에서 '나'는 소각장을 지나간 것들을 짐작해보며 닫힌 숙직
실 문에 귀를 기울인다. 하나의 열기가 지나간 자리에서 열리는 문이
있다. 한 여름날 아파트 옥상의 뙤약볕에서 작은 소각로를 만들고 "끝
도 없이 종이를 집어넣고" 불을 피워 "그 불길과 연기가 시멘트 구멍
사이로 피어오르는 것"을 지켜보는 눈이 있다. 이처럼 소각(燒却)은 어
린 여자아이가 경험한 세계로부터 겪은 수치심이나 굴욕감을 해소하
는 방법이었을 수도 있다. 다른 세계의 문에 당당히 노크하지 못하고
거대한 귀가 되어 거기에 기대어 서서 안쪽의 기척과 소리를 짐작하고
자 했던 자신을 후회하는 방식이었을 수도 있다. 열띤 것들에 열기를
더하는 방식으로 한 시기를 통과해 '나'는 글을 쓰지만, 수상(受賞)한
글 속의 '나'는 그것을 낭독해야 하는 '나'와 같지 않다. 내가 아닌 나의
이야기를 나의 목소리로 읽어야 하는 상황에 극도의 긴장과 거부감을
느끼는 '나'는 결국 '다시-쓰기'의 방식으로 읽기를 마친다. 그것은 "누
구도 가닿지 못한 미지의 세계에 도달"한 느낌으로 '나'를 고양시킨다.
씌어지지 않은 부분까지를 읽음으로써 다시-쓰기를 시도했지만 어쩌
면 두번째 씌어진(사실은 씌어지지 못한) 이야기는 자기-읽기의 불가

3   손보미, 『사랑의 꿈』, p. 296.

4   같은 책, p. 298.

능성을 고스란히 증명한다. '나'는 결국 그 여름의 불장난을 기록하지 못했고, "그 무엇과도 바꿀 수 없을 것 같았고, 앞으로의 삶에 항구적 영향을 끼치리라고 호들갑스럽게 기대했던 순간들"을 기억하지 못한 꼴이 되어버린 것이다. 이로써 우리는 「불장난」속의 두 가지 '불장난', 즉 실제로 '나'가 감행했던 여름날 옥상에서의 불장난과 '나'가 글의 형식을 통해 허구화한 불장난 사이에 가로놓인 알 수 없는 공백을 마주하게 된다. 손보미의 소설은 말과 글이 소거된 자리에 채워질 것이 결국 일종의 착각과 허상에 불과할지라도 과감히 "딛고 도약할 수 있는 그런 삶이 존재한다"는 것을 보여주고자 씌어지는 것이다.

「대관람차」의 불탄 호텔 초이선을 기억한다. 초이선에 대한 묘사나 진술보다도 '그것'을 불태운 자리에서 시작되는 이야기가 갖는 압도적인 에너지를 새삼 생각해보게 된다. 처음부터 지금까지 손보미의 소설은 무엇이 틀렸다고 할 수는 없지만 명백히 다른 것들이 부딪혀 발생시키는 힘에 주목해왔다. 그 힘은 오랜 시간 은근하게 누적되기도 하고, 한순간 폭발하듯 발생하기도 한다. 충돌하는 세계가 서로를 비껴가고 부수며 발생하는 마찰로 마침내 흔적도 없이 연소해버리는 게 있고, 그것을 오래 바라보는 눈이 있고, 마침내 사라지지 않는 그 감각과 기억으로 씌어지는 이야기가 있다. 에너지는 그렇게 보존되어 새로운 대륙과 대기로 우리의 다음 시간에 놓이게 될 것이다. 손보미의 소설이 거기에 있을 것이다.

죽음과 얼음
─『연대기』에 이르는 한유주 소설의 연대기

1. 부정의 긍정

쓰기를 의심하는 쓰기. 쓰기를 취소하는 쓰기. 쓰기를 번복하는 쓰기. 쓰기를…… 한유주의 소설에 관해서라면 언제나 그가 '쓰는 자'로서의 자의식을 강렬하게 표출하는 글쓰기의 방법을 통해서 개성적인 이야기의 형식과 내용을 발명했다는 점을 먼저 떠올리게 된다. 더 정확히 말하자면 소설의 내용보다도 그것을 일종의 소설로서 우리에게 전해주는 방식, 그 특유의 말하기 내지는 말을 거는 방식이 더 오래 기억에 남는다. 이야기는 사라지지만 이야기를 전해준 방법은 남는가. 아니다. 이야기를 전해준 방법이 새로운 이야기로 남아서 마치 이야기가 사라진 듯한 착각을 우리에게 준다.

이야기는 사라진다. 이야기는 사라짐으로써 이야기가 된다. 한유주 소설의 특징 가운데 하나만 꼽자면 나는 부정으로써 모종의 긍정을 보여주는 이 아이러니에 관해 말하고 싶다. 이것은 '첫 문장을 쓸 수 없다'라는 발화의 반복으로 지속되는 글쓰기 행위를 떠올리게도 하고, 실제로 하나의 서사를 구성하지 않는 단발적인 장면들의 나열을 통해서 한 편의 소설이(혹은 작중 화자가) 추구한 내용 전달이 실패에 도달했음을 상기시키기도 한다. 그렇지만 더욱더 간절하게 떠오르는 장면은 도저한 부정문들이다.

　　아래층에서 개가 짖지 않았다. 죽은 바람이 부서지지 않았다. 나
는 어떤 소리를 듣지 않았다. 그 소리가 어디서 들려오는지, 무엇을
말하고 있는지는 알 수 없었다. 차가 식고 있었다. 아니었다. 차는
없었다. 그는 라이터를 찾다가 책상 위에 올려둔 촛불로 다가가 어
깨를 숙인 채 담배에 불을 붙여 내게 건넸다. 나는 그 담배를 받아
들었다. 그는 자신의 담배에 불을 붙였다. 그가 촛대를 창문에 바싹
붙였다. 그 순간 바람이 부는 곳은 어디에도 없었다. 그것은 불가능
하지 않았다. 우리는 각자 말없이 담배를 입에 물었다. 연기가 나지
않았다. 재가 떨어지지 않았다. 그가 내게 무슨 말인가를 하려고 입
을 열지 않았을 때, 그의 등 뒤 검은 커튼에 촛불이 옮겨 붙지 않았
다. 커튼은 순식간에 붉게 타오르지 않았다. 그 속도가 너무나 빠르
지 않았다. 불길의 커다란 그림자가 검게 일렁이지 않았다. 나는 비
명을 지르지 않았다. 그것은 불가능했다.[1]

　『얼음의 책』의 해설을 쓴 평론가 김형중이 섬세하게 짚어낸 바 있
듯, 한유주의 부정문은 마치 쓰는 자와 지우는 자가 공동으로 한 편의
글을 창작하는 과정을 보여주듯 씌어진다. 다시 말해서 나는 아래층에
서 개가 짖는 소리를 듣고, (또 다른) 나는 "아래층에서 개가 짖지 않았
다"라고 쓰는 방식으로 문장이 나열된다. 나는 분명히 어떤 소리를 들
었기 때문에 그것이 "죽은 바람이 부서지"는 것처럼 감각되었거나, "그
소리가 어디서 들려오는지, 무엇을 말하고 있는지"를 생각했을 것이다.
그런데 (또 다른) 나는 그런 것은 없다고, 자신의 감각과 사유를 일시

1　한유주, 「재의 수요일」, 『얼음의 책』, 문학과지성사, 2009, pp. 208~09.

에 부정한다.

이러한 글쓰기 방식을 두고 많은 이들은 그의 소설을 실험적이라고 말해왔다. 그러한 평가에 전제된 것은 한 편의 소설은 대개 하나의 시점으로 씌어진다는 규칙 내지는 관념일 것이다. 하지만 여기에는 '그'와 '나'를 멀찌감치에서 바라보며 그들의 행동만을 객관적으로 묘사하는 시선이 있고, 동시에 그들을 묘사하기를 어쩐지 주저하는 그 시선까지를 아울러 바라보는 전지적 시점이 작동한다. 때문에 '나'와 '그'와 '우리'라는 주어가 씌어진 문장을 통해서 전달할 수 있는 정보의 양과 그것이 발생하는 시점(時點)은 각기 다르다고도 할 수 있다. 가령 '나'와 '그'가 담배를 피우는 곳과 그들을 바라보는 자의 위치는 다르기 때문에 최소한 세 명으로 구성된 '우리'가 담배를 입에 물고 맞닥뜨리게 되는 이후의 상황 또한 다를 수 있다는 말이다. 따라서 "우리는 각자 말없이 담배를 입에 물었다"는 문장 다음에 "연기가 나지 않았다. 재가 떨어지지 않았다"는 문장이 오는 것은 불가능하지 않다. 나와 그가 아닌 누군가(이는 작가일 수도)의 담배가 불이 붙지 않은 채로 입에 물려 있을 수도 있기 때문이다. 이처럼 그다음 문장들이 서로를 근거하지 않는 듯이, 인과관계가 명확하지 않은 듯이 씌어지는 것도 같은 맥락에서 이해해볼 수 있을 것이다. 그러니까 한유주의 부정문은 글쓰기라는 하나의 사건 속에서 생겨나는 시간의 층위를 동시다발적으로 들여다볼 때 발생하는 긍정문이기도 하다. 글을 쓰는 나와 글 속의 나와 그런 나들을 바라보는 나의 시간은 명백하게 다르다.

한유주는 '쓰기'라는 말하기 방식, 즉 이야기를 지속하는 동시에 단속하는, 첫 문장으로 시작해서 마지막 문장으로 끝내는, 일시적이게나마 하나의 이야기에 완결의 형태를 부여하는 식의 이야기를 의심하는 동시에 그러한 부정의 의미와 그로 인한 효과의 발생을 또한 '쓰기'라는 행위를 통해서 보여준다. 일상적으로 부정문은 주어진 상황에 대한 거부와 저항과 이의를 표하는 말이지만, 문장으로 씌어졌을 때 그것은 표면적으로 지시하는 것만을 의미하지 않는다. 문장은 그것이 씌어진 맥락 위에서 의미를 재구성하기도 하므로, 원래 그 문장이 지닌 의미는 계속해서 오해됨으로써 이해된다. 하나의 의미가 박탈됨으로써 새로운 의미가 생겨난다. 그 과정이 반복됨으로써만 이야기의 두께와 깊이가 생겨난다는 것을 직접적으로 설명하지 않는 방법으로 설명하는 것, 즉 부정하는 방식으로 긍정하는 것이 한유주의 소설이다. 그렇다면 최근 작품에서도 한유주의 부정문은 건재한가.

> 우리 중에는 말이 씨가 된다는 표현을 곧이곧대로 믿는 사람이 아무도 없었다. 혹은 그런 듯했다. 우리라고 말하고 있지만, 나는 우리의 대표자도 대리인도 아니다. 그러므로 나를 제외한 나머지 우리의 생각을 전부 다 알지는 못한다. 설령 내가 우리의 대표자나 대리인이었다 하더라도 나머지 우리의 생각을 전부 다 알지는 못할 것이다. 그러나 그해 여름, 나는 내가 우리의 생각을 그럭저럭 파악하고 있다고 믿었다. 그리고 내가 모를 수밖에 없는 생각에 대해서는 굳이 알려고 하지 않았다. 그래도 우리가 무리 없이 어울릴 수 있었던 건 서로에 대한 미량의 믿음이 있었기 때문이었다.[2]

"그해 여름, 우리는 자주 만났다"라는 문장으로 시작해서 "주사위가 계속해서 굴러갔다"라는 문장으로 끝나는 이 소설은 처음부터 끝까지 하나의 문단으로 씌어진 이야기이기도 하다. 작업실에 모여서 각자의 일을 하다가 해가 지면 둘러앉아서 주사위를 굴려 나오는 숫자만큼 말을 옮기고 카드를 뒤집어 그곳에 적힌 명령을 실행하는 방식으로 진

2   한유주, 「그해 여름 우리는」, 『연대기』, 문학과지성사, 2019, p. 10.

행되는 게임의 규칙은 단순하다. 계속 살아서 전진하거나 죽는 것. 이 것은 크게 보아서는 지금 여기 우리 삶에 대한 비유라 할 수도 있겠다. 별일 없다면 매일 많거나 적은 정도로 전진하는 것. 그 끝에서 우리를 기다리고 있는 것은 죽음이다. 게임에서 결국 만나게 되는 것이 잠든 용이듯, 그 용을 깨우면 얻게 되는 것은 죽음뿐이듯 말이다.

또한 한유주에게 부정문은 소위 대문자 문장, 달리 말해 흔히 의심 하지 않고 관성적으로 쓰는 문장을 부정하기 위해서도 씌어진다. 가령 속담 같은 것. 이 소설에는 속담이 모두 일곱 번 나오는데, 앞서 인용 한 '말이 씨가 된다' 외에 '도낏자루 썩는 줄 모른다' '시작이 반이지' '오 르지 못할 나무' '먹어보지 못할 포도' '꿩 대신 닭' '무소식이 희소식'이 그것이다. 물론 이 속담, 혹은 오래된 말이 씌어지는 상황은 매우 적합 해 보인다. 가령 시간 가는 줄 모르고 작업실 한구석에 모여 앉아 담배 를 피우고 무의미한 게임을 하는 이들을 두고 도낏자루 썩는 줄 모른 다고 말할 때 소설의 초점 화자는 그들이 영위할 시간이, 혹은 그들의 육체가 실제로 썩어가는 중이라고 답한다. 도끼가 어떤 결단을 내리거 나 무엇을 실행하는 데 쓰이는 도구라면 또한 그들이 쥐고 있는 영웅 카드(그들은 이것을 한 번도 써보지 못하고 죽는데)를 그것에 빗대어 말 하는 것처럼 보이기도 한다. 제대로 된 기회 한번 잡아보지 못하고 죽 음에 이르는 자들, 그런 죽음들을 우리는 얼마나 자주 목격했는가. 사 실 그 죽음들이 제가 가진 도낏자루 썩는 줄을 몰라 그걸 써보지도 못 한 것만은 아니므로, 한유주의 소설이 제시하는 이 오래된 말의 명제 가 정당하게 느껴질수록 그 아이러니도 더욱 짙어지는 효과가 발생 한다.

우리가 그해 여름 실제로 죽을 생각을 했던 것은 아니었다. 하지 만 우리는 날마다, 하루에 한 번씩, 일종의 의식처럼 죽고 싶다고

말했다. 자살할까, 자살하자. 이 말은 청유도 권유도 질문도 대답도
아니었다. 버릇처럼 자살하자는 말을 반복하자 자살하자는 말은 어
느덧 아무 의미도 지니지 않게 되었다.[3]

한유주는 오래된 말들, 농담처럼 씌어지는 그 문장들을 의미상 부
정하지 않지만 의심하지 않고 쓰게 하는 그것의 권위 내지는 굳은 관
념 같은 것을 부정한다. 그때 그 말들은 더 이상 농담이 되지 못한다.
죽고 싶다는 말이 아무런 의미를 갖지 못하는 현실의 사정은 살아 있
음의 의미 없음을 반증하는 것이 된다. 예전에 한유주가 쓴 문장 가
운데 "아이들이 농담을 하지 않았다. 아이들이 농담을 그만두지 않았
다"(「되살아나다」)를 다시 떠올려보자. 농담을 그만두지 않는 아이들에
게 더 이상 농담은 없다. 그들이 하는 말이 모두 농담일 때, 그들의 말
을 누구도 농담으로 받아들이지 않는다는 말이기도 하다.
　그의 부정문이 농담과도 관련이 있다는 것은 예전부터 짐작했던 바
이기도 하다. 가령 이런 문장들. "거짓말이다. 평화, 평화. 나는 어떤 사
건도 겪지 못했다. 한 줄의 문장, 한 줄의 전파. 나에게는 과거가 없다.
거짓말이다"(「그리고 음악」, 『얼음의 책』), "12시 12분. 어쩌면 나는 생
각하지 않는다 고로, 존재하지 않는 것인지도 모른다. 농담이었다"(「허
구 0」, 『얼음의 책』). 소설 속 '나'는 거듭 철학적인 사유로 빠져들려는
찰나의 자신을 거짓말과 농담으로 잡아챈다. 말하는 나와 그런 나를
부정하는 또 다른 나의 만남은 '거짓말이다'와 '농담이었다'라는 자기
부정의 진술 속에서 발견된다. 이 자기부정은 결국 소설을 쓰는 자신
과 소설 속에 나타나는 자신의 모습의 불화에서 비롯되기도 할 것이다.
다시 말해, 자신의 생각과 느낌을 온전히 말로써 표현할 수 없다는 것

3　한유주, 같은 책, pp. 9~10.

을, 자기 말의 한계를 인식한 나는 나를 부정함으로써 자기 존재를 긍정하게 된다. 나의 죽음으로써 나의 삶을 계속하는 것이다.

2. 변화한 죽음

죽음은 한유주의 소설에서 언제나 중요한 주제 중에 하나였다. 어쩌면 죽음에 대한 사유를 조금씩 변주해나가는 과정을 통해서 구체적으로 언어나 이야기에 관한 관습과 상투성을 극복하려 했던 것이 한유주 소설의 연대기를 관통하는 근원적 욕망이 아니었을까. 『달로』(문학과지성사, 2006)에서부터 『연대기』에 이르기까지, 죽음은 빠지지 않고 가장 강력하게 그의 소설을 이끄는 원동력으로 보인다.

이전에 그의 소설은 "전방위적 사건, 동시 다발적으로 일어나는 죽음으로 가득 찬 세계"(「베를린 · 북극 · 꿈」, 『달로』)를 그리거나 "이 모든 글자들을, 이 모든 단어들을, 이 모든 음절들을 모조리, 남김없이, 하얗게 혹은 검게 삭제하고 그 자리에 너를 쓰고 싶다"거나 "이 글의 주어는 나이거나 너이거나, 우리든 당신이든, 그이거나 그녀이거나, (그녀라는 인칭을 나는 좋아하지 않지만, 아니야, 또 설명을 붙이고 있군) 아무래도 좋을 것이다"(「허구 0」)와 같은 문장으로 죽음에 대해 썼다. 이때의 죽음은 분명 관념을 벗어나려는 관념, 이미지를 벗어나려는 이미지에 가까웠다. 이는 한유주의 이전 소설들이 비교적 구체적인 사건이나 그것을 이루는 장면을 묘사하는 것보다는 추상적인 세계의 형상을 파편화된 장면으로 구상하는 데에 더 공을 들인 듯 보였기 때문이기도 할 것이다. 달리 말해 그의 소설에서 구체적인 사건을 목격하기보다는 그 사건을 둘러싼 이야기, 혹은 그런 이야기의 가능과 불가능을 질문하는 이야기를 읽게 되는 일이 더욱 잦았기 때문이기도 하겠다.

370

등단작인 「달로」에서 목격할 수 있었던 것은 분명 '달로 간 사람'에 대한 이미지와 그에 관해 전해지는 이야기의 다양한 변주들이었다. 거기에서 죽음은 가장 단순하게는 달그림자가 비치는 강물로 투신해 사라진 사람의 이미지로 나타나지만 또한 달이라는 이야기의 근원, 가장 오래된 이야기 속으로 빠져들어가 '자기' 혹은 이야기의 주인이 될 수 있을 만한 자기의 고유함을 잃고 이야기의 매혹에서 헤어 나오지 못한 채 달을 둘러싼, 달로 가려는, 달에 다녀온, 달을 향하는 사람들의 이야기만을 일종의 전언처럼 반복하는 주어의 죽음이다.

그런 죽음은 한유주의 소설에서 양방향으로, 점차 본격적으로 다뤄진다. 주어(말)의 죽음과 주체(실존)의 죽음. 말을 의심하고, 말을 하는 존재의 존재함을 의심하는 이야기를 통과해서 독자는 감각하고 사유하게 되는 거의 모든 것을 의문에 부치고 그 근원을 발견하려는 치열하고도 강단 있는 시선을 마주하게 된다. 이 시선을 한번 경험하게 되면, 이 시선이 향하는 곳만을 따라 좇게 되든 그렇지 않든 여타의 서사를 접하게 될 때 그의 시선이 작동하는 것을 재차 경험하게 된다. 감염된 듯이 말이다. 첫 문장에서 마지막 문장까지, 수백 수천 개의 문장으로 구성된 한 편의 이야기를, 그 소설을 우리는 완결된 이야기라고 말할 수 있을까. 그것을 그 작가의 고유한 상상력이 빚어낸 이야기라고 믿을 수 있을까. 그렇지 않다. 우리의 시선은 이미 항상 무언가로부터 오염되었고, 감염된 시선은 전염성까지 있어서 흔히 말하듯 독자의 해석으로부터 완결된다고 믿기는 모든 종류의 이야기는 원래의 페이지를 찢어내는 방식으로 온전해진다.

그런데 그게 실제 현실에 대한 유비로도 읽힐 수 있는 이유는, 최근 작품집에 묶인 한유주의 소설이 공통적으로, 마치 연작인 듯 다루고 있는 인물의 죽음 때문이다. 소설을 구성하는 세 가지 요소, 즉 인물과 사건과 배경이 명확하지 않은 채로 서로 뒤섞여서 그 경계를 모호하게 하는 방식을 즐겨 쓰던 그의 이야기에 돌연 어떤 경계라고 부를 만한 지점들이 생겨난 것인가. 혹은 비로소 한유주 소설의 문법에 익숙해진 눈이 어둠 속에서도 눈을 뜨고 있으면 저절로 그 어둠에 익숙해지듯 지침 없는 지침을 발견하게 된 것인가.

「그해 여름 우리는」에서 가장 자주 등장하는 말은, 굳이 세어보지 않아도 '죽음' '죽고 싶었다'는 단어나 문장이라는 것을 알 수 있다. 아무런 전망도 희망도 없는 청년들이 작업실에 모여서 매일같이 주고받는 말은 이처럼 죽음 자체다. 죽음이라는 관념에 달라붙어 있는 이미지나 비유 따위가 아니라. 그들은 현실을 비관하거나 자신의 삶을 통째로 폐기하고자 하는 극단적인 욕망에 사로잡혀 있지는 않다. 오히려 그들은 별생각이 없어 보인다. 다 같이 정해진 날짜에 복권을 사는 것도 각자 특별한 야망이 있어서라기보다 다만 돈이 더 필요하기 때문이다. 그런 그들은 오늘이 어제 같고, 내일이 오늘 같은 매일 어느 한때 작업실 한편에 모여 앉아서 카드 게임을 한다. 그 게임판 위에서도 그들은 주사위를 굴려 나오는 수만큼 전진할 수 있고 그것을 반복하다 끝내 죽는다. 끝까지 가보지도 못하고 죽거나, 끝까지 가서 죽거나. 이제 한유주의 소설에서 죽음은 이렇게나 가벼운, '지금 여기'의 삶을 구체적으로 다루는 와중에 씌어진다.

1) 그래서 우리는 버릇처럼 자살하고 싶다고 했다. 그건 우리가 스스로에게 가할 수 있는 최대한의 폭력이었다. 우리는 누구에게 당한 폭력보다도 더 큰 폭력을 스스로 행사하고 싶었다. 그게 우리가 나름대로 할 수 있는 복수의 방식이었다. 그들에게, 그리고 우리에게. 돌이켜 보면 채플 시간이 영 쓸모없지만은 않았다. 나는 기독교에 대해 별다른 생각을 해본 적이 없고 아는 바도 전무했지만 원죄의식이라는 말은 들은 적이 있었다. 그러니까 우리가 태어난 것이

죄였던 것이다. 그렇게 생각하면 모든 문제가 명쾌하게 해결되었다. 태어난 것이 죄이니 자살하자. 대부분의 종교에서 자살을 죄로 규정하고 있다는 건 생각하지 않았다. 죽음을 앞두고 우리는 전부 무신론자가 되었다. 죽음 이후에는 아무것도 없으니 죄도 없을 것이다. 우리는 진심으로 그렇게 생각했다. 그렇게 믿어야만 했다.[4]

2) 자네는 어디에서 왔는가? 어디에서 왔느냐는 질문에 너는 문득 나를 떠올리지만, 그건 내가 지저분한 동아리방 구석에서 독일 낭만주의에 관한 보고서를 쓰다 고개를 들었을 때 네가 다른 사람들과 담배를 피우며 무슨 일인가로 웃음을 터뜨리던 모습을 보았던 기억이 나기 때문일 것이다. 우리는 어디에서 왔으며 어디로 가는가? 참고하던 어느 책에서 이것이 낭만주의 문학의 주제라고 말했고 나는 그때부터 이 질문을 가끔씩 아무런 맥락 없이 떠올릴 때가 있었다.

너는 어디에서 왔으며 어디로 가는가? 혹은, 어디로 갔는가? 나는 이 질문에 대한 답변을 회피하기 위해 계속해서 광장 어디엔가 있을 너를 상상한다. 그러므로 너는 있어야 한다.[5]

최근 소설집에 묶인 글들에서 다른 점은 죽음을 나의 것으로 사유하느냐, 혹은 나의 것으로 사유할 수 없는 것으로서 사유하느냐에 있다. 1)에서 인물은 자신의 죽음을 생각하고 2)에서 인물은 타인의 죽음을 상상한다. 이 생각과 상상의 방향은 모두 '어떻게 말할 것인가' 같은 물음을 향한다. 삶의 터전이 너무나 척박해서, 자신에게 주어진 삶을 이

---

4 한유주, 「그해 여름 우리는」, 『연대기』, pp. 31~32.
5 한유주, 「낯선 장소에 세 사람이」, 『연대기』, pp. 201~02.

어나가는 일이 그것을 중단하는 일보다 어렵게 느껴질 때 죽음은 1)에서처럼 개별적이고도 사회적인 것으로 여겨진다. 죽음이 사회적이라는 것은 그것이 '우리'의 믿음, 어떤 보편적인 믿음을 통해서 선택할 수 있거나 그렇지 않을 문제가 되기 때문이다. 하지만 이런 사유와 믿음이 자신이 아닌 누군가의 죽음에 닿아 있을 때 그 불가해의 사건은 글쓰기의 차원으로 이동한다. 2)에서 '나'는 '너'에 대한 상상을 동원해 글을 쓴다. 너와 내가 우리로 만났던 것은 대학 시절 동아리 활동을 함께했던 이유로 추정되는데, 지금 내가 쓰는 이야기 바깥의 현실에서 너는 죽고 없는 존재이기도 하다. 나는 너에 대한 글쓰기, 혹은 네가 등장하는 소설을 통해서 너의 죽음을 비로소 받아들이려는 것처럼 보인다. 끊임없이 너를 호명하고, 네가 있을 수 있을 만한 현실 속 허구로서의 장소를 물색한다. 그곳이 먼저 있어야 네가 거기 있을 수 있고, 네가 있어야 그곳도 계속 있을 수 있다는 상상은 글쓰기가 어떻게 이뤄지는가 하는 물음과 삶이 어떻게 지속되는가 하는 질문을 겹쳐놓게 한다.

이처럼 한유주 소설의 죽음은 지극히 상징적인 장면이었던, 「달로」에서 가장 오래된 이야기(달 그림자) 속으로 투신한 사람의 이미지를 그리는 일로부터 누군가의 죽음을 제대로 애도하기 위해서 그의 이름에서부터 그가 있어야만 하는 자리를 마련하는 일에 대응하는 글쓰기까지로 이어져왔다. 이러한 변화의 와중에 사실 좀더 관심을 기울여 살피고 말하고 싶은 부분은, 그의 소설에, 특히 죽음을 다루는 부분에 깃들어 있는 일종의 조심(操心)이다. 그의 근작에서 죽음(애도)과 글쓰기가 어떻게 만날 수 있는가를 확인할 수 있어서 더욱 반가웠던 것은, 글 쓰는 자가 무엇을 쓸 때 어떤 마음 상태를 가질 수 있는지 보여주기를 시도했기 때문이기도 하다.

3. 얼음

한유주 소설이 보여준 이야기의 양상은 대략 세 가지 정도로 요약해 볼 수 있겠다. 첫째, 그의 소설은 현대의 미디어가 말 혹은 언어에 미치는 영향력에 대해 민감하게 반응해왔다. 날조된 이야기와 수사적 허위가 방만한 시대에 자신이 속해 있다는 소속감에서 비롯된 작가로서의 자의식은 당대와 세대에 대한 비판의식으로 이어지면서 그의 소설은 '글을 쓰는 나'를 다방면에서 철저하게 의심하는 방식으로 씌어졌다. 둘째, 그의 소설은 씌어진 글자들을 눈으로 따라 읽는 데에서 뿐만 아니라 그 글자들이 이어지며 만들어내는 소리를 의식했을 때 혹은 소리 내어 따라 읽을 때 생겨나는 의미까지를 포괄하는 이야기가 되려고 했다. 다시 말해 그가 나열하는 단어와 단어, 문장과 문장이 지시하는 의미 외에도 그들이 연결되어서 만들어내는 일종의 율동감이 발생시키는 활력 같은 문장 바깥의 사건까지도 그 자체의 서사에 개입하도록 유도하는 글쓰기가 한유주의 소설이었다. 셋째, 그의 소설은 언어의 무력함을 고발하는 동시에 언어에 대한 믿음을 노출하는 방식으로 씌어진다. 그로써 결국에는 언어(소설)가 불가해한 세계를 긍정하게 하는 힘이 될 수 있다는 것을 보여준다.

한유주의 두번째 소설집의 제목이기도 한 "얼음의 책"은 그의 소설이 어떻게 존재하는가를 잘 말해주는, 한유주 소설의 가장 간명한 존재론처럼 보인다. 얼음은 흔히 물의 고체 상태를 지시하지만 소설에서 그런 얼음의 이미지는 거듭 의심된다. 얼음을 얼음이라고 말할 수 있는 근거는 어디에 있는가. 그것은 더 많은 경우 점차 녹아내리는 중일 수도, 더 단단히 굳어가는 중일 수도 있는, 즉 물도 얼음도 아닌 무엇일 가능성을 더 크게 내포하는 상태이지 않을까. 물과 얼음의 경계 상태, 혹은 물에서 얼음으로 얼음에서 물로 가는 과정의 상태라고 말하는 편이 더 정확할지도 모른다. 게다가 그것은 단일한 결정으로 존재하는 경우가 드물기 때문에 차라리 얼음들, 혹은 얼음덩어리라고 부르는 것이 그 상태를 지시하는 데 더 적합한 이름일지도 모른다. 또한 매 순간 변화하는 상태로서의 얼음은 대기 중에도 눈의 형태로 존재하지만 그 결정이 아주 미세할 때는 보이지 않는다. 분명히 존재하지만 어떻게 있다고 확언하기 어려운 것, 시시각각 변화하는 잠재태로만 인식 가능한 것, 보이지 않는 채로 대기를 구성하여 우리가 숨 쉬는 와중에 우리의 내부에 침입하기도 하는 것. 이런 이유만으로도 한유주의 소설을 '얼음의 책'이라고 부를 만하지만, 작가가 거듭 얼음을 이야기에 언급할 때 거기에는 자신의 소설에 대해 설명하려는 욕망보다 소설이 어떻게 존재할 수 있는가를 질문하는 의심이 여전히 들어 있다. 그러니까 얼음은 대기로부터 존재하기도 하고 그렇지 않기도 하다는 것. 어떤 대기는 얼음의 상태를 더욱 강화해주고 어떤 대기는 얼음이 본래의 모습을 잃고 사라지도록 한다. 이는 한유주의 소설이 시대와 사회적인 배경을 염두하며 씌어지는 원인과 방법을 물을 때 얼음이 필요한 이유이기도 하다.

한유주의 소설은 거듭 소설과 시대, 소설과 다른 예술 장르 그리고 이전 소설과 이후 소설의 운명을 염두하며 씌어진다는 것은 더 말하지 않아도 될 것 같다. 특히 문학과 언어, 문학과 현실의 조건과 관계를 의심하고 그 의심을 소설화해 보여준 사례는 한유주에 이르러 하나의 계보를 형성하게 된다.[6] 한유주에 이르러 그 의심이 새로운 소설적 내

---

6 "'말을 하면 있지, 생각도 똑같이 된다'며 일부러 수없는 쉼표 속에서 한없이 더듬거리며 말하던 이는 이인성이었다. '나는 거의 자동적으로 글을 써나가고 있었다'며 '나 자신이 내가 만들어내는 글의 일부인 양 착각'하지 않기 위해 '타자기로부터 몸을 떼며' 「얼음의 도가니」라는 모순의 집을 짓던 이는 최수철이었다. 하일지가 진술을 사양하고, 대답을 사양했던 것은 영장 때문이었다. 법이 있는 한, 법이 언어로 되어 있는 한, 쓰고 지우는 것만이 문학의 '윤리'이자 문학다운 언어 구사라는 말이 전혀 설득력 없는 것은 아니었다." 황호덕, 「바틀비의 타자기: 한유주

용과 형식을 구성할 수 있게 된 것은 어쩌면 그가 얼음처럼 환경에 예민한 자의식으로 글쓰기를 계속해왔기 때문인지도 모른다. 어쨌든 한유주는 2000년대 초 그가 등장한 이래 한국 소설사에서 하나의 독보적인 위치를 차지한 것처럼 보인다. 대문자 소설을 의심하는 소설에서 자기 소설을 의심하는 소설로 나아가는 중인 그의 행보를 기대하지 않기란 어렵다.

혹은 어떤 특성 없는 인간에게 부치는 레터」,『오늘의 문예비평』 2010년 여름호, pp. 64~65.

4부
문학의 무늬

삶, 다른 시간들의 접속사(史)

시는 삶의 어느 단면을 문자화하면서 그 삶에 깃들어 있는 연속들을 지시한다. 이때 시의 성취는 매끄러운 묘사나 단일한 서사가 아닌, 그들이 접속하는 지점에서 발생하기도 한다. 우리의 삶은 매끈한 단일체가 아니기 때문이다. 나와 너와 그와 그녀가 만나고, 그 가운데 무수한 시공이, 사건이, 몸이 연결되어서 하나의 삶을 구축한다. 그러므로 삶을 실감하기 위해서라면 우리는 그 접속 지점을 우선 발견해야 한다. 그 지점에 우리를 살아 있게 하는 삶의 비의가 들어 있을 것이기 때문이다. 연속되는 것들이 중단되는 순간은 언제든 누구에게든 찾아온다. 그럼에도 불구하고, 다시 힘을 내는 것이 살아 있는 일에 최선을 다 하는 방식이라는 것을 보여주는 다음의 장면들을 보자. 저 장면들에 접속하는 순간, 우리의 삶은 조금 더 괜찮아질지도 모른다.

#1

> 3호선 교대역에서 2호선으로 전철을
> 갈아타려면 환승객들 북적대는 지하
> 통행로와 가파른 계단을 한참
> 오르내려야 한다 바로 그 와중에서

그와 마주쳤다 반세기 만이었다
머리만 세었을 뿐 얼굴은 금방 알아볼 수
있었다 그러나 서로 바쁜 길이라 잠깐
악수만 나누고 헤어졌다 그것이
마지막이었다 다시는 만날 수
없었다
그와 나는 모두
서울에 살고 있지만

—김광규, 「교대역에서」 전문[1]

이 시는 짧은 산문처럼 보인다. 묘사보다는 설명이 주를 이루는 이 시에서 화자는 우선, 그리고 오로지 자기의 경험만을 약술한다. 무릇 화자의 경험을 구체적으로 설명하는 시의 대부분이 그 경험을 통한 깨달음을 추후에 첨부하는 형식을 취한다면, 어디에도 화자의 주관적인 첨언이 없다는 점에서 이 시는 특이하다. 지나치게 건조한 어조를 통하여 화자가 설명하는 것은 "전철" 환승역에서 오래전에 사귀었던 누군가와 우연히 마주쳤고, 어쩔 수 없이 인사만 나누고 헤어졌으며, 그 이후로도 다시는 만날 수가 없었다는, 특별할 것 없어 보이는 사연이다. 그러나 이 시의 본령은 바로 이 평범함에 있다. 우선 별스러울 데 없는 개인의 체험에 대한 기록이 한 편의 시가 된 데에는 특별한 시간과 공간이 그 배경으로 자리하고 있다는 점을 간과할 수 없다. 혹은 그 반대의 경우일 수도 있다. 특별한 개인의 체험이 시로 승화된 것은 일상을 지속하게 하는 특별할 것 없는 시공간이 불변의 조건처럼 버티고

1   김광규, 「교대역에서」, 『문학과사회』 2009년 겨울호. 강조는 인용자.

있기 때문일지도 모른다. 화자가 지하철을 갈아타고 "바쁜 길"을 가던 와중에 "그"를 만난 경험은 "반세기 만"에 한 번 일어난 일이면서 또한 "서울"특별시의 중심부에서, '전철'을 이용하는 사람들로 "북적대는" 소위 황금시간대에 일어난 일이다.

조금 서둘러 말하자면, 저 평범해 보이는 일상적인 시공간에서 일어나는 개인의 경험은 사사로울수록 비범해지는 역설을 지닌다. 서울은 천만 명 이상의 사람들이 모여 살아가는 곳이며 인간의 삶을 영위하는 데 필요한 법이 제정되는 곳인 동시에 범법이 성행하는 곳이지만 이 모든 사실fact들이 저녁의 스모그와 꼬리를 물고 이어진 자동차 불빛 아래 허구fiction처럼 사라지는 곳이기도 하다. 우리는 그곳을 수도라고 부르고, 도시의 상징으로 이름하기도 한다. 그러므로 '서울'은 더 이상 하나의 지명이 아니다. 무수한 경우에 의해 "우리는 모두 서울에 살고" 있기 때문이다. 동시에 우리는 모두 '서울'로부터 배제되어 있다. '서울'에서도 우리는 저마다 예민한 의식과 감각을 내장하고 살아가지만 '서울'에서 겪은 개인의 체험은 뉴스거리가 되지 않는 이상 사건이라 말하지 못한다. 그러나 개인에게서는 적어도 사소하게 겪은 일이라 할지라도 그 경험에서 나름의 충격과 그로 인한 각인을 갖게 되는 경우가 많다. 즉, 대부분의 경우에 자기가 겪은 낱낱의 일들은 특별한 것으로 여겨질 수밖에 없다. 이처럼 어떤 시공간과 그 속의 개인이 체험하는 사건의 특성들이 서로 괴리되며 마주할 때 앞서 말한 역설이 발생한다. 하나의 시공간이 더욱더 다채롭게 채워질수록 그 시공간을 이루는 낱낱의 요소들은 점점 더 소외되며, "바로 그 와중에서" 일어나는 평범한 일은 비범한 일이 된다. 이와 같은 역설의 효과는 비범함에 내성(耐性)이 생긴 경우라면 오히려 평범함이 낯선 자극으로, 하나의 사건으로 여겨질 수 있다는 것을 보여주는 데 있다.

그 효과를 우리는 이 시를 통해서 구체적으로 볼 수 있다. 이 시의 화자가 도입부의 몇 행에 걸쳐 "전철을/바꿔 타려면" 거쳐야 하는 길에 관해 구체적으로 설명할 때, 우리는 모종의 낯섦을 느낀다. "3호선 교차역"이라는 이름과 그곳이 "2호선으로" 환승할 수 있는 역이라는 정보는 우리에게 익숙한 사실이기 때문이다. 그 익숙한 정보를 굳이 확인시킴으로써 화자는 우리의 기대를 배반한다. 우리는 시에서 현실과는 다른 시공간을 기꺼이 감수할 기대를 갖기 때문이다. 그러므로 이 낯섦은 사실관계에 치밀한 사람에게라면 더 강한 자극이 될 것이다. 또한 이 낯선 자극은 우리를 자성하게도 한다. 우리는 환승역이 복잡하다는 사실에는 밝으면서도 자신이 한 명의 "환승객"이 되어서 그 북새통의 시공간을 이루고 살아간다는 사실은 망각하고 있었다. 그러므로 화자가 겪은 일의 핵심에 대해서라면 다소 불필요해 보이는 저 도입부의 설명은 우리로 하여금 체득된 실감을 상기시킨다. 지하 통행로를 통과하여 다시 계단을 오르내리는 일은 다른 환승객들의 모습을 통해서 짐작된 가상이 아니라 우리의 일상적이고도 직접적인 체험에 의해 획득된 사실이다.

그리하여 이 시의 틈틈을 채우는 '북적대는' "한참"과 같은 수식이 보여주는 것은 비범이 평범이 되고 다시 평범이 비범이 되는 역설의 순환이다. 이 수식은 일종의 지속되는 시간을 의미하면서, 그 지속이야말로 어떤 단절로서의 사건을 가능하게 하는 조건임을 보여주기 때문이다. 다시 말해 화자의 비범한 체험은 환승역을 북적대게 하면서 계단을 한참 오르내리는 평범한 경험을 지속한 후에야 찾아오는 단절된 시간이다. 어쩌면 우리의 실감이 만들어내는 평범함과 비범함이란 시간의 연속과 중단이 만들어내는 느낌에 불과할지도 모르겠다. 허구와 같은 일들이 사실로 일어나고 사실들의 조합이 허구의 드라마로 여겨질 때, 평범함과 비범함의 경계는 모호해진다. 그러므로 연속되는 시간을 경험할 때 우리는 평범함을 감각하고 그 연속이 중단될 때 생겨나는 낯섦을 비범함으로 지각하게 된다. 정녕 이것이 현실을 무리 없이 살아가기 위해 우리가 체득한 내성이라면, 김광규의 시는 그 내성이 가상에 불과했음을 여실히 드러낸다. 이 시는 사소한 단절에 예민하게 반응하지 않는 것이 마치 일상을 지속하는 것인 양 살아가는 우리에게 일침을 놓는다. 아무렇지도 않게 진술된 어느 날 전철역에서 있었던 일은 이렇게 시화(詩化)됨으로써 아주 특별한 일이 된다. 일상의 흐름에 무뎌진 우리를 자성하게 하는 방법으로써 김광규 시의 화자는 강한 자극을 주는 비일상적인 사건을 제시하지 않는다. 오히려 일상의 템포를 방해하지 않는 한에서, 지극한 일상 속에서 어느 찰나에("바로 그 와중에서") 포착되는 비일상적인 요소를 있는 그대로 진술한다. 그것은 시간의 연속과 중단의 간극을 벌여놓는, 평범해 보이지만 비범한 김광규 시의 문법이다.

그러므로 김광규의 시에서 우리가 주목해야 하는 것은 일련의 접속사들이다. 대개의 경우에 시에서의 접속사는 내용에 깃들어 의미상으로만 존재한다. 그 투박한 형태를 있는 그대로 적어놓은 이 시와 같은 경우는 그런 점에서도 특별하다. "그러나"는 "반세기 만"에 마주친 익숙한 얼굴을 외면하게 하는 힘이며, "있지만"에 포함된 '하지만'은 다시없을 기회를 놓친 것에 대한 후회의 반동이다. 두 경우 모두 "마지막"이라는, 시간의 중단에 대한 화자의 인식을 강조한다. 화자는 그 중단을 통해서 오히려 중단 없이 누릴 시간을 도모한다. 저 시의 마지막 접속사는 '있다'와 같은 형용사의 몸을 빌려 "다시는 만날 수 없었다"를 수식하면서 그와 같은 화자의 진술을 끝까지 무미건조하게 이끌어내지만, 또한 수식과 피수식의 도치를 통해서 이후의 시간에 대한 가능성을 열어두는 역할을 한다. "있지만" 뒤의 여백은 무한하게 펼쳐져서 이 시로서 진술된 화자의 경험 이전과 이후의 시간을 짐작하게 한다. 그럼으로써 저 접속사는 사실과 가정의 시간들을 구분 없이 섞어

놓는 것이다. 이와 같은 접속사의 역할은 "교대역에서"라는 제목으로 미리 암시되었던 것은 아닐까. '교대역'은 서울 지하철의 2호선과 3호 선이 엇갈려 놓인 환승역이며, 그곳에 뒤따르는 '에서'라는 조사는 이후의 일들이 '여기서부터' 발생한다는 것을 지시한다. 그리하여 화자가 겪은 사건은 일상의 지속을 중단하고 마치는 일이 아닌, 지속을 중단함으로써 지속하게 하는 일이라고 할 수 있다. 2호선에서 3호선으로, 그와 마주치기 이전에서 이후로 장소와 시간이 접속하는 지점인 이 시에서 우리의 평범한 일상과 비범한 사건은 이렇게 한바탕 교대(交代)한다.

#2

이쪽과 그쪽의 시간은 달라야 합니다
그러나 둘 다 가난해야 합니다
지루한 일기를 끝내세요
발아래 물기를 닦으세요
나는 거대하지는 않습니다
도금된 그림자도 없습니다
아세요? 우리는
떨고 있다는 점에서만 닮았고 나는
떨지 않는 그대를 알아보지도 못해요
조롱거리에 불과한 비밀
혀 아래 방치된 읊조림
그대가 내게 건네준
그 무미한 만물들
아세요? 나는

그대가 사라지면 곧 등장합니다

그대의 뒤돌아봄은 정말 아프겠지요

이제부터 나는 의기양양해지고

종이에게 아주 무서운 명령을 내리고

휘갈겨 쓰기 시작하고

계속 휘갈겨 쓰면서

유성과도 같은 속도로 당신에게

삶을 가로질러 나아갑니다

—심보선, 「시차」[2]

하나의 의문이 시의 도입부에 가로놓여 있다. 접속사로 접속된 두 문장에서의 "시간"과 "가난"은 어떻게 등치될 수 있는가. 다른 조건들을 차치하고 저 둘이 공통으로 갖는 어떤 수량을 생각해보더라도 가난은 시간처럼 수량의 단위가 될 수는 없다. 한 시간이라고 할 수는 있어도 한 가난이라고 할 수 없는 이유는 그것의 정도가 상대적이기 때문이다. 화자는 가난과 시간을 같은 층위에 놓음으로써 상대적인 것과 절대적인 것이 서로 조건이 될 때 발생하는 무엇에 대해 말한다. 가령 그것은 상대적인 것의 우연성과 절대적인 것의 필연성이 뒤섞일 때 피어나는 사랑이나 이별과 같은 불가해한 사건이기도 하다.

시의 제목을 먼저 읽어보자. "시차"라고 말할 때 우리는 흔히 두 지역이 갖는 시간의 차이를 먼저 떠올리게 된다. 그러므로 시차에 적응한다고 할 때, 그 말은 멀리 떨어진 곳에 다녀와서 그곳과 이곳에서의 다른 생활의 리듬을 조절한다는 의미로서 전달된다. 이렇게 '시차(時差)'는 다른 장소들이 갖는 시간의 상이함을 의미하는 동시에 그 시간

2   심보선, 「시차」, 『문학수첩』 2009년 겨울호. 강조는 인용자.

을 체험하는 이의 어긋난 감각으로서의 '시차(視差)'를 함의한다. 화자와 "그대"가 살고 있는 시간이 다르며, 그들의 감각에 차이가 있다는 어떤 정도가 저 제목 속에 뒤섞여 있다.

다름, 혹은 차이에 대한 화자의 인식은 시의 도입부에서부터 마치 어떤 조건들처럼 제시된다. 우선 "이쪽과 그쪽의 시간은 달라야 합니다"는 다름에 대한 일종의 선언처럼 보인다. 이때의 '시간'이 지시하는 것은 시계 같은 도구로써 셈해지는 정도이며, 이때 장소의 다름은 시간의 다름을 이끈다. 그러나 이 선언이 흥미로운 이유는 무엇보다도 그 다음의 선언 때문이다. 여기서 "둘 다"는 앞의 '이쪽과 그쪽'의 통칭으로서 이곳과 그곳이라는 장소를 지시하는 반면, 다름에 대한 선언을 통해 두 개로 구분된 '이쪽의 시간과 그쪽의 시간'을 지시하기도 한다. 그러므로 저 두번째 선언, "그러나 둘 다 가난해야 합니다"는 장소와 시간 모두에 해당되는 말이 된다. 따라서 두 선언이 공포하는 바는 상충하게 되는데, 앞의 선언에서의 '시간'은 일종의 순서이지만, 뒤의 선언에서 '시간'은 가난의 주체로서 일종의 수량을 갖는 사물이 되기도 하기 때문이다. 이때 두 선언을 연결하는 '그러나'와 같은 접속사의 역할에 주목할 필요가 있다. 이 접속사가 접속시키는 앞뒤의 내용이 상반된다는 점을 고려한다면, 시차는 가난한 장소와 가난하지 않은 장소를 전제하는 것처럼 보인다. 그렇다면 저 가난이 물질적인 것이든 심리적인 것이든 감각되는 정도의 차이[視差]가 시간의 차이[時差]를 조건 짓는다고 할 수 있을 테다.

그리하여 시차(時差)에 대한 시차(視差)는 이곳과 그곳, "나"와 '그대' 사이의 끊임없는 확인을 요구한다("아세요?"). 이 확인은 볼 수 없는 것(시간)을 보려는 일(시각)로써 시도되기에 해답 없는 의문처럼 나타난다. 이 시에서 그 의문은 직접적으로 두 번 발현하는데, 한 번은 "우리"의 닮음에 대해서 말할 때이고 또 한 번은 "나"와 '그대'의 다름에 대해서 말할 때이다. 닮음을 전제로 할 때 가능한 호칭인 '우리'는 "떨고 있다는 점"을 공유한다. 또한 '나'의 "등장"은 '그대'의 사라짐을 전제로 하기 때문에 '나'는 결코 '그대'를 볼 수가 없다. 이렇게 화자가 닮음과 다름을 인식하는 것은 오로지 시각이 무화되었을 때 가능한 일이다. 그러므로 달리 말해 시차와 시차는 서로를 숙주로 삼으며 화자로 하여금 무시(無視)된 것들을 일깨운다. 가령 "비밀"과 "읊조림"과 선물들은 '그대'와 '나'를 '우리'로 맺어주었던 것들이지만, 시차(時差)를 사이에 두고 '우리'를 '그대'와 '나'로 떨어뜨려놓는다. 즉, 그것들이 "조롱거리에 불과"해지고 "방치된" 말들이 되며, "무미한 만물들"로 기억되는 데에는 어떤 시간이 개입하거나 혹은 '우리'의 시간에 어떤 괴리가 발생한다.

그 틈입한 시간을 통해, 저 두 번의 선언 이후에 '등장'한 화자는 이전과는 사뭇 다른 모습이다("이제부터 나는 의기양양해지고"). 한 편의 시가 화자의 성숙이나 좌절을 통한 모종의 깨달음으로 변화의 조짐을 제시하는 경우는 흔히 보아왔지만 이처럼 과정을 생략하고 전혀 다른 두 경우로서의 결과만을 이어놓은 것은 꽤 낯설다. 이 낯섦의 자극은 이 시에서 변화 이후의 화자보다는 화자의 변화 이전과 이후의 두 면모 사이에 놓인 차이점 자체를 주목하게 한다. 변화한 화자의 지표는 타자에 대한 화자의 호명이다. 화자는 우리가 눈치채지 못하는 새 '그대'를 지운다("나는/그대가 사라지면 곧 등장합니다"). 이는 마치 상자 속에 들어간 미녀를 사라지게 만드는 마술에서처럼 순식간에 이뤄지는 일이므로, 우리는 화자의 사뭇 '의기양양'한 태도나 "아주 무서운 명령"과 같은 주문에서 우선 당혹감을 느낀 다음에 '그대'의 사라짐을 발견함으로써 거듭 당황하게 된다. 마술사가 관중의 눈을 속임으로써 마력을 갖게 되는 것처럼, 저 시의 화자 역시 두 번의 주문과도 같은 의문을 통하여 은근슬쩍 '그대'를 없애고 모종의 에너지를 얻은 듯 시각에 치우친 우리의 판단을 가열차게 교란한다("휘갈겨 쓰기 시작하고/계속 휘갈겨 쓰면서"). 그리하여 어느 찰나에("유성과도 같은 속도로") "종이" 위에 등장하는 것은 "당신"이다.

시차(時差/視差) 때문에 바로 볼 수 없고, 그렇기에 만날 수 없는 '그대'를 대면하는 일은 그와 같은 눈속임을 동반해야만 가능하다는 것을 화자는 안다. 마술 상자에 여러 개의 장검을 찔러 넣을 때처럼 종이 위에 여러 번 무엇을 휘갈겨 쓸 때 화자는 '그대'를 사라지게 함으로써 가시적인 것과 비가시적인 것의 경계를 무너뜨린다. 즉, '그대'라는 대상, 혹은 이름의 사라짐과 같은 현상이 우리에게 제시하는 것은 우리의 감각을 지배하는 경계로서의 시차이다. 이 시의 화자는 '그대'와의 관계에 도래한/할 이별을 지연하려는 듯하다. 그것은 연속하는 시간에 놓인 어떤 찰나를 끈질기게 인식하려는 시도이기도 하다. 도입부의 두 선언 사이에 가로놓여 있던 접속사('그러나')는 그런 화자의 도정을("삶을 가로질러") 암시한다. 닮음과 다름은 누구에게나 시차를 겪게 하지만, 그 차이로 인해 모종의 접속들이 가능해진다. 이 접속이야말로 누구든 삶을 매번 새로움으로 살아가게 하는, "당신에게" "나아가"게 하는 마력의 근원인 것이다.

#3

　　누가 내 힘을 가져가버렸어 그렇게 믿으면 나한테 미안하지 않지 여기 서서 뭘 하는 걸까 묻지 않아도 되지 나는 아스피린 두 알을 먹고 물을 먹는 걸 잊거나 물만 마시고 오 분 동안 서 있어 아무것도 없군 아무것도, 아크릴물감이나 짜고 지나간 사진을 잘라 넣고 잘도 색깔이 좋다고 웃어 오늘 나는 손을 씻자고 생각했는데 씻지 않았지 호출벨이 울리는 대로 문을 열고 들어갔다가 인사까지하고 나왔지 옆구리에서 물이 흐르네 당신은 최선을 다하고 있습니까? 모두들 최선을 다해 간신히 살고 있는 겁니다, 애교점을 찍고 복숭앗빛 메이크업을 하자 다들 그렇게 한다면 나도 그렇게 하자 하지만 나의 코는 쓸데없이 높기만 하여 열정도 없고 화장도 안 먹고, 나는 정말 나를 누구에게 물려주고 싶은 걸까 나를 조금씩 떼어 팔고 한 번도 내 몸을 내가 가져본 적이 없구나 신기하지 않은가요? 그런데도 더욱 팔아야 한다면…… 물을 마시며 깨닫네 한없이 산만한 꿈을 꾸네 검은 이빨을 가진 사람들이 죽을 때까지 달리기만 하는 꿈, 선언합니다 나는 나를 이끌 능력이 없어요, 보타이를 하고 백진주처럼 웃네 이제 세상 모든 걸 사랑하는 거다 루빅큐브를 돌리듯 눈빛을 바꾸고 러브모드로 가는 거다 얼마나 쉬운 가면일까……용서……사랑……화를 낼 줄 모르는 사람에겐

(춤을 춰 바보야, 단 한 번이라도 너를 사랑했다면 차라리 춤을 추란 말야)

—박상수, 「온 세일」 전문[3]

누구인가 "춤을 추라"고 주문한다. 그 말은 심지어 괄호 속에 들어 있음으로 인해 더욱 의미심장하게 여겨진다. 괄호로 인해 그 말은 시의 부분이면서 시의 외부가 되고, 한편으로는 시 전체를 수렴하는 것으로도 보인다. 그렇다면 그 말을 싸고 있는 괄호를 벗기지 못하는 이상, 우리는 그 명령의 주체와 대상을, 의도와 근거를 짐작할 수 없는가. 저 동떨어진 단 한 줄, 특별한 누군가의 목소리로 짐작되는 부분에 대

3   박상수, 「온 세일」, 『문학동네』 2009년 겨울호. 강조는 인용자.

한 해명은 잠시 미뤄두기로 하자.

이 시의 화자는 웬일인지 무력해 보이고, 그런 자신을 스스로 위로하려 하는 듯하다. 그 자위는 자기의 무력함("누가 내 힘을 가져가버렸어")의 근거를 밝히는 일로 이어질 듯하지만, 그 일련의 조건들은 스스로의 의심("여기 서서 뭘 하는 걸까")에 의해 무모한 것이 되어버리는 것 같기도 하다("아무것도 없군 아무것도"). 이와 같은 정조에서 우리가 주목할 것은 무엇보다 화자를 침울하게 하는 이유일 테고 다음과 같은 구절, "오늘 나는 손을 씻자고 생각했는데 씻지 않았지"에서 그 이유 중 하나가 드러난다. 즉, 화자가 느끼는 무력함이나 자괴감은 자기의 의지와 현실 사이에 발생하는 일종의 괴리감에서 비롯한다는 것을 알 수 있다. 화자의 저 고백에서 '생각했는데'와 '않았지'의 부자연스러운 인과관계는 화자의 기분이 외부의 압력에 대한 반작용보다는 내부의 갈등에 대한 방어기제에서 비롯되는 것임을 암시한다. 즉, 화자는 자기의 뜻대로 하지 못했다는 의지의 빈약함을 토로하는 게 아니라, 오히려 뜻한 바가 있었지만 그렇게 하지 않았다는 의지의 강한 작동에 스스로 난처해하는 것이다. 이 역설적인, 자기 통제가 불가능한 상황은 "호출벨이 울리는 대로 문을 열고 들어갔다가 인사까지 하고 나왔지"와 같은 고백에서처럼 비의지적인 자신의 반응에 의해 도리어 자의식이 수모를 겪는 상황으로도 변주된다. 흔히 의지는 의식적인 부분이고, 그러므로 자기 통제가 가능한 것으로 생각하기 쉽지만 이 화자의 자성에 의하면 내부의 의식이야말로 외부의 호출에 조건반사적으로 응하기 쉬우며, 그 비의지적인 행동에 의해 자의식은 상실감과 같은 무기력한 상태에서 벗어나지 못하는 악순환을 겪기도 한다. '이처럼 의지의 무력함은 벨이 울리는 데로'(목적) 가야 하는데 '벨이 울리는 대로'(수단) 무작정 가버리는 비의지의 강한 표출로 드러나는 듯하다.

그리고 그 악무한의 틈틈이 화자의 자문자답이 이뤄진다. 자문자답이 일종의 자성(自省)하는 방법이라 할 수 있다면, 가령 다음과 같은 부분, "당신은 최선을 다하고 있습니까? 모두들 최선을 다해 간신히 살고 있는 겁니다"에서 '당신'은 화자가 스스로를 호명하는 것으로 볼 수 있다. 그러나 이어지는 자답의 주어가 당신도 나도 아닌 '모두들'이 될 때 자문에 깃든 화자의 의심은 해소되지 못한다. 이 자답을 통해서 짐작할 수 있듯이 화자가 지향하는 바는 "살고 있는 거"라고 할 수 있는데, 그 목적에 '최선을' 다하는 주체의 자리에 자신있게 자신을 기입하지 못하기 때문이다. 그와 같은 자답은 원래의 자문을 발화하게 했던 의도를 오히려 심화시킨다. 즉, 화자는 '살고 있는 것'이라는 자신의 목적, 혹은 의지에 대해 스스로 '최선'을 다하고 있는지를 확인하지 못할 뿐만 아니라, 자문자답의 과정에 의해 도리어 최선을 다하는 것이 무엇인지를 또한 의심하게 되었기 때문이다. 이 의심과 자성의 순환은 화자의 자답 다음에 찍힌 쉼표로 형상화된다. 저 쉼표는 화자의 자답과 "애교점" 사이에 놓여서 자성과 교태를 순접함으로써 자성으로 교태를 단절하기보다는 오히려 그들을 순순히 이어놓는 역할을 하기도 한다. 그러므로 "메이크업"을 하거나 "가면"을 쓰려고 시도하는 이후의 상황들 역시 의지의 상실("다들 그렇게 한다면 나도 그렇게 하자")을 전제하긴 하지만 그 뒤의 쉼표로 인해 단순한 허무주의에서 비롯되는 것이 아닌, '최선을 다하는 일'로서 목적이 곧 수단이 되는 경우를 가장한 것이라고 할 수 있다.

비의지적인 행동과 자문자답의 자성으로 결국 화자가 겪는 혼란의 원인이 '최선을 다해서 살아 있는 일'에 있음이 드러난다. 두통을 겪는 화자가 진통제를 먹으려 "물만 마시고 오 분 동안 서 있"는 상황은 목적과 수단의 구분이 무화된, 그저 '살아 있는 것'에 '최선'을 다하는 일의 표본이 아닐까. 그러므로 앞서 화자가 기필코 의문을 해소하지 않고 심화시킨 채로 두며, 도리어 외부의 조건들("믿으면" "한다면")에 관심을 돌리는 것 또한 자포자기의 태도라고 할 수는 없다. 화자의 목적은 다름 아닌 '살아 있는 것'이므로, 그 목적을 성취하기 위한 '최선'의 수단 역시 살아 있는 와중에 부딪히게 되는 장애를 감내하는 것이라고 할 수 있을 테다. 우리는 살아가면서 손을 씻고 싶다가도 씻지 않게 되고, 어쩌다 보니 악수도 나누게 된다. 그런 돌발적인 경우들이 '최선'의 일환이 될 때, 화자는 하나의 상황 자체를 문제 삼기보다는 '최선'이라는 말에 함의된 어떤 경우들의 상대성, 혹은 이중성을 본다.

이 시의 접속사는 그러한 서로 다른 경우들을 하나의 상황으로 연결한다. 그럼으로써 삶이라는 상황에 처한 화자의 무력함("누가 내 힘을 가져가버렸어"), 혹은 무능력함("나는 나를 이끌 능력이 없어요")에 대한 스스로의 "선언"을 '살아 있는 일'이 발휘하는 '최선'으로 이어놓는다. 가령 "그런데도"는 "나를 조금씩 떼어 팔고 한 번도 내 몸을 내가 가져본 적이 없구나 신기하지 않은가요?"와 같은 화자의 자성, 혹은 자문을 "더욱 팔아야 한다면⋯⋯"과 같은 경우와 연결하는데 이는 앞서 '애교점'을 찍고 '복숭앗빛 메이크업'을 한 화자를 떠올리게 한다. 그와 같은 몸치장을 하는 화자를 몸을 파는 여자에 비유할 수 있다면 여기서의 '팔다'는 '살다'로 고쳐 읽어도 무방할 것이다. 몸을 파는 일이 곧 '살아 있는 일'이 될 때 그 화자가 느끼는 무력함은 역설적으로 '최선'을 발휘하는 힘의 증명이기도 하다. 다시 말해 앞의 자문에 깃든 무력함이 뒤의 조건문('~한다면') 이후의 말줄임표에 함의된 모종의 생의 의지에 연결되는 것이다.

그렇게 삶은 각각의 서로 다른 경우들의 접속으로 이뤄진다. 이 시의 화자는 그 접속을 "모드"를 바꾸는 일로 표현한다. 자유자재로 모드mode를 바꾸는 일이 가능해질 때, 우리는 자기의 '손'을, "웃음"을, "사랑"을, "용서"를 "온 세일"하게 될 것이다. 화자는 이와 같은 삶의 모듈module을 부정적으로 보지 않는다. 전환 가능성을 내장한 삶의 방식은 때로 우리로 하여금 자기의 감정 표출에 인색한 사람으로("화를 낼 줄 모르는 사람") 보이게도 하겠지만 궁극에는 모든 것을 긍정하는 방식("세상 모두를 사랑하는 방식")으로 살아 있는 일에 최선을 다하게 될 것이기 때문이다. 우리가 처음에 의문을 품었던 괄호 속의 시의 화자의, 혹은 화자를 향한 누군가의 목소리는 '판매 중'인, '할인 중'인 그와 같은 삶의 방식을 전시하는 상황을 오히려 부각한다. "단 한 번이라도 너를 사랑했다면" 당신 역시 이러한 삶의 방식에 관심을 가져보는 건 어떻겠냐고. 이는 물을 마시면 옆구리로 물이 새어 나가는 것 같은 허황된 방식처럼 보일 수도 있겠지만, 과연 확고한 자기를 지키는 일만이 '최선'이겠냐고. 최선의 살아 있는 일은 그렇게 제 몸을 전시하여("춤을 춰") 다른 몸에게로 접속하는 흥겨운 일이라고.

속수무책(束手無策), 그럼에도 불구하고

질문을 해보자. 당신은 '손'에서 무엇을 직관하는가. 당신의 손으로 그의 손을 잡았을 때, 혹은 당신의 손이나 그의 손을 보았을 때 당신은 무엇을 감각하는가. 손이라는 단어를 발음했을 때, 그 소리를 들었을 때, 손이라고 적힌 글자를 보았을 때 당신은 무엇을 생각하는가. 그리하여 손이라고 적을 때 당신은 무엇을 의도하는가.

> 조카 학비 몇 푼 거드니 아이들 등록금이 빠듯하다
> 마을금고 이자는 이쪽 카드로 빌려 내고
> 이쪽은 저쪽 카드로 돌려 막는다 막자
> 시골 노인들 팔순 오고 며칠 지나
> 관절염으로 장모 입원하신다 다시
> 자동차세와 통신요금 내고
> 은행카드 대출 할부금 막고 있는데
> 오래 고생하던 고모 부고 온다 조문하고 막 들어서자
> 처남 부도 나서 집 넘어갔다고
> 아내 운다
>
> '젓가락은 두 자루, 펜은 한 자루…… 중과부적!'(노신)

이라 적고 마치려는데,

다시 주차공간미확보 과태료 날아오고

치과 다녀온 딸아이가 이를 세 개나 빼야 한다며 울상이다

철렁하여 또 얼마냐 물으니

제가 어떻게 아느냐고 성을 낸다.

　　　　　　　　　　　─ 김사인, 「중과부적(衆寡不敵)」 전문[1]

　김사인의 시는 마치 네 가지 미(美)의 범주 중에서 해학을 설명하기 위해 언급되기도 하는 구전민요인 '시집살이 노래'를 떠올리게 한다. 이 노래는 같은 제목 아래 수많은 변주 양상이 존재한다. 가족들에 대한 재치 있는 험담으로써 시집살이의 어려움을 늘어놓는 방식을 취한다. 개인사나 가정사에 머무를 수 있는 사소한 소재이지만, 몇 세기가 지난 오늘에도 사회와 역사라는 비교적 거대 집단에 의해 소외되고 억압받는 고통스러운 가정과 개인을 그 속에서 발견한다. 김사인의 시 역시 한 가정의 가장으로 보이는 화자의 고단한 일상에 대한 노래이다. 이 시를 일종의 노래라고 하는 데에는 앞서의 구전민요의 특성과 같은 해학미를 풍긴다는 이유도 있지만, 또한 구절들이 마침표나 쉼표 없이 이어지는 와중에 유사한 발음을 갖는 시어가 곳곳에 배치되어서 마치 반복 없는 돌림노래와 같은 느낌을 자아낸다는 이유도 있다. 가령 1연 8행과 9행의 "부고"와 "부도", "온다"와 "운다"가 형태상 그러하고, "막 들어서자"와 "집 넘어갔다고"가 의미상 그러하다. 화자가 이러저러한 일들을 마치고 '막 (집에) 들어서자' 또 다른 일로 인해서 '집이 넘어갔다'는 상황은 실상 꽤나 심각하고 급박한 문제에 직면한 것일 텐데 화

1　　김사인, 「중과부적(衆寡不敵)」, 『시와반시』 2009년 겨울호.

자는 그 일을 마치 한낱 문지방을 넘듯 담담하게 서술하여 사태를 역전시킨다.

그런 화자의 심경은 2연에서 구체적으로 드러난다. 이 시의 제목이기도 한 "중과부적(衆寡不敵)"은 '무리가 적으면 대적하지 못한다', 즉 적은 수로는 많은 적을 상대하지 못한다는 의미의 고사성어이다. 이 말의 출전은 『맹자(孟子)』의 「양혜왕편(梁惠王篇)」으로서, 전국시대에 제국을 순방하면서 왕도론(王道論)을 역설하던 맹자가 제(齊)나라 선왕(宣王)에게 충고한 말에서 유래한 것이다. 선왕이 천하의 패권을 잡을 방법을 구하자 맹자는 스스로는 방일한 생활을 하면서 그런 욕심을 갖는 것은 그야말로 '나무에 올라가서 물고기를 구하는 것(緣木求魚)'과 같다고 대답한다. 이어서 맹자는 소국인 추나라와 대국인 초나라가 싸운다면 어느 쪽이 이기겠냐고 선왕에게 묻는다. 선왕이 당연히 초나라가 이길 것이라고 대답하고, 이때 맹자가 한 말이 바로 '소국은 결코 대국을 이길 수 없고, 소수는 다수를 대적하지 못하며(寡固不可以敵衆), 약자는 강자에게 패하기 마련이다'이다. 맹자의 이 말이 과부적중(寡不適中)이라는 성어의 유래이며, 그 성어가 한국에 와서 중과부적으로 통용되었다. 여기서 저 성어가 표면적으로 갖는 의미보다 저 말을 할 때의 맹자의 의도, 즉 과부적중과 왕도론이 만나는 지점에서 발생하는 의미에 주목할 필요가 있다. 맹자는 선왕에게 그 당시 천리 사방의 천하에는 아홉 개의 나라가 있는데 제나라는 그중 하나일 뿐이며, 한 나라가 여덟 나라를 굴복시키려 하는 것은 추나라가 초나라를 이기려 하는 것과 같지 않겠냐고 반문한 뒤에, '왕도로써 백성을 열복(悅服)시킨다면 그들은 모두 전하의 덕에 기꺼이 굴복할 것이며 또한 천하는 전하의 뜻에 따라 움직이게 될 것이다'라고 충고한다. 지금 중요한 것은 수(數)보다는 도(道)에 있다는 것이다.

김사인이 "젓가락"과 "펜"이 만났을 때 다수인 전자가 소수인 후자를 굴복시키는 것은 당연하다는 말을 하기 위해 시를 쓴 것은 아닐 것이다. 김사인의 의도는 가족에 관한 일, 먹고사는 일, 살고 죽는 일과 같은 인간 본연으로서의 삶의 국면들을 공부를 하거나 글을 쓰는 일, 개인의 만족이 아닌 집단의 안녕을 위한 일과 대적하게 함으로써 일종의 오류의 발생을 유도한다. 다시 말해 김사인이 '중과부적'이라고 영탄("!")할 때 인간이라면 벗어날 수 없는 근원적인 삶의 속살과, 그러한 인간이 모인 사회의 속성이 대립하여 발생하는 해결되지 않는 모순이 있다. 모든 것이 돈을 매개로 해서만 가능한 사회는 인간의 삶과 죽음까지도 돈으로 결정해야만 하는 거대한 역설이다. 김사인이 "한 자루"의 '펜'과 고사성어 사이에 끼워 넣은 말줄임표("……")는 먹고 살고 죽는 인간의 일, 그 상식적인 일이 품고 있는 비상식적인 모순은 결코 다 적을 수 없다는 의미를 표하는 것일 수도 있겠다. 그러므로 김사인이 중과부적을 통과하여 제안하는 것은 '젓가락이 펜보다 강하다'는 명제가 아니라, 모종의 희망이다.

"성을 내"는 "딸아이"를 마주할 때, 끝나지 않는 사건들에 묻힌 일상의 가운데에서도, 비일상적인 일이 일상이 되어버린 와중에도 화자는 일말의 희망을 드러낸다. 지출의 순환("돌려 막는")이 야기하는 것은 언제나 또 다른 지출뿐이지만 화자는 나름의 단속("적고 마치려는데")에 대한 의지를 표출한다. 자신의 일상을 유지하는 데 필요한 적정량의 지출을 마친 다음에 느끼게 되는 안도감은 일상을 벗어나는 예외적인 사건을 만나 일종의 위기감("철렁하여")으로 돌변한다. 사실 그 적정량의 지출이란 개인이 감당할 수 있는 감정의 정도에 닿아 있는 것일지도 모르겠다. 별다른 감정의 표출 없이 담담하게 서술되던 저 시에서 돌연 화자의 심리 상황이 구체적으로 드러나고 개인들의 심리가 대립함으로써 갈등이 발생하는 것은("성을 낸다") 그러므로 의미심장한 부분이다.

아무도 잘못하지 않았는데 엄연히 발발하는 전쟁에서 최선의 해결책은 무엇일까. 김사인의 시는 우리가 살아가는 '지금 여기'를 저 형용모순의 상황으로 은유하면서 이렇게 묻는다. 하물며 우리가 대적해야 하는 적은 정체가 없어서 그 수를 셀 수조차 없다면, 애초에 맹자의 교훈 역시 왕도론(王道論)을 위해 제시되었음을 상기한다면, 김사인의 시 (「중과부적」) 역시 또 다른 희망[王都]을 묻고자[論] 하는 게 아닐까. 천하를 다스릴 임금에게는 한 나라의 백성들부터 감동하게 할 힘이 있어야 한다는 게 아니라, 한 나라의 백성들을 감동하게 하는 임금은 곧 천하를 다스리는 것과 다름없다는 역설을 고달픈 가장의 책임을 통해 보여주면서 말이다.

　　　　가방을 수선했다

　　　　손잡이를 잘랐다
　　　　잎은 피어나지 않았다
　　　　놓아버린 손가락
　　　　매일 악수를 나눈
　　　　당신이 잘려나갔다

　　　　수선 피우는 오후
　　　　수선화 피는 봄이 아니고
　　　　잘린 가방으로부터
　　　　뜻밖의 가을이 얼굴을 내밀었다

　　　　자라나 잘려나간 어제와 내일
　　　　당신과 악수를 나누지 못했다

나는 가방을 수선했다

유리창 속으로

거부당한 오후 2시는 햇살에 깔려 조각나고

다시 수선 피우지 않겠다

아무것도

가질 수 없었다.

어깨에서 내려놓은 가방을 움켜쥐고 뛴다

사라진 두 손을 찾아

──강미영, 「사소한 가방」 전문²

　　강미영의 시에는 "가방"이 등장한다. 이 '가방'은 어깨에 메는 것이
아니라 손에 드는 것이고, 아마도 사용한 지 오래되어 낡았을 것이다.
이 '가방'을 손본 일이 시 전체의 맥락을 구성하고, 구체적으로는 '가방'
의 "손잡이를 잘랐다"는 것이 주요한 사건이다. 화자는 낡은 '가방'의
'손잡이'를 자른 일을 시의 첫 행에서부터 "가방을 수선했다"라는 단언
으로 진술한다. 가방 따위의 물건이 낡거나 헌 상태를 고친다는 의미
의 '수선(修繕)'은 이 시에서 여러 번 반복되며, 수선의 대상을 여러 가
지로 환치시키면서 의미를 확장한다. 가령 2연의 첫 행, "손잡이를 잘
랐다"는 응당 1연의 내용에 이어 '가방'의 '손잡이'를 '잘랐다'는 의미로
이해할 수 있지만, 2연의 마지막 행 "당신이 잘려나갔다"의 의미는 그
리 단순해 보이지 않는다. 이 중의적인 구절에서 '당신'은 오래되어 정
든 '가방'의 '손잡이'를 애정 있게 부르는 3인칭 호격이라고도 할 수 있

2　　강미영, 「사소한 가방」, 『시와반시』 2009년 겨울호.

지만, 무엇보다 화자에게 있어서 '가방' '손잡이' 혹은 잘려나가는 행태와 연관된 누군가를 지칭하는 것일 수도 있기 때문이다.

그렇게 '당신'이 갖는 호명의 중의성은 무엇보다도 '수선'의 발음에서 비롯된다. 화자는 "가방을 수선하"느라 "수선 피우는" 데에서 "수선화 피우는" 때를 떠올리게 된다. 여기에는 또 한 겹의 의미 연상이 이뤄지는데, 손 봄[修繕]이 봄[春]으로 이어지고, 떠오른 "봄"의 기억으로부터("잘린 가방으로부터") '당신'으로 추정되는 화자의 오래되어 낡고 정든 기억이 되살아난 것인지도 모른다("뜻밖의 가을이 얼굴을 내밀었다"). 이와 같은 맥락에서 4연은 좀 더 의미심장하다. 화자의 의지가 개입된 상황("잘려나간")에 의해 촉발된 비의지적인 상황으로서의 기억은 과거("어제")와 미래("내일")를 매개함으로써 '당신'과의 단절로 인한 어떤 안타까운 느낌을 확산시킨다. 그러니까 화자는 '가방'을 수선하느라 수선을 피운 것을 후회하고 있는지도 모른다. 어쩐 일인지 별 고민 없이 순식간에 결정을 내리고 실행에 옮겼다가 낭패를 본 경험이 누구에게라도 있지 않을까. 괜스레 자른 '손잡이'를 보고 드는 후회가 제대로 된 인사조차 나누지 못한("당신과 악수를 나누지 못했다") 섣부른 이별에 대한 안타까움의 술회로 이어진다. 혹은 그 반대의 경우일 수도 있겠다. 수선을 피우다가 수선화 피는 봄을 떠올리게 되면서 문득 회상하게 된 어느 '가을'의 기억이 이별의 안타까움을 다시금 불러일으킨 것이 먼저이고, 그 이후에 발생한 감정이 정들어 잘린("자라나 잘려나간") 가방의 손잡이에 이입된 것일 수도 있다. 어떤 경우이든 화자는 손가방을 수선하면서 일종의 회한을 느낀다.

그 회한의 감정은 가방을 수선함으로써 어떤 시간이 어긋나고("거부당한 오후 2시는 햇살에 깔려 조각나고"), 그 손상된 시간을 통해 일종의 섣부른 행동을 반복하지 않겠다고("다시는 수선 피우지 않겠다") 다짐하는 데서 절정을 겪는다. 추측건대 화자는 정든 것에 섣불리 손을 댔다가(혹은 수선 피웠다가) 후회한 경험이 이전에 이미 있었지만 오래 잊고 있다가 가방을 손보면서(수선하면서) 되살아난 기억으로 인해 또 다시 후회한다. 그러니까 화자의 회한은 단지 가방의 손잡이를 자른 일이 아니라, 수선을 통해 떠오른 기억의 일에서 비롯된다.

오래되어 낡고 헌 것은 버리기엔 아깝고 쓰기엔 비루해 보인다는 이 유로 수선을 하기도 하는데, 그때 그 물건에 깃든 비물질적인 무엇의 손상은 불가피한 일이다. 화자 역시 수선을 통해서 새로운 가방을 갖 게 되기를 기대했는지 모른다. 하지만 화자에게 남은 것은 옛것도, 새 것도, 아무것도 아니다("아무것도/가질 수 없었다"). 그 허탈감에는 '수 선을 했지만' 혹은 '수선을 피웠지만'과 같은 기대심리에 연관한 행위 들이 우선한다. 하지만 그와 동시에, 그러한 행위로 인해, 즉 잘라냄으 로써 버려지거나(손잡이), 고침으로써 변화되거나(가방), 어떤 쪽이든 당연히 당면하게 되는 것은 낯선 무엇이다. 그러므로 가방은 화자의 기대에서 벗어난 채 그저 놓여 있을 뿐이다("어깨에서 내려놓은 가방").

그리하여 이 시에서 하나의 역설이 발생한다. 수선을 통해서 손잡이 가 사라진 가방은 마치 잡을 손이 없는 대상처럼 여겨진다("놓아버린 손가락"). 하지만 동시에 화자는 그 가방을 "움켜쥐고" 간다. 이 움켜쥐 는 행위에는 악수(握手)의 느낌이 들어 있다. 화자가 움켜쥔 것이 가방 의 손잡이든 손잡이가 잘린 가방이든, 화자와 동행하는 것이라는 점에 서는 마찬가지가 아니겠는가. 화자가 차마 악수도 나누지 못한 '당신' 을 회상하고 회한을 느낄 때는 항상, 이미 '당신'을 움켜쥔 화자가 먼저 있다. 그러므로 화자가 무엇을 갈구하며 뛰어가는 곳은 자기의 수선 피움으로 인해 수선되어 잘려나간 손잡이가 있는 곳, 실망 내지 상실 의 공간이 아니다. 화자의 저 운동성 내지 지향성은 언제든 촉발될 수 있는, 이미, 항상 제가 지참한 '당신'으로부터 느끼는 결핍과 그로 인한 욕망에서 비롯된다. 그리하여 "사소한 가방"은 '당신'을 연상하게 하는 모든 것의 환유라고도 할 수 있다. 그러므로 화자가 "사라진 두 손을 찾아"갈 수 있는 곳이나 때는 없다. '두 손'은 '사라진' 것처럼 보일 뿐 화자가 이미, 항상 움켜쥐고 있기 때문이다.

그는 나에게 질문을 던지고 싶어 했다.

꿈속에서 죽은 쥐가
지금 어디에서 썩고 있는지 아니.

*

그는 나로부터
확실한 거리를 유지하고 있었지만
그러면서도 그는 나의 눈에
달라붙어 있었다.
끈적끈적하기가 이루 말할 수 없었다.

손을 쓸 수가 없었다.

더듬더듬
침이 가득 고인 입으로는 답을 할 수가 없었다.

독을 먹은 게 내가 아니라면
그런 게 아니라면
말로 할 수 없는 이런 슬픈 사연이란
무엇일까. 정녕.

404

*

나에게 있는

그 아니면 쥐.
열이 있는

그 아니면 쥐.

체온을 유지하는 일은
어떻게 해야 하는지 아니.

─신해욱, 「전염병」 전문[3]

신해욱의 시에서 우선 주목하게 되는 것은 아이러니하게도, 시가 아니면서 시의 부분이기도 한 "＊" 표시이다. 시인만이 이 표시를 쓰는 것은 결코 아니지만, 그럼에도 불구하고 신해욱의 시를 읽어본 이라면 이 표시가 그의 시에서만큼은 그리 낯설지 않게 보일지도 모르겠다. 신해욱의 몇몇 시에서 '＊'는/은 장면이나 시점을 분할하고 전환하는 역할을 하기도 했다. 동시에 아무것도 아닌 채로 그저 놓여 있었다. 그리하여 신해욱에게 '＊'는/은 하나의 표식이 되어버린 것 같다.

이번에 등장한 '＊'는/은 꿈과 현실, 혹은 정신분석학의 용어를 빌려 말하자면 꿈-내용과 꿈-작업에 관한 추적을 구분하는 역할, 혹은 구분이 불가능한 무엇을 임의로 구분하려는 시도가 남긴 흔적의 표시로 보

---

3   신해욱, 「전염병」, 『시와반시』 2009년 겨울호.

인다. 그러므로 저 시에서 '*'는 일종의 구두점으로서 시의 일부인 동시에, 언어화에 실패한 문자의 흔적으로서 씌어지지 않은 시의 외부이기도 하다. 앞서 나눈 상황에 적용해보면 1~2연은 전자의, 3~6연은 후자의 경우에 해당한다. 화자("나")는 아마도 꿈에서 "그 아니면 쥐"를 만났을 것이다(여기서 '그'는 인간, '쥐'는 비인간이라는 통념을 벗어나야 한다. 충분히 그 반대의 경우가 가능하며, 두 경우를 통칭한 3인칭 호격으로서의 '그 혹은 쥐'를 예상할 수 있다). "그는 나에게 질문을" 하는데 그 물음은 저 시에서 유일하게 이탤릭체로 씌어진, 2연의 문장이다. '그'가 '죽은 쥐가 지금 썩고 있다'는 상황을 전제한 채로 '나'에게 묻는 것은 그 상황이 발생하는 자리("*어디에서*")이다. 이때 이 질문에 대응하는 화자의 태도가 주목할 만하다. 비스듬히 누운 저 문장이 '그'가 화자에게 하는 질문이라고 추측되는 데에는 그 이후의 부분들에서 "답"을 하려는 화자의 시도와 좌절이 진술된다는 이유가 있다. 그러나 그런 이후의 상황들을 차치하고 꿈의 내용만 본다면 화자의 의지는 '그'의 질문에 대답하려는 것보다, 오히려 역으로 '그'의 의도("싶어 했다")를 추측하려는 데 있다.

대답을 해야 할, 혹은 대답을 할 것으로 가정된 사람이 질문의 내용보다는 질문자의 태도에 관심이 있을 때 원만한 문답은 불가능해진다. 이 상황은 해석하려는 시도가 곧 예상된 실패로 귀결되는 꿈의 그것과 유사한 메커니즘을 갖는다. 이는 저 시적 상황이 꿈꿈과 꿈 깸의 애매한 지점에 놓여 있다고 짐작하게 한다. 또한 화자가 '그'를 대하는 태도 또한 저 시의 불가해한 상황을 암시한다. 즉, 화자는 '그'에게 일종의 거리감을 토로하는데 이 느낌은 양가적이자 모순적이다. "그는 나로부터/확실한 거리를 유지하"는 동시에 "달라붙어 있었다"는 화자의 역설이 수긍되는 것 역시 저 상황을 꿈꿈과 꿈 깸의 사이 지점에 놓을 때 가능하다. 다시 말해 3~6연에서 화자는 '그'의 질문을 받는 꿈꿈의 상황과 움직이거나 말하기가 곤란하다고 인식하는 꿈 깸의 상황이 겹쳐진 아이러니한 상황을 체험한다. 흔히 가위에 눌렸다고 할 만한, 의지와 비의지가 동시에 작용하는 경험에 대한 것으로 보이는 화자의 진술은 그러므로 중의적이다. 다시 말해 화자가 '그'의 질문에 답을 할 수 없는 이유는 자신의 의지와 무관하게 말을 할 수가 없기 때문인("더듬더듬/침이 가득 고인 입으로는 답을 할 수가 없었다") 동시에 질문자인 '그'와의 거리감이 어느 정도인지 형언할 수 없기 때문이기도 하다("끈적끈적하기가 이루 말할 수 없었다").

그렇게 모호하게 추측되는, 저 형용 모순적인 시공은 화자에 의해 하나의 서사적 사건("슬픈 사연")이 된다. 그 "말로 할 수 없는" 사건을 탐색하기 위해서는 다시 처음의 질문으로 돌아가야 한다. 화자는 '그'의 질문을 듣고 그 질문에 대한 답을 하려고 하기보다는 질문을 던지는 '그'로부터 느끼는 거리감에 대해 먼저 말했고, 다음으로 아무것도 말할 수가 없는 자신의 처지에 대해서 말했다. 그 과정에 의해서(혹은 그 과정 자체가) 하나의 사건, 즉 '슬픈 사연'이(으로) 구성되었으며, 화자는 이제 와 앞선 질문을 차치한 채 역으로 그 사건의 정체에 대해 질문을 던지고 있다. 화자가 보여주는 순환 오류, 즉 던져진 질문을 받아 또 다른 질문을 하는 아이러니는 "정녕"이라는 단호한 단어로 수렴된다. '추측건대 틀림없이'라는 의미의 저 단어는 정황상 사실에 근거하여 씌어지기보다는 짐작에 근거하여 씌어지고, 그럼에도 일종의 확신을 담보하는 단언처럼 기능한다. 시인은 저 단어의 도치를 통해서 앞선 역설적인 상황에 더불어 '슬픈 사연'의 함의까지를 암시한다.

흥미롭게도 두번째 '*' 이후의 화자의 진술은 수학의 집합 기호를 통한 사유에 적합하다. "~에게 있는"을 '~에 포함하는(~⊃)'으로, "A 아니면 B"를 'A 또는 B(A∪B)'로 바꾸어 해석한다면 7~9연에서 알 수 있는 것은 '나'는 '그'와 "쥐"와 "열"을 모두 포함하는 존재라는 점이다.

여기서 연역되는 것은 '나'와 나에게 질문을 던지고 싶어 했던 '그'가 동일인물일 수 있다는 점이다. 달리 말해, 꿈꿈의 상황에서 '나'의 무의식이 '그'로 대체되었다고도 볼 수 있다. '나'의 환유인 '그'는 나에게 속한("나에게 있는") 것이라는 점에서 '쥐'와 다르지 않으므로 '쥐' 역시 '나'의 환유이다. 그러므로 처음의 질문은 이렇게 바꿔 쓸 수 있다; '꿈 속에서 죽은 내가 어디서 썩고 있는지 아니.' 질문이 질문을 낳을 뿐만 아니라 '나'가 '나'에게 질문을 하고 또 다른 '나'가 '나'에게 질문으로써 대응하는 상황이다.

저 상황은 '나'라는 개인이 해결할 수 없는("손을 쓸 수가 없었다") 근본적인 문제가 '나'를 억압하고 있는 것으로 보인다. 그 억압의 정체를 파악하기 위해서 바꿔 쓴 질문을 다시 보니 '나'를 억압하는 것은 다름 아닌 "나에게 있는" "열"인 듯도 하다. 죽은 몸에는 '체온'이 없지만 그 몸이 지금 어딘가에서 '썩고 있'다는 전제는 부패를 촉발하거나 부패의 과정에서 발생하는 어떤 유(類)의 에너지가 있다는 것을 암시한다. 더불어 마지막 연은 체온을 유지하는 일의 방법("어떻게")에 대한 자문(自問)이다. 체온을 유지하는 일에도 역시 끊임없는 에너지의 순환이 전제되지 않는가. 앞에서 전제한 정황상 꼼짝달싹 못하는 '나'에게 발생하는 열에너지는 외부로부터 전달되었을 것이다. 이 전도열은 '나'에게로 와서 체온을 유지하거나 부패를 진행시키는, 생과 사를 주관하는 것이 된다. 시의 제목인 "전염병"은 전염성이 강한 병원균이 면역력이 약한 개인들을 공격하여 집단화하는 병이다. 여기서 병원균이 하는 역할을 '열'의 역할로 대체한다면, '나'는 '열'처럼 보이지 않는 무엇에 전염되어 속수무책일 수밖에 없다고 할 수 있겠다. 하지만 화자가 하려는 말은 정작 그 "손을 쓸 수가 없었다"는 말의 뒤편에 있을 것이다. 시인이 '*' 표식을 통해서 모호한 상황과 해결할 수 없는 문제를 구분하고 배치해놓을 때 우리는 자신도 모르게 '*'의 상하좌우로 스며들어 그것을 회피하는 동시에 포섭하는 독해를 하게 된다. 화자가 "독"을 먹은 듯 허둥대며 속수무책을 토로할 때, 그 말은 해독의 미궁에 빠진 우리 내면의 목소리가 된다. 그리하여 앞선 저 말의 뒤편에 놓인 것은 다시금 '*'이라고 할 수밖에. 진실로 '전염병'에 걸린 것처럼 모두가 한결같이 말할 수 없는 것, 손쓸 수 없는 것이 있다. 시인은 그것을 '*'라고 적어둔 게 아닐까.

　　몸의 다른 부분들과 비교해보아도 손만큼 의미심장한 것은 없어 보인다. 하물며 몸에 관련된 대부분의 비유들은 중의를 가질 수밖에 없다. 가령 '손을 씻는다'는 말에는 팔목에 달린 손가락과 손바닥의 부분을 씻는다는 의미에 더불어 어떤 관계를 끊는다는 의미가 있다. 그러나 무엇보다도 손이 의미 있는 이유는 하나가 다른 하나와 포개져서 온기와 마음을 나눌 수 있는 유일한 신체 부위이기 때문이 아닐까. 나에게로 서서히 전해지는 낯선 감각이 어느 순간 무감각의 정도에 이를 때 나의 손과 너의 손은 단 하나의 손이 되기도 한다. 그렇게 손을 잡는 행위는 하나의 체온으로 향하는 물리적인 화해인 동시에, 기꺼이 너의 입장이 되어보겠다는 의지들의 심리적인 화합이다. 앞의 시들에도 어쩐지 '다행스러운' 손들이 있다. 그 손들은 드러나 있기도 하고 감춰져 있기도 하다. 어떤 손은 분주히 움직이고 다른 손은 무언가를 움켜쥐고 있으며 또 어떤 손은 옴짝달싹하지 못한다. 이렇게 시인이 하나의 손을 시를 통해 감춰놓거나 보여줄 때, 우리는 그것만으로도 어떤 위안을 받기도 한다. 시인이, 시가 잊지 않고 내밀어주는 그 손을 보고 잡고 느끼면 웬일인지 세상과 화한 것만 같아서일까.

어떤 여지들

텅 빈 누에고치를 본 적이 있는가. 그것이 비루하고 쓸쓸해 보이는 이유는 언젠가 그 속을 가득 채웠을 어떤 잠의 흔적 때문이다. 비어 있음으로 인해 충만한 존재는 어떤 시들에서도 볼 수 있다. 탈피와 탈구의 혹은 탈속의 흔적으로 오히려 생생해지는 느낌. 그것을 담지하는 저 시들은 여지없는 것의 이면에 있다. 그리하여 저 시들은 규정할 수 없고, 의도하지 않은 것들의 성장(盛壯)을 보여주려 한다.

1. 빛 먹은 연서(戀書)

빛 하나 들여보내는 窓이면 좋았다 우리는, 같이 살아야 같이 죽을 수도 있다는 간단한 사실을 잘 알고 있던 시절에 만났다 네가 피우다 만 담배는 달고 방에 불 들어오기 시작하면 긴 다리를 베고 누워 국 멸치처럼 끓다가 '사람이 새와 함께 사는 법은 새장에 새를 가두는 것이 아니라 마당에 풀과 나무를 키우는 일이었다' 정도의 글귀를 생각해 너의 무릎에 밀어 넣어두고 잠드는 날도 많았다 이불을 개지도 않고 미안한 표정으로 마주 앉아 지난 꿈 얘기를 하던 어느 아침에는 옥상에 널어놓은 흰 빨래들이 밤새 별빛을 먹어

노랗게 말랐다

—박준,「광장」전문[1]

　시(詩)를 처음 읽을 때의 마음가짐으로 돌아가게 하는 시가 있다. 한 구절에서 우주의 법칙을 발견한 것처럼 가슴 뿌듯해질 때가 있고, 또 다른 한 구절에서 내가 할 모든 사랑과 이별한 것처럼 가슴 뻐근해질 때도 있다. 거대한 세계에 맞선 나약한 개인이 그 자신 내면의 창을 통해 우주와 소통하여 하나의 소우주가 되는 경험의 궤적을, 우리는 흔히 시의 한 원리라고도 알아왔다. 하나의 자아가 있고, 그것이 세계가 동화하고 합일하는 일이 가능하다는 것을 전제로 삼으면서 말이다.

　그 반면에 세상이 어떻게 돌아가든 상관없다고 말하는 서정(抒情)이 있다. 당신과 오래 함께 있다가 죽을 수만 있다면 좋겠다고 '간단히' 말하는 이가 있다. 이 목소리에서 우리는 새삼, 무조건적인 진심을 엿듣게 된다. 저 목소리에는 어떤 의심도 끼어들 틈이 없다. 애초에 저 목소리가 가두고 있는 것이, 구획하는 것이 없기 때문이다. 다시 말해 당신과 함께라면 다른 무엇도 더 필요하지 않다는 저 단호한 목소리는 그러나 어쩐지, 당신에 대한 저의 사랑조차 제가 어쩌지 못함을 알고 있는 자의 체념으로 들린다. 무엇을 너무 많이 알아버린 자는 때때로 감당하지 못할 슬픔을 짊어진 것처럼 보인다.

　더 가까이 다가가서 저 비인(悲人)의 이야기를 들어보자. 이야기의 내용을 차치하고라도, 우리가 화자의 말투에서 어떤 슬픔을 선취했다면, 그것은 저 과거형의 서술 때문일 것이다. 너와 나를 "우리"로 엮어주었던 일(아마도 그건 사랑이었을 텐데)은 지나간 "시절"이 되어버렸

1　박준,「광장」,『시와반시』2010년 봄호.

다. 다시 말해 이것은 실연한 자의 사랑 이야기이다. 자칫 특별할 것 없어 보이는 이 개인의 회고담 앞에서, 문득 이유 모를 애련(哀戀)을 느끼는 것은, 우리가 모든 지나간 연애는 아름답다는 "간단한 사실"을 잘 알고 있기 때문이기도 하다. 그러니 저 이야기 속의 '우리'는 우리에게 낯설지 않은 게 당연하다. 누구라도 '우리'라는 이름 속에서, 우주에 둥실 떠 있는 듯했던 그 작은 방 안에서 충만하게 차올랐던 경험을 간직하고 있다. 이것은 지나치게 추상적인 이야기인가. 그렇지만 '우리'에의 경험을 누구도 누구와의, 어떠한 연유에서의 일이라고 단언할 수 없다. 다만 사랑은 아름답다고밖에는 할 수 없는 일이듯이. 저 화자 역시 그것을 모르지 않아서, 그 사랑이 그다지도 아름다운 것은 작은 창이 있던 그 방의 일이기 때문이라고 말한다.

그러니 지나간 사랑의 무조건적인 아름다움을 이야기하는 화자를 탓하지는 말자. 저 사랑이 아름답다고 말할 때, 화자는 일종의 슬픔을 토로하는 것이기도 하다. 지나간 아름다움을 말하는 동시에 지금 여기의 고통을 이야기하는 것이다. '너'의 긴 다리를 접게 할 수밖에 없었던 그 작은 방은 이제 와 화자에게 "새장에 새를 가두는 것"과 같은 구속을 깨닫게 한다. 화자의 이야기는 그때는 아름답기만 했기에 지금에서야 슬픈, 여전히 현재진행형인 사랑의 음화(陰畵)인 것이다.

그렇게, 저 화자에게 있어서 한 인생을 반증하는 것, 그 유일무이한 사건이 곧 사랑이다. 그러므로 화자가 '너'에 대한 사랑에 저의 '죽음'을 걸었던 일은 무리가 아니다. 화자에게 '너'는 사랑이 어떠한지, 그 간단해 보이는 형식 속에 얼마나 미묘한 생(生)의 결단이 감춰져 있는지를 잘 알게 해준 사람이다("우리는 같이 살아야 같이 죽을 수도 있다는 간단한 사실을 잘 알고 있던 시절에 만났다"). 화자는 '너'를 만나서, "우리"가 되어서 비로소 그 "간단한 사실"을 절실히 터득했다고 자부하게 된다. 화자는 '너'라는 존재로 인해 다른 생을 살게 된 것일까. 신을 만나

412

기적을 체험하듯, 화자는 '너'를 만나 영험(靈驗)을 경험한다. 구체적으로 '너'는 담배의 쓴맛도 달게 만들 줄 알았고, 자가 보온이 되지 않는 방도 뜨겁게 끓일 줄 알았던 사람이다. 또한 화자는 '너'와 함께 있는 것만으로도 삶의 단맛과 온기를 체득할 수 있었고, 그 새로이 알게된 것들의 힘으로 저 자신을 우려내듯 어떤 "글귀"들을 생각해낸다. 이 일련의 일들은 화자의 경험에서 비롯된 일이므로 명징한 것이라 할 수 있는 동시에, 화자만이 경험한 일이므로 보편타당하다고 할 수는 없다. 즉, 화자의 문장은 오로지 사랑에 대한 헌사와도 같아서 응당 '너'에게만 접어 보낼 비문(秘文)이기도 하다. 그러니 화자는 무릎을 꿇어 바치듯, 혹은 무릎을 접듯 '글귀'를 접어 "너의 무릎에 밀어 넣어두고", 밀어(密語) 같은 하루를 마감했을 것이다.

아무래도 저 화자에게 있어서 '너'와 함께 보내던 하루는 그 자체로 전 생애에 버금가는 시간이었을 것 같다. '너'와 함께 있으면 온몸이 절로 끓어올라, 체액을 토하듯 부지불식간에 알아차리는 게("사람이 새와 함께 사는 법") 있고, 그로 인해 잠들 수 있었으니 말이다. 잠듦으로써 하루를 마감하듯, 그 하루가 전 생의 마지막이듯 '우리'로서의 하루를 절절하게 보낸 이들에게라면 그다음 날의 "아침"은 응당 서로에게 "미안한 표정"을 지을 수밖에 없는, 또 한 번 애절한 시간이었을 것이다.

그러니 저 사랑하는 자들에게 이다음의 시간은 없다. 같이 죽기 위해 같이 사는 이들에게 이다음에 있는 것은 죽음뿐이기 때문이다. 지금 이후는 다만 지금의 연속이다. 그런 '우리'의 마주 봄("마주 앉아")은 서로가 "별빛"인 줄 알아보게 한다. 이 알아챔은 반짝이는 그 순간을 위해 이전의 수광년을 어둠으로 달려왔고, 달려온 그만큼만 지속된다는 식의 관념에 종속되지 않는다. 매 순간이 점멸하듯 느껴지는 것, 그만큼 그 순간 이후를, 바로 다음 순간을 두렵게 여기는 것이 사랑임을, 우리는 다만 한눈에 알아보고 만다. '너'라는 섬광은 성광(聖光)처럼, 현실(玄室)을 비현실적인 빛으로 채우기 때문이다.

　겨우 한 조각의 빛이 아니다. "빛 하나"가 새어들어오는 방에 '우리' 두 사람이 있음으로 하여, 그곳은 "풀과 나무"가 자라는 비옥한 "마당"이 된다. 화자에게 하나의 빛, 딱 그만한 크기의 "窓"은 좁은 안을 넓은 밖의 일부로 소급시키는 통로가 아니라, 바깥의 빛을 들여옴으로써 안을 무한히 확장시키는 자장(磁場)이다. 이로써 '창'은 '함께 사는 법'을 실현하는, 일종의 광장과 같아진다. 광장 같은 '창'이 '들여보내는' '빛 하나'의 광도와 온도는 감히 가늠할 수 없다. 또한 저 창이 있는 방은 끝내, 모든 항성(恒星)이 진화의 최종 단계에서 폭발한 후에 만드는 블랙홀 같은 곳이 된다.

　그러니 다시, 저 화자의 이야기가 더욱 절절하게 들린다. 화자의 마음은 다만 고독한 게 아니라, 엄청난 빛과 열이 머물던 곳이기에 비할 데 없이 어둡고 추울 것이다. 또한 화자는 헤어날 수 없이, 초고밀도(超高密度)와 초강중력(超强重力)으로 여전히 그곳에 머물러 있을 수밖에 없을 것이다. 이 시인의 또 다른 시(「아현동 고백 3 ― 고열」)에서 역시 화자는 "누구를 사랑하는 날"의 기억이 하나의 "버릇"이 되어 지금껏 자기를 앓게 한다고 고백한다. 이 고백에서도 화자는 "오래전 살다 온 추운 집"을, "아현동의 창문"을 떠올린다. 아마도 화자에게, 어쩌면 시인에게 창이 하나 딸린 작은 방은 기적 같은 사랑에 관한 원체험의 공간일지도 모른다. 그러한 공간에서 그러한 시간을 겪어보지 못한 이들에게도 저 화자의 이야기가 슬프게 느껴지는 이유는 아마도 화자의 체험이 지극히 근원적인 것이어서, 달리 말해 순도가 높은 것이어서, 마치 삼투압 현상처럼 그 속으로 우리를 쉽게 유입시키기 때문이다. 그러니 저 방을 모든 이의 가슴속에서 끊임없이 수축 중인 그 방으로 여겨도 무방하다. 다만 회오리치는 방을 제 몸에 지닌 달팽이의 흔적처럼, 투명하고도 끈끈하게 '우리'의 궤적을 그리며 사라지는 사랑의 여

414

운을 오래 간직할 일이다.

2. 말[言] 그리다

물로 사과를 그린다 가볍게 쥐었다 폈다 다가갔다 물러났다 물로 점, 점에서 걷다 뛰다 붉은 발 톡톡 그리다 물새 떠오르다 내려앉다 다시 그리다 물로 들어갔다 나왔다 흐르다 늘어났다 머리와 꼬리 그리다 물뱀 휘젓고 다시 물로 내뱉다 빨아들이다 닫다 열다 텅 비다 병 그리다 물병 깨뜨리고 다시 물로 드리웠다 거두었다 푸르게 그리다 푸레 물푸레나무 다시 다시 물로 감았다 풀었다 감았다 풀었다 결 그리다 물결 다시 물로 부풀렸다 오므렸다 거미 그리다 물거미 죽였다 살렸다 아가미 그리다 물고기 물로 물로 접었다 폈다 수렴하다 발산하다 물안개 물로 물로 뒤집었다 다시 뒤집다 물구나무 기다리다 간다 물때 푸르다 노랗다 물집 붉다 시다 사과 물로 도착하다 돌아가다 물 사과 멀리 달아났다 돌아오다 물사과

—신영배, 「물로」전문[2]

이것은 어쩐지 어느 부분에서 중단해도 그만일 듯하고, 다음 부분을 어떻게 이어 써도 무방할 것 같은 시이다. 이러한 느낌에는 일정한 규칙을 구현하는 듯하다가 금세 그 체계를 무화하는 특별한 언술 과정이 동원된다. 또한 저 시를 반복해서 묵독하는 경우에 우리에게 스며드는 어떤 생생한 느낌은 어떤 감각을 촉발하여 결국에는 저마다 시를 음독

---

2   신영배, 「물로」, 『시와반시』 2010년 봄호.

(音讀)하게 하는 일종의 동력이 된다. 그렇게 저 시는 시인조차 단속하지 못하는 어떤 에너지에 의해 씌어지며, 그럼으로써 저 스스로 우리의 몸에 스민다.

우선 저 시의 표면에 드러나는 것은 "물로" "그린다"는 화자의 말이다. '물로'와 '그리다'는 표현은 끝없이 이어질 것 같은 저 말들을 하나로 엮기라도 할 듯이 틈틈이 지속적으로 반복된다. 물로 무엇을 그리는 일은 짐작건대, 물방울을 끌어모아 여러 가지 형태로 변형시키는 행동일 수도 있고, 투명한 물을 어딘가에 묻혀 그림image을 그리는 일일 수도 있고, 혹은 그러한 일들을 통해서 궁극에는 물로 무엇을 상상하는imagine 상황을 포괄하는 말일 수도 있다. 중요한 것은 어떤 경우이든, 화자에게 '물로 그리는 일'이란 그려지는 대상보다 그리는 행위 차제에 방점이 찍힌 것이라는 점이다.

그런 점에서 화자는 저 발화를 통해서 물로 그린 그림의 이미지를 보여주려 하기보다는, 마치 행위예술가의 움직임처럼 물로 무엇을 그리는 일 자체를 언어로 옮기려고 시도한다. 화자는 처음의 "물로 사과를 그린다"는 문장에서부터 시작하여 마지막의 "물사과"라는 단어에 이르기까지, 자유 연상을 그대로 옮겨 적듯이 말들을 이어간다. 이것은 말놀이fun의 일종으로 보이기도 하는데, 이 시의 품사들을 배열해놓고 볼 때 앞뒤로 배치된 단어들 사이에서 의도적인 연결이 발견되기 때문이다. 가령 "사과"와 "붉은 발"이 '붉다'는 조건으로 연관하고, 붉은 발은 다시 "물새"의 붉은빛이 도는 발을 연상시킨다. 또한 "푸르게"라는 부사는 음가나 글자의 형태상 "물푸레나무"를 연상하게 하고, 이와 흡사한 이유에서 "물거미"에 "아가미"가 이어진다. 그러나 이 시를 단순히 자유 연상에 의한 말놀이라고 말하는 데에는 부족함이 있다.

물론 말놀이에 깃든 쾌감만으로도 한 편의 시가 갖는 의의는 충분할 것이지만, 이 시의 경우라면 그 쾌감을 증폭시키거나 부각시키는 원리

416

를 그대로 시작의 방법으로 삼고 있다는 데 주목해야 한다. 이 원리는 화자의 자유 연상의 과정에 개입하는, 즉 물로 무엇을 그리는 행위 도중에 반복적으로 서술되는 상충하는 상태나 행동에 있다. 화자는 가령 "쥐었다 폈다" "다가갔다 물러났다" "떠오르다 내려앉다"와 같은 대항하는 움직임들을 의도한 듯이 반복하여 서술하는데(이러한 용언의 짝은 표면상 19쌍이나 된다) 이는 일면, 일관된 상태나 행동의 지속을 극도로 부정하는 이의 비의도적인 반항(反抗)의 기술로도 보인다. 동시에 화자의 이 말들은 물속에서 물을 만지고 노는 자신의 동작과, 그로 인해 끊임없이 생겨나고 사라지는 기분을 가감 없이 늘어놓은 것으로도 보인다. 그리하여 이 대항의 연속적인 나열이 획득하는 것은 모종의 운동성이다. 딱딱한 활자들의 조합에서 유연한 물의 운동성이 발휘된다.

상충하는 상태와 행동에 대한 연술(演述)은 그 자체로 물의 속성을 구체화하여 보여준다. 밀어내면 다가오고 가두면 새어나가는, 무엇에도 구애받지 않고 계속해서 움직이는 것은 물의 속성이다. 화자가 상기하는 물의 이미지와 모종의 역동성을 통해서, 시를 읽는 우리는 말의 이미지와 역동성을 체감하게 된다. 다시 말해 이 시는 어떤 대상을 지시하고 규정하는 역할을 하면서 스스로 결정되는 언어가, 실상 가시적인 것의 구애를 받는 우리의 한계를 드러내는 것일 뿐임을 보여준다. 말은 어떤 그물에도 걸리지 않는 바람처럼 쉼 없이 흐르며 의미를 세우고 곧 자신을 다시 뒤집을 뿐이다. 저 "물로 물로 뒤집었다 다시 뒤집다"라는 말에 주의를 기울여보라. 이것은 '물로(물에게로) 물로(물로써)', 즉 물을 물로 뒤집는 일을 반복하는 일로서 헤엄의 반복 동작을 떠올리게 한다. 계속해서 물을 뒤집을 때에도 물은 그 자리에 있으며 뒤집는 행위만이 반복된다. 물의 경우라면 역전(逆轉)은 곧 전역(全域)일 뿐, 그것을 초월하고 무화하는 일은 있을 수 없다. "물구나무"를 서서 보더라도 하늘은 내 몸 위에 있듯이 말이다.

화자는 '물로 사과를 그린다'고 했지만 그 말은 사과를 먹거나 사과 즙을 마시며 그린 일련의 상상에 대한 이야기일 수도 있다. 사과즙 속에 붉고 푸른 사과가 있고, 정작 사과즙은 노랗고 시다. 끝내 그것이 "물집"과 병치된 이유는 이 무한히 순환하는 이미지와 말의 연속성 때문이다. 붉게 부풀고 노란 진물을 품은 물집이 그 외피의 형태와 내부의 속성 때문에 사과처럼 보일 수 있다고 하면 과언일까. 그러나 마침내 "물사과"라는 말로써 단정 지을 때, 우리는 그 말에서 "멀리 달아났다 돌아온" 상상의 궤적에 대한 화자의 고백을 엿본다. 처음에 하려던 말은 '물사과'인데, 그것이 물집처럼 보일 수도 있고, 그렇게 물이 물로 이어져 하나의 말[言]집을 이루게 된 것이 아니겠는가.

한 편의 시가 이렇게 적힐 때, 화자가 궁극에서 전하려 했던 목적어는 생략되고 단순히 말로써 말을 전(傳/轉)하는 행위만이 드러날 때, 우리는 화자의 입장이 되어 혹은 시의 일부가 되어 시의 내부를 유영하게 된다. 그리하여 마침내 저 수많은 '물'이 '말'로 보인다면 또한 과장일까. 이 시인의 시는 말의 정체를 다시 보게 한다. 물결처럼 말의 결을 더듬어 그 세부와 세부를 늘어놓음으로써, 부드러운 음성에 깃든 리듬 내지는 울림 같은 자연스러운 반향을 이끌어낸다. 이렇게 말할 수도 있겠다. 이 시인은 말이 의미의 다발을 만들거나 그것을 다시 풀어 헤치는 역할을 함으로써, 결국에는 묶고 푸는 행위의 반복만을 계속할 수밖에 없다고 본다. 그리하여 이 시인의 말은 무엇도 규정할 수 없고, 무엇도 부정하지 않는다.

이 시인의 또 다른 시(「백색의 누드」)에서 화자는 "뼈를 만지는 종족"이 된다. 화자는 욕조의 "따뜻한 물에 몸을 담그고 가라앉을 때" 그처럼 종족의 변화를 경험한다. 이는 물과 화자의 자리바꿈이다. 정작 부드럽게 뼈를 어루만지는 것은 "잔잔히 물결"치는 온수일 텐데, 화자는 자신이 "물속에서 풀어지는 부드러운 육체를 바라볼 때"를 경험한다. "물이 빛을 산란시킬 때" 화자는 "백색의 누드"가 되고, 이것은 실제의 육체가 무화되어 완전히 물로 뒤섞이는, 일견 현상학적인 세계와의 합일이다. 이렇게 물에서 나온 우리는 "다시 물로" 돌아가는 것이다.

3. 언행 일기(日記)

깊은 밤
마루에서 무슨 소리가 들려
누가 온 건가 싶어 마루에 나가보기도 하고
책장이 무게를 못 이기나 싶어 두리번거리기도 여러 번

나는 가진 게 없네

아무 흔적을 찾을 수 없으니
소리 듣는 일이 고되었다
며칠이 지나고서야
가진 게 없어 주워온 키조개 껍질이 이런저런 소리를 내며
갈라지고 있다는 걸 알았다

한번 벌어진 조개가 살을 찢기더니
이제는 스스로 몸통을 찢어내고 있었다

나는 가진 게 없네

어떤 여지들

가진 게 없어 이 소리를 가질 수 없네

할 말이 있음은 안다
몇몇 밤은 칠흑같이 어두울 것이고
내 반경은 감정을 만들지 않겠지만
할 말 있는 사람끼리 얼굴을 맞대야 하는 것쯤은 안다

가진 게 없네
가진 게 없어

들은 게 없다
도무지 오지 않는 것들이
이 어둔 밤에 관여하고 있는 소리에 관해서는

—이병률, 「나는 가진 게 없네」 전문[3]

　누구나 "깊은 밤"에 홀로 깨어 있은 적이 있을 것이다. "어둔 밤" "칠흑같이 어두운" 그 밤에 잠들지 못하고 깨어 있는 일은 그 자체로 삶의 고단함을 체현하는 일이기도 하다. 밤에 깨어 있는 이유는 낮 동안 마치지 못한 일과를 마무리하기 위해서이기도 하고, 쉽게 잠들지 못하게 하는 깊은 고민이 있기 때문이기도 할 것이다. 어떤 경우이든 밤에 깨어 있는 일은 대부분, 죽지 못해 살아 있는 일처럼 지독한 고독을 동반하는 일이다.
　저 시의 화자는 그 와중에 "무슨 소리"를 듣는다. 낮 동안에는 들리

3　이병률, 「나는 가진 게 없네」, 『시와반시』 2010년 봄호.

지 않았던, '깊은 밤'이라는 상황이 마련되고 나서야 비로소 들려오는 그 소리는 화자의 고독에 대한 객관적 상관물인 동시에 화자로 하여금 고독을 자각하게 하는 것이기도 하다. 화자는 "마루에 나가보기도 하고" "두리번거리기도 여러 번" 하면서 소리의 정체를 찾아 헤맨다. 의미심장해 보이는 것은 그 헤맴의 와중에 발생하는 화자의 의심("누가 온 건가 싶어", "책장이 무게를 못 이기나 싶어")이다. 이 의심은 불시에 찾아올 손님이나 애지중지 모아두었을 책을 향한 것이므로 그 의심 다음에 독백처럼 반복하는 "나는 가진 게 없네"라는 말은 손님과 책이 상징하는 무엇에 대한 진술로도 보인다. 화자가 자신의 무소유를 증명하는 것으로서 찾아올 리 없는 이와 책장을 휘게 하지 못하는 적은 책을 드는 이유는 무엇일까. 화자가 마루를 반복해서 오가며 스스로 가진 게 없다고("아무 흔적을 찾을 수 없으니") 말할 때, 비로소 그는 "소리 듣는 일이 고되"다고 느낀다. 그것은 아무것도 가지지 못한 자의 허전함이 아니라, 가지고 싶은데 갖지 못한 자의 상실감이다. 그 상실감이 화자를 홀로 깨어 있게 하고, 깨어서 집 안 곳곳을 헤매게 하고, 그러고도 남아서 어떤 '흔적'이라도 원하게 하는, '무슨 소리'이다.

그러나 애초부터 소리에는 실체가 없다. 소리는 저 홀로 발생할 수 없기 때문이다. 달리 말해 모든 소리에는 그 소리의 진원지가 있기 마련이다. 그러므로 '무슨 소리'를 감지하는 것은 '무슨'이라는 진원에 대해 인식하는 것이기도 하다. 가령 피리 소리를 들을 때, 우리는 청각 기관들을 통해 공기의 파장만을 감지하는 것이 아니라, 그런 음색을 갖는 것이 피리라는 것 또한 거의 동시에 알아차린다. 저 화자가 "며칠이 지나고서야" 알게 된 소리의 진원은 "키조개"이다. 그 소리는 조개의 껍질이 갈라지면서 내는 소리였던 것이다. 의미심장해 보이는 것은 그 조개가 화자가 "가진 게 없어 주워온" 것으로서, 결국 화자의 상실감을 위로하는 동시에 야기하는 존재라는 점이다.

그런데 우리가 그렇다. 우리는 자기를 위로하면서 학대한다. 자위와 자학은 한 꺼풀 차이이다. 자위를 계속하는 것은 일종의 자학이고, 자학을 함으로써 자위하는 이도 있다. 화자가 본 조개가 그러하다. 조개는 아마도 여전히 살아 있어서, 겉의 석회질 껍데기뿐만 아니라 연약한 내피를 열고 속살을 내보이려는 중인데 그 조개살의 움직임이 화자에게는 "스스로 몸통을 찢어내"는 것처럼 보였을지도 모를 일이다. 그러나 조개는 생물로서 생생히 살아 있을 때와 무생물로서 죽어 있을 때가 확연히 구별된다. 살아 있을 때는 스스로 껍데기를 여닫으며 몸체를 유연하게 움직이고, 외부의 자극에 맞서서는 입을 다물어버린다. 그러므로 저 "한번 벌어진 조개가 살을 찢기더니"와 같은 서술에서 짐작되는 것은 누군가가 그 조개에 강압을 가해서 껍데기를 벌리고 몸체까지 훼손시켰을 일이다.

그렇게 상처 입은 조개라는 소리의 근원을 파악함으로써 의심을 해소한 화자는 "가진 게 없어 이 소리를 가질 수 없네"라고 말한다. 이 모순된 진술은 또 어쩐 일일까. 앞의 '가진 것'은 앞서 손님이나 책으로 은유되었던 화자가 상대할 어떤 실체일 테다. 그런데 화자는 이미 자신은 그런 실체에 대해서라면 아무것도 소유하고 있지 않다고 고백한 바 있다. 그러므로 저 말에서 '이 소리'의 근원조차 화자의 소유가 아니라는 것, 혹은 화자가 소유할 수 있는 것이 아니라는 것 또한 알 수 있다. 또는 이렇게 말할 수도 있겠다. 화자는 저 자신이 소유하는 것이 없어서, 소유의 대상으로부터 비롯되는 어떤 것들 또한 제 것일 수 없다고 여기는 것이다.

그렇다면 이제 와 다시, 이렇게 질문할 수 있겠다. 대체 '무슨' 연유로 깊은 밤에 홀로 깨어 있는가. 새삼스러운 이 물음 직후, 물음으로써 이 물음이 해소된다. 우리의 의도 내지는 의지와는 무관하게 우리를 동요하게 하는 것들이 있지만, 우리는 대체 '그것'의 연유를 알 수가 없다. '그것'은 우리의 소유가 아니기 때문에 "도무지 오지 않는 것들"이며, "관여하고 있는 소리"로서만 존재하면서 우리를 곤혹스럽게 한다. 예를 들면 소문 같은 것. 그 실체 없는 말들 때문에 곤란을 겪고, "이 어둔 밤"을 홀로 헤맨 적이 누구에게나 있지 않을까. 그 "몇몇 밤" 동안 보이지 않는 그 무엇을 향해 우리는 "할 말 있는 사람끼리 얼굴을 맞대야 하는 것쯤은 안다"고 무수히 혼잣말도 했으리라.

그럼에도 불구하고 저 화자는 그 정체 없는 말들에 난색을 표하지는 않는다("내 반경은 감정을 만들지 않겠지만"). 다만 저 홀로 "들은 게 없다"고 단언할 뿐이다. 화자의 이 같은 태도로 인해 그의 지난 "몇몇 밤"을 헤아리게 된다. 그는 어떤 허전함으로 조개를 주워 왔는데 그 조개가 언젠가부터 정체 모를 소리의 근원이 되어 그를 잠 못 이루게 하며 그의 상실감을 더 자극했으리라. 무엇보다 그 소리는 그에게 스스로 제 몸을 찢는 소리로 들린다. 외부의 강압에 의해 이미 죽은 조개라면, 그 조개가 화자의 객관적 상관물이라면 앞서의 자학에 대한 실감은 결국 저 자신의 것이기도 하다. 즉 화자는 지독한 상실감을 오랜 밤 동안 스스로 체화하는 중이라 할 만하다. 그리하여 화자가 여러 번 반복하는 저 말, "나는 가진 게 없네"는 '나'의 면목 없음("할 말 있는 사람끼리 얼굴을 맞대야 하는 것쯤은 안다")에 대한 고백이기도 하다. 들은 게 없어 가진 게 없다고 말할 때 우리는 말을 소유하려 하지만, 가진 게 없어 들은 게 없다고 말할 때 우리는 말의 소유(逍遊)를 체득한다. 곧 날이 밝아올 것이고, 밝은 날에는 '어둔 밤에 관여'하던 이 말들이 지워질 것이다.

얼굴도 이름도 없이

　여전히 시를 짓는 일, 시가 지어지는 일에 대해서 의심해본다. 문장이 씌어지고 문장과 문장이 만나 어떻게 시구가 되고 한 편의 시를 이루는지는 여전히 알 수 없는 일이다. 시가 되는 문장과 그 문장들의 연결 고리가 있다는 것은 여전히 믿을 수 없는 점이다. 시라는 몸통 자체가 매혹의 허상 같아서 그것의 매력에 홀려들다가도 불현듯 원래의 자리로 돌아와 자문해보게 되는 것이다. 시의 무엇이 나를 끌어당기는가. 그리하여 나를 무수하게 조각내고 흔들어서 다른 나를 만나게 하는가. 무수히 다른 나들이 나를 이룬다는 것을 어째서 시는 말해주는가. 유일하게 해명할 수 있는 것은 시가 말로써 그렇게 한다는 점이다. 하나의 단어나 문장도 허투루 씌어지지 않고 말 그대로 적재적소에 적확하게 놓임으로써, 시는 하나의 사건이 발생하게 하고 또한 스스로 사건의 현장이 되어 그 경위를 설명하고 설명할 수 없는 부분까지 증명한다. 역시 문제는 어떻게 그러한지를 알 수 없다는 데 있다. 그 말이 놓여야 할 자리를 어떻게 알고, 그 말이 어떻게 놓여야 할지를 또한 어떻게 알 수 있는가. 어쩌면 이 알 수 없음에 의해 시는 씌어지는 것일 수도 있을 테다. 시인은 이 알 수 없음을 계속해서 물고 늘어지는, 말에 말을 걸고 그 말에 다시 말을 걸어서 다른 것과 또 다른 것들이 자신으로 하여금 소통하도록 스스로 길이 되고 문을 내는 자가 아니겠는가.

424

조바심이 입술에 침을 바른다

입을 봉해서, 입술째로, 그대에게 배달하고 싶다는 거다

목 아래가 다 추신이라는 거다

　　　　　　　　　　　　──권혁웅, 「호구(糊口)」 전문[1]

　짧은 시 한 편을 먼저 읽어보자. "호구(糊口)"라는 제목의 저 시는 한 편의 짧은 시가 얼마나 긴 서사를 품을 수 있는지를 보여준다. 저 시의 제목만 해도 그렇다. 호구란 무엇인가. 그것은 풀칠하(되)는 입인가. 풀칠하(되)는 입이란 어떤 의미에서 그러한가. 입에 칠하는 풀이란 밥풀을 가리키는 것일 텐데, 그렇다면 호구란 밥을 먹는 입을 의미하는가. 해소되지 못하는, 그러므로 꼬리에 꼬리를 물고 계속해서 이어질 수밖에 없는 질문들이 저 시의 제목 안에 이미 있다. 구(口)라는 하나의 구멍으로 무수히 많은, 짐작될 만한 이야기들이 흘러들어가고 흘러나온다.

　하물며 화자인지 화자가 지켜보는 누군가인지 모를, "조바심"을 느끼는 누군가가 있다. 그의 조마조마한 마음은 그(의 몸)와 그(마음)를 서로 다른 것처럼 여겨지도록 한다. 다시 말해 바로 이 조바심 때문에 그는 자기 자신을 대상화하는 자이다. 스스로 주체할 수 없는 상황에 이르는 것, 제가 제가 아닌 듯 모든 자기 판단이 감각과는 따로 노는 사태를 경험하는 심리 상황이 저 조바심이라는 말 속에 단적으로 압축되어 있다. 그러니 조바심으로 들뜬 상태가 되어버린 이상 그는 아무 말도 할 수가 없게 된다. 그의 입에서 나오는 말은 그의 의지나 감정의

1　권혁웅, 「호구(糊口)」, 『애지』 2011년 가을호.

표현이 아닐 경우가 클 것이기 때문이다. 그러므로 표출할 수 있는 유일한 말은 저렇게 입을 봉하고, 그럼으로써 오히려 한 톨의 단어도 새어나가지 못하게 막아 간직하는 일에서 가능해질 것이다.

이는 마치 사랑하는 이에게 그 마음을 전하지 못하고 애만 태우는 자의 모습처럼 보이지만, 한편으로 이는 시인이 시를 짓기 위해 자기를 내던져 마련한 누군가의 태도이기도 하다. 어떤 시들은 이처럼 자신을 "추신"으로 삼아 무언(無言)을 "배달"하려는 마음에서 비롯됨으로써, 시인과 화자의 얼굴 모두는 비밀스럽게 간직하고 있게 된다.

2

입은 벌써 벌어졌는데
목젖은 팽창하여 말이 나갈 구멍을 뻥 뚫어놓았는데
입술은 오물거리고 혀는 구불거리고 이빨은 공기를 끊어
이미 발음을 만들기 시작했는데
머리에서는 나와야 할 문장이 다 익어가고 있는데
팔과 손가락은 허공을 섬세하게 주물러
말에 알맞은 제스처를 잘 반죽해 놓았는데

아직도 말이 나오지 않는다

목구멍이 말 대신 먼저 나오려 하는데
눈알은 단어가 되려고 이리저리 구르는데
콧구멍도 말이 나오느라 간지러워 벌름거리는데
어떤 말은 팔이 되어 상형문자를 휘두르는데

들썩거리는 엉덩이는 발바닥으로 내려가 동동 구르는데

항문도 뭔가 할 말이 있는 듯 입술처럼 옴씰거리는데

위장에서 소회되고 있는 밥도 말을 밀어 올리려고 우억, 올라오
는데

아직도 말이 나오지 않는다

말 대신 끈적끈적하고 누런 덩어리 같은 헛바람이

음성을 반만 입은 헛바람이

목구멍에 붙어 있는 가래를 싹 긁어낸 헛바람이 나오고

그 헛바람의 힘으로 말이 붙어 있는 목구멍이 우두두둑 뜯겨 나
오는데

— 김기택, 「말더듬이」 전문[2]

  확실히 시는 매끄럽게 매만져진 언어의 세공품과는 거리가 먼 무엇
인가 보다. 이 시를 보자. 모두 다섯 연으로 이뤄진 이 시는 첫번째 연
과 세번째 연에서 어떤 "말"을 준비하고 표출하는 일의 어려움에 대해
서, 지극히 구체적으로 또한 반복해서 말한다. 단순히 어떤 한 마디의
말을 내뱉기가 이토록 어려운 일이라고, 마치 고질적으로 말을 더듬는
증상을 가진 이가 특별한 한 문장의 말을 하기 위해서는 그런 증상을
겪어보지 않은 이에게는 지나치게 여겨질 만큼의 에너지를 소비해야
한다고 고하기 위해 이 시는 씌어졌을까. 반드시 그렇지는 않다. 이 시
를 이루는 단순한 내용은 역시 단순한 형식을 입으면서 거듭의 단순함
속으로 귀속되지 않고, 오히려 양쪽의 단순함을 의심하게 한다. 이 한

2   김기택, 「말더듬이」, 『애지』 2011년 가을호.

편의 시에서, 어떻게 그러한가.

　이 시의 화자가 느끼는 지독한 갑갑함에 대해서 우선 살펴보자. 화자는 몸의 각 부분의 변화를 일일이 기록하면서 한 마디의 말을 하기 위해 이토록 많은 부분에서의 노력이 필요하다는 것을 드러내는데, 그럼에도 불구하고 화자가 원하는 '그 말'은 끝내 "나오지 않는다". 이는 말을 하는 것이 숨을 쉬는 일처럼 의식 없이 그저 행할 수 있는 일이 아님을, 시를 읽는 이들로 하여금 상기하게 하려는 화자의 시도일 수도 있겠다. 다시 말해 저 한 편의 시는 매우 단순한 말들을 사용하여 말을 하는 일의 어려움을 시화하면서 어떤 말도 간단히 만들어지고 나오지 않는다는 것을 굳이 강조하면서, 궁극적으로는 어떤 말을 쉽게 하는 이와 역시 어떤 말을 쉽게 이해하는 이의 존재 불가능성을 역설적으로 적고 있는 중이라 하겠다. 말을 쉽게 하고 듣는 이는 있을 수가 없다는 게 아니라, 쉽게 내뱉거나 간단히 들을 수 있는 말이 없다는 말이다.

　흥미로운 것은 말하는 데 쓰어진다는 공통점 외에는 별다른 기준 없이 쓰어진 것 같은 "입", "목젖", "입술", "머리", "팔", "손가락" 등이 마치 식사를 준비하듯 말을 '준비'하는 기관들로 나열되었다는 점이다. 직접적으로 음성어를 만드는 목젖과 입술을 제외한 나머지 기관은 행동을 통해 의사를 전달하는 수단이 된다는 점에서 역시 '말하는 일'에 요긴하게 쓰이는 몸의 일부분이라고 하겠다. 이 시의 화자는 말을 하는 일을 통해서 온몸이 일련의 동등한 부분의 합으로서 전체가 되는 일을 보여준다. 또한 말은 그것을 그렇게 하려는 안간힘으로써 있을 수 있음을, 말의 생성은 애초에 어떤 식으로든 표출을 목적으로 전제함으로써 가능하다는 것을 보여주어서 모든 행위의 기본이 되는 의사의 소통이란 이토록 다양한 부분들의 합심으로 가능해진다는 것을 이 시는 환기한다.

그리하여 말 자체로 은유되는 그 어떤 말은 무수한 차이들이 하나의 목적에 복무하는 데에서 발생하는 것이기도 하다. 이후 "목구멍", "콧구멍", "항문" 등으로도 나열되는 것은 원래의 신체적인 기능을 상실하고 어느 한순간 한 마디의 말을 위한 하나의 기관이 된다. 몸 바깥으로 펼쳐지는 말의 장력은 입뿐만 아니라 몸에 난 다른 구멍들을 통해서도 뻗어 나온다. 말을 한다는 것은 몸의 모든 기관이 그 말을 하는 것이며, 온몸이 하나의 스피커가 되어 몸에 난 모든 구멍으로 그 말이 스미어 나온다는 것이다. 저 시에서 줄지어 움직이는 기관들은 한 마디의 말을 하기 위해 차례로 각각의 기능을 하는 것이 아니라, 동시다발적으로 하나의 소리를 내는 중이다.

그럼에도 '그 말'은 나오지 않고 그 대신에 "헛바람"만이 흘러나올 뿐이다. 헛바람은 말이 아니라, "음성을 반만 입은" 소리이다. 뭔지 모르게 들려오는 화자의 음성을 말이라고 할 수 없다. 그것은 말이 아니라 다만 목구멍이 뜯겨 나오는 듯한 무의미한 발성이다. 그렇다면 이 시에서 화자가 말을 내뱉기 위해서 기울인 노력은 실상 실패로 귀결됐다고 할 수 있는가. 염두해야 할 것은 말하기에 실패했다고 한들, 그러한 정황을 보여주고 있다고 한들 중요한 것은 그 실패의 정황이 포착되어 있는 자리는 한 편의 시라는 사실이다. 이 시는 "말더듬이"라는 제목과는 극단이라고 할 만한 형식을 취하고 있지 않은가. 시의 화자는 수다스럽게 말하기의 어려움을 토로하고 있다. 즉 말을 하는 일이 이토록 어렵다는 것, 혹은 불가능하다는 것을 그 내용으로 삼기 위해서 구두점도 없이, "~는데"와 같은 접속 어구를 반복하면서 말을 이어나가는 점을 다시금 주목해볼 필요가 있다.

말하기의 어려움을 주제로 삼는 작품은 종종 있어왔다. 그러한 시도는 시나 소설에서 주로 '글쓰기'의 어려움을 초점 화자의 입장에서 행해졌는데 그중에서도 주목할 만한 일군의 실험들은 글쓰기를 말하기로 치환하여 담화 상황에서의 소통 불가능한 지점을 목적한 것이었다. 이 시에서 역시 화자는 "아직도 말이 나오지 않는다"는 말을 반복하면서 '나오지 않는 그 말'에 대해서 말을 해보려는 시도를 보여준다. 시의 화자를 시인이라고 가정한다면, 시인은 문장을 계속해서 이어서 적으면서도 문장이 씌어지지 않는다고 역설(逆說)하고 있는 것이라 할 수 있겠다. 이 역설은 그러나 시를 읽는 이를 전제했을 때 더 이상 역설이 아니게 된다. 시인이 홀로 시를 적으면서 그가 적는 문장을 말이 아니라고 단정하더라도 그 문장을 한 편의 시로 완성하는 자, 즉 그 문장들의 "덩어리 같은" 것을 시로서 읽어내는 자가 있다면 그 이전의 상황은 역전되는 것이다.

　말이 나오지 않는다는 말의 반복, 화자의 그 역설(力說)은 시를 짓는 일이 애초에 헛바람과 같이 시인 스스로는 끝끝내 불가능한 것을 바라는 일과 같다고 힘주어 말하는 것이라 하겠다. 그럼에도 불구하고 그것을 바라는 화자가 있을 때, "아직도" 나오지 않은 말들까지도 '벌써' 듣고 그에 응답하는 또 다른 사람이 있게 될 것이다. 이렇게 한 편의 시는 지어지고 읽히고, 두 몸의 기관들을 돌고 거꾸로 돌아, 다시 하나의 생생한 구어로 펼쳐진다.

3

바람소리;
심장이 수문수문 떨며 긴장하는 소리,
바람 소리;
심장의 선홍다홍 핏줄들을 아웅다웅 당겨 일으켜 세우는 소리,
바람 소리;

심장과 심장이 번뜩 만나 불꽃을 터뜨리는 소리,

그렇지만 이건 다른 사전에도 다 나오는 말이잖아
네 안에는 파고 파도 캐낼 말들이 이뿐이더란 말이냐
이미 한바퀴 다 돌아버린 애처로운 사전이여,
그래도 아직 바스락거리는 종잇장이기를 멈추지 않는

— 이선영, 「군색한 사전」 전문[3]

이 시 역시 읽는 이로 하여금 시는 무엇인가를, 더 적절하게는 저 시를 짓는 화자로서의 시인의 역할을 질문하게 하기도 한다. 저 시의 절반은 "바람소리"가 무엇인지, 그 속성을 설명하는 데 할애되고 있는데 역설적이게도 그 설명이라는 것이 이해를 돕기보다는 바람 소리에 대한 기존의 상식이나 감각을 오히려 혼란스럽게 한다. 다시 말해 바람 소리에 대한 세 번의 거듭된 서술은 대상의 속성을 객관적으로 풀이해주는 것이 아니라 차라리 화자의 주관적인 느낌에 따라 씌어졌다고 하는 편이라고 하겠다. 바람 소리는 화자로 하여금 "심장" 소리에 비유된다. 시에 있어서 '바람 소리'라는 객관적 상관물은 이미 항상 그 자체로 화자의 심장 소리를 대표한다고 할 수도 있을 것이다. 바람 소리라는 것은 이미 항상 화자로서의 시인에게 들려오는 것일 뿐만 아니라 들어서 알아차린 것이기도 하다. 형체도 색도 향도 없는 존재로서 바람은 주위의 다른 것들을 스치고 흔들면서 소리와 색과 향기를 갖는다. 그러니 화자가 바람의 소리를 듣는 일은 바람이 무엇을 통과하여 어떻게 흔들고 있는지를 알아채는 능동적인 지각 활동이라 할 만하다. 그러한 바람 소리가 다변하는 심장의 상태를 대변하고 있다고 말하는 것은 화

---

3   이선영, 「군색한 사전」, 『애지』 2011년 가을호.

자의 심정이 바람의 속성을 닮아 있다고 말하는 것과 다르지 않을 것이다.

평온한 상태에서의 심장은 그것이 운동 중인지도 모르게 있지만, 어떤 자극이 주어질 때 심장은 비로소 그것이 불수의근이라는 사실을 경고해오지 않던가. 저 시의 화자는 심장이 내는 소리를 "수문수문 떨며 긴장하는 소리", "핏줄들을 아웅다웅 당겨 일으켜 세우는 소리", "불꽃을 터뜨리는 소리"로 묘사하는데, 이는 마치 차례로 하나의 심장이 또 다른 하나의 심장을 만나서 일으키는 조건반사적인 작용처럼 보이기도 한다. 심장이 떨릴 만큼 매력적인 상대를 만났을 때라면 자신의 심장이 왼쪽 가슴 어디 즈음에서, 어느 정도의 강도와 빈도로 뛰고 있는지를 생생하게 감지할 수 있으리라. 흔히 쓰는 표현이지만 자신의 심장 소리가 자기 귀에 들리는 것 같다는 말이 그때야말로 비유가 아닌 직설적 표현이 되지 않겠는가.

그렇다면 이 시는 자신의 심장 소리를 바람 소리처럼 생생하게 감촉하게 하는 매력적인 대상에 대한 그만큼의 생생한 언표를 구하려는 화자의 고백이라 할 만한가. 제아무리 궁리를 해봐도 자신의 말로써는 심장이 내는 소리를 받아 적을 수가 없다는 화자의 열패감은 또한 지금 여기 박동하는 심장의 소리는 매번 새로운 것이라서 이전의 어떤 기록으로도 대체할 수 없다는 제 삶에 대한 실감이기도 하다. 이는 살아가는 일이란 매 순간 역사를 새롭게 쓰는 일이며, 이미 씌어진 역사에서 발췌하거나 인용할 수 없는 것임을 상기하게 한다. 시인으로서 화자가 고백의 대상으로 삼는 것을 시라고 한다면, 이 시는 시를 짓는 일이 곧 살아가는 일이기도 한 시인의 자기반성처럼 보이기도 한다. 시인은 제 안의 말을 거두어들이면서("네 안에는 파고 파도 캐낼 말들이") 어느새 스스로 한 권의 "사전"이 되었다. 심장 소리가 들리도록 뜨겁게 맞닥뜨린 삶의 순간들("심장과 심장이 번뜩 만나")로 인해 편편의 시가 된 마음의 무수한 갈피들이 바람 소리를 내는 듯 "바스락"댄다. 시인 화자는 어느 때 자신의 말을 "다른 사전에도 다 나오는 말"처럼 진부하게 느낀다. 그리하여 "그렇지만", "그래도"와 같은 접속어가 보여주듯 시인 화자는 전전반측 자신을 끊임없이 뒤척거리면서 한 편의 새로운 시를 짓는다. 그야말로 자신의 말이 지극히 당연하여 "애처로운" 느낌이야말로 시를 짓는 일의 동력이 되는 것이다.

4

로라와 로라, 한 사람처럼
두 사람처럼, 다섯 사람처럼, 로라와 로라

의자의 이름처럼
의자에 앉은 쌍둥이처럼
의자에 앉은 이름이 같은 사람처럼
의자에 앉은 이름이 다른 사람처럼
의자에 앉은 긴 이름의 외계인처럼
의자에 앉은 오후 두 시의 햇빛처럼
의자가 많은 기차처럼
한 개의 의자가 정지한 밤처럼
한 개의 의자가 사라진 낮처럼
사색하는 코끼리처럼
사색을 중단한 사제처럼
사색에 놓인 시체처럼
로라와 로라,

얼굴도 이름도 없이   433

사랑했던 한 개의 이름처럼

미워했던 한 개의 이름처럼

개처럼 짖는 사람처럼

개처럼 조용해진 사람처럼

이름이 지워진 묘비명처럼

로라와 로라,

가장 나이며 가장 나의 것이 아닌 것처럼

가장 너이며 가장 너의 것이 아닌 것처럼

로라와 로라,

책상 위로 팔을 올리는 감정처럼

책상 위에 턱을 괴고

얼굴이 비대칭으로 자라나는

로라와 로라

—심지아, 「로라와 로라」 전문[4]

과장의 소지가 있겠지만, 그렇다 하더라도 이 시는 "책상 위에 턱을 괴고" 시를 짓기 위해 골몰하는 중인 시인의 모습을 그려내는 데에서 시작되고 있다 하겠다. 이 시의 화자는 시인의 "의자"가 되고, 의자에 앉아 있는 "쌍둥이"가 되고, 여러 개의 "이름"이 된다. 다양하게 분화하는 자신을 온몸으로 감각하는 중인 화자의 상태는 아마도 이 시를 짓는 자인 시인의 "감정"을 은유하는 것이라고도 하겠다. 책상 앞에 앉아서 오래 "사색"에 잠긴 시인은 어떤 궁극에 이르러 시를 짓는 자신을 바라보게 되었을 것이고, 그 자신은 화자로서 시 속에 등장할 수 있었을 것이다. 그렇게 시인의 사색은 시를 짓는 일을 향하지만 그 시 속의

---

4   심지아, 「로라와 로라」, 『문예중앙』 2011년 가을호.

일들은 화자라는 대리인을 통해서만 가능해진다. 또한 그 같은 관계로 놓인 시인과 화자는, 즉 저 시에서의 "로라와 로라"는 서로 같은 이름을 가지고 있지만 겹쳐 쓸 수 없는 이름을 가진 사이이기도 하다.

주목할 점은 이 시가 시에 대한 시, 이른바 메타시의 일종으로 보일지라도 이 시의 화자는 단순히 시인의 분신에 그치려 하지 않는다. 이 시는 시인과 화자의 관계를 감각적으로 묘사하면서도 그 관계를 넘어서는 자리를 시 속에 마련한다. 어떻게 그러한가. 이 시를 좀더 자세히 읽어보자. 우선 화자는 '로라와 로라'에 "한 사람처럼/두 사람처럼, 다섯 사람처럼"이라는 비유를 덧붙인다. 다음으로 화자는 '로라와 로라'를 "한 개의 이름처럼", "개처럼 짖는 사람처럼/이름이 지워진 묘비명처럼"이라고 말한다. '~처럼'이라는 비유적 표현을 반복하고 있지만, 그로써 화자의 발화는 비유와 비유 아닌 것, 혹은 사실과 비사실을 넘나드는 의미를 발생시킨다. 한 사람인 로라와 또 다른 한 사람인 로라가 있을 수 있고, '로라와 로라'라는 긴 이름을 가진 한 사람이 있을 수도 있다. 하물며 로라라는 같은 이름을 갖는 다섯 사람이 있을 수도 있다. 이때 앞선 저 구절은 더 이상 시적 비유만이라 할 수 없기 때문이다. 여기서 다만 화자는 마치 스스로 하나의 의자가 되어서 자기의 사유에 내려 "앉은" 것들에 대해 별다른 구애 없이 말하고 있는 듯하고, 그러한 과정은 시의 발생에 대한 시인의 사색을 "한 개의 의자"라는 표현이 그러하듯 은유인 동시에 사실로 지시된다.

그런 점에서 이 시가 보여주는 미덕은 일례로 다섯 명의 로라를 '로라들'이라고 말하지 않고 '로라와 로라'라고 말할 때 발생하는 의미에 있지 않을까. 시인-화자가 함께 놓인 하나의 의자, 곧 사색이라 할 만한 그 자리에는 "한 개의 이름"이 놓이기도 한다. 이는 "개처럼 짖는 사람"의 이름이기도 하면서, "이름이 지워진 묘비명"이기도 하다. 그러니까 사람에게 이름이란 무엇인가를 이 시의 화자는 거듭해서 사유

얼굴도 이름도 없이

하고 있는 것이다. 이름은 하나도 갖지 못하거나 단 하나 가질 수 있는 것이지만, 또한 그러한 이유로 무수히 변모하는 존재에게라면 어울리지 않는 무엇이기도 하다. 이 시가 제목에서부터 누군가의 이름을 반복해서, 혹은 연이어서 적는 이유는 시적 사유야말로 무수한 대상에게 이름을 붙이려는 시도와 그 시도의 불가능성을 자각하는 과정을 스스로 간직하는 것임을 간명하게 말하기 위해서였다고도 할 수 있겠다. 그러한 이름의 속성에 연관해 보면 시를 짓는 이의 "얼굴"은 시인과 화자가 함께 있는 얼굴 같다. 시 속에서 그 둘은 완전히 일치하지 않는다. 그들은 시적 사유를 겪으면서 오히려 무한하게 각각 분열되고 다시 결집하는 과정에서 생겨나는 기이한 얼굴을 공유한다. 그 기이함이야말로 시라는 표면에서 잠깐씩 나타나는 어떤 표정이며, 시를 읽는 자는 알 수 없는 그 표정을 읽어내기 위해 "책상 위로 팔을 올리"고 "턱을 괴고" 그곳에 동참하게 된다. 그렇게 놀랍게도 여러 얼굴을 바탕으로 해서 하나의 "얼굴이 비대칭으로 자라나는" 때가 어떤 시에는 있다.

5

해가 떨어지면 몰려오는 검은 나비 떼
눈을 크게 뜨고 떠오르는 달을 바라봐
컹! 컹!
얼룩진 얼굴
가장 불길한 기억들을 환히 떠올리는 로르샤하 테스트
투명하든 모호하든
기억엔 표정이 없고
어떻게 보이는지는 이미 눈이 결정했어

가까이 있으면 안 보이지 네 안경의 유리알처럼
삼킬 수 없는 모래알처럼 지껄이는 바람
겨울
서울

왜 아무도 잠들지 않는 거지
너는 이 나비와 저 나비의 얼굴을 구별할 수 있니

언젠가 억양을 지우고 우리는 거울을 볼 거야
거기 아무도 있을 거야
이름을 붙여주면
얼핏 미소도 지을 것 같아
거울에도 파도가 일까 거기

나비들이
나비들이
검은검은검은검은 나비나비나비나비가
날개를 접었다 펴며 꿈을꿈을꿈을꿈을
꾸는데

너는 얼룩진 얼굴을 두 손에 담을까
해석할 수 없는 밤이 새어 나올까

── 정한아, 「겨울 달」 전문[5]

5   정한아, 「겨울 달」, 『문예중앙』 2011년 가을호.

이 시가 묘사하고 있는 이미지는 직접적으로 시작(詩作)의 행위와는 무관하더라도 화자의 심정이 앞서 이야기했던 시를 짓는 이의 그것과 닮아 보인다는 점을 지적하고 싶다. 차가운 하늘에 떠 있는 밝은 달의 이미지는 어둠을 밝혀 그 어둠을 몰아내는 것이기보다는 오히려 어두운 이미지를 강조하는 역할을 하는 듯 보인다. 밤하늘에서 홀로 밝아 보이는 달을 직시하면("눈을 크게 뜨고 떠오르는 달을 바라봐") 당연하게도 그 표면의 얼룩들이 눈에 들어올 것이다. 이 시에서는 그 "얼룩"을 "검은 나비"에 비유하고 있다. 그리고 화자에 의해 얼룩들은 나비 떼로, 또다시 "검은검은검은검은 나비나비나비나비"로 옮겨진다. 대개의 좋은 시가 그러하듯 이처럼 몽환적이면서도 구체적인 이미지들은 무수한 이야기로 해석될 가능성을 품고 있다. 하지만 이 글이 주목하고자 하는 것은 '얼굴'의 개별성이다.

저 시의 화자는 "너"라는 대상을 호명하면서, 그리고 너에게 몇 가지 질문을 던지면서 자신이 하려는 이야기, 혹은 "얼룩진 얼굴"에 대해서 말하고 있다. 범박하게 말하면 그 얼굴은 시인의 얼굴이다. 시를 짓는 시인 자신의 얼굴은 일면 "거울" 속에서 발견되는 상인 동시에, 시에 들어 있는 대상의 얼굴이기도 하다. 가령 달을 시의 대상으로 삼았을 경우에 화자에게 자신의 얼굴은 그 달이 된다. 또한 달 속에서 발견되는 얼룩들이 얼굴이 된다. 시인은 시를 통해서, 화자의 목소리를 통해서 자신의 얼굴을 확인하는 자이다. 그러므로 "너는 이 나비와 저 나비의 얼굴을 구별할 수 있니"라는 화자의 질문이 중요해 보인다. 시인 화자에게 존재를 구별할 수 있게 하는 일단의 조건이란 무엇보다도 얼굴이라고 저 질문은 스스로 답하고 있기 때문이다.

그럼에도 불구하고 이 시의 전언을 개별성이 지워진 시대에서의 존재론적 고민과 바로 이어놓을 수는 없다. 이 시의 화자가 호명하는 '너'

438

를 시인 자신이라고 가정했을 때, 이 시에서 말하는 얼굴과 이름의 의미는 좀더 분명해지는 것도 같다. 시인은 화자의 목소리를 통해서 시 속에 등장하기 위해 얼룩진 얼굴을 드러내는 '너'가 되기를 자처한다. 가령 "언젠가 억양을 지우고 우리는 거울을 볼 거야"라고 했을 때 '우리'는 화자와 '너'를 가리키는데, 그러한 화자와 시인은 거울 속에서 "아무도"와 같은 다른 이름으로 묶인다. 이 '아무도'로 있음이 곧 시를 짓는 일처럼 보인다는 말이다. '아무도'는 누구든지 들어갈 수 있는 자리인 동시에 누구도 구애하지 않는 이름이다. 그러므로 '아무도'는 '검은검은검은검은 나비나비나비나비'가 "날개를 접었다 펴며 꿈을꿈을 꿈을꿈을" 꾸도록 마련된 장소이기도 하다. 여기에서만큼은 나비들이 얼룩들로 손쉽게 "결정"되어버리지 않고 각각의 꿈을 간직한 '검은검은검은검은' 얼굴과 이름으로 부각되는 듯하다.

이 시가 바라(보)는 것이 그와 같은 자리라면 시인이 시를 통해 마련하려는 자리 또한 그와 같을 것이다. 자신의 얼룩진 얼굴을 스스로 매만지면서("너의 얼룩진 얼굴을 두 손에 담을까"), 제 얼굴 속에 깃드는 무수한 이름들을 떠올리면서, 그리하여 결국 아무도 대신하지 않으면서 한 편의 시는 시나브로 적히고 있는 것인지도 모른다("해석할 수 없는 밤이 새어 나올까").